비둘기의
날개

비둘기의
날개

헨리 제임스 지음

남유정 · 조기준 옮김

The
Wings
of the Dove

Atto Book

1902년에 출간된《비둘기의 날개》는 아주 오래된 내 기억을 보여주지만 그렇게 젊은 시절의 기억도 아니다. 이렇게 오랫동안 써온 소설의 상황 대부분은 생생하게 떠오르지 않는 그 시기로, 겨우 기억해낼 수 있다. 본질은 인생을 살아가는 능력이 있고, 일찍 병에 걸리고 단명할 운명이지만 동시에 세상에 매혹되어 잠시라도 열정적으로 살아가려고 했던 젊은이의 생각이다. 나는 오랫동안 이에 대해 곰곰이 생각했고, 사라지기 전에 가능한 한 많이 더 미세한 변화를 '주려고' 했고 다시 제자리로 돌아왔으며, 그 주제가 어마어마하다고 생각하면서 그것으로 무엇을 할 수 있을 거라고 확신했다. 그렇게 묘사된 이미지는 기껏해야 그 문제의 절반만 나타낼 것이다. 나머지는 노력하는 모습, 그로 인한 모험, 이득이나 손실, 어떻게든 실현된 소중한 경험일 것이다. 이런 일들은 처음부터 큰 노력이 필요했다. 실제 대부분 노력할 가치가 있었지만, 여러 주제가 있었고, 이 주제가 특히 부각되었다. 조심하는 모험가가 그 주위를 돌게 했고, 사실 그것으로 관심을 불러일으키고 신비롭게 하는 매력이 있었지만, 왠지 일부 유행을 겪고 나서는 관점과 전체적인 특징 면에서 '솔직한' 주제와 요소로 생각되지는 않았다. 그것은 비밀을 만들고 벽을 세우고, 어쩌면 배신과 함정이 있을 것이다. 줄 게 많을지도 모르지만, 아마도 그 대가로 동등한 대우를 요구할 것이고, 이 빚을 마지막 동전 한 닢까지 회수할 것이다. 우선 병약하고 아픈 사람을 부각하는데, 분명 힘들고 많은 손길이 필요할 경우이다. 다른 문제들과 함께 좋은 취향을 경험할 기회, 어쩌면 세계에서 가장 훌륭한 사람들의 놀이에 관해 이야기하고 관계를 쌓을 뿐 아니라 그들이 신호를 보내는 순간부터 반드시 달려들어야 할 기회이기도 하다.

그렇다면 그 사건의 중심인물은 병든 젊은 아가씨이며, 누군가는 의식의 붕괴와 시련의 모든 과정을 겪으면서 정직하게 도와야 할 것이다. 그녀의 상태와 친밀한 관계의 표현은 신중하고 정교해야 한다. 그러나 다행히도 내가 집중했던 이미지에 따라 그 모습이 성장했으며, 계속 반복되는 동안 풀리지 않는 신비는 말할 것도 없이 흥미로운 가능성과 부수적인 경이로움은 빠르게 커졌다. 어째서 주인공을 '아프게' 한다는 생각을 직시하고 자세히 따져 묻는가? 손쉽게 재미난 상황이 될 수 있는 여주인공이나 주인공에게 죽음이나 위험에 대한 위협이 마치 태곳적부터 없었던 것처럼 말이다. 매우 활발하게 활동하고, 매우 강렬하며, 많은 일에 책임이 있고, 모든 관계를 의식하는 어떤 인물이 특정 상황으로 중요한 위치에서 사라져야 하는가? 비록 우리는 열정적이고 영감을 받아 저항하는 최고의 활동 때문이라고 해야 했지만, 매우 사실인 이러한 상황은 많은 활동에서는 안 맞을 수 있다. 이 마지막 사실이 진짜 문제였는데, 시인은 본질적으로 죽음의 행위에 관심을 가질 수 없다는 것을 인식한 순간부터 방법이 곧장 나타났기 때문이다. 시인이 가장 아픈 병자를 다루도록 하자. 여전히 그에게 호소하는 것은 살아있는 행위이며, 상황이 그들에게 불리해지고 싸울수록 더 호소한다. 삶의 과정은 싸움의 길을 열어주고, 종종 다른 관계가 끊겨버린 잃어버린 땅에서 빛을 발할 수도 있다. 게다가 여러 연대기 작가로서 자신의 이차적인 신체적 허약함과 건강 부족, 비판을 가볍게 여겼다. 예를 들어 '여인의 초상The Portrait of a Lady(헨리 제임스가 1881년에 출간한 소설)'에 등장하는 랄프 투셰트Ralph Touchett의 개탄스러운 건강 상태가 단점만은 아니다. 그가 만들어 내는 행복한 효과에 대한 긍정적인 좋은 평가, 유쾌함과 생동감을 포함시킨 건 분명 잘한 것이었다. 게다가 이렇게 한 이유는 이 세상에 그의 성별에 대한 진실이 전혀 있을 수 없기 때문이었다. 극도로 괴로워하는 남성들은 여성보다 전반적으로 더 공공연하게 더 심하게 고통을 받고 더 무례하고 열등한 전략으로 저항하기 때문이다. 따라서 나는 그 변칙성을 가치 있는 것으로 받아들여야 했고, 여기서 내 주제가 편안하고 자신 있게 자리를 잡게 되는 애매한 상태 중 하나로 말한다.

내가 방금 분명히 언급했듯이, 마지막에 내세우는 건 대부분 좌절의 기록이었다. 내가 내세운 희생자가 그녀 자신이 발휘할 수 있는 것보다 더 큰 힘에 의해 계속 끌렸다는 게 내 생각이었다고 말하려는 건 아니다. 그녀는 예전부터 길 구석구석마다 다투고, 죽음을 미루기 위해 모든 것을 붙잡고, 마지막 순간까지 이것들을 움켜쥐고 있는 것처럼 보였다. 그러한 태도와 움직임, 그들이 표현한 열정과 실제로 그들이 대표하는 성공은 사실 드라마의 전형이 아니면 무엇이겠는가? 우리가 알다시피 대항해도 정해진 재앙의 묘사이다. 나의 젊은 아가씨는 운명의 재앙, 불길한 결말을 모의하고 갖은 수단으로, 그것을 달성하는 힘에 맞설 것이고, 그 신성한 불꽃을 정말로 억누르고 싶은 궁지에 몰리면서 그렇게 활기차고 아주 영리한 상대방은 아무리 그녀가 쇠약해도 중요시하고 주목할 수밖에 없을 것이다. 한편, 그녀는 특정한 것을 위해 살기를 바라며, 특정한 인간의 이익에 대한 자신의 투쟁을 알게 될 것이고, 그것은 필연적으로 그녀에 대한 다른 사람들, 어떤 행동을 하도록 영향을 받는 사람들의 태도를 결정하게 될 것이다. 만약 그녀가 줄어드는 시간에서 가능한 한 많은 삶의 결실을 맺으려는 충동이 있다면, 만약 이 바람이 다른 사람들의 도움이 있어야만 가능하다면 (그들에게 호소하고 꼼짝 못 하게 하고 강요하면서) 그들의 참여도 드라마가 될 것이고, 그들은 그녀의 끈질긴 요구를 받아 자신들의 이득과 이점, 동기와 관점에 따라 그녀의 착각을 불러일으킬 것이다. 이러한 설득 중 일부는 분명 상류층이 되는 것이고 나머지는 당연히 그렇지 않지만, 그녀가 경험을 쌓을 수 있게 하고 선의로든 악의로든 그녀가 알았어야 하는 걸을 알려주면서 공헌을 할 것이다. 어찌된 일인지, 이렇게 로렐라이Lorelei(아름다운 노래로 뱃사람을 유혹하여 파선시켰다고 하는 마녀)의 못으로 끌려가는 사람들을 보는 것처럼, 그들이 겁에 질려 유혹당하고 매혹되는 것을 볼 수 있을 것이며, 그녀의 이상한 어려움과 여전히 낯선 기회와 자연스럽게 연결되면서 희박한 문제에 부닥치고 새로운 차이를 일으킬 수 있다. 그래서 그녀의 상황에 대한 계획은 포괄적으로 구성됐다는 걸 알 수 있으며, 나머지 관심사는 세부적인 숫자와 성격일 것이다. 그녀의 병과는 별개로 그중에서도 당연히 우리의 젊은 아가씨에게 인생이 아주 눈부시게 살만한 것이라고 보여주고, 만약 큰 고통으로 포기해야 하는 것에 있다면, 우리는 그녀가 가진 모든 것을 보면서 더욱 감사히 여겨야 한다.

그때 누군가는 그녀가 단 하나의 가장 소중한 확신을 제외하고 모든 것 즉 미래의 가치를 높이는 자유와 돈, 변하기 쉬운 마음과 개인적인 매력, 관심과 애정의 힘 모든 것을 다 가졌다고 생각할 것이다. 그녀를 가까이에서 살피겠다고 그가 생각한 순간부터, 사실 그녀의 역할에 대한 완벽한 정당성의 세부적인 부분을 해결하는 것이 계획 설계자를 제일 사로잡았다. 무엇보다도 그에게 간청하는 것은 그녀의 국가적 그리고 사회적 지위에 대한 50가지 이유를 인정하는 것이다. 그녀는 자신의 자유를 온전히 증명하기 위해 '오래된' 뉴욕 줄기에서 홀로 피어난 마지막 고운 꽃이 되어야 하지만 그런 행복한 조화는 내가 지금 끼어들 수 없는 일이기 때문에 지켜지고 있는 것이고, 비록 다른 곳에서 나를 기다리고 있는 훌륭한 유대 관계가 기껏해야 정확한 표현을 장려하기보다는 무시하는 것일지라도 말이다.《비둘기의 날개》의 여주인공에게 자유, 행동 선택의 자유, 독립을 하게 해 주는 근원에 연락 과정을 알아보는 건 강력하고 특별한 의미가 있으며, 세상의 다른 모든 조건보다 특히 이 점에 대해 우리는 깊이 우려해야 한다. 나는 예전부터 마음속으로 어떤 젊은 미국인을 다른 어떤 젊은이들보다 더 많은 '모든 시대의 계승자'로 기획했고 (그리고 바로 그 이유로 훑어보았지만 잠시 스쳐 지났다.) 그래서 이런 인물에게 매우 감동적인 가치를 부여할 수 있는 기회가 있었다. 의식이 깊어지고 유산을 꺼려할 때, 모든 시대의 계승자가 되기 위해서 유일하게 알아야 하는 건 전체적으로 봤을 때 그런 역할을 하거나 그런 유형의 사람이 돼야 한다는 것이다. 그렇지 않으면 정말로 위험한 역할을 하는 것이고 분명 시도하는 데 있어 얼마나 '허풍을 떤다고' 의심받겠는가! 그래서 적어도 나는 내 주제를 적절히 간결하게 유지했고 그래야 했다. 이미 초반부터 그 주제 자체가 사람들에게 당연히 여겼기 때문이다. 문제는 내가 주로 계획했던 상황이 이런저런 방향으로 흘러도 끌어들일 수 없는 사람을 보는 것이다. 내 일은 애정이 많은 부모가 첫 승마 강의를 받는 아이를 안장에 앉히는 걸 보는 것이었지만, 그런 관심이 어느 정도는 발달을 위해서라는 걸 쭉 상기해야 했다.

아무튼 초반에 알게 되는 건 겨우 건강을 지키며 그토록 헌신적이고 모습을 드러내는 젊은 사람은 어떻게든 심연의 함정에 빠질 수밖에 없다는 것이고, 극적으로 말해서 이 존재에게 그러한 상황이 아주 자연스럽게 암시되고 강요되었다. 진실과 관심의 상당 부분도 (살고자 하는 열망을 생각하면) 그녀가 다른 사람들에게 보이고 싶어 하는 모습에서 야기되지 않는가? 그리고 그것이 내가 말하는 '자연스러운' 문제이다. 이런 비극적으로 한심하고 아이러니한 것이 그녀의 살아있는 친구들에게 자연스럽고 대부분 불길한 골칫거리가 될 것이며, 그녀 자신이 주요 대상이 될 것이다. 만약 그녀의 이야기가 다른 돌이킬 수 없는 불안으로 거의 도움이 되지 않는다면, 그녀는 가까운 지인이 당황스러워 하는 비슷한 생각을 알게 되면서 중요하게 여기지 않겠는가? 나는 라인강 같은 아가씨 이름 지었지만, 우리가 강력하고 좁아지는 회오리, 강력한 흡입력, 주변 물건들을 빨아들이는 걸 상상할 때, 우리의 젊은 친구는 그녀 주위에서 큰 배의 침몰이나 큰 사업의 실패가 일어나도록 소용돌이와 같은 움직임을 만들어 낼 것이다. 그러나 나는 이러한 운명의 공동체에도 불구하고, 그녀보다 내 감상의 그릇이 훨씬 더 많은 극적인 복잡함을 알았다는 걸 말할 필요는 없다(결국 그녀도 어떤 면에서는 결코 관대하고 사치스럽지 않아 자극하지 않는 그들의 방식에 스며들어도 말이다).

아무튼 중요한 그녀가 궁지에 빠지게 된다면, 바로 곤란한 상황을 만들어 견고하게 구축해서 가능한 한 그녀를 기다리는 불길한 분위기가 우리에게 도움이 되도록 하는 것이 핵심이다. 내가 알게 된 그런 모습은 긴급하기보다는 덜 고무적인 것이었고, 그런 일에서 구성의 핵심을 찾을 때까지 나아갈 수가 없다. 그것 없이 시작하는 것은 기차를 타는 척하는 하는 것이고, 더 나아가 표 없이 누군가의 자리에 앉아 있는 것이다. 이런 검증의 지속적인 매력과 안정된 조명에 나는 밀리 실Milly Teaele이 어떤 괴로운 상황에서 숨을 내쉬게 될 요소들이 모든 배려 속에 제대로 만들어지지 않고는 그녀에 대해 충분히 설명할 수 없다는 것을 알게 된 순간부터 나는 '비둘기의 날개'를 위해 생긴 충분히 긴 줄에서 표를 확보했다. 누군가 그녀의 고통 받는 상태가 절반에 불과하고, 비슷한 상태의 절반은 그녀의 영향을 받는 다른 사람들의 상태라고 생각한다면 (그들도 그녀만큼 아픈 사례가 있어야 한다) 그러면 나는 내가 시작해야 할 반쪽을 자유롭게 선택할 수 있었다. 내가 애정을 담아 말했던 것처럼, 그녀에게 단호한 작은 세상이 의미로 가득하다면, 같은 이유로 내 메달을 자유롭게 내걸 수 있고, 메달의 앞면과 뒷면, 앞면과 뒷면은 관중이 아름답게 선택할 수 있을 것이다. 나는 어떻게 해서든 그들을 도드라지게 하고, 이름을 새기고, 똑같이 돋보이게 하고 싶었다. 하지만 그런데도, 내가 말했듯이, 나의

'핵심'은 쇄신한 젊은 뉴욕 아가씨와 그녀에게 의존할 수 있는 것이 내 중심이 된다고 해도, 내 주변은 완전히 치료할 수 있어야 한다는 것이다. 그래서 나는 언제 진도를 나아가야 할지 알기 위해서 내 자신을 믿어야 했다. 전체적으로 볼 때 결국 누군가는 준비하는 마음과 동경의 마음으로 바깥부터 시작해서 주위를 좁히면서 중심에 접근한다. 따라서 시간이 지나면서 과정이 본격적으로 진행되고 그동안에 수많은 재미있는 방식이 남았다.

메달은 자유롭게 걸려 있었고, 난 이것을 완벽하게 느꼈고, 내 첫 번째 책에서 다져놓은 바탕을 편안하게 놓은 순간부터 표면적으로 그 바탕이 밀리에게는 매우 부족하다는 걸 유념한다. 이렇게 공개적으로 상스러워도 그걸 고집하는 걸 좋아하고, 가능한 '멀리서'부터 시작되는 호기심과 똑같은 이야기 톤으로 양심의 가책 없이 자기주장을 하는 대상 너머로 훨씬 '뒤떨어지는' 경우는 거의 기억하지 않는다. 이 점에 있어서 자유 재량권은 무엇보다도 마음에 드는데, 그 자유 재량권은 연재물에서 창피하게 작품이 실패한다는 사실에 미리 신제를 졌던 것이다. 이런 실패는 단편 소설에서 반복되었지만 (2~3년 후에 출간될 '황금잔The Golden Bowl'처럼) 우리가 여기서 논의하는 상당한 작품은 조금은 얼떨떨하게 정기간행물과 편집자의 세계에서 탄생했고 거의 눈에 띄지 않게 실패할 뻔했지만 결국 '성공'을 외치고 있다. 다행스럽게도 고산 지대의 추위와 높고 추운 산등성이처럼 냉정한 편집자가 맡게 되는 뭔가가 있었고, 시큼한 포도도 때때로 상당히 취하게 할 수 있고 제 역할을 하는 이야기꾼은 자신이 얼마나 합의를 할 수 있는지 또다시 알게 되어서 기쁠 것이다. '출판 조건'에 해당하는 내용은 어느 정도 흥미롭거나 적어도 도발적인 면이 있었다. 하지만 그것의 매력은 처리 방법이 종종 작품의 바탕과는 전혀 다른 곳에서 나온다는 사실에 의해 입증된다. 그 내용들은 거의 항상 완전히 다른 분위기의 산물이며, 작업의 테두리 안에서 어둠만을 나타내는 빛으로 여겨진다. 하지만 너무 어둡지 않으면, 가끔 독창성에 대한 부담으로 여기는데, 즉, 잘 길러진 말에 안장을 얹어야 하고, 같은 선율에 너무 많은 부담을 느끼는 숙련된 장인의 독창성과 같다. 그럼에도 불구하고 가장 훌륭하고 뛰어난 독창성은 그 진실과 관련하여 타협이 아니라 완전히 순응하는 것이고, 우리 앞에 놓인 경우에는 나는 나의 분열, 나의 균형과 전반적인 리듬이 어느 정도 일시적으로 적절한 것이 아니고 영구히 적절하다는 걸 명심한다. 따라서 내 대안은 그것으로 충분했고, 사실 이 책의 구성에 대한 더 이상의 설명은 그 자체가 정해진 표기법으로 귀결된다고 생각한다.

연속적으로 중심이 되는 '재미'가 있는데, 행복한 관점에서 아우르는 주제 일부로 정하고 다루면서 무게를 잡고 힘을 전달하기 위해 단단한 소재의 덩어리를 예리하게 구성하는 것인데, 구성을 통해 결과를 끌어내고 묘미를 선사한다. 그런 소재 덩어리는 분명 케이트 크로이Kate Croy에 관한 전반적인 예비 설명이고 처음부터 나는 진폭의 면을 제외하고 그 자체를 그려내는 걸 굉장히 거부했다. 진폭의 표현, 분위기의 표현들이 충만함과 솔직함, 머릿속에 맴도는 힘을 확고히 하며, 그래서 앞뒤로 그늘에 있는 부분이 햇빛에 있는 부분인 것처럼 사실로 보이게 한다. 이것들은 분명 내 조건이었고, 내가 보고 느꼈던 것처럼, 현재의 길을 되돌아가는 것이 무엇보다 중요하다고 전체를 표현하는 양을 너무 과대평가하지 않았지만, 빈틈과 실수를 표현하고, 최선을 다해서 결실을 보지 않으려는 뜻을 하나하나 놓치지 않으려고 했다. 나는 '소재 덩어리'에 번호를 매기는 순간부터 일반적인 시도의 과정을 설명하고 그것이 내 계획의 진정한 그림일 것이라고 말했다. 그러나 계획과 결과는 별개다. 그래서 이것은 나의 가장 처음이자 가장 축복받은 환상 속에 그것에 공헌할 수 있었던 행복한 특징으로 특징지어지는 것이 현재로서는 마지막이라고 말할 수 있을지도 모른다. 나는 이야기의 흐름, 부족한 가치, 눈에 띄는 공허함, 사라진 연결고리, 조롱하는 그림자를 다시 만들고, 그 그림자는 한 사람의 선의로 일찍 피어난 꽃을 나타냈다. 물론 그런 경우는 비정상적인 것과 거리가 멀었고, 그것과는 거리가 먼 어떤 예민한 생각은 예술가의 에너지가 그의 오류 가능성에 상당히 의존하는 정도의 '법칙'으로 이때쯤이면 분명히 해결해야 했을 것이다. 얼마나 그리고 얼마나 자주, 그리고 거의 무한한 다양성과 관련해서 그는 사기꾼이 되어야 하고, 그의 주요 목적을 속여야 하고, 전혀 가늠이 안 되는 주인이 되어야 하고, 그의 실제 대리인이 되어야 하는가? 혹은 다른 말로 눈에 띄지 말아야 하는가? 그는 진지한 조사 끝에 다리의 교각을 설치했고, 적어도 교각의 대범한 위치를 충분히 깊이 살폈지만, 다리는 원래 설계의 주요 장점인 이들 특성으로부터 완전히 독립되어 개울을 가로질렀다. 그것들은 필요한 시간 동안 환상이었지만, 단일 아치이든 여러 개의 아치이든 그 범위 자체는 세상에서 가장 이상한 기회로 현실처럼 보였고, 실제로 그 아래를 지나가며 후회하는 건축가는 위에서 나는 소리를 들은 후, 목구멍까지 나오는 말을 참고 '사용되고' 있다는 것으로 이해했다.

케이트 크로이가 그 위에 놓을 짐을 조금씩 감당할 수 있는 능력을 아는 것은 예를 들어 실제로 품질이 낮은 수십 개가 있는 것처럼 빽빽하게 쌓인 수백 개 벽돌의 문제였다. 그렇게 위태로워진 그녀와 남부끄러운 아버지의 인상은 그녀의 삶에 스며들었고, 그녀의 원천을 건드리는 특정한 방법이었고, 수치심과 짜증과 우울함, 아버지의 악영향은 이런 일을 하는 데 있어 가장 강조되는 '명예를 건 맹세'라도 범위를 넘어선 진실과 함께 보여야 했다. 하지만 이때 우리는 제 역할을 하지 못하는 초라한 장면에서 그를 어디에서 찾을까? 하지만 그는 잠깐 나올 뿐, 불쌍하고 멋지고 빌어먹은 유령 같은 존재며, 그는 자신이 설 자리가 없고 그의 손님이 별로 그립지 않다는 걸 알고 오랫동안 써온 모자를 다시 눌러쓰고는, 자신의 인생에 대한 깊은 실망감을

품위 있게 잘못 전하는 휘파람을 불며 무관심하게 돌아섰다. 누군가
의 서투른 맹세는 공연을 위해 검열을 통과해야 했다. 즉 모두가 훨씬
더 좋은 기회를 즐겨야 했고, 거들먹거리는 극단의 스타처럼 이왕 등
장하는 거라면 작은 역할이라도 만족해야 했다. 솔직히 말해 별로 중
요치 않은 것에 대해 자세히 말할 마음이 현재 없으며, 결국 대부분의
설명은 이러한 재검토를 통해 나에게 몰아치는 진실의 조잡함에 있었
다고 생각했고, 그것은 거의 곳곳에서 회화가 연극을 질투하고 (내 생
각에 전반적으로 큰 인내심으로) 연극이 회화를 의심스러워하는 이
상한 고질적 현상이다. 당연히 그들 사이에 주제에 맞는 많은 일이 있
다. 그러나 각자는 상대방의 이상을 교활하게 방해하고 가장자리에
서 맴돌며, 각자는 "내 방식대로 해야만 그 일이 '끝났다'라고 받아들
일 수 있어."라고 말할 것이다. 반면 당연히 이러한 싸움을 목격한 사
람들을 위한 위로의 잔여물은 시간의 황혼과 예술의 초기 단계에서
했던 편리한 성찰에 있는데, 악마는 물론 타협의 천사도 하는 것으로,
그 일을 하는 데 있어서 어떤 도움도 감사해하지 않는 것만큼 '하기'
쉬운 일은 없었다. 내 구성은 이런 식으로 라이오넬 크로이Lionel Croy
의 꿈을 실현하게 하는 것이 아니라 그를 놓아주면서 서 돌이킬 수 없
는 한탄을 하는 것이다. 머튼 덴셔의 누가, 무엇을, 어떻게, 왜, 어디
서, 어디로, 이 모든 것들은 재미없는 헤르메스Herme(그리스 신화의 신들
의 사자(使者))를 맴돌고 그에게 꽃을 씌워주는 고대 전령들과 파우누스
들fauns(로마 신화의 숲의 신, 남자의 얼굴에 염소 다리를 하고 뿔이 달려 있는 모습)가 떠들
어대는 분량과 속성이었다. 각각의 대리인에게 있어서 가장 큰 불안
은 각자 느낌이 있어야 한다는 것이지만, 결국 관대함의 손길을 조심
하며 머물려야 하는 일련의 통탄할 곳을 지나면서 모든 게 어떻게 되
겠는가? 그 청년의 개인적, 직업적, 사회적 상황은 모든 경험을 할 정
도로 우리에게 너무나 쏟아졌고, 같은 이유로 우리는 로더 부인과 함
께했고, 그녀의 존재감과 '개성'에 흠뻑 빠져 그녀의 무게감을 느낄 수

있었다. 여주인공을 따라다니는 보스턴 출신 친구이며 밀리 실의 영국 사교계 경험을 생생하게 잘 반영하며 수많은 손길의 주체인 스트링햄 부인을 좋아해야 했다. 모여있는 우리의 친구들에게 베니스의 상황의 힘과 의미는 더 큰 운명 밖으로 깊숙이 향하게 했고, 덴서의 최종 입장과 생각의 패턴은 곱게 바느질했지만, 실패에 아직 감겨 있는 실크와 금실, 분홍색과 은실 같았다.

하지만 결국 우리는 당연히 중요한 균형을 되찾아야 하는데, 각 구획의 패턴은 저절로 만들어지지 않았고, 그래서 우리는 서서히 기회를 찾아내고 살피지 않았을 것이다. 전체적으로 보면, 각 부분은 그 패턴에 충실하고, 단순하게 진술하지 않는 척하면서도 결코 명료한 계획을 절대 놓지 않는다는 이점이 있었다. 이 계획의 적용은 충분히 지속적이고 모범적이지만, 난 그것들을 훑어볼 여유가 거의 없다. 첫 번째 권 혹은 각 권의 첫 '부분'에서 분명하게 드러나는데 나는 스트레스를 받는 상황에서 의식의 실제적 융합에 동의해야 한다는 것을 일찍이 깨달았던 두 젊은이의 연관된 의식을 통해 종속적이고 공헌하는 형태를 보인다. 머튼 덴서가 빙빙 도는 것으로 표현되는 건 젊은 여성의 '시야'이지만, 엄밀히 그녀의 생각은 여기에 반영되지 않았다. 다른 사람들이 그의 역할을 하는 것처럼 그가 이런 역할을 하는 경우가 있고, 이해할 수 있는 계획은 당연히 그러한 경우를 바로 잡고 어느 한쪽과 다른 쪽으로 스스로 충분히 이뤄지도록 한다. 나는 가끔 실제로 그 구별의 장점을 상실했을까? 전자가 가정된 후에 다른 중심을 위해 하나의 중심을 포기한 적이 있는가? 우리가 '중심'부터 진행하는 순간, 나는 결코 어떠한 우월한 과정의 논리를 받아들인 적이 없지만, 각각은 하나의 기준으로 선택되고 정해져야 하고, 그 후 처리에 따른 경제적 이익에 따라 결정해야 한다. 관점을 정하지 않고는 조화롭게 처리되지 않고 비록 어느 정도의 압박에 집중할 때 행동의 여러 당사자 사이에서 대표되는 생각의 공동체를 이해하지만, 나는 기록의 중단, 기록의 일관성 희생은 흩어지고 약해지지 않는다고 생각한다. 이 진실 속에는 차별적인 일의 비밀이 있고, 우리는 그림이나 장면으로 다룰 것인지에 대한 선택의 대상이지만 그 장면에서 그 가치를 최대한 보여줄 수 있다. 그런 점에서 그림과 장면의 경계선이 이중의 압력을 조금 받는 경우나 일부 경우는 매우 멋지다.

그런 경우라면 추측하지 않을 수 없겠지만, 밀리의 두근거리는 생각이 드러나고 인생의 중심에 모든 것이 집중되지만 적절하게 뒤섞이면서 위태로워지는 4권 초반에 우리 앞에 형성되어 있는 긴 여정 동안 추측할 수밖에 없다. 로더 부인의 모임에 대해 그녀가 소개한 이 구절은 책 후반부 삽화와 짝을 이뤘고 다른 규칙에 따라야 하는 위기에 처했다. 내가 편하게 이름 붙였던 (지성, 호기심, 열정, 무엇이든 그것들을 지시하는 순간의 힘으로 일반적으로 빛이 나는) 내 기록이나 '반영 인물'은 우리가 봤던 대로 차례로 일어났다. 그래서 여기 두 번째 연결에서 내가 여기서 훑어보는 건 '모든 가치를 내세우는' 케이트 크로이였다. 그녀는 베니스에서 크게 주목을 받았는데, 그곳에서 부유하고 잘 알려지지 않고 거들먹거리는 (다른 말로 난 기뻤다) 모습이 그 당시에는 너무 강렬했고, 덴셔와 그들에 대한 그녀의 생각에 따라 대부분 다뤘다(계획을 꾸미고 충돌하는 대리인들의 명쾌한 상호작용에 따라 할 말이 많을 것이다). 케이트 생각에 문제의 단계에서 이 드라마는 정점에 달하고, 불쌍한 밀리가 빌리 저택의 화려한 응접실에서 친구의 즐거운 저녁을 살피고, 랭커스터 게이트의 장면을 삽입해 촘촘한 구성으로 종합적으로 견고하게 한다. 밀리의 상황은 한 시간 동안 케이트의 지성, 혹은 덴셔의 지성 혹은 스트링햄 부인의 지성보다 더 가까운 관점에서 '될 수 있는' 것이 되려고 멈춘다(가장 진기한 역할을 하는 내 원래 계획으로 완성된 이 마지막 참가자는 그 짧은 시간 동안 아무 소용이 없었기 때문이다). 케이트와 덴셔의 관계는 예전부터 끊어졌고, 또다시 끊긴 것처럼, 밀리가 그들과 관련이 있는 후자의 감탄스러운 열망보다 더 많은 책임감을 가질 것이다. 비인간적인 측면, 즉 작가의 상대적으로 냉소적인 확언이나 얄팍한 확약은 너무 추잡하고 너무 피도 눈물도 없는 모습으로 느껴져 지식의 남용이 아니라 특권의 남용으로 우리에게 영향으로 미칠 수 있다. 맙소사, 베니스에서 절정의 시간을 보내는 동안 우리는 생각을 해야 했고, 덴셔가 비관적으로 모든 일을 잇고 케이트가 용감하게 대가를 치르기보다 우리의 피폐해진 언니를 알아야 했고, 그 시간에 그녀가 덴셔의 숙소에 혼자 방문했다는 건 그녀의 뛰어난 처리능력을 무시한 끔찍한 모독이었다. 이 구절에서 우리는 비관적으로 돌아볼 시간이 있었고, 우리는 의도와 예의를 알 시간이 있었다. 우리는 그 자체로 재미로 구성의 조화를 살펴볼 시간이 있었다. 저자의 전반적인 중심의 상습적으로 바뀌고 겨우 어느 정도 절망감을 감춘다고 해도 말이다. 《비둘기의 날개》는 내가 전체적으로 정해 놓은 것 절반을 똑같이 유지하지 못해 (이미 사람들이 괴로워하지만) 내가 인용할 수 있는 가장 인상적인 예를 제시할 것이다. 평소보다 어쩌면 더 많이 지나면서 여기서 임시방편으로 관례로 뉘우친다. 내 생각에 어디에서도 괴로움만큼 조롱의 필요성이 느껴지지 않았다. 난 어디에서도 어려운 주제를 발전시키면서 쌓이는 어려움으로 부담감을 느끼며 완성하는 걸 비난한 적이 없었다. 모든 소설가가 알고 있듯이, 물론 영감을 주는 건 어렵다. 단지, 그 매력의 완성을 위해서는, 잘못된 습관적인 독서로 '생기는' 어려움이 아니라 내재하고 선천적인 어려움이었을 것이다. 《비둘기의 날개》 후반부, 즉 거짓되고 변형된 절반은 신진 예술가의 이익을 위해 자신의 기회를 개선하려는 문학 비평가에게 참으로 좋은 예가 될 것이다. 비평가가 자신을 인정하고 비난하는 데 전념해야 하는 것처럼, 이 그림의 구석구석에는 축소된 전시 규모를 위장하고, 어떤 대가를 치르더라도 축소하고, 존재의 가치를 부여하고, 그들이 가질 수 없는 관점의 대상을 꾸미는 '꾀'로 가득하다. 따라서 우리가 잘못 놓거나 가장 좋은 나

침반을 우습게 보고, 우리가 정도의 환상 없이 무리의 환상을 만들어야 할 때, 그는 우리가 잘못 엮어낸 거미줄이 얼마나 엉켜 있는지 지적할 수 있는 자유를 갖게 될 것이다. 관찰로 할 수 있는 일이 있고 변형이 시작된 점을 사전에 교묘히 살피면서 그것에 관한 관심이 높아진다.

반면 책의 맨 앞부분에 걸쳐 변형이 없을 뿐만 아니라 방법이 분명 긴밀하고 적절하게 적용되었다는 걸 알았고, 종종 착각을 일으키지만, 지속적인 일관성은 어떤 전환점이 되고 일부 이득이 따랐을 것이다. 저자가 처음에 받아들인 일은 처음 소개한 두 젊은이 사이에 형성되는 유대의 본질을 힘있게 시사해서, 이상하게 걱정되고 당황스럽지만, 사람에게 매달리고 자신감 넘치는 열정에 관한 인상을 제대로 보여주는 것이었다. 구성된 그림은 그들의 친밀감과 조화, 욕망의 상호관계에 사로잡힌 천생연분으로, 그래서 장애물과 지체되는 건 너무나도 참지 못하지만, 반면 지성과 특유의 기질로 관계를 풍요롭게 끌어내고 전망을 확대하고 자신들의 '게임'을 응원한다. 운명이 가로막고 기회가 그들을 알아보면서 눈에 띄기에 머튼 덴셔Merton Densher와 케이트는 평범한 커플과는 거리가 멀고, 시작 부분에 그들 반응에 관한 모든 이상한 진실 또한 상스러운 감정 표현이 포함되지 않는지만, 모두 무의식적이고 세상에 대한 최고의 신념으로 그들이 우리에게 제일 하고 싶은 말은 우월한 사교 능력과 결부된 우월한 열정에 대한 표현의 단순한 힘으로 아주 천진난만한 사람에 대한 덫을 놓고 있다는 것이다. 내가 인정했듯이 '경이적인' 모습을 좋아한다면, 단지 빗장을 들어 올린 결과로 (오싹할 정도로 궁극적인 깊이까지) 나의 열망 가득한 여주인공 주위를 무의식적으로 둘러싸려고 하려는 모든 신속한 힘의 공급만큼 높은 가치를 설정하지 않을 것이다. 고통스러워 안절부절못하고, 분노에 찬 인내심이 아닌 다른 방법으로 자신을 확인해야 할 필요성이 본능적인 안도감과 밀리 실Milly Theale에서 빛나는 가능성을 알아볼 때까지 다른 사람들의 관계를 구축했다는 건 무한히 흥미롭다. 드라마의 본질로 젊은 아가씨가 전체적으로 밝은 집을 마련해서 급한 일과 골칫거리에 대비하고 정리했다는 건 매우 흥미롭다.

하지만 이런 언급에서 자세한 문제 처리 방법에 대해서는 너무 적고, 텐셔가 미국에 가기 전에 로더 부인과 만났던 사실에서 잠시 파악할 수 있다. 이런 사전 그림에서 케이트 크로이의 어깨너머로는 엄밀히 알 수 없는 부분이다. 그래도 어쩌면 첫 순간 후에 바로 젊은 아가씨의 폐로 숨을 쉬는 것처럼 우리는 또다시 우리가 편한 대로 한 것은 주목할 만하다. 다시 말해서, 우리가 알기 전에, 텐셔가 랭커스터 게이트에서 직접 본 광경은 그가 경험으로 알게 된 그녀의 불안과 공헌하는 동화로 대체됐고, 이를테면 우리가 모아두었던 것에 다시 녹아들었다. 혼란스러운 것 중 하나는 심해서 너무 논리적 이유와 결정 요인이 없어서, 여기서 나의 분명한 일탈이 혼동되는가? 아니, 분명히 아니다. 두 권을 정독하면 나의 젊은 커플에 주관적 공동체에 대해 분명히 기회를 줬기 때문이다. (그런데 나는 정독에 관한 관심을 여기서뿐만 아니라 다른 모든 곳에서 꼭 언급하고 당연하게 여긴다. 내가 이 기회를 빌려 단호하게 언급할 수 있는 진실은 다양한 이상적인 통치의 관심이다. 예술작품을 즐기는 것, 거부할 수 없는 환상을 받아들이는 것, 대단한 '호화로운 생활' 경험을 이루는 것에 대한 내 결과적인 판단으로는, 작품이 별로 관심을 요구하지 않을 때는 호사스러움은 정말 대단하지 않다. 스케이트를 타는 연못의 두꺼운 얼음처럼 표면에 가장 강한 압력을 가해도 깨지지 않는다는 걸 느낄 때 가장 대단하고, 기쁘고, 아주 멋있다. 균열의 소리는 알아들을 수 있지만, 절대 유쾌하지 않다) 내가 텐셔의 시선에서 바라볼 수 있는 특권을 거의 쓰지 않았다는 건 또 다른 문제로, 요점은 내가 현명하게 특권을 쓸 수 있고 때때로 필요하다는 걸 나타냈다는 것이다. 그래서 어쨌든 처음 2권은 촘촘하게 구성된다. 제3권은 새로운 구성으로 가장 정면에 나서

며 조금도 매끄럽지 않은데, 새로운 중심이 지배하는 새로운 관심을 뜻한다. 여기서 다시 내 중심을 굳건하게 유지하려고, 신중하게 대비한다. 우리는 주로 밀리 실의 '일'을 옆에서 깊이 살펴볼 것이지만, 그녀의 헌신적인 친구가 정신적으로 매우 불안해도 의식은 뚜렷한 보조 인물을 만날 수 있다.

따라서 두 여성에 대한 다소 연관성 있는 생각은 불공평하게 다음에 제시되는 대상을 다루며, 다른 사람들은 다루지 않는다. 그리고 아주 특별한 순간에 내가 스트링햄 부인에게 우리에게 직접 호소하라는 책임이 부여한다면, 내가 하나의 '가치'로 소중히 여기는 거창한 극을 대신하고 활기를 띠어서 다시 한번 매력적일 것이다. 고지대에서 저녁에 한 시간 동안 있었고, 우리의 젊은 아가씨가 이런 방향으로 분명히 증언해야 하는 주요한 일이 됐다. 하지만 난 최고의 현명함으로 내가 구상한 그림에서 구체적 이미지를 유지하지 않고는 어떤 비용도 발생하거나 충족되어서는 안 된다는 걸 오래전에 깨달았고 그래서 유기적으로 다시 조화를 이루고 스트링햄 부인은 문제를 처리해야 한다. 제5권은 새로운 일련의 사건들을 보여주는데, 밀리의 거의 완전한 생각이 다시 중심이 된다. 내 게임에서 새로운 열정과 함께 불길한 전조를 제자리에 두고, 이때쯤 나에게는 어두운 날개를 수면 위로 올리는 모든 선택권이 있다. 우리의 이득을 위해 선택권은 탄력적이면서 확실한 체계에서 사용되는데, 내 방법의 기초로 하나의 시험으로서 여기서 조금은 깊은 소리를 내면서, 현재 어디에서나 확고하게 존재한다는 말이다. '적절한 때'를 맞추고 유지하면서 지루한 내 말을 반복하며, 혼돈에 대한 나의 가장 가까운 접근 방식은 (그렇게 자주는 아니지만) 종종 내 기회를 작게 쪼개는 것이다. 몇 개는 충분하게 유지하는 데 성공했고, 실제로 더 높고 꾸준히 명료함을 바란다. 작품의 전체 실제 중심은 잘못된 중심에 놓여 있고, 5권에서 밀리 도달했거나 어쨌든 더 많이 축소한 척하지만, 또다시 정독해보면 어디에나 있는 매력적이고 호기심 가득한 작가의 본능이 그의 주요 이미지를 간접적으로 표현한다. 나는 몇 번이고 밀리를 확실하게 표현하려고 하고, 이 과정은 가능하면 언제든지 좀 더 친절하고 자비로운 간접적인 도움을 주려는 것이고, 이 모든 것은 마치 그녀에게 우회적으로 접근해서 흠 없는 공주를 대하는 것처럼 간접적으로 그녀를 대하는 것이며, 그녀를 둘러싼 모든 압력은 그녀를 편안하게 했고, 소리와 움직임은 조절되었고, 형식과 애매모호함은 매력적으로 되었다. 이 모든 건 분명히 그녀를 그리는 작가의 유연한 상상력에서 비롯되는데, 다른 사람들이 흥미로워하며 창을 통해서 그녀를 지켜보는 걸 줄이게 한다. 그래서 우리가 공주 이야기한다면, 저택 문 맞은편에 있는 발코니서 하고, 전망이 좋은 곳을 즐기면서, 멋진 곳으로 나오는 도금한 마차에 탄 신비로운 인물을 멀리서 훑어보라. 그러나 내가 창문과 발코니를 이용하는 건 당연히 잘 해봐야 그 자체로 사치일 것이며, 주목해야 할 것은 《비둘기의 날개》에서 재치와 취향, 구성과 본능에 대한 다른 세밀한 부분과 정교한 부분이며, 모든 것을 밝히지 못하고 내 공간을 넘어서는 걸 의식하게 된다. 그 실패로 내가 다른 곳에서 대담하게 벗어나길 바라는 나머지 논평의 부담이 나에게 생겼다.

- 헨리 제임스

Contents

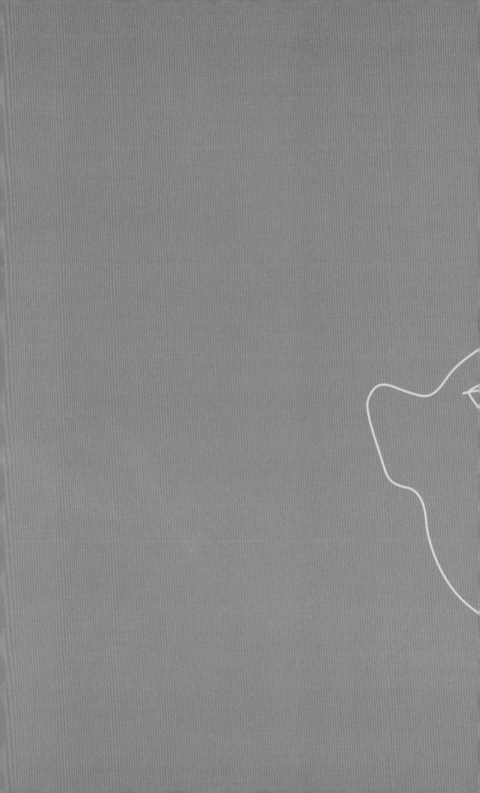

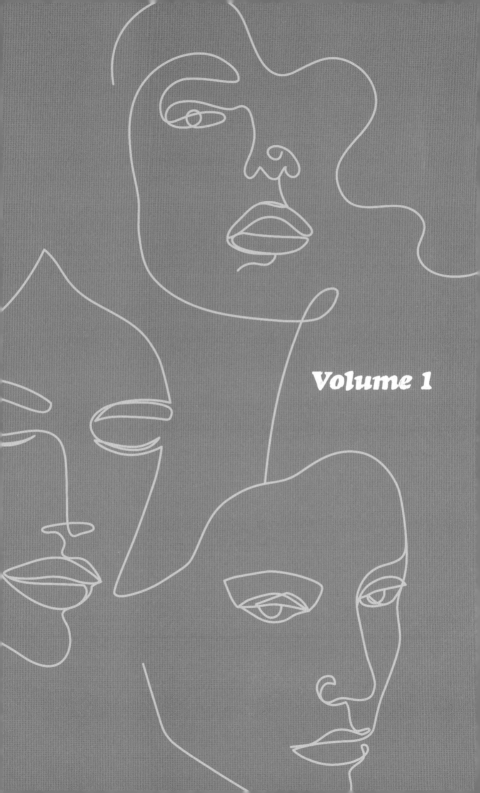

Volume 1

케이트 크로이Kate Croy는 아버지를 기다렸지만, 그는 여전히 어디 있는지 알 수 없었고, 벽난로 선반 위 거울로 아버지를 보지 못한 짜증으로 상당히 창백해진 그녀의 얼굴이 여러 번 보였다. 하지만 이번에는 계속 기다렸고, 허름한 소파에서 한때 광택이 나는 천이었지만 미끄럽고 끈적거리는 안락의자로 자리를 옮겼다. 그녀는 벽에 걸린 누런 인쇄물과 나온 지 1년 된 잡지 한 권을 보았는데, 그것은 색유리로 된 작은 램프와 탁자 위 보라색 천을 돋보이게 하고 부족한 뜨개질로 만든 흰색 장식물과 함께 놓여 있었다. 그녀는 가끔 긴 창문을 통해 갈 수 있었던 발코니에 잠시 서 있었다. 여기서 추잡하고 작은 거리를 바라봐도 조잡하고 좁은 방에서 어떤 안도감을 느끼지 못했다. 좁고 칙칙한 그 집은 앞부분만큼 뒷부분도 낮아 사생활 같은 건 없었다. 좋든 나쁘든 간에 그 방에 있으면 길거리에 있는 거 같았다. 그녀가 매번 다시 돌아올 때마다, 조급해하며 매번 아버지를 포기했고, 운과 도의심을 져버리면서 점점 무력해지고 맥이 빠졌다. 만약 그녀가 계속 기다렸다면, 어떤 의미에서는, 다른 모든 부끄러움에 두려움과 개인적 쇠약의 수치를 더하지 않았을 것이다. 거리, 방, 탁자보와 장식품과 램프를 보면서 적어도 피하거나 거짓된 행동은 하지 않았다. 이런 모든 전망은 특히 그녀가 준비하고 있는 만남을 포함해서 최악이었고 그녀는 그 최악을 제외하고 무엇 때문에 왔는가? 그녀는 화를 내지 않으려고 슬퍼하려고 애썼지만, 슬퍼할 수 없어서 화가 났다. 그런데도, 이렇게 인색하고 진부한 감정의 무자비한 몸짓이 아니라면,

경매에 나오는 '물품'처럼 운명에 의해 결정되고 너무나도 비난받는 불행은 어디에 있을까?

그녀의 아버지, 그녀의 언니, 그녀와 죽은 두 오빠의 집안 전체의 인생사가 파란만장하고 방대한 음악이라고 한다면, 무감각하게 음표와 음표가 전혀 연결되지 않고 미완성으로 매달려 있다. 왜 한 무리의 사람들이, 그런 규모와 유익한 여정을 위한 분위기에서 움직여서 사고 없이 허물어지고, 이유 없이 길가의 먼지가 되어야만 했을까? 이 질문들에 대한 답은 처크가Chirk Street에 있지 않았지만, 그곳은 그런 질문들로 가득했고, 한 아가씨는 거울과 굴뚝 앞에 자꾸 멈추면서 그 질문에서 벗어나려고 하는 것인지도 모른다. 사실 그녀가 다시 괜찮은 모습이 된 것은 이런 '최악'에서 조금은 벗어났기 때문이 아니었을까? 그녀는 자신의 미모를 살피기에는 너무 심하게 빛바랜 거울을 응시했다. 그녀는 검고 깃털이 촘촘한 모자를 다시 똑바로 했고, 모자 아래 짙고 숱이 많은 머리를 매만졌으며, 아름다운 계란형 얼굴을 비스듬하게 바라봤다. 전체적으로 검은색 옷을 입어서 맑은 얼굴과 대조적인 분위기를 이뤘고, 머리칼은 더 짙게 보였다. 그녀의 눈은 실외인 발코니에서 보면 파란색이었고, 실내에서 거울로 보면 거의 검은색이었다. 그녀는 예뻤지만, 그 미모는 어떤 장신구나 단장을 해서가 아니고, 그녀의 인상은 어떤 환경에서나 언제든 빛났다. 그 인상은 그렇게 계속 남았지만, 그 원천에 다른 것이 더해지지는 않았다. 그녀는 작지만, 키가 커 보였고, 행동하지 않아도 우아했고, 체구가 크지 않아도 풍채가 있었다. 날씬하고 소박하고, 종종 조용한 그녀는 왜 그런지 모르지만, 항상 시선을 사로잡았고, 그녀는 그걸 즐겼다. 가끔 다른 여자들보다 장식을 덜 하고 더 잘 차려입거나, 필요한 경우 덜 차려입고 장식을 더 한다고 해도, 적절한 표현들이 없을 것이다. 그녀의 친구들이 의식하고 있는 미스터리가 있는데, 그 친구들은 그녀가 똑똑한 것이 그녀의 매력의 원인인지 아니면 매력의 결과인지에 대해 설명했다. 만약 그녀가 아버지의 하숙집 빛바랜 거울에서 자신의 고운 얼굴보다 더 많은 것들을 봤다면, 그녀는 결국 자신이 진짜가 아니라는 것을 알았을지도 모른다. 그녀는 자신이 하찮다고 생각지 않았고, 비참하지도 않았다. 개인적으로, 적어도, 그녀는 경매에서 낙인찍히지 않았다. 그녀는 아직 포기하지 않았고, 만약 그녀가 결정적인 말이라면, 엉터리 문장은 어떤 의미를 지닌 채 끝날 것이다. 눈은 거울에 고정됐지만, 그녀가 남자였다면 찾을 수 있었을 방법에 관한 생각에 잠겨 있었다. 무엇보다도, 그녀가 그토록 좋아했던 소중한 이름이었고 보살펴왔기에, 그녀의 불쌍한 아버지가 형편없는 짓을 해도, 바로잡을 가망이 있었다. 하지만 무일푼의 여자가 그것으로 무엇을 할 수 있겠는가?

마침내 아버지가 나타났을 때, 늘 그렇듯 아버지를 붙잡으려는 노력이 무의미하다는 것을 바로 깨달았다. 그는 그녀에게 자신이 너무 아파서 방을 나갈 수 없으며, 바로 그녀를 만나야 한다고 편지를 썼었다. 그리고 만약 이것이 하나의 계획이었다면, 속임수에 필요한 적당한 마무리가 썩 좋지 못했다. 그녀 자신도 대화를 원했던 것처럼, 그도 심술궂은 이유로 분명히 그녀를 보고 싶어 했다. 하지만 그가 그녀와 익숙해진 자유의 불가피함 속에서, 그녀는 다시 자신의 불쌍한 어머니가 느꼈던 바로 그 오랜 아픔을 다시 느꼈고, 아버지는 준비 없이 당신을 감동시킬 수 없었다. 그와의 어떤 관계도 당신에게 상처를 주지 않을 만큼 짧거나 피상적일 수 없다. 세상에서 가장 이상한 방식으로 존재하지 않는 것이 그에게 이득이라는 생각이 종종 드는 것은, 그가 원해서가 아니라, 그가 당신에게 망가진 채로 두는 실수나, 아무런 힘도 쓰지 않고 당신에게 다가갈 수 있다는 불가능한 일에 대한 확신이 전혀 없었기 때문이다. 그는 거실 소파에서 그녀를 기다렸을 수도 있고, 침대에서 그녀를 맞이했을 수도 있었다. 그녀는 그런 비밀 penetralia을 몰라서 기뻤지만, 그에게 진심이 없다는 것이 덜 생각났을 것이다. 이것은 모든 새로운 만남에서 느끼는 피로감이었다. 당신이 그와 함께 앉아 있을 때, 그가 기름이 끼고 낡은 카드 팩에서 카드를 꺼내는 것처럼 거짓말을 했다. 이런 경우 항상 그렇듯이 불편한 점은 무엇이 거짓인지 신경 쓰는 것이 아니라 무엇이 진실인지를 놓쳤다는 것이다. 그가 아플 수도 있었고, 당신이 그것을 잘 알 수도 있지만, 이 번에는 그를 보지 않고도 충분히 직시할 수 있었다. 정말로 그가 죽을 수도 있지만, 케이트는 언젠가 자신이 그의 어떤 증거를 믿어야 할지 꽤 궁금했다.

그는 현재 위쪽에 있는 방에서 내려오지 않고 있다. 그는 이미 집 밖에 나갔지만, 그녀가 그에게 맞서거나 부정하거나, 아니면 그의 궁 핍한 상황에 대한 증거를 내놓는다면, 그렇게 할 것이다. 그러나 그녀 는 현재까지 그에게 맞서는 것을 멈췄다. 그와 얼굴을 맞대고 쓸데없 는 짜증을 내지 않았고, 잠시 후에 아무것도 남기지 않게 그는 비극적 인 의식 속에 숨을 내쉬었다. 똑같은 방식으로 희극적인 의식 속에 숨 을 내쉬는 것도 어려웠다. 그녀는 이 후자로 아직도 그에게 매달릴 수 있는지 모른다고 생각했다. 그는 더는 즐겁지 않았고, 정말 너무 비인 간적이었다. 그렇게 오랫동안 떠돌게 했던 그의 완벽한 외모는 여전 히 완벽했다. 그러나 매번 그것을 당연하게 받아들인 지 오래되었다. 사람이 얼마나 옳은지를 실제로 보여주는 것보다 더 좋은 것은 없다. 그는 평소와 똑같았다. 피부와 머리칼은 온통 분홍빛과 은빛으로 물 들어 있었고, 몸에는 예의가 배어 있고, 옷은 풀을 먹어서, 세상에서 가장 불쾌한 일과는 관련이 없는 남자였다. 그는 특히 영국 신사였고, 운이 좋았고, 안정적이고, 평범한 사람이었다. 외국 식당에서 본다면, 그는 "영국이 만들어 낸 완벽함이네!"일 것이다. 그는 친절하고 편안 한 눈빛을 가졌고, 그 모든 선명한 완벽함에도, 어떤 면에서는, 한 번 도 스스로 성취해 본 적 없는 행복감을 보여주는 목소리를 가졌다. 인 생은 중간에 그를 만났고, 그와 함께 걷기 위해 몸을 돌렸고, 그의 팔에 손을 얹고 어리석게도 그가 보폭을 선택하도록 했다. 그를 조금 아는 사람들은 "옷을 정말 잘 입어요!"라고 말했고, 그를 더 잘 아는 사람들은 "그 사람은 어떻게 입어요?"라고 말했다. 현재 딸의 눈에 비친 희극의 빗나간 하나의 빛줄기는 칙칙한 하숙집에서 그가 잠시 그녀를 '쳐다봄'으로 느끼는 이상한 감정이었다. 그가 오고 나서 잠시 그 장소는 마치 그녀와 그가 감수성을 가진 방문자인 것 같았다. 그는 당신에게 이상한 감정을 선사하고, 열세를 만회하는 말로 표현할 수 없는 기술이 있었다. 그녀 어머니가 그를 만나는 동안 항상 그랬다. 그는 그들이 종종 모르는 곳에서 왔지만, 그는 렉샴 가든Lexham Gardens을 자주 찾았다. 하지만 조바심을 내던 케이트가 실제로 내뱉은 유일한 표현은 "아버지가 훨씬 좋아지셔서 기뻐요!"였다.

"별로 괜찮지 않아, 얘야. 몸이 아주 아파. 모퉁이에 있는 끔찍한 놈이 하는 약국에 갔다는 게 바로 그 증거란다." 그렇게 크로이 씨는 그를 달래는 겸손한 손길을 얻을 자격이 있다는 것을 보여줬다. "난 그 놈이 지어준 약을 가지고 왔어. 내가 널 부른 이유란다. 내가 진짜 어떤 상태인지 보라고 말이다."

"아빠, 아빠를 못 본 지가 오래됐어요! 이때쯤이면 '아빠 멋져요. 그 얘기는 이제 그만해요N'en parlons plus!.'라는 말을 해야 한다는 거 알아요. 아빠는 늘 멋져요. 매력적으로 보여요." 반면에 그는 그녀가 항상 그를 믿는다는 걸 알았기 때문에 그녀의 외모를 판단했다. 그녀가 입은 옷을 살피고 평가하고, 때로는 못마땅해하며 그가 그녀에게 계속 관심이 있다는 것을 보여줬다. 그가 정말 전혀 신경 쓰지 않을 수도 있지만, 그녀 자신이 그가 가장 무관심하지 않은 존재라는 걸 사실상 알고 있었다. 그녀는 종종 그가 어떤 점에서 기뻐하는지 충분히 궁금했고 이런 경우에 다시 그 부분으로 돌아갔다. 그는 딸이 아름답고 상당한 가치를 지녔다는 것이 기뻤다. 그런데도, 그가 비슷한 조건에서 다른 자식에게는 어떤 것도 얻지 못한 게 분명했다. 불쌍한 매리언

Marion은 아름다울지도 모르지만, 그는 확실히 신경 쓰지 않았다. 물론 여기서 문제는 언니가 자식이 넷 딸린 미망인이라서 아무리 아름다워도 가치가 높지 않았다. 그녀는 별문제가 되지 않고 그가 진실한 대답을 하지 않을 거라고는 알고 있었지만, 다음으로 그가 하숙집에 실제로 얼마나 있었는지 물었다. 그녀는 사실이든 아니든 그의 대답에 관심을 기울이지 않았다. 이미 그에게 할 말을 하고 있었기 때문이다. 이것 때문에 그녀는 정말로 기다렸고, 그의 끊임없는 무례함에 잠깐 분노했다가 그녀는 그 모든 것의 결실을 꺼냈다. "네, 지금도 기꺼이 아빠랑 같이 있으려고 하잖아요. 아빠가 나한테 무슨 말을 하고 싶은지 모르겠지만, 아빠가 편지를 쓰지 않았더라도 하루나 이틀 내로 내 소식을 들었을 거예요. 일은 벌어졌고, 내가 확신이 생길 때까지 아빠를 만나기만을 기다리고 있었어요. 확신이 섰어요. 난 아빠와 같이 갈 거예요."

그 말은 효과가 있었다. "나랑 어디 갈 건데?"

"어디든지요. 아빠랑 있을래요. 여기도 좋아요." 그녀는 마치 계획대로 된 것처럼 장갑을 벗고 자리에 앉았다.

라이오넬 크로이Lionel Croy는 마치 그녀의 말 때문에 쉽게 빠져나갈 핑계를 찾기라도 하는 것처럼 서성거렸다. 그녀는 아버지가 스스로 대비해 왔던 것을 무시했다는 걸 바로 알았다. 그는 그녀가 오지 않길 바랐고, 그와 화해하지 않길 바랐고, 어떤 방식과 상태로 그녀를 단념시키려고 딸을 불렀다. 하지만 그녀와 멀어지는 것은 그가 일부 아름다움을 희생해야 하는 것이었다. 그녀가 그를 버리고 싶어 하지 않는 한, 어떤 방식도 상태도 없었다. 따라서 모든 고귀함과 함께 그녀의 바람대로 그의 생각을 저버리는 것은 아니었다. 결코, 그녀를 멀리하려는 것은 분명 아니었다. 하지만 그녀는 스스로 얼마나 자비로움에 마음이 전혀 움직이지 않는지 생각하며, 그가 당황하는 것을 조금도 개의치 않았다. 그녀는 처음이자 마지막으로 그에게서 너무나 많은 모습을 봤기 때문에, 이제 죄책감 없이 그를 내칠 수 있었다. 하지만 그녀는 "오, 얘야, 난 절대 그 말에 동의할 수 없어!"라고 말하는 그의 말투에 당황해 숨이 막혔다.

"그럼 어떻게 하실 건데요?"

"고민 중이야. 넌 내가 생각이 없는 거 같다고 생각하는 모양이구나."

"그때 제가 한 말은 생각 안 해보셨어요? 전 준비됐다는 뜻이잖아요."

그녀 앞에서 손은 뒷짐 지고 다리는 약간 벌린 채, 그는 발가락으로 선 것처럼 그녀 쪽으로 몸을 약간 앞뒤로 움직였다. 양심적인 숙고의 효과가 나타났다. "아니, 안 해봤어. 그럴 수가 없었고. 그러지도 않을 거야." 그것은 정말 존경할 만한 가식이어서, 그녀는 오래된 절망감, 집에 대한 절망감에 기억과 함께, 겉으로 봐서 그를 거의 알 수 없다는 것을 새삼 느꼈다. 그의 그럴듯함은 어머니의 십자가 중 가장 무거웠다. 필연적으로 그가 한 짓보다 세상에는 끔찍한 일이 더 많이 존재하며, 감사하게도 그들은 실제로 모른다. 그는 어떤 특성 때문에 분명 함께 살기에는 형편없는 남편이었다. 그가 불쾌하다고 생각했던 여자에게 그는 매우 비위에 거슬리는 타입이었다. 그렇게 함으로써 어떤 면에서는 그녀가 그러한 표정과 태도로 부모를 홀로 두고 떠나는 것이 가벼운 일이 아님을 케이트에게 직접 보여주지 않았는가? 그러나 그녀가 알지도 못했거나 꿈도 꾸지 못한 것이 많았다면, 바로 이 순간 그는 곤경에 빠진 대상으로 자신을 아주 잘 알고 있다는 것이 그들 사이에서 오갔을 것이다. 작은딸의 행복한 모습을 합리적인 가치로 인식했다면, 처음부터 여전히 자신의 것을 더 정확하게 평가했을 것이다. 놀라운 건 그 모든 것에도 불구하고, 그 자신이 그를 도운 것이 아니라, 그에게 더는 도움이 되지 않았다는 것이다. 그러나 오래되고, 영원하고 반복되는 상태로 그동안 내내 그를 도왔다. 그에 대한 그녀의 인내심은 이 순간에 그것이 어떻게 그를 돕고 있었는지를 보여줬다. 그녀는 곧 그의 입장을 정확히 알았다. "네가 그렇게 맘을 먹었다는 걸 정말 나보고 믿으라는 거니?"

그녀는 자신의 처지를 생각해야 했다. "난 아빠가 무슨 생각을 하시든 상관 안 해요. 아빠는 그 문제를 생각하지도 않잖아요. 난 그냥 아빠 생각뿐이에요. 아빠도 알겠지만, 전 아빠를 잘 몰라요."

"그리고 결심한 게 그거니?"

"아뇨, 전혀 아니에요. 그게 문제가 아니에요. 지금까지 아빠를 이해하지 못한다면 절대 이해하지 못할 것이고, 그건 중요하지 않아요. 내 생각에 아빠와 함께 살 수 있지만, 아빠가 이해되지 않는 거 같아요. 물론 난 아빠가 어떻게 지내는지 전혀 몰라요."

"이해가 안 되는구나." 크로이 씨는 거의 명랑하게 대답했다.

그의 딸은 다시 자리를 잡았고, 눈을 많이 마주치지 않았는데도 많은 것을 알 수 있다는 것이 이상하게 보일 수도 있을 것이다. 추함이 드러났고, 너무 분명하고 너무 눈에 보여서 어떻게든 지탱되고 있었다. 그것은 매개체이자 배경이었고, 결국 그 정도까지 삶의 두려운 징조였다. 그래서 그녀는 요점을 담아서 대답했다. "아, 죄송해요. 아빤 잘 지내고 있어요."

그는 기분 좋게 물었다. "내 본모습을 버리지 않았다고, 날 또 버릴 거니?"

그녀는 그 질문을 대답할 필요가 없다고 여겼다. 그녀는 진짜 일 때문에 거기에 앉아 있었다. "엄마 유언장으로 우리가 왜 불안해하는지 알잖아요. 엄마가 우려했던 것보다 남긴 것이 적어요. 우리는 우리가 어떻게 살았는지 몰라요. 매리언 언니는 1년에 200파운드, 전 1년에 200파운드를 받지만, 전 매리언에게 100파운드를 양보했어요."

"마음은 약해서는!" 그녀의 아버지는 친절하게 한숨을 내쉬었다.

"아빠와 날 위해, 다른 100파운드로 뭘 하려고요."

"나머지로 뭘 할 건데?"

"아빠 스스로 아무것도 할 수 없어요?" 그는 그녀를 쳐다보았다. 그러고 나서 주머니에 손을 넣고 돌아서서는 그녀가 열어 놓은 창가에 잠시 서 있었다. 그녀는 더는 아무 말도 하지 않았다. 그녀는 그에게 그런 질문을 남겼고, 잠시 침묵이 흘렀다가, 그 방과는 어울리지 않는 온화한 3월 공기, 희미한 햇살, 처크 가의 작은 웅성거림, 행상인의 외침과 함께 침묵이 깨졌다. 곧 그는 더 가까이 다가왔지만, 그녀의 질문은 신경 쓰지 않는 거 같았다. "네가 왜 갑자기 힘들어하는지 모르겠구나."

"아빠가 어쩌면 알 수 있을 거로 생각했어야 했어요. 어쨌든 말씀드릴게요. 모드Maud 이모가 제안했어요. 하지만 한 가지 조건을 내걸었고, 날 데리고 있고 싶어 하세요."

"이모가 원할 수 있는 게 이 세상에 또 뭐가 있니?"

"아, 모르겠어요. 많겠죠. 날 붙잡을 만큼 난 그렇게 귀하지 않아요. 전에는 누구도 날 데리고 있고 싶어 하지 않았어요." 그 아가씨는 약간 건성으로 설명했다. 늘 적절한 말을 찾고 있던 그녀의 아버지는 지금은 흥미로운 표정이 아닌 놀란 표정을 지었다. "제안받은 적 없다고?" 그는 마치 라이오넬 크로이의 딸이 믿기지 않는다는 듯이 말했다. 친밀한 자식이라도 그녀의 혈기 왕성하고 일반적인 모습과 어울리지 않는 그런 상황이 실제로 드물다는 듯이 말이다.

"부유한 친척한테는 없어요. 이모는 정말 친절하시지만, 우리가 서로를 이해해야 하는 시기라고 하셨어요."

크로이 씨는 전적으로 동의했다. "물론이지. 그래야 할 때야. 그리고 난 이모가 무슨 뜻인지 충분히 알 수 있을 것 같아."

"정말로요?"

"완벽하게 알지. 만약 네가 나와 모든 관계를 끊는다면 이모는 너에게 잘'해 주겠다'라는 뜻이잖아. 이모가 조건을 걸었다고 했지. 당연히 그 조건이겠지."

"뭐, 그거 때문에 힘들어서, 여기 온 거예요."

그는 얼마나 잘 이해하는지 몸짓으로 보여줬다. 그리고 잠시 후 그는 꽤 적당하게 상황을 역전시켰다. "네가 나에게 자비를 베푸는 것이 옳다고 내가 말할 처지가 된다고 정말 생각하는 거니?"

그녀는 잠시 머뭇거렸지만, 분명하게 말했다. "네."

"그럼, 넌 내 생각보다 더 바보구나."

"왜요? 아빠는 인생을 즐기고 있고, 잘살고 있잖아요."

"넌 항상 날 미워했잖니!" 그는 또다시 창을 응시하며 중얼거렸다.

그녀는 그의 말을 듣지 못한 것처럼 말했다. "누구든 값진 추억보다 더 소중해요. 아빠는 실존 인물이잖아요. 우리는 방금 아빠가 멋있다는 점에 동의했어요. 아빠는 나름대로 저보다 더 확고해요. 그러니까 결국 우리가 부모와 자식이라는 사실이 현재 어떤 식으로든 우리에게 중요한 게 이상하다고 하지 마세요. 우리 각자에게 어느 정도 영향을 미쳐야 한다고 생각했어요. 조금 전에도 말했듯이 난 아빠 인생을 전혀 이해하지 못해요. 하지만 그게 뭐든 아빠가 그 점을 받아들였으면 좋겠어요. 그리고 난 아빠를 위해서 할 수 있는 모든 걸 할 거예요."

"그렇구나." 라이오넬 크로이는 아주 관심 있는 목소리로 말했다. "그래서 넌 뭘 할 수 있니?" 그녀는 이 질문에 머뭇거리기만 했고 그가 침묵의 의미를 받아들였다. "날 위해서 네 이모를 포기한다고 할 수 있어. 하지만 네가 그런다고 해서 내게 무슨 도움이 되는지 알고 싶구나?" 그녀는 여전히 아무 말이 없었기에 그는 조금 더 이야기했다. "이런 매력적인 상황에서 우리가 가진 게 많지 않다는 걸 기억하고, 우리에게 주어진 어떤 자리라도 붙잡아야 해. 네가 '포기'에 대해 말하는 방식이 마음에 들어! 수프만 먹는다고 숟가락을 안 쓰는 건 아니지. 그리고 네 숟가락은 네 이모인데, 부분적으로 내 거라는 것도 생각해 봐." 그녀는 마치 노력의 한계를 보려는 것처럼, 많은 일의 허무함과 지루함을 보기 위해서 아까 봤던 작은 거울로 돌아갔다. 그녀는 다시 모자를 똑바로 했고, 이 모습에 그녀 아버지는 성급하게 다른 말을 내뱉었는데 하지만 이미 이상한 감탄의 말로 바뀌었다. "아, 괜찮아. 나 때문에 헝클이지 마."

딸은 그에게 몸을 돌렸다. "모드 이모의 조건은 아빠와 관계를 끊어야 한다는 거예요. 아빠를 만나서도, 이야기를 나눠도, 편지를 써도 안 되고, 아빠 근처에 가지도 말고, 어떤 신호도 남기지 말고, 아빠와 어떤 연락도 해서는 안 돼요. 이모가 원하는 건 아빠가 그냥 날 위해서 사라지는 거예요."

'이루 말할 수 없다'라는 표현으로 그는 항상 발끝으로 걸었는데, 기분이 좋아서인지, 불쾌해서인지는 몰랐다. 하지만 그가 이따금 불쾌해하지 않았다면, 그가 때때로 불쾌하게 여기는 건 이상했다. 그는 어쨌든 현재 발끝으로 걸었다. "모드 이모한테는 아주 정당한 요구사항이구나, 얘야." 그러나 이 문제에 있어, 그녀가 많이 봐왔듯이, 그녀는 처음에는 메스꺼움에 침묵을 지켰고, 그는 계속 말할 시간이 생겼다. "그게 이모 조건이면, 그녀가 뭘 약속해줬니? 뭘 해 주기로 했니? 넌 그걸 이용해야 해."

케이트가 잠시 후 물었다. "내가 아빠를 얼마나 신경 쓰는지 이모가 느끼도록 하라는 거예요?"

"뭐, 네가 알리는 건 참 잔인하고 부당하지. 내가 포기를 주장하기에는 불쌍하고 늙은 아빠지만, 전적으로 동의해. 하지만 결국 나는 포기를 대가로 뭔가를 받아야 하는 늙은 아빠야."

케이트는 이제야 유쾌하게 말했다. "아, 이모가 내가 많은 것을 얻을 거로 생각하세요."

그는 흉내도 못 낼 만큼 그녀의 기분을 맞춰줬다. "하지만 이모가 너에게 뭔가를 주니?"

그녀는 그 모습을 살폈다. "거의 그런 거 같아요. 하지만 그중에서 많은 일은 내가 당연한 거로 생각하는데, 여자들은 서로를 위해 할 수 있고 아빠는 이해할 수 없는 일이에요."

"내가 필요하지 않은 일만큼 늘 내가 이해 못 할 일이 없어! 하지만 네가 훌륭한 기회가 생겼다는 걸 양심에 새겼으면 하는구나. 그리고 결국 넌 나에게 감사하게 될 거다."

"솔직히 내 양심이 그거랑 무슨 상관인지 모르겠어요."

"그렇다면, 애야, 넌 부끄러운 줄 알아야 해. 넌 이 시대의 개탄스러울 정도로 피상적인 도덕성으로 공허한 사람들의 증거가 무엇인지 알고 있니?" 그는 갑자기 영적인 열기를 띠는 매력적인 분위기에서 질문을 던졌다. "저속하고 잔인한 우리의 삶에서 가족의 정서는 완전히 무너졌어. 나 같은 남자, 그러니까 나 같은 부모에게 너와 같은 딸은 상당히 확실한 가치가 있었던 시절이 있었어. 경제에서는 '자산'이라고 하지." 그는 허물없이 말을 이어갔다. "네가 나에게 해야 한다고 느끼는 일에 관해 이야기하는 것이 아니라 너의 기회로 나에게 해야 할 일에 대해 말하는 거야. 만약 그렇지 않다면," 그는 다음 순간 냉정하게 말을 내뱉었다. "그것들은 같은 일에 상당한 영향을 끼칠 거야. 너의 의무와 기회를 알 수 있다면, 나를 이용하는 거야. 내가 잘하는 것을 보면서 가족 같은 분위기를 보여줘. 나만큼 너도 보여준다면, 내가 여러 가지 면에서 여전히 잘한다는 걸 알게 될 거야. 사실, 애야, 4두 마차가 나한테 떨어져야 해." 그의 추락 혹은 절정은 지나친 기억의 재촉으로 별 효과가 없었다. 딸이 했던 말이 그에게 돌아왔다. "너의 적은 유산 중 절반을 주기로 정했니?"

그녀는 머뭇거리다가 웃음을 터트렸다. "아뇨. 난 아무것도 결정하지 않았어요."

"하지만 사실상 매리언이 마음대로 쓰도록 내버려 둔다는 거잖니?" 그들은 그곳에서 마주 보고 서 있었지만, 그녀는 그의 이의에 너무 부인해서 그는 말을 계속할 수밖에 없었다. "그 애 남편이 그 아이에게 남긴 것에 1년에 3백 파운드를 더해 줄 생각이 있잖니?" 그렇게 부도덕한 먼 조상은 의아해했다. "그게 너의 도덕성이니?"

케이트는 쉽게 대답했다. "내가 아빠한테 모든 것을 줘야 한다고 생각하세요?"

'모든 것'이라는 말이 그에게 또렷하게 와 닿아서 대답의 말투를 결정할 정도였다. "그게 아냐. 네가 제안하러 왔다는 말도 거절했는데도 어떻게 그렇게 물어볼 수 있니? 네가 할 수 있는 것에 대한 내 생각을 이해해봐. 난 이미 충분히 표현했고, 어쨌든 받아들이거나 내버려 두겠지. 그런데도 말을 보태자면 그것뿐이야. 내 모든 것을 걸었어. 간단히 말해서 네 의무에 대한 내 생각은 그렇다."

그녀는 피곤한 미소를 지으며 그 말을 마치 작고 기괴한 것으로 받아들였다. "아빠는 그런 주제에 대해서는 뛰어나시네요! 만일 내가 이모 말대로 이행하겠다는 동의서에 서명한다면 확실히 아빠에게 알려야겠다는 생각이 드네요."

"좋아, 얘야! 내가 호소하는 건 너의 명예야. 게임을 하는 유일한 방법은 게임을 하는 거야. 이모가 널 위해 할 수 있는 일에는 한계가 없어."

"내가 결혼하는 거 말씀하는 거예요?"

"그럼 뭘 말하겠니? 제대로 결혼을 하고…."

"그런 다음에는요?" 그가 꾸물거리자 케이트가 물었다.

"그다음에는…. 뭐, 너와 이야기를 하겠지. 관계를 다시 이을 거야."

그녀는 주위를 둘러보고 양산을 집어 들었다. "아빠는 이모만큼 다른 사람들은 무섭지 않으니까요. 만약 내가 결혼한다면, 내 남편이 가장 만만한 상대인가요? 그런 의미라면, 그럴 수 있겠죠. 하지만 내가 제대로 된 결혼을 한다면 아빠가 뜻하는 게 조금은 달라지겠죠? 하지만," 그녀는 양산 주름을 펴면서 말을 덧붙였다. "그 사람에 대한 아빠의 생각 때문에, 그 사람이 우리와 함께 지내도록 아빠를 설득해야 한다고 생각하지는 않아요."

"전혀 그렇지 않아." 그녀가 비난한 두려움이나 희망을 원망하지 않는 것처럼 그는 말했다. 사실, 일종의 지적인 안도감을 느끼며 두 가지 비난에 모두 만족했다. "난 전적으로 네 이모한테 맡길 거다. 내 의견을 접어두고 그녀의 의견을 받아들일 거야. 그녀가 선택한 어떤 남자든 나는 무조건 믿을 거야. 대단한 속물인 이모가 만족한다면, 나도 만족해. 나에게 심술궂게 구는 사람을 그녀가 고를 거라는 사실에도 말이야. 나의 유일한 관심사는 네가 이모가 바라는 대로 하는 거야. 내가 할 수만 있다면 넌 그렇게 가난하지 않을 거야."

"그럼, 안녕히 계세요, 아빠." 딸은 더는 논의를 포기하면서 이 문제에 대해 숙고한 후 말했다. "물론 오랫동안 못 볼 거라는 거 아빠는 이해하시겠죠."

이에 그녀의 말 상대는 가장 훌륭한 영감 하나를 얻었다. "솔직히 영원히 안 보는 건 아니니? 절대 절반도 하지 않았던 일을, 내가 하지 않은 일을 제대로 봐줘야 해. 내가 잘 적응한 세상에서 내가 눈에 띄지 않겠다고 너에게 제안하는 거 말이야."

그녀는 마지막으로 아름답고 평온한 얼굴로 그를 돌아봤다. "아빠가 어떤 사람인지 모르겠어요."

"더는 안 돼, 애야. 내 인생에서 뭔가를 찾으려고 노력했지만, 헛수고였어. 아무것도 없고, 더 불쌍하지. 만약 우리에게 많은 것이 있었고, 우리가 서로를 찾을 수 있었다면, 우리가 무엇을 하지 않을 수 있을지 몰라. 하지만 지금 그건 중요하지 않아. 잘 가거라, 내 딸." 그는 심지어 키스라는 것에 대해 그녀가 뭘 바라는지 확신하지 못하는 거 같았지만, 그런 불확실한 상황에 당황하지 않았다.

그녀는 상황을 정리하기 위해 조금 더 참았다. "나는 만일의 사태에 대비해서 내가 갈 준비가 되었다는 걸 아빠에게 증언할 수 있는 증인이 여기에 있으면 좋겠어요."

"집주인을 부를까?"

"내 말을 믿지 않으시겠지만, 난 정말 아빠가 어떤 방법을 찾기를 바라고 왔어요. 아무튼, 아빠를 불편하게 해서 정말 죄송해요." 이 말에 그는 그녀에게 돌아서서, 전처럼 창가로 몸을 피해서 거리를 바라봤다. 그녀는 잠시 후 말을 덧붙였다. "유감스럽게도 증인이 없다면, 아빠가 정말 해야 할 말은 단 한마디뿐이에요."

그가 이 말을 들었을 때, 여전히 그녀에게 등을 돌리고 있었다. "이미 내가 할 말을 받아들이지 않겠다면, 우리는 너무 시간 낭비를 하고 있구나."

"이모가 아빠 문제에 있어 내게 원하시는 것과 똑같이 이모 문제에 있어서 아빠와 함께할 거예요. 이모는 선택하라고 했어요. 좋아요, 선택할게요. 난 아빠를 위해서 그렇게 이모와 관계를 끊겠어요."

그는 마침내 몸을 돌렸다. "너 때문에 내가 진절머리 나는 거 아니? 분명히 하려고 했는데, 그건 옳지 않아."

하지만 그녀는 이 말을 무시했다. 눈에 보이도록 너무나 진지했다. "아버지!"

"네가 왜 그러는지 정말 모르겠고 네가 정신을 못 차리겠다면, 내 명예를 걸고 내가 알려주마. 마차를 타고 다시 랭커스터 게이트 Lancaster Gate로 가."

그녀는 정말 멀리 떨어졌다. "아버지."

그 말이 버거워서, 그는 신랄하게 받아쳤다. "뭐?"

"내 말이 아빠한테 이상하게 들릴 수 있겠지만, 아빠가 나에게 할 수 있는 좋은 일과 도움 되는 일이 있어요."

"그게 바로 네가 알도록 여태껏 내가 노력한 거 아니니?"

그녀는 참을성 있게 대답했다. "맞아요. 하지만 방법이 잘못됐어요. 난 정말 솔직하게 말했고, 무슨 말을 하는지 알아요. 상황이 변했고, 그렇게 됐어요. 내 어려움은 새로운 거예요. 하지만 지금도 '하는' 방식에 대해 내가 아빠에게 부탁하는 게 문제가 아니에요. 그냥 아빠가 날 외면하지 않고, 내 인생에서 사라지지 않으면 돼요. 아빠가 그 냥 '그래, 네 뜻이 그렇다면, 우리는 함께 지낼 거야. 미리 살 방법과 장소에 대해 걱정할 필요가 없어. 우리는 믿고 방법을 찾을 거야.'라 고 말하기만 하면 돼요. 아빠가 날 위해서 할 수 있는 좋은 일은 그게 다예요. 난 아빠가 있어야 하고, 그게 날 위한 거예요. 아시겠어요?"

그가 그렇게 하지 않았다면, 그녀를 잘 살펴보지 않아서가 아니었 다. "네 문제는 네가 사랑에 빠졌고, 네 이모가 그걸 알고, 무슨 이유에 서인지, 틀림없이 그 사랑을 싫어하고 반대한다는 거야. 이모는 그럴 만해! 내 눈을 감고도 그녀를 믿을 수 있는 문제야. 제발 가." 화를 내지 않고 오히려 한없이 슬퍼하며 말했지만, 그는 그녀를 내보냈다. 아빠 의 감정을 완전히 드러내고, 그녀가 그 말을 받아들이기도 전에 방문 이 열렸다. 대단히 못마땅해하면서도 그는 너그러운 동정심이 있었다. "속임수에 빠진 그 여자가 너에게 기대다니, 그녀에게 유감이구나."

케이트는 잠시 찬 바람을 쐬면서 있었다. "여러 가지 면에서 속았 다고 해서, 내가 가장 불쌍하게 여기는 사람은 이모가 아니에요. 그러 니까 나한테 기대라고 아빠가 말한 문제를 말하는 거예요."

그는 그녀의 설명이 다른 뜻이 있는 것처럼 받아들였다. "그럼 넌 로더 부인이모, Maud Lowder과 다른 사람 두 명을 속이고 있는 거니?"

그녀는 단호하게 고개를 저었다. "지금 누구에게도, 특히 이모에게 는 그런 의도가 없어요." 그녀 스스로 해결하는 것처럼 보였다. "아빠 가 날 돕지 않겠다면, 적어도 일이 간단해지겠네요. 난 나의 길을 갈 거예요."

"돈 한 푼도 없는 불량배와 결혼한다는 말이니?"

"아빠는 해 준 것도 없으면서 많은 걸 바라시네요."

그녀를 몰아붙이며 그는 그녀 앞에 다시 섰다. 그녀를 잠시 노려봤 지만, 실제로 반대할 힘이 없어진 지 오래됐다. "네 이모가 진절머리 낼 만큼 네가 비도덕적이라면, 내 주장에도 충분한 근거가 있는 거야.

네가 전혀 부도덕한 사람이 아니라고 생각한다면, 네가 나한테 한 말은 무슨 뜻이니? 그 거지 같은 놈은 누구니?" 그녀가 대답을 못 하자 그가 물었다. 그녀의 반응은 차가웠지만 분명했다. "그 사람은 아빠에게 최선을 다하려고 해요. 사실 아빠한테 잘 대해 주고 싶어 할 뿐이에요."

"그렇다면 멍청한 놈인 게 분명하구나! 그리고 그놈도 가난하고 힘든데, 도대체 어떻게 날 위해서 그 사람이 나아질 수 있다고 생각하니? 형편없는 놈들이라고 제대로 된 사람도 있고 아닌 사람도 있는데, 넌 정성 들여서 잘못된 놈을 고른 거 같구나. 네 이모는 다행히도 그런 놈들을 알아. 내가 너한테 말했듯이 난 그놈들에 대한 이모의 판단을 전적으로 믿어. 이모가 듣고 싶어 하지 않는 놈에 대해 나도 듣고 싶지 않지만, 한 번만 이야기할게." 그리고 마지막을 뱉었다. "네가 정말 우리 모두를 무시한다면….."

"그러면요, 아빠?"

"애야, 네가 애정을 갖고 나를 믿는 것처럼, 네가 후회할 일은 해서는 안 된다는 생각이 드는구나."

그녀는 잠시 한숨을 쉬었지만, 이런 위태로운 상황을 판단하지 못했다. "내가 그렇게 하지 않는다면, 아빠가 두려워서가 아니에요."

"아, 네가 그렇게 하지 않으면, 네가 그만큼 대담하다는 거야."

"그리고 아빠는 날 위해 아무것도 해 줄 수 없다는 거죠?"

구불구불한 계단 위에서 이상한 냄새가 나는 층계참에 그녀가 다다르기 전에, 그는 이번에는 그녀의 간청이 얼마나 헛된 일인지 분명하게 보여줬다. "내 의무는 다했어. 너에게 가장 훌륭하고 분명한 충고를 해줬어." 그리고 그는 휙 몸을 움직였다. "낙담했다면, 매리언에게 가서 위로를 받아." 그가 용서할 수 없었던 것은 그녀가 그들의 어머니가 그들에게 남겨줄 수 있던 재산 중 일부를 매리언과 나눈 것이었다. 그녀는 그것을 그와 나눠야 했다.

그녀는 어머니가 돌아가신 후 이모 집으로 갔는데, 현재 그녀가 겪고 있는 압박감과 고통은 그 이후로 겪었던 그 여정에 대해 되돌아보게 됐다. 할 수 있는 게 없었다. 여주인이 중병에 걸리는 동안, 다른 집에는 돈 한 푼도 없었고, 미납 청구서가 두껍게 쌓였고, 모든 것이 '재산'에 속한 이후로 그녀가 돈을 모아야 한다는 훈계뿐이었다. 그 재산이 기껏해야 어떻게 될지 그 자체가 전체적으로 참혹한 미스터리였다. 사실, 그 이후로 매리언과 함께 몇 주 동안 걱정했던 것보다 남은 게 아주 적다는 게 드러났다. 그러나 그 아가씨는 처음에는 매리언과 그녀의 자식들을 대신해서 주목받고 있다는 것에 다소 상처받았다. 도대체 그녀는 그걸로 뭘 하고 싶어야 했을까? 그녀는 사실 포기하고 있었고, 모드 이모가 예민하게 개입하지 않았다면, 당연히 그렇게 했을 것이다. 모드 이모는 이제 모든 일에 예리하게 끼어들었고, 이런 점에서 모두 받아들이거나 거절해야 했다. 그런데도 겨울이 끝나갈 무렵에, 그녀는 자기 생각을 거의 말할 수 없었다. 그녀가 자신의 행동에 대한 다른 사람들의 해석을 숨 막히게 받아들여야 하는 자신의 모습을 본 것은 이번이 처음이 아니었다. 그녀는 정말 살아갈 방법으로 보였기에, 종종 그들이 맘대로 생각하는 것에 맞춰주는 거로 마무리했다.

공원과 사우스 켄싱턴 구간 반대편에 있는 랭커스터 게이트에 있는 크고 호화롭고 육중한 집은 어린 시절 자신의 불분명한 세상에서 가장 먼 곳으로 느껴졌다. 그녀가 머릿속에서 생각한 비교적 아담한 원 안에 있는 어떤 것보다 그것은 더 멀고 더 가끔 있었고, 일찍이 분명하게 표시된 길로 곧게 뻗어 있고 실망스러운 풍경을 거쳐 도달할 수 있는 것처럼 보였고, 반면 인생의 거의 모든 것은 최악의 경우 크롬웰가Cromwell Road 주변에 있거나 더 나아가서는 켄싱턴 가든의 가까운 지역에 있었다. 로더 부인은 삼촌의 아내가 아니라 그녀의 유일한 '진짜' 이모였고, 그래서 옛날과 더 큰 문제가 발생했을 때, 모든 사람 중에서 제대로 의사 표시를 할 수 있는 사람이었다. 우리의 젊은 아가씨의 감정은 몇 년 동안 꽤 소중하게 간직해 온 인상과 일치하고, 방금 언급했던 길에 있는 표시는 실제로 표시된 적은 없었다. 젊은 크로이 아가씨들에게 이 친척의 본관은 사회적 저명성에 대한 고정된 척도가 되는 것 외에도 그들이 기대하지 않았던 개념을 형성하도록 한다. 케이트는 지식의 도움으로 문제에 대해 생각할 때, 모드 이모는 어떻게 다르게 생각할 수 있는지 전혀 알지 못했다. 오히려 지금까지 다른 것들이 얼마나 더 많을지도 모른다고 여겼다. 하지만 그녀는 또한 만약 그들 모두가 의식적으로 극한ultima Thule의 차가운 호흡을 하면 살았다면, 그들 또한 잘하지 못했을 것이다. 그 일에서 확실해 보였던 것이 만약 로더 이모가 싫어했다면, 그녀는 그들이 생각하는 것만큼 그것들을 싫어하지 않았을 것이다. 어쨌든 그녀는 가끔 그들을 보러 오고 정기적으로 그들을 자신의 집에 초대하고, 간단히 말해서, 지금처럼 언니에게 계속 불평을 하고 그들을 데리고 있으면서 그녀가 자신의 혐오감을 어떻게 이겨내는지 보여줬다. 그 아가씨가 알고 있는 이 불쌍한 크로이 부인은 항상 그녀를 원망스럽게 생각하며 서로가 경외심을 가지고 바라보는 특별한 태도로 매리언과 남동생들, 자신을 키웠다는 것을 알았다. 그 태도는 모드 이모의 정기적인 초대가 그들에게 매우 감사하고 충분하다는 것을 이모에게 분명히 보여줬다. 그러나 케이트는 그들에게 충분하지 않았기 때문에, 오직 그 이유를 알아내기 위해 살았다. 그녀는 작은 항의의 표시를 했지만, 지나쳤기 때문에 실제로 받아들여지지 않았다. 그들에게 상처를 입혔고 어긋났기 때문에 어려움이 있었다.

공원이 보이는 남쪽 높은 창문에서 우리의 젊은 아가씨는 새로운 일들을 많이 봤다. (비록 어떤 일들은 오래된 것들이 바뀌었을 뿐이고, 어떤 일들은 다른 것들과 마찬가지로 바닥이 났지만) 많은 일을 봐서, 현재는 점점 더 눈에 띄는 낯선 사람의 얼굴로 시선을 돌렸다. 그녀는 상당히 나이를 먹었다. 25살에 다시 생각해보기에는 늦었다는 생각이 들었고, 예전에는 알지 못했던 후회의 그늘을 느꼈다. 좋든 나쁘든 세상은 그녀가 기본적으로 읽었던 것과 달랐고, 과거를 낭비했다는 느낌이 들었다. 그걸 조금 더 빨리 알았더라면, 대비했을지도 모른다. 아무튼, 그녀는 매일 알게 되는데, 그중 일부는 자신에 대한 것이고 일부는 다른 사람들에 대한 것이었다. 그녀는 이 두 가지에 대해 특히 번갈아 가며 불안감을 나타냈다. 그녀는 물체가 그녀에게 어떻게 말을 하는지 전에 본 적이 없는 것처럼 봤다. 그녀는 만약 삶이 과거의 일부 모습과 반대로 잘 '만든' 드레스로 그녀에게 영향을 준다면, 정확히 장식과 레이스 때문이며, 리본, 실크와 벨벳의 문제라는 것을 알게 돼서 부끄러워했다. 그녀는 그런 근원의 쾌락을 너무 쉽게 접할 수 있었다. 그녀는 이모가 마련해 준 매력적인 집을 좋아했다. 말 그대로 뭐든지 마음에 들어 했던 시절보다 더 좋아했다. 이런 사실에 관한 친척의 생각에 대한 그녀의 의혹보다 더 불안한 것은 없었다. 그녀의 친척은 굉장했고, 결코 상대적으로 대한 적이 없었다. 아침부터 밤까지 이런 대단한 환경들이 전부 그녀에게 나타났다. 그러나 그녀는 아는 사람이 늘어남에 따라, 이상하게 보일 수 있지만, 속마음을 드러내지 않는 사람이었다.

그 아가씨의 두 번째 위대한 발견은, 이모가 아직 잘 모르는 것으로, 렉스햄 가든스Lexham Gardens의 낡은 집이 밤낮으로 계속 생각이 난다는 것이었다. 케이트는 혼자 있어도 별로 지적받지 않으면서 겨우내 몇 시간 동안 관찰했다. 그녀의 슬픔이 설명되는 최근의 일들로 그녀는 혼자 있어도 됐고, 무엇보다도 이웃의 영향이 작용했다. 아래층에 떨어져 앉아 있는 모드 이모는 아직까지 예민한 조카가 극도로 압박감을 느낄 수 있는 존재였다. 이모는 이제 예민한 조카가 옛날부터 그랬다는 것을 알았다. 그녀는 완전히 어두운 12월 오후에 위층 난롯가에서 당신에게 말할 수 있는 것보다 더 많은 걸 알았다. 그녀는 가끔 벽난로 불빛과 거대한 미들섹스Middlesex(과거 잉글랜드 남부 주) 회색 지도 사이에 있는 작은 실크 소파에 계속 앉아서 자식을 상당히 쌓았다는 것을 잘 알았다. 아래층으로 내려가는 것, 그녀의 안식처를 두고 가는 것은 절반만 알게 되는 것이거나 절반을 놓치는 것이었다. 포위하는 우르릉거리는 소리가 멀리서 들리는 성채와 같은 높이에 있었기 때문이다. 그녀는 요즘 몇 주 동안 긴장감과 압박감을 느끼게 하는 뭔가를 좋아했다. 어머니의 죽음, 아버지의 잠수, 언니와 불편한 관계, 불투명한 앞날의 확인, 그녀가 점잖게 행동해야 한다는 것, 즉 여전히 다른 사람들을 위해 뭔가를 해야 한다는 걸 인정해야 한다는 확실성에, 그녀는 어떤 도움도 없이 완전히 자기 모습이 될 것이다. 그녀는 슬퍼하며 조용히 지낼 권리가 있다고 주장하며 슬픔과 고요함을 길게 끌었다. 비록 그녀가 아직 정확히 뭔가에 대해 말할 수는 없었지만, 그때 주로 미루었던 것은 모드 이모의 무시무시한 '성격'에 모든 것을 따르는 것에 대한 질문이었다. 모드 이모는 굉장했고 한창때는 대단했다. 안개 같은 분위기 때문에 분명 과장된 부분과 분명히 모호한 부분이 있었다. 모든 일에서 똑같이 희미하면서 분명하고, 강한 의지와 고압적인 행동으로 나타났다. 케이트는 압도당할 것이라는 걸 완벽히 인지하고 있으며, 하루 이틀은 떨어져 있을 수 있지만, 곧 암사자 우리에 들어가야 해서 떨고 있는 아이에 자신을 비유했다.

그 우리는 모드 이모의 방, 사무실, 회계실로 결국 특별한 행동을 취하는 곳인데 1층에 위치에 있고 중앙 홀을 바라봐서 경비소나 요금

소처럼 오가는 젊은 여자를 잘 알아볼 수 있다. 암사자는 기다렸다. 그 아이는 적어도 그걸 의식했고, 상냥하다고 여기는 이웃들을 조금 알고 있었다. 한편 이모는 공연에 나오는 멋진 암사자였을 것이고, 우리나 어디에서도 특별한 인물이 되었을 것이다. 위풍당당하고 아름다웠고, 화려하고 윤이 나는 새틴을 늘 입었고, 반짝거리는 나팔과 보석을 하고, 반짝이는 보석 같은 눈, 검고 윤기 나는 머리에 피부는 광택이 났는데, 특히 얼굴 곡선과 각진 부분에서 잘 관리한 도자기 같았다. 그녀의 조카딸은 이름은 단조로웠고, 그녀를 생각하면서, 자유롭게 공상을 하고 왠지 편협했고, 시장의 브리타니아Britannia 동상에 혼잣말했다. 귀에 펜을 꽂고 있는 브리타니아는 틀림없지만, 언젠가는 투구, 방패, 삼지창, 장부를 더 할 수 있을 때까지 행복해서는 안 된다고 생각했다. 그러나 케이트가 느끼는 것처럼, 그녀가 상대해야 할 힘은 단순하고 일반적인 인상으로 알 수 있다는 것이 아니었다. 결국, 그녀는 매일 그녀의 동반자를 알기 위해 매일 배웠고, 그녀가 이미 가장 많이 이해하게 된 것은 쉬운 유사점들을 믿는 것은 실수라는 것이다. 브리타니아의 모든 면, 그녀의 화려한 속물주의 모습, 깃털 장식과 그녀의 일행, 환상적인 가구와 부풀어 오른 가슴, 그녀의 취향에 맞는 가짜 신들과 그녀의 말과 위험하게 오해할 수 있는 생각이 적힌 가짜 쪽지가 있다. 그녀는 복잡하고 미묘한 브리타니아이었고, 다른 사람들만큼 편견이 깊었고, 세상 사람들은 동전에 찍힌 그림처럼 그녀를 잘 알고 있었다. 간단히 말해서, 그녀는 공격과 방어 전선에서 현명함으로 내린 작전을 수행했다. 사실 포위자로서 마련된 요새에서 우리의 젊은 아가씨가 현재 그녀에 대해 가장 많이 생각하고 있고 이런 평판에서 그녀를 만만치 않게 만든 것은 그녀가 비양심적이고 부도덕해서라고 암시해왔다. 그래서 모든 일에서, 조용한 시간에 즉흥적으로, 케이트는 편하게 그녀를 상상했다. 이것은 그녀가 어느 정도의 위험을 지고 있다는 것을 충분히 보여주고 있는데, 그 위험들은 나이 든 사람은 아래에서 전투적이든 외교적이든 가능한 많은 땅을 차지하는 동안 젊은 여성은 위에서 우물쭈물하고 숨는 것이다. 그러나 결국 인생과 런던의 위험 말고 어떤 위험이 있었을까? 로더 부인이 런던이었고, 인생이었고, 포위 공격의 소리와 치열한 전투였다. 결국 브리타니아가 두려워했던 몇 가지 것들이 있었다. 하지만 모드 이모는 아무것도, 심지어 고된 생각도 무서워하지 않았다.

그런데도, 케이트는 이런 인상을 혼자서만 너무 많이 간직했고, 표면적으로는 아직도 모든 것에 관한 이야기를 나누기 위해 자주 방문하는 불쌍한 매리언과 거의 공유하지 않았다. 모드 이모에 대한 마지막 양보를 미루는 이유 중 하나는 모드 이모가 당장은 거의 직접 해줄 게 없는, 보다 더 가깝고 더 불행한 이 친척에게 더 자유롭게 자신을 맡길 수 있기 때문이었다. 한편 그녀의 상황에서 가장 분명한 압박은 언니와 모든 교류로 의기소침해지고 자유를 속박당하고 늘 희망을 주거나 회유하는 것이 아니라, 핏줄이 누군가의 인생에 미치는 것에 대해 매일 느끼고 있다. 그녀는 이제 핏줄로 그것을 마주하고 있다. 어머니의 죽음으로 분명하게 '의식하게' 됐고 많은 부분은 그녀 어머니가 가져가 버렸다. 자주 생각나고 괴롭히는 아버지, 위협적이고 단호한 이모, 배분된 재산이 없는 어린 조카들은 자연적인 경건함의 화음을 너무 흔들리게 하는 인물들이었다. 하지만 특히 매리언에 대한 그녀의 태도는 혈연관계 때문에 생긴 것이었다. 그녀는 옛날에는 자기 생각대로 이 문제를 받아들였다. 하시만 둘째로 태어나서 그녀는 매리언만큼 예쁘고 매력적이고 영리하고 행복과 성공에 대해 미리 확신하는 사람도 없다고 생각했다. 지금은 그 생각이 달라졌지만, 여러 가지 이유로 지금도 그렇게 생각하는 것처럼 보여야 했다. 이런 평가의 대상은 더는 예쁘지 않았다. 더 이상 영리하지도 않았다. 하지만, 상을 당하고, 낙담하고, 사기가 꺾이고, 짜증을 내는 그녀는 더욱 분명하고 끈질기게도 케이트의 언니이자 케이트 자신이었다. 케이트가 언니에 대해 가장 한결같이 느끼는 것은 언니가 케이트가 뭔가를 하도록 한다는 것이다. 그리고 고적한 첼시에 있는 작은 집 현관에서 항상 집세를 신경 쓸 수밖에 없고, 안으로 들어가기 전에 이번에는 무슨 일을 해야 할지 운명적으로 자신에게 물었다. 그녀는 실망이 사람들을 이기적으로 만든다는 걸 깊이 깨달았다. 매리언이 당연하게 여겼던 그 불쌍한 여자의 유일한 평온함에 놀랐다. 둘째로 태어나 굴욕적인 상태인 그녀의 삶은 단지 불굴의 자매 관계가 됐을 뿐이다. 그런 관점에서 그녀는 첼시의 작은 집을 위해서만 존재했다. 물론 자기 자신을 더 내어 줄수록 더 적게 남는 것이 도의였다. 항상 누군가를 잡아먹는 사람들이 있었고, 잡아먹고 있다는 생각은 전혀 하지 않았다. 그들은 맛보지 않고 그렇게 했다.

어쨌든 그러한 불행이나 불편함이 없었고, 그녀는 더욱더 존재감과 통찰력을 동시에 형성해야 한다고 생각했다. 이런 경우 당신은 항상 자신의 존재와 다른 것을 보았고 그 결과 당신은 평온하지 못했다. 그러나 그녀는 자신이 어떤 사람인지 결코 매리언에게 보여주지 않았기에, 매리언은 자신이 본 것을 깨닫지 못했을 것이다. 따라서 케이트 생각에 그녀는 자신을 포기했기 때문에 미덕의 위선자가 아니었다. 그러나 그녀는 자신이 아닌 모든 것을 혼자 간직하였으므로, 어리석은 위선자였다. 그녀가 가장 숨기는 것은 언니가 이모에게 무조건 복종하는 모습을 지켜볼 때의 특별한 감정으로, 부유하지 못한 것에 대해 많이 생각할 때 당신이 얼마나 가난해질 수 있는지를 어쩌면 가장 잘 보여줄 수 있는 정신 상태였다. 모드 이모는 영향을 미치는 것은 케이트를 통해서였고 그 과정에서 케이트가 어떻게 될지가 가장 중요했다. 간단히 말해서 케이트는 매리언이 이득을 얻도록 배수진을 쳐야 했다. 그리고 결국 이득을 얻고자 하는 매리언의 갈망은 만약 신경만 썼다면 스스로를 조금은 굳건하게 지키려는 이유가 있는 존엄성에 대해 전혀 의식하지 못했다. 그 결과 케이트는 두 사람 모두 굳건히 지키기 위해 이기적이어야만 했고, 4명의 작은 생명체에게 떨어질 수 있는 콩고물 때문에 어느 때보다 이기적이지만 이상적인 행동을 선호해야만 했다. 자신의 큰 조카가 콘드립Condrip 씨와 결혼한 것에 대한 모드 이모의 혐오감은 계속됐다. 늘 눈에 띄는 성자다운 모습에 무뚝뚝한 교외 교구의 목사인 콘드립 씨의 믿을 수 없을 정도로 어리석은 행동은 늘 비판받았다. 조직에서 인지도가 있고 선하지만, 그 외에는 내세울 것이 없었고, 세상에 내놓은 것도 없고 자기 일이나 생계에 대해 생각하지 않았다. 모드 이모의 비판은 쭉 일관됐다. 그녀는 그런 행동들이 연민을 더 얻으려는 실수로 여기는 사람이 아니었다. 그녀는 관대한 적이 없었고, 그들을 무시하는 유일한 방법은 살아남은 날라리들과 그들은 대표하는 견고한 작은 집단을 무시하는 것이었다. 그녀가 함께 묶어서 생각하는 두 가지 불길한 의식인 결혼식과 안장식 중에서, 그녀는 그 전에 매리언에게 후하게 수표를 보냈던 것처럼, 전자에는 참석했었다. 그러나 콘드립 부인의 과정과 관련된 그림자 이상은 아니었다. 그녀는 장래성이 없는 시끄러운 아이들이 못마땅했고, 자신들의 실수를 바로 잡지 못하는 미망인들을 못마땅하게 여겼다. 그래서 그녀는 다른 것이 많이 없어졌을 때 남은 몇 안 되는 사치품 중 하나를 매리언이 손에 넣을 수 있는 곳에 두었는데, 이것은 끊임없이 불평할 수 있는 쉬운 핑계였다. 케이트 크로이는 그들의 어머니가 다른 방면에서 무엇을 했는지 잘 기억하고 있었고, 비참함 속에 자매로서 거의 동등한 관계로 만든 분노의 열매를 딴 건은 매리언의 명백한 실패였다. 아, 만약 둘 중 한 명은 눈에 띄지 않고 다른 한 명은 그것을 만회할 수 있을 정도로 눈에 띄었다면, 케이트가 괴로워하지 않고 헤어질 수 없다는 것을 누가 알지 못했을까?

그 교훈은 아버지를 만난 다음 날 우리 젊은 아가씨에게 분명해졌다.

매리언은 이 기회에 그녀에게 "네가 우리가 처한 끔찍한 상황 외에 다른 것을 어떻게 생각할 수 있는지 모르겠어."라고 말했다.

케이트는 되물었다. "그럼 내 생각을 어떻게 알 수 있겠어? 내가 언니를 어떻게 생각하는지 충분히 보여준 거 같은데. 난 정말로 언니가 또 무슨 일을 하는지 모르겠어!"

이에 대해 여러 가지 대비를 한 매리언은 대꾸해서 한 방 날렸지만, 그런데도, 그 신속성에는 예상치 못한 무언가가 있었다. 그녀는 동생의 일반적인 두려움을 예상했었다. 그러나 불길하게도, 여기에 특별한 것이 있었다. "그래, 네 일은 물론 네 일이고, 나 말고 너에게 설교할 사람은 없다고 넌 말하겠지. 하지만, 그래도, 만약 네가 영원히 내게서 손을 뗀다면, 이번에는, 우리 모두 견디는 한, 네가 너를 저버릴 권리가 없다는 생각을 참지 않을 거야."

아이들의 저녁 식사 후였는데, 그 아이들 어머니의 저녁 식사였지만, 그 아이들의 이모는 자신의 식사 자리가 되지 않으려고 애썼다. 그리고 두 젊은 여자는 여전히 구겨진 식탁보, 흩어진 긴 앞치마, 긁힌 접시들, 조린 음식 냄새 속에 있었다. 케이트는 예의를 갖춰서 창문을 조금 올려도 되는지 물었고, 콘드립 부인은 격식 없이 원할 대로 하라고 답했다. 그녀는 어린 자식들의 순수한 본질에 대해 고찰하는 듯한 질문을 자주 받았다. 4명의 아이는 생각했던 것보다 힘든 고난을 더는 하지 않을 것이라고 곱씹고 있는 그녀들의 이모가 아이들을 위해 물색했던 작은 아일랜드 가정 교사의 불완전한 통솔 아래 시끄럽게 돌아다니며 물러났다. 그냥 어머니라는 존재로 받아들이는 케이트와 달리 과거의 온화한 매리언에게 어머니는 사뭇 달랐다. 콘드립 씨의 미망인은 그 이미지를 광범위하고도 모호하게 만들었다. 그녀는 남편의 너덜너덜한 유물에 평범한 결실에 불과했는데, 마치 완고한 깔때기로 그 사람에게 끌려가서 쭈글쭈글해지고 쓸모없어지고 그가 설명해 준 것 외에는 아무것도 없는 것 같았다. 그녀는 과격해지고 뚱뚱해져서, 애도하는 기색이 아니었다. 점점 크로이 집안사람 같지 않았고, 특히 곤경에 빠진 크로이 사람이 되었고, 상인들 회계 장부에 관심 있고 감이 있는 케이트에게는, 언니를 보러 너무 자주 오고 너무 오래 머무르고, 그 결과 차와 주 수입원을 축내는 미혼인 두 시누이 같았다. 게다가 매리언은 예민했고, 여러 일을 주시하고 저울질하는 가까운 친척들은 그녀 자신에 대한 성찰로 그들에 대한 어떤 성찰이라도 받아들였을 것이라고 이상하게 지적했다. 만약 결혼 생활이 필연적으로 그런 것이라고 한다면, 케이트 크로이는 결혼에 대해 의문을 제기했을 것이다. 어쨌든 어떤 남자가 그리고 대단한 남자가 한 여자를 어떻게 만들 수 있는지 보여주는 중대한 예였다. 그녀는 콘드립 시누이 2명이 오빠의 미망인에게 그들의 이모가 아닌 모드 이모에 대해 얼마나 많은 이야기를 하도록 했는지 알 수 있었다. 그들은 끝없이 잔을 기울이며 그녀가 랭캐스터 게이트에 수다를 떨고 심지어 으스대게 했고, 이야기 대상이 될 수 있는 어느 크로이 사람보다 그녀를 저속하게 만들었다. 그들은 랭커스터 게이트에 대해 계속 이야기하게 했고 케이트는 그것을 지켜봤다. 그래서 신기하게도, 혹은 슬프게도, 우리의 젊은 여성은 자신이 허용할 수 있는 것보다 훨씬 더 많이 비판의 대상이 될 수 있다는 것을 확신했다. 이모 역시 매리언은 사랑하지 않았다. 하지만 그들은 콘드립 집안 사람이었다. 그들은 장미 근처에서 자랐다. 그들은 거의 버티와 모디Bertie and Maudie, 키티와 가이 Kitty and Guy와 비슷했다. 그들은 그녀에게 망자에 관해 이야기했지만, 케이트는 그런 적이 없었다. 케이트는 조용히 들을 수밖에 없는 관계였다. 그녀는 사실 결혼 생활이 그런 건지 자주 혼잣말을 할 수 없었다. 그래서 매리언이 경고하는 들판에 아이러니한 불빛이 곧바로 떨어졌다는 걸 쉽게 짐작할 수 있을 것이다. "특히 어느 부분에서 언니는 내가 위험하다고 생각하는지 잘 모르겠어. 장담하는데 난 적어도 아무 데나 나 자신을 내던지지 않아. 지금도 내가 충분히 내던져진 것처럼 느껴져."

매리언은 말을 꺼냈다. "넌 머튼 덴셔Merton Densher와 결혼할 거니?"

케이트는 잠시 뜸을 들였다. "내가 그러고 싶으면, 언니한테 알려야 하고, 그래야 언니가 내 일에 간섭하고 방해할 수 있다는 게 언니 생각이야? 그런 거야?" 그녀의 언니도 잠시 뜸을 들였다가 말했다. "왜 네가 덴셔 군에 관해 이야기하는지 모르겠어."

"언니가 하지 않으니까 내가 그 사람 이야기하는 거야. 내가 아는데도 언니가 절대 하지 않으니까 그 사람 생각을 하는 거야. 아니면 어쩌면 내가 언니를 생각하는 걸 수도 있어. 만약 지금까지 내가 언니에게 바라는 것, 내가 꿈꾸는 것, 나의 믿음이 뭔지 모른다면, 언니한테 말하는 건 아무 소용이 없을걸." 하지만 매리언은 사실 그녀의 일에 열중했고, 케이트는 그녀가 시누이들과 덴셔 군에 관해 이야기했다고 확신했다. "내가 그 사람 이름을 제대로 부른다면, 그 사람이 두렵기 때문일 거야. 정말 알고 싶다면, 난 그 사람이 무서워. 네가 정말 알고 싶다면, 사실 난 그 사람이 무서운 만큼 싫어."

"그런데도 나한테 그 사람 욕을 하는 건 위험하다는 생각 안 들어?"

"그래. 위험하다고 생각해. 하지만 그 사람에 대해 어떻게 다르게 말할 수 있을까? 감히 말하지만, 난 그 사람에 대해 절대 이야기하고 싶지 않아. 좀 전에도 말했지만, 이번에는 네가 알았으면 좋겠어."

"뭘 알라는 거야, 언니?"

매리언은 바로 답했다. "지금까지 우리한테 일어난 일 중 내가 가장 최악의 일이라고 생각한다는 거 말이야."

"그 사람이 돈이 없기 때문이야?"

"맞아. 그런 이유도 있고, 그 사람에게 믿음이 안 가."

케이트는 정중하지만, 형식적으로 말했다. "그 사람을 못 믿겠다니, 무슨 말이야?"

"글쎄, 그 사람은 절대 믿음을 얻지 못할 거야. 그리고 넌 믿음을 가져야 해. 그렇게 될 거야."

"언니한테 믿음을 주라고?"

매리언은 거의 당돌하게 그녀를 대했다. "그럼 먼저 믿음을 가져. 어쨌든 믿음 없이는 말하지 마. 그다음에 알게 되겠지."

"당연하지!" 그녀가 혐오하는 종류의 이야기였지만, 만약 매리언이 속물적인 것을 선택한다면, 어떻게 해야 할까? 그녀는 콘드립 시누이들에 새로운 혐오감을 느꼈다. "난 언니가 일을 정리하는 방식이 좋고, 언니가 당연히 여기는 게 좋아. 우리가 금을 뿌리길 원하는 남자들과 결혼하는 게 그렇게 쉽다면, 우리 중 누구라도 다른 일을 할 수 있는지 의문이야. 난 그런 사람들 많이 못 봤고 내가 그 사람들에게 무슨 관심이 생길지 모르겠어. 언니는 헛된 생각을 하고 있어."

"너만큼은 아냐, 케이트. 내가 보고 있는 걸 알기 때문이고, 넌 그런 식으로 무시해서는 안 돼." 언니는 윗사람임에도 동생에게 걱정스러운 표정을 지을 정도로 오랫동안 말을 멈췄다. "난 모드 이모의 남자 외에 다른 사람을 말하는 것이 아니고, 모드 이모의 돈 말고 다른 돈을 말하는 것도 아냐. 난 이모가 원하시는 대로 네가 하는 걸 말할 뿐이야. 만약 내가 너에게 원하는 걸 말한다면 네가 틀린 거야. 난 이모 뜻과 같아. 그거면 충분해!" 매리언의 말투는 동생에게 무섭게 와 닿았다. "내가 머튼 덴셔를 믿지 못한다면, 적어도 난 이모는 믿어."

"언니 생각이 아빠 생각과 똑같아서 더 놀라워. 아빠한테서도 그런 소리 들었고, 모든 재치를 발휘해서 언니는 어제 일을 알고 싶을 거야."

매리언은 분명 알고 싶었다. "아빠가 널 보러 오셨니?"

"아니, 내가 아빠를 보러 갔어."

"정말? 왜?"

"아빠에게 갈 준비가 됐다고 말하려고."

매리언이 빤히 바라봤다. "모드 이모를 떠나려고?"

"우리 아빠를 위해서, 맞아."

불쌍한 콘드립 부인은 두려움에 상당히 얼굴이 상기됐다. "넌 준비가 된…?"

"그래서 아빠한테 말했어. 솔직하게 말했어."

매리언은 괴로움에 숨이 막혔다. "그리고 아빠가 도대체 우리한테 어떤 존재인지 조금 더 말해줄 수 있니? 그런 일은 이런 식으로 이야기를 꺼내니?"

그들은 서로 얼굴을 마주했고, 매리언의 눈에는 눈물이 고였다. 케이트는 잠깐 그 눈물을 바라본 후 말했다. "난 그 일을 충분히 생각했었어. 여러 번 말이야. 하지만 기분 나빠하지 마. 나 안 가. 아빠가 나거부했어."

그녀의 언니는 여전히 숨을 헐떡거렸고, 진정하는 데 시간이 걸렸다. "아빠가 너에게 다른 대답을 했다면, 난 널 받아들이지 않고 전혀 이해할 수 없었을 거야, 장담해. 네가 기꺼이 그랬다는 거에 난 정말 상처받아. 만약 네가 아빠한테 간다면, 날 그만 보러 와야 할 거야." 매리언은 그녀의 자매가 위축될 수 있는 궁핍의 그림처럼 뭐라고 형언할 수 없이 말했다. 그녀가 만족스럽게 할 수 있고, 잘한다고 생각하는 그런 협박이었다. "하지만, 아빠가 널 받아들이지 않았다면, 적어도 생각은 있으시네."

매리언은 늘 예리한 시선을 가졌고, 그녀 여동생이 개인적으로 언급했듯이, 그 점에서 훌륭했다. 하지만 케이트는 짜증이 나는 일을 회피했다. 그녀는 말을 되풀이할 뿐이었다. "아빠는 날 거절했어. 하지만 언니처럼 아빠는 모드 이모를 믿으셔. 내가 이모를 떠나면 날 저주할 거라고 하셨어."

"그래서 안 떠날 거지?" 처음에 그녀는 아무 말도 하지 않았고, 언니는 그 점을 알아챘다. "당연히 안 떠날 거지? 그렇지 않을 거라는 거 알아. 그렇기는 하지만 전체적인 문제의 명백한 사실에 대해 너에게 단 한 번이라도 고집부리면 안 되는 이유를 모르겠어. 네 의무의 진실 말이야. 넌 그 문제에 대해 생각해 본 적은 있니? 그게 가장 큰 의무야."

케이트는 웃었다. "언니도 그러는구나. 아빠도 내 의무에 대해 대단하게 말씀하시더니."

"아, 난 엄청난 척하는 게 아니고, 너보다 인생에 대해 더 많이 아는 척하는 거야. 어쩌면 아빠보다 더 말이야." 그런데도 매리언은 이 순간에 다소 다정한 비꼼으로 그 사람을 보는 것 같았다. "불쌍한 아빠!"

그녀는 많은 용서와 함께 한숨을 쉬었고, 동생 귀에 여러 번 들렸다. "소중한 모드 이모!" 이 말에 케이트는 갑자기 정신 차리고 이제 가자고 마음을 먹었다. 그 말들은 다시 비참한 사람에 대한 것이었다. 문제의 사람들 중 누가 얼마나 그녀를 별로 좋아하지 않는지를 가장 많이 보여줬는지 말하기 어려웠다. 어쨌든 어린 동생은 이야기를 잠시 쉬자고 제안했고, 짧게 끝내지 말자는 그녀의 바람으로 우아하게 물러날 때까지 10분이면 된다고 스스로 생각했다. 그러나 매리언은 계속 이야기했고, 마침내 케이트가 정리해야 할 것이 있었다. "모드 이모가 말하는 젊은 남자는 누구를 말하는 거야?"

"마크 경 말고 누구겠어?"

"그러면 어디서 그런 저속하고 쓸데없는 소리를 하는 거니?" 케이트는 분명하게 물었다. "이런 지저분한 곳에서 언니는 어떻게 그 일을 아는 거야?"

그녀는 말을 내뱉자마자 자신이 희생한 품위가 어떻게 됐는지 자문했다. 매리언은 확실히 그걸 지키려고 노력을 거의 하지 않았고, 실제로 그녀가 불만인 이유만큼 비논리적인 것은 없었다. 그녀는 풍족해질 것으로 생각했기 때문에 랭커스터 게이트에서 잘 지내길 바랐다. 하지만 그녀는 왜 자신의 가난한 집에 모욕을 주기 위해 거북한 관계를 이용해야 하는지 알지 못했다. 사실 잠시 케이트가 그녀를 자신의 지저분한 집에 데려다 놓고 냉정하게 그녀에 대해 되돌아보는 위치가 되는 거 같았다. 그러나 그녀는 동생이 그녀에게 대드는 이야기를 어떻게 듣게 됐는지 설명하지 못했다. 그래서 언니는 콘드립 시누이들의 근질근질하는 호기심에서 다시 한번 눈치를 챘다. 그들은 매리언보다 더 형편없는 곳에서 살았지만, 세상사에 귀를 기울이고 기웃거리며 세월을 보내지만, 매리언은 점점 더 헐렁해지는 옷과 신발을 하고서는 절대 기웃거리지 않았다. 케이트는 여러 일을 너무 개의치 않고 흘려보낸다면 40살이 되었을 때 어떻게 됐었을지, 자신의 미래에 대한 경고로 운명이 콘드립 자매를 보내준 거라고 생각했을 때가 있었다. 다른 사람들, 그리고 그들 중 많은 사람이 그녀에게 기대했던 것이, 때로는 웃을 일이 아닌 것처럼 보일 수도 있었다. 그리고 이 상황이 지금 특히 바로 그런 양상이었다. 그녀는 콘드립 자매가 포함된 구경꾼 5명에게 은혜를 베풀려고, 머튼 덴서와 말다툼을 하는 것이 아니었다. 그녀는 성공을 위해 터무니없는 의견으로 마크 경을 따르기로 되어 있었다. 로더 부인이 거기에 매달렸고, 그 과정이 끝날 때 종이 울려 대중들이 떠들썩하리라 생각했다. 케이트는 사람들이 좋아하는 이런 소설의 약점에 대해 충분히 예리하게 살폈고, 그 결과는 마침내 언니의 자신감을 어느 정도 풀 죽게 만들었다. 비록 콘드립 부인이 그들의 이모가 기뻐하면 아낌없이 줄 것이라며 애원하며 여전히 발뺌했지만, 결국 그게 중요했다. 그녀의 신랑감의 정확한 신분은 세세했다. 핵심은 그녀의 조카딸에게 도움을 줄 수 있는 상대방에 대한 그녀의 생각이었다. 매리언은 항상 결혼을 '어울리는 상대들'이라고 말했지만, 그것 또한 세부적이었다. 한편 로더 부인의 '도움'은 그들을 기다리고 있었다. 마크 경에게 가는 길을 밝히지 않는다면 더 나은 사람에게로 갈 것이다. 매리언은 결국 더 좋은 사람을 받아들일 것이다. 그녀는 훨씬 더 나쁜 사람과 참지만은 않을 것이다. 케이트는 품위를 지키는 문제에 이르기 전에 다시 한번 이 모든 것을 살펴야 했다. 덴서 군의 희생으로 그녀가 마크 경을 터무니없이 여겼다. 그래서 그들은 충분히 잘 헤어졌다. 그녀가 다른 사람을 업신여기지 않는 한 마크 경에 대해 듣지 못했다. 그녀는 모든 것과 모두를 부정했고, 떠나면서 되돌아봤고, 그리고 안도했다. 그러나 그 일은 또한 오히려 미래를 완전히 휩쓸어버렸다. 앞날이 내다보이지 않았고 콘드립 자매와 이미 공통점이 생겼다.

신문사 사무실에서 매일 밤 최고의 시간을 보낸 머튼 덴서는 때때로 낮 동안 그 시간을 만회하기 위해 최소한의 여가를 즐겼는데, 그래서 마을의 다른 곳에서, 사업가들이 사람들의 눈에 보이지 않을 때, 자주 그를 만날 수 있었다. 이번 겨울이 끝나가는 동안 그는 여러 번 3시나 4시 무렵에 켄싱턴 가든Kensington Gardens으로 향했는데, 그곳에서 매번 잠시 할 일이 없는 사람으로 행동하는 모습이 포착됐다. 그는 실제로 대부분은 확실하게 북쪽으로 향했다. 하지만 그 지점에 도착하면, 그의 행동은 눈에 띄게 갈팡질팡했다. 그는 무작위로 골목을 돌아다녔다. 아무 이유 없이 멈춰 서서 멍하게 있었다. 의자에 앉았다가 벤치에 앉았다가 했다. 그 후 모호함과 생동감을 반복하며 다시 걸어다녔다. 분명히 그는 할 일이 전혀 없거나 생각할 것이 너무 많은 사람이었다. 그래서 어떤 면에서는 그가 만만하게 느껴질 수 있는 인상을 입증해야 한다는 하는 결과가 생긴다는 걸 부인할 수 없었다. 그의 면모와 자질 때문에 그에게 약간의 잘못이 있었고, 그래서 그의 직업을 아는 건 거의 불가능했다.

그는 갸름하고, 날씬하고, 피부가 흰 젊은 영국인이었고, 어떤 면에서는 분류하기가 힘들었는데, 예를 들어 신사이고, 어느 정도 교육받은 사람이며 대체로 견실하고 예의 바른 사람들 중 한 명이었다. 그러나, 비록 그 정도까지는 기이하고 비정상적이지 않더라도, 그는 관찰자 눈에 제대로 보이지는 못했을 것이다. 그는 하원의원을 하기에는 젊었고, 군인이 되기에는 자유분방했다. 그는 도시에서 세련됐다고 말할 수 있고, 옷차림과는 별개로, 교회에 대해 회의적이라고 느껴질 수 있었다. 한편 외교나 심지어 과학을 믿게 하는 반면, 동시에 시나 미술에 관한 조예는 거의 없었다. 당신은 그의 눈에서 생각의 잠재적 인식을 알아보고 그와 꽤 가까워졌을 것이다. 하지만 당신은 생각 본질에 대한 문제에 대해서는 다시 꽤 멀어졌을 것이다. 덴서의 문제는 나약해 보이지 않고 멍청해 보이고, 공허해 보이지 않고 게을러 보인다는 것이었다. 그건 아마도 잘 뻗은 긴 다리 때문일지도 모른다. 생머리와 잘생긴 머리는 깔끔하게 정리됐고, 또한 다른 소리에 갑자기 몸을 돌려서 팔을 올려 손깍지하고는 천장, 나무 꼭대기와 하늘과 교감하며 터무니없이 많은 시간을 보냈다. 그는 간단히 말해서 눈에 띄게 정신을 딴 데 팔았고, 불규칙적으로 영리했고, 가까운 것을 떨어트리고 먼 것을 취하려는 경향이 있었다. 그는 전반적으로 관습을 따르기보다는 편파적인 사람이었다. 그러나 그는 무엇보다도 경이로운 젊음의 상태는 귀한 금속인 원소들이 융합과 발효를 거쳐 최종 승인인 가치를 정하는 압력의 문제로, 상대적인 냉정함을 기다려야 한다고 주장했다. 그리고 그가 짜증을 낸다면 그것은 상당히 미묘한 법칙에 의한 것이라는 흥미로운 조합의 표시였고, 그와 교류하면 비록 쉽지는 않지만, 이득이 될 수 있는 법칙이었다. 그 효과 중 하나는 그가 당신에게 놀랍게도 성질도 내는 만큼 인내심도 있다.

그는 한가한 날에 랭커스터 게이트에서 가장 가까운 가든스Gardens를 따라 어러 번 어슬렁거렸고, 언제나 때가 되면 케이트 크로이는 이모 집에서 나와서 가까운 입구 쪽에 도착했는데, 이 과정은 약간 변칙적이었다. 만약 그들이 용감하고 자유롭게 만났다면, 실내에서 만났을지도 모른다. 만약 조심성 있거나 비밀스럽게 만났다면, 로더 부인의 집 창문 아래 말고 다른 곳에서 만났을지도 모른다. 그들은 사실 그곳에서 머물 수 없었다. 그들은 만나서 상당히 긴 산책을 하며 여기저기 거닐거나 큰 나무 밑 의자 두 개를 골라 가능한 최대한 멀리 떨어져 앉았다. 하지만 케이트는 처음에는, 매번, 그런 것들이 문제가 된다면, 추적당하고 붙잡히고 싶었다. 그녀는 저속하기보다는 비밀스러운 사람이 아니라고 주장했다. 가든스는 그들에게 매력적이었고 이런 곳을 이용하는 것은 취향 문제였다. 그리고 만약 이모가 응접실에서 그녀를 노려보거나 쫓기로 했다면, 그녀는 적어도 이 일을 쉽게 할 수 있게 편의를 봐줄 수 있을 것이다. 이 젊은이들 사이의 관계는 동기보다는 상당히 허울뿐인 약속으로 적절하지 않게 상징되지 않는 특이점으로 가득한 것이 사실이었다. 우리는 그들의 관계가 견고한지 충분히 살필 것이다. 그러나 한편 그들에게 가능성이 크다면, 그 유명한 반대 법칙하에 이례적인 정도로 그렇다는 것이 거의 분명했다. 결국 그들을 좌우할 수 있는 어떤 깊은 화합은 사실, 그들의 애정 말고는 공통점이 많이 없으며, 어떤 의미에서 서로의 관점에서 다른 한쪽은 부유하고 한쪽은 가난하다는 점에서 설명된다. 넉넉한 젊은이들이 자연이 그들에게 주지 않은 것에 감탄하는 것이 사실 새삼스러운 일은 아니며, 어쨌든 우리의 친구들은 모두 넉넉해 보일 것이다.

머튼 덴서는 가치가 다른 여성과 결혼하는 바보가 되어서는 안 된다고 스스로 재차 다짐했다. 그렇게 철학적이지 않은 케이트 크로이도 그 젊은 남자와 상당히 다르다는 것을 금방 알아차렸다. 그는 그녀의 삶이 그녀에게 한 번도 선사하지 않았던 것과 필시 그의 도움이 없었다면 결코 그녀가 겪어보지 못한 것을 대표했다. 그녀는 마음처럼 높고 희미한 모든 것을 함께 묶었다. 그녀는 덴서가 귀중하고, 신비롭고 강하다고 생각했다. 그리고 그는 특히 그 점을 진짜로 느껴지게 하는 데 최고였다. 그 여자는 평생 그 점을 굳게 믿었고, 그녀와 마주친 그 어떤 사람도 그것에 대해 똑바로 증언할 수 없었다. 그 존재에 대한 막연한 소문으로 그녀는 불안했지만, 대체로 그들을 확인할 기회 없이 살고 죽을 가능성보다 그녀에게 와 닿는 것은 없었다. 그녀가 덴서를 처음 만났던 날, 그 기회가 찾아왔고, 특별한 기회였다. 그리고 그 자리에서 자신이 어떤 존재인지 알게 된 것은 그 아가씨의 영속적인 영광이었다. 그때는 정말 그 자리에서 바로 꽃을 피우는 모든 것이 정말로 기념할 만했을 것이다. 덴서의 통찰력은 젊은 여성의 인식에 충족했고 그녀 자신의 인식과 상당히 보조를 맞추었다. 그는 종종 평생 자신의 약점에 대해 결론을 내리면서 사고력만이 자신의 강점이라고 했고, 논리적으로 인생을 그가 어떻게든 얻어서 붙잡아야 하는 거로 생각했다. 이런 생각은 필연적이라서 그 자체만으로 공허하게 계속됐고, 바로 생명의 공기에서 숨을 쉬어야 한다. 그래서 기발하지만 광범위하고, 비판적이지만 열정적인 이 젊은이는 자신과 케이트 크로이의 상황 모두 이해했다. 그들은 원래 그녀 어머니가 돌아가시기 전에 만났는데, 우울한 몇 개월을 보내고 나서, 그 일이 그녀에게 허락된 마지막 기쁨으로 여겼다.

그녀가 종종 되돌아보는 그 시작은 우리의 젊은 여성에게 최고로 찬란한 장면으로, 큰 어망으로 물고기를 낚는 여주인이 주최한 한 '갤러리'에서 열린 파티였다. 그 사이 마을의 재미였던 스페인 무용수, 친척들이 좋아했던 미국 시 암송가, 전체적으로 세계의 경이로움이었던 헝가리 바이올린 연주자와 다양한 볼거리가 있었고, 케이트는 이런저런 특권을 누리며 자유롭게 돌아다녔다. 그녀는 어머니 집에 살아서 이름이 별로 알려지지 않았고, 그런 규모로 손님들을 맞이하는 사람들을 별로 알지 못했다. 그러나 그녀는 두세 사람과 친분이 있었고, 그들의 환대로 가끔 밖으로 나갈 수 있었다. 결국, 성품이 온화한 여성이자 그녀 어머니의 친구이며 갤러리 주인의 친척이 그녀를 문제의 파티에 데려가겠다고 제안했고, 큰 파티에 두세 번 데려가면서 그녀의 기분을 북돋웠다. 어쨌든 이 기회로 그녀는 키가 크고, 꽤 괜찮고, 약간 빗질을 덜 했고 다소 어색하지만, 전반적으로 따분하지 않은 청년과 대화하면서 절정을 이뤘다. 그 청년은 실제로 스스로 그렇게 말했는데, 바다에서 매우 떨어져 있는 것처럼 그녀에게 거리를 뒀고, 그들 주변의 어떤 사람들보다 훨씬 더 눈에 띄었고, 끌려와서 그녀와 같이 있게 되었을 때, 도망치고 싶은 마음도 꽤 있었을 것이다. 그는 그날 저녁, 오직 그 만남으로 도망가지 않았다고 그녀에게 말했지만, 지금은 그러지 못한 것을 얼마나 안타까워야 했는지를 알았다. 자정이 돼서야 이 점에 이르렀고, 그런 언급에 대한 모든 것이 그런 분위기였는데도, 자정에서야 그랬다. 그녀는 원래 그의 강압적이고, 분명히 모호한 상태에 대한 완전한 불안감이 종종 바로 나타나곤 했었다. 그러고 나서 그녀는 5분 안에 그들 사이의 뭔가로 아무것도 할 수 없다는 똑같은 의식을 갖게 되었다. 아무것도 아니었지만, 어쩐지 전부였다. 그들 각자에게 무슨 일이 일어났다는 것이었다.

그들은 서로를 똑바로 바라봤고, 심지어 갤러리에서 열린 여러 파티보다 더 오래 서로를 바라봤다. 하지만 다른 것이 없었다면 그건 결국 사소한 일이었을 것이다. 한마디로 그들은 단순히 눈만 마주친 것이 아니었다. 다른 의식 기관, 신체적 기능, 촉각 또한 마주쳤고, 케이트가 나중에 선명하고 깊은 사실을 혼자 생각했을 때, 아주 특이한 방식으로 그 사실을 특별한 일로 여겼다. 그녀는 정원 담벼락에 걸쳐 있는 사다리를 보았고, 사다리에 올라가면 반대편에 있는 정원을 내려다볼 수 있을 거라고 믿었다. 사다리 꼭대기에 도달했을 때 그녀는 같은 순간에 비슷한 생각을 한 신사와 맞닥뜨렸고, 두 탐구가는 그들의 사다리에서 계속 마주했다. 중요한 점은 그날 저녁 나머지 시간 동안 그들은 내려가지 않고 그곳에 계속 앉아 있었다는 것이고, 실제로, 그 시간 동안 케이트는 적어도 자리를 잡았다고 느꼈고, 마치 물러서지 않고 하늘 높이 있는 것 같았다. 이 모든 것을 좀 더 간단하게 표현하면 당연히 그들이 서로에게 관심을 보였다는 것이고, 그리고 행복한 모험이 없었다면 6개월 후에 그 일은 그렇게 끝났을 것이다. 한편 그 우연은 런던에서 자연스러운 것이었다. 케이트는 어느 날 오후 지하철에서 덴서 군을 보았다. 그녀는 퀸즈 로드Queen's Road에 가려고 슬론 스퀘어Sloane Square에서 기차를 탔고, 그 객차는 거의 만원이었다. 덴서는 가장 멀리 떨어져 있는 다른 자리에 이미 앉아 있었고, 열차가 출발하기 전에 그를 분명히 알아봤다. 낮이지만 어두웠고, 6명이 더 있었고, 그녀는 자리를 잡는다고 바빴다. 그러나 마치 그들이 사막의 밝은 곳에 같이 온 것처럼 그녀는 바로 그에게 갔다. 그들은 조금도 망설이지 않았다. 그녀가 그가 거기에 있는 걸 알았고 그는 그녀가 들어올 것이라고 알고 있었던 것처럼 그들은 좁은 객실 너머 정확히 바라봤다. 비록 미소를 지으며 조용히 인사만 나눌 수 있었지만, 바로 다음 역에서 편히 내려야만 했던 것이 이 여정에서 중요했을 것이다. 케이트는 사실 바로 다음 역이 그 청년이 진짜 내려야 할 곳이라고 확신했고, 그는 단지 그녀와 이야기하고 싶어서 계속 타고 가는 것이 분명했다. 그는 이를 위해 켄싱턴 하이 스트릿High Street, Kensington까지 가야만 했고, 그때까지 그에게 내릴 기회가 생기지 않았다.

하지만 그 덕분에 그는 그녀 반대편 자리를 재빨리 잡았고, 자리를 잡는 그의 조심성은 그녀에게 그가 조급해하는 것처럼 보였다. 게다가 양쪽에 낯선 사람들이 있어서 거의 대화할 수는 없었지만, 이런 제약이라도 어쩌면 그들은 달리할 수 있는 것도 없었을 것이다. 그들에게 다시 기회가 왔다는 사실을 아무 말 없이 그렇게 강렬하게 표현될 수 있다면, 헛된 일이 아니었음을 그들은 그 자리에서 분명히 느낄 수 있었을 것이다. 이 일의 특이한 점은 그들이 짧게 만나고 내린 것이 아니고 훨씬 더 멀리까지 갔고 하이 스트릿과 노팅힐 게이트Notting Hill Gate에 이어 다음 역과 퀸스 로드까지 정말 지나치게 갔다. 노팅힐 게이트에서 케이트 오른쪽에 있던 사람이 내리자 덴서가 바로 그 자리에 앉았다. 그다음 순간 덴서가 앉았던 자리에 한 여성이 바로 앉아서 별 소용이 없었다. 그는 그녀에게 거의 아무 말도 할 수 없었고, 하다못해 그녀는 그가 한 말을 거의 알지 못했다. 그녀는 반대편에 앉아 있는 사람들 중 계속 자리에 앉아있고 단안경을 쓴 젊은 남자가 처음으로 눈에 띄고 이상한 기분이 든다는 확신에 사로잡혀 있었다. 그런 사람이 그 여자를 데리고 나갔다면, 덴서는 어떻게 했을까? 그들이 그녀의 목적지 역에 도착하는 순간, 그가 그녀를 따라 기차에서 내렸을 때, 그 질문에 대한 답은 충분했다. 그건 진짜 시작이었고, 다른 모든 것의 시작이었다. 다른 시간, 파티에서 보낸 시간은 시작에 불과했다. 살면서 그녀는 마음대로 한 적이 한 번도 없었다. 작은 모험이 그녀에게 문제가 되는 한, 저속한 방법으로 항상 그 전에 더 많은 일이 있었다. 그는 그녀와 함께 랭커스터 게이트까지 걸어갔고, 그녀는 그와 함께 그곳을 떠났다. 그녀는 마치 제빵사에게 키득거리는 가정부처럼 혼잣말했다.

나중에 그녀가 느낀 이 모습은 전부 제빵사와 가정부라는 말로 가장 잘 묘사될 수 있는 관계에 적절했다. 그녀는 그때부터 그들이 친구가 되었다고 스스로 말할 수 있었다. 엄밀히 말해 그들 관계의 범위와 한계가 비슷해졌다. 실제로 젊지 않고 보호받는 꽃인 것처럼 하지 않는 청년으로서, 그는 그 자리에서 자연스럽게 그녀를 방문해도 되는지 물었고, 그녀는 이성적으로 승낙했다. 그녀는 그것이 현재 그녀의 유일한 가능한 근거라는 것을 즉시 분명히 했다. 그녀는 그저 동시대의 런던 여성으로, 매우 현대적이고, 필연적으로 닳고, 매우 자유로웠다. 물론 허락의 형식으로 이모에게 바로 비밀을 털어놓았다. 그리고 그녀는 이때 그녀가 그 사실 자체만큼 새로운 동맹에 아는 것이 별로 없다는 것을 나중에 기억했고, 로더 부인은 그 당시 그녀에게 놀라울 정도로 온화했다. 모든 면에서 이모의 본심을 알 수 없다는 걸 완전히 떠올렸다. 그녀는 저속한 말투로 모드 이모가 '매달리는 게' 뭔지 자문하기 시작한 것은 분명히 그때였다. "네가 좋아하는 사람이면 와도 돼."가 사람들이 좋아하는 걸 하는 것을 보통은 반대했던 모드 이모의 대답이었다. 이런 예상치 못한 답은 많은 걸 들여다볼 수 있었다. 많은 것이 설명됐고 모두 재미있었는데, 그 재미는 실제로 한창 도피할 때 케이트가 만들어낸 칙칙하고 우울한 즐거움의 맥락이었다. 머튼 덴서는 바로 다음 일요일에 왔다. 하지만 로더 부인은 조카가 그와 단둘이 있을 수 있도록 한결같이 너그러웠다. 다음 일요일에 그를 저녁 식사에 초대하려고 이모는 그를 봤고, 그가 3번 저녁 식사를 하러 온 후에 그녀는 그의 방문을 자신에게 유리하게 이용할 방법을 찾았다. 이모가 그를 마음에 들지 않는다는 케이트의 확신은 주목할 만했고, 그녀가 지금까지 방대하게 모든 면에서 주목할 만하다는 증거에 추가됐다. 만약 그녀가 에너지 면에서 평소와 같았다면 직접 혐오감을 나타냈을 것이다. 반면 이제는 그가 '가지고' 있는 장점을 보려고 그 사람을 알려고 하는 것 같았다. 그것은 우리의 젊은 여성이 한참 칩거 중일 때 생각했던 것 중 하나였다. 사람들이 당신에게 전달되기를 원할 때 당신이 사람들을 쉽게 받아들일 수 있다는 사실을 이해하면서, 상관없는 소리만 들었다는 것에 조용히 바라보며 미소 지었다. 모드 이모가 그들이 헤어지길 바랐을 때, 대리인이 할 일이 아니었다. 분명 그녀 손에 맡겨진 문제였다.

　그러나 그 아가씨가 가장 의아하게 여긴 것은 자신의 가치에 관련된 많은 사교술의 영향이었다. 그녀의 연인이 이모를 화나게 했을까 봐 두려워했던 이런 등장에 대해 그녀의 생각은 무엇인가? 마치 덴서가 그렇지 않았다면 그녀가 분개하지 않았을까 하는 두려움 속에 부분적으로 받아들여진 것 같았다. 이모는 그 경우에 그녀가 헤어질 위험을 생각하지 않았을까? 그 위험은 과장됐다. 그녀는 그렇게 심한 짓을 하지 않았을 것이다. 그러나 로더 부인이 그녀를 보고 믿을 만하다고 여기는 거 같았다. 그러므로 이모는 그녀에게 어떤 중요성을 부여했으며, 그녀가 그들의 관계 유지에 어떤 묘한 관심을 가질 수 있었을까? 그녀의 아버지와 언니는 그 질문이 그녀에게 어떤 영향을 미쳤는지 모른 채 이에 대한 답을 알았다. 그들은 랭커스터 게이트의 여사가 재산을 모으려고 애쓰는 걸 봤고, 그 욕망은 우연히 그녀가 전에 즐겼던 것보다 더 가까운 목적에 매료되고 현혹되었다는 것으로 설명된다. 그들은 그녀가 부유하고 변덕스럽고 지독한 늙은 여자의 뒤늦은 환상 중 하나라 생각해 감탄했고, 게다가 음모가 없었기에 더욱 두드러졌고, 그들은 관련이 있는 사람에게 생길 수 있는 결과에 대해 주목했다. 케이트는 단번에 사로잡는 자신의 매력을 어떻게 생각해야 할지 알았다. 그녀는 당연히 자신을 아름답지만 매정하고, 영리하지만 냉정하다고 생각했다. 더구나 조용한 삶을 살기에는 너무나 불완전하게 야심이 커서 그녀는 조심히 혹은 바보같이 무관심하게 지낼 수 없었다. 그녀의 지능은 때때로 그녀를 가만히, 너무 가만히 있게 했지만, 그것을 원하는 그녀의 마음은 가만히 있지 못했다. 그래서 그녀는 과하지 않게 좋은 것을 얻은 것처럼 보였다. 그런데도 그녀는 자신의 처지를 알았고 슬프고 환멸을 느끼는 어머니가 죽어가는 것을 보았지만, 모드 이모가 계단에서 간호사를 만나는 동안 어머니가 신의 섭리 하에 상황의 본질을 떠올리도록 했다. 그 소중한 여자는 그 당시 자신이 실제로 섭리를 따르고 있다고 믿으면서 죽었다.

케이트는 아버지를 만나고 나서 바로 덴서와 산책을 했지만, 평소처럼 대부분 앉아서 이야기를 나누었다. 그들은 나무 아래에서, 호숫가에서, 오래 친구들의 분위기를 내며 있었는데, 특히 그들의 광대한 젊은 세계에서 모든 문제를 해결했을 것 같은 진지한 모습이었다. 그리고 나란히 앉아서 조용히 시간을 보내서, 지나가는 사람이 보면 '긴 약혼!'이라는 걸 마지막에 알게 되는데, 너무 편안해 보였기 때문이다. 따라서 그들은 자신들을 1년 전에 처음 만났고 연락 없이 대부분의 시간을 보낸 젊은이들이 아닌 아주 오랜 친구로 소개했을 것이다. 그들은 이미 서로가 마치 오랜 친구 같았다. 연속적인 만남으로 바로잡으려고 했을지도 모르지만, 그들은 더 혼란스럽기만 했다. 모르는 사람의 섣부른 판단에도 아직 공식적이고 최종적인 이해가 없었기에 그들 관계를 유지하려고 했다. 덴서는 맨 먼저 그 의문점을 보였지만, 대답하기 너무 쉬웠고 너무 빨랐다. 그 뒤에 한 가지 일이 일어났다. 그들은 약혼하기에는 교제 기간이 너무 짧다는 것을 인정했지만, 다른 거의 모든 일은 충분히 오래 살폈고 결혼은 왠지 그들 앞에 길이 없는 사원 같았다. 그들은 성전에 속했고 성전에서 만났으며, 일반적으로 성전에서 산발적으로 다과를 대접하는 단계에 있었다. 그러나 그동안 케이트는 친구가 별로 없었기 때문에 아버지 의혹의 근원이 무엇인지 궁금했다. 물론 런던에서 소문이 퍼지는 것은 놀라웠고, 모드 이모가 직접 연락하지 않았기 때문에 매리언에게 그 미스터리가 먹혀들었었다. 당연히 그녀는 알게 됐다. 어렵지 않게 알게 됐고, 분명히 참을 수 없는 것이었다. 하지만 그녀는 어떻게 알게 됐으며 뭘 알게 됐을까? 동생이 사랑에 빠졌다는 걸 알았다. 하지만 그건 전적으로 동생의 일이었고, 격렬하게 순응하며 처신했다.

"모드 이모가 당신에게 편지를 쓸 거예요. 확신해요. 당신이 알고 있으면 좋겠어요." 그녀는 그를 만나자마자 이 말을 했고, 바로 다음 말을 덧붙였다. "그러니까 어떻게 할지 정해요. 난 이모가 당신한테 무슨 말을 할지 너무나 잘 알아요."

"그럼 당신이 말해볼래요?"

그녀는 잠시 생각했다. "그럴 수 없어요. 내가 망칠 거예요. 이모는 당신 뜻대로 할 거예요."

"내가 건달 같다거나 기껏해야 당신한테 부족하다는 게 이모님 생각인가요?"

그들은 다시 의자에 나란히 앉았고, 케이트는 잠시 말을 멈췄다. "이모한테 부족하죠."

"아, 알겠어요. 그럴 필요가 있죠."

그는 의문보다는 진실로 여겼다. 그러나 그들 사이에는 서로 상충하는 많은 진실이 있었다. 하지만 케이트는 다음처럼 말하면서 이 문제를 충분히 넘겼다. "이모는 별나요."

"우리도 그래요. 난 우리가 정말 괜찮았다고 생각해요."

"우리와 보통 사람들에게는 그렇죠. 하지만 이모는 아니에요. 이모가 보기에는 우리는 도저히 말도 안 되는 거예요. 이모는 우리를 봐주고 있었어요. 만약 당신을 부르면, 당신의 처지를 알아야 해요."

"늘 알고 있어요. 당신이 걱정하는 게 그거잖아요."

"글쎄요." 케이트는 잠시 후 말했다. "그 점에 대한 이모의 생각을 알게 될 거예요." 그는 그녀를 오래 바라봤고, 그녀를 혼자 내버려 두지 않는 사람들이 그녀의 출세를 바라던 것이 무엇이든 간에, 그의 힘든 표정은 그녀가 세상에서 결코 만족할 수 없는 것이었다. 무슨 일이 있어도 그녀는 그들을 지켜야 하고 완전히 자신의 것으로 만들어야 한다고 생각했다. 그리고 그녀가 마치 다른 생경한 것들과 같이하고 개인적으로 소중히 여기면서도 그 엄격함에 대해 아무런 대가도 치르지 않는 것처럼 추론하거나 여하튼 행동하기 시작했다는 건 이미 충분히 이상했다. 그녀는 그 얼굴에서 그 점을 제대로 봤고 그들이 연인이라는 걸 강렬하게 느끼며 집으로 갔다. 그녀는 솔직히 말해서 자산과 그에게 이런 명칭을 붙이는 것이 좋았다. 하지만, 뛰어난 그녀는, 그녀 방식대로, 이 특징은 틀에 박힌 기존 특징과 거의 비슷하지 않다고 생각했다. 그녀가 자신의 권리라고 주장하는 특성 자체가 대담해 보이지 않는다고 당연하게 여겼지만, 텐서는 그녀의 말에 동의하면서도 그녀의 간소화와 가치관에 놀랐다. 인생이 힘들 수도 있고, 분명히 그럴 것이다. 한편 그 안에 그들은 서로가 있었고 그것이 전부였다. 이것이 그녀의 논리지만 한편 그의 논리는 그들에게 서로는 없었고, 그것이 요점이었다. 그러나 재차 말하면 이상하고 특별한 일에 직면할 때 그는 부추기는 게 오히려 어색하고 지독하다고 판단했다. 로더 부인을 그들의 계획에서 제외하는 건 불가능했다. 그녀는 그 자리에 너무 가깝고 너무 확고하게 있었다. 어떤 시점에 그녀를 데려가기 위해 문을 열어 할 일을 해야 한다. 그리고 그들이 4인용 마차에 함께 앉아 있을 때 그녀가 항상 탔고, 어쩔 수 없이 그녀를 봐야 했다. 그녀는 서커스의 주인공 아가씨가 링을 도는 것처럼, 그들의 예상을 피해서 몰았고, 그녀는 중간에 마차를 세워서 위엄 있게 내렸다. 우리의 청년은 그녀가 굉장히 저속하지만, 이것이 전부는 아니라는 것을 느꼈다. 비록 그녀가 이야기를 과장하는 데 큰 도움이 되었을지 모르지만, 그가 재산이 부족하다고 느낀 것은 그녀가 저속해서도 아니었고, 그녀가 강하고, 독창적이고, 위태롭다는 병약함 때문도 아니었다.

다른 사람들에게 충분한 돈이 그에게 부족한 것은 크게 추했는데, 두 명 모두 말로 편하게 재미있다고 생각한 케이트의 인생 요소를 염치없이 마주했을 때 더 추해 보였다. 그는 때때로 그 문제와 관련해 이런 요소들이 자신의 의식, 즉 자신이 부자가 되어야 한다고 생각하는 개인적인 무능력에 관한 가장 깊은 사실만큼 종종 생생하고 재미있는지 자문했다. 이 점에 대한 그의 신념은 사실 매우 긍정적이고 그 자체였다. 그는 다른 사람들보다 천성적으로 밝았지만, 분석해도 이해하지 못했다. 그는 자신이 정신적으로나 육체적으로나 무력하지도 않고, 둔하지도, 서툴지도 않다는 걸 잘 알고 있으면서 어떻게 겨우 먹고 사는지 알았다. 은밀하지만 절대적이라는 것도, 이상한 말이지만 평범한 일에 대해 낙담하지도 엄두도 못 낼 정도는 아니라는 걸 알고 있었다. 이제야 그는 결혼을 감당하지 못하는 건지 생각해야 했고, 이제야 처음으로 자신의 처지를 제대로 살펴봐야 했다. 케이트와 함께 있을 때 종종 저울이 환영으로 매달려 있었다. 그가 말하고 듣고 할 때, 밝은 하늘에 특이한 위치에 있는 크고 검은 저울을 보았다. 어떤 때는 오른쪽이 내려갔고, 때로는 왼쪽이 내려갔다. 언제나 한쪽 축을 쳤고 결코 적절한 평형을 이루지 못했다. 따라서 여성에게 당신과 함께 기회를 잡자고 부탁하는 것이 더 무례한 것인지, 아니면 그녀의 기회가 최선일 수 있지만 궁금한 것 중 하나일 수 있다는 양심의 가책을 받아들이는 것이 더 무례한 것인지에 대한 질문이 그에게 남았다.

그렇지 않으면 돈 때문에 결혼하는 것이 돈 없이 결혼하는 것에 대한 단순한 두려움보다 수치심의 원인이 아닐 수도 있을 것이다. 이런 다양한 분위기와 관점을 통해서 그의 이마에 난 자국은 선명했다. 결혼 여부와 상관없이 그대로 남아 있는 것을 보았다. 그의 상상은 놀라울 정도로 활동적이었다. 돈을 버는 무수한 방법들이 그에게 멋지게 떠올랐다. 그는 모든 일을 쉽게 다루는 것처럼 신문사 일도 그랬다. 그는 모든 일을 다루는 방법을 잘 알고 있었고, 이마에 난 다른 자국이었다. 행운의 엄지손가락에 난 얼룩과 양털에 찍힌 상표는 원래 시간을 적어놓고 함께 놔뒀다. 그는 한탄스러울 정도로 쉽게 글을 썼다. 10살에 아무것도 그를 막지 못했고, 20살에도 그랬다. 그것이 첫 번째로 그의 운명의 일부였고, 두 번째로 비참한 대중의 일부였다. 아무튼, 그는 의자를 젖히고 머리 뒤로 깍지 낀 손을 뒤로 한 채 의심할 여지 없이 돈을 버는 수많은 방법을 자주 상상했다. 게다가 그 자세를 오래 했던 이유는 그 방법이 오직 다른 사람들을 위한 것이라는 생각 때문이었다. 그렇더라도 지금 곧 그는 관계를 단순화하는 연인의 상황을 더 가까이 알았다. 무엇보다도 그녀 자신이 그들 관계를 어떻게 생각하는지 알게 됐는데, 어떤 식으로든 불행한 여성의 희망에서 그녀가 어떻게 회복하는가의 예로, 아버지를 방문했던 일, 이어서 언니와의 일을 말하면서, 그녀가 마지막으로 솔직하게 현재 그들에 대해 말했기 때문이다.

그녀가 소리쳤다. "우리 가족은 실패했어요." 이 말에 그는 다시 그녀에게서 모든 것을 알게 됐고, 이번에는 특히 그랬다. 그녀의 아버지가 가족에게 안긴 불명예와 어리석음과 잔인함과 사악함, 게다가 상처받고 버림받고 빼앗긴 어머니의 상태는 가정을 돌보기에는 너무나도 부당했다. 그녀의 두 남동생이 사망했는데, 그 집의 장남은 19살 때, 가족들이 여름 동안 지냈던 불결하고 작은 집에서 걸린 장티푸스로 사망했다. 군계일학이었던 다른 남동생은, 바다에서 일어난 사고

가 아니라 동료 선원의 집을 방문했을 때 너무 늦가을에 작은 강에서 헤엄을 치다가 쥐가 나서 구조도 못 하고 한낮에 끔찍하게 익사했다. 그리고 매리언은 말도 안 되는 결혼을 했는데, 그것은 어쩔 수 없이 운명을 받아들인 것으로, 그녀의 비참함과 애처로움, 번질번질한 아이들과 난감한 요구들, 혐오스러운 방문객들, 이것으로 그들 모두가 운명의 손에 달렸다는 중압감의 증거가 완성됐다. 케이트는 자백하듯이 너무 조급하게 그들에 관해 말했다. 덴서에게 그녀의 이야기는 부분적으로는 자유롭고 유머러스한 색채로 그를 즐겁게 해서, 그 점에서 대단히 매력적이었고, 그녀 자신의 안도감을 위해 부조화 인식을 끊임없이 풀려고 하는 거 같아서 그녀에게 많은 매력을 느꼈다. 그녀는 너무 일찍, 그리고 너무 급격하게 보편적인 광경들을 봤고, 그녀는 너무 똑똑했기에 그 불행을 알고 받아들였다. 그래서 그와 이야기할 때 그녀는 과격하고 별로 여자답지 않았다. 의사소통에서 그들은 환상적이고 행복한 과장의 언어의 지름길에 자리를 잡은 것 같았다. 만약 그들 사이에 다른 직접적인 방법이 없다면, 적어도 사고의 영역이 열려 있어야 한다는 걸 초기 단계에서 분명히 했다. 그들은 그들이 하고 싶은 것에 관해 무엇이든 생각할 수 있었고, 다시 말해서, 그걸 말할 수 있었다. 서로를 위한 말을 할 때 당연히 더 좋았다. 따라서 그들이 함께하지 않을 때 하는 말을 그들은 전혀 좋아하지 않고, 특별한 시간에 그들의 작게 떠 있는 섬에서 그들을 내보내는 게 다른 어느 곳만 믿게 만든다는 가정보다 도움이 되는 것은 없다는 걸 암시했다. 우리의 청년은 친밀감이라는 사실에 관한 이 특별한 행위에 가장 이익을 보는 사람이 케이트라는 것을 충분히 의식하고 있다는 걸 덧붙여야만 한다. 그에게는 항상 그녀가 자신보다 더 많은 삶을 살았던 것처럼 보였고, 그녀가 어두운 집안일을 말하면 현재 행복감의 힘들고 이상한 상쇄를 힐끗 보았을 때, 그는 항상 자신의 잿빛 가정사를 작게 보여야 할 거 같았다. 모든 점에서 그녀 아버지에 대해 그가 가장 많이 궁금했지만, 척 스트릿에서 모험하는 그녀의 모습에서 그 아버지에 대해 그가 아는 게 얼마나 없는지 알게 했다. 솔직히 말해서 크로이 씨가 원래 했던 일은 무엇일까?

"모르겠어요. 알고 싶지도 않아요. 내가 15살 때쯤인가 아빠를 난감하게 만드는 무슨 일이 일어났다는 것밖에 몰라요. 그러니까 처음에는 결코 곤란한 게 아니었는데 엄마한테는 점차 그랬다는 거예요. 우리는 물론 그때는 그걸 몰랐죠. 하지만 나중에 알았죠. 이상하게도 아빠가 무슨 일을 저질렀다는 걸 처음 알게 된 건 언니였어요. 지금도 그때 엄마 목소리가 들려요. 어느 춥고 어두운 일요일 아침에 안개 때문에 교회에 안 갔을 때, 공부방 난롯가에서 엄마가 나한테 말했어요. 교회에 가지 않을 때는 역사책을 읽어야 해서, 램프 옆에서 역사책을 읽고 있었고, 방에서 엄마가 갑자기 말하는 걸 들었어요. '아빠가 나쁜 짓을 했어.' 그리고 이상한 건, 엄마가 뭐가 나쁜지, 어떻게 알았는지, 아빠한테 무슨 일이 생겼는지, 아무것도 말해주지 않았지만, 난 그 자리에서 그 말을 믿었다는 거예요. 우리는 늘 모든 종류의 일들이 아빠한테 생긴다는 걸 알았어요. 그래서 매리언 언니가 자기가 스스로 알아냈다고 자신했을 때, 그걸로 충분해서 난 언니 말을 믿었고, 왠지 너무 당연했어요. 하지만 우린 엄마한테 물어보지 않았고, 그게 더 당연했고, 난 한마디도 하지 않았어요. 그런데 이상하게도 엄마는 시간이 흘러서 아주 나중에 나한테 스스로 말해줬어요. 아빠는 오랫동안 우리와 살지 않았지만, 우리는 익숙했어요. 엄마는 내가 뭔가를 알고 있다고 걱정하며 확신했고, 그게 최선이라고 생각했어요. 매리언 언니가 그랬던 것처럼 엄마가 불쑥 말했어요. '만약 아빠에 대한 나쁜 말을 들으면, 그러니까 끔찍하고 비열하다는 거 빼고는 나머지는 순 거짓말이라는 거 기억해 둬.' 내가 알고 있는 건 그거예요. 내가 그때 엄마한테 당연히 그렇지 않다는 걸 알고 있다고 말한 건 기억나지만, 그게 사실이에요. 엄마는 그게 사실이라고 말했을지 모르지만, 내가 듣게 되는 아빠에 대한 어떤 비난에 대해 엄마보다 내가 충분히 반박하고, 더 격렬하고 효과적으로 반박할 수 있다고 믿었어요. 하지만 그럴 기회가 없었고, 그냥 놀라운 일이라고 의식해 왔어요. 가끔 세상이 좀 괜찮아 보여요. 나를 숨 쉬게 한 사람은 아무도 없어요. 그건 침묵의 일부였고, 아빠를 둘러싸고 있는 침묵이고, 세상을 위해 아빠를 씻어낸 침묵의 일부였어요. 아빠는 사람들을 위해 존재하지 않아요. 그래도 난 여전히 확신해요. 더 많이 알지는 못하지만, 더 확신해요. 그리고 내가 여기 앉아서 당신에게 아빠에 관해 이야기하는 거예요. 그걸 신뢰의 증거로 생각하지 않는다고, 당신을 어떻게 만족시켜야 할지 모르겠어요."

"난 꽤 만족하지만, 크게 이해되지는 않아요, 내 사랑. 당신은 정말 아무것도 말해주지 않네요. 너무 모호해서 내 생각을 당신이 잘못 이해하는 건가요? 아무도 말할 수 없다면, 그분은 뭘 하셨죠?"

"아빠 모든 걸 했어요."

"아, 모든 것이라. 모든 것은 아무것도 아니죠."

"그렇다면 아빠 어떤 특별한 일을 했어요. 그렇게만 알고 있고, 감사하게도 우리한테는 아니에요. 하지만 그게 끝이에요. 조금만 수고하면 당신은 틀림없이 알아낼 수 있을 거예요. 물어봐도 돼요."

덴서는 잠시 아무 말이 없었으나, 잠시 후 말을 꺼냈다. "무슨 일이 있어도 알아내지 않을게요. 그리고 질문하느니 차라리 입을 다무는 게 나아요."

"그래도 내 일부분이에요."

"당신의 일부분요?"

"내 아버지의 불명예요." 그러고 나서 그녀는 그를 위해 목소리를 냈지만, 여전히 비관적이면서 그 어느 때보다 더 오만한 어조로 말했다. "어떻게 그게 한 사람의 인생에서 큰일이 아닐 수 있겠어요?"

그녀는 또다시 그의 힘들어하는 표정을 보았고, 아주 깊고 자극적인 부분까지 들어갔다. "당신 인생에서 가장 큰 일에 대해서는 나에게 조금 더 의지해 줬으면 좋겠어요." 잠시 머뭇거린 후 그가 물었다. "아버님께서 어느 사교 클럽에 나가시나요?"

그녀는 머리는 세게 흔들었다. "옛날에는 많은 곳에 나가셨죠."

"하지만 그만 나가셨군요."

"그곳이 아버지를 버렸죠. 확실해요. 당신을 위해서 그랬어요. 아빠한테 가서 가능하다면 집을 마련해서 함께 살자고 제안했어요. 하지만 아빠는 거절했어요."

덴서는 분명히 놀랬지만 관대하게 받아들였다. "나한테 '난감하다'로 말했던 아버지에게 함께 살고 단점을 함께 나누자고 제안했다고요?"

그 청년은 그 순간 아름다움의 극치를 보았다. "당신은 용감해요!"

"아빠를 위해서 용기를 내서요?" 그녀는 조금도 수긍하지 않았다. "용기가 아니에요. 그 반대예요. 나 자신을 위해서 그랬어요, 벗어나려고."

그는 이 단계에서 한결같은 태도를 보였고, 그녀는 그에게 생각할 거리는 줬다. "뭐에서 벗어나려고요?"

"전부요."

"혹시 날 말하는 거예요?"

"아뇨. 아빠한테 당신 이야기를 했고, 허락하신다면 당신을 데리고 가겠다고 했어요."

"하지만 허락하지 않으셨죠."

"어떤 말도 듣지 않았어요. 날 도와주지도, 구해주지도, 손을 내밀어 주지도 않았어요. 그냥 흉내도 낼 수 없는 모습으로 꼼지락거리며 날 내팽개쳤어요."

덴서가 동의했다. "어쨌든, 그때 나한테는 다행이네요."

하지만 그녀는 자신이 떠올린 전체 상황에 대해 또다시 한 가지 시선으로 말했다. "유감이네요, 당신이 아빠를 좋아하는데. 아빠는 멋지고 매력적이에요." 그녀의 연인은 그녀의 말투에서 깊게 느껴지는 감정에 또다시 그만의 특징적 웃음을 지었는데, 그것은 그가 다른 여자들을 아는 한 다른 여자들의 따분한 이야기를 멀리하게 했고, 그녀는 이미 말을 계속했다. "당신을 보면 좋아하셨을 거예요."

"날 반대하시는데도요?"

"아빠는 개인적으로 기분 좋게 하는 걸 좋아하세요. 당신을 알아보고 잘 지냈을 거예요. 아빠가 반대하는 건 내가 당신을 좋아한다는 거예요."

"그렇다면 그 반대에도 당신이 날 좋아하는 건 칭찬받을 만한 일이죠!"

그러나 그녀는 잠시 후 엉뚱한 말을 했다. "그렇지 않아요. 필요하다면, 아빠한테 가기 위해 당신을 포기하겠다고 했어요. 하지만 별 차이가 없었고 어떤 말에도 거절했다는 게 바로 그 뜻이에요. 요점은 난 도피하지 않는다는 거예요."

덴셔는 의아했다. "하지만 나한테서 벗어나고 싶지 않았다면서요?"

"모드 이모에게서 벗어나고 싶었어요. 하지만 아빠는 이모를 통해서만 내가 아빠를 도와줄 수 있다고 우겼어요. 매리언 언니도 똑같이 주장했어요. 날 돌려보냈다는 건 바로 그 뜻이에요."

그 청년은 생각했다. "언니도 돌려보냈다고요?"

"밀어냈어요!"

"하지만 언니와 살겠다고 제안은 해봤어요?"

"언니가 나랑 있겠다고 하면, 나도 바로 그랬을 거예요. 그게 내 미덕이에요. 한정적이고 작은 가족 느낌이요. 난 작고 어리석은 경건함을 가졌어요. 뭐라고 불려야 하는지 모르겠어요." 케이트는 용감하게 그것을 견뎠고 해냈다. "가끔 혼자서, 불쌍한 엄마를 생각하면 비명을 참아야 했어요. 엄마는 여러 일을 겪었고, 좌절했어요. 지금은 그게 뭔지 알지만, 그때는 몰랐어요, 내가 돼지 같았으니까요. 그리고 엄마와 비교해 내 위치는 성공에 거만해하고 있어요. 매리언 언니가 거리를 두는 것도, 내가 말했듯이 아빠도 별나게 그러는 것도 그 이유 에요. 내 위치가 하나의 가치고, 두 명 모두에게 큰 가치예요." 그녀는 말을 이었다. 명쾌하고 아이러니한 그녀는 다행히도 혼란스러워하지 않았다. "그들이 가진 유일한 가치예요."

오늘 그 젊은 연인 사이에 오간 모든 말은 잠시 멈추기도 하고 여유 도 있었지만, 무더위에서 치는 번개처럼 신속함과 불안 속에 보다 빨 리 기준을 찾았다. 덴셔는 전에는 그렇지 않은 것처럼 단호하게 바라 봤다. "그리고 당신이 말하는 그 사실이 당신을 방해하고 있어요!"

"당연해요, 날 막고 있어요. 귓가에 맴돌고 있어요. 내가 행복을 누 릴 권리가 있는지, 내가 할 수 있는 만큼 부유하고 넘치고, 똑똑하고 빛나는 것 외에 다른 것을 누릴 권리가 있는지 물어보게 돼요."

덴셔는 멈칫했다. "당신은 행운과 함께 행복도 누려도 돼요."

그의 대답에 그녀는 조용했다. 그 후 그의 얼굴을 똑바로 바라보며 간단하고 조용히 말했다. "자기!"

잠시 시간이 흐르고, 그도 역시 조용하고 간단하게 말했다. "내일 아주 편안하고 정중하게 결혼 문제 정할래요?"

"당신이 이모를 만날 때까지 기다려요."

"그게 날 사랑한다는 거예요?"

그들은 잠시 신중한 말과 직설적인 말을 아주 묘하게 섞으며 이야 기를 나눴다. 그리고 마침내 그녀는 확고한 말투로 말했다. "당신은 이모가 무서운 거예요."

그는 잔잔한 미소를 지었다. "훌륭하고 고귀한 정신을 가진 젊은이 들은 우리를 조심해야 해요!"

"맞아요." 그녀는 바로 인정했다. "우리는 소름 끼치게 똑똑하면서 도 재미난 사람이에요. 재미를 찾을 수 있는 곳에서 재미를 얻어야 해요." 그 문제에 있어서 용기 내서 말을 덧붙였다. "내 생각에 우리 관계는 아름다워요. 전혀 천박하지 않아요. 여러 일에서 사랑을 아끼고 싶어요."

그는 더 활짝 웃었다. "당신이 날 버릴까 봐 얼마나 두려운지 몰라요!"

"그럴 일 없어요. 그게 천박한 거예요. 하지만 물론 천한 일을 하는 것이 위험하다는 걸 알아요."

"그렇다면 날 희생시키는 만큼 천박한 게 뭐가 있죠?"

"나는 당신을 희생하지 않을 거예요. 상처받을 때까지 울지 말아요. 난 그 누구도 그리고 아무것도 희생하지 않을 거예요. 그게 바로 내 입장이고 내가 원하는 것이고 모든 것을 위해 노력할 거예요. 그 사람들을 대신해 그게 내 생각이고 당신에 관한 생각이에요."

"그 사람들 대신이요?" 그 청년은 지나치게 냉정한 태도를 보였다. "고맙군요!"

"그 사람들 신경 안 쓰여요?"

"내가 왜요? 나에게 그냥 성가신 존재일 뿐인데요?"

그는 그녀가 그토록 소중히 여기는 불쌍한 사람들의 자질에 관해 이야기하자마자 까칠하게 군것에 뉘우쳤는데 부분적으로 그녀의 번쩍임을 기대했기 때문이었다. 하지만 그녀가 가끔 그냥 가벼운 홍조를 띠는 것이 훌륭한 점 중의 하나였다. "우리가 어리석게 굴지 않으면 모든 것을 할 수 있다는 걸 왜 조금 더 이해하지 못하는데 모르겠어요. 우리가 이모를 모실 수 있어요."

그가 빤히 처다봤다. "이모님이 우리에게 연금을 줄까요?"

"뭐 두고 보면 알겠죠."

"이모한테서 뭘 받을 수 있을지 알아요?"

케이트는 잠시 아무 말이 없었다. "어쨌든 난 이모에게 물어본 적이 없어요. 아주 힘들었을 때도 이모한테 부탁하거나 근처에 가지 않았어요. 이모가 스스로 멋지고 화려한 발톱을 내세워 날 붙잡았죠."

"이모가 벌처vulture(동물 사체를 먹는 독수리)인 것처럼 말하네요."

"금빛 부리도 있고 훌륭하게 날 수 있는 날개도 있는 이글eagle(직접 사냥하는 독수리)이죠. 간단히 말해서 이모가 풍선처럼 공중에 떠 있는 사람이라면, 난 이모 차에 타 본 적이 없어요. 이모가 날 선택했어요." 화려한 색감과 멋진 스타일의 스케치였다. 그는 그 모든 것을 마치 대가가 그린 작품처럼 잠시 바라봤다. "이모님이 당신에게서 뭔가를 알아본 거죠!"

"경이로움이죠." 그리고 그녀는 큰 소리로 말하며 똑바로 일어섰다. "모든 것이요. 그런 거예요."

그랬다. 그리고 그녀가 그 앞에 계속 서 있었고 그는 계속 바라봤다. "그러니까 당신 말은 내가 어떻게든 이모님을 사로잡아야 한다는 거죠?"

케이트가 조급하게 말했다. "이모를 봐요. 만나세요."

"그리고 이모님에게 굽실거릴까요?"

"당신이 원하는 대로 해요." 그리고 그녀는 조바심을 내며 떠나버렸다.

그녀를 따라잡기 전에 그는 그 어느 때보다도 그녀의 생각과 발걸음을 이해하려고 오랫동안 눈으로 좇았는데, 뭐라고 불러야 할지 몰랐지만, 적어도 로더 부인의 이유 중 일부는 알 수 있었다. 그는 자신이 이와는 반대되는 이유라고 생각하면서 의식적으로 움찔했다. 그래도 동시에 모드 이모 영감의 원천이 그에게 있었기 때문에, 거의 비굴한 태도나 유익한 타협을 통해 연인의 쉬운 명령을 따를 준비가 됐다. 그는 그녀가 원하는 대로 할 것이고, 자신의 취향이 그대로 나타날지도 모른다. 그는 그녀를 최대한 도울 것이다. 그날과 다음 날 내내 그녀가 아름다운 등을 돌리면서 내린 그녀의 쉬운 명령은 로더 부인이 매달리는 높은 수준의 요소인 푸른 공기에서 커다란 채찍이 갈라지는 것과 같았기 때문이다. 그는 아마도 굽실거리지 않을 것이다. 그럴 준비가 안 됐다. 그러나 그는 인내심이 크고, 우스꽝스럽고, 합리적이고, 무모하고, 무엇보다도 사교성이 좋다. 그는 빈틈없이 영리하게 굴 것이고, 가끔 다시 작동시키려고 초라하고, 사랑스럽고, 낡은 오래된 시계를 흔드는 것처럼, 지금 뒤흔들었다. 다행히 충분했고, 그들 사이에서 모을 수 있는 것은 아무리 창백해도 너무 일찍 그리고 바로 해야 하는 패배와 항복이 뒤따라야 하는 별의 명성에 거의 영향을 미치지 않을 것이다. 그는 사실 그 참사로 최악의 경우 그들의 기회들을 직접 희생한다고 생각하지 않았다. 그는 로더 부인을 회유하는 데 있어 허영심을 좀 드러내고 어리석은 짓을 좀 하면 충분하다고 생각했다. 얼마 후, 랭커스터 게이트에 있는 아파트의 큰 응접실에 있었을 때, 그는 처음부터 엄청난 충격을 받았고, 그녀의 요청에 따라 '반신료 선납' 전보처럼 그녀를 기다렸는데, 장소의 규모에 압도돼 어려움을 느꼈지만, 그는 여전히 그들의 생각을 고수했다.

그는 오랫동안 기다렸다. 15분 정도 기다린 듯했다. 그리고 모두 이모가 그를 계속 관찰하고 생각하는 동안, 그는 사람을 그렇게 취급하는 사람에게 뭘 기대할 수 있을지 자문했다. 방문 시간을 직접 제안했던 그녀가 그렇게 미루는 것은 그를 불편하게 하려는 기본 계획 일부에 불과했다. 그러나 그가 거대하고 화려한 가구가 주는 메시지와 그녀의 신호와 상징을 나타내는 거대한 표현을 받아들이면서 왔다 갔다 걸을 때, 자신이 겪을 불편에 대해 거의 의심이 없었다. 그는 자신이 의지할 수 있는 것이 아무것도 없으며, 자존심 있는 사람이 바라는 것처럼 명분을 위해서 굴욕을 당한다는 생각이 들기까지 했다. 그렇게 분명한 것은 아니지만, 말 그대로 아주 작은 것도 아니었다. 그에 대한 모든 것이 그곳에서 너무 완벽한 표현된 것 같았다. 안주인의 이야기를 들려주는 거대하고 육중한 물건들은 거의 이례적으로 확고하게 너무 공격적으로 바로 서 있었다. "모든 걸 고려해 볼 때, 그분은 상스러워요." 그가 로더 부인에 대해 그녀 조카에게 한 번 했던 말이었지만, 단지 모든 위험과 함께 마지막까지 혼자 간직했다. 매우 직접적이기 때문에 중요했고, 그는 아무튼 케이트가 스스로 언젠가 그에게 말을 꺼낼 일이라고 생각했다. 당장 현재의 일이고 이상하게도 어쨌든 모드 이모가 따분하거나 진부하다는 걸 조금도 의미하지 않았다. 그녀는 그토록 크고 대담한 기질을 보이면서 대단히 미모를 뽐냈기 때문에, 유쾌하고 아름답고 천박했다. 그녀를 감당하기에는 버거웠고, 그는 채찍 없이 암사자 우리에 있었는데, 그 채찍은 한마디로 적당한 응수였다. 고통스러울 정도로 인색한 그런 집에서 그는 그녀를 사랑하는 말 빼고는 응수할 말이 없었다. 케이트는 그에게 이모가 열정적Passionate이라고 여러 번 언급했고, 일종의 상쇄로 대문자 'P'로 말했는데, 그가 실제로 어떤 식으로 그들에게 유리하게 방향을 돌려야 하는 무엇인가를 나타냈다. 그는 이 시간을 어떻게 유리하게 써야 하는지 몰랐다. 하지만 그가 오래 기다릴수록, 상황은 더 복잡해졌다. 분명히 뭔가가 부족했다. 그는 단호하게 일어났다.

천천히 왔다 갔다 하면서 제대로 된 방법을 찾는 거 같았다. 계속 서성거리니 빈곤의 광야가 되었고, 게다가 그 광야를 보니 만회할 수 있을 거 같지 않았다. 랭커스터 게이트는 부유해 보였다. 그뿐이었다. 그의 처지가 조금이라도 닮아야 한다는 건 상상도 할 수 없었다. 암시한 바와 같이, 그는 더 생생하고 더 비판적으로 자신의 모습을 살폈다. 그리고 그의 미학적 반응에 그를 의아하게 하는 건 아무것도 없었다. 케이트가 자신의 반항적인 취향에 대해 계속 언급했는데도, 그는 독립적인 여성이 그녀의 집을 어떻게 꾸미는지에 그토록 '신경' 써야 한다는 걸 알지 못했다. 여주인의 폭넓은 지식과 자유로움, 유대감과 신념, 이상과 가능성을 넘어 그에게 말을 걸고 글을 쓴 것은 집 그 자체의 언어였다. 그는 그렇게 집단으로 추하고 불길하게 잔인한 건 본 적이 없었다고 자신했다. 그는 전체 인물의 성姓을 알게 돼서 기뻤다. 왠지 '잔인함'은 기사 주제가 되었고, 느낌이 바로 떠올랐다. 거짓된 신들과 지름길을 자랑스러워하는 시대에 계속 퍼지고 고개를 쳐들고 있는 심한 공포에 관해 쓸 것이다. 그리고 로더 부인에게 그가 받았어야 했던 것이 결국 몇 개의 기사로 증명된다면 재미있을 것이다. 그럼 엄청나고 정말 알 수 없는 것은, 그가 신문 칼럼을 빨리 덧붙이는 걸 생각하는 동안에도, 공포에 겁먹기보다는 비웃기가 쉽지 않다는 것이다. 그는 전체적으로 묘사하거나 무시할 수 없었고 빅토리아 중기 혹은 초기라고 칭했는데, 하나의 문장으로 정리할 수 있다고 전혀 확신하지 못했다. 그것은 훌륭하고 더 나아가 결정적으로 영국이라는 것이 확실했다. 그것은 질서를 이뤘고 귀중한 목재, 금속, 물질, 돌처럼 희귀한 재료들이 풍부했다. 그렇게 화려한 장식에 단추와 끈이 많이 달리고 모든 부분이 팽팽하게 당겨져 있고, 모든 부분을 그렇게 두툼하게 감싸고 있는 것을 그는 전혀 상상하지 못했다. 그는 금과 유리, 새틴과 플러시, 자단(암갈색 재목으로 고급 가구 재료), 대리석, 공작석(장식용 녹색 광물)이 그렇게 많은 줄 전혀 몰랐다. 하지만 무엇보다도 견고한 형태, 쓸데없는 마감재, 잘못 쓴 비용, 도덕성과 돈의 종합적인 증명, 선한 양심, 그리고 대단한 잔액이었다. 마침내 이러한 것들로 그의 사고 체계에 대해 부정하게 됐고, 그 문제와 관련해 그는 처음으로 절망적으로 인지하게 됐다. 그에게 무자비한 차이를 드러냈다.

그런데도 모드 이모와 면담은 그의 예상대로 되지 않았다. 로더 부인의 천성은 확실히 열정적이었지만, 이번에는 협박도 호소도 하지 않았다. 공격 무기와 방어 무기는 아마도 가까이 있었겠지만, 그녀는 그것들을 건드리지 않고 입 밖으로 꺼내지도 않았으며, 사실 너무 온화해서 그는 그녀가 얼마나 노련했는지 나중에야 제대로 알았다. 그는 자신의 상황을 복잡하게 하는 다른 것을 제대로 인식했다. 만약 그가 그녀를 정말 성급하게 온화하다고 하지 않았다면, 그는 뭐라고 했을지 몰라야 했다. 다시 말해서, 그녀의 붙임성 있는 성격은 단순한 수단이 아니었다. 그는 그 수단으로 매우 위태롭지는 않았다. 그녀가 그를 꽤 좋아한다는 걸 알 수 있었다. 그때부터 그녀 자신도 더 재미있어했고, 그가 그녀를 좋아하게 되면 어떤 일이 일어날지 누가 알았겠는가? 그가 당연히 마주해야 할 위험이었다. 어쨌든 그녀는 그와 싸웠지만, 한 손에는 흩날리는 가루를 쥐고 있었다. 그는 십 분 뒤에, 그리고 그녀의 설명 없이도, 그녀가 그를 기다리게 했다면, 그에게 상처입힌 게 아니라는 것을 깨달았다. 그때쯤에 그들은 그녀의 의중을 거의 제대로 파악했다. 그녀는 다른 식으로 말하지 않고, 그녀가 그에게 제안했던 것을 그가 스스로 생각해보기를 바랐었다. 그녀가 빈틈없이 생각한 대로, 그 자리에서 그가 뼈저리게 느끼길 바랐다. 그녀가 등장하면서 한 첫 번째 질문은 그가 그녀의 뜻을 실제로 눈치 챘는지 여부였고, 이 질문으로 많은 것을 추정하고, 바로 솔직하고 광범위한 논의로 이어갔다. 그 질문으로 그는 그 뜻을 바로 파악했다는 것을 알았고, 그녀가 힘을 과시해서 그가 그녀를 빨리 용서하도록 했다는 걸 알았다. 그녀의 생각과 재력은 말할 것도 없고, 그녀와 목적의 강도를 이해해야 한다는 걸 알고 있었다. 하지만 그는 그녀를 이해하는 게 두려워하지 않을 거로 생각했다. 열정이 아주 미약하더라도 그는 해치지 않고 이해하려고 한다. 누군가의 마음은 기껏해야 행동으로 나타나고, 행동이 필요할 때 그저 단순했다. 그러나 그것을 막을 수 없을 때는, 그것을 완성해야 한다. 실수라는 본래의 재미 외에 실수는 절대 없을 것이다. 그는 저항하기 위해 치명적인 지성을 이용해야 한다. 반면에 로더 부인은 자신이 좋아하는 것을 위해 그 지성을 이용할지도 모른다.

그녀가 케이트에 대한 자기 생각을 말하기 시작한 후, 그가 받아들이려고 한다면 그녀의 태도에서 충분히, 그녀가 그를 반쯤 미워할 수 없다는 생각이 들기 시작했다. 분명히 그녀가 일단 노력을 하는 거 같았다. 분명히 그녀가 의도한 대로 했다면, 더는 불쾌할 일이 없을 것이다. "내가 훨씬 더 앞서 나갈 준비가 되지 않았다면, 그렇게 나가지 않았을 거에요. 당신이 그 애한테 무슨 말을 여러 번 하던 상관 안 해요. 그 애에게 여러 번 말할수록, 더 좋아요. 그리고 어쨌든 그 애가 벌써 알고 있는 건 아무것도 없어요. 그 애가 아니라 당신을 위해서 말하는 거에요. 내가 내 조카에게 다가가고 싶으면 그 방법을 제대로 알고 있어요." 그렇게 모드 이모는 인정을 베푸는 것처럼 가장 간단하면서도 가장 분명한 말로 뜻을 표현했다. 지혜로운 사람에게 말 한마디가 유리하지만 늘 충분하지는 않았고, 선한 사람에게 말 한마디는 결코 실패할 수 없다는 것이었다. 우리의 청년은 그녀의 말에서 그녀의 기준에서 그가 괜찮아서 자신을 맘에 들어 한다고 느꼈다. 즉 괜찮다는 건 그녀를 위해 조카를 포기하고 평화롭게 그의 길을 간다는 것이었다. 하지만 그의 기준에서 자신은 괜찮은가? 그녀가 제 뜻을 충분히 표현하는 동안, 그는 그렇게 증명하는 것이 자신의 운명인지 상당히 궁금했다. "그 애는 상당히 괜찮은 아이예요. 물론 당신도 그 점을 안다고 자신하겠죠. 하지만 난 당신이 아는 만큼 알고, 그 말은 내가 더 잘 안다는 거예요. 그리고 내 믿음을 증명하는 건 당신과 할 수 있는 것과 유리하게 충분히 견줄 수 있다고 생각해요. 그 애가 내 조카라서 하는 말이 아니에요. 나한테 조카 50명이 있었을 수도 있고, 나와 맞지 않는다면 이곳으로 데려오지 않았을 거예요. 다른 일을 하지 않았을 거라고는 말하지 않겠지만, 그 애의 존재에 가만있지 않았을 거예요. 다행히도 케이트의 존재를 내가 일찍 알아차렸어요. 내가 바라는 건, 당신에게는 안됐지만, 케이트의 존재뿐이에요. 간단히 말해서 당신도 알듯이 케이트는 잘 지내고 있고, 내 노후의 위안을 위해 그 애를 잘 보살펴 왔어요. 난 오랫동안 지켜봤고, 돈을 모았고 당신이 투자라고 하는 걸 했어요. 그리고 이제 당신이 내가 굉장한 사람과 함께 그 애를 어떻게 대할 지에 대해 판단할 수 있을 거예요. 나는 그 애와 함께 최선을 다할 거고, 최고인 사람을 생각하고 있어요."

"이모님께 제가 최고가 아니겠군요." 로더 부인이 말할 때 표정은 밤에는 불이 켜진 창문이지만 곧 커튼으로 가려져 조용해지는 것처럼 특이했다. 그녀가 침묵해도 대답하기가 전혀 쉽지 않았고, 여전히 말 끼어들기가 어려웠다. 아무튼, 그녀의 화려한 겉모습은 손님에게 현재 아무런 도움이 되지 않았다. "난 당신에게 뭐가 아닌지 들으러 오라고 한 게 아니라 뭔지 들으라고 오라 한 거예요."

덴서는 웃었다. "물론이죠. 정말 대단하네요."

안주인은 그 문제에 그가 거의 관련이 없다는 듯이 말을 이었다. "난 그 애가 아주 높고 밝은 곳에 있는 걸 보고 싶어요."

"아, 이모님은 당연히 그녀가 공작과 결혼하고 어떤 문제라도 해결하고 싶으시겠죠."

그녀는 이 말에 그냥 못 들은 척해서, 그가 처음에는 단순히 경솔한 것처럼 어쩌면 천하게 느껴지도록 했다. 나이 들고 차가운 보통 남자들에게 그가 건방진 젊은이라고 보였겠지만, 그의 기억에 지금까지 개인적으로 어떤 여자에게도 그렇게 보이지 않았다. 무엇보다 그는 말 상대의 절묘함과 그에 따른 케이트의 출세 가능성에 대해 판단하게 됐다. "전혀 불가능한 건 아니죠." 그는 잠시 상대방에게 어떤 대답을 들을까 봐 상대방이 두려웠다. 그리고 그녀가 다른 말을 하자 그를 쉽게 봐주는 거 같다고 느꼈다. "난 그 애가 굉장한 사람과 결혼하기를 바라요." 그게 다였다. 그러나 더욱더 그것만으로도 충분했다. 다음 말이 없더라도 그렇게 되었을 것이다. "그리고 그 애에 대한 내 생각은 그래요. 이제 됐죠."

그들은 잠시 얼굴을 마주 보며 앉았고, 그녀가 이해해줬으면 하는 뭔가에 대해 그는 더 깊이 자각했다. 그녀는 그가 지니고 있다는 생각하는 지성에 호소했다. 그는 여하튼 전혀 이해 못 하는 사람은 아니었다. "물론 제가 그 허황되고 자랑스러운 꿈에 할 대답이 별로 없다는 걸 알고 있어요. 제가 완벽히 이해할 수 있는 훌륭한 견해를 가지고 계시네요. 제가 어떤 사람이 충분히 이해했고, 거친 말로 상기시켜주시지 않아서 대단히 감사드려요." 그녀는 아무 말도 하지 않았고, 계속 그렇게 있었다. 그렇게, 그가 그럴 사람이었다면, 정신적으로 더 약해질 수도 있었을 것이다. 그가 보여준다고 해도, 그가 터무니없는 걸 보여주는 걸 바라지 않는 한, 가난한 사람을 제외하고는 보여줄 수 없는 경우 중 하나였다. 로더 부인 기준에서 유일한 문제였던 그는 지극히 별 볼 일 없는 사람이고, 그는 지독하게도 뭐가 대단한 사람인지 알고 있는 것이 명백한 사실이었다. 그는 완벽하게 간단하길 바랐지만, 그런 노력 중에 불안감이 더 깊이 요동쳤다. 그는 나중에 어떻게 말하지 못했을 수도 있지만, 모드 이모는 분명히 말했다. "당신 생각만큼 당신은 별로 중요하지 않고, 당신을 내쳐서 동정을 얻는 순교자가 되게 하지 않을 거예요. 당신이 케이트랑 공원에서 했던 일은 날 위한 배려치고는 어리석었어요. 차라리 난 당신을 직접 보고 싶었어요. 당신 방식대로 사랑스럽고, 당신과 잘 해결하고 괜찮게 지내고 싶기 때문이에요. 꼭 그럴 필요가 없는데 당신과 다툴 정도로 내가 어리석다고 생각해요? 너무나 터무니없는 일이고, 그럴 필요가 없어요. 난 언제든 당신에게 쏘아붙일 수 있어요. 하지만 그러지 않고도 당신을 상대하고 있고, 잘 판단하고 있어요. 난 모든 일을 훌륭하게 처리해요. 당신을 진지하게 생각한 순간부터, 당신이 양립할 수 없는 계획을 세웠어요. 그럼 그 계획에 얼마든지 가까이 와요. 다칠까 봐 겁내지 말고. 그리고 그 계획대로 살아요."

그는 나중에 만약 그녀가 이 모든 걸 정말 그렇게 표현하지 않았다면, 그건 그가 충분히 자기 뜻을 이해했다고 그녀가 너무 성급하게 판단했기 때문이라고 생각했다. 그녀가 그에게 아무런 약속도 하지 않고, 그가 간섭하지 않겠다는 말로 그녀의 관용에 대가를 치르지 않아도 되면서, 그는 매우 기분이 좋아 그녀에게 일종의 존경심을 표했다. 그 직후, 케이트에게 이런 이야기를 했고, 그 후 가장 먼저 그에게 돌아온 것은 그가 말했던 것으로, 연인이 상호 합의로 결별하는 것이었다. "물론 난 당신이 날 항상 친구로 생각해 줬으면 좋겠어요." 어쩌면 멀리 갈 수도 있지만, 그는 모두 케이트 말대로 했다. 하지만 많은 의미가 담겨 있으므로 그 자체로 봐야 했다. 우리가 보여주는 내용 외에 다른 일들은 모드 이모와 있는 장면이 끝나기 전에 나왔지만, 그녀가 그를 첫 번째 위험으로 대하지 않는 문제는 쉽게 우위를 차지했다. 게다가 그는 우리의 젊은 아가씨와 계속해서 할 이야기가 많았고, 전날 밤 갑자기 신문사 일로 15주에서 20주 동안 미국에 가야 한다는 걸 알게 됐는데, 으쓱하게 되는 일이었다. 엄격한 사회적 관점에서 미국에서 온 일련의 편지들에 관한 생각을 한동안 속으로 간직했고, 이제는 그 생각을 밝혀서 행복하게 여겼다. 한마디로 갇혀 있던 생각의 문이 열리자 바로 텐셔의 얼굴에, 아니면 최소한 어깨에 내려앉았고, 더러운 사무실 책상에서 그를 깜짝 놀라게 했다. 케이트에게 거절할 수 없고 뭔가를 거절할 위치가 아니라고 설명했으나, 그 자리에 선택돼서 그는 어리둥절했다. 명예를 평가하는 방법을 거의 모른다고 확신했던 그는 모호해졌다. 그는 그 직급에 적합한 사람이라고 전혀 생각지 못했다. 이런 혼란스러움은 그가 경영자에게 바로 배신당했다는 걸 암시했다. 그러나 그 영향으로 문제는 놀라울 정도로 분명해졌다. 말도 안 되는 일이라고 생각했던 것이 원하지 않는 이번에 뜻밖에 벌어졌다. 그들은 이상한 이유로 그의 기사들을 보내 달라고 했다. 그는 자기만의 논조가 있었고 두려워하지 않았고, 그게 중요했다.

그가 바로 시작할 수 있는 상황에서 더 예민한 문제가 없었다면, 전력을 다했을 것이다. 그의 임무는 아마도 6월 말쯤에 끝날 것이고, 바람직했다. 그러나 그 일을 하려면 그는 이제 1주일을 허비해서는 안 된다. 그가 이해한 바에 따르면, 그는 전 지역을 취재하는 것이었고, 플릿 가Fleet Street의 기업에서 미국이 중요한 이유가 있었다. 텐셔는 결정하는 데 하루만 시간을 달라고 한 걸 케이트에게 숨기지 않았고, 그녀에게 먼저 이야기해야 할 거 같았다고 설명했다. 그녀는 그런 망설임으로 그들이 얼마나 단합됐는지 보여준다고 그에게 확신시켰다. 그가 그런 중요한 문제를 자기에게 기대서 물론 자랑스러워했다. 그녀는 그가 바로 해야 할 일에 대해 더 분명히 했다. 그녀는 그의 앞날을 기뻐하며 그 일을 하라고 했다. 그녀는 그를 몹시 그리워할 것이고, 물론 그리워할 것이다. 하지만 그녀는 그건 별일 아니라고 여기고, 그가 볼 것과 할 것에 대해 기뻐하며 말했다. 그녀가 너무나 기뻐해서 그는 그녀의 순수함에 웃었지만, 그의 실제 마음을 전하기에는 용기가 부족했다. 동시에 그는 플릿 가에서 실제로 일어난 일에 그녀가 행복해서 충격을 받았고, 그건 더욱더 이해가 안 됐다. 그는 회사가 원하는 걸 이야기했고, 미국 전역을 방문하고 각 지역을 방문해야 한다. 그들이 그를 선택하는 것은 그가 평소에 가십거리를 캐고 다니고 가십을 퍼트리고 다니는 사람이 아니었기 때문이다. 그들은 분명 새로운 논조를 가진 특파원이, 그 논조는 현재가 그의 기사에서 언제든지 볼 수 있었다.

"그렇게 잘 이해하고 있으니, 기자의 부인이 되어야 해요." 그녀가 상당히 재촉함에도 덴셔는 감탄하며 외쳤다.

그러나 그녀는 칭찬에 거의 몸 둘 바를 몰랐다. "누군가가 당신을 아끼는데 이해하지 못할 거라고 생각했어요?"

"아, 그럼 '당신은 날 정말 소중히 아끼네요!'라고 말할게요."

"맞아요. 내 아둔함이 상당히 보상되네요. 기회가 있다면 당신을 어떻게 생각하는지 보여줄 거예요."

그녀는 이번에 미래가 너무 불확실하다고 말했기 때문에, 그는 그들 운명의 진정한 결정자가 그에게 건네준 것을 곧 그녀에게 전해야 할 때 양심의 가책을 느꼈다. 그러나 그들은 곧 행복한 의논에 빠져 이런 진실은 곧 다른 것들과 녹아서 구별되지 않았다. 게다가, 그 청년은 떠나기 전에, 케이트가 마치 미래를 사로잡은 것처럼 말한 이유를 알고 마지막 환호를 깊어지게 하는 정직하지 못한 방법을 생각하게 됐다. 그들의 얼굴은 성공적으로 기회를 기다릴 수 있다고 그가 답하자, 환하게 바뀌었다. 그녀가 며칠 전에 그에게 이모를 만나라고 간절하게 다그쳤던 것은 그런 일이 생길 수 있었기 때문이다. 만약 덴셔가 이모를 만난 후에 그녀를 가장 행복한 이유로 만난다는 사실을 깨닫지 못했다면, 케이트는 그 초라한 사실들을 하나하나씩 좋은 뜻으로 상기시켰다.

"이모가 당신한테 오라고 했다면, 그걸로 다 된 거 아니에요?"

"이모님이 생각한 것이 그 모든 거예요. 내 말은 로더 부인은 개연성을 살피는데, 그 개연성은 당신도 나한테서 자주 쉽게 볼 수 있는 어떤 합의로, 내가 그분에게 문제가 되지 않은 거예요. 내가 돈이 없다는 걸 알고, 그걸로 시간을 벌었어요. 당신과 함께하기 전에 내 상황이 나아지길 바라는 마음에서 내가 어느 정도 세심함이 있다고 믿으세요. 그 시간은 날 나쁘게 대해서 그녀의 기회를 망치지 않도록 도움이 될 거예요. 그분은 더는 나를 나쁘게 대하고 싶지 않을 거예요. 왜냐하면, 내 명예를 걸고 웃기게 들리겠지만, 그분은 개인적으로 날 마음에 들어 하면, 만약 당신이 문제가 안됐다면, 나는 그분에게 총애받는 젊은이가 될 뻔했을 거예요. 그분은 지성인들과 문화계를 헐뜯지 않아요. 오히려 그 반대예요. 그들이 함께해주길 바라요. 내가 너무 바람직하고 동시에 불가능하다고 말하는 것이 그녀에게 가끔 큰 아픔이 될 거라고 확신해요." 그는 잠시 말을 멈췄고, 그 후 그의 연인은 그가 낯선 미소를 띠고 있다는 걸 봤는데, 그 미소는 이런 환상처럼 이상했다. "만약 사실이 알려져서, 말 그대로 당신이 날 좋아하는 것보다 그분이 날 더 좋아한다는 걸 그분이 믿을지 의심스러워요. 그런 이유로 그분은 내가 안전하게 내 대의명분을 꺾을 수 있다고 생각하도록 영광을 베푸셨어요. 내가 말했듯이 그 점이 그분의 한계예요. 난 닳고, 휩쓸리고, 쓰고, 익숙함을 거부하는 그런 로맨스 같은 사람이 아니에요. 어느 정도 그 점을 인정하면, 당신의 자존심과 편견이 나머지를 알아서 할 거예요! 한편 이모님이 당신과 하려는 그 방식으로 가득 찬 자부심과 당신의 비유로 들떠 있는 편견으로 난 좋지 않게 받아 들을 거예요. 그분은 날 좋아하시지만, 날 형편없게 보이게 하는 데 성공했을 때만큼 날 좋아하지 않으실 거예요. 그러면 당신은 날 덜 좋아할 거예요."

케이트는 이런 환기喚起에 상당한 관심을 보였지만 놀라지 않았다. 그녀는 그의 부드러운 냉소를 갚아 주는 것처럼 잠시 후 답했다. "아, 알겠어요. 이모가 날 얼마나 생각하는지요! 누군가가 그걸 알았고, 당신이 그 인상을 깊게 하네요."

"당신이 그대로 깊게 내버려 두는 실수를 하지 않을 거라고 생각해요."

그는 정말 그렇게 했고, 그녀는 거리낌 없이 보여주고, 생각할 것이 많았다. "이모가 음악을 대하고 당신 말대로 뻔뻔하게 당신을 맞이한 건 정말 대단한 생각이고, 사람들과 친분을 쌓을 때 그녀는 따로 떨어져 있게 하는 다른 여러 가지 대단한 일이라고 할 만하네요."

"이모님은 위대해요. 내가 어제 랭커스터 게이트에서 기다리는 동안 떠올린 인상으로 그녀가 완전히 거대한 존재(Juggernaut, 힌두교 신 자가 칸트에서 유래, 자비하고 파괴적이며 막을 수 없는 것으로 간주되는 힘) 같았어요. 당신 집 응접실에 있는 물건들은 이상한 우상, 신비로운 혹 같은데 객차 앞부분이 곤두서 있는 거 같아요."

"맞아요, 그렇죠?" 그들은 자신감을 제외한 경이로운 여성의 모든 면에 대해 엉뚱한 말을 하며 깊이가 있으면서 자유롭게 의견을 주고받았다. 복잡한 문제도 있고 질문도 있다. 하지만 그들은 다른 어떤 것보다 훨씬 더 함께했다. 케이트는 한동안 모드 이모의 '후한' 사교술에 대해 반박 한마디 하지 않았고, 훌륭한 작품을 남기는 것처럼, 그녀의 힘에 대한 기념물로 그 이야기를 그만뒀다. 그러나 덴셔는 다른 면에서도 거대한 존재를 마주해야 했다. 그는 하나도 빠뜨리지 않고 방문했던 이야기를 했고, 실제로 교묘한 압박이 있기는 했지만, 모드 이모가 취한 모든 방식은 마침내 그의 됨됨이와 올바른 점의 부족, 외국에 있었던 일들과 기이한 선조들과 문제가 생겼다. 그녀는 그에게 반만 영국인이라고 말했었고, 그가 그 점을 스스로 받아들이지 않았다면 끔찍했을 거라고 케이트에게 인정했다.

"나는 정말로 궁금해요. 이모님이 어떻게 특이한 사람이고, 어떤 종류의 사회적 변칙을 하고, 그녀와 같은 관습에 비추어 봤을 때 내가 받은 교육이 통하는지 알 수 있을지 말이에요."

케이트는 잠시 아무 말 하지 않다가 물었다. "왜 당신이 신경을 써요?"

그는 웃었다. "아, 난 그분이 무척 좋아요. 그래서 그녀의 관념과 정신을 본질적으로 이해하고 싶어요. 그것들은 우리가 매번 만나고 계속 규칙을 세워야 하는 위대한 대중의 마음에 속해 있어요. 게다가 개인적으로 기쁘게 해드리고 싶어요."

"아, 맞아요, 우리는 이모를 기쁘게 해드려야 해요!" 그의 연인이 따라 했다. 그 말은 그 당시 덴셔의 정치적 이득을 분명히 인식한다는 걸 나타냈다. 사실 그들은 이 문제와 그의 뉴욕 생활 시작 전에 정리해야 문제들이 많았고, 케이트는 그가 지금 언급한 문제를 특히 떠올렸다. 그녀는 마치 그가 자신보다 이모에게 개인적 이야기를 더 많이 들려준 것처럼 그를 바라봤다. 만약 그렇다면 그건 우연이었고, 30분 동안 그녀가 쉽게 관심을 가질 어릴 적 해외 생활, 이민자 부모, 스위스 학교, 독일 대학교에 대해 많은 이야기를 했을 것이다. 남자들이라면 이러한 많은 점에서 그를 똑바로 알아봤을 거라고 했다. 남자들의 세계가 있는 한, 그들의 세계에 속한 사람이라면 영국 공장을 거쳐야 했을 것이다. 그러나 어떤 여자에게 밝히는 것은 그만큼 매력적이지 않았다. 사실 여자들은 상상력이 훨씬 풍부하다. 케이트는 현재 그가 필요로 할 수 있는 모든 것을 보여줬다. 처음부터 마지막까지 알게 되었을 때, 그녀는 그를 사랑하는 이유를 그 어느 때보다 더 잘 이해하게 됐다고 밝혔다. 그녀는 어렸을 때 영국 해협 건너편에서 어느 정도 살다가 여전히 어릴 때 고향으로 돌아왔다. 그 후 10대 때는 어머니와 함께 드레드센, 피렌체, 비라이츠Biarritz(프랑스 서남부 도시)를 계속 오갔는데, 비록 냉정하게 표현해서 싸구려 황홀감을 본능적으로 회피했어도, 경제적으로 부족했지만 값비싼 도전으로 외국 생활 일들을 중요하게 여겼다. 그녀는 머든 덴셔가 지금까지 보여준다고 애쓴 것보다 훨씬 더 많은 외국 경험이 있다는 걸 알게 됐을 때, 그는 대륙의 지도이거나 새로운 '머레이Murray'의 멋진 선물로 그를 대할 뻔했다. 그는 으스대려고 말한 것이 아니라, 로더 부인에게 조금이라고 설명하면서 호소하려고 한 것이었다. 그의 아버지는 낯선 나라에서 영국인과 사제들이 20곳의 정착지에서 지냈는데 수년 동안 숙소가 전혀 부족하지 않은 특이한 운을 가졌었다. 그 결과 해외에서도 그는 계속 일을 했으나 봉급이 넉넉하지 않았기에, 근처에 있는 학교로 자식들을 보내서 학비를 아꼈고, 또한 철도 요금도 아꼈다. 더 나아가 덴서의 어머니는 근면성이 뛰어나서 외국에서 사는 동안 상당히 이바지했다. 그녀는 타고난 재능과 기회를 붙잡아 훌륭한 박물관의 유명한 그림들을 베꼈다. 물론 외국의 모사가들이 몰려들었지만, 덴서 부인은 자신만의 감각과 손재주로 완벽하게 그러서 설득하고 속이기까지 해서 그녀의 작품을 잘 처분할 수 있었다. 어머니를 잃은 아들은 그녀의 모습을 신성시했고, 그가 케이트에게 했던 다른 이야기와 함께 그녀에 관한 이야기로 그의 개인사를 보다 풍부하게, 그의 근본은 완전하고, 그의 외형은 비범하게 보이도록 만들었다. 그는 돌아와서 영국인이 되겠다고 강력하게 주장했다. 아버지의 대학과 행복한 인연을 케임브리지 시절에 증명했고, 런던에 푹 빠진 것은 말할 것도 없다. 영국 땅에 내릴 정도로 용감했던 그의 날개를 헝클어트리는 대기 구역을 지나쳤고 잊을 수 없는 생활을 시작했다. 절대 돌이킬 수 없는 일이 그에게 일어났다.

케이트 크로이가 그에게 그렇게 많이 말했을 때, 그는 그렇게 고집부리지 말라고 간청했는데, 사실 이건 그에게 큰 문제이고, 편협하게 굴면 토박이들에게 너무 버릇없는 것이라고 했다. 당연히 그녀는 더 고집했고, 그가 까다롭고 똑똑하다면, 세상을 위해서라도 그녀는 그를 덜 받아들일 수 없었을 것이라고 안심시켰다. 그래서 그는 마침내 아첨이라는 공허함으로 그에게 무서운 진실을 알렸다면서 그녀를 비난하게 됐다. 그녀가 결국 그가 난감한 사람인 걸 알려고 그가 얼마나 비정상적인지 알게 되었다. 그리고 그의 도움으로 완전히 이해할 수 있었지만, 그가 그녀를 도와서 기쁜 척해야 했다. 그에게 그녀가 마지막으로 한 말이, 그가 스스로를 살피는 방법이, 그가 나무를 맛보고 그로 인해 그녀가 먹을 수 있게 하는 단지 소중한 증거일 뿐이라는 것이었다면, 이건 그들이 내내 행복하게 이야기 나누는 시간을 주고, 그가 출발할 때가 임박했다는 기준이 되었다. 그러나 케이트는 그가 없어서 모드 이모가 느낄 안도감에 관해 이야기할 때 말 그대로 받아들여야 한다는 걸 보여줬다.

"하지만 왜 이모님이 날 염려하지 않는지 그 이유를 모르겠어요."

연인은 그의 반대 의견을 따졌다. "이모가 당신을 너무 좋아해서 당신을 잃을까 후회를 할 거라고 생각하는 거예요?"

그는 계속해서 포괄적으로 생각했다. "당신이 점차 멀어지기 때문에, 이모님이 계속해서 날 필요하다는 생각을 하시게 될지도 몰라요. 계속 그런 생각을 들게 하려면 내가 거기 있어야 할까요? 내가 떠나 있는 동안 시들해질 거예요."

그는 그런 상상을 계속했지만, 이 시점에서 케이트는 그만뒀다. 잠시 후 그는 그녀가 자신만의 생각에 빠진 걸 보았고, 자신감 넘치는 수영선수처럼 그들의 생생한 친밀감에 계속해서 빠져드는 유쾌함 속에 따뜻하고 투명한 아이러니가 넘쳐도 결정적인 무엇인가가 커지고 있다는 걸 느꼈다. 갑자기 그녀는 아주 아름답게 그에게 말했다. "영원히 당신과 약혼할래요."

그 아름다움은 모든 것에 깃들어 있었고, 그는 아무것도 구별할 수 없었다. 모든 기쁨에서 그녀의 얼굴을 알아볼 수 있다고 생각하지 않았다. 그녀의 얼굴에는 새로운 빛이 났다. "당신에게 맹세해요. 하나님이 증인이에요. 내 모든 믿음을 걸고, 내 인생 전부를 당신에게 걸겠어요." 그 순간 그게 전부였지만 그것으로 충분했고, 아무것도 없는 것처럼 아주 조용했다. 그들은 야외 정원 오솔길에 있었다. 엄청난 공간은 그들에게 더 높이 더 넓게 보였고, 그들은 다시 깊이 집중했다. 그들은 본능적으로 가까운 곳으로 이동해서 상당히 고립된 것처럼 보였고 그곳에서 함께 시간을 보내기 전에 거의 집중하지 못했다. 그들은 서로 서약과 증표를 교환했고, 맹세하고 약혼식을 올렸고, 말을 속삭이고, 소리를 소곤거리고, 눈이 빛나고 두 손을 잡을 수 있는 한 서로에게 대단한 존재가 되기로 약속했다. 그리고 약혼한 커플은 그곳을 떠나려고 했지만, 그 전에 해야 할 일들이 남았다. 덴서는 이모와 좋은 관계가 너무 빨리 끝나서 두렵다고 했다. 그들은 높은 수준의 지혜와 인내심에 이르기까지 함께 했다. 케이트의 자유로운 공언은 로더 부인의 호의를 그에게 뺏지 않기를 바라는 것이었는데, 길게 보면, 그는 계속 즐길 것이라고 확신했다. 그리고 모드 이모는 그를 꼼짝 못하게 하는 어떤 약속도 요구하지 않았기 때문에, 그들은 자신만의 방식으로 운명을 개척하면서도 충성을 다해야 했다. 덴서가 말했던 한 가지 문제만이 분명해졌다.

"물론 이모님이 특별히 다른 사람에게서 당신의 희망을 찾게 하는 순간 효력이 없을 거라는 걸 기억해야 해요. 그분 생각이 현재처럼 유지가 되는 한, 난 우리가 그녀를 속인다고 생각지 않아요. 언젠가 곧 사실을 깨닫게 되실 거예요. 그러니까 유일하게 할 일은 그 순간에 대비하고 마주하는 거예요. 결국, 그 경우에는 우리가 이모님께 뭘 얻을지 정확히 몰라요."

"이모는 우리에게 뭘 얻게 될까요?" 케이트가 웃으며 물었다. "이모가 우리에게 얻는 건 이모의 일이고, 이모가 평가할 거예요. 난 이모한테 아무것도 부탁하지 않았어요. 난 절대 이모한테 나 자신을 맡기지 않았어요. 이모는 위험을 감수해야 하고 그 위험을 확실히 아세요. 우리가 이모한테 얻을 수 있는 건 이미 말했지만, 시간을 벌게 될 거예요. 그리고 그 문제에 대해 이모는 그렇게 하실 거예요."

덴서는 잠시 이런 모든 명쾌함에 주시했다. 그는 현재 낭만적인 모호함에 빠져 있지 않았다. "그래요, 우리처럼 특별한 상황에서는 당연히 시간이 전부예요. 그리고 그것의 기쁨이 있죠."

그녀는 망설였다. "우리의 비밀에 대한 기쁨요?"

"비밀 그 자체뿐 아니라 우리가 보호받고 있고, 더욱더 깊어지고 가까워졌다는 거죠." 행복에 잠긴 그의 멋진 얼굴에서 그녀는 모든 의미를 알았다. "우리의 본질이죠."

그녀는 마치 잠시 그 뜻을 새기는 거 같았다. "그렇게 끝나는 건가요?"

"그렇게 끝났어요. 정말 끝났어요." 그는 웃으며 말했다. "하지만 우리는 더 나아갈 거예요." 그녀는 조심히 침묵으로 답했고, 그 침묵으로 그들의 앞날을 멀리 내다봤다. 이건 어마어마했고, 그리고 그들은 마침내 비밀을 간직하게 됐다. 그들은 실제로 합심했고 아주 강했다. 하지만 다른 것들도 있었는데, 그것들은 정확하게 셀 수 있을 만큼 강했고 안전하게 허락할 수 있는 것이었다. 그 결과 그들은 당분간 서로를 이해하려고 했다. 그러나 실은 덴서가 다시 한번 의견을 표하고 난 후에 그 문제는 완전히 정리된 거 같았다. "물론 유일한 일은 이모가 언젠가 당신에게 물어볼 수 있어요."

케이트는 생각했다. "내 명예를 걸고, 우리가 어디 있는지 물어볼래요? 이모가 물어볼 수도 있지만, 그렇게 하실지 의문이에요. 당신이 없는 동안 최대한 그 시간을 이용할 거예요. 날 내버려 두실 거예요."

"하지만 내 편지들이 있을 거예요."

그 소녀는 그를 바라봤다. "아주 많이 보낼 거죠?"

"아주, 아주, 많이 보낼게요. 그 어느 때보다도 많이요. 그리고 당신도 알잖아요. 아, 그리고 당신 편지도요."

"아, 복도 테이블에 내 편지를 두지 않을 거예요. 내가 직접 보낼게요."

그는 잠시 그녀를 바라봤다. "그럼 내가 다른 곳에서 당신에게 최고의 편지를 보냈다고 생각해요?" 그런 후 그녀가 대답하기 전에, 그는 강조하며 덧붙였다. "나는 안 하는 게 낫겠어요. 그게 더 솔직해요." 그녀는 또 그렇게 기다렸을 수도 있었다. "물론 그게 더 솔직해요. 내가 솔직하지 않을 거라고 걱정하지 말아요. 당신이 원하는 곳에서 편지 보내요. 난 당신이 나한테 편지를 쓴다는 걸 알고 뿌듯해할 거예요."

그는 마지막으로 분명히 하기 위해 곰곰이 생각했다. "캐물어 볼 수 있는데도요?"

이제 그녀는 마지막으로 분명히 말했다. "난 캐묻는 거 두렵지 않아요. 만약 이모가 우리 사이에 뭔가 확실한 게 있냐고 물으시면, 난 무슨 말을 해야 할지 완벽하게 알아요."

"당연히 내가 당신을 위해 떠났다는 거죠?"

"내 인생에서 다른 누구도 사랑하지 않을 만큼 당신을 사랑하고 이모는 이모가 좋아하는 걸 이룰 수 있다고요." 그녀는 아주 훌륭하게 그 말을 해, 마치 새로운 신앙고백 같았고, 민물이 밀려오는 것 같았다. 그리고 그 결과, 연인은 그녀와 눈을 마주치면서 다른 말을 할 때까지, 그녀에게 또다시 시간이 생겼다. "게다가 이모는 당신에게 물어볼 거예요."

"내가 떠나 있는 동안은 안 돼요."

"그럼 당신이 돌아왔을 때요."

"그러면 우리는 특별한 기쁨을 누릴 거예요." 그를 솔직하게 덧붙였다. "하지만 내 생각에, 이모님은 매우 현명하시니까 내게 묻지 않으실 거예요. 날 봐주실 거예요. 난 그분에게 거짓말하지 않아도 돼요."

"나에게 전부 맡길 거죠?"

"당신에게 모두 맡길게요." 그가 상냥하게 웃었다.

그러나 이상하게 바로 다음 순간 그는 너무 솔직했다. 그는 있을 수 있는 자연스러운 현실과 그 소녀가 제 뜻대로 한 설명으로는 완전히 받아들여지지 않는 현실을 구별하는 거 같았다. 남녀 사이의 진실에 대한 평범한 차이 외에는 다른 것이 없었음에도 분위기가 달랐다. 그리고 이 점이 그녀를 자극하는 것 같았다. 그녀는 순간적으로 정리하는 것 같았고, 살짝 분개하며 조금 전에 겪었던 일로 되돌아갔다.

그녀는 속이는 자유에 대한 농담을 필요 이상으로 다소 진지하게 받아들이는 거 같았다. 그러나 이 또한 아름다운 방법으로 풀었다. "남자들은 참 아둔해요, 당신도요. 내가 직접 편지를 보낸다면, 그 편지를 숨기는 것이 그렇게 저속하지 않은 이유를 지금 이해 못 했어요."

"아, 당신이 말했잖아요, 재미로 그런다고."

"맞아요. 하지만 당신은 무슨 재미인지 이해 못 했어요. 다른 게 있어요…." 그녀는 더 인내심을 가지고 말했다. "의식, 감각, 감상을 말하는 거예요. 아니에요." 그녀는 슬프게 말했다. "남자들은 몰라요. 여자들이 보여주는 것 빼고는 그런 문제들은 몰라요." 이건 그녀가 자주 하는 화법 중 하나로, 자유롭고, 즐겁고, 강렬하게 받아들여졌고, 그 자체로, 그를 다시 그녀 쪽으로 끌어당겨서, 여건이 허락하는 한 오래 붙잡았다. "그게 바로 우리에게 당신이 절실히 필요한 이유예요!"

스위스 휴가 시즌을 앞두고 두 여성은 휴가 계획이 경솔했고, 길이 잘 보이지 않고 공기가 온화하지 않고 숙소가 문을 열지 않았다는 주의를 들었고, 특히 두 여성은 그들의 모험에 대해 놀라울 정도로 계속됐던 많은 충고를 알게 됐다. 이탈리아 호숫가의 수석 웨이터와 다른 직원들의 의견들도 이제야 관심이 생겼다. 그들 스스로 다소 대담한 꿈에 대해 조급했었고, 적어도 더 젊은 여성은 그랬다. 그래서 그중 하나가 빌라 테스테Villa d'Este(이탈리아 티볼리에 있는 정원), 카데바니바Cadenabbia(이탈리아 롬바르디아에 있는 코무네(comune, 자치공동체)), 팔란자Pallanza(이탈리아 베르바니아에 있는 코무네), 스트레사Stresa(이탈리아 피에몬테 주에 있는 코무네)의 대저택에서 다양한 것을 하는 것이지만, 여행 책자만 본 여자들은 자칫 속거나 실수하기 쉬웠다. 게다가 그들의 상상의 나래는 소박했다. 예를 들어서 브뤼니크Brünig(스위스 산고개)를 지나가길 바라면서 필수적인 위험을 무릅쓰지 않았다. 우리는 그들을 본다면 사실 그들은 그것으로도 충분히 행복했고, 이른 봄의 경이로운 풍경을 보기 바랄 뿐이었고, 잠시 멈추고 쉴 수 있는 곳이 많았으면 했다.

동행 중 연장자인 스트링햄Stringham 부인만이 그런 친밀한 태도를 보이며 손아랫사람의 조바심에 대해 항의했지만 아주 말을 돌려서 말했다. 그녀는 예리한 관찰력과 의구심 속에서 훌륭한 스트링햄 부인을 움직였다. 스트링햄 여사는 밀리 실Milly Theale에 대해 밀리 자신보다 더 많은 것을 알지만, 그녀가 아는 것을 적극적으로 이용하면서도 모르는 척하는 자리에 있었다. 그녀가 이중성과 미로에 대해 꽤 잘 알고 있듯이, 천성적으로 미숙한 그 여성은 새로운 환경과 무엇보다도 새로운 인간관계에 대해 개인적으로 세심하게 굴었다. 사실 그녀는 밀드레드Mildred(밀리)와 함께 뉴욕을 떠나던 날, 뭐라고 불러야 할지 모르는 신비로운 곳에서 교육이 시작됐다는 걸 이제야 알아차렸다. 그녀는 그 때문에 보스턴에서 왔다. 스트링햄 부인은 밀리의 제안을 받아들이기 전 많은 것을 보고 다녔을 때 그 아가씨를 거의 본 적이 없거나 잠시 봤었다. 그래서 그녀는 인간적으로 말해서 안전상의 이유로 가장 크다고 생각되는 배에 스스로 몸을 실었다. 겨울 전 보스턴에서 우리가 관심이 있는 그 아가씨는 그 자리에서 거의 조용하게 그녀에게 호소했고, 그녀는 속으로 도와주고 헌신하고 싶어졌다. 스트링햄 부인의 짧은 인생에서 종종 조심스럽게 기발한 생각이 떠올랐는데, 대부분은 조금 어두운 창문 밖으로 내다볼 용기도 내지 못하고 좁은 벽 사이에서 시간을 보냈던 비밀스러운 꿈이었다. 하지만 이런 상상, 즉 뉴욕의 눈부신 젊은이와 관계를 맺을 수 있다는 바람으로 용기가 났다. 그녀는 바로 가장 잘 보이는 곳에 자리를 잡고, 불과 몇 개월 후에 놀라움과 기쁨 속에 확실한 신호를 포착할 때까지 그곳에 머물렀다고 말할 수 있을 것이다.

밀리 실Milly Theale은 그들처럼 보스턴에 친구들이 있었고 최근에 사귀었다. 잇따른 사별로 뉴욕이 주지 못하는 특별한 평온함을 위해 그들을 자주 방문하는 것이 이해됐다. 뉴욕이 많은 것을, 어쩌면 너무 많은 것을 줄 수 있다는 것도 그런대로 관대하게 인정됐다. 하지만 삶혹은 죽음의 규율 아래 당신이 우선 해야 할 일이라는 것이 당신의 처지를 진지하게 깨달아야 한다는 사실 자체는 늘 변함이 없었다. 다른 어떤 곳에서도 할 수 없지만, 보스턴은 당신을 도울 수 있고, 모든 추정과 도움의 기준에서 밀리에게 뻗쳤다. 스트링햄 부인은 그 순간이 어느 정도 사라지거나 미세한 떨림도 멈추지 않았기 때문에, 그 당시 전혀 예고도 없이 설명도 되지 않는, 눈에 띄는 유령을 처음 본 것을 절대 잊지 못했다. 날씬하고, 늘 창백하고, 우아하게 가냘프고, 비정상적이면서도 적당히 앙상한 특징들에도 불구하고 그녀는 22살도 안 된 아가씨로, 머리카락은 유달리 붉었고, 옷은 상복으로 선명한 검은색이었다. 그것은 뉴욕식 애도였고 뉴욕식 머리 색깔이었고, 아직도 혼란스럽지만, 부모와 형제자매 가족 대부분을 잃게 된 뉴욕의 역사였고, 더 큰 무대가 필요했다. 그건 많은 사람의 말에 따르면, 낭만적인 외로운 상태와 충격적인 모든 것을 넘어선 뉴욕의 전설이었고 그 아가씨에게 남겨진 많은 돈과 관련해 뉴욕에서의 가능성이었다. 그녀는 혼자였고, 마음이 아팠고, 부유했고 특히 그녀는 특이했기에, 스트링햄 부인의 관심을 끌게 됐다. 그러나 우리의 착한 여성의 동정심을 최고로 느끼게 된 것은 바로 그 기묘함이었는데, 수잔 스트링햄을 제외하고 그 점은 그 누구보다 훨씬 더 하다고 확신했다. 수잔은 개인적으로 그녀 때문이 아니라 보스턴을 즐기고 싶어서 그곳에 머물렀는데, 누군가는 두 사람 사이의 친밀감은 헛된 것이고 소용없다고 여겼다. 그녀를 만나면서 이제는 그 환상을 숨기려는 본능에 따르면서 인생에서 가장 깊이 빠진 시기를 보냈다. 그녀는 그 점을 설명할 수 없었고, 누구도 이해하지 못할 것이다. 스트링햄 부인은 버몬트 주 벌링턴 출신으로 사람들은 뉴잉글랜드의 진정한 심장부인 보스턴이 '너무 남쪽'이라고 확언해, 뛰어난 보스턴의 일에 관해 이야기했지만, 조언을 무색하게 했다.

감탄할 만한 도시의 반사광보다 빛나는 우리의 친구 인상에 대한 증거로 이보다 즉각적인 지적 의견 차이보다 더 좋은 것은 없을 것이다. 그녀 역시 나름의 규칙이 있었지만, 놀랄 만한 것이 아니었다. 어느 정도 품위가 있었지만 평범했고 보스턴처럼 평상시와 같았을 뿐이었다. 그녀는 먼저 남편을 잃었고, 그다음에는 남편이 죽었을 때 함께 살았던 어머니를 잃었다. 그래서 자녀가 없는 그녀는 이제 전보다 더 혼자가 되었다. 그러나 그녀는 다소 쌀쌀맞고 가볍게 앉아 있었는데, 그녀 말대로 지금까지 빵만으로도 살 만큼 충분했다. 그녀가 최고의 잡지에 기고자로 지은 이름인 수잔 셰퍼드 스트링햄Susan Shepherd Stringham에서 그녀가 정기적으로 그런 음식에 만족하지 못했는지 정말 모른다. 그녀는 단편소설을 섰고, 주방에서 뉴잉글랜드에 대해 전체를 보여주지 않는 그녀의 '특징'이 있다고 믿었다. 그녀는 주방일을 하지 않고 자랐고, 그렇게 자란 다른 사람들을 알았는데, 그래서 그들을 대변하는 것이 문학적 사명이 되었다. 진정한 문학적 글을 쓰는 것이 그녀의 가장 간절한 생각이었고, 그 생각은 그녀의 밝고 작은 코안경을 계속 쓰는 것이었다. 거장들, 모델들, 유명 인사가 있었는데, 그녀가 잘 설명하고 그녀의 관점에서 독창적으로 공을 들인 건 주로 외국인들이었다. 그러나 그녀의 풍부한 안목에 대해 그녀를 어리석다고 떠들어대는 사람들이 있었다. 하지만 그녀가 진정한 것, 낭만적인 삶 그 자체를 찾자 모든 사람이 그녀에게 도움이 되지 않았고, 적어도 의미를 짓는 것을 멈췄다. 그녀가 밀드레드한테서 본 것이 그 점이었고, 그 점 때문에 그녀의 손이 너무 떨렸다. 그녀는 뉴잉글랜드마저도 세련되고 문법에 맞게 표현할 수 없다는 걸 깨달은 것 같았다. 그리고 그녀는 세세한 기억력과 독창성, 훨씬 더 강력한 반응이 일어나는 도덕적이고 개인적인 것이 섞인 약간의 근면성과 야망이 있었고, 만약 우정이 생기지 않았다면, 그녀에게 나쁜 영향을 끼쳤을 것이고, 우정이 생겼다면 다른 어떤 것도 남지 않았을 거라고 생각했다. 그러나 그녀는 준비했던 모든 것을 포기했었고, 평소에 정직하게 보스턴에서 일하는 동안, 정말 내내 가만있었다. 그녀는 '멋진' 펠트 모자를 써서 티롤Tyrol(오스트리아 서부에 있는 주) 사람처럼 보였는데, 왠지 독수리 날개 깃털이 똑바로 제대로 꽂혀 있었다. 그녀는 똑같은 깃털 목도리를 했다. 또한 연습으로 익힌 기술로 빙판 위에서 균형을 유지했다. 그녀는 매일 저녁 긴장감과 체념을 함께 느끼며 '원고'를 펼쳤다. 인내심과 열정을 쏟아내며 거의 매일 콘서트를 관람했다. 그리고 지식의 열쇠 그 자체를 그녀의 주머니에 착실히 채우고 돌아오거나 용감하게 얻으려는 분위기로 공동 도서관을 들락거렸다. 그리고 마지막으로 그녀가 가장 많이 했던 일로, 주로 구독하는 잡지에서 음흉한 채널을 통해 허구의 '애정 상대'에 대한 가벼운 이야기를 보는 것이었다. 하지만 진짜는 늘 다른 곳에 있었다. 그것이 왜 진짜이고 그녀가 다시 가까이에 있어야 하는지에 대한 두 가지 풀리지 않은 의문들을 남겨두고 뉴욕으로 돌아갔다.

이러한 의문들이 관련된 인물에 관한 간단히 설명하는 방법을 찾았다. 그녀는 항상 어떤 배경이 있는 아가씨의 모습을 생각했다. 진짜 현실은 두세 번의 만남 후 배경을 가진 아가씨, 낡은 금빛 왕관을 쓰고 상 중인 아가씨가 사실은 보스턴에서 애도하는 것이 아니고 동시에 반항적이고 시시하며, 그녀와 같은 사람을 본 적이 없다는 것이었다. 그들은 정반대의 호기심에서 만났고, 밀리의 단순한 (그 말이 단순했다면) 발언은 그녀에게 일어났던 것 중 가장 중요한 일이 되었다. 한동안 현실과 심지어 연관성에 대한 애정을 앗아간다. 간단히 말해서 그녀는 처음에는 매우 감사했다가 나중에 동정심이 조금도 들지 않았다. 그러나 적어도 이 관계에 있어서 지식의 열쇠가 증명됐다. 어떤 것도 불쌍한 아가씨의 개인사를 알 수 없다는 걸 밝혀냈다. 모든 연령대의 잠재적 상속녀는 결국 '원고'의 단순한 구독자 같은 사람을 봐서는 안 된다는 게 진실이었고, 그 진실은 특히 겸손하고 얌전하고 유감스럽게 상황을 묘사했다. 그 공허함을 메워야 할 책임의 무게는 연장자인 여인에게 지워졌다. 그러나 특히 그 일로 그녀는 그 당시 불쌍한 밀드레드가 누구를 만나왔고, 그리고 그러한 기이한 놀라움을 일으키기 위해 어떤 범위의 연락을 했는지 물었다. 그건 상황을 개선하는 질문이었다. 그녀의 친구가 문화를 갈망해왔다는 생각이 스트링햄 부인의 뇌리에 떠오르는 순간부터 지식의 열쇠가 자물쇠를 찰칵하는 것 같았다. 문화는 그녀 자신이 그녀를 대변하는 것이었고, 그것은 확실히 중요한 일을 증명하는 원칙에 부응했다. 현명한 부인인 그녀는 그 원칙 자체가 나타내는 것과 자신의 한계를 알았다. 그리고 다른 뭔가가 더 빨리 일어나지 않았다면 어떤 불안이 그녀에게 생겼을 것이다.

다행히도 이것은, 우리가 그녀 말로 표현하자면, 참혹한 비통함이었다. 무엇보다 그녀의 마음을 사로잡은 것은, '그림책'과의 연관성보다 그녀에게 로맨스의 문을 더 활짝 여는 것이 더 무모해 보였다. 그것이 본질적 요점이었다. 1년에 수만 명이 젊음과 지성을 가지고 아름다움까지는 아니더라도 적어도 비슷하게 가지는 것이 호화롭고, 낭만적이고, 지독한 것은 분명했고, 고귀하고, 둔하고, 매력적이고 애매한 특이함이 심지어 더 좋았으며, 무엇보다도 끝없는 자유, 사막에서의 바람의 자유를 누리는 것은 감동적이지만 운명에 의해 작은 겸손한 실수로 전락하는 것은 이루 말할 수 없다.

우리 친구의 상상력은 다시 뉴욕으로 돌아왔는데, 지적 영역에서 일탈이 가능한 곳이었고, 사실 그 점에서 현재 그녀가 그곳을 방문한 것에 관한 관심이 넘쳤다. 밀리가 그녀를 멋있게 초대했기 때문에, 그녀는 마음속 자신감의 중압감을 이겨낸다면 버틸 것이다. 그리고 놀라운 것은 3주가 지나갔지만 버텨냈다는 것이다. 그러나 이때까지 그녀의 마음은 비교적 대담하고 자유로워졌다. 새로운 양이었고 전혀 다른 비율이었고, 기운이 회복됐다. 따라서 그녀는 자신의 주제를 맘껏 생각하며 집으로 갔다. 뉴욕은 광활하고 아주 특이한데, 낯선 역사와 거칠고 범세계적인 낙후된 세대로 설명됐다. 그 희귀한 생물이 마지막 꽃이었던 풍요로운 부족에 가까이 다가가기 위해, 엄청나고 사치스럽고 제멋대로인 무리, 자유롭게 사는 조상들, 아주 멋진 사촌들, 끔찍한 삼촌들, 미모가 사라진 숙모들, 이런 모습을 유명한 프랑스 대리석에 새겼는데, 이 모든 것은 종족에 더 가까워지는 효과는 말할 것도 없고 한 사람의 공간 세계가 가득 찼고 확장됐다. 우리 두 사람은 여하튼 교류에 영향을 끼쳤다. 연장자는 의식적으로 지적이었고, 개인적 폭로가 많은 어린 사람은 무의식적으로 눈에 띄었다. 이것은 시이기도 했고 역사이기도 했고, 스트링햄 부인은 심지어 마테를링크 Maurice Maeterlink(벨기에 시인)과 페이터Walter Pater(영국 문학가 및 평론가)보다도, 마르보Marbot와 그레고로비우스Ferdinand Gregorovius(독일 역사가)보다 더 훌륭하다고 생각했다. 그녀는 실제로 대단한 시간을 얻었다기보다는 그녀의 안주인과 함께 이 작가들의 작품들을 읽을 기회로 삼았다. 하지만 그들이 간신히 봤거나 놓친 것은 단순한 관계의 어두운 깊이로 빠르게 가라앉았고, 그녀는 아주 빠르게 강하게 그녀의 중심 단서를 움켜쥐었다. 그녀의 모든 양심의 가책과 망설임, 그녀의 모든 열망이라는 단 한 번의 두려움으로 그들은 위축됐고, 그 두려움은 그녀가 정말 동반자에게 어색하고 거칠게 행동할지도 모른다는 것이었다. 그녀는 동반자에게 할지도 모르는 일에 대해 정말 두려워했고, 아무것도 하지 않고 그녀를 내버려 두기보다는 경건함과 열정을 가지고 그 일을 피했는데, 아무리 가볍고 아무리 공정하고 아무리 성실하고 불안하더라도 누군가를 내버려 두는 것은 절반만 괜찮고, 완벽함에 지저분한 자국만 남기는 것이고, 이것은 이제 일관되게 고무적인 생각을 스스로 내세운다. 그 일이 있는지 한 달도 안 돼서 스트링햄 부인의 태도를 결정지은 사건, 즉 뉴욕에서 돌아온 직후에 일어났던 일로, 그녀는 세심하게 대해야 하는 종류의 문제를 제기하는 제안을 받았다. 그녀가 가능한 한 빨리 젊은 친구와 함께 유럽으로 출발할 것인가, 그리고 조건 없이 기꺼이 그렇게 할 것인가? 전보로 물어보기 시작했고, 설명을 충분히 하겠다면서, 아주 절박하니 받아달라고 했다. 그녀의 논리에 전혀 맞지 않지만, 진심에 대한 존경으로 그 자리에서 수락했다. 그녀는 처음부터 의식적으로 새로운 지인을 위해 무언가를 포기하고 싶었지만, 이제 그녀가 사실상 모든 것을 포기하고 있었다. 이렇게 정한 것은 어떤 특별한 인상이 충만해서였고, 그 인상으로 점점 더 그녀를 응원하게 됐고, 그 사람의 매력은 분명히 위대해서였다고 말했을 것이다. 만약 그녀가 그녀 인생에서 밀드레드가 가장 인상 깊었다고 더 스스럼없이 말하지 않았다면, 그렇게 놔두는 것에 만족했을 것이다. 여하튼 그것이 그녀의 최대 이유였고, 분명 그 외에 다른 건 없었을 것이다. 그녀의 처지는 소위 대단했지만, 여전히 그렇지 못했다. 이번만은 그녀의 본성이었고, 그 본성은 스트링햄 부인이 신문에서 새 대형 증기선에 대해서 늘 사용했던 단어로 수많은 '물길'을 떠올리게 했다. 그래서 작은 배를 타고 주위를 맴돌면서 다가가기로 했다면, 일단 움직이기 시작하면, 그 바람이 당신을 이끄는 길에 대해 감사히 여기기만 하면 될 것이었다. 밀리가 물길을 만들고, 힘이 약하고 소리와 흔적을 싫어하는 외로운 아가씨가 레바이단leviathan(바다 속 괴물)처럼 노를 젓고 있는 거 같아 이상하지만, 그녀의 동행은 그녀 옆에서 격한 흔들림을 느끼며 떠내려갔다. 그러나 그런 흥분되는 일에 준비한 것 이상으로 스트링햄 부인은 일관성에 있어서 대부분 긴장을 늦추지 못했다. 언제까지나 자신을 붙잡는 것은 손을 떼는 우회적인 방법처럼 보였다. 만약 그녀가 만지거나 더럽히고 싶지 않다면, 더 확실한 계획은 당연히 친구를 가까이 두지 않는 것이다. 사실 그녀는 이 사실을 충분히 인정했고, 그 아가씨가 자신의 삶, 다른 누구보다 훨씬 더 훌륭한 삶을 영위하기를 어느 정도 바랐다. 그러나 운 좋게도 이런 문제는 밀리가 대부분 즐거워했던 이름인 수잔 셰퍼드가 다른 사람이 아니라는 것을 그녀가 알게 되자마자 해결됐다. 그녀는 그런 성격을 버렸다. 이제 영위할 인생이 없고, 그녀는 솔직히 밀리의 인생을 이끌 준비가 제대로 됐다고 생각했다. 그녀는 다른 어떤 사람도 이런 자격을 똑같이 가지지 않았다고 확신했고, 정말로 그녀는 기쁜 마음으로 승선했다고 단언했다.

그 후 몇 주도 안 돼서 많은 일이 일어났지만, 그중 가장 좋은 것 하나는, 당연히 마음에 드는 남쪽 항로를 따라 지중해 항구를 연달아 들리고 눈부신 나폴리에서 마무리하는 항해 그 자체였다. 다른 2, 3가지가 이것보다 좋았다. 아주 생생하게 남은 흔적으로 집에서 마지막으로 보낸 2주 동안 일어난 일들로 그중 한 가지는 마지막 랠리 전 스트링햄 부인이 48시간 동안 뉴욕으로 숨 가쁘게 달려가게 했다. 하지만 계속 거대하게 비추는 바다 빛은 나머지 풍경을 집어삼켰고, 그래서 수많은 날 동안 다른 질문들과 다른 가능성들은 바그너 서곡의 주석 피리 소리만큼 별소리를 내지 못했다. 밀리가 이미 가봤던 이탈리아를 거쳐 더 멀리, 그리고 스트링햄 부인에게도 부분적으로 알려진 알프스를 가로질러 실제로 널리 퍼진 것은 바그너 서곡이었다. 어쩌면 완전히 적당하지 않은 시기에 '데려갔기에', 그 아가씨의 초조함 때문에 서둘렀다. 그녀가 안절부절못할 것이라고 솔직하게 이야기했기에 예상했었고, 그 점이 부분적으로는 그녀가 '대단한' 이유였거나, 어쨌든 원인이 아니더라도 결과가 그랬다. 그러나 아마도 그녀는 자신이 그렇게 열심히 줄을 당겼다고는 완전히 말하지 않았을 것이다. 그녀가 만회해야 하는 밀린 일들과 파리의 고상한 모습을 사랑했던 선조들의 자유분방함으로 그녀를 지나쳤던 기회는 스트링햄 부인에게 익숙했고 아름다웠다. 그러나 애매모호함, 솔직함, 목적 없는 열의, 쉬지 않는 관심, 이 모든 것이 처음에는 특이한 그녀의 매력 중 일부만 비췄지만, 이동과 변화를 이겨내면서 더욱 두드러졌다. 그녀는 설명할 수는 없지만 매일 우아하게 살 수 있는 기교와 특이한 성격을 지녔다. 매우 성급하고 공기처럼 가볍게 만드는 기교이고, 이해가 안 되도록 슬프지만 대낮처럼 밝고, 분명히 기쁘지만 황혼처럼 관대한 기교였다. 스트링햄 부인은 이 무렵 모든 것을 이해했고, 놀라움과 감탄 속에 동행의 감정을 그대로 느끼기에 충분했고 어느 때보다 확신했다. 그러나 그녀가 아직 그녀의 무리에 더하지 않은 특별한 열쇠로 갑자기 그녀에게 새롭게 영향을 끼치는 인상들이었다.

특별했던 이 날 스위스 대로에서 어떤 이유에서인지 그런 인상들로 가득했고, 그녀가 관여했던 것보다 일시적으로 속 깊은 이야기를 언급했고, 갑자기 뒤로 물러날 만큼 충분히 오랫동안 엿보았다. 즉, 지금 밀리를 괴롭히는 것은 그녀의 불안한 상태가 아니었다. 물론 유럽이 미국의 위대한 진정제였지만, 실패는 어느 정도 주의해야 했다. 그 뒤에 뭔가가 있다고 의심됐지만, 그들이 떠난 후로 거의 자리를 잡을 수 없었다. 갑자기 불안해지는 새로운 이유가 생기는 건 간단히 말해서 예측할 수 없었다. 그들 각자 흥분이 자연스럽게 가라앉고, 뒤에 남겨두거나 남기려고 하는 것은 스트링햄 부인이 삶의 중대한 진실이라고 부르는데, 그것이 연기가 걷혀 사물이 어렴풋이 보이기 시작하면 시야에 다시 한번 들어온다고 말하는 것은 반쪽짜리 설명뿐이었는데, 이건 아가씨 자신의 면모, 정말로 더 큰 모호함이 오히려 스스로 단절시키는 것처럼 보이는 것이 일반적인 모습이었기 때문이다. 연장자인 부인이 지금까지 빠져 있는 개인적인 불안감에 가장 근접한 것은 그녀가 그 어떤 것보다도 미국의 강렬함이라고 부르는 걸 더 많이 손에 넣은 것이 더 훌륭하고, 가장 훌륭하고, 가장 희귀한 것 중 하나가 아닐지 의문을 품었을 때였다. 그녀는 젊은 친구가 그녀에게 신경과민을 보이지 않을까 자문하면서 잠시 놀랐다. 그러나 일주일이 끝나갈 무렵, 젊은 친구는 그 의문에 잘 대응했고, 신경질적인 설명이 거칠었던 것과 비교해 실체가 있는 무언가에 대한 인상은 아직 명확하지 않았다. 다른 말로 하면 스트링햄 부인은 그때부터 모호하고 무형의 형태로 남았지만, 확실히 예리함이 있다면 모든 것과 그 이상을 해명할 수 있고 밀리가 곧 볼 수 있는 빛이 될 설명이 있을 거라고 생각했다.

이와 같은 문제는 여하튼 우리의 젊은 아가씨가 그녀 주위에 있는 사람들에게 영향을 끼칠 수 있는 방식에 관해 이야기하고 그녀가 영감을 줄 수 있는 종류의 관심을 공언할 것이다. 그녀는 동료들의 동정심, 호기심과 바람에 따라 계획 없이 일했다. 그렇지 않았다면 우리는 필요할 때 그들의 인상을 파악하고 혼란을 공유하는 것 외에 그녀에게 더 가까이 다가가는 일은 거의 없었을 것이다. 스트링햄 부인 말로는 그녀는 사람들을 어리둥절하게 만들었고, 정확히 그 착한 여성에 대해 마지막으로 분석하면 그녀의 위대함과 가장 잘 어울렸다. 그녀는 한계를 넘어섰고 기준에서 벗어났는데, 위대함과 거리가 멀었기 때문에 놀랐을 뿐이었다. 따라서 브뤼니크 고개에서 이런 놀라운 날에 그녀를 지켜보고 싶은 마음이 억누를 수 없었다. 스트링햄 부인이 가졌던 그 일부에 대한 증거는 나머지와 함께 줄어들었다. 그녀는 한순간에 달려들듯이 젊은 친구를 뒤쫓는 감각이 있었다. 그녀는 덤벼들어서는 안 된다는 걸 알았고 그러려고 온 것도 아니었다. 그러나 늘 자신의 관심이 비밀스럽고 관찰력이 과학적이라고 느꼈다. 그녀는 첩보원처럼 맴돌고, 시험하고, 함정을 파고, 흔적을 감추는 거 같은 느낌을 받았다. 하지만 이건 그녀가 문제가 무엇이었는지 제대로 알게 될 때까지만 유지되고, 그러는 동안 결국 그 아가씨에게 매달리는 것은 심심풀이가 아니라 만족감 그 자체 때문이었다. 게다가 이유가 필요하다면 지켜보는 즐거움은 그녀가 아름다웠기 때문이었다. 그녀의 아름다움은 본래 그 상황의 일부가 아니었던 거 같았고, 스트링햄 부인이 처음 친해졌을 때 누구에게도 대단하게 말하지 않았다. 어리석은 사람들이 그런 점을 일찍 보고, 그녀가 가끔 몰래 바보 같다고 자문한다면, 많은 설명이 필요할 것이다. 그녀는 처음 언급될 때까지 언급하지 않는 법을 배웠고, 가끔 그런 일이 있었지만, 너무 자주 있었던 것은 아니었다. 그리고 나서 그녀는 거기에 중점을 뒀다. 그다음에 그녀는 자신과 같은 인식에는 마음이 따뜻해졌고 특별한 문제에 대해 의심스러우면 언쟁을 했다. 반면에 보통 그녀는 대부분 사람들이 사용하는 말을 자신에게 맞게 고상하게 하는 걸 배웠다. 그녀는 어리석은 척하려고 그 말을 사용했고 그렇게 문제를 해결했다. 그녀의 친구가 특히 고집이 센 경우에는 평범하고 심지어 추하다고 말했지만, 보기에는 그렇게 '끔찍하게 많은 것들'이라고 했다. 이건 얼굴을 묘사하는 그녀만의 방식으로, 이마, 코, 입이 너무나 많고 평범한 색깔과 선이 너무 적어서 말과 침묵 두 가지 모든 상황에서 의미가 있고, 난잡하고 강렬했다. 밀리가 미소를 지으면 그것은 공개 행사였을 때였고. 그녀가 미소 짓지 않으면 역사의 한 장이었다. 그들은 점심을 먹기 위해 브뤼니크에 들렀고, 그곳의 매력으로 조금 더 머물려야 하는가의 문제가 생겼다.

스트링햄 부인은 손자국이 많이 난 지갑에 보관했지만, 봄의 압박과 분위기에 노출돼 여전히 정직하고 오래된 시계처럼 똑딱거리는 소리를 내는 과거의 작고 날카로운 메아리를 핑계 댔다. 영원히 잊지 못하는 그녀의 젊은 시절의 '유럽'은 대부분 스위스에서 보낸 3년으로, 브베Vevey에서 계속 학교를 다녔는데, 리본으로 묶은 은메달을 상으로 받았고, 등산지팡이를 집고 산만한 산길로 다녔다. 휴일에 높이 평가됐던 착한 여학생들이었고, 작은 봉우리에 대해 잘 알고 있는 우리 친구는 최고 중의 한 명이었을 것이다. 옛날에는 조용한 방에서 했기 때문에 신성시되는 오늘날 이런 회상은 두 자매가 일반 열차에서 했는데, 자매는 아버지를 일찍 여의고 용기 있는 버몬트 어머니 손에 컸으며, 어머니에게서 도움 없이 지구 반대의 신념을 풀어낸 콜럼버스와 같은 모습이 떠올랐다. 어머니는 벌링턴에서 직감적으로 그리고 놀라운 완성도로 브베를 주목했다. 그 후 그녀는 배를 타고, 항해하고, 착륙하고, 답사했고 무엇보다도 존재감을 드러냈다. 그녀는 딸들에게 5년 동안 스위스와 독일에서 살게 했고 그 후 모든 캐시Cathy(서양에서 중국을 일컫는 이름 중 하나) 주기가 비교 기준이 되었고, 특히 동생이었던 수잔은, 스트링햄 부인이 평생 종종 스스로 다르다고 말했던 성격을 가지게 됐다. 그 성격은 스트링햄 부인에게 큰 영향을 미쳤고, 외롭고, 검소하고, 강한 믿음을 가지신 부모님 덕분에, 점점 그리고 아주 멀리 떨어졌어도 세상 물정에 밝은 여자가 되었다. 그녀와 다른 부류의 여자들이 많았지만, 한편으로 아닌 사람들도 있었고 그녀가 누군지 모르는 사람들과 (그녀가 좋아하는 이들을 더 멀리 밀어냈다) 그녀가 그들을 어떻게 판단하게 할지 모르는 사람들도 있었다. 목적지가 불분명한 순례였다면, 그녀는 실제 친구를 사귀는 단계에서 이런 식으로 자신을 생각해 본 적이 한 번도 없었다. 그리고 그 생각은 그녀가 알고 있는 것보다 더 강렬하게 잠시 멈추라고 간청했을 것이다. 그것들은 차가운 상공의 느낌과 찢어진 청춘의 옷에서 사라지지 않는 향기처럼 풍기는 모든 것인 꿀의 맛과 우유의 사치, 소 방울 소리와 시냇물 소리, 연고 향기와 깊은 협곡의 어지러움의 일부였다.

밀리는 이런 점들을 분명히 느꼈지만, 스트링햄 부인의 말로는, 만약 개인적 감정이 받아들여졌다면 전통적인 비극 속 공주가 나중에 친구에게 영향을 미쳤을 수도 있듯이, 때때로 그것들은 그녀의 동반자에게 영향을 미쳤다. 공주만이 공주가 될 수 있다는 것은 본질적으로 친구가 아무리 관심을 보여도 살아야 한다는 진리였다. 스트링햄 부인은 세상사에 밝았지만, 밀리 실은 공주였고, 그녀가 상대해야 했던 유일한 공주였기에 이 점 또한 큰 영향을 미쳤다. 너무나도 분명한 운명이었고, 다른 모든 사람에게는 완벽히 눈에 띄는 자질이었다. 아마도 외로움과 다른 신비로움이 뒤얽혀 있었고, 그녀가 때때로 동행의 대단한 머리에 대해 생각하고 그렇게 순종적으로 고개를 숙였던 무게감 때문이었을지도 모른다. 밀리는 점심 식사 때 그들이 머무는 걸 동의했고, 방을 살피고, 문제를 해결하고, 마차와 말을 계속 쓰는 것을 정리하는 걸 그녀에게 맡겼다. 게다가 지금도 당연하게 스트링햄 부인이 살피도록 했는데, 특히 이번에는 어떤 이유에서인지 대단한 사람과 지낸다는 게 어떤 것인지 뼈저리게 느꼈는데, 그건 모두 기분 좋고, 후하고, 거의 웅장했다. 그녀의 젊은 친구는 당황할 정도로 곤란한 문제들을 외면할 뿐만 아니라, 많은 매력적인 사람들이 그랬던 것처럼 그냥 다른 사람들에게 넘기면서 처리했다. 그녀는 문제를 멀리했고, 결코 하려고 하지 않았다. 가장 애처로운 친구는 문제로 끌어들일 수가 없었고, 따라서 친구의 길을 걷는 것은 면제되었다. 다시 말해서 봉사는 너무 쉽게 이루어져서 모든 것이 어려움 없는 궁중 생활과 같았다. 당연히 돈 문제로 돌아와서, 관찰력이 좋은 우리의 부인은 누군가 '차이'에 대해 이야기한다면, 모든 것을 말하고 가장 많을 건 행했을 때 오직 이것뿐이고 비할 데가 없다는 것을 지금까지 계속해서 생각했다. 그녀가 상상할 수 없었던 덜 저속하고 덜 분명하게 물건을 구매하거나 덜 과시하는 사람이지만 그 아가씨가 여전히 부에서 벗어날 수 없다는 것도 역시 진실 중의 진실이었다. 그녀는 성실한 동행을 가능한 한 자유롭게 혼자 두고, 질문하지 않을 수도 있고, 심지어 언급조차도 용납하지 않을 수도 있었다. 그러나 그녀가 이제 멍하게 걸어 다니는 잔디 위로 끌어당긴 것은 작고 검은 드레스의 잘 접힌 주름이었다. 그녀의 모자에 해당하는 무관심, 일종의 고귀한 우아함을 나타내는 한낱 개인적인 전통 아래에서 엿본 것은 오늘날의 유행 *mode du jour*에 대해 전혀 눈길을 보내지 않고 '완성했던' 특이하고 화려한 머리카락에 있었다. 무삭제된 옛날 타우히니츠 책의 책장 사이에 있는 것에 무의식적으로 사로잡혔다. 그녀는 그것을 치장할 수도, 걸어갈 수도, 읽을 수도, 생각할 수도 없었다. 그녀는 꿈같은 결핍 속에서 웃어넘길 수도, 부드러운 한숨으로 날려버릴 수도 없었다. 그녀는 노력했다면 그것을 잃을 수 없었고, 진정한 부자가 되는 것이었다. 그것이 당신의 모습이었을 것이다. 한 시간이 지나고 그녀가 집에 돌아오지 않았을 때, 스트링햄 부인은 아직 밝은 오후였지만 만약을 대비해서 그녀와 합류하기 위해 같은 방향으로 걸어갔다. 그러나 그녀와 합류하는 목적은 떨어져 있는 것을 선호하는 걸 생각하면 덜 분명했다. 그래서 이 착한 부인은 다시 한번 그녀 눈에도 약간은 '부정직'하게 조용히 나아갔다. 하지만 그녀는 어쩔 수 없었고, 그녀가 정말 원했던 것은 도를 넘는 것이 아니라고 확실했기에 제때 도착하는 것만 신경 썼다. 제시간에 갈 수 있었기에 살살 걸어갔지만, 이번에는 여느 때보다 더 멀리 걸었는데, 약간 불안해하면서 밀리가 갔을 거라고 생각했던 길로 갔다가 헛수고했기 때문이었다. 산비탈을 돌아 더 높은 알프스 목초지로 향했는데, 요즘 며칠 동안, 그들이 위나 아래를 지나갈 때 종종 가고 싶었던 곳이었다. 그리고 나서 숲으로 가려졌지만, 계속 위로 올라가서 작고 높은 갈색 오두막들이 운집해 있는 곳이 목적지인 건 분명했다. 스트링햄 부인은 얼마 지나지 않아 오두막에 도착했고, 그곳에서 만나는 걸 매우 염려하는 어리둥절한 노파로부터 그녀에게 길을 대략 알려줬다는 말을 들었다. 젊은 아가씨는 산등성이를 넘어 다시 길이 나 있는 곳으로 간 지 얼마 되지 않았고, 사실 우리의 진정되지 않은 부인은 거의 놀랍게도 15분 정도 뒤처졌다는 걸 알았다. 그녀가 멈춘 곳에서 아마 몇몇 문제가 있었지만 멋진 산이 보이는 어딘가로 향했다. 그녀는 잠깐 반신반의했는데, 그녀는 20야드 떨어진 바위에 그 아가씨가 가져온 타우흐니츠 책이 있다는 걸 알았고, 따라서 조금 전에 그녀가 지나갔던 길을 알려줬다. 그녀는 짐이 되는 책을 두고, 물론 돌아가는 길에 주울 생각이었을 것이다. 하지만 그녀가 아직 그걸 줍지 않았다는 건 그녀에게 무슨 일이 생긴 것일까? 급하게 덧붙이자면, 스트링햄 부인은 몇 분 내로 알 수 있었다. 그러나 그러기도 전에 자신이 가까이 있다는 사실에 더 깊은 동요를 드러내지 않은 것은 아주 우연이었다.

오솔길의 내리막과 바위와 관목으로 가려진 급커브를 지나 보이는 전체적인 곳은 가파르게 떨어지는 것처럼 보였고 깨끗하고 소박한 '경치'로 좋고 아름다웠지만 앞으로 쏠려서 어지러웠다. 밀리는 바로 위에서 보여준 조짐처럼 곧장 내려갔고 모든 것이 그녀 눈앞에 보일 때까지 멈추지 않았다. 그리고 그녀의 친구가 현기증을 느꼈던 이곳에 그녀는 편안하게 앉아 있었다. 길은 그렇게 끝났지만, 아가씨가 앉아 있는 자리는 최악의 아니라면 짧은 곳이나 돌이 끝에 공중에 운 좋게 걸쳐 있는 바위였고, 마침내 완전히 눈에 보였다. 스트링햄 부인은 단순히 아가씨에게 그런 자리가 위험하다고 생각했기에 소리치는 것을 참았다. 아래에 뭐가 있던 고개를 돌리는 단 한 번의 실수로 미끄러질 수 있을지 누가 알 수 있겠는가? 잠깐 수만 가지 생각이 그 불쌍한 부인에게 떠올랐지만 밀리에게는 닿지 않았다. 관찰자인 우리가 아주 가만히 있고 숨죽이게 하는 소동이었다. 그녀가 처음 한 생각은 그런 자세에서 다소 황당하더라도 숨겨진 무시무시한 강박관념을 가진 밀리의 변덕으로 잠재적인 의도가 있을 가능성이었다. 그러나 스트링햄 부인은 마치 조금의 소리로도 놀라서 치명적일 수 있다는 생각에 움직이지 않고 서 있었고, 몇 초가 지나자 조금은 안심이 되었다. 몇 분 후 그녀가 조심스럽게 발걸음을 되돌렸을 때, 가장 예민하다고 할 수 있는 생각을 할 시간이 생겼다. 만약 그 아가씨가 그곳에서 깊이 그리고 무모하게 계획하고 있다면 뛰는 건 계획하고 있지 않다는 생각이었다. 반대로 그녀는 앉아 있으면서 격렬한 상태에서 느낄 수 없는 행복하고 한없이 홀려 있는 상태였다. 그녀는 대지의 왕국을 내려다보고 있었고, 과연 그 자체가 머리에 떠올랐을지 모르지만, 단념할 생각은 아니었을 것이다. 하나를 고르고 있었을까 아니면 전부를 원했을까? 스트링햄 여사가 무엇을 해야 할지 결정하기 전에 이 질문은 다른 것들을 쓸데없게 만들었다. 그녀가 봤거나 봤다고 생각하는 것에 따라, 소리치는 것이 어떻게든 위험할 수 있다면, 왔던 대로 되돌아가는 것이 아마도 안전할 것이다. 그녀는 잠시 더 지켜보면서 숨을 죽였고, 그 후 시간이 얼마나 흘렀는지 전혀 알지 못했다.

많은 시간도 적은 시간도 아니었지만, 그녀에게 생각할 게 많이 생겼고, 숙소로 돌아갔을 때뿐만 아니라 기다리는 동안에도 밀리가 다시 나타났던 오후 늦게까지 그녀는 여전히 생각에 빠졌다. 그녀는 타우흐니츠 책을 둔 오솔길에 멈춰서, 회중 시곗줄에 달아놓은 연필로 책 표지에 '안녕a bientôt!'이라는 단어를 휘갈겨 썼다. 계속 지체됐지만,

놀라지 않고 시간을 살폈다. 그녀를 오게 한 대단한 일이 인간의 곤경으로부터 예리하거나 단순한 형태로 그녀의 공주에게 미래가 없다는 확신이라는 걸 그녀가 이제 깨달았기 때문이다. 그녀에게는 도약하는 문제도 그로 인한 빠른 도피의 문제도 아니었을 것이다. 그녀가 그곳 바위에 앉아 있었을 때, 직접 와 닿은 것은 인생에 대한 모든 공격으로 전면으로 받아들이냐는 문제였을 것이다. 따라서 스트링햄 부인은 얼마간의 시간이 더 흐른 후에도 자신의 젊은 친구가 계속 자리를 비워도, 어떤 기회가 있더라고 그녀가 목숨을 끊었기 때문이 아니라고 마음속으로 생각할 수 있었다. 그녀는 자살하지 않았을 것이다. 그녀는 더 복잡한 길이 있을 거라는 걸 분명히 알았다. 이건 전혀 두려워하지 않고 알게 된 바로 그 환상이었다. 그래서 나이 많은 부인에게 남은 인상은 계시의 성격이었다. 그녀는 숨 막힐 정도로 몇 분 동안 동행을 새롭게 보았다. 후자의 유형, 면모, 특징, 그녀의 역사, 그녀의 상태, 그녀의 아름다움, 그녀의 미스터리, 모두 것이 무의식적으로 알프스에서 드러났고, 모든 것이 다시 모여서 스트링햄 부인의 불꽃을 부채질했다. 그것들은 우리에게 더 뚜렷하게 나타날 것이고, 한편 의심의 여지 없이 우리 친구 쪽에서 더 열광적으로 잠시 나타날 것이다. 아직 익숙지 않은 생각이지만, 그녀 발아래에는 소중한 무엇인가의 광산이 있었다. 그녀는 아직 깨끗하지 않은 입구 근처에 서 있는 거 같았고. 그 광산은 작업이 필요하지만, 틀림없이 보물이 있을 것이다. 그녀는 밀리의 금에 대해서는 생각하지 않았다.

그들이 만났을 때, 그 아가씨는 타우흐니츠 책에 휘갈겨 쓴 말에 대해 아무 말도 하지 않았는데, 스트링햄 부인은 그때 그녀에게 그 책이 없다는 걸 알았다. 그녀는 그 책을 두고 왔고 어쩌면 전혀 기억 못 했을 것이다. 그녀를 따라서 그녀의 동행이 결단을 내렸다고 말할 수 없었다. 그리고 돌아온 지 5분도 안 돼서, 놀랍게도 그녀의 건망증으로 인한 집착이 더 두드러졌다. "결국 내가 그렇게 말하면, 날 아주 가증스럽다고 생각하실 거예요?"

스트링햄 부인은 이미 그 질문을 처음 듣자마자 그녀가 생각할 수 있는 모든 것을 생각했고, 바로 밀리의 말에 동의하며 분명히 안도하는 기색을 보였다. "당신은 여기 들리는 거 별로예요? 바로 가는 게 나을까요? 원하면 새벽이나 일찍 떠날 수 있어요. 지금 다시 길을 떠나기에는 늦었어요." 그리고 그녀는 순간적으로 서두르는 걸 아가씨가 원했던 것이라는 농담이 어떤 의미였는지 보여주기 위해 미소를 지었다. "당신을 귀찮게 해서 멈췄으니, 나한테는 잘됐네요."

밀리는 보통 좋은 친구의 농담을 최대한 이용했지만, 이번에는 그녀는 조금 멍하게 있었다. "아, 맞아요, 당신은 날 못살게 해요." 그들은 아무런 논의 없이 아침에 여정을 다시 떠나기로 했다. 어디든 따라갈 것이라는 연장자의 말에도 불구하고 세부적인 여행 계획에 대한 젊은 여행객의 흥미는 바로 떨어진 듯했다. 하지만 그녀는 촛불이 켜져 있는 동안 저녁 식사 주문 전까지 어디로 갈지 정하겠다고 약속했다. 낯선 나라의 길가 여관에 켜진 촛불과 함께한 저녁 식사는 마치 독특한 시로 약간의 모험심과 고상한 느낌이 들어서 마음에 들었다. 밥 먹기 전에 밀리는 이제 '누우려고' 했던 거 같았는데, 3분이 지나도 눕지 않고 그 대신 4천 마일을 건너뛰는 것처럼 갑자기 화제를 전환했다. "9번째 날에 뉴욕에서 당신 혼자서 핀서 박사를 만났을 때 그 사람이 당신에게 무슨 말 했어요?"

　나중에서야 스트링햄 부인은 그 질문에 갑작스럽기보다는 놀란 이유를 완전히 알게 됐다. 비록 그 영향으로 그 순간에도 그녀는 거의 놀라서 가짜 대답을 하게 됐지만 말이다. 그녀는 뉴욕에서 핀치 박사를 혼자서 만났던 9번째 날을 기억하려고 했고 그가 했던 말을 떠올리려고 했다. 그리고 모든 게 생각났을 때, 처음에 잠깐은 그 사람의 말이 대단히 중요한 것 같았다. 하지만 사실 그는 말을 하지 않았다. 모든 일이 지나고 나서야 말을 했던 것 같을 뿐이었다. 배를 타고 10일도 안 돼서, 어떤 불분명한 이유로 밀드레드가 갑자기 아프고 어느 정도 충격을 받고 놀랐던 것은 보스턴에서 서둘러 출발하고 6일째 날로, 계속 여행을 하겠다고 해서 화가 나 있었다. 곧 다행히도 아픈 이유가 별 게 아니라는 것을 밝혀졌고, 그때 몇 시간 동안만 걱정했다. 여행이 다시 가능할 뿐만 아니라 '변화'로서 매우 바람직하다고 했다. 그리고 열정적인 손님이 혼자서 의사와 5분 동안 따로 있었다면, 분명히 그건 의사가 아니라 손님의 뜻이었을 것이다. 그들은 '유럽'의 치료적 특성에 대해 가볍게 이야기만 나눴다. 그런 사실들이 떠오르자 이제 그녀는 말할 수 있었다. "그때 당신이 몰랐거나 몰라야 했던 건 아무것도 없어요. 그 사람과 당신에 대한 비밀은 없어요. 왜 그런 의심을 해요? 내가 그 사람을 따로 만난 걸 당신이 어떻게 알았는지 정말 모르겠네요."

　"아니에요. 나한테 말한 적 없어요. 그리고 의심한다는 뜻은 아니에요. 내가 아팠던 24시간 동안 당신들이 머리를 맞대고 의논하는 건 당연해요. 내 말은 내가 나아지고 나서, 당신이 집으로 가기 전에 마지막으로 한 일을 말하는 거예요."

스트링햄 부인은 계속 궁금했다. "그때 내가 그 사람 만난 거 누가 이야기해줬어요?"

"그분이 직접 말하지 않았어요. 나중에 당신도 편지를 쓰지 않았고요. 지금 처음 우리가 그 이야기를 하는 거예요. 그게 바로 이유예요." 목소리와 표정에 뭔가가 있는 밀리는 다음 순간 동행에게 그녀는 정말 아무것도 몰랐고, 추측해서 맞았을 뿐이고 했다. 하지만 그녀는 왜 그런 질문을 했을까? 그녀는 웃으면서 말했다. "하지만 당신이 확신하는 것처럼 그분에게 비밀로 말하지 않았다면, 문제없어요."

"난 그 사람에게 털어놓지 않았고, 그 사람도 숨길 게 없어요. 그런데도 불편한 거예요?" 밀리가 조금 전에 빠졌던 긴 산책을 목격했기에, 그런 가능성이 전혀 없었지만 나이 든 부인은 진실을 바랐다. 그소녀는 늘 창백한 얼굴이었지만, 그녀의 친구들은 모두 무시하는 법을 배웠고, 겉으로 보기에 가장 용감하지 않을 때 종종 가장 밝은 창백했었다. 그녀는 조금은 미스테리한 미소를 계속 지으며 말했다. "난모르겠어요. 정말 조금도 모르겠어요. 하지만 알아보는 게 좋겠죠."

스트링햄 부인은 이 말에 동정심이 일어났다. "문제 있어요? 아픈 거예요?"

"전혀 아니에요. 그런데 가끔 궁금한 거예요!"

"그렇군요. 뭐가 궁금해요?"

"그게, 만약 내가 많은 걸 가졌다면요."

스트링햄 부인이 바라봤다. "뭘 많이 가져요? 고통은 아니죠?"

"모든 거요. 내가 가진 모든 거."

우리의 친구는 다시 걱정하며 상냥하게 물었다. "당신은 모든 걸 가졌어요. 그러니까 당신이 '많은 것'이라고 말하는 건….."

아가씨가 끼어들었다. "내 말은, 내가 오래 가질 수 있을까요. 그 뜻이에요."

116

그녀의 친절에 늘 감동하고 종종 무기력하고 갑작스러운 변화와 실제로 조롱하는 듯한 분위기를 느꼈던 그녀의 동행은 현재 조금 어리둥절했고 당혹스러웠다. "만약 당신에게 병이 있다면요?"

"만약 내가 모든 것을 가지고 있다면요." 밀리가 웃었다.

"아, 그건, 다른 사람들과 거의 비슷할걸요."

"그렇다면 얼마 동안이요?"

스트링햄 부인은 눈빛으로 애원했다. 부인은 그녀에게 가까이 다가가서 다급하게 팔로 그녀를 반쯤 감쌌다. "누굴 만나고 싶은 거예요?" 그러자 그림자를 조금 더 의식했지만, 그 아가씨는 고개를 천천히 흔들 뿐이었다. "가까운 의사한테 바로 가요." 그러나 이 말 또한 모든 것을 열어 둔 동의와 침묵, 친절함과 모호함의 시선만이 있을 뿐이었다. 마침내 우리의 친구는 분별력을 잃었다. "곤경에 처했다면, 제발 말해줘요."

"난 내가 정말 모든 걸 가졌다고 생각 안 해요." 밀리는 마치 설명하듯이 그리고 기분 좋게 말하려고 했다.

"그래도 내가 당신을 어떻게 도와줄까요?" 아가씨는 머뭇거리다가 말을 하려고 하는 거 같았지만, 갑자기 바꿔서 다르게 표현했다.

"있잖아요. 난 너무 행복해요!"

그 말로 그들은 더 가까워졌지만, 오히려 스트링햄 부인의 의혹을 확인시켜 줬다. "그럼 무슨 일이에요?"

"내가 도저히 가질 수 없다는 거, 그게 문제예요."

"하지만 당신이 가지지 못한 게 뭐라고 생각해요?"

밀리는 조금 더 뜸을 들였고, 그러고 나서 희미한 기쁨을 찾았다. "내가 가진 행복을 견디는 힘이요!"

스트링햄 부인은 믿기지 않았고 어쩌면 아이러니하다고 느꼈고, 확실히 음산한 긴 중얼거림에 다시 친절함을 베풀었다. "누구를 만날래요…?" 마치 그들이 높은 곳에서 의사들의 대륙을 내려다보는 것 같았기 때문이었다. "먼저 어디로 갈래요?"

밀리는 세 번째 심사숙고했지만 몇 분 후에 다시 애원했다. "저녁 식사 때 말해줄게요. 그때 봐요." 그리고 그녀는 가벼운 맘으로 방을 나섰는데, 그녀를 다시 기쁘게 하는 뭔가가 있다는 걸 동행은 알게 됐다. 이상한 말이 끝났을 때, 스트링햄 부인은 늘 '훌륭한' 작품을 만들어내는 코바늘과 명주실을 챙겨 앉아서 골똘히 생각에 잠겼는데, 아마도 이런 신비로운 분위기는 정말 동정심을 갖지 않았던 아가씨와 그들이 오랫동안 주저해서 단순하게 생겨난 것이었다. 어떤 사람은 그녀의 불평은 사실 삶의 기쁨이 넘쳐나는 것이고 모든 것은 맞추기만 하는 거로 받아들였다. 그녀는 재미 때문에 멈출 수 없었지만 계속 추구할 수 있었고 다시 떠돌다가 멋진 곳으로 되돌아갈 수 있었다. 땅거미가 깊어지고 이 젊은 아가씨의 위치가 훌륭하다고 계속 생각하면서 앉아 있는 수잔 셰퍼드는 어떤 진실도 회피하지 않길 바랐다. 그 고도의 저녁은 자연스럽게 추워졌고, 여행객들은 불을 피우고 식사를 했다. 알프스 도로는 낮고 깨끗한 창문의 작은 유리를 통해서 대단한 존재감을 드러냈는데, 여관에서 일어난 일들, 노란색 마차, 큰 짐 마차, 서두르는 덮개 마차, 개인용 수레, 독촉장, 공상에 빠진 우리 친구를 위한 옛이야기, 오래된 그림, 역사적인 비행, 탈출, 추적, 실제로 일어났던 일들, 여러 일이 일종의 낯선 조화로 그녀가 현재 깊이 관여하고 있는 관계에 대한 가장 큰 관심의 의미를 파악하는 데 실제로 도움이 됐다. 그녀의 동반자 자리의 위엄에 대한 이런 기록은 결국 그녀가 끌어낼 수 있는 최고의 의미라는 것이 당연했다. 그녀는 궁궐 마차에 탄 것처럼 장엄하게 앉아 있었기 때문에, 그 문제로 돌아와서 진전시키는 방법으로 진홍색 쿠션에 앉아 바라보며, 분명히 줄 것이 더 많이 있을 것이다. 저녁 식사를 위해 촛불을 밝히고 하얀 커튼을 쳤을 때, 밀리는 다시 나타났고 작고 경치가 좋은 방은 낭만적이었다. 그 매력적인 사람은 더는 시간을 낭비하지 않고 말을 꺼내서 인내심이 큰 친구를 만족시켰다. "바로 런던으로 가고 싶어요."

그들이 떠났을 때 분명 긍정적으로 생각하지 않았고, 예상하지 못한 것이었다. 반대로 영국은 다소 별로라 생각하고 미뤘던 곳으로, 준비할 때 마지막에 잠시 알아봤었다. 간단히 말해서 런던은 최우선이어야 했고 점진적인 접근으로 포위 공격해서 쟁취해야 했을지도 모른다. 스트링햄 부인이 늘 대부분 정리했기 때문에 밀리의 실제 발걸음은 더 신났었다. 그 외에 부인은 연기가 나는 촛불 사이에서 어떤 극적인 일의 시작에서 그 아가씨가 선호하는 것을 내세웠고 여전히 다른 일들도 생겼다는 것을 나중에 떠올렸는데, 날카로운 공기 속의 마차 쇠사슬이 철컹거리는 소리가 발굽 소리, 양동이 소리, 이질적인 질문과 이질적인 대답과 함께 귓가에 들렸고, 모두 길에서 나눈 유쾌한 대화의 일부 같았다. 소녀는 자신이 부끄럽다고 바보 같아 보일 수 있는 어떤 엄청난 고백일지도 모르지만, 사실대로 말했다. 그녀가 유럽에서 원했던 것은 그들이 알려고 했던 '사람들'이었다는 것, 만약 그녀의 친구가 정말로 알고 싶었다면, 이런 막연한 생각은 예전에 박물관과 교회에서 그녀를 괴롭혔던 것이며, 순수한 풍경의 운치를 다시 망치고 있던 것임이 드러났다. 그녀는 풍경을 매우 좋아했다. 하지만 인간적이고 개인적인 것을 원했고, 그녀가 말할 수 있는 것은 그것은 어디보다도 런던에 있다는 것뿐이었다. 만약 오래 걸리지 않고, 그녀에게 아무 일도 일어나지 않는다면, 그녀가 말한 특별한 일은 그 시기에 그녀에게 가장 많은 것을 줄 수 있을 것이고 어쩌면 나머지를 덜 낭비할 것이라는 생각이 다시 또 올랐다. 그녀는 이렇게 마지막으로 고심했던 걸 유쾌하게 보여줘서 스트링햄 부인은 그 일로 다시 당황하지 않았고, 만약 일찍 죽는 이야기를 꺼냈다면, 사실 그 이야기를 들을 준비가 됐었다. 그래, 좋다. 그들은 내일 일 때문에 먹고 마실 것이고 그 순간부터 먹고 마시려고 그들의 행로를 정할 것이다. 실은 이런 결정의 정신인 것처럼 그날 밤 그들은 먹고 마셨고, 그들이 헤어지기 전에 공기는 더욱 맑게 느껴졌다.

어쩌면 너무 광범위했고, 즉 인생의 신호에 따라서 광범위했다. 밀리의 입장에서 '사람들'이라는 개념은 특정한 사람들과 연결되는 것으로 그렇게 즐겁지 않았고, 여성들 각자에게 전혀 모르는 상황 속에 도버 항에서 내릴 것이라는 사실이 남았다. 그들은 벌써 관계가 형성되지 않았다. 스트링햄 부인은 이런 간청이 어떤 결과를 가져올지 기대했다. 처음에 그 아가씨의 관점에서 그녀의 마음속 생각은 사회가 아는 사람들을 모으는 것도 아닌 것 외에는 아무것도 나오지 않았다. 그녀는 그저 많은 '편지들'로 동포를 대신해 기회를 바라는 것 외에는 아무것도 없었다. 간단히 말해서, 그것은 동포가 찾는 사람들에 대한 질문이 아니었다. 그들 방식대로 생각했을 때 그것은 인간과 영국 그 자체였고, 세상 사람이 늘 읽고 꿈꿔왔던 것이었다. 스트링햄 부인은 이 세상을 위해 최선을 다했지만, 나중에 기회가 되면, 한 사람이라도 알아두는 것이 위안이 될 수 있다는 점을 강조했다. 그러나 저속한 말로 하면, 이 말은 여전히 밀리를 '사로잡는 데' 실패했고, 그래서 그녀는 현재 끝까지 가야만 했다. "그 문제에 있어 당신이 덴서 군에게 어떤 약속을 했다는 걸 내가 아직 모르는 거예요?"

밀리의 눈빛은 두 가지 중 하나를 나타냈다. 즉 그녀가 그 약속을 전혀 몰랐거나 덴서 군 이름 자체가 떠오르지 않았다는 것이었다. 하지만 그녀는 그 약속을 모를 수가 없었고, 그녀의 대화 상대는 어떤 것도 연관 짓지 않고 그 점을 재빨리 알아차렸다. 그렇게 거부당하는 것은 특히 누군가에게 한 약속임이 틀림없었다. 따라서 그녀가 어떤 특별한 문학적인 일로 뉴욕에 왔던 매우 영리한 영국인 청년 머튼 덴서 군임을 인정했는데, 그들이 출발하기 전에 그녀가 보스턴을 방문했을 때와 그녀의 동행과 함께 있었던 짧은 기간 동안 그녀의 집에서 너 번 방문했었다. 그러나 그녀는 그 생각을 떠올리기 전에 심각한 일을 하지 않고 런던으로 오게 한 문제의 인물이 보여준 자신감에 대해 이 친구에게 언급한 적이 있음을 다시 상기해야 했다. 그녀는 그가 자신감을 보이도록 내버려 뒀는데, 그 모습이 조금 자유롭게 보였을지라도, 그녀는 지금 다시 분명히 했다. 그녀는 그 자신감을 망치거나 높이기 위해 아무것도 하지 않았지만, 그 당시 스트링햄 부인은 덴서 군을 놓친 것에 대해 다소 아쉬워했다. 연장자인 그녀는 그 후 다시 그를 생각했고, 그녀는 밀리가 쉽게 배신했을지도 모르지만 그렇게 하지 않은 것 또한 알아차렸다. 그리고 그녀는 자신과 관련된 모든 것에 관해 관심이 있었기 때문에, 한가롭게 굴지 않았다면 그 영국 청년이 더 좋은 친구가 될 수 있었을 것이다. 그를 조금도 모른다는 점은 밀리가 처음 며칠간 그녀보다 먼저 세상을 접한 젊은 사람으로서 그에게 동정과 경이로움을 느끼게 하는 데 도움이 되었다. 고립되고, 어머니의 보살핌도 못 받고, 부주의하지만 그녀의 다른 강점들, 큰 집, 많은 재산, 자유분방함으로, 어떤 할머니가 받았을 수도 있던 것처럼 최근 몇 년 동안 사람들의 배려를 받고 아주 일찍 커버린 공주로서 '대접을 받기' 시작했다. 스트링햄 부인이 뉴욕을 방문하기 전에 덴서 군이 일 때문에 다른 곳으로 갔다는 사실을 분명히 알았다면, 그녀의 두 번째 여행 후 그녀가 하루 이틀 뒤에 돌아왔다는 것과 서부 지역에 가는 길에 한 번 들렸다는 것도 역시 알았을 것이다. 그들이 출발하려고 그녀가 친구와 합류할 당시에 그가 보이지 않았지만, 그녀 생각대로 그는 워싱턴에서 떠나는 길이었다. 그녀는 예전에는 과장할 생각이 없었고, 그럴 수 있다는 생각도 들지 않았다. 그러나 그녀는 오늘 밤, 이 관계에서 조금 더 자유로운 신념을 알게 됐고 자극하기에 충분하다는 것을 깨닫게 된 거 같았다.

그녀는 현재 약속이 있든 없든 꼭 필요하면 밀리는 런던에서 그가 허락하면 그에게 연락할 수 있다고 말했고, 밀리는 분명히 그럴 수 있지만, 그 신사가 분명히 아직 미국에 있을 수 있다는 점을 고려하면 소용없을 것이라고 기꺼이 답했다. 그는 할 일이 아주 많았고, 거의 이제 막 시작했을 것이다. 그가 돌아올 날이 얼마 남지 않았다고 확신하지 않았다면 사실 그녀는 런던에 대해 전혀 생각하지 않았을 것이다. 그녀의 동행은 우리의 젊은 아가씨가 도를 넘게 자신을 헌신했다는 걸 알 수 있었다. 그다음 순간 마음의 평정을 잃고, 마지막으로 바라는 것이 그를 따라가는 거라는 그녀의 말로 전혀 수습할 수 없었다. 스트링햄 부인은 그런 모습에 어떤 문제가 생길지 개인적으로 궁금했고, 갑자기 어떤 위험이 대두됐다. 그러나 그녀는 당분간 아무 말도 하지 않고, 다른 말만 했는데, 예를 들어 그중 하나는, 만약 덴서 군이 멀리 떠났다면, 이것으로 끝이라고 생각하며, 또한 그들은 어떤 대가를 치르더라도 조심해야 한다고 했다. 하지만 신중함의 기준은 무엇이고, 어떻게 확실할 수 있을까? 그렇게 해서 그들이 거기 앉아 있을 때, 그녀는 자신이 아는 사람을 찾았다. 그녀는 런던과 상당한 관계가 있었고, 그것을 전제로 위험을 무릅쓸 만큼 관계를 끊고 싶지 않았다. 그녀는 저녁 식사 마지막에 옛날 브베 학교에서 특별히 친했던 이상하지만 재미난 영국 소녀였던 모드 매닝햄_{Maud Manningham(모드 이모)}의 이야기를 동행에게 짧게 들려줬는데, 떨어지고 나서, 그녀는 정기적으로 모드에게 편지를 썼는데, 처음에는 주춤하다가 그 후에 전혀 쓰지 못했지만, 한동안 지속적 관계를 유지했다가, 각자 결혼하면서 또다시 깜박했다. 그 후 로더 부인이 먼저 쓰고, 그들은 또다시 애정 어리고 세심하게 편지를 썼고, 그 후 편지를 한두 통 더 보냈다. 하지만 이것으로 끝이었는데 갑자기 관계가 끊긴 게 아니고 자연스럽게 멀어졌다. 그녀 생각에 모드 매닝엄은 결혼을 잘했고, 자신은 초라한 결혼을 했다. 게다가 거리도 멀고, 의견 차이도 있고 관심이 줄어들면서 재회할 수 없었다. 그러나 오랜 세월이 흐른 후에야 재회할 수 있어 보였다. 상대방이 여전히 살아 있다면 말이다. 우리의 친구가 지금 관심 있는 것은 이런저런 도움을 받을 수 있는지 확인하는 것이었다. 밀리가 반대하지 않는다면 어쨌든 해볼 만했다.

밀리는 전반적으로 아무것도 반대하지 않았고, 그녀가 한두 가지 물어봤지만, 현재 아무런 반발이 없었다. 그녀의 질문이나 대답은 스트링햄 부인에게는 답답했다. 그녀는 젊은 시절에 대해 자신이 얼마나 기억하고 있는지나 조금 전에 말했던 크고 혈색이 좋고 화려하고 이국적이고 생경한 모드를 만난다는 것이 괜찮을지 잘 몰랐다. 솔직히 말해서, 순수함에서 그런 기질이 세월이 흘러도 성숙하지 않았을 수도 있다는 위험이 있었다. 오랜만에 관계를 새롭게 할 때, 늘 얼굴을 봐야 하는 그런 위험이었다. 엇나간 실을 모을 때 위험을 감수해야 하지만, 만약 밀리가 준비됐다면 그녀도 준비가 돼 있었다. 그녀는 상당한 '재미'는 그 자체로 유혹적이라고 공언했고, 50년 동안의 뉴잉글랜드의 미덕에 대한 무해한 최종 권리로서 재미에 대해 마무리하면서 꽤 그럴듯하게 들렸다. 그녀가 나중에 떠올리는 것 중의 하나는 그녀의 동행이 이 말에 보인 형언할 수 없는 표정이었다. 그녀는 여전히 촛불 사이에 다 먹은 저녁 식사 앞에 앉아 있었고, 밀리는 몸을 이리저리 움직이며 그녀의 자유 개념에 대해 헤아리기 어려운 말을 오랫동안 이해하려고 했다. 어쨌든, 마지막 현명한 말을 요구했던 밀리는 비록 주로 조용하게 관심을 보였지만, 예상치 못한 정보로 소매에서 나온 카드처럼 그녀 친구의 이야기에 반쯤은 놀라고 반쯤은 마음이 끌리면서, 생각에 잠겨 대단한 관심을 보여줬다. 전처럼 그 문제가 그 점에 달려 있기 때문에 침실로 가기 전에 그녀는 태평하고 가볍게 내뱉었다. "모든 걸 걸어요!"

계속 앉아 있는 수잔 스트링햄은 초조해서 조금 더 의식하게 됐고, 이런 특성의 사람은 모드 로더의 존재감을 조금은 받아들이지 않으려고 하는 거 같았다. 그 아가씨가 그녀를 떠났을 때, 그녀가 말하기 싫지만, 강압적으로 항복하자, 결정적인 뭔가가 그녀에게 일어났다. 마치 모드가 결혼 이후 꽤 오래 살았고 요즘 사람들 말처럼 변했다는 걸 다시 한번 알게 된 거 같았다. 로더 부인이 그녀를 두고 떠났고, 그 후 그녀 인생에서 같은 날짜에 슬픔의 위엄을 지닌 두 번째 슬픔이 아니라, 소위 더할 나위 없는 행복의 빈약함 속에 같은 마음으로 첫 번째로 그녀는 생색을 내며 연민을 느꼈다. 만약 그 의심이 더는 문제가 되지 않더라도, 그녀에게서 사라지지 않았다면, 현재 그 연결고리에서 또 다른 단절이 아니라 하나의 관계를 이룬다면 당연히 의심스러웠다. 그리고 정말 다른 의미로 그녀의 옛 급우의 후원으로 그녀의 문제를 해결할 수 있었을지도 모른다. 만약 우리가 그 일을 분석할 가치가 있다면, 그녀가 마침내 보여줄 무언가를 가졌다는 행복한 성취, 시적인 정당성, 관대한 복수로 실제로 해결된 것이었다. 그들이 헤어질 때, 모드는 많은 걸 가졌던 거 같았고 지금도 증가, 촉진, 확대 등으로 그럴 것이다. 보통 영국 생활은 매우 풍요롭지 않은가? 매우 좋다. 그런 것들이 있을 것이다. 그녀는 준비가 된 듯했다. 로더 여사가 보여줘야 할 것이 무엇이든지 간에, 그리고 누군가는 모든 추측이 옳기를 바랐지만, 그녀는 불쌍한 수잔이 내밀 수 있는 트로피가 된 밀리 실과 같은 건 없을 것이다. 가엾은 수잔은 촛불이 꺼질 때까지 늦게 남아 있다가, 식탁이 정리되자마자 깔끔한 서류 가방을 열었다. 그녀는 오래된 정보를 가지고 있었다. 그녀가 기억하는 연줄과 노력해 볼 수 있는 주소들이 있었다. 그래서 그 일이 시작됐다. 그녀는 바로 그 자리에서 편지를 썼다.

이후 모든 것이 너무 빨리 흘러갔고, 밀리는 그녀의 오른쪽에 있는, 즉 똑같은 이유로 그녀 안주인의 왼쪽에 앉아 있는 신사에게 그녀가 있는 장소에 대해 거의 모른다는 거의 사실에 가까운 말을 했고, 그 말로 처음으로 상황이 정말 낭만적으로 느껴졌다. 로더 부인의 존재와 게다가 그녀의 놀라운 정체를 최근에 갑자기 알게 됐지만, 랭커스터 게이트에서 그녀와 그녀 친구는 벌써 식사를 했고 모든 영국 장식물에 둘러싸여 있었다. 로더 부인은 그녀의 동행을 편하게 불렀기 때문에 수지(수잔 스트링햄)는 바로 동화가 바로 시작되도록 깔끔하고 작은 지팡이를 흔들기만 하면 됐다. 그 결과, 스트링햄 부인은 새로운 성취를 느꼈고, 수지는 이제 요정 대모의 역할로서 빛나고 있었다. 밀리는 이번 기회에 옷을 제대로 갖춰 입어야 한다고 주장했고, 만약 선한 부인이 현재 마법 목발을 휘두르며 고깔모자, 짧은 페티코트를 입고 다이아몬드 신발을 신지 않았다면 그건 그 아가씨의 잘못이 아니었다. 사실 선한 부인은 이 휘장이 그녀의 작품을 나타내는 것처럼 만족스러웠다. 긴 식탁 길이에도 당황하지 않고 밀리가 로드 경을 살피는 것은 당연히 가벼운 눈빛 교환의 결과였다. 그들 사이에는 20명의 사람이 있었지만, 이 일관된 길은 스위스 고개에서 멈췄을 때 봤던 풍경들과 비교해 가장 선명한 속편 같았다. 밀리에게는 마치 적당하게 소소한 농담을 던졌다가 심오한 답을 찾는 것처럼, 그들의 운명이 거의 급작스럽게 몰아친 것처럼 보였다. 예를 들어, 통찰력이 빨라진 그녀는 이 순간에 자신이 더 활기찬지 부담감을 느끼는지 말할 수 없었다. 그녀가 운이 좋게도 그 모습이 떠오른 순간부터 마침내 그녀가 가장 우려했던 건 찾거나 회피하는 것이 아니라 너무 많이 궁금해하지도 않는다는 사실을 재빨리 이해하지 않았다면, 심각한 상황이었을 것이다. 하지만 여러 일이 어떻게 될 것인지에 대한 의구심이 거의 없었기 때문에 흘러가도록 내버려 뒀다.

마크 경은 로더 부인이 아니라 현재 그녀 반대편에 있고 수지와 같은 쪽에 있는 부인의 조카인 멋진 아가씨 때문에 저녁 식사 전에 왔다. 그가 그녀를 맞이했고, 그녀는 실제로 두 번째 보게 된 아름다운 크로이 양에 대해 그에게 지금 인상적인 방법으로 물어보려고 했다. 불과 3일 전에 그들의 호텔에 그녀 이모와 함께 들린 그녀가 우리의 다른 두 여주인공에게 아름다움과 명성에 대해 큰 인상을 안겨준 것이 첫 번째였다. 이 인상이 지금도 밀리에게 남았고, 다른 모든 것들에도 관심이 생겼지만, 수지와 함께 있지 않을 때는 주로 케이트 크로이에게 집중됐다. 게다가 이제 그녀가 멋진 사람으로 여기는 그 사람의 눈과 쉽게 마주쳤다. 그리고 그건 미국에서 온 손님들의 빠른 번영의 일부처럼 보였고, 원래 생각에는 거의 없었지만, 그녀가 그들과 우정의 가능성에 대해 자각하고, 매력적이고 솔직하게 의식하는 것처럼 보여야 했다. 밀리는 손님으로서 편안하고 우아했다. 영국 여자들은 특별하고 강인한 아름다움을 지녔고 무엇보다도 이브닝드레스에서 두드러졌다. 시간이 조금 지나고 나서야 마크 경을 주시하게 됐다. 그녀는 지금이라도 그들이 상당한 시간을 보낼 것 같다고 생각했다. 그들의 안주인이 다른 옆 사람과 계속 있으면서 그들끼리 남아 있게 됐다. 로더 부인의 다른 옆 사람은 머럼Murrum 주교였는데, 밀리가 한 번도 본 적 없는 진짜 주교로 복잡한 의상을 입고 구식 관악기 같은 목소리에 고위 성직자와 같은 얼굴이었다. 우리 아가씨의 왼쪽에 앉아 있는 신사는 목이 두껍고 크고, 헛소리에 신경을 쓰지 않은 것처럼 말 그대로 앞만 똑바로 바라봐서 자연스럽게 마크 경에 관심을 두게 됐다. 밀리가 이런 상황을 이해하고 벌써 조금은 들떠 하면서 그녀는 사람들에 대한 호소와 인생에 대한 사랑이 얼마나 옳은지 살폈다. 어쨌든 예상대로 시류에 편승하거나 구경하는 것은 어렵지 않았다. 그들이 가까이 있으면 가까워지는 건 쉬웠지만, 그녀가 예전 알았던 부류의 사람들과는 상당히 달랐고, 확실히 부유했고 낯설었다.

그녀는 그녀 오른쪽에 있는 사람이 그녀가 내뱉는 그들에 대한 묘사를 이해할 수 있을지 자문했다. 하지만 그녀의 느낌상 그는 분명히 그러지 못할 것이다. 그런데도 이때까지는 그녀는 그의 일행은 현명할 것이라고 여겼다. 그리고 분명 사람들의 영리함과 단순함 두 가지에 대한 새로운 언급과 영향에 관한 관심은 적지 않을 것이다. 그녀는 전율을 느꼈고, 의식적으로 상기됐고, 지금까지 그런 적이 없었는데, 자신이 완전히 관여했다는 확신에 얼굴이 창백해졌다. 그 장소의 분위기와 모임의 최고조로 그녀는 대단한 확신과 깊은 속내를 갖게 됐다. 아주 작은 물건들, 얼굴, 손, 여인들의 보석, 말소리, 특히 식탁 건너편에서 들려오는 이름들, 포크 모양, 꽃꽂이, 하인들의 태도, 방의 벽 등 모두가 하나의 그림이었고 하나의 연극이었고, 게다가 그녀는 조심스럽게 바라봤다. 그녀는 이렇게 떨렸던 적이 없었다고 생각할지도 모른다. 그녀의 감성은 편안함을 느끼기에는 너무 예민했다. 예를 들어, 사실 너무나도 상냥했던, 기품 있고 재미난 친절한 조카의 태도에서 알 수 있는 것보다 더 많은 암시가 있었다. 이 젊은 아가씨의 유형은 눈에 띄게 다른 가능성을 가지고 있었다. 그러나 여기서, 이미 그 자유로운 움직임에 대한 관계가 그려졌다. 크로이 양과 그녀는 두 명의 연장자가 몇 년 전에 그만뒀던 이야기를 다시 시작하려고 했을까? 서로가 호감이라는 것을 알고, 보다 지속적 관계를 유지할 수 있다면 스스로 노력할 것인가? 그들이 영국에 왔을 때, 그녀는 모드 매닝햄이 미덥지 못했고, 그녀를 믿을 수 없는 사람이고 멍청하다고 생각했고, 그녀에게 기대는 것이 부끄럽고 어리석은 일이며, '사교계 진출'과 같은 무의미한 일을 한다고 생각했다. 로더 부인이 그들을 위해 마련했을 수 있는 사교계를 위해 순례를 했다는 건 전혀 생각할 수 없는 일이었고, 그녀 자신도 다른 문제에 호기심이 생겨났다. 그녀는 이 호기심을 그녀가 읽었던 장소를 보고 싶은 바람과 옆 사람에게 알려주려고 했던 동기라고 이야기했을 것이다. 비록 그 결과 그가 그녀가 책을 얼마나 안 읽었는지 알 수 있더라도 말이다. 현재 그녀의 빈약한 예감은 거의 그 모임의 위엄성이나 어쨌든 주도권을 진 두 사람에 의해 질책받는 것처럼 보였다. 로더 부인과 그녀 조카딸은 비록 서로 다르지만, 적어도 각자가 대단하다는 건 공통점이었다. 그건 주로 이모에 대한 사실이었고, 밀리는 다른 날에는 그녀의 동행이 어떻게 그런 특이한 동맹을 맺게 됐는지 궁금했다. 그러나 그녀는 로더 부인도 2, 3일이면 마음을 돌릴 사람이라고 생각했다. 그녀는 그 자리에 심각하게 앉아 있지만, 최소 시도를 해볼 만했다. 반면 멋진 아가씨인 크로이 양은 누군가의 방문을 방해할 수 있는 짐작할 수 없는 행동에 빠졌다. 그렇더라도 그녀는 실재했고, 모든 것과 모든 사람도 진짜였다. 그들의 모험에 뛰어드는 것은 당연히 옳았다.

그러나 한편, 마크 경의 이해력은 그녀의 상황을 정리하는 것이 별일 아니라고 그녀에게 말할 수 있을 정도로 충분히 그녀에게 맞출 수 있었다. 그는 오늘날 런던에는 누군가 어디에 있는지 말하는 일은 없다고 설명했거나 적어도 넌지시 알려줬다. 어디든 모든 사람이 있었고, 어디든 아무도 없었다. 솔직히 말해서, 그는 안주인의 '무리'에 대해 어떤 종류의 이름을 붙여야 했다. 무리가 있었는가, 없었는가? 정말 무리 같은 것이 더는 존재하지 않는 것인가? 수로 중앙의 거대한 기름투성이 바다처럼 압도적으로 녹아내린 혼합물이 무의미하게 흔들리는 것 외에 다른 게 있었을까? 그는 거창한 듯한 질문을 내던졌다. 그가 한두 걸음 따라왔지만, 5분 뒤에 밀리는 그가 많은 걸 내뱉었다는 걸 느꼈다. 아마 그는 암시적인 걸 증명하겠지만, 아직 차별 없이 그녀를 도왔다. 그는 마치 여러 가지 지식으로 그들을 포기한 것처럼 말했다. 따라서 그는 그녀 자신과는 정반대의 극단에 있었지만, 그 결과 그도 역시 방황하고 길을 잃었다. 게다가 그는 일시적인 모순에도 불구하고 로더 부인이나 케이트만큼 대단한 현실의 비결이 있을 것이라고 그녀는 추측했다. 그는 두 여자 중에 전자에 관해서만 이야기했는데 아주 놀라운 여성이고 '그녀를 알면 알수록 놀랍다'라고 말했지만, 후자에 대해서는 정말 아름답다는 것 외에는 아무 말도 하지 않았다. 그녀는 그의 말이 현명하다는 걸 알기까지 시간이 좀 걸린다고 생각했지만, 매 순간 안주인이 처음 그에 대해 말했던 것과는 별개로 그 말을 더 믿었다. 아마도 그는 그녀가 고국에서 들어봤던 사람들, 즉 겉으로 보여주는 것보다 속마음을 더 숨기는 영국 특유의 사람 중 한 명이었을 것이다. 심지어 덴서 군도 조금은 그랬다. 그리고 이것이 그가 그렇게 분명하게 주장한 내용이지만, 어쨌든 마크 경이 그토록 현실적으로 된 이유는 무엇이었을까? 그의 유형은 인생, 욕구, 그 자체의 의도가 그에 대해 어떻게 주장했는지에 대한 것이지만, 그게 전부였다. 나이에 비해 젊어 보이는 건지 늙어 보이는 건지, 그의 나이를 짐작하기가 어려웠다. 다른 것들에 비해 그가 대머리인지, 약간은 진부하고 어쩌면 감정이 메마른 건지 아무것도 증명되지 않은 듯했다. 그가 몰두하면 아주 조금은 안절부절못하는 게 있었고, 때때로 갑자기 사라질 수 있었지만, 그의 눈은 기분 좋은 소년처럼 솔직하고 맑았다. 매우 깔끔하고, 가볍고, 꽤 살결이 희어서 콧수염이 있었다고 느껴지지 않고 다시 소년 같았고, 그가 가장 경박한 사람으로 그녀에게 영향을 끼치지 않았다면, 가장 지적인 사람으로서 그녀에게 영향을 미쳤을 것이다. 후자의 특성은 무엇보다도 그의 외모 덕분으로 그가 안경을 계속 쓰긴 했지만, 훨씬 더 보스턴 사람 같고 생각이 깊어 보였다.

그의 경박함에 관한 생각은 아마 귀족 계급을 나타내는 칭호와 관런 있었는데, 우리의 젊은 아가씨에게는 약간 혼란스러웠고, 그녀가 '인기'라는 말 외에는 들어본 적 없는 사회적 요소와 함께 관계를 나타내는 계급 또한 혼란스러웠다. 뉴욕의 최고 사회적 요소는 그런 범주로 좁혀지는 것 외에는 몰랐고, 밀리는 영토와 정치적 귀족들에게 적용되는 꼬리표가 너무 단순하다는 건 알았지만, 한동안 아무것도 몰랐다. 현재 그녀의 대화 상대가 무관심하다는 생각으로 가득한 것은 사실이다. 게다가 처음에 그가 그녀와 잘 지내고 싶어 했지만, 두 번째에서 그가 자신의 문제에 대해 너무 많은 생각을 한다고 그녀가 느꼈기 때문에, 악명 높은 귀족들처럼 이 점에서 그녀에 대해 거의 더 알지 못했다. 만약 그가 한편으로는 그녀를 주시하면서 다른 한편으로는 그토록 많은 것을 보이는 곳에 놓았다면 (그가 빵을 부수는 방식이 증거였다) 그는 왜 그렇게 무례한 귀족으로서 그녀 앞에 맴돌았을까? 그녀는 그 질문에 대답할 수 없었고, 정확히 무리를 지어 다니는 사람 중 한 명이었다. 그는 멀리 떨어져서도 그녀가 이방인이자 미국인이라는 것을 분명 알고 있었고, 그렇기는 하지만 그녀와 그녀가 좋아하는 사람이 그의 식습관을 책임지는 것처럼 그가 굴지 않았기 때문에, 그들이 복잡하다고 그녀가 말했을지도 모른다. 그는 당연하게 그녀는 충분히 친절하면서도 냉정하게 대했고, 그녀의 나라에 있을 때 철저히 살폈기에, 그녀가 그를 빨리 아는 데 전혀 도움이 되지 않았다. 그녀는 설명할 것도 대충 말할 것도 허풍떨 것도 없었다. 그녀의 특이함으로 도망칠 수도 이길 수도 없었다. 그는 그런 문제에 대해 그녀에게서 배우기보다는 그녀에게 더 많은 이야기를 했을 것이다. 그녀는 자신이 그 멋진 아가씨와 그렇게 다른지 몰랐지만 느낄 수 있었던 이유를 그에게서 알 수도 있을 것이다. 아니면 그 멋진 아가씨가 그녀와 그렇게 다른 이유를 그에게서 배웠을 것이다.

하지만 이런 경계는 나중에 바뀔 것이고, 바로 나타난 경계는 그가 모호하게 굴었지만, 충분히 확실했다. 그는 미국인들이 늘 그러듯이 자신의 입장에서 무슨 말을 해야 할지 벌써 생각하고 있는 그녀를 보았다. 그녀는 양심적으로 아무 말도 할 필요가 없었다. 그러나 불쌍한 사람들인 미국인들은 그것을 전혀 알지 못했고, (그녀는 '불쌍한 사람들'이 돼서) 하지 않아도 되는 걸 했다. 그들이 떠맡은 짐들! 분명 그들이 자초한 것이다. 결국, 그녀의 무리에서 이렇게 편안하고 친근한 농은, 그녀의 새로운 친구 입장에서는 그녀가 바라는 한, 개인적으로 인정하는 것이었다. 그리고 그녀는 자신이 모든 면에서 '사랑스럽게' 되고자 하는 바람은 당연히 로더 부인이 그녀를 만났을 때의 멋진 방식을 바탕으로 했다고 주장함으로써 병적 불안에 대한 즉각적이고 의식적인 예를 그에게 보여줬다. 그는 곧바로 그 점에 관심을 가졌고, 그들의 친구에 대해 그가 알려준 것보다 그녀가 얼마나 더 많은 정보를 완전히 알게 된 후는 아니었다. 예를 들어 여기서 다시 그녀와 관련된 특징이 있다. 그녀는 그 자리에서 먼 옛날부터 만들어진 사회의 이해할 수 없는 깊이에 처음으로 빠져서, 복잡하고 아마도 불길한 동기라는 흥미로운 현상에 직면했다. 그러나 모드 매닝엄(심지어 그녀의 존재감에도 불구하고, 그녀의 이름은 왠지 아직도 환상에 가득 차 있었다)은 여전히 사랑스러웠고, 누군가가 지금 그녀를 만날 예정이었다. 그녀가 그들의 편지를 받을 수 있을 거라고 생각하기도 전에, 그들이 머물던 호텔에 함께 있었다. 물론 그들은 미리 편지를 썼지만, 아주 재빨리 일이 전개됐다. 그래서 그녀는 이틀 후 식사를 하기로 약속했고, 답방도 어떤 것도 기다리지 않고 그다음 날 여조카와 함께 다시 방문했다. 마치 그녀가 그들을 진심으로 아끼는 것 같았고, 그것은 결국 신의, 즉 그녀의 친구이자 로더 부인의 옛 학교 동창이자, 매력적인 얼굴과 다소 고급스러운 드레스를 입은 부인이었던 스트링햄 부인에 대한 신의였다.

마크 경은 코안경(코에 걸쳐 쓰는 안경다리 없는 안경)을 통해서 수지의 이런 안정된 자질을 받아들였다. "하지만 그때 스트링햄 부인의 신의도 똑같이 훌륭하잖아요?"

"글쎄요, 멋진 의견이긴 하지만 그녀가 줄 수 있는 게 없어요."

"당신이 있잖아요?" 마크 경이 곧바로 물었다.

"날 로더 부인에게 준다고요?" 밀리는 분명 그런 공물의 의미로 자신을 생각해 본 적이 없었다. "아, 난 다소 빈약한 선물이에요. 그리고 심지어 아직 내가 바쳐졌다고 느껴지지 않아요."

"당신이 이미 증명됐고, 만약 우리의 친구가 당신을 붙잡았다면, 결과는 똑같은 거예요." 그는 재미도 없는 농담을 했지만, 그가 음침한 것은 아니었다. "눈에 띄려면 기회를 잡아야 하고, 증명의 문제라면 당신은 또 여기 있잖아요. 이제 당신 친구의 손에서 벗어났을 뿐이고, 이미 이득을 보는 사람은 로더 부인이에요. 내 생각에 탁자를 둘러보면 당신은 구석구석 사로잡혔어요."

"뭐, 놀림 받는 것보다는 나은 거 같네요."

밀리는 늘 나중에 알게 됐는데, 그것도 나중에 알게 된 것 중의 하나였는데, 그녀의 말 상대는 자기 생각을 그녀에게 확신시키는 자신만의 방법이 있었다. 그는 사과도 항의도 하지 않았기 때문에, 그녀는 그가 어떻게 했는지 궁금했다. 어쨌든 그가 그녀를 이끌고 있다고 속으로 생각했고, 가장 이상한 것은 그가 그렇게 물어본 질문이었다. "부인은 당신들에 대해 많이 알고 있나요?"

"아뇨, 그냥 우리를 좋아할 뿐이에요."

이 말에도 노련하고 강렬한 그는 웃지 않았다. "내 말은 특히 당신에 대해서요. 그 매력적인 얼굴의 부인이 로더 부인에게 말했나요?"

밀리는 머뭇거렸다. "뭘 말해요?"

"전부요."

이렇게 말하면서 그는 다시 그녀의 마음을 상당히 움직였고, 당연히 잠깐 그녀는 관심의 대상처럼 느껴졌다. 하지만 그녀는 재빨리 답했다. "아 그건 그 부인에게 물어보세요."

"당신의 똑똑한 동행요?"

"로더 부인요."

그는 이 질문에 그들의 안주인은 누군가는 절대 자유분방한 사람은 아니라고 답했지만, 그런데도 그녀가 그에게 친절한 것을 보면, 그는 상당히 인정받고 있으며 그가 한동안 매우 잘하면, 어쩌면 그녀는 그에게 직접 이야기해 줄 것이다. "어쨌든 그동안 난 그 부인이 당신에게 어찌할지 관심을 가질 거예요. 그럼 부인이 당신을 얼마나 알고 있는지 알게 되겠죠."

밀리는 이 말을 이해했고, 의미는 분명했지만, 따로 뭔가를 의미했다. "부인은 당신에 대해 얼마나 알고 있죠?"

마크 경은 그렇게 말하는 본질에 대한 밀리의 질문을 예상했듯이 차분하게 말했다. "아무것도 몰라요. 하지만 그녀가 날 어떻게 대할지는 문제가 안 돼요. 예를 들어 이건 바로 당신에 대한 거예요."

그 아가씨는 생각했다. "만약 그녀가 알았다면 잘 대하지 않을 거라는 건가요?"

그는 그것이 마치 중요한 점인 것처럼 말했다. "아뇨, 그분은 잘 대해 주실 거예요. 그러니 안심해요."

밀리는 다음 순간 그 말대로 했다. "당신이 그녀가 아는 사람들 중에서 제일 별로라서요?"

이 말에 그는 마침내 기분이 좋아졌다. "당신이 오기 전까지는 그랬죠. 당신이 이제 최고예요."

그의 말에서 그가 뭔가를 알고 있다는 느낌이 들어 이상했지만, 그 말들은 낙관적이고 여전히 의아하지만, 그녀는 그 말들을 믿게 되었다. 정말로 첫 만남부터 그녀를 따르는 것이 중요했다. 그녀는 거의 하는 수 없이 받아들였고, 그가 모든 게 실제적인 목적을 위해 충분히 알아본다고 말했을지도 모르지만, 그런 일을 어쩔 수 없이 따랐다. 게다가 비록 거의 기억나지 않은 어린 시절에 그의 명성 있는 친구들과 연줄이 많았던 뉴욕을 짧게 간격을 두고 그가 3번 방문했다는 걸 나중에 알게 됐지만, 기분 나쁘지 않았다. 그의 인상과 여러 가지 기억은 여전히 눈에 띄게 대단했다. 그건 그가 그녀를 알아보는 데 도움이 되었고, 기차 문이 확 닫히고 역무원이 기차에 신호를 보내려고 손을 올리고 그녀의 기차 칸에 그가 불쑥 들어온 것처럼 점점 의식하게 됐다. 많은 아가씨가 거의 틀림없이 그녀에게 예민하게 화를 냈을 것이다. 그래서 우리 아가씨가 단순히 생각하고 받아들이려고 하는 마음가짐이 바로 우리 주요 대상의 매력 중 하나다. 밀리는 웅성거리는 객실 칸에서 그들 친구의 진짜 특성 중에서 가장 높은 자리를 그녀에게 줬다는 것을 조금 전에 그에게서 알고 이해했다. 그는 곧 그녀가 성공한 사람이기에 그렇게 되었고, 그렇게 된 것이 성공이라고 확신시켰다. 그건 누군가 알기도 전에 늘 일어났다. 사실 한 사람의 무지함이 대부분인 경우가 많았다. "아직 그럴 시간이 없었잖아요. 괜찮아요. 하지만 곧 알게 될 거예요. 모든 걸 알게 될 거고, 당신이 꿈꾸는 모든 걸 알고 할 수 있어요."

그는 그녀를 점점 더 궁금하게 만들었다. 그가 말하는 동안 마치 그녀의 환상을 그녀에게 보여주는 것같이 느꼈고, 그녀를 끌어당긴 환영이지만, 그녀는 마크 경의 얼굴, 눈빛, 목소리, 말투, 태도와 필연적으로 연결을 지어서 생각하지 않았다. 그 사람 때문에 그녀는 결국 두려워하게 되는지 스스로 물어보게 됐고, 50초 동안 그런 두려움이 그녀를 스쳐 지나갔다. 그들은 그곳에 다시 있었다. 분명 그랬다. 수지는 로더 부인에게 농담했지만, 그 즐거움 속에서 초인종이 계속 울렸다. 그곳에 앉아 있는 동안 그녀는 분명 귀에서 시끄러운 소리를 들었지만, 왜 다른 사람들은 듣지 못하는지 궁금했다. 그들은 쳐다보지도 않고 웃지도 않았고, 내가 말하는 그녀 안의 두려움은 단지 그 소리가 멈추길 원하는 그녀 자신의 바람뿐이었다. 하지만 경보가 멈춘 것처럼 그 소리는 끊어졌다. 그녀에게 두 가지 길이 있는데, 하나는 그날 아침 첫 번째 할 일로 런던을 다시 떠나는 것이고 다른 하나는 아무것도 하지 않는 거라는 걸 단련된 눈으로 재빨리 보는 것 같았다. 뭐, 그녀는 아무것도 하지 않을 것이다. 그녀는 이미 하고 있었다. 게다가, 그녀는 이미 그것을 했고, 그녀의 기회는 사라졌다. 그녀는 자신을 포기했다. 그녀는 그 자리에서 그렇게 결정하는 아주 이상한 감각을 가졌다. 그녀는 다시 마크 경과 함께 가기 전에 모퉁이를 돌았기 때문이다. 그녀가 스트링햄 부인에게 브뤼니크에서 갑자기 가졌던 바로 그 의문을 누구도 할 수도 없을 때, 무뚝뚝하지만 대단히 주목할 만한 그가 제기했다. 그녀가 어떤 의문을 제기했던, 그녀는 그 의문을 계속 가져야 했을까? 그녀의 옆 사람이 답했다. "아, 안 그래도 될 거요. 모르겠어요? 난 그래요." 그는 과하지 않은데도 강렬했고, 확실했다. 그녀가 계속 주시하고 있는 로더 부인의 눈에 띄는 여조카인 멋진 아가씨도 어쩌면 마크 경처럼 역시 과한 행동을 하지 않았을 것이다. 그러나 그 문제에 있어 그들에게 해당하는 것을 어떻게든 함께 한다는 걸 한동안 인지하지만 그게 무엇이고, 무엇을 이해했는지 어떻게 말할 수 있을까? 멋지고 다정한 케이트 크로이는 마크 경이 그녀에게 미친 영향을 짐작한 듯 그녀를 바라봤다. 만약 그녀가 이 영향을 짐작한다면, 무엇을 알고 어느 정도까지 알았을까? 두 사람 사이에 뭔가 특별한 것이 있을까? 그녀가 지금 빠지고 있는 관계에서 두 사람 모두에게 기대고 상호이해를 강화해야 할 것인가? 순간순간 흘끗거리면서 어떤 관계의 다양한 징후를 재빨리 알아차려야 하는 것보다 이상한 것은 없었다. 그리고 만약 그녀가 그것에 더 많은 시간을 들인다면, 이런 변칙 자체는 아마도 그녀에게 운명은 빨리 사는 것이라고 지독하게 암시했을지도 모른다. 그것은 묘하게도 단기간에 일어났고 그에 비례해서 생각이 복잡해지는 문제였다.

로더 부인의 단순한 저녁 파티에서 젊은이들이 엄청나게 길을 벗어났지만, 가능하다는 사실만큼 그렇게 중요하고 그렇게 권고하는 것은 무엇일까? 무엇이 이미 복잡해진 생각의 일부가 될 수 있었을까? 그리고 그건 마치 접시가 바뀌고 요리를 내놓고 연회의 시간을 알리는 부분과도 같았다. 반면 형세를 유지하고 여러 현상이 일어나고 느릿한 조수처럼 여기저기서 하는 말이 그녀에게 들렸다. 로더 부인은 왠지 조금 더 강건하고 조직적이지만, 수지는 간혹 더 즉흥적이고 모든 사람과 모든 것과 다소 달랐다. 이런 과정이 계속되는 동안 우리의 젊은 아가씨는 마치 대안이 눈에 보이는 것처럼 손짓하거나 두 날개를 잠시 펼치는 것처럼 흥분으로 불탔다가 되돌아가 갔다가 다시 운명을 붙잡는 거 같았다. 그것이 무엇이든지 간에 이 짧은 시간에 대안보다 더 나은 것을 보여줬다. 그리고 그건 이제 그녀가 남긴 인상과 장소에 함께 나타났다. 그 인상은 마크 경이 성공했다고 선언한 그녀의 모습이었다. 이것은 물론 그 일에 대한 그의 생각에 어느 정도 좌우되었지만, 현재로서는 그녀가 가려고 하지 않았다. 하지만 곧 다시 그녀는 그에게 로더 부인이 그녀에게 뭘 할지 물었고, 그는 이것이 안전하게 남을 수 있을 거라고 답했다. 그는 기분 좋게 말했다. "그분은 돈을 돌려받을 거예요." 그는 또한 그녀에게 저속하거나 '짓궂은' 영향을 주지 않으면서 특이하게 답했다. 그는 다음 말을 덧붙였다. "당신도 알듯이 여기서 누구도 아무런 대가 없이 하지 않아요."

"아, 우리가 할 수 있는 한 열심히 그녀에게 보상해야 한다는 의미라면, 더 확실한 건 없어요. 하지만 그녀는 이상주의자 중에 이상주의자예요. 내 생각에는 길게 봤을 때, 그들이 진다고 느끼지 않아요."

마크 경은 그의 열정의 한계 안에서 이 매력을 발견하는 것 같았다. "아, 그분을 이상주의자로 생각하는 거예요?"

"그녀는 우리, 내 친구와 나를 절대적으로 이상화해요. 그녀는 우리를 한 줄기 빛으로 봐요. 그게 내가 버틸 수 있는 전부예요. 그러니까 나에게서 그걸 빼앗지 마세요."

그는 갑자기 그 말이 중요한 것처럼 말을 이었다. "난 세상을 위해서 그러지 않을 거예요. 하지만 그분은 나를 빛으로 볼까요?"

그녀는 그의 질문을 잠시 무시했는데, 일부는 멋진 아가씨에게 관심이 더 쏠렸기 때문이었고, 일부는 안주인과 너무 가까워서 그녀에게 너무 자유롭게 토론하는 것처럼 보여주고 싶지 않았기 때문이었다. 로더 부인은 다른 구역에서 마치 군도에 있는 섬에 있는 사람들을 찾은 것처럼 그들을 편안하게 해줬고, 그와 동시에 케이트 크로이는 꾸준히 흥미를 보였다. 밀리는 로더 부인이 진정 준비하고 있는 것이 그녀의 자질과 마크 경이 말했던 그녀의 가치에 대한 보고서라는 생각이 스스로 들면서 갑자기 편해졌다. 그 멋진 부인이 실 양에 대한 그의 생각을 모른다는 평계를 대지 않기를 그에게 바랐다. 그의 판단이 왜 그렇게 중요한지는 두고 봐야겠지만, 어쨌든 밀리의 대답을 결정한 것은 이 점이었다. "아뇨. 그분은 당신을 알아요. 그럴 이유가 있겠죠. 그리고 여기 있는 당신들 모두는 서로를 알고 있어요. 당신이 무엇에 익숙했는지와 당신이 익숙해지고 있다는 걸 당신은 알아요. 하지만 당신이 모르는 것도 있어요."

그가 공평하게 말해서 그게 정말 중요한 것처럼 받아들였다. "내가 하지 않은 것들, 내가 겪은 모든 고통과 내가 세상을 돌아다녔던 것에서 정말 아무것도 배울 게 없을까요?"

밀리는 생각했고 그녀의 성급함과 재치가 더 분명해진 것은 아마도 그의 주장이 바로 그 진실이었기 때문에 무시할 수 없었다. "당신은 심드렁하지만 깨달음을 얻지 못했어요. 당신은 모든 것에 익숙하지만 정말 아무것도 몰라요. 내 말은 당신이 상상력이 없어요."

이 말에 마크 경은 고개를 뒤로 젖히고 방의 반대편을 살폈고, 드디어 안주인의 주의를 끌 정도로 완전히 자신의 모습을 드러냈다. 그러나 로더 부인은 뭔가 짜릿한 것을 기대했다는 듯이 밀리에게 미소를 지었고 다시 추진기를 팅기며 섬 사이의 유람을 재개했다. 그 청년은 대답했다. "아, 전에 그 말 들어본 적 있어요."

"그거예요. 당신은 전에도 다 들었어요. 물론 예전에 내 나라에서도 충분히 자주 들었겠죠."

그는 반발했다. "아, 너무 자주는 아니었어요. 난 당신 말을 계속해서 듣고 싶어요."

"그런데 그게 당신에게 무슨 도움이 되죠?" 그 아가씨는 솔직히 그를 즐겁게 해주려는 것처럼 말을 이었다.

"아, 날 알면, 알 수 있을걸요."

"하지만 확실히 난 절대 당신을 모를 거예요."

그는 웃으며 말했다. "그럼 아주 좋을 거예요."

만약 그들이 섞일 수 없거나 섞이지 않는다면, 그런데도, 밀리는 그 말에서 자신도 모르게 정해진 관계가 매우 빠르게 진전됐다는 걸 느꼈을까? 그들은 뭔가에 도달해서 그들이 거의 친밀하게 이야기한 것보다 섞이지 않은 것의 더 기이한 결과는 무엇일까? 그녀는 그에게서 멀어지기를 바랐고, 오히려 그녀가 그와 함께 있는 한 자신에게서 벗어나고 싶었다. 그녀는 이미 그녀 자신도 멋진 사람이라는 걸 알았고, 그가 그녀에게 다가올 것이고 그들 교류의 특별한 조짐이 그녀에게 문제가 되지 않을 거라는 걸 알았다. 모든 일이 밀려 들어올 수도 있고 어떤 합의에 따라 모든 것이 멀리 떠날 수도 있다. 그녀가 다시 멋진 아가씨의 주제로 돌아오면서, 사실 그 자리에서 이 생각을 하기 시작했을지도 모른다. 그녀가 피하고 싶다면 자연스럽게 다른 사람을 두는 것이 최선일 것이다. 따라서 그녀는 케이트 크로이를 뒀고, 필요하다면 전혀 두려워하지 않고 그녀를 희생시킬 준비가 되어 있었다. 마크 경이 조금 전에 그들 중 아무런 대가 없이 하는 사람은 없다고 말해줘서 그 문제는 수월해졌다. 그녀는 돌연 깨달았다. "만약 크로이 양이 관심이 있다면 그땐 뭘 해야 할까요? 사랑스럽게 맞이하면 그녀는 뭘 얻을까요? *지금 그녀를 봐요.*" 밀리는 특색있게 자유롭게 칭찬을 내뱉었지만, 그래도 그들의 시선이 그들에게 고개를 돌린 케이트와 우연히 마주치자 양심의 가책을 느끼며 "아!"도 내뱉었다. 그러나 그녀가 실제로 한 것은, 흥미로운 관점으로 마크 경과 함께하면서 그 생각의 소유자에게 자신의 모습을 다시 드러냈다. 그러나 그는 그녀의 질문에 바로 답했다.

"얻는다고요? 음, 당신과 친해지는 거죠."

"그럼 그녀와 내가 친해지는 게 뭐죠? 그녀는 나한테 미안해서 날 신경 쓸 수 있어요. 그래서 그녀가 사랑스러운 거예요. 기꺼이 수고를 감내하잖아요. 그게 사심 없는 사람들의 극치예요."

이 말에 마크 경이 받아들여야 할 건 더 많았지만, 그는 곧 선택했다. "아, 그럼 난 어디에도 없어요. 난 당신한테 조금도 미안하지 않거든요. 그럼 당신은 당신의 성과를 어떻게 생각해요?"

"그 모든 것 중 가장 큰 이유예요. 그녀가 나에게 연민을 느낀다는 걸 저기 있는 우리의 친구가 알고 있기 때문이에요. 그녀는 이해해요. 당신들 누구보다도 나아요. 그녀는 아름다워요."

그 아가씨는 정곡을 찌르고 그들 사이에 놓인 요리로 화제 전환을 했지만, 그는 마지막에 이 말에 충격을 받은 것 같았다. "성격이 좋아요, 그렇죠? 그녀에 관해 이야기해줘요."

밀리는 의아해했다. "나보다 당신이 그녀를 더 오래 알았잖아요? 직접 그녀를 만난 적 없어요?"

"아뇨. 만나지 못했어요. 소용없어요. 그녀를 알지 못해요. 정말 알고 싶어요." 그의 확언으로 사실 그의 말 상대는 확실히 진지함을 느꼈다. 지금 그의 감정을 말하면서 그는 그녀에게 영향을 미쳤고, 그가 조금 전에 보여준 호기심이 와 닿지 않는다는 걸 계속 의식했기에 더욱 충격을 받았다. 그녀는 그들 친구의 자연스러운 연민에 관해 이야기할 때 사실 거의 그녀 자신을 위한 뭔가를 의미했다. 분명히 의심쩍은 취향이었지만 그녀도 모르게 떨렸고, 그는 "왜 당연하죠?"라고 묻는 것조차 신경 쓰지 않았다. 그가 하지 말아야 하는 것이 그녀에게 정말로 훨씬 더 나았던 것은 아니었다. 사실 여러 설명으로 그녀에게 너무 많은 걸 알려줬다. 이 점에 대한 그녀의 말과 비교해서 다른 사람이 정말 그를 '이끌었다'라는 걸 그녀는 이제 깨달았을 뿐이었다. 그리고 거기에는 아마도 그녀가 더 많이 배우고 새로운 상황에서 그녀가 빠져들 더 큰 '현실'의 일부로서 이미 그곳에서 빛나고 있는 많은 것들이 있었을 것이다. 사실 바로 그 순간 이 점이 마크 경이 더 말하려고 했던 말에서 빠지지 않았다. "그러니까 서로에 대해 우리가 아는 건 당신이 틀렸어요. 우리가 실패하는 때도 있어요. 어쨌든 난 그녀를 포기할 것이고 그건 당신에게 달렸어요. 당신은 날 위해서 그녀를 알아야 해요. 내 말은 당신이 더 알게 되면 말해줘요. 내가 당신을 믿는다는 걸 알게 될 거예요."라며 그는 유쾌하게 마무리했다.

"왜 당신이 하지 않죠?" 밀리는 이 말을 듣고 괜찮지만 놀랍게도 소박하고 아둔한 남자라고 생각하면서 물었다. 기회를 잡으려고 거짓을 꾸몄다고 즉 그와 잘 지내고 싶다는 바람에 넘어가지 않는 그녀의 정직함에 대한 의문이 있는 거 같았다. 그런데도 그녀는 그의 말에 별로 반발하지 않았다. 그녀가 열중해서 보는 다른 것이 있었다. 그와 같은 유형과 사회에 속한 홀로 있는 멋진 아가씨로, 그가 불확실함을 느끼도록 한 사람이었다. 한낱 작은 미국인, 값싸고 이국적이고 대부분 수입된 도매품, 서식지와 기후 조건, 성장과 재배, 어마어마한 풍부함, 다양성과 더딘 발전에 대해서는 확신하며 매우 만족해했다. 놀라운 건 밀리는 그의 만족감을 이해했고 다음 말로 현재 진심을 보인다고 느꼈다. "물론이죠. 그녀가 까다롭다는 거 이해해요. 내가 보기에도 난 만만해요." 그리고 이번 모임의 나머지 시간 동안에 그 말이 그녀에게 남아 있었고, 가장 흥미로운 것이었다. 그녀는 편안해지는 것에 점차 만족했다. 비록 집으로 바로 가더라도, 하찮고 이국적인 사람으로 통하기에 체념했을 것이다. 어쨌든 일단 마크 경과 지내고 싶다는 그녀의 바람은 멈췄다. 필연적으로 서로를 알았기에 그들 모두 그녀에게 영향을 미쳤고, 그들 사이에서 멋진 아가씨가 있어서 그들의 시작을 감당할 수 없다면, 그녀는 정말 대단한 사람일 것이다.

분리됐든 뒤섞였든 양에 대한 감각은 처음에는 우리의 작고 숨결
이 가쁜 미국에서 온 두 사람에게 가장 만연했다. 그들은 서로 자주
하는 말에서 그들 자신 외에는 감사할 사람이 없다고 말했다. 비록 밀
리는 생각을 완전히 정리하지 못하고 감탄사로 끝냈지만, 그게 쉬운
것처럼 여러 번 내뱉었다. 하지만 이건 스트링햄 부인에게는 별일 아
니었고, 이 경우에 그녀가 더 일찍 올 수 있었다는 걸 의미하는지는
별 신경 쓰지 않았다. 그녀는 더 일찍 올 수 없었을 것이고, 아마도 반
대로, 그녀 같았으면 아예 오지 않았을 수도 있다. 어쨌든 그녀의 동
행이 재빨리 의견을 내는 어떤 문제가 그렇게 쉬운 이유다. 그녀는 현
재로서는 여러 시선을 받으며 자유롭게 소통했기 때문에 그들은 조금
불편했을지도 모른다. 게다가, 우리가 두 여성 주위에서 말하는 양은
많은 경우에서 이야깃거리의 양과 다른 일의 양과 같았다. 따라서, 그
들을 실제로 높이 떠받치고 있는 헤아릴 수 없는 파도의 힘에 사로잡
혀서 자연스럽게 파도가 원하는 곳으로 내동이 쳐질 수 있다는 걸 그
들은 바로 깨달았다. 덧붙여 말하자면, 그들은 자신들의 위태로운 위
치를 최대한 이용했고 밀리가 다른 어떤 도움을 받지 못했다면, 그녀
는 수잔 셰퍼드의 판단으로는 조금도 알지 못했을 것이다. 그 아가씨
는 3일 동안 마크 경이 말했던 '성공'에 대해 아무 말도 하지 않았고,
게다가 그렇지 않았다면 자리를 잡았을 것이다. 그녀는 수지 자신의
의기양양함에 너무 사로잡혔고 너무 감동하였다. 수지는 당연한 믿
음으로 빛이 났다. 그녀가 가장 가능성이 없다고 생각할 만큼 민감했

던 모든 일이 일어났다. 그녀는 모드 매닝엄의 상당한 섬세함, 그러니까 섬세하면서도 거의 가능하지 않은 것에 호소했고, 그녀의 호소는 인간 본성에 대한 공경으로 받아들여졌다. 이것으로 랭커스터 게이트 부인의 감수성이 증명됐고, 처음 며칠 동안 우리의 두 친구 모두에게, 떠다니는 고운 금가루의 사무실은 조화로운 흐릿함을 주었다. 그 뒤에 형태와 색깔들은 강렬하고 깊었고, 우리는 그것들이 밀리에게 어떻게 눈에 띄었는지 봐왔다. 그러나 상대적으로 모드가 감정에 충실한 것만큼 진실의 존엄성을 가진 것은 없었다. 그건 수지가 아직 완전히 판단하지 못했다고 알고 있는 세계에서 그녀의 대단한 위치보다 훨씬 더 자랑스러워했다. 더 세속적인 의미에 사실 거의 계시에 가까워서 그녀의 존재보다 훨씬 더 생생했으며, 영국적이고 뚜렷하고 긍정적이며, 내부가 아닌 외부로 향하는 아주 작은 울림이었다.

수잔 셰퍼드가 계속해서 그녀를 위해 한 말은 그녀는 '대단하다'라는 것이었지만, 정신적인 면에서 소리가 울리는 공간인 경우는 꼭 아니었다. 그녀는 미국인 추종자에 대한 호기심으로 가득해, 오히려 원래는 여유로웠지만, 지금은 축적된 내용물로 최대한 꽉 조여져 있는 넉넉한 그릇으로 비유될 수 있었을 것이다. 고국에서 후자로 언급된 착한 부인이 그녀의 친구들을 평범하지 않은 사람으로 관대하게 여겼을 때, 이건 그녀가 대부분 그렇게 생각했던 방식으로, 그들이 비었기 때문에 그들이 넓다는 어떠한 암시였다. 로더 부인은 다른 원칙으로 가득 찼기 때문에 드넓었는데, 휴식 중에도 장전해서 언제든지 쓸 수 있는 큰 발사체와 어떤 공통점이 있었기 때문이다. 사실 낭만적인 수지 생각에 그들의 관계 회복의 매력을 반감시켰는데 그 매력이란 오랜 평화 속 봄날에 잠들어 있는 요새의 데이지가 피고 풀로 덮인 둑에 앉아 있는 것과 같은 것이다. 심리적 본능에 따라 스트링햄 부인은 오랜 친구로서 그녀가 즐기는 감정은 행동과 움직임의 문제이지, 진심 어린 마음으로 더 자주 엮인다는 점을 제외하고는 자수와 같은 문제가 아니라는 걸 분명히 언급했다. 그녀는 관심을 가지고 이 말에서 다른 조화를 느끼며 곱씹었다. 그녀의 기쁨은 그녀 행동의 이유를 아는 것으로, 그 이유의 절반은 일 때문이었고, 반면 로더 여사의 경우에는 이유가 없었을 것이다. '이유'는 영양가 있는 푸딩에 없어도 되는 바닐라나 육두구 같은 사소한 향신료 같은 것이었다. 로더 부인의 바람은 분명 그들의 젊은 친구들도 함께 잘 되는 것이었다. 그리고 스트링햄 부인은 처음 며칠 동안 밀리에서 모든 것을 이야기했고, 랭커스터 게이트에서 자신이 이야기하지 않으면 안주인의 훌륭한 조카에 대한 많은 이야기를 듣는 데 집중했다.

이런 선에서 그들은 주고받을 것이 많았고, 보스턴에서 온 순례자에게는 그녀가 런던에서 주로 준비했던 것이 일련의 설렘이 아니라는 사실조차 분명치 않았다. 그녀는 자신이 말한 대로 무아지경이 되는 걸 알아서 양심의 가책, 정말 부도덕하고 느꼈다. 그녀는 어디서 끝을 내야 할지 모른다고 말했을 때도 밀리에게 웃었다. 그리고 그녀의 불안감의 가장 큰 원인은 로더 부인의 삶이 그녀가 처음으로 정말 생각해 봐야 하는 요소들로 가득 찼다는 것이었다. 그녀는 그들은 세계를 대표하며, 그 세상은 영국 분리주의자Pilgrim Fathers(필그림 파더스)의 무시로 그 세상은 보스턴으로 용감하게 건너가지 못하고 견고했던 큐나더 Cunarder 호를 침몰시켰다고 생각했고, 단순히 밀리의 변덕 때문에, 그 전망에 직면한 척할 수 없었다. 그녀는 그들의 현재 구경거리를 직접 보고자 했다. 그녀는 똑같은 일에 한 번도 그런 적이 없었고, 한 번도 양보한 적이 없었다는 생각에서 용기를 얻을 수밖에 없었다. 더욱이 문학적 소재로 그 모든 것을 지탱하는 감각이 그녀에게서 상당히 떨어졌다. 어쨌든 기다려야만 알 수 있을 것이다. 그녀에게는 광대하고 모호하고 충격적으로 와 닿았다. 그녀는 그날 밤 시계를 보면서 그 자체와 밀리를 위해서 그것을 사랑하게 되리라 생각했다. 이상한 점은 최소한 양심의 가책 때문이 아니라 오직 평화를 위해서, 그녀는 밀리가 그걸 두려워하든 안 하든 사랑하리라 생각했다. 여하튼 한 시간 동안 그들의 환상이 함께 뛴 것은 고마운 일이었다.

랭커스 게이트에서 저녁 후 첫 1주일간 그녀는 과음했고, 그녀의 동료도 역시 행복해 보였고, 정말로 낭만적으로 지내는 거 같았다. 육중한 영국 집에 사는 멋진 영국 아가씨는 마법으로 액자에서 걸어 나온 그림 같았다. 사실 스트링햄 부인은 현재 완벽한 모습을 찾았다. 그녀는 밀리가 떠돌이 공주라는 점 때문에 반대로 다른 자만심을 완전히 이해했다. 그러니까 공주가 성문에서 가장 훌륭한 아가씨인 하원 의원Burgesses(식민지 시대의 미국 버지니아주의 하원)의 선택받은 딸을 기다리는 것을 보는 것보다 더 조화로운 일이 어디 있을까? 그것은 분명히 공주를 만나는 건 진짜 다시 즐거웠다. 공주들 대부분은 그저 우아하게 양보하며 살았다. 그래서 성문에서 대신 꽃을 뿌리는 시집 안 간 처녀들을 꾸짖는 이유다. 그래서 인형놀이, 행렬과 다른 위풍당당한 경기 후에 솔직한 사람들이 거기에 즐거워하는 이유였다. 케이트 크로이는 진짜로 밀리에게 자신을 개인적으로 멋진 런던 아가씨로 소개했고, 스트링햄 부인은 먼 옛날 상상했던 런던 아가씨 모습과 여행객 이야기와 뉴욕의 일화, 펀치Punch에 관한 오랜 연구와 당시의 소설을 아는 자유로운 지인과 같은 모습이라고 여겼다. 문제의 사람은 오히려 우리 젊은 여성에게 공포의 이미지였기 때문에 그녀가 더 잘 대해 준다는 것이 유일하게 나은 점이었다. 한창때에 좋은 머리와 목소리, 적당한 키와 자세를 가진 케이트는 여러 일을 경험하고 동시에 탄탄한 이야기의 여자 주인공으로 꽉꽉한 사회 산물의 모든 특징을 벗어던졌다고 생각했다. 그녀는 소설 첫 부분에 이 인상적인 젊은이를 배치했고, 상상력에 따라 여주인공으로 생각하고 그녀가 지우지 않을 유일한 등장인물로 생각했다. 여주인공의 갑작스러운 행동, 관대함과 우산과 재킷과 신발, 이런 것들과 그녀의 팔을 끄는 쾌활한 소년과 같은 어떤 모습과 가끔 비속어를 내뱉는 모습이 밀리에게 윤곽을 나타냈다.

밀리가 그녀의 선의 자체에도 수줍어한다는 걸 알았을 때, 그녀는 그 순간 꽤 충분한 열쇠를 찾았고, 그들은 그때쯤 완전히 함께 떠 있었다. 이때가 그들이 아는 가장 행복한 시간이었을 것이고, 친하게 런던을 돌아다녔는데, 밀리는 런던 상점과 거리, 교외가 이상하게 흥미로웠고, 케이트는 박물관, 기념물, '명소'들이 이상하게 낯설었고, 그들의 연장자들은 따로 그들이 친해진 것을 기뻐하며 상대방의 젊은 여성이 자신의 위대한 획득이라고 생각했다. 밀리는 수잔 셰퍼드에게 케이트에게 어떤 비밀과 억누르고 있는 문제가 있다고 여러 번 말했다. 만약 로더 부인이 그들을 만나는 걸 그녀가 친절히 도왔다면, 정확히 시선을 다른 곳으로 돌리고 다른 생각을 하게 하려는 것이었다. 그러나 그 경우에 우리의 젊은 미국인은 아직 빛이 없었다. 그녀는 빛을 비추면 색이 훨씬 더 진해질 거로 생각했고, 무엇이든 준비되었다고 생각하기를 좋아했다. 게다가 그녀가 이미 알고 있는 건 영국에 대한 그녀의 환상, 새커리William Thackeray(영국 소설가 윌리엄 새커리) 소설의 특이한 등장인물로 가득 찼고, 케이트 크로이는 점차 그녀의 상황, 과거와 현재, 곤경, 동시에 아버지, 언니, 이모와 자신을 만족시키는 현재까지 그녀의 작은 성과 등에 대해 조금도 분명히 말하지 않았다. 밀리의 영리한 추측으로 아직 이름은 모르지만, 그녀에게 누군가가 있는 것이 틀림없다고, 그런 사람이 있을 수밖에 없다고 수지에게 알렸다. 만약 누군가 있다면, 꼭 격정적이진 않지만, 늘 어리석음은 존재하며 우정이라는 감탄 어린 시선으로 바라보는 어떤 대단한 남성의 관심을 받는 것이 분명했다. 여하튼 영광에 소극적이고 새로운 것에는 철저한 옛 주인들과 비슷한 사람들 앞에서 그리고 핀을 쉴 새 없이 곤두세우고 가위를 휘두르는 새 사람들 앞에서, 어떤 근원에서 뚜렷한 그림자가 일주일 내내 밀리 동행의 얼굴에 드리워졌고, 케이트의 아름다운 얼굴에는 온화한 하늘 아래에 미소가 떠올랐다.

한편, 이 젊은 아가씨들의 교류에서 서로가 자신보다 더 훌륭하다고 생각하는 부분이 있었는데, 각자 자신은 상대적으로 먼지 같은 존재이며 상대방은 자연과 운이 좋아하는 대상으로 생각하거나 확신했다. 케이트는 그녀의 친구가 자신을 '대하는' 방식에 즐거워했고, 밀리는 케이트가 매력적인 사람을 제외하고 그녀가 만나왔던 가장 특별한 사람을 찾는 데 진심인지 궁금했다. 그들은 오래 함께 지내면서 이야기를 나눴고 이야기의 양은 부족하지 않았는데, 로더 부인의 조카가 겉으로 봐서는 논의를 잘 이용하는 듯했다. 그녀 손님이 미국에 대해 언급한 내용은 어리둥절할 정도로 엄청났는데, 당혹스러울 정도로 돈이 많은 뉴욕, 고기압에 대한 흥분, 자연 그대로의 자유의 기회, 나이 든 친척과 부모, 영리하고 열성적이고 공정하고 호리호리한 남자 형제에 관한 이야기였는데, 형제들은 다음 후견인이자 사랑스럽고 모두 약혼했지만, 낭비와 사치로 마지막 연결고리로서 그녀에게 검은 옷과 하얀 얼굴과 생생한 머리카락이 남았다. 그런 모습에 대충 설명을 더 해서 베이스워터Bayswater에 사는 아무도 없는 중산층에 대한 간단한 전기가 나왔다. 그리고 실제로 베이스워터 식 표현에 불과할 수도 있지만, 밀리가 베이스워터 식 표현에 관심이 있었던 것에 더해, 스트링햄 부인과 마찬가지로 이런 비평가는 지금까지 우세했기 때문에, 그녀는 공정하게 그녀의 동행이 베이스워터가 알고 싶어 할 만한 실용적인 공주에게 가장 가깝다는 걸 깨달았다. 3일째 되던 날에 밀리가 실제로 아름다운 시선에서 자신의 상태를 살피기 시작했고, 그 상태에 멋진 아가씨의 인상은 너무나 진지했다. 이 인상은 케이트가 불가사의하게 여겼던 마지막 것이었던 힘의 원천에 대한 찬사, 힘에 대한 찬사였다. 모든 채광창 밑으로 통로와 가게들이 늘어서 있었고 가게들은 편안했고 그녀에게 상당한 돈이 있었다면 딱딱한 대도를 거의 보이지 않았다.

게다가 그녀가 친구에게 돈을 달라는 것처럼 보이는 것은 돈 쓸 생각이 없어서가 아니라 두려움과 절약의 생각과 타인에게 의식적으로 의존하는 습관이나 생각이 없다는 것이었다. 예를 들어, 위그모어가 Wigmore Street 전체가 분주해 보이고, 창백한 소녀가 다른 분주한 사람들을 마주할 때, 그런 순간들은 보통 차별받지 않고, 영국인 개인으로서, 관계의 당사자로서, 그리고 어쩌면 본질적으로 주목했으며, 특히 케이트에게 그러한 순간들은 그녀 친구의 자유가 가져다주는 높은 행복에 대한 인식에서 결정됐다. 따라서 밀리의 범위는 엄청났다. 그녀는 누구에게도 아무것도 요구하지 않았으며, 아무것도 언급하지 않았다. 그녀의 자유, 재산, 공상은 그녀의 법이었다. 아부하는 세상 사람들이 그녀 주위에 있었고, 그녀는 걸을 때마다 그 연기를 맡을 수 있었다. 그리고 요즘 케이트는 아주 큰 행복을 받아들이는 단계에 있었고, 게다가 그들이 함께한다면 계속 너그러울 것이라고 믿는 단계에 있었다. 그녀는 이와 같은 시점에서 분열의 조짐을 의심하지 않았다. 즉, 그들 사이에 어떤 것도 끼어들지 않을 뿐만 아니라, 그토록 분명한 자질에 어떤 흠도 없다는 뜻이다. 그렇지만 만약 로더 부인의 연회에서 밀리가 마크 경에게 자신이 조금은 특별한 예의를 느낀 다른 쪽의 젊은 여성에게 이용당했다고 이야기를 했다면, 개인적으로 젊은 여성의 입장에서 이 말은 분석되지는 않지만 다른 감정, 밀드레드 실은 결국 장소를 바꾸거나 기회를 바꿀 사람이 아니라는 잠재적 인상과 정말로 일치했다. 케이트는 아마도 이런 의구심이 뭘 뜻하는지 잘 몰랐을 것이고, 밀리가 부자라서 아무도 그녀를 싫어하지 않을 것이라고 속으로 생각할 때만 거의 말할 뻔했다. 그 멋진 아가씨에게 이런 행복과 상스러움이 있었다. 한 사람의 철학 시험이 수백만 명의 안주인 혹은 그녀처럼 모호하고 치명적인 여성일 수도 있는 아가씨 때문에 자극되지 않는다는 것을 입증할 수도 있다는 걸 그녀는 어떤 특별한 도움 없이도 분명히 알 수 있었다. 그녀는 모드 이모를 좋아해야 할 만큼 좋아할 자신이 결코 없었고, 모드 이모의 자금 관리력은 분명히 밀리보다 못했다. 따라서 후자에게 간청하는 것처럼 나중에 명확해질 몇 가지 영향이 분명 있었다. 반면에 확실히 그녀는 이상하면서도 매력적이고, 매력적이면서도 이상해서 모든 것이 보기 드문 즐거움이었다. 더 나아가 그 문제에 있어 그녀가 이미 케이트가 수락하도록 압력을 가하는 몇 가지 가치 있는 목표들이 충분히 있었다. 밀리가 맹목적이고 막연한 순례자를 돕고 위로하기 위해 엄청난 보살핌을 베풀려고 선택한 이러한 조건에서 1주일간 같이 지내면서 이른 시간부터 선물, 감사, 기념물, 감사와 감탄의 서약이 모두 한 번에 스스로 나타났다. 케이트는 겸손한 친구가 들어갔던 각 가게의 물건을 자신의 발밑에 놓지 말라는 확약을 받을 때까지 가게를 삼가야 함을 분명히 하는 예의범절을 바로 받아들였다. 그러나 그건 그녀가 어떤 항의에도 불구하고 몇 가지 귀중한 장신구와 기타 사소하게 편리한 것들을 가지고 있다는 걸 알기 전까지 사실이 아니었다.

밀리가 확실히 '돌아'갔으면 했을 때는 주말쯤의 하루로 마크 경에 대해서 조금 더 이야기를 듣고 콘드립 부인을 방문한 권리를 약속받는 것이어서 매우 당황스럽기도 했다. 훨씬 더 많은 즐길 거리가 있었지만, 그녀가 간절히 바라는 건 뻔뻔스럽게도 인간적이었고, 그녀는 오페라의 최고의 밤보다 불안한 첼시에 사는 부인의 계시를 더 중요하게 생각하는 거 같았다. 케이트는 그렇게 두려움이 없는 것에 감탄해서 보여줬고, 그런 관계에서 지루해지는 것이 두렵다면 그녀는 분명히 그럴 자격이 있었다. 이에 대한 밀리의 대답은 그녀의 여러 호기심에 대한 간청이었고, 그녀의 동행은 이상한 호기심들 방향에 대해 궁금해졌다. 그것 중 몇 개는 당연히 오히려 더 이해하기 쉬웠고 케이트는 그녀가 마크 경에 관해 모른다는 걸 듣고 놀라지 않았다. 동시에 그에 대한 이 젊은 여성의 설명은 솔직히 불완전했다. 랭커스터 게이트에서 그들이 그를 가장 잘 아는 것은 설명하기 어려운 것이었기 때문이었다. 사람은 그들이 보여줘야 하는 것, 그들을 위해서든 아니든,

감동하거나 명명하거나 증명할 수 있는 것으로 보통 사람들을 알았다. 그리고 그녀는 그렇게 대단하고, 검증되지 않은 무성한 가치가 있는 다른 경우는 생각할 수 없었다. 그의 가치는 그의 미래였고, 왠지 그의 훌륭한 요리사이거나 그의 증기선인 것처럼 모드 이모가 받아들였다. 케이트는 그녀가 그를 사기꾼으로 생각한다는 뜻이 아니었다. 그는 대단한 일을 할지도 모른다. 하지만 말하자면 그것들은 모든 그가 한 일이었다. 한편 모두가 알지 못하고 모드 이모가 진지하게 받아들이는 하나의 성과였다. 전체적으로 그의 가장 좋은 점은 당연히 모드 이모가 그를 믿었다는 것이다. 그녀는 종종 기이했지만, 사기꾼을 알았고, 마크 경은 그런 사람이 아니었다. 그는 짧게 보수당 하원 의원을 지냈고, 첫 번째 기회에 자리를 잃었고, 그가 언급하는 거 그게 전부였다. 하지만 그는 아무것도 시사하지 않았고, 그건 그가 정말 현명하다는 걸 나타냈고, 정말로 영리한 사람은 정말 공허한 사람과 가지고 있는 공통점 중 하나였다. 모드 이모조차도 그를 뒤에서 살피는 것이 좋다고 인정했다. 한편 그는 자신에게 무관심하지 않았는데, 가치 있는 모든 걸 위해 랭커스터 게이트서 누구 말대로 아마 런던에서 일하고 모든 관계 당사자처럼 노력했기 때문이었다.

케이트는 경청하고 있는 친구에게 설명했다. 사실 아주 소수지만, 무엇이든 줄 수 있는 모든 사람은 가능한 한 가장 영리한 거래를 했고, 그 대가로 적어도 그만큼의 가치를 얻었다. 게다가 가장 이상한 점은 때에 따라 이것이 행복한 합의일 수도 있다는 것이다. 한쪽에서 연락이 닿는 노동자들은 다른 곳에서 일했고, 넓고 길어서 기름이 아주 잘 닦인 시스템으로 보일 것이다. 모두 이모가 모든 면에서 마크 경을 좋아하고, 그렇지 않다면 그는 그냥 짐승과 같은 사람이기에 마크 경도 로더 부인을 좋아하길 바라는 것처럼 그 속에서 사람들은 서로를 좋아할 수 있었다. 케이트는 그가 그녀를 위해 무엇을 하고 있는지 아직 이해하지 못한 건 사실이었다. 게다가 소중한 그 여자는 그

150

가 최선을 다해도 그녀가 생각했던 것보다 그가 별로 필요치 않았다. 모든 면에서 그녀가 아직 이해하지 못한 것들이 많았다. 그녀는 대체로 모드 이모가 고른 사람을 믿었다. 그리고 밀리는 이 젊은 여성이 이 땅에서 아무리 훌륭한 사람들을 만나더라도 더 이상 특별한 여성을 만나지 못할 거라는 생각이 들게 했다. 수많은 유명 인사들과 멋쟁이들이 있지만, 케이트가 보기에 여러 면에서 더 대단한 사람과 더 자연스럽게 대하기 힘든 사람은 찾기 힘들었다. 그녀에 대한 케이트의 믿음이 주로 로더 부인이 '받아들인' 것과 같은 것인지 밀리가 관심을 가지고 물었을 때 그녀의 대화 상대는 같은 원칙에 따라 자신을 믿었기 때문에 당당하게 그렇다고 대답할 수 있었다. 모드 이모의 조카딸을 제외하고 누가 특별히 모드 이모를 받아들였고, 현재 그녀와 더 함께 하는 사람은 누구였는가? 케이트가 말했다. "넌 내가 이 세상에 뭘 줄 건지 물어볼지도 몰라. 그리고 그게 정말 내가 배우려고 하는 거야. 이모가 나에게서 얻을 수 있다고 생각하는 뭔가가 꼭 있을 거야. 그리고 이모는 얻을 거야. 믿어봐. 그러고 나서 난 그게 뭔지 알게 될 거야. 내가 스스로 알아내지 말았어야 했다고 믿어줘." 그녀는 밀리의 '지불' 능력에 대한 어떤 질문도 논의 가능한 것으로 취급하길 거부했다. 밀리는 확실히 지불하는 것은 당연히 마지막까지도 터무니없는 많은 돈을 주는 것은 그들 스스로 알게 된 멋진 근거였다.

이것들은 훌륭한 시설, 사교적인 말, 아이러니, 그리고 런던과 인생 모든 가십과 철학들의 사치들이었고, 두 사람 사이에 그것들은 빠르게 흔한 대화 형태가 되었고, 밀리는 그녀와 함께하는 뭔가를 알게 돼서 기뻤다. 만약 영국에서 가장 뛰어난 여성이 그렇게 하는 것이 훨씬 더 좋고, 그리고 영국에서 가장 뛰어난 여성이 그 두 가지를 함께 손에 넣었다면, 왜 각자가 더 행복할까? 한 번에 두 가지를 원하는 그녀의 기이함에 대해 조금 더 곰곰이 생각할 때, 케이트는 자신의 진심을 보여주는 자연스러운 대답을 했다. 그녀는 언제나 감정에 굴복했고, 소녀 시절의 친구가 등장하면서 감정이 뚜렷이 나타났다. 그녀를 감동시키는 것이 있다면 고양이가 뛰는 방법을 보는 것도 재미났다. 게다가 오랫동안 지금처럼 눈에 보이도록 뛴 건 없었다. 사실, 우리가 이미 알고 있듯이, 로더 부인이 보기에, 이것은 수지와 관련된 50개의 연결고리를 발견한 밀리 실에게 경이로운 것으로 남았다. 랭커스터 케이트 부인은 전혀 다르게 생각할 거라고 예상했을 수지의 생각을 그녀 스스로 잘 알았고, 그 실패는 끝없이 그녀를 신비롭게 만들었다. 그러나 그녀의 신비화로 또 다른 좋은 인상을 남겼고, 그녀가 케이트에게 수잔 셰퍼드, 특히 상관없는 과거에서 초대받지 않은 채로 등장한 수잔 셰퍼드는 모든 예의를 갖추고 모드 이모를 따분하게 만들어야 한다는 걸 말했을 때, 그녀의 절친한 친구는 항의 없이 그녀의 말에 동의했고 놀라워했다. 수전 셰퍼드는 적어도 조카딸을 지루하게 만들었다는 건 분명했다. 이 젊은 여자는 밀리가 제멋대로 구는 것조차도 아무것도 설명할 수 없었다. 작은 사실이 후자의 마음에 중요해졌다. 이건 어떤 의미로는 그녀가 가장 조심해야 할 방향을 알려주는 거 같은 불쌍한 수지의 동행에 대한 일반적인 훈계이기도 했다.

밀리 실을 잘 대하고 아끼는 사람은 다른 아가씨에게는 잘해주지 말아야 한다는 생각이 희미하게 들었다. 하지만 이상하게 그녀는 로더 부인의 성급함을 쉽게 용서할 수 있었다. 로더 부인은 그걸 알지 못했고 케이트 크로이는 쉽게 알았다. 하지만 결국, 그녀는 그 이유를 이해했고, 그 이유로 그녀의 마음은 풍요로워졌다. 20가지 다른 화려한 자질을 가진 멋진 아가씨가 가장 덜 잔혹한 이유도 충분하지 않은가? 그리고 그녀는 아직 아무도 그녀의 새 친구에게 해주지 않은 것처럼 그 안에 야생적인 아름다움과 심지어 이상한 우아함이 있을지도 모른다고 시사하지 않았는가? 케이트는 짐승처럼 잔혹하지 않았고, 밀리는 지금까지 어리석게도 그것이 유일한 방법이라고 생각했다. 그녀는 공격적이지는 않았지만, 오히려 무관심하고 방어적이며 예상한

152

대로 행동했다. 그녀는 미리 단순화했고, 미리 의혹을 품었고, 그들이 뉴욕에서 말한 것처럼 자신이 좋아하지 않는 것이 무엇인지 재빨리 알았다. 그런 식으로 최소 영국 사람들은 본국 사람들보다 더 빨랐다. 그리고 밀리는 곧 위험이 만연한 세상에서 그러한 본능이 어떻게 일상이 될 수 있는지를 꽤 알 수 있었다. 랭커스터 게이트 주변은 뉴욕에서 의심했거나 보스턴에서 생각했던 것보다 분명 위험이 더 많았다. 여하튼 그런 점들을 더 알면 더 많은 예방책이 있었고, 수지에 대한 예방책도 어떤 근거로든 있을 수 있는 놀라운 세상이었다.

그러나 그녀는 미온적인 감사의 표시로 개인적으로 베풀 수 있었던 허용에 대해 수지와 직접 화해했다. 늦게까지 긴 대화를 나눈 후로 그들은 따로 시간을 보내 알 수 있었던 모든 것뿐만 그 외 상당히 많은 것도 받아들였다. 그녀는 오후 4시에 경우에 따라 거리를 뒀을지 모르지만, 그녀는 습관적으로 자정에 수잔 셰퍼드에게 모든 걸 했던 것처럼 아무에게나 그럴 자유가 없었다. 그래도 훨씬 더 늦기 전에 이야기를 했어야 했고, 6일째 되는 날에도 그녀는 나중에 눈부신 배터시 파크Battersea Park에서 로더 부인과 기분 전환으로 마차를 탔던 것과 견줄 만한 어떤 소식도 아직 그녀의 동행에게 전해지 못했다. 나이 많은 친구들은 그곳에서 허물없이 돌아다녔던 반면 어린 친구들은 호텔 측이 밀리에게 마련해준 멋진 마차를 타고, 하고 싶은 걸 했다. 고국에는 잘못 관리하기로 악명이 높은 '마구간들'보다 훨씬 더 육중하고 더 화려하고 더 재미난 마차였다. 여러 번 다니면서 스트링햄 부인 말처럼, 랭커스터 게이트에 사는 두 사람 모두가 밀드레드의 다른 영국 친구인 신사를 알고 있었다는 사실이 '드러났다.' 지금의 모험 바로 직전에 뉴욕에서 그녀와 함께 지냈던 영국 신문(수지가 그의 이름을 조금 꾸물댔다)과 관련 있는 남자였다. 물론 배터시 파크에서 그의 이름이 밝혀졌다. 그렇지 않았다면 그의 신원을 확인할 수 없었을 것이다. 그리고 그녀가 고백하기도 전에 수지가 자연스럽게 머튼 덴서 군이라는 걸 분명히 했다. 밀리가 처음에는 자신이 누구를 말하는지 모르는 듯한 태도를 보였기 때문이었고, 그 소녀는 1/1000의 확률과 같은 그 일이 놀랍다고 말하면서도 분별력을 잃지 않았다. 그들은 그를 알았고, 모드와 크로이 양도 그를 알고 있었고, 어떤 친밀한 관계에서도 그를 우연히 언급하지 않았지만, 그녀도 꽤 잘 알았다. 수지 말대로 그의 이야기를 꺼낸 건 그녀가 아니었다. 로더 부인에게 젊은 기자로만 언급했고 그는 신문사를 대신해서 이미 그들의 멋진 나라(로더 부인이 늘 '너의 멋진 나라'라고 말했다)로 떠났다. 하지만 스트링햄 부인은 사실 손가락 끝으로 인정했고, 그게 고백이었다. 그녀는 너무 깊이 관련되기 전에 빠져나왔지만, 아무런 악의 없이 덴서 군이 밀리의 지인이라고 인정했다. 로더 부인은 분명히 충격을 받았고, 그녀도 정신을 가다듬는 거 같았다. 그리고 잠깐 각자가 서로에게 무언가를 숨겼다. 밀리의 친구가 말했다. "운이 좋게도 내가 숨길 것이 없다는 걸 곧 기억났고, 그게 훨씬 간단하고 좋아요. 모드가 감추는 게 뭔지 모르지만 분명 뭔가 있어요. 당신이 그 사람을 알고, 그가 바로 당신을 만난 거에 분명히 관심을 보였어요. 그러나 나는 그녀에게 곧 당신과 좋은 친구가 될 거라고 조심스럽게 말했어요. 내가 잘했는지 모르겠네요."

시간이 얼마나 걸리든, 연장자의 양심에 따라 행동하기 전에, 밀리는 그 사실이 당연히 중요하겠지만, 너무나도 중요하게 생각지 않는다고 대답할 수 있었다. 바로 그 영국인 남자라는 건 이상했지만, 모두가 말하는 것처럼 그들 모두 세상은 매우 '좁다'는 걸 종종 봤기 때문에 기적적인 건 아니었다. 수지도 확실히 그의 이름을 밝히지 않았다. 도대체 왜 미스터리이어야 할까? 만약 그가 돌아와서 그들이 그를 안다는 걸 숨겼다는 것을 알았다면, 그들이 얼마나 엄청난 미스터리를 만든 것인가! 그 아가씨가 말했다. "내가 뭘 숨겨야 한다고 생각하는지 모르겠어요."

"내 생각에 대해 당신이 뭘 알거나 뭘 모르는 건지는 중요치 않아요. 왜냐하면 당신은 바로 다음 순간에 알게 되고, 알고 나서는 당신은 전혀 신경을 쓰지 않잖아요. 크로이 양한테서만 그에 대해 들었어요?"

"덴셔 군에 대해서요? 한마디도 못 들어요. 우리는 그 사람을 언급한 적이 없었어요. 왜 그래야 하죠?"

"당신이 언급하지 않은 건 이해가 되지만, 그녀가 말하지 않은 건 뭔가를 의미할 수도 있어요."

"뭘 뜻하는데요?"

"글쎄요, 당분간 그 사람에 대해서 이야기하지 않는 것이 더 나을 거라고 당신한테 말해달라고, 모드가 나한테 부탁했어요. 조카가 당신에게 먼저 이야기를 꺼내기 전까지 그녀에게 그 사람 이야기를 하지 말래요. 하지만 모드는 조카가 먼저 이야기할 거라고 생각하고 있어요."

밀리는 무엇이든 할 준비가 되어 있었지만, 지금까지 알게 된 사실들은 조금 복잡하게 들렸다. "그들 사이에 뭔가 있기 때문일까요?"

"아뇨, 그런 것 같진 않아요. 하지만 모드는 예방적 차원에서 그러는 거예요. 뭔가를 두려워해요. 아니면 그녀가 모든 걸 걱정한다고 말하는 게 더 정확하겠네요."

"두 사람이 서로 좋아할까 봐 걱정한다는 거예요?"

수지가 열심히 생각한 후 내뱉었다. "우리가 미로에 들어왔네요."

"당연하죠. 그게 바로 재미죠!" 밀리는 낯선 유쾌함을 느끼며 답한 후에 말을 덧붙였다. "예를 들어서 여기에 심연이 없다고 말하지 마세요. 난 심연을 원해요."

그녀의 친구가 그녀를 바라봤다. 드문 일은 아니었지만, 겉으로 보기에 그 일은 다소 어려웠다. 그리고 그럴 때 다른 사람은 착한 부인의 어떤 내면의 생각이 그 말에 맞는지 궁금해했을 것이다. 당연히 그녀는 젊은 동행의 말을 병의 증상으로 여기려는 성향이 너무 강했다. 하지만 그렇더라도 그 아가씨가 부드러울 때는 부드럽게 대했다. 그녀는 보스턴의 훌륭한 선물인 새로운 진기함을 어떻게 진기하게 여겨야 하는지 알고 있었고, 그건 운이 좋게도 잡지에 실린 그녀의 원고 였다. 그것이 정말 새롭고 멀리서 비슷한 걸 들어본 적이 없었던 모드 로더는 그걸 사회적 자원으로 정말 소중히 여겼다. 그러므로 지금 그 녀를 실망시켜서는 안 된다. 사실 그것으로 어떤 사람은 대부분의 일 에 직면할 수 있다. "아, 그러면 내가 최악의 상황의 사태에 대비하고 있는데, 슬픔과 죄의 깊이를 알아봐요. 하지만 그녀는 조카딸을 좋아 하니, 마크 경과 결혼할 수 있다는 걸 무시해서는 안 돼요. 그녀가 당 신에게 그 이야기 했어요?"

"로더 부인이 나한테요?"

"아뇨. 케이트가 이야기 안 했어요? 그녀는 그걸 모르는 게 아니에요."

밀리는 친구 앞에서 잠시 침묵했다. 그녀는 케이트 크로이와 며칠 동안 금방 깊이 친해졌고 그들은 분명히 여러 가지 이야기를 나눴다. 하지만 그녀의 새 친구가 그녀에게 이야기하지 않은 거에 비해 적은, 아주 적은 이야기를 했을 수도 있는 관계라는 걸 이제 분명하게 깨달 았다. 어쨌든 그녀의 이모가 그녀를 마크 경에게 맺어주려 한다고 말 했는지를 이야기할 수가 없었다. 그녀가 이모의 계획에 관련됐다는 걸 충분히 짐작할 정도만 드러났을 뿐이었다. 밀리는 어떻게든 신경 질적으로 쉽게 넘어가려고 했고, 덴셔 군의 이런 갑작스러운 등장은 모든 균형을 바꾸고 모든 가치에 영향을 미쳤다. 그녀는 자신이 조금 도 정의 내리지 못했던 차이가 생기도록 한 것이 환상적이고, 적어도 이런 순간에도 그녀는 오히려 그 자리에서 변화를 숨길 수 있다는 것 을 자랑스러워했다. 그래도 덴셔 군의 영향은 그녀가 지금까지 소박 하게 지냈던 그녀에게 거의 맹렬히 미치고 있었다. 그가 뉴욕에서 그 의 영국 친구들에 대해 아무런 이야기를 하지 않은 단순한 상황에서 그녀가 원했던 심연을 그녀가 보도록 하는 데는 또 시간이 걸렸을 것 이다. 뉴욕에서는 정말 아무것도 할 시간이 없지만, 그녀가 원했다면 밀리는 그가 크로이 양에 대한 이야기를 피했고, 크로이 양은 아직 자연스럽게 회피할 수 없는 대상이라는 걸 스스로 알아차릴 수 있었을 것이다. 이건 동시에 그의 침묵이 비록 미궁에 **빠졌다**고 해도, 그가 말할 수 없었던 다른 모든 걸 봤을 때 말도 안 되는 소리지만, 이건 그녀가 방금 수지에게 했던 간청으로 그녀에게 꼭 괜찮아야 하는 것이었다. 그러나 이런 일들은 오락가락하다가 친구들 사이에 자리를 잡고, 경우에 따라 가장 이상하게 방식으로 두 사람이 모두 덴서 군을 알게 됐다. 수지는 몰랐지만 아마도 알게 될 것이라고, 분주한 세상에서 우연의 흔한 질서 중 하나에 속하는 사실이었다. 더구나 그것은 재미있었는데, '무언가'가 갑자기 생겨날 수 있다는 걸 간절히 바랄 수 있어서 아, 정말 재미있었다. 어떤 면에서 지상이나 공중에서 어쩌면 기분 좋게 준비했을 수도 있었다. 그렇지만 이 가능성에 대한 질문은 결국 어느 정도 요동쳤을 것이다. 게다가 진실은 사실 완전히 드러나지 않았고 두 사람은 이미 '진실!'에 대해 이야기하고 있었다. 로더 부인이 옛 친구에게 부탁한 것을 보면 분명했다.

따라서 케이트에게 아무 말도 하지 말라는 로더 부인의 권고를 따랐고. 모드 이모의 이런 우스운 태도로 흥미로운 복잡한 문제가 일어나길 바라는 생각이 들었다. 그리고 실제로 대화 후 사실 밀리가 어떤 이름도 언급하지 않고 케이트를 다시 만났다고 했을 때, 그녀의 침묵으로 새로운 종류의 재미를 이끄는 데 성공했다. 더 손쓰지도 않고 그녀가 재미에 관심을 보일 때, 약간의 불안 요소가 있었기 때문에 훨씬 더 새로웠다. 그럼에도 불구하고 케이트가 여전히 특별히 그녀와 계속 지냈고, 그 멋진 아가씨에게 예리한 관심을 가지는 이유를 의식하는 것은 오히려 흥미진진했고, 그리고 그 젊은 아가씨 스스로도 의심할 수 없는 이유, 이것이 중요한 점이었다. 그래서 2번 이상 두세 시간 함께 있는 동안 밀리는 덴서 군이 친근하게 바라봤고 같은 이유로 보다 더 아름답게 보였던 얼굴이라는 걸 알고 케이트에게 시선을 고정했다. 그녀는 필연적으로 수천 개의 얼굴 중 누군가가 절대 따라갈 수 없는 아름다운 얼굴을 본다는 생각에 몸을 폈다. 그러나 그 생각의 이상한 결과는 완전히 예측할 수 없는 '타인'으로 생각하는 걸 그녀가 알고 있는 것보다 틀림없이 이미 더 많이 대비했던 그녀 친구의 태도가 그 아가씨에게 강렬해진다는 것이다. 그것은 환상적이었고, 밀리는 이걸 알고 있었다. 그러나 한편으로 덴서 군과 가깝다는 거 때문에 갑자기 곧장 그녀에게 향했다. 아직 어떤 것도 특별히 증명된 것이 없었기 때문에 케이트 때문에 그 일을 알고 있다는 핑계를 댈 수 없었다. '신경 쓰지 말자.' 케이트는 왔다 갔다 하며 만나고 헤어질 때 키스를 했고 밀리에게 갑작스러웠던 그 일을 제외하고 모든 것에 대해 이야기를 나눴다. 우리의 젊은 아가씨가 배신을 그렇게 특이하게 맛보지 않았다면, 당연히 이 두 번의 경우에서 그렇게 큰 차이를 느끼지 못했을 것이다. 헤어지고 나서 일어난 건 그녀 자신이 그토록 '타인'이 된다는 문제가 아니었다면, 무언의 일에 너무 빠진 것이 아닌지 궁금했다. 여전히 가장 이상한 점은 케이트가 어떻게 그것을 느끼지 못했는지 자문했을 때, 그녀는 거대한 어둠의 가장자리에 있다는 것을 의식하게 됐다. 밀리 실과 같은 사람이 그녀가 느낄 수 있도록 한 것에 대해 케이트가 진짜 어떻게 생각하는지 그녀는 절대 알 수가 없었다. 케이트는 결코, 그리고 악의적이거나 이중적이라서가 아니라 쉽게 말해 일종의 실패로서, 어떤 사람의 이해를 바라거나 그녀 마음대로 굴지 않았다.

그래서 3, 4일간 밀리는 케이트를 그냥 다른 사람으로 지켜봤다. 그리고 현재 그녀는 약속했던 방문으로 마침내 찾은 곳은 저명한 칼라일Thomas Carlyle(영국 평론가 겸 사상가)이 지냈던 첼시로, 그의 유령, 숭배자들이 있고, 자주 언급됐고 그곳과 약간은 어울리지 않는 '불쌍한 매리언'이 사는 곳이다. 가난한 매리언에 대한 우리 젊은 아가씨의 첫 번째 생각으로 모든 것이 무너졌지만, 분명히 영국에서는 자매들의 사회적 상황이 어떻게 다를 수 있는지, 세상의 한 장소에 대한 공통점이 어떻게 그들을 완전히 실망시키는지 알았다. 계층과 귀족적 질서에 관련됐다고 현명하게 알고 있는 상황이었다. 로더 부인이 조카딸을 내세운 계층의 위치는 전체적으로 아직 완전히 공허하지는 않지만 틀림없이 모호성에 대한 질문이었고, 그래도 밀리는 로드 경이 원한다면 자신의 의견을 바꾸면서 동시에 모드 이모의 의견을 고칠 수 있다고 확신했다. 그러나 콘드립 부인은 이미 말했듯이 완전히 다른 곳에 살고 있는 것이 분명했다. 간단히 말해서, 그녀는 같은 사회 지도에서 찾을 수 없었고, 마치 그녀의 손님들이 마침내 호의적으로 '여기!'라고 외칠 때까지 페이지를 계속 넘기는 것 같았다. 물론 그 간격은 연결되었고, 그 연결이 정말로 필요했고, 밀리는 일반적인 관계에서 지역적으로 훈련 받지 않은 사람이 스스로 의식하는 연결인지 혹은 간격인지 궁금했다. 그건 마치 집에서는 반대로 지위에 따른 어떤 차이도 없는 것 같았고 특히 너무나도 훌륭한 태도와 보완된 생각의 의식적 쇠약이 없었다. 아무튼 의식적 쇠약, 너무나도 훌륭한 태도, 차이점, 다리, 간격, 사회 지도책에서 빠진 낱장 등, 그녀의 순례가 그토록 호소했던 것을 이용해 밝은 문학적 전설, 즉 트롤럽Anthony Trollope(빅토리아 시대 영국 소설가), 새커리William Makepeace Thackeray(영국 소설가), 아마도 대부분은 디킨스가 혼합되고 종잡을 수 없는 반향이 되기 위해 보다 탄탄한 것이 없을 때는 우리 젊은 아가씨에게 이런 것들이 조금 있다고 밝혀야 했다. 같은 날 저녁 늦게, 수지가 글을 쓰기 전에 그 전설은 확인됐고, 결국에는 원고 전체에서 존경하는 뉴컴 일가The Newcomes(새커리의 작품)의 저자를 엿볼 수 있다는 점에 대해 수지를 이해할 수 있었다. 그녀가 기대했던 것보다 더 많이 부족한 그림이거나 오히려 그녀가 거정했던 것보다 픽윅Pickwickian(찰스 디킨스의 고전 작품인 픽윅 보고서 The Pickwick Papers) 식 개요를 확실하게 제대로 보여주지 못했다. 그녀는 콘드립 부인이 니클비 부인Mrs. Nickleby(찰스 디킨스 소설 Nicholas Nickleby 속 등장인물)이나 미망인이 된 악질적인 미코버 부인Mrs. Micawber(찰스 디킨스 소설 David

Copperfield 속 등장인물)도 완전히 증명하지 못했다는 것이 어떤 의미였는지 설명했는데, 그녀는 불쌍한 케이트가 했던 방식으로 거의 모든 것을 증명했을 것이기 때문이다.

자정에 봤을 때 스트링햄 부인은 일이 어떻게 바뀌든 간에 밀리가 겪고 있는 영국 생활은 그녀 자신은 그리울 것 같다면서 다소 갈망하면서 넌지시 알렸다. 그녀는 동행에게 모드 매닝햄과 압도적인 유대감으로 그녀가 완전히 빠지게 했던 냉담한 관습의 높은 영역에 대해 공상적인 반응, 즉 그녀가 또다시 수잔 셰퍼드가 된 반응의 순간을 조금 느끼기 시작했다. 밀리는 오랫동안 수잔 셰퍼드를 살폈고, 생각이 나면 항상 있었고 막연하게, 다정하게, 조급하게 쓰다듬으며 계속 있을 것이라고 확신했다. 하지만 오늘 밤 또 다른 문제가 있었는데, 첼시에서 콘드립 부인이 케이트가 작은 불평 때문에 위층에 있는 아이들 중 1명과 자리를 비웠을 때, 콘드립 부인은 조금도 '유도하지도' 않았던 덴서 군 이야기를 갑자기 꺼내며 여동생과 갑자기 사랑에 빠진 사람이라고 언급했다. "케이트는, 만약 내가 그녀를 신경 쓴다면, 그게 너무 지독해서 누군가가 뭔가를 할 수 있다는 것을 내가 알아주길 바랐어요."라고 말리는 말했다.

수지는 궁금했다. "뭔 일이 생기는 걸 막으려고요? 말은 쉽죠. 뭘 하는데요?"

밀리는 희미한 미소를 지었다. "내 생각에, 그걸 알려면 내가 그녀를 만나러 많이 오길 바라는 거 같아요."

"그리고 당신에게 다른 일을 해 달라고 하지 않던가요?"

그 아가씨는 이때쯤 분명히 깨달았다. "자기를 전혀 이해하지 못하는 언니를 칭찬하고 아끼고, 시간과 다른 모든 걸 바치는 것 외에는 없어요." 그녀가 평소와 달리 예리하게 답하자, 콘드립 부인이 특히 당황스러워했던 것처럼 연장자 친구는 놀랐다. 스트링햄 부인은 자신의 동행이 너무나 기뻐하고, 내면의 뭔가에 의해 흥분을 남기는 모호하고 특별한 태도를 본 적은 없었다. 그게 밀리의 가장 큰 장점이었고, 그녀 특유의 시이거나 적어도 수잔 셰퍼드의 시였다. "하지만 그녀는 케이트에 대해 한 말을 비밀로 하라고 했어요. 난 그녀가 한 말을 이야기하지 않을 거예요."

"그럼 왜 덴셔 군이 그렇게 끔찍한 거예요?"

밀리가 말을 전하기보다 콘드립 부인과 더 이야기하고 싶은 것 때문에 망설인다고 그녀는 생각했다.

"그 사람 자체는 아니에요." 그러고 나서 그 아가씨는 로맨스에 대해 조금 이야기했다. 로맨스가 어디서 일어날지 그녀와는 누구도 말할 수 없었다. "재정 상태예요."

"그렇게 나빠요?"

"'개인 재산'이 없고 전망도 없어요. 콘드립 부인 말로는 수입도 없고 능력도 없데요. 그는 가난하고, 그녀는 '빈곤'이라고 말하면서 그게 무슨 뜻인지 안다고 말했어요."

스트링햄 부인은 다시 생각했고, 곧 다른 질문을 했다. "하지만 그는 정말 영리하잖아요?"

밀리 역시 별 성과가 없었다. "난 전혀 모르겠어요."

수지는 "아!"라고만 했다가 잠시 생각을 하더니 답했다. "모드 로더의 생각이 바로 그거예요."

"그 사람은 절대 아무것도 못 할 거라고요?"

"아뇨. 완전히 반대예요. 그 사람 능력이 매우 뛰어나다고요."

"아, 그렇군요." 밀리는 그녀의 친구가 이미 말해 준 이야기와 관련해 조금 전처럼 작은 목소리로 다시 말했다. "하지만 콘드립 부인 말 중 중요한 건 모드 이모 자신은 누구에 대해 듣지 않는다는 거예요. 어쨌든 그녀는 나한테 덴셔 군은 공직자나 부자도 되지 못할 거라고 했어요. 만약 그가 공직자였다면 그녀는 기꺼이 그 사람을 도왔을 거예요. 만약 부자였다면, 그를 사로잡기 위해 최선을 다했을 거예요.

현재로서는 그녀는 그를 금기시하고 있어요."

스트링햄 부인은 개인적 목적으로 가지고 말을 덧붙였다. "요컨대 그 여자는 당신에게 그 이야기를 전부 말했고, 로더 부인은 그를 마음에 들어 한다는 거네요."

"코드립 부인은 그렇게 말 안 했어요."

"뭐, 그래도 그녀는 그런 뜻이에요."

"그럼 그런 거겠죠!" 그렇게 갑자기 한마디 내뱉고는 약간의 한숨을 쉬며 최근에 여러 번 느꼈던 멍한 상태와 피로감을 보이며 밀리는 돌아섰다. 아직 그날 밤 그들 사이에 그 문제는 어떤 결과도 내지 못했지만, 나중에 누가 먼저 문제를 제기할지 말할 수 없었다. 적어도 잠깐 밀리가 가장 가깝게 접근한 것은 모두가 돈을 굉장하게 생각하는 것 같다고 말하는 것이었다. 수지는 의도한 건 아니지만 웃음을 지었고, 순수한 뜻으로 돈이 어떤 사람들에게 무관심의 대상으로 되었다. 그러나 그녀는 너무나도 빨리 눈에 보이도록 모드 매닝햄이 어떤 위치를 바라는지 말할 수 없던 것을 공정하고 분명히 했다. 그녀는 적절하게 침묵을 지키면서 세속적인 걸 드러냈다. 더 좋게 할 수 없다면, 종종 엄청난 압박으로 떨어지게 했을 것이다. 하지만 사실 수지는 다행스럽게도 공평하게 오랜 친구와 새 친구 사이의 차이를 생각하고 있다고 여겼다. 모드 이모는 돈에 대한 영리하고 오만한 태도로 마치 돈이 없는 것처럼 열심히 찾아다닌다 해도 그녀는 어쨌든 돈이 엄청나게 많았다. 밀리는 자신의 돈에 대해서는 전혀 그런 것이 없었고 어떻게 보면 단점이었다. 어쨌든 그녀는 그런 것과는 거리가 멀었고 그녀의 천성을 알기 위해서는 재산에 대해서는 조금도 생각하지 않을 것이다. 반면에 로더 여사는 목적, 생각, 야망을 위해 자신의 부를 지키고 있는 것이 분명했는데, 어느 날 힘을 발휘할 때는 그만큼 대단하고 명예롭게 사심이 없는 것으로 인식될 것이다. 그녀는 제 뜻을 강요하지만, 그녀의 뜻은 그들이 따를 수 있다면 한두 사람은 그 뜻에 따르지 않아서 이득을 잃지 않도록 하는 것뿐이었다. 훨씬 젊은 밀리에게 그런 다른 생각이 들게 할 수 없었다. 그녀가 관심을 가질 만한 사람은 아무도 없었다. 그녀는 자신에게 관심이 없었기에 너무 일렀다. 그 나이대의 아주 부유한 여성 또한 동기가 부족했기에 밀리도 동기가 생기기까지 많은 시간이 걸렸다. 반면 돈을 잃어버리든 모호하게 얻으려고 애쓰지 않아도 그녀는 아름답고, 소박하고 숭고했다. 결국, 돈 문제에서 이런 것들이 정말 많을 것이다. 그럴 때만 그녀는 모드 이모와 같은 태도를 지닐지도 모른다. 아무튼, 두 여성이 나눈 대화에서, 연장자가 오후에 젊은 사람에게 덴셔 군을 아는지 물었을 때, 그런 연결고리가 막 드러났다.

"아, 아뇨. 그 사람을 만난 것에 대해서는 아무 말도 안 했어요. 로더 부인의 부탁이 생각났거든요."

"하지만 그건 케이트에게 비밀이잖아요."

"맞아요. 하지만 콘드립 부인이 바로 케이트에게 이야기할지도 모르잖아요."

"왜요? 그녀는 그 사람 이야기하는 거 싫어하는 게 틀림없어요."

"콘드립 부인이요? 그녀가 가장 원하는 건 여동생이 그 사람을 안 좋게 생각하는 거예요. 그런 거에 도움이 되는 거라면…."

하지만 마치 그녀의 동행이 알게 된 것처럼, 밀리는 여기서 갑자기 말을 멈췄다.

그녀 동행의 관심은 모두 그녀 자신이 알게 된 것에 대한 것이었다. "그녀가 바로 이야기할 거라는 뜻이에요?" 스트링햄 부인은 밀리의 말뜻을 이해했지만, 여전히 의문이 남았다. "당신이 그 사람을 안다는 게 그에게 어떻게 불리하죠?"

"아, 모르겠어요. 그를 안다는 것이 숨길 만큼 대단한 일은 아니죠."

스트링햄 부인은 위로를 받으려는 듯 말했다. "당신은 숨기지 않았어요. 숨기는 크로이 양보다 훨씬 낫지 않아요?"

밀리는 웃으며 말했다.

"그녀는 내가 그를 안다는 걸 감춘 게 아니에요."

"그녀의 친분만 감춘 거예요? 그럼 그녀 책임이네요."

그 아가씨는 별로 중요하지는 않지만 말했다. "하지만 그녀는 하고 싶은 대로 할 권리가 있어요."

"당신도 그럴 권리가 있어요."

밀리는 마치 그녀가 너무나 단순하고 또한 그래서 좋아하는 것처럼 그녀를 바라봤다. "케이트와 난 아직 그 일로 싸우지 않았어요."

"난 그냥 콘드립 부인이 다시 뭐라고 말하지 모르겠다는 뜻이에요."

"그녀가 케이트에게 말할 수 있으니까요? 내가 뭐해야 할지 모르겠어요."

"하지만 그 사람이 당신 두 사람을 알고 있다는 건 언젠가 밝혀야 해요."

밀리는 거의 동의하지 않았다. "그 사람이 돌아왔을 때를 말하는 거예요?"

"이곳에 그는 당신 두 사람이 있는 걸 알게 될 거고, 한 사람을 위해 다른 한 사람과 관계를 '끊는' 건 거의 생각하지 못할 거예요."

이 말에 마침내 기본적인 문제가 더 분명해졌다. "어떻게든 내가 먼저 그 사람을 만날 거예요. 그 사람들이 여기서 했던 말을 조언해 줄 수 있고 우리가 만났을 때 그는 날 모르는 사람이어야 해요. 아니면 내가 여기 아예 없는 게 더 나을 거예요."

"그 사람한테서 도망치고 싶은 거예요?"

이상하게 밀리는 그 생각을 어느 정도 받아들이는 거 같았다. "무엇으로부터 도망치고 싶은지 모르겠어요!"

연장자의 귀에는 바로 그 자리에서 설명이 거의 필요 없는 슬프고 감미로운 어떤 소리가 사라졌다. 그녀는 그들의 관계가 마치 남쪽의 어떤 섬처럼 기회가 있을 때마다 여백을 일반적 감정의 외부 영역으로 만드는 거대한 따뜻한 바다에 떠 있는 것 같다고 늘 생각했다. 특별한 어떤 일이 일어났을 때 효과는 그 섬을 물에 잠기게 하고 그 여백은 문자로 넘쳐난다. 지금 큰 파도가 잠시 휩쓸고 지나갔다. "당신이 원하는 어느 곳이든 내가 갈게요."

하지만 밀리는 그 말에 답했다. "수지, 내가 당신에게 어떻게 해야 할까요?"

"아, 그렇지만 이건 아무것도 아니에요."

"아뇨, 사실, 어떻게 될지 몰라요."

그녀를 받아주던 나이 든 수지가 말했다. "당신은 그렇지 않아요. 내가 당신을 고집하는 한, 견고하고 강한 척하는 건 헛된 일이에요."

"계속 고집부리세요. 많을수록 좋아요. 하지만 어느 날 내가 견실하고 강해 보일 것이고, 어느 날 당신을 떠날 정도로 내가 견실하고 강해질 거라는 걸 당신도 알 거예요. 가장 '아름다운 순간'조차도 그런 모습일 때는 아름다운 묘지만큼 화사한 걸 얻을 자격이 없는 곳이에요. 이 모든 세월을 죽은 것처럼 살았으니, 당신이 바라는 대로, 틀림없이 살아 있는 것처럼 죽을 거예요. 그래서 당신은 내가 어디에 있는지 절대 모를 거예요. 내가 없을 때를 제외하고는 말이에요. 그러면 내가 없는 곳을 당신만 알 거예요."

"당신을 위해 죽을 거예요." 수잔 셰퍼드가 잠시 후에 말했다.

"정말 고마워요! 그럼 날 위해 여기 있어줘요."

"하지만 우린 8월이나 다음 몇 주 동안 런던에 있을 수 없어요."

"그럼 우리 돌아가요."

수지는 흠칫했다. "미국으로 돌아가자고요?"

"아뇨. 스위스, 이탈리아, 어디든지요. 그러니까 당신이 여기 나랑 있겠다는 건 내가 어디에 있든 나랑 있겠다는 거잖아요. 우리가 그때 어디서 있을지 모르더라도요. 난 내가 어디에 있을지 모르고 당신도 절대 모를 거예요. 그리고 그건 중요하지 않아요. 모든 것이 밝혀

저야 해요." 그녀의 친구는 죽음부터 흥겨움까지 이야기의 범위가 말로 표현하기 힘들 정도로 차이가 전혀 뚜렷하지 않았다면, 그녀가 농담하고 있다고 생각했을지도 모른다. 그녀는 웃음으로 심각함을 떨쳐냈다. 만약 그녀가 가끔 마음에 든 만큼 진지하지 않았다면, 그녀는 다른 때에는 그녀가 바라는 만큼 쉽지 않았을 것이라고 확신했다. "난 어려운 상황을 해결해야 해요. 어쨌든 콘드립 부인은 그녀 앞에서 그의 상처보다 사실을 우선시하지 않을 거 같아요."

그녀의 동행은 의아해했다. "하지만 그의 상처는 어떡해요?"

"뭐, 그가 그녀를 사랑하는 척한다면요?"

"그리고 그는 그러는 척만 할까요?"

"만약 낯선 나라에서 그녀의 신뢰를 받고, 다른 사람들과 친해져서 그가 그녀를 잊는다면 말이에요."

그러나 말을 바꾸면서 수지는 유쾌하고 편안하게 끝맺으려고 했다. "그가 당신에게 허상의 인물을 지어냈어요?"

"아뇨. 하지만 그게 문제가 아니에요. 케이트가 무엇을 믿게 만드냐예요."

"그 사람이 당신과 분명 아는 사이인 걸 보면, 당신의 묘한 매력은 물론이고, 당신이 그를 유혹했다면 그는 기꺼이 이끌렸겠죠?"

밀리는 이 말을 받아들이거나 막지도 않았다. 잠시 후 생각에 너무 잠긴 채 다음처럼 말할 뿐이었다. "아뇨, 그녀는 내가 그의 환심을 사는 건 원치 않는다고 생각해요. 내가 그렇게 해서 그의 불변성을 끌어낼 뿐이니까요." 그리고 마침내 아주 많이 조급해하며 말을 덧붙였다. "내 말은 그녀는 그를 두려워하기 때문에, 그녀가 그가 질투를 느끼도록 하는 사람을 알아봐서 분명 그녀 동생이 그를 안 좋게 생각할 거예요."

수잔 셰퍼드는 이 말에서 자신의 뉴잉글랜드 여주인공 중 한 명이라도 우아하게 앉아 있었을 동기에 대한 욕구의 징후를 감지했다. 여

러 가지 면을 살펴봤지만, 뉴잉글랜드 여주인공이 했던 것이었고, 그
녀의 젊은 친구가 실제로 얼마나 많이 살폈는지 확인하는 건 당장은
흥미로웠다. 마침내 그들은 가장 깊은 곳을 용감히 대면하지 않았는
가? 그들이 얻을 수 있는 곳에서 그들은 즐거움을 얻었다. "케이트가
그를 안다는 것을 (아주 오래된 단어가 무엇인가?) 변덕스러운*volage*
거라고 그녀가 생각할 가능성이 크지 않을까요?"

"글쎄요?" 그녀는 자기 생각을 내보이지 않았지만, 밀리도 그런 거
같았다.

"뭐, 적어도 우리의 신성한 모든 규범과 제도에 따라 종종 하는 일
을 할지도 몰라요. 케이트의 감정을 우울하게 하기보다는 자극해요."

똑똑한 생각이었지만, 아가씨는 아름답게 응시했다. "케이트의 감
정이요? 그녀는 그것에 대해 말하지 않았어요." 그녀는 무의식적으로
잘못된 인상을 준 것처럼 말을 덧붙였다. "콘드립 부인은 여동생이 사
랑에 빠졌다고 생각하지 않은 거 같아요."

그 말에 스트링햄 부인이 쳐다봤다. "그럼 그녀는 뭘 걱정하는 거
예요?"

"덴서 군이 계속 그러는 것과 그로 인한 최종 결과에 대해서만 걱
정하고 있어요."

수지가 약간 당황하며 말했다. "아, 그녀는 멀리 내다보는군요."

하지만 이 말에 밀리는 또 다른 애매한 '장난'은 떨쳐버렸다. "아뇨.
우리만 그럴 수 있어요."

"그럼, 우리는 그 사람들 자신보다 그들에게 더 관심을 갖지 말아요."

"당연하죠." 아가씨는 바로 동의했다. 그런데도 어떤 관심이 계속
남았고, 그녀는 명확히 하고 싶었다.

"그녀가 말한 건 케이트 뜻은 아니었어요."

"여동생이 그를 좋아하지 않는다고 그녀가 생각한다는 거요?" 잠깐
밀리는 그 뜻을 확실히 해야 하는 것처럼 보였지만, 현재 상황은 이랬

다. "그녀가 좋아했다면, 콘드립 부인은 나한테 말했을 거예요."

수잔 셰퍼드는 이 부분에서 그들이 그때 이야기를 나눈 이유에 대해 약간 의아해했다. "그런데 그녀에게 물어봤어요?"

"아, 아뇨!"

"아!"

하지만 밀리는 그녀에게 물어보지 않았던 것을 쉽게 설명했다.

마크 경은 그녀가 그를 부당하게 대했다는 고백을 받으려는 것처럼 오늘은 특히 그녀만 바라봤다. 그리고 그는 자신의 의도가 실제로 어느 정도 효과가 있는 이점과 장점이 있는 건 무엇이든 할 자격이 있었다. 그는 무언가에 신경을 썼고, 결국 그동안에 정의도 부정도 그들 사이에 문제가 되었던 건 아니었던 모든 걸 그녀가 마치 고백하고 있는 것처럼 그녀가 터무니없이 느낄 정도로 충분했다. 그는 호텔에 왔고, 수잔과 수잔 셰퍼드는 편하게 지내는 걸 알았고, 수잔에게 '정중' 했었고, 그 미묘한 차이가 수잔은 마음에 들었다. 그리고 그 후 다시 와서 그들을 못 만났다가 또다시 그들을 만나게 되었다. 지금까지 모든 것이 끝나지 않았다면, 즉 그들이 기진맥진했을 수도 있고, 계절의 마지막 숨을 느낄 수 있다면 그들은 가고 싶어 했을 장소를 말할 수밖에 없었을 것이다. 그들의 생각 혹은 어쨌든 겸손한 일반적인 간청은 가고 싶은 곳이 없었다는 거였다. 그들을 데리고 온 어디든 그들이 마음에 들어 한다는 느낌만 있었다. 현재 그들의 의식은 매우 그랬고, 사실 엄청날 수도 있지만 당연했다. 오늘 오후 그들은 즐겁게 지내는 데 제물로 바쳐진 한 아름 진귀한 꽃과 같은 찬란한 무리 같았다. 그들을 봉헌식에 이끌려 왔다. 그리고 만장일치를 위해 그들이 서로 멀리서 바라보는 것이 여전히 그들의 습관이었다면, 조용히 그들 사이에 그의 손이 조용히 바퀴에 대도록 했을 것이다. 그는 가벼운 분석으로, 수지가 그 자리서 그때 여러 번 말했던 것처럼, 그녀와 다른 사람들이 관심 있었던 문제를 잊지 않도록 접촉을 해 차이점을 보였고, 무척 아름답고 흥미로운 경험이었다. 사실 그 차이는 또한 로더 부인도 잃지 않았는데, 그래도 로더 부인과는 피상적인 관계였고, 그리고 30분 동안 우리 젊은 여성은 직접 그 상황에 대해 가장 만족스러운 내적 반응을 보였다.

밀리에게 테라스와 정원 너머에 있는 위대하고 역사적인 집은 사치스럽고 웅장한 와토Watteau 양식의 중심으로 공기 질과 한여름 영향으로 금색이 바랬지만 완벽히 취향에 맞았다. 그녀의 기준에 따르면 지난 한 시간 동안 이런 뜻밖의 일과 관련해 그녀에게 많은 일이 일어났는데, 매력적인 사람들을 새로 알게 되고, 갑옷, 사진, 캐비넷, 태피스트리, 티테이블로 가득한 복도를 거닐었고 이런 과장된 양식은 더할 나위 없이 행복함을 나타낸다는 걸 상기했다. 양식의 과장은 큰 배와 같았던 반면 다른 모든 것, 유쾌한 개인의 풍요, 편안하고 웅성거리는 환영, 저명한 주인과 여주인의 존경스러운 나이, 이 모든 것은 동시에 한 번에 너무나 눈에 띄고 너무나 평범하고 너무나 공개적이고 너무나 수줍지만, 이런저런 주입의 요소가 됐다. 이 요소들은 함께 녹아서 맛을 냈고, 그 본질은 그 아가씨가 누군가에게 멍하게 받아왔던 아이스 커피의 작은 컵에 증류된 것처럼 와 닿았을지도 모르며, 왠지 더 큰 홍수가 그녀를 덮치는 동안 그녀의 젊은 인생에 대한 반응의 모든 새로움은 처음이자 유일하게 최고였다. 방금 절정 같은 걸 일으킨 것은 그녀가 모드 이모를 통해 진짜 문제가 무엇인지 알아낸 것처럼 보였다는 사실이었다. 불쌍하고 불안한 처녀가 자신이 문제라는 것을 갑자기 알게 된 것과 같은 절정이었는데, 로더 부인에게는 긍정적이었다. 물론 훌륭한 그림에서는 모든 것이 훌륭했으며, 희미하게 짐작할 수 있는 것처럼 빛나는 삶이 분명히 인간에 의해 이끌렸기 때문에 빛나는 부분의 모든 인상은 틀림없이 찬란한 삶의 일부였다. 그런데도 그냥 내버려 두면서, 어떤 사람은 동행의 담백함을 편안하게 받아들일 수 있도록 직인을 찍으며 함께 한 시간을 보냈다.

"당신은 우리 곁에 머무르며 남아야 해요. 다른 건 불가능하고 어리석은 거예요. 당신은 틀림없이 아직 몰라요. 알 수가 없죠. 하지만 곧 알게 될 거예요. 어떤 자리에서든 머물 수 있어요." 웅성거리는 환영歡迎을 따르는 것은 웅성거리는 봉헌식과 같았다. 그리고 소중한 여인은 영적으로 하루를 '유지하기' 때문에 비록 그것이 모드 이모의 영적으로 취한 것의 일부라도, 그때나 그 이후로 밀리에게 최고의 상상으로 남았다.

그것이 어느 날 랭커스터 게이트에서 마크 경이 그녀가 '성공'이라고 알려주면서 시작됐던 짧은 막간극의 끝이었고, 따라서 정곡을 다시 찔렀다. 비록 뚜렷하고 많은 폭로가 일어나지 않았지만, 우리가 봐왔듯이 그 시공간에서 많은 일이 있었다. 지금까지 폭로까지는 아니더라고 마음의 준비를 하지 않는 3주 동안 예상할 수 있었던 것보다 3배 더 많은 일이 일어났고 모두 쓸데없고 온화한 것이었다. 로더 부인은 즉흥적으로 그들에게 '돌진'했지만, 밀리는 이제 조금씩 더 자유롭게 눈치를 챘고 어느 정도 대략 화합했기 때문에 벗어났다. 따라서 바로 지금, 이 순간에 그녀는 막간극을 끝내려는 이유, 즉 완전히 개인적인 이유가 있었는데, 그녀의 동행을 대신해 거의 그만큼 깊이 예상할 수 있었다. 막간극은 감탄할 만한 그림과 함께 끝내지만, 감탄할 만한 그림은 모드 이모 자신이 아직 남을 것인지 확신하지 못한다는 걸 보여준다. 그녀가 표면적으로 밀리에게 말하는 동안 그녀가 스스로에게 말하는 건 승화하는 평온이라는 걸 밀리는 몰랐을 수도 있다. 그녀가 말하는 방식은 괜찮다고 그 아가씨는 생각했지만, 실제로는 우리의 젊은 아가씨는 그것이 필요하지도 않았고 다른 설득이 잘못됐다는 걸 알지 못했다. 특히 아이스 커피를 감사하게 마시는 동안 특히 지혜로운 그녀가 예리한 의구심으로, 그녀는 마크 경과 그녀가 그곳에 있는 것과의 관계, 또는 적어도 그녀가 그것을 즐기고 있는지에 대한 의문을 제일 많이 염두에 뒀다. 그녀가 이 관계가 매력적이라고 느낀 건 5분도 걸리지 않았을 것이다. 한 번 더 말하자면 어떤 사람이 당연히 그리고 완전하게 매료될 때 모든 것이든 무엇이든 매혹적일 수도 있을 것이다. 그러나 솔직히 말해서, 그녀는 그토록 평온하고 사교적인 것이 현재 분위기에서 우호적인 이해관계로 그들 사이를 정의할 수 있다고 생각하지 않았다. 그들 중 많은 사람이 함께, 다과를 즐기는 곳으로 잔디밭에 세워진 차양 근처에 있었고, 그곳은 밀리가 '공식 접견실durbar'로 생각이 든 건물에 있었다. 그녀의 아이스 커피는 이런 관계의 결과였고, 더 나아가, 여기저기 흩어져 있던 생기 있는 손님들이 완전히 자리를 잡았다. 그 사람들 몇몇은 '현지 귀족들'을 대표했을지도 모른다. 스스럼없었지만 사교적인 말은 드물었다! 그리고 마크 경은 고른다고 하더라도 그들 한 명이 되었겠지만, 가족을 감독하는 친구로 자신을 나타냈다. 그가 분명하게 생각한 랭커스터 게이트 가족에는 새로 온 미국인들과 특히 케이트 크로이가 포함됐는데, 다행히도 편안하게 신경 쓸 수 있는 젊은이였다. 그녀는 사람들을 알았고, 사람들은 그녀를 알았고, 그녀는 그곳에서 가장 멋있는 사람이었는데, 밀리가 말한 마지막 표현은 모드 이모에게 한여름의 부드러운 광기, 곧게 나는 종달새와 같았다. 새로운 친구의 눈에, 케이트는 아름다운 이방인으로 보이기 위해, 관계를 끊고 정체성을 잃어버리기 위해, 그 순간에 나타나서 그들의 상상력대로 맡기는 비범함과 애착이 있었고, 그저 멀리서 바라보는 사람, 보면 볼수록 점점 더 즐거워지는 사람일 뿐이지만, 무엇보다 호기심의 대상이었던 사람이었다. 관계의 당사자로서 그녀를 몰랐던 사람인 것처럼 그녀에 대한 호기심이 저절로 생겨난 이 감각보다 그녀에게 어떤 것도 더 큰 새로움을 줄 수 없었다. 밀리가 머튼 덴셔를 알고 있는 걸 스트링햄 부인한테서 들은 후 밀리가 그녀를 만나자마자 그 감각이 일어났다는 걸 우리는 알게 됐다. 진정한 비판적 의식은 더 객관적이라는 걸 밀리는 알았고, 그녀는 그때 다른 사람을 보았다. 그리고 우리의 젊은 여성은 그 자리에서 그

173

녀가 종종 다시 그렇게 볼 것이라고 예상했다. 그것이 바로 그녀가 오늘 오후에 하는 일이었다. 상투적으로 '너무 크면' 인형을 가지고 노는 어린 소녀의 비밀과 같은 생각의 즐거움을 가졌던 밀리는 누군가 그녀를 모른다면 그녀를 어떻게 생각하고 어떻게 받아들일지에 대해 대부분 집중했다. 따라서 그녀는 간간이 위대한 측면의 사실에 의해서만 조건 지어진 인물, 기다려지고 이름이 붙여지고 적합해야 하는 인물이 되었다. 아마 이런 생각에는 충분한 방식들이 있었을 것이다. 예를 들어, 그녀가 사회적으로 쓸모가 많다고 말할 수 있는 것이 그중 하나였다. 밀리는 좋은 예로 그런 종류의 틀에서 매력을 발휘하는 것만이 그런 방식 중 하나가 아니라면, 그녀 자신이 사회적으로 큰 쓸모가 있는지를 아는지 완전히 확신하지 못했다. 아무튼, 그들이 그녀의 친구를 위해 존재한다는 것을 충분히 알고 뒤로 물러났을 것이다. 그들은 너무 자주 참을 수 없는 존재 그 자체였기에 누군가를 기분 좋게 하는 말로 그녀는 항상 옳다고 말할 수밖에 없었다. 그러나 한편 그 말은 모드 이모에게 넘쳐서, 그녀는 자신이 사랑스럽다고 말하는 불완전한 상승을 제외하고는 스스로 만족해야 했다. 그래도 그건 그 목적을 달성했고, 그동안 두 부인을 하나로 묶어주었던 유대감을 강화했고, 요컨대 로더 부인의 생각에 장밋빛 한 방울을 떨어뜨렸다. 나머지 대부분의 경우, 밀리가 바로 받아들일 수 있는 생각이었다. 하지만 우리가 이미 얼핏 봤듯이 계속 생각들이 바뀌는 것과 마음을 기이하게 속이는 걸 막지 못한다.

로더 부인은 케이트에 대해 그녀는 사실 세상을 떠돌아다니는 사치품이라고 대답하는 것으로 충분하다는 걸 알았다. 그녀는 오늘날 그녀의 '올바름'에 대해 더는 놀라지 않았다. 그녀가 증명하고 있는 바로 그 사치품이 그녀가 먼 옛날부터 평가받고 기다려 왔다는 것이 이쯤 되면 충분히 드러나지 않았는가? 그러나 노골적으로 기뻐하는 걸 막을 수 있었고, 그런데도 그 상황에서 그들은 푸른 바다에서 함께 헤엄치고 있었다. 마크 경은 천천히 지나가고 다시 돌아왔고 편하게 그들 앞에 머무르는 거 같았기에 그에게 다시 돌아왔다. 그는 개인적으로 수놓은 사람의 손에 닿는 곳에 매달린 비단 실타래같이 새파랬다. 모드 이모가 리드미컬한 간격으로 자유롭게 왕복해서 움직이면서 그를 이끌었다. 그리고 밀리에게 스쳐 지나간 뒤섞인 진실 중 하나는 그렇게 당하고 있다는 걸 그도 안다는 것이었다. 이건 로더 부인의 돈을 하나도 들이지 않고 그녀와 합의한 것과 거의 같았다. 그녀는 매첨Matcham에서 그가 무슨 일을 했던지 그가 모드 이모의 아름다운 눈 beaux yeux을 위해서만 시작하지 않았을 것을 그에게 시키지 않았을 것이다. 그가 했던 일은 그가 한동안 헛되이 바라던 일이었다는 걸 짐작할 수 있었다. 그리고 그들이 지금 이익을 얻고 있는 것은 상대적으로 갑작스러운 변화였고, 희망의 중단은 미뤄졌다. 중단의 원인은 밀리가 상관할 일이 아니라는 걸 쉽게 알 수 있었다. 다행히도 그녀는 그 문제에 대해 자신의 무게감에 대해 그에게 직접 들을 위험이 없었다. 그렇다면 그것이 정말로 그가 그녀에게 "네, 소중한 여자가 자신의 목소리를 내도록 내버려 둬요?"라고 말했을지도 모르는 그의 장황하지만 억제된 참여의 결과였을까? "그녀는 여기 남아도 좋아요. 그녀가 원하는 건 뭐든 할 수 있어요. 하지만 당신과 나는 달라요."라고 그가 덧붙였을지도 모른다. 밀리는 사실 자신이 다르다는 걸 알았고, 그가 다른 것은 그의 문제였다. 그러나 그녀는 문제들이 아주 분명하더라도, 이 부분에 대한 마크 경의 '조언'이 암묵적일 것이라는 것도 알고 있다. 그 일이 다시 일어났고, 그는 실제로 그녀에게 어떤 의무도 부과하지 않았다. 게다가 로더 부인이 목소리를 내도록 하는 건 쉬웠다. 그녀가 20살이었을지라도 아무것도 망치지 않았을 것이다.

"당신이 우리와 함께 있어야 해요. 알다시피 당신이 원하는 어떤 자리에라도 있을 수 있어요. 정말 정말요, 아가씨." 그녀는 매우 강조했다. "우리랑 편안하게 지내요. 세상에서 가장 아름다운 집이 당신에게 열려 있어요. 어떤 잘못도 겪어서는 안 돼요. 우리 모두 당신을 생각하고 보살피고 돌보게 해줘요. 무엇보다도 케이트와 함께 날 도와주고 그 애를 위해서 조금만 더 머물려야 해요. 당신과 그 애가 친구가 된다면 정말 오랜만에 좋은 일이 될 거예요. 아름답고 대단해요. 그게 전부예요. 기적처럼 몇 년 만에 나에게 다시 온 사랑스러운 수지가 완벽하게 해줄 거예요. 아뇨. 당신이 케이트와 잘 지내는 것보다 그 일이 더 좋아요. 하나님은 분명 누군가에게 잘해주세요. 내 나이에 새 친구를 사귈 수 없으니까요. 내 말은, 거짓이 아니라 진짜로요. 그건 은행원을 바꾸는 것과 같아요. 50살이 넘으면 그렇게 하지 않죠. 멋진 당신 나라의 사람들을 연보라색과 분홍색 종이로 지키는 것처럼, 그게 바로 수지는 마침내 동화에서 나온 것처럼 그리고 수호 요정으로 당신과 함께 돌아와서 날 지키는 이유예요." 밀리는 이 말에 자신에 대한 묘사가 마치 분홍색 종이는 그녀의 드레스이고 연보라색 종이는 장식과 같이 느꼈다며 감사히 대답했다. 하지만 모드 이모는 힘없는 농담에 말을 계속했다. 게다가 그녀의 대화 상대는 그녀가 정말 진심이라는 걸 느낄 수 있었다. 이 시간에 왠지 그녀는 매우 행복한 여성이었고, 그녀의 행복의 일부는 바로 그녀의 애정과 관점이 공연 전에는 전혀 없었던 것처럼 바뀌고 있는 것인지도 모른다. 의심할 여지 없이 그녀는 수지를 사랑했지만, 그녀는 케이트와 마크 경을 사랑했고, 그들의 재미있는 나이 많은 주인과 여주인을 사랑했고, 밀리의 빈 얼음판을 받으러 온 바로 그 하인까지 가까이 있는 모든 사람을 사랑했다. 그 점에 대해서 그녀가 말을 하는 동안, 밀리 자신은 펄럭거리는 보호용 덮개와 동방 카펫의 무게가 느껴지는 쉼터를 의식했다. 소원을 빌기 위한 동방의 카펫은 아래보다는 위에 있었다. 그러나 만약 그 아가씨가 숨을 쉬지 않는다면, 그녀는 로더 부인의 잘못으로 생각할 수 있었다. 그녀가 나중에 기억하는 것 중 하나는 모드 이모가 그녀와 케이트는 뭐든지 함께할 수 있기에 뭉쳐야 한다고 말한 것이었다. 물론 그것이 케이트에 대한 그녀의 기본 계획이었다. 하지만 현재 커지고 부풀려진 그 계획은 제대로 되기 위해서 밀리가 번영해야 했고, 밀리의 번영은 동시에 케이트의 번영이었다. 아직은 모호하고 약간 혼란스러웠지만 분명 자유롭고 상냥했고, 우리 젊은 여성은 케이트가 수잔 셰퍼드의 특징과 이모의 가능성에 대해 말했던 것들을 이해하게 됐다. 후자의 입에 가장 많이 오르내리는 이야기는 소중한 모드가 타고났다는 것이었다.

여러 가지 느낌이 그 아가씨에게 완전히 전해지지 않는 주요 이유는 이 단계에서 급격하게 바뀌었고 그녀만이 마크 경과 함께 15분간 떨어졌기 때문이라고 덧붙여야 한다. "집에 있는 그림을 봤어요, 당신처럼 아름다운 그림이죠?" 그녀 앞에 있는 그가 물었고, 그가 끌어당기고 그녀에게 상기시키고 싶지 않았던 어떤 뎊도 그가 전혀 기쁨을 느끼지 못하는 이유가 아니라는 걸 그에게 마침내 부드럽게 암시했다.

"방들을 둘러보면서 그림들을 봤어요. 하지만 그렇게 아름다운 것이 나와 같다고 느껴지지 않았어요." 요컨대 밀리는 몇몇 증거가 필요했고, 그가 오로지 주고 싶었다. 그녀는 훌륭한 브론치노Bronzino(아뇰료 브론치노, 이탈리아 화가) 작품과 같은 모습이었고 모든 면에서 그녀가 한 번은 봐야 했다. 그래서 그는 그녀를 불러 데려갔다. 신비로운 모임 주위에 있는 것보다 집 안이 더 편안했다. 반면 그들이 아주 곧바로 간 것은 아니었다. 그들 앞에서 신사 숙녀들이 혼자, 커플로, 단체로 계속해서 "어머, 마크."라며 말하는 걸 들으며, 수없이 자연스럽게 중간중간 멈췄고 부드러운 협박을 받으면서, 서두르며 않고 나아갔다. 그녀가 크게 느낀 점은 집안에서는 그들 모두가 그를 잘 알고 있었고, 그도 그들을 안다는 것이었고, 나머지는 유쾌한 남자든 겉으로는 우아한 여성이든 나머지 사람들은 애매하게 있거나 조금은 초라하게 남아도는 사람들이었다. 그들은 아주 오래전부터 시작되었던 기세에 의해 많은 걸 바꿨을지도 모르지만, 여전히 용감하고 매력적이었고, 여전히 지속성을 보장했고, 특히 전체적으로, 그들은 그녀에게 친근하지만 공허한 말을 하고 친절하지만 주저하는 눈빛을 보내는 배우들보다 더 상냥하게 말했다. 주저하는 시선으로 그녀를 바라보고, 그 시선은 "있잖아, 마크."라는 무의미한 말과 더불어 거의 분명하게 느껴졌다. 그리고 그녀가 괜찮다면 물론 즐거운 일로서 가장 현명한 건 그가 그 불쌍한 사람들에게 그녀의 덕을 보라고 하는 것 같았다.

이상한 부분은 재미 삼아 그가 단순한 방식으로 판단한 이득을 그녀가 착해서라고 조금 강조해서, 대단한 사실인 걸로 그녀가 믿게 했다는 것이다. 그녀가 쉽게 알 수 있듯이, 온화함에 관한 순하고 일반적인 축제로, 런던 사람들이 함께 모여 있지만, 서로를 대부분 알았고 당연히 자기 방식대로 호기심을 드러냈다. 그녀가 그곳에 있다는 말이 돌았다. 그녀에 대한 의구심들이 지나갔을 것이다. 가장 쉬운 건 그를 전반적으로 믿는 것처럼 그와 함께 집중 공격을 받는 것이었다. 그만큼 그가 그들을 소개하든 말든 아무런 차이가 없었기에 그녀 스스로 그들이 별 뜻 없다는 걸 소극적으로 알 수 없었을까? 밀리에게 가장 이상한 점은 아마도 문명의 최고점을 기념할 때 나타나는 특별히 온화하게 바라보는 시선을 그냥 되돌려 줄 수 있는 고무된 자신감과 무관심이었을 것이다. 그녀 주위에 '돌아다니는' 이런 이상한 일은 그녀의 잘못이 아니기에 두말없이 받아들이는 것도 인생을 느끼는 새로운 방식으로 좋을 것이다. 보기에 너무 기이하지만 다른 사람들 말에 따르면 알면 좋은 엄청나게 부유한 젊은 미국인에 대해 그럴듯한 설명을 해야 하는 건 어쩔 수 없었다. 그리고 그녀는 아마도 처음 시작된 우화나 환상에 대해 단번에 짐작했다. 그녀는 수지가 상상할 수 없을 정도로 그녀에 대해 노골적인 말을 할 수 있었는지 자문해 봤고, 바로 그 질문을 영원히 떨쳐버렸다. 왜 그녀가 수잔 셰퍼드를 '선택'했는지 그녀는 바로 분명히 알았다. 그녀는 처음부터 자신이 세상에서 떠들어대는 사람이 아닐 것이라고 확신했다. 그래서 그것은 그들의 잘못도 아니었고 무슨 일이 일어날 수도 있었고, 만약 더 빠지지 않는다면, 이제 모든 것이 다시 녹아들었고, 친절한 눈은 언제나 친절했다! 그녀는 그와 함께 집으로 들어갔다. 그들은 다행히도 모든 우연을 지나쳤다. 브론치노 그림은 깊은 곳에 있었고, 긴 오후 햇살이 빛 바란 색깔 부분에 머물렀고, 그들이 가는 동안 구석구석의 모습과 탁 트인 전망에 그들의 발길이 붙잡혔다.

밀리는 마크 경이 이 평계 말고 실제로 다른 것을 염두에 두고 있는 것처럼 내내 느껴졌다. 마치 그가 그녀에게 하고 싶은 말이 있는 것처럼, 의식하지만 어색하지 않게, 그저 꾸물거리기만 하는 것 같았다. 결과적으로 "바보가 아닌 사람이 당신을 조금이라도 돌볼게 해요."이었기 때문에, 그들이 그림을 보는 순간 그 말을 진짜로 한 거 같았다. 브론치노의 도움으로 어쨌든 그 일은 끝났다. 그가 바보인지 아닌지 예전에는 그녀에게 중요하지 않은 것 같았다. 그러나 지금, 그들이 있는 바로 그곳에서 그녀는 그가 없는 것이 좋았고, 게다가 로더 부인이 최근에 상기시켜준 똑같은 소리가 돌아와도 변함이 없었다. 그녀 역시 그녀를 돌보고 싶었고, 착한 눈을 가진 모든 사람은 거의à peu près 바라는 것이 아니었는가? 아름다움과 역사 그리고 재능과 화려한 한 여름의 광채가 다시 한번 녹아내렸다. 장엄한 최고점이자 절정에 달한 분홍빛 여명이 곧 기묘하게 다가왔다. 나중에 알았지만, 사실 마크 경은 특별히 어떤 말도 하지 않았고, 전부 말한 사람인 그녀 자신이었다. 어쩔 수 없었다. 말이 나왔다. 그리고 신비한 초상화를 보며 눈물을 흘리는 자신을 처음으로 알게 됐을 때 말이 나왔다. 아마도 그녀의 눈물이 그 말을 묘하면서 아름답게 만들었다. 그의 말대로 놀라웠다. 젊은 여자의 얼굴은 손까지 멋지게 모두 훌륭하게 그려졌고 화려한 옷을 입었다. 안색은 거의 납빛이었지만 슬프면서 아름다웠고 머리카락을 뒤로 넘겨 왕관 쓴 얼굴은, 세월이 흐르기 전 그녀의 가족과 틀림없이 닮았다. 어쨌든 약간 미켈란젤로 같은Michaelangelesque 직각 얼굴에,

옛날 사람의 눈, 도톰한 입술, 기다란 목, 보여주기용 보석, 비단을 두르고 쇠약한 붉은 빛을 보이는 의문의 여성은 매우 대단한 사람이지만, 다만 기뻐 보이지 않았다. 그리고 그녀는 죽었다. 아무 말도 없었지만 밀리는 정확히 알 수 있었다. "난 이 사람보다 나을 게 없어요."

그는 초상화를 보고 그녀에 미소를 지었다. "그녀보다요? 그 정도면 충분하니까 당신은 더 나아질 필요가 거의 없는 거예요. 하지만 우연히도 누군가는 당신이 더 낫다고 느낄 거예요. 왜냐면 그녀가 대단할지 모르지만 좋은 사람인지는 의문이니까요."

그는 이해하지 못했다. 그녀는 그림 앞에 있다가 그에게 돌아섰지만, 그가 그녀의 눈물을 알아차렸는지는 잠깐 개의치 않았다. 아마도 그와 있어서 좋은 순간이었을 것이다. 그녀가 누군가와 있거나 어떤 연결고리가 있어서 좋은 순간이었을 것이다. "내 말은 오늘 오후 모든 것이 너무 아름다웠고 어쩌면 모든 것이 다시 그렇게 똑같지 않을 수 있다는 거예요. 그래서 당신이 함께 있어서 기뻐요."

비록 그는 여전히 그녀를 이해하지 못했지만, 그는 이해한 것처럼 친절했다. 그는 고집하지 않았고 그렇게 그녀를 보살폈다. 그는 지금 단순히 그녀를 보호했고, 수없이 실천에 옮겼다. "아, 우리 이런 일들에 관해 이야기해봐요!"

아, 그들은 이미 그렇게 하고 있었고, 언제나 그랬던 것처럼 그녀는 알고 있었다. 그리고 그녀는 다음 순간 옆에 있는 창백한 모습의 아가씨 그림을 보고 천천히 고개를 저었다. 그녀는 웃으며 말했다. "닮았으면 좋겠어요. 물론 그녀의 안색이 핼쑥하지만 나는 더 핼쑥해요."

"손까지 그러네요."

"그녀의 손은 커요. 하지만 내 손이 더 커요. 내 손은 커요."

"아, 당신이 여러모로 그녀보다 한 가지는 낫네요. 하지만 당신은 좋은 사람이에요. 그 점을 꼭 알아둬요." 그는 마치 진지한 사람으로서 애원하지 않는 것처럼 보이도록 말을 덧붙였다.

"자기 자신을 모르는 사람은 없어요. 그건 재미있는 환상이고, 나는 그 일이 일어났을 거라고 생각하지 않아요."

"난 그런 일이 생긴 걸 봤어요." 그는 벌써 그녀 말을 이어받았다. 그녀가 그림을 볼 때 그녀 뒤에 있던 여러 개 방문 중 하나가 열려 있고, 그가 말할 때 그녀는 돌아서서 관심을 가지고 물어보려는 거 같은 다른 세 사람이 있는 걸 봤다. 케이트 크로이가 그들 중 한 명이었다. 마크 경은 방금 그녀가 있다는 걸 알았고, 모든 게 중단된 채, 그녀는 자신이 그곳에 제일 처음이 아니라는 걸 바로 알고 최선을 다했다. 그녀는 마크 경이 밀리에게 보여주고 싶었고 지원군으로 바로 그녀에게 보여줬던 그 그림을 보려고 부인 한 명과 신사 한 명을 데리고 왔다. 하지만 그가 말을 꺼내기도 전에 케이트가 먼저 말했다.

"너도 알았구나?" 그녀는 밀리는 쳐다보지도 않고 그에게 웃음을 지었다. "또 나는 독창적이지 않아. 항상 그랬으면 했는데. 하지만 정말 닮았어." 그리고 이제 그녀는 모두에게 정말로 친절한 눈으로 밀리를 바라봤다. "맞아, 알고 싶다면, 거기 너야. 그리고 넌 최고야." 그녀는 친구들에게 너무 직설적이지 않게 충분히 물어봤지만, 곧 그 그림을 흘긋 보았다. "저 여자 멋지지 않아?"

마크 경은 케이트에게 말했다. "내가 자진해서 실 양을 데리고 왔어요."

케이트는 밀리에게 계속 말했다. "난 앨더쇼Aldershaw 부인에게 보여주고 싶었어."

"훌륭한 사람들은 뜻이 통하죠Les grands esprits se rencontrent!" 그녀와 함께 온 신사가 웃으며 말했는데, 키가 크지만 약간 구부정하고 꾸물거리고 몸을 떠는 사람으로, 돌출된 앞니는 자유로운 도움을 받는 도시 생활을 상징했고, 밀리는 막연하게 엄청난 사람으로 생각했다.

반면 앨더쇼 부인은 밀리가 브론치노였고 브론치노는 밀리인 것처럼 밀리를 바라봤다. "훌륭해요, 멋져요. 물론 난 당신을 알아봤죠. 대단해요." 그녀는 다시 그림 쪽으로 몸을 돌렸지만, 지금 밀리는 나가고 싶다는 다른 열망이 있었다. 그것으로 충분했다. 그들은 소개받았고 그녀는 "와 줄 수 있는지 궁금하네요."라고 말했다. 모든 점에서 그녀가 늙었다는 걸 부정했지만, 그녀는 생생하지도 젊지도 않았다. 그러나 그녀는 여름 한낮에도 활달했고, 많은 보석을 둘렀다. 가장 연한 분홍색과 파란색 옷을 입고 있었다. 그녀는 이 상황에서 어디든 '올' 수 있다고 생각하지 않았지만, 밀리는 아니었다. 그리고 그녀는 어떻게든 마크 경이 질문에서 밀리를 구해주려 한다는 걸 이미 알았다. 그는 끼어들어서 그 아가씨를 대신해서 말했고, 그녀가 괜찮다고 해도 전혀 개의치 않았다. 적어도 그에게는 그렇게 하는 것이 그녀를 대하는 올바른 방법이었다. 그녀는 그저 웃기만 하고 함께 돌아섰기 때문이었다. 그녀는 그렇게 대우를 받았고, 그건 적에게 도움이 됐을 수도 있었다. 신사는 여전히 조금 무기력하게 서 있었고, 마치 큰 호각처럼 도시 생활의 생각을 말하고 있었다. 부인이 사교적으로 접근하는 동안 그의 방식대로 동정심을 보였다. 밀리는 이런 모습에서 곧 그들의 정체를 알게 됐다. 그들은 앨더쇼 경과 앨더쇼 부인이었고, 부인은 영리한 사람이었다. 얼마 후 상황이 바뀌었고, 그녀는 케이트의 교묘한 술수였다는 걸 나중에 알았다. 수지를 찾으려면 지금 가야 하기에 유감스럽다고 속으로 생각했지만, 그 말을 하려고 가장 가까운 자리에 앉았다. 열린 문 사이로 그녀 앞에 보이는 전경은 다른 방으로 이어졌는데, 마크 경은 앨더쇼 부인과 함께 거닐고 있었는데, 의도를 가지고 그와 가까이 있는 부인은 뒤에서 특별한 전문가처럼 보이려고 했다. 앨더쇼 경은 방 한가운데에 남았고, 그에게 등 돌리고 있는 케이트는 그녀 앞에서 서서 아주 상냥하게 굴었다. 그녀에게만 상냥하게 굴었다. 그녀는 마크 경이 그의 부인을 대하는 것처럼 그 불쌍한 신사를 대하는 거 같았다. 그는 그곳에서 따라다니고 조금은 어기적거렸다. 그리고 나서 그는 브론치노 그림 앞에 외알 안경을 쓰고 생각했다. 그는 투덜거리는 것과 다름없는 이상하고 희미한 소리가 내뱉으며, "흠, 아주 대단하군!"이라고 해서 케이트가 재미있어했다. 다음 순간 그는 윤이 나는 바닥 위에서 다른 사람들을 따라가면서 삐걱거렸고, 밀리는 그녀가 무례하다고 느꼈다. 하지만 앨더쇼 경은 모든 면에서 세심했고, 케이트는 그녀에게 아프지 말라고 했다.

그래서 그곳은 화려하고 역사적인 방이었고, 벽에는 그녀의 시선을 끌었던 창백한 사람의 그림이 있었는데, 그녀는 갑자기 뭔가 친숙하고 겸손한 무언가에 빠졌고, 이런 장엄함이 뜻밖에도 증인으로 충분했다. 그건 그녀가 갑자기 받아들여야 하는 형태로 나타났고, 동시에, 그녀가 다른 뭔가에서 벗어나려는 것이 어느 정도 그것에 빠져든 것보다 더 분명했다. 조금 전 처음 만난 그녀 친구의 등장으로, 그녀가 관심을 가진 다른 사람들의 부름에도 다른 뭔가가 있었다. 그곳에서 삐뚤어진 뭔가가 매번 새로워지면서 그녀는 점점 불평해졌다. '그녀가 그 사람을 그렇게 바라볼까?' 케이트가 그를 안다는 걸 기억하면서 자문했다. 그건 케이트의 잘못도 아니었고, 확실히 그의 잘못도 아니었다. 그녀는 그들 중 한 사람을 너그럽고 부드럽게 대하는 것이 무서웠다. 덴셔 군이 너무 멀리 떨어져 있었기 때문에 그와 화해할 수 없었다. 하지만 케이트와 화해하고 싶다는 이차적 충동을 느꼈다. 이상한 온화한 힘을 얻는 그녀는 충동적인 행동으로 지금 그렇게 했다. "내일 나 도와줄래?"

"뭐든 도와줄게."

"하지만 비밀스러운 거라서 누구도 알아서는 안 돼. 사악하고 사실이 아닐 수 있거든."

케이트가 웃으며 말했다. "그럼 난 네 편이야. 그런 일을 내가 좋아하거든. 나쁜 짓 좀 해. 너도 알겠지만, 죄를 짓지 않고는 살 수 없어요."

이 말에 밀리의 시선은 그들의 동행에 잠시 머물렀다. "아, 그 생각

184

까지는 못 했어. 그냥 수잔 셰퍼드를 속이는 거야."

"아!" 케이트는 이 일이 정말 별일 아닌 것처럼 말했다.

"하지만 할 수 있는 한 철저히 해야지."

"속이는 데 내가 도움이 될까? 좋아요, 최선을 다할게."

그들의 합의에 따라, 밀리는 의사 루크 스트렛Luke Strett을 방문하는데, 도움과 위안을 얻는 문제가 해결됐다. 케이트는 이해하는 데 잠시 시간이 필요했고, 이 이름을 듣고 그녀가 아무것도 떠오르는 않는다는 건 그녀의 친구에게 대단한 것이었다. 밀리 혼자서 며칠 동안 많은 비밀이 있었다. 그녀가 말했듯이, 문제의 인물은 그녀가 (뱀의 지혜를 발휘해) 적임자이고 특별한 사람이라고 생각하는 대단한 의사였다. 그녀는 사흘 전에 그에게 편지를 썼고, 그는 1시 20분에 한 시간 진료를 잡아줬다. 그녀는 전날에 혼자 갈 수 없다는 걸 깨달았다. 그녀의 하녀는 탐탁지 않고, 수지는 너무 잘 알았다. 케이트는 무엇보다도 아주 너그럽게 귀를 기울였다. "그리고 나는 이도 저도 아냐. 뭘 너무 잘 안다는 거야?"

밀리는 생각했다. '별일 아닐까 봐 걱정이야. 그리고 그녀가 필요해지기 전에, 별일이어도 여전히 걱정이고.'

케이트는 그녀를 뚫어지게 바라봤다. "도대체 무슨 일이야?" 무슨 일이 정말로 일어나는 것처럼 어쩔 수 없이 조바심을 냈다. 그래서 밀리는 잠시 그녀를 훨씬 나이 많은 사람이라고 느꼈고, 그녀를 조금 옆에서 지켜보면서 생각하고 있는 병을 의심하고, 무지한 젊은이가 쉽게 투덜거린다고 의심쩍어했다. 더 나아가 그녀와 관련된 문제에 있어 케이트가 아직 알고 싶어 하는 것이 정확히 무엇인지를 어느 정도 확인됐다. 그리고 화해를 위해서 만약 그녀가 단순히 공상적이었다면, 케이트는 그녀가 망신을 당하는 걸 보게 될 것이라고 바로 밝혔다. 케이트는 자신이 사교계에 나와서 아주 매력적이기 때문에, 누구에게나 눈부셔 보이고 관심을 가질 수 있을 거라고 생생하게 말했고,

그녀는 늘 괴로워하거나 불안해하지 않는, 즉 어떤 심각한 위협을 받는다고 생각하지 않았다. "있잖아, 나 알고 싶어. 확인하고 싶어!" 이 말을 계속했다. 케이트는 분명히 답했다. "그러니까 우리 꼭 그러자!"

"네가 날 돕고 싶어 할 거라고 생각했어. 하지만 꼭 비밀을 지켜줘!"

"네가 아픈 거라면, 어떻게 네 친구들은 아직도 모를 수 있어?"

"글쎄, 만약 내가 아프다면, 언젠가 알게 되겠지. 하지만 난 오래 살 수 있어." 밀리는 암시하는 듯한 그림을 다시 바라보며 말했다. 그녀는 여전히 케이트 앞에 앉아 있었지만, 얼굴에 광채는 없었다. "그게 내 장점 중 하나일 거야. 눈치채지 못하게 죽을 수 있을 거야."

그녀에게 분명히 사로잡힌 그녀의 친구는 마침내 외쳤다. "넌 보기 드문 젊은 여자예요. 이런 이야기를 하다니 정말 놀라운데!"

밀리는 다시 정신을 가다듬었다. "정확히 우리가 이야기를 나눈 건 아니야. 그냥 너의 다짐을 받고 싶었어."

"여기서 한창 그러고 있잖아!" 하지만 케이트는 놀라서 분명히 동정심에 한숨만 쉬었다.

친구는 잠시 그녀의 말을 기다렸다. 부분적으로는 수줍지만 깊은 동경에서 그녀 일로 케이트가 충격받은 것처럼, 부분적으로는 로더 부인의 첫 만찬에서 마크 경과 함께한 그녀의 엉뚱한 '행동'에 유감이었던 거 같았다. 멋진 아가씨의 연민 어린 태도, 그녀의 힘에서 나온 친절한 대물림, 이것이 정확히 그녀가 그때 이미 예측한 것이었다. 그녀는 더 깊이 알기 위해서 케이트의 말을 이었다. "여기서 뭘 한창 하는 중이었는데?"

"전부요. 네가 갖지 못할 게 없어. 넌 못할 게 없어."

"로더 부인도 그렇게 나한테 말하셨어."

그 말에 케이트의 시선은 더욱더 머물렀다. 하지만 곧 그녀는 말을 이었다. "우리 모두 널 아주 좋아해!"

"너는 정말 멋지고 사랑스러워." 밀리는 웃으며 말했다.

"아뇨. 네가 그렇지!" 그리고 그 일에 진짜 관심이 있는 케이트는 충격을 받은 거 같았다. "3주 만이야!"

"지금까지 그런 말을 해준 사람 아무도 없었어! 더욱더 내가 널 쓸 데없이 괴롭혀서는 안 돼."

"하지만 난? 난 어떻게 되는데?"

"참아야 할 게 있으면, 참아야지."

"하지만 난 참지 않을 거야!"

"아, 넌 할 수 있어. 모두가 그래. 너는 날 몹시 불쌍히 여기겠지만, 날 많이 도와줄 거야. 그리고 난 절대적으로 널 믿어. 그걸로 됐어." 케이트는 그 말을 받아들였기에 그렇게 결론을 내렸고, 밀리는 특히 자신이 그렇다고 느꼈다. 왜냐하면, 그녀가 도달하기 원했던 점이 바로 그것이었기 때문이다. 그녀는 다른 이유로 친구를 지독하게 비난하지 않았다는 것을 자신에게 증명하고 싶었다. 그리고 이런 특별한 자신감보다 더 좋은 증거가 어디 있을까? 만약 케이트가 자신을 좋아한다는 걸 정말로 믿는다는 걸 케이트에게 보여주고 싶었다면, 그녀에게 도움을 청하는 것보다 어떻게 그걸 더 많이 보여줄 수 있을까?

다음 날 케이트와 함께 가는 이번 처음 시간에 실제로 일어난 일은 그 위인이 사과했다는 것이다. 그는 상담 시간을 보통 아주 자유롭게 했기 때문에 드물게 그녀에게 10분을 줬다. 그녀가 볼 수 있는 것보다 어느 정도 조금 더 대우해서 그는 단 10분을 줬다. 탁자 위에 그가 그들 사이에 둔 아주 깨끗하고 큰 빈 컵에 관심이 갔다. 그는 곧 마차에 올라타려고 했지만, 곧 그녀는 하루 이틀 내로 다시 만날 거라고 말했고, 그녀가 제대로 대우받지 못한 것을 아주 잘 달래려고 바로 다른 시간을 잡아줬다. 그 시간은 그녀가 작은 물건들을 모을 수 있는 것보다 더 빨리 흘러서 그녀에게 영향을 미쳤고, 막판에 그녀가 무엇보다도 어떤 인상을 받지 못했다면, 그 시간은 그녀가 다른 설명을 들을 기회를 확실히 하지 못한 채 흘러갔을 것이다. 마지막 몇몇 순간에 모두 갑자기 알게 된 그 인상은, 왠지 느긋하고 사교적인 것이 아니라 그가 과학적이고 심사숙고하고 입증하는 기질이 강하다는 걸 고려하면, 그녀가 갑자기 다른 세상에서, 또 다른 솔직한 친구, 그리고 놀랍게도 전체 모임에 철저히 적응하는 친구를 만든 거 같았다. 게다가, 말 그대로 의사 루크 스트렛의 우정은 조금도 그녀에게 의존하지 않을 것이다. 아마도 그녀가 말을 너무 더듬고 숨을 헐떡거리면서 생각보다 그녀가 그에게 관심이 있다는 걸 알게 됐고, 사실 과학의 바다에서 자신을 잃어버린 어떤 흐름에서 시작됐다는 걸 알게 될 정도로 기이하게 밀려왔다. 하지만 그녀는 고군분투하는 동시에 포기했다. 그녀가 설명을 거의 하지 않고 폭력 없이 자신을 던진 순간이 있었고,

다음 순간 너무나 무의미한 떨림이 그의 호의에 의문을 나타내는 고요함으로 바뀌었다. 그의 크고 안정적인 얼굴은, 비록 단호해 보였지만, 그녀가 처음에 생각했던 것처럼, 딱딱하지 않았다. 그녀 생각에 그는 아주 특이하게도 반은 장군, 반은 주교처럼 보였고, 곧 어떤 상당한 범주 내에서 그녀에게 무엇이 좋고 무엇이 최고인지를 알려준다고 그녀는 확신했다. 다른 말로 그녀는 이렇게 시간을 절약하는 방법으로 관계를 구축했고, 그 관계는 그 시간 동안 그녀가 빼놓은 특별한 트로피였다. 그것은 절대적인 소유물, 완전히 새로운 자산으로 가장 부드러운 비단으로 감싸 기억의 소매 속에 숨겨 놓은 것과 같았다. 그녀는 안으로 들어갈 때는 그것이 없었지만, 밖으로 나올 때는 있었다. 그녀는 망토 밑으로 보이지 않게 감췄고, 웃고 있을 때 다시 케이트 크로이를 마주했다. 물론 그 젊은 여성은 다른 방에서 그녀를 기다렸고, 그 위인은 자리를 비웠기에, 다른 사람은 아무도 없었다. 그리고 케이트는 치과의사의 대기실을 우아하게 만들어 줄 수 있는 동정의 얼굴로 일어나서 그녀를 맞았다. "뭣어?" 그녀는 마치 치아 문제인 것처럼 묻는 것 같았다. 밀리는 실제로 그녀를 전혀 긴장시키지 않았다.

"바쁘시데. 다시 와야 해."

"하지만 그 사람이 뭐라고 말했어?"

밀리는 거의 기뻤다. "아무 걱정도 하지 많고, 착한 아가씨로서 선생님의 말대로 한다면, 날 평생 돌봐줄 거래."

케이트는 마치 물건이 잘 맞지 않는 것처럼 의아해했다. "하지만 그 사람은 네가 아프다고 생각했어?"

"그분 생각은 모르지만, 난 신경 안 써. 난 알게 될 거고, 그게 뭐든 충분할 거야. 그분은 나의 모든 것을 알고, 나는 그게 마음에 들어. 조금도 싫지 않아."

그러나 케이트는 여전히 빤히 바라봤다. "하지만 그 사람은 그렇게 몇 분 만에 너한테 충분히 물어볼 수 있어?"

"나한테 거의 아무것도 묻지 않으셨어. 그렇게 어리석은 일을 할 필요가 없지. 말씀하실 거야. 날 알고 있고, 내가 돌아가면 조금 더 생각하실 거니까, 괜찮을 거야."

밀리는 잠시 후 이 말을 최대한 이용했다. "그럼 우리는 언제 와?"

그들이 대화를 나누는 동안에도, 적어도 그것이 한 가지 이유였는데도, 그 말에 그녀의 친구는 멈췄다. 그녀의 또 다른 정체성, 즉 덴셔 군에게 그녀가 가지고 있을 정체성을 생각해 봤을 때 그녀는 그곳에 갑자기 섰다. 이것은 항상 매 순간 헤아릴 수 없는 빛이었고, 켜지는 것보다 더 빨리 꺼질지라도, 필연적으로 방해받았다. 몇 시간과 며칠이 지나도 그의 존재를 알리는 기회 자체가 이상하게도 계속해서 실패했다는 사실 그 자체로 심술이 났다. 20번, 50번 있었지만, 아무것도 드러나지 않았다. 특히 이번은 최소한 기회도 자연스럽게 있는 시점이 아니었다. 그런데도 밀리는 사실상 다른 날도 피하게 될 것이라는 걸 알았다. 그녀는 재빨리 케이트가 전혀 의식하지 않는다는 걸 알았다. 그리고 그녀는 그 집착을 떨쳐버렸다. 하지만 그녀의 반응을 인정할 만큼 충분히 계속됐다. 아니다. 그녀는 케이트에게 자신이 그녀를 얼마나 믿는지 보여줬고, 충성심 때문에 어떻게든 할 것이다. "아, 이제 상황이 변했으니, 너에게 다시 폐를 끼치지 않을래."

"너 혼자 오려고?"

"양심의 가책 느끼지 마. 여전히 나에게 절대적 재량을 베풀어줘."

문 밖에서, 큰 광장의 넓은 포장도로에서, 추가 운행을 마쳐야 한다는 이유가 있는 마부 때문에 그들은 마차를 기다려야 했다. 하인이 그곳에 있었고, 그가 한 바퀴 돌고 있다고 알려줬다. 그래서 케이트는 서 있는 동안 이야기를 계속했다. "그런데 왜 넌 주는 것만큼 부탁하지 않니?"

이 말에 밀리는 더 갑자기 그만뒀다. 그 말을 듣자마자 받아들였다. 하지만 그녀는 계속 웃으며 말했다. "알았어. 그럼 네가 말해봐."

"내가 말하고 싶지 않아, 너한테서 진실을 알 수만 있다면 무덤처럼 조용히 있을 거야. 내가 원하는 건 너의 진짜 모습이 어떤지 나한테 숨기지 않는 거야."

"절대 그러지 않을게. 하지만 지금 내가 어떤지 봐. 나는 만족하고 행복해."

케이트는 그녀를 오래 바라봤다. "네가 마음에 들어 한다는 거 알지. 너에게 그 일이 어떻게 되어가는지 말이야…."

밀리는 이제 아무 생각 없이 그녀의 얼굴을 바라봤다. 그녀에게서 더는 덴셔 군의 떠오르지 않았다. 그녀는 그녀 자체였고 좋은 여자였다. 지나간 일은 지나간 것이고, 그럴 것이다. "물론 그래. 어떻게 표현해야 하나, 신부님에게 무릎을 꿇는 거 같아. 난 고해를 했고 용서를 받았어. 벗어난 거지."

케이트는 그녀에게서 눈을 떼지 않았다. "그 사람은 널 좋아했을 거야."

"아, 의사들! 하지만 그러길 바라. 그분은 날 그렇게 좋아하지 않아." 그리고 친구의 말을 더 듣지 않겠다는 듯이, 아니면 아직 눈에 보이지 않는 마차 때문에 조급한 것처럼, 크고 생기가 없는 광장으로 눈길을 돌렸다. 하지만 생기가 없는 건 런던의 모습이었고, 더운 늦은 시간 런던의 춤과 이야기는 흐릿한 그림과 뒤섞인 메아리 같았고, 다음 순간 그 인상에 아가씨의 꽉 다문 입술이 운을 뗐다. "아, 아름답고 큰 세상이야. 그리고 모든 사람이, 맞아 모두가…." 그녀는 이제 다시 케이트를 다시 바라봤고, 매첨에 걸렸던 초상화 사이에서 마크 경을 봤을 때만큼 많이 울지 않았기를 바랐다.

아무튼, 케이트는 이해했다. "모든 사람이 그렇게 친절해지고 싶어할까?"

"그렇게 친절해."

191

"아, 우리가 널 낫게 할 거야. 그리고 이제 스트링햄 부인을 데려올 거지?"

하지만 밀리는 다시 분명히 했다. "선생님을 한 번 더 만나고 나서."

그녀는 이틀이면 충분할 것이라고 여겼다. 그러나 그들 사이에 있었던 일로, 그녀가 그 사이에 더 높이 자리매김한 특별한 사람을 다시 봤을 때, 그가 그녀에게 같이 온 사람이 있는지 가장 먼저 물었다. 그녀는 바로 모든 걸 말했다. 그렇게 될 거라고 생각했던 것처럼, 처음에 당황했던 것에서 완전히 벗어나서 많은 말을 했고, 그녀가 혼자 오지 않기를 바랐다는 것에 놀라지 않았다. 마치 48시간 동안 그와 더 친해졌고 특히 그의 지식이 신기하게 늘어난 거 같았다. 그들은 전에 10분도 채 함께 있지 않았지만, 그 10분으로 그토록 멋지게 형성된 관계를 바로 잡아야 했다. 그의 입장에서 그녀가 싫어했을, 단순히 직업적으로 잘 대하고 단순히 환자를 대하는 태도가 아닌, 조용하고 즐거운 분위기에서 그녀에 대해 좋게 물어보고 이것저것 물어보면서 알아내야 했다. 물론 그는 조금도 물어볼 수 없었고, 그렇게 할 수도 없었다. 그가 알고 있는 정보는 출처가 없었고, 필요한 정보는 정말로 없었다. 그는 단순히 자신의 천재성으로 알아냈고, 그녀 말대로 모든 걸 알아냈다. 이제 그녀는 밝혀진 이 상태를 좋아하지 않는다는 걸 알았을 뿐만 아니라, 반대로 그녀가 정말로 원했고, 적어도 일단 만족할 만한 확실한 뭔가가 있다는 걸 알았다. 그녀는, 한 번도 알았던 적이 없는 것처럼, 자신이 처음부터 확실한 것을 알지 못했다는 사실을 의식했다. 그녀가 이렇게 기분 좋은 상황에서 어떤 식으로든 운명을 다했다는 건 알고 나서, 확실함이 생긴 게 이상해 보일 것이다. 그러나 무엇보다도 지금까지 그녀를 지탱해야 했던 것이 얼마나 적었는지를 증명할 것이다. 어쩌면 실망할 것이기 때문에 실망의 단순한 과정으로 지금 버텨야 한다면, 이건 그녀의 기묘한 작은 이력을 증명할 뿐일 것이다. 느슨하고 덜컹거리는 그 느낌은 전혀 아니었다. 그곳에 앉아서 평화롭게 사는 것에 대해 처음으로 생각해 보는 것을 상징하는 저울에 그녀의 삶을 저울질 하는 것은 터무니없게도 사실이었다. 특히 이번 두 번째 면담으로 그녀의 인생을 저울질한다는 것이 밀리의 낭만적인 생각이었다. 그리고 그 문제에 관해서 확립된 관계의 가장 좋은 부분은 그 위대하고 진지하고 매력적인 남자는 그것이 낭만적이고 어느 정도 허용된다는 걸 바로 알았을지도 모른다는 것이다. 그녀의 유일한 의문이자 유일한 두려움은 애정을 가지고 그녀를 대하려고, 그가 조금 낭만적으로 그녀를 이용하지 않을까 하는 것이었다. 이것은 의심할 여지 없이 그녀가 그와 함께 하는 위험이었다. 그러나 그녀는 알아야 했고 그동안 전반적으로 위험은 줄어들었다.

몇 분 후, 넓고 '멋진' 진찰실은, 아주 오래된 집 뒤쪽에 있어 조용했고, 몇 년 동안 유명인들이 찾아 다소 누추해졌고, 심지어 한여름에도 약간 어두침침했는데, 그곳은 그녀에게 단골과 용도를 알려주고, 그 자체로 가능성과 확실성을 분명히 보여줬다. 그녀는 세상을 알려고 왔고, 이곳은 세상의 빛, 런던의 '뒤쪽'의 짙은 땅거미, 세상의 벽, 세상의 커튼과 카펫이었다. 그녀는 오래 전에 감사의 표시로 받았을 거대한 청동 시계와 벽난로 장식에 익숙해져야 했다. 그녀는 동시대 저명한 사람들의 사진, 명판과 서명이 있고 특히 유리 액자에 넣어 장식품이 되고 위로가 되는 곳에 있어야 했다. 그리고 그녀는 깊은 정적, 일시적인 정지와 기다림의 압박감이 몇 년 동안 확실히 계속됐던 분명한 사실들을 솔직하게 생각하는 동안, 그녀는 또한 감사함의 선물로 뭘 해야 할지 생각했다. 그녀는 적어도 건장한 빅토리아 시대 청동보다 더 나은 것을 줄 것이다. 이것은 정확히 그가 그녀를 만나기 전에 그녀에 대해 알고 있었다고 그녀가 생각했던 것이었고, 어쨌든 온 사방에서 다른 많은 일이 긴박한 가운데 남몰래 이야기를 만들어갔다. 그녀는 그와 함께하는 비밀이 많지만, 실제로 표현해야 할 필요는 없었다. 예를 들어, 그녀가 방문하기 직전에 선택한 소중한 여자가 없었다면 그녀가 내세우는 호소에 대해, 어떤 종류의, 꽤 가까운 연결고리를 갖지 못했다는 것이 다른 사람에게 비밀이었을 것이다. 이를테면 존경할 만한 사람이 아무도 없었다. 그러나 그가 그 점을 안다는 것을 그녀는 조금도 신경 쓰지 않았으며, 그녀가 소중하게 여기는 부인이 모르도록 했다는 걸 그가 안다는 것도 조금도 개의치 않았다. 그녀는 친구를 기만하고 혼자 왔었다. 가게 핑계를 대거나, 변덕을 부리거나 그녀도 모르는 핑계를 댔고, 이번에는 혼자서 거리를 즐기고 싶다는 핑계를 댔다. 혼자 나온 것이 그녀에게는 생소했다. 늘 친구나 하녀와 함께 다녔다. 게다가 그는 그녀가 그의 어떤 말도 제대로 받아들일 수 없을 거라고는 절대 생각하지 않았다. 그는 그녀를 너무 심하게 달래지 않았지만, 자신의 용기에 말하는 그녀의 설명에 조금은 재미있었다. 그래도 그는 그녀와 함께 온 사람을 알고 싶었다. 수요일에 어떤 아가씨와 함께 있지 않았는가?

"맞아요. 다른 사람이에요. 나와 함께 여행하는 사람은 아니에요. 그녀에게 말했어요."

분명 그는 즐거워했고 그녀에게 많은 시간을 주면서 가장 큰 매력인 그의 분위기를 더했다. "그녀에게 무슨 말 했어요?"

"뭐, 당신을 만나는 게 비밀이라고요."

"그녀가 몇 명한테 말할까요?"

"아, 그녀가 맹세했어요. 누구한테도 안 해요."

"그녀가 맹세했다면, 당신이 또 다른 친구를 사귈 수 있다는 거 아니에요?"

고심할 필요 없었지만, 그래도 그녀는 잠시 생각을 했고, 그가 조금이라도 분위기를 풀기 위해 분명 그녀에 대해 더 알고 싶어 하는 걸 의식했다. 안 하는 것보다 하는 게 낫지만, 그는 아무 소용이 없다는 걸 받아들여야 했고, 그녀는 잠깐 그렇게 분위기를 풀려는 주제에 대해 확신했다. 밀리 실에게 그 분위기는 본질적으로 상당히 냉랭한 분위기를 사라지게 하지 못했다. 그녀가 그에게 다른 걸 말할 수 없다면, 권위 있게 말할 수 있었다. 요컨대 그녀는 이제 그게 간단하다는 것을 아는 듯했다. "맞아요. 다른 친구를 사귀겠죠. 하지만 다 같이 어울리지 않아요. 그 차이점 말고 뭘 말해야 할지 모르겠네요. 내 말을 누군가 정말 혼자 있을 때 말이에요. 난 친절 같은 걸 겪어본 적이 없어요." 그녀가 말하도록 내버려 두는 이유가 있는 것처럼 그가 다시 기다리는 동안, 그녀는 잠시 말을 멈췄다. 그녀가 원했던 걸 세 번째 말하자면, 사람들 앞에서 우는 것이 아니었다. 그녀는 친절한 태도 같은 걸 알지 못했고, 제대로 겪어봤으면 했다. 하지만 그녀는 자신이 어떤지 알았고, 지금 자신의 입장을 고수해도 잘못된 것이 아니었다. "한 사람의 상황만이 오직 문제예요. 바로 나예요. 나머지 사람들은 즐거워하고 소용없어요. 정말 아무도 도울 수 없어요. 그래서 오늘 내가 혼자 온 이유예요. 최근에 크로이 양이 나와 함께 왔지만, 혼자 오고 싶었어요. 만약 선생님이 날 도울 수 있다면, 훨씬 더 좋고 물론 누군가 조금이라도 도울 수 있다면 자기 자신일 거예요. 선생님과 내가 최선을 다한다는 것만 빼고, 선생님이 날 있는 그대로 봐줬으면 좋겠어요. 맞아요. 난 그게 좋아요. 허풍 떠는 거 아니에요. 처음에는 최악으로 보이겠지만 나중에는 나아지겠죠? 어떤 일이 일어나지 않을 수 있고, 일어나더라도 누군가에게는 별 차이가 없을 거예요. 그러니까 이렇게 당신과 있으면서 나는 있는 그대로의 나 자신을 느껴요. 만약 선생님이 조금이라도 알려고 하지 않는다면, 난 정말 힘이 날 거예요."

그녀에게 모든 기회를 주려는 그의 태도와 인상 때문에 그녀는 그가 알려고 하는 관심을 그렇게 여겼다. 이런 인상은 그녀에게 낯설고 깊어서, 집에서도 생각났다. 그도 모르게 비교적 멀리 떨어진 곳에서 그녀 말대로 사실 밖에 있는 일들을 그와 함께 신중히 살피는 걸 허용하는 것처럼 그에게 보였다. 그녀에게 무슨 문제가 있는가에 대한 질문 외에 그녀 대신 그가 다른 질문들에 관심이 있다는 걸 나타냈다. 그녀는 가장 높은 단계의 유형의 과학적 사고에서 일반적인 것으로 받아들였다. 그는 상당히 과학적 수준이 높았고, 그렇지 않았다면, 분명 그러지 않았을 것이다. 그러나 조금은 그녀가 그와 동등한 척하는 것처럼 보일 수 있지만, 동시에 그녀에게 직접적인 빛의 근원으로 받아들일 수 있었다. 환자 건강 이상보다 환자에 대해 더 알고 싶어 하는 건 아주 훌륭한 의사들에게도 환자를 쉽게 실망시키는 어떤 형태나 다른 바람을 제외하고는 있을 수 없는 것이다. 그렇다면 그 이유는 너무나도 분명하게 동정심일 수밖에 없을 것이다. 그리고 프랑스 혁명에서 창문 앞에서 흔들리는 창에 꽂힌 머리처럼 얼굴에 연민이 그대로 드러난다면, 환자가 아프다는 외에는 무엇을 추론할 수 있을까? 그가 지금 하고 싶은 말을 할 수도 있다. 그녀는 언제나 창가에서 그 머리를 봤을 것이다. 그리고 사실 이제부터 그녀는 그가 할 말을 하기만을 원했다. 그는 어쩌면 아무렇게나 내세울 점괘가 없기 때문에 더 쉽게 말할 수도 있을 것이다. 마지막으로 그가 그녀에게 말을 시킨다면, 그녀가 말하는 것이다. 어쨌든 그가 알 수 있는 건 그녀가 두려워하지 않는다는 것이었다. 만약 그가 그녀를 위해 세상에서 가장 소중한 일을 하고 싶다면, 그녀가 아프지 않다고 생각한다고 알려줄 것이다. 그를 호도하지 않도록 그녀가 동의한 것은 그 순간 그녀가 그 사람만큼 훌륭하다는 건방진 암시를 주지 않는 것이었다. 그가 정말로 호도될 수 있다는 건 엉뚱한 생각이었다. 실제로 몇 초간 그들 사이에 그들이 어디에 있는지 함께 안다는 눈짓만이 오갔다. 그들의 진실의 갈색 관자놀이에서 이런 것이 순간적으로 반짝거렸고, 그는 여전히 그녀를 마음대로 하려 했고, 희미한 미소를 지으며 모든 것을 마무리했다. 그런 친절은 그런 희미함과 함께 훌륭했다. 날카로운 강철이라도 그 빛남은 물론 업무의 다른 측면을 위한 것이었고, 어떤 식으로든 그녀에게 와 닿을 것이다. "친척이 전혀 없다는 뜻인가요? 부모도, 언니도, 심지어 사촌이나 고모도요?"

그녀는 인터뷰하는 여주인공이나 연극에 등장하는 괴짜들이 쉽게 하는 습관처럼 고개를 저었다. "뭐든 아무도 없어요." 하지만 그 마지막 말을 한 것은 그것이 끔찍해서였다. "나는 생존자, 그러니까 난파선의 생존자예요. 모든 사람이 죽는다는 걸 어떻게 받아들여야 하는지 선생님은 알아요. 내가 열 살 때, 아버지와 어머니와 함께 우리는 여섯 식구였어요. 이제 나만 남았어요." 그녀는 평정심을 가지고 말을 이었다. "하지만 그들은 다른 이유로 죽었어요. 그런데도 상황이 그래요. 그리고 전에 말씀드렸듯이, 난 미국인이에요. 그 점이 날 더 악화시키는 건 아니에요. 하지만 그게 나에게 어떤지는 선생님이 아실 거예요." 그는 조심스럽게 그녀의 말을 다 받아줬다. "맞아요. 그 점이 당신에게 어떤지 너무나 잘 알아요. 우선 당신에게 중요한 점이요."

그녀는 고마우면서도 다시 사교계에 들어선 것처럼 한숨을 쉬었다. "아, 맞아요!"

"아뇨, '우리'는 전혀 아니에요. 나만 알지만, 당신도 원하는 만큼 알 수 있어요. 난 미국인 친구들이 많아요. 당신이 원한다면 그들이 있고, 그들과 함께 있는 것보다 더 좋은 곳은 없어요. 다른 사람들과 함께 있으면, 그건 완전한 고독이 아니에요. 당신은 훌륭한 사람이라는 걸 알지만, 당신이 버틸 수 있는 것보다 더 많이 참으려고 하지 말아요. 어렸을 때 힘든 일을 겪었지만, 인생이 전부 힘들다고 생각해서는 안 돼요. 당신은 행복해질 권리가 있어요. 결심을 해야 해요. 어떤 식의 행복이든 받아들여요."

그녀는 거의 기쁘게 대답했다. "아, 뭐든지 그렇게 할게요. 그 문제에 있어 난 매일 매일 새로운 행복을 받아들이는 거 같아요. 지금도요!" 그녀는 웃으며 말했다.

"지금까지 아주 좋아요. 내가 끝없는 관심을 보인다는 거 믿어도 돼요. 하지만 50명 중에 한 명일 뿐이에요. 많은 사람을 모아야 해요. 누가 아는지 신경 쓰지 말아요. 그러니까 나와 당신이 친구인 거 아는 거 말이에요."

"아, 선생님은 누군가를 알고 싶으신 거네요. 날 보살펴 주는 사람을 알고 싶은 거예요." 하지만 그는 그녀 또래의 젊은 사람들에게 가끔 그런 점을 느꼈다는 걸과 그들의 친숙함의 기회마저도 익숙하다는 걸 어느 정도 자연스럽게 보여줘서, 그녀는 그의 침묵으로 자신의 자유가 헛된 것이라고 느꼈고, 바로 그녀가 말할 수 있는 가장 이성적인 말을 생각했다. 이건 그녀가 이제 곧 완전하다고 말할 자유의 주제에 관한 것이다. "물론 그 자체로 참 좋죠. 그러니까 내가 모른다고 생각하지 마세요. 이 넓은 세상에서 내가 원하는 건 알 수 있어요. 나는 부탁할 사람도 없고, 날 막을 사람도 없어요. 나는 멍이 들 때까지 몸을 흔들 수 있어요. 그게 전부 기쁜 건 아니지만 많은 사람들이 그렇게 해보고 싶을 거예요." 그는 질문을 던지려고 했지만, 곧바로 그녀의 재력이 많다는 걸 알게 된 그를 그녀가 이해했기 때문에, 그녀가 계속 말하도록 내버려뒀다. 그녀는 그에게 간단하게 그렇게 말했고, 그 끔찍한 머리 위로 지나가는 건 이게 전부였다. 그러나 그녀는 그의 판단, 혹은 적어도 그의 즐거움 즉 그의 놀라운 감정에 있어 중요한 영향이 생겼다는 걸 알 수밖에 없었다. 그리고 나서 이제 그녀의 작은 부분들이 어린 시절의 다각형 요지경 상자 안에서 조합을 만드는 색유리 조각처럼 그에게 함께 떨어졌다. "그러니까 내가 이 세상에서 뭘 하느냐의 문제라면 도움이 될 거예요!"

"이 세상에서 뭐든 하겠다는 거죠? 좋아요." 그는 가치 있는 일을 기쁘게 받아들였다. 하지만 일시적이라도 잠정적인 문제를 다루기 위해 10분 정도 시간이 필요했다. 그녀가 뭐든지 하겠다는 건 어느 정도 편했지만, 그녀가 뭐든지 해야 한다는 건 매우 그리고 상당히 모호해 보였다. 그래서 당분간 그리고 친해지기 위해 그들은 그녀를 함께 데리고 쓸데없는 극한까지 나아갈 준비가 된 것처럼 보였다. 많은 질문, 청진법, 탐구와 그 자신의 일련의 일들과 그녀의 소홀함에 대한 기록 후에 그 결과는 결국 여전히 모호했지만, 그들은 북극으로 방해받지는 않지만 쓸모없는 항해에서 돌아온 것처럼 스스로 부딪히거나 적어도 우리를 공격할 수 있을 것이다. 밀리는 지시에 따라 북극으로 갈 준비가 됐다. 그리고 무엇인가가 그녀의 친구가 실제로 명령을 거부하는 혼란스러운 용두사미로 만드는 건 당연했다. 그녀는 "아니요." 라고 그가 분명하게 반복하는 걸 들었다. "난 당신이 당분간 아무것도 하지 않았으면 해요. 그러니까 한두 가지 처방전을 따르고, 내가 며칠 내로 당신 집으로 찾아가겠어요."

처음에는 좋았다. "그럼 스트링햄 부인을 뵐 수 있겠네요." 그녀는 이제 조금도 개의치 않았다.

"음, 난 스트링햄 부인을 걱정하는 게 아니에요." 그리고 그녀가 한 번 더 물어보자 그는 한 번 이야기했다. "절대로 안 돼요. 난 당신을 아무 데도 '보내지' 않아요. 영국은 괜찮아요. 쾌적하고, 편리하고, 적당한 곳이라며 어디든 좋아요. 당신은 당신이 원하는 대로 할 수 있다고 말했어요. 그러니까 그렇게 하세요. 할 일은 단 한 가지예요. 내가 당신을 다시 보고 나면, 당연히 이제 런던을 떠나야 해요."

"그럼 대륙으로 돌아가야 하나요?"

"물론 대륙으로 가야죠. 대륙으로 돌아가세요."

"그럼 선생님은 어떻게 날 계속 만나실 거죠? 하지만 어쩌면 날 계속 보고 싶지 않으실 거예요."

그는 모든 것을 준비했다. 그는 정말로 모든 것을 대비했다. "당신을 따라갈 거예요. 내가 당신을 계속 진찰하기를 원치 않는다고 해도요."

"네?"

그는 바로 여기서 조금도 더듬거리지 않고 갑작스럽게 치고 들어왔다. "어쨌든, 당신이 할 수 있는 모든 걸 알아보세요. 그렇게 될 거예요. 아무것도 걱정하지 마세요. 조금도 걱정할 필요가 없어요. 흔치 않은 좋은 기회예요."

그가 그녀에게 무엇인가를 보내 줄 것이며, 그가 그녀를 보러 갈 날짜를 그녀에게 바로 알려주겠다는 말을 들었기 때문에, 그녀는 자리에서 일어났었다. 그녀는 사실상 쫓겨난 것이었다. 하지만, 그녀 자신을 위해, 한두 가지는 지켰다. "영국에 돌아와도 되나요?"

"그럼요! 언제든지 좋으실 때요. 하지만 당신이 오면 항상, 나에게 바로 알려주세요."

"아, 왔다 갔다 하는 건 좋지 않을 거예요."

"그럼 우리와 함께 있겠다면, 훨씬 좋을 거예요."

그녀는 그녀에 대한 그의 초조함을 억누르는 방식에 마음이 움직였다. 그리고 그녀에게 영향을 미치는 그 사실 자체가 너무나 소중했기에 더 많은 것을 얻으려는 바람에 그녀는 굴복했다.

"그러니까 내가 제정신이 아니라고 생각하시는 거죠?"

그가 웃음 지었다. "어쩌면 그게 모든 문제겠죠"

그녀는 더 오래 그를 바라봤다. "아뇨. 그건 너무 좋아요. 어쨌든 나빠질까요?"

"전혀요."

"그래도 살 수 있나요?"

저명한 친구가 말했다. "아가씨, 내가 당신에게 그 수고를 견디라고 설득하는 것이 바로 '살게'하는 거잖아요?"

이 마지막 말이 귓가에 맴돌았기 때문에, 한 번은 그녀가 비탄에 빠졌을 때, 이번에는 큰 광장에 혼자 돌아왔을 때, 그 말은 바로 그녀에게 효과를 나타낸 거 같았다. 이 효과로 그녀는 흥분했고, 그녀는 쉽게 행동으로 옮기는 단순하고 직접적인 충동으로 앞으로 나아갔다. 그녀는 한 시간 동안 버텼고, 이제 왜 혼자 오고 싶어 했는지 알았다. 이 세상 누구도 그녀의 상태를 충분히 알 수 없었을 것이다. 거리를 두지 않고 그녀 옆에서 걸을 수 있는 충분히 가까운 친구가 없었을 것이다. 그녀는, 말 그대로 이렇게 처음으로 갑작스러운 흥분에 그녀의 유일한 친구는 현재 그녀 주위에 있지만, 용기를 주는 인간미가 없는 사람이고 그때 그곳에서 런던의 잿빛 광대함이 그녀의 유일한 장소일 거로 생각했다. 잿빛 광대함이 갑자기 그녀의 일부가 되었다. 잿빛 광대함은 그 순간에 그녀의 저명한 친구가 그녀의 세계에 준 것이었고 그가 그녀에게 말했듯이 '사는' 문제는 선택에 따라, 의지에 따라 불가피하게 직면하는 것이었다. 그녀는 힘껏 곧장 앞으로 나아갔다. 걸으면서 그녀는 혼자 있는 것이 여전히 더 기뻤는데, 그녀가 서두르려고 할 때 케이트 크로이나 수잔 셰퍼드나 누구도 서두르지 않을 수 있었기 때문이다. 그녀는 그에게 마지막으로 걸어서 집이나 다른 곳에 갈 수 있는지 물었고, 그는 그녀의 호사스러움에 다시 재미있다는 듯이 대답했다. "당신은 다행히도 천성적으로 활동적이에요. 그건 멋진 거예요. 그러니까 기뻐해요. 당신은 바보가 아니니까 어리석은 행동 하지 말고 적극적으로 움직여요. 원하는 대로 해요." 그 말은 사실 그녀 생각을 최고로 복잡하게 만든 마지막 격려이자 기운이었고, 그렇게 이상하게 복잡해진 생각으로 그녀가 잃어버린 것과 그녀에게 주어진 것을 동시에 알게 됐다. 그녀가 발길 가는 대로 다니는 동안 이런 것들이 동등하게 느껴진다는 건 그녀에게 놀라운 일이었다. 그녀 힘으로 살 수 있는 것처럼 대우를 받았는가? 누군가 죽지 않는 한, 그렇게 대우받지 않을 것이다. 꽃의 아름다움은 작고 오래된 안전함에서 멀어졌고, 그건 분명했다. 그녀는 그 아름다움을 그곳에 영원히 두고 떠났다. 하지만 어느 때보다 그녀가 책임감 있게 관여하는 대단한 모험이자 크고 희미한 실험이나 몸부림에 관한 생각의 묘미가 그녀에게 대신 주어졌다. 그것은 마치 그녀가 가슴 부분을 찢어서 일상복의 일부인 친근한 장식품, 익숙한 꽃, 작고 오래된 보석을 버리는 거 같았다. 그녀는 대신 기이한 방어 무기, 머스킷총(과거 병사들이 쓰던 장총), 창, 전투용 무기들을 어깨에 메야 했고, 눈에 띌 수 있지만, 전투태세에 모든 노력을 기울여야 했다.

그녀는 이미 이 무기를 등에 메고 있는 것을 느꼈고, 이제 그녀는 마치 첫 번째 진군나팔 소리에 행군 중인 군인처럼 진심을 다해 앞으로 나아갔다. 그녀는 8월 햇살이 비치지 않는 칙칙하고 지저분한 길 위를 다니며 이름 모르는 거리를 지나갔다. 그녀는 몇 마일 동안 기분이 좋았고, 길을 헤매고 싶었다. 모퉁이에서 멈춰 서서 방향을 선택하는 순간들이 있었는데, 그녀가 활동적이라는 것을 기뻐하라는 의사의 지시에 따랐다. 그렇게 새로운 이유가 생긴 것은 새로운 기쁨이었다. 그녀는 자신의 선택과 의지를 곧바로 단언할 것이다. 그녀 주위의 이런 개인적 일을 받아들이는 것이 우선일 것이다. 그리고 그녀가 수지의 경고를 무시했는지는 정말로 신경 쓰지 않았다. 그들이 호텔에서 말한 것처럼 수지는 적절한 때에 그녀가 '어떻게 되었든' 궁금할 것이다. 하지만 이건 앞으로 닥칠 경이로운 일에 비하면 아무것도 아니다. 사실 밀리는 자신의 발걸음조차도 경이로움을 느꼈다. 사람들 눈에 그녀가 자신의 모습과 발걸음을 확인하는 거 같았다. 그녀는 가끔 뉴욕에서 온 특이한 모습의 아가씨들에게 놀라지 않는 지역을 걸었는데, 칙칙하고 검은색 깃털이 있는 옷을 걸치고 어울리지 않는 신발을 신고서 그들을 너무나도 뚫어지게 봤다. 호기심에 틀림없이 그녀는 샛길에서 흥분하며 빈민가라고 생각하는 때 묻은 아이들과 행상 수레가 있고 사람들로 가득한 골목에서 말 그대로 어깨에 총을 메고 막 출정길에 올랐다고 했을 것이다. 하지만 이런 인물에 심취할까 봐 그녀는 여기저기 이야기를 나누기 시작하고 길을 물었다. 모험에 도움이 되기 때문에 길을 알고 싶지 않았지만 말이다. 마침내 우연히 문제가 나타났다. 케이트 크로이와 함께 두세 번 왔던 리젠트 공원Regent's Park에서 그녀의 공용마차가 장엄하게 지나가는 것을 봤다. 그러나 그녀는 이제 더 깊이 들어갔다. 이곳이 진짜였다. 진짜는 화사한 도로에서 아주 멀리 떨어져 있고, 가운데에 시든 풀밭에 있었다. 벤치와 더러운 양이 있었다. 짙은 공기 속에 가볍게 소리치며 공놀이 중인 한가한 젊은이들이 있었다. 그녀처럼 불안해하고 지친 방랑자들이 있었다. 의심할 여지 없이 같은 처지에 있는 수백 명의 사람들이 이곳에 있었다. 이렇게 우울한 숨 쉬는 공간에서 인생에 대한 실제적인 문제 외에 그들의 공통된 걱정이 무엇일까? 그들이 원한다면 살 수 있을 것이다. 즉 그녀처럼 그들도 그런 말을 들었다. 그녀는 자리에 앉아서 정보를 이해하고 동화하고, 충분히 친숙하고 조금은 다른 형태로 그들이 살 수 있다는 축복받은 오래된 진리를 다시 인지했다. 따라서 그들과 공유한 모든 것 때문에 사람들과 함께 앉고 싶어졌다. 그녀는 지금까지 비어있는 벤치를 찾았고, 거만하게 비용을 치르고 찾았을, 여전히 비어 있는 의자를 가까이에서 찾았다.

얼마 지나지 않아 생각했던 것보다 자신이 더 피곤하다는 걸 알았기 때문에 마지막 우월감은 곧 사라졌다. 어느 정도 상황 자체가 매력적이라서 그녀는 더 오래 머물면서 쉬었다. 세상 어느 누구도 그녀가 어디에 있는지 모른다는 일종의 주문이 있었다. 그녀 인생에서 이런 일은 처음이었다. 매 순간 누군가, 모든 사람이 그녀가 있는 곳을 미리 아는 것 같았다. 그래서 그녀는 갑자기 제대로 살지 못했다는 생각이 들었다. 따라서 현재 이런 곳이 그녀의 저명한 친구가 정확히 그녀에게 나가보라고 한 곳일 것이다. 그는 지금 그녀가 하고 있는 것처럼 너무나 많이 떨어져 있지 않길 바란 것도 사실이었다. 그러나 동시에 그는 괜찮은 흥미의 원천이 없다는 걸 분명히 부정하고 싶었다. 그는 가능한 많은 원천에 대해 호소하려고 했고 그녀는 거기에 도달했다. 그리고 그녀가 앉았을 때 그가 그녀를 중요하게 떠받치고 있다는 생각이 스며들었다. 그녀가 직접 했다면, 그야말로 약한 사람의 기운을 북돋게 하는 것이라고 칭했을 것이다. 그가 그녀를 약한 사람 중 한 명으로 대한다는 증거들을 모아서 생각하고 또 생각했다. 물론 그녀는 약해서 그에게 갔지만, 그가 그녀에게 없어서는 안 되고 정말 어린 암사자라고 말해주길 얼마나 몰래 바랐던가! 그녀가 실제로 마주한 것은 결국 그가 그녀에게 아무것도 말하지 않았다는 걸 인식했다는 것이었다. 그녀는 그가 이미 그 일에서 멋지게 벗어났다고 생각했다. 하지만 그 문제를 따져봤을 때, 그가 끝까지 관여할 수 있다고 생각했을까 하고 그녀는 궁금했고, 조금은 불공평하다고 느꼈다. 밀리는 이 특별한 시간에, 수많은 질문들과 이상한 질문들을 따졌지만, 자리를 뜨기 전에 다행히도 단순하게 생각했다. 예를 들어, 그 점을 생각해 봤을 때 그녀에게 그 어떤 것보다도 낯설었던 것은 그는 아마도 하나의 문으로 '나간' 것일지도 모르지만, 다른 사람에 의해 아름답고 자비로운 부정직함을 가지고 들어올지도 모른다는 것이다. 그가 근본적으로 '매달리는' 건 친구로서 그녀 옆에 있겠다는 숨겨진 의도라는 생각에 그녀는 더 꼼짝하지 못했다. 남자들이 여자들과 더 이상 친하게 지낼 수 없다는 말을 여자들이 반대할 때 여자들은 항상 하고 싶은 말을 하지 않았는가? 그것이 남편감이 아닌 남자들에게 그들이 진짜로 생각할 수 있는 것이었다. 비슷한 규칙에 따라 환자가 될 수 없는 병약자들을 대한 의사들의 일반적인 방책이라고 추론조차 하지 않았다. 엉뚱하게 들릴 수 있지만, 그녀는 왠지 담당 의사가 특별히 감동했다는 걸 충분히 눈치 챘다. 만약 그녀가 저주에 대해 말할 수 있다면, 그가 엉뚱하게 그녀를 좋아한다고 생각하는 건 전혀 사실이 아니었다. 그녀는 호감을 얻기 위해 간 것이 아니라 진단을 받기 위해 그에게 갔던 것이다. 그리고 그는 대체로 차이점을 살피는 습관을 가진 충분히 훌륭한 사람이었다. 분명 좋아했지만 그녀가 그를 좋아할 수 있는 건 다른 문제였다. 그녀가 지금 그렇게 하는 것 분명히 감정과 양립됐다. 그러나 우리가 말했듯이, 마지막 자비로운 파도가 다소 차갑지만 깨끗하게 씻겨 그녀를 도우러 오지 않았다면, 모든 것이 경이롭게 뒤섞였을 것이다.

다른 모든 생각이 다했을 때 갑자기 그 생각이 들었다. 만약 그녀의 상태가 심각하고, 그것이 무슨 뜻인지 알았다면, 그는 그녀가 무의미하게 '할' 수 있는 일에 대해 조금 말하지 않았어야 했던 이유와 다른 한편으로 만약 상태가 심각하지 않다면, 그가 우정을 중요하게 여긴 이유를 자문했다. 리젠트 공원에서 삼복더위 동안 예민해지면서, 그녀는 조금은 외로운 예민함으로 그를 궁지에 몰아넣었다. 그녀가 중요하면 그녀는 아팠고, 중요하지 않으면 그녀는 충분히 괜찮았다. 진찰실에서 말했듯이 그는 그 반대를 증명해야 할 때까지, 그녀가 중요하다는 듯이 지금 '연기'를 하고 있었다. 심한 압박을 받는 사람은 가장 큰 경우에만 자신의 가장 큰 즐거움일 수 있는 모순을 계속 보인다는 건 너무나 분명했다. 결국 어디서 그를 붙잡아야 하는지에 대한 그녀의 예감은 우리가 그녀에게 마음껏 하라고 한 그 판단력에 빛을 비쳤다. 그리고 그 판단에 따라 그녀의 느낌은 단순해졌다. 그는 그녀를 알아봤고, 그건 냉정했다. 그녀가 지독히 미묘하고, 정확히는 의심스러운 태도가 미묘했고, 그 의심스러움은 비난받는다는 걸 그가 어떻게 모를 수 있겠는가? 사실 그는 자기 방식대로 기인한 민족, 희안한 손실과 이득, 우스운 자유와 당연히 특히 그녀의 재미난 태도 즉 저속하게 굴지 않고 적당히 상냥하고 넘겨버리는 한참 때의 미국인들처럼 재미난 그녀의 조합된 행위에 대한 관심을 밝혔다. 그는 이러한 과잉에 대한 감사의 표시로, 그녀를 위해 그가 그렇게 자신을 허비시키는 연민을 치장했다. 하지만 그녀에게 그 일은 직접적으로 파헤치고, 벌거벗기고, 폭로하는 것이었다. 그것은 그녀를 궁극적인 상태에 이르게 했는데, 예를 들어 그녀가 바라보는 대도시에서 집세를 내야 하는 가난한 소녀의 상태였다. 밀리는 미래를 위한 집세를 내야 했다. 그것을 충족시키는 방법 외에는 모든 것이 그녀에게 산산조각으로, 너덜너덜하게 떨어져 나갔다. 이건 그 위인이 의도했던 것은 분명 아니었다. 그 불쌍한 소녀처럼 그녀는 집에 가서 만나야 했다. 결국 방법이 있을 것이다. 그 불쌍한 소녀도 생각하고 있을 것이다. 그 문제에 이미 했던 생각들로 다시 돌아왔다. 그녀는 일어나서 흩어져 있는 우울한 친구들을 다시 둘러봤다. 일부는 잔디밭에 엎으려 있는 만큼 우울했고, 외면하고 무시하며 굴을 팠다. 그녀는 그들과 함께 영감을 얻으려고 선택할 것이 거의 없는 질문의 두 가지 면을 다시 한 번 생각했다. 어쩌면 사람이 원하면 살 수 있다는 것이 표면적으로 더 충격적이었지만, 간단히 말해서, 할 수만 있다면 살 수 있다는 것이 더 매력적이고 더 간사하고 더 거부할 수 없었다.

그녀는 그 후 하루나 이틀 동안 수지를 속이는 것이 단순한 상상이 아니라면, 사실 그녀가 감히 기대했던 것보다 더 재미있다는 것을 알았다. 그리고 그녀는 현재 차이점이라면 그녀의 위인에 대한 반격에 대한 단순한 상상이었다. 그녀의 동행에게 다가 가려고 그가 책임을 지는 것이라면, 갑자기 그녀가 무책임해지고, 그녀 자신의 어떤 생각도 옳다고 여기게 만든다. 사실 바로 그 순간에 그녀가 이 자유로움을 즐기고 있지만, 놀라거나 적어도 짐작은 해 봐야 새로운 문제가 있다는 걸 알았다. 그녀의 생각은 그녀를 열심히 살피는 스트링햄 부인보다 더 나았을 것이다. 오래 독립적으로 나들이를 한 이유의 개요는 거의 냉소적으로 피상적이라는 걸 알 수 있었다. 하지만 사랑스러운 여성은 막상 비판의 권리를 거의 쓰지 못했기 때문에 한 시간 동안 케이트라면 아주 공정하게 굴었을지 궁금했다. 아마도 가장 자비롭고 너무나 불안하다는 이유로 불쌍한 수지에게 그녀가 올바른 조언이라는 걸 알려주지 않았을까? 그러나 케이트가 분명히 약속한 것과는 별개로 밀리는 그다음으로 그녀의 설명이 일반적이라는 장점이 있는 진리에서 찾았다는 걸 바로 말해야 했다. 만약 수지가 이런 위기에서 의심스러운 정도를 그녀를 아꼈다면, 수지가 언제가 의심스러운 정도로 그녀를 아낀 건 정말이었지만, 때때로 놀랍도록 특별한 자비를 베풀 때도 있었다. 그 아가씨는 어떻게 그녀가 가끔 헤아릴 수 없고 이해할 수 없는 경의를 표하는지 알았는데, 비록 의도치 않았지만 그런 태도에서 친근함을 느끼고 쉽게 친해졌다. 마치 그녀가 젊은 여성들이 공정한 평가를 받는 데 도움이 되는 예의와 왕실 예절을 상기시키는 거 같았다. 완전하지는 않았지만, 그녀를 공주로 대하는 건 동행의 생각에 확실히 필요한 게 분명했다. 그런 이유로 이 부인이 문제의 부류를 대우하는 방식에 대해 탁월한 생각을 하는 건 그녀도 어쩔 수 없었다. 수잔은 역사책을 읽었고 기번Edward Gibbon(영국 역사가), 프라우드James Anthony Froude(영국 역사가), 생시몽Henri de Saint-Simon(프랑스 사상가) 책을 읽었다. 그녀는 그 부류에 대해 특별히 참조한 점을 강조했고, 젊었을 때 그녀는 그들을 힘이 없으면서 성숙하고, 필연적으로 모순적이고 무척 고상하다고 여겼기에, 만약 그녀가 정말로 복잡미묘Byzantine(비잔틴 양식, 복잡 미묘한 뜻도 있다)하다면, 누군가는 재미로 받아들여야 한다. 누군가가 복잡미묘하게만 된다면, 그녀는 몰래 한숨을 내쉬지 않겠는가? 밀리는 그녀에게 호의를 베풀려고 애썼는데, 수잔은 정말 지금 복잡해지려고 하기 때문이다. 기번의 모습에서 찾을 수 있는 그런 유형의 위대한 여성들은 분명 그들의 신비로움에 대해 의심받지 않았다. 하지만 아, 불쌍한 밀리와 그녀들! 수잔은 아무튼 라베나Ravenna(비잔틴 시대 주요 도시)의 모자이크보다 더 알고 싶어 했다. 수잔은 냉소주의자처럼 배려심에도 심연이 있다는 이상한 도덕관을 가진 도자기 기념물이었다. 게다가 청교도는 마침내 해방됐다! 스트링햄 부인이 상상 속에서 어떤 굶주린 세대를 지키는 것인가?

케이크 크로이는 그날 저녁 식사 직전에 바로 호텔로 왔다. 게다가 2륜 마차가 대놓고 너무나 빠르게 달려서 창문 밑에서 '충돌' 사고와 같은 덜컹거리는 소리를 내며 멈췄다. 그 일이 일어났을 때 밀리는 공허하게 장식된 거실에서 혼자 있었고, 그곳에서 새장에 갇힌 비잔틴 시대처럼 그녀는 기이하면서 길게 늘어지며 거의 불길하게 밤이 늦게 와 서성거렸고, 그녀가 좋아하는 느낌이었다. 열려 있는 프랑스식 창문을 통해 그 소리를 들었을 때 밀리는 입구 위에 있는 발코니 밖으로 나갔고, 그때 케이트가 마부에게 요금을 내는 모습을 보았다. 게다가 손님은 잔돈을 기다렸고, 발코니에서 그녀를 내려다보고 있는 밀리와 아침에 있었던 일에 대해 미소를 짓고 고개를 끄덕이면서 말없이 대화를 나눴다. 그건 케이트가 원했던 것이고, 그래서 거의 우연히 그녀의 친구가 오기 전에 밀리의 분위기가 정해졌다. 그러나 그녀가 결심한 것 또한 다시 활력이 넘쳤고, 자유롭고 특히 참을 수 없이 아름다운 젊은 여자로 보였고, 간단히 말해 다른 누군가의 눈에는 이런 자유로움은 그녀가 덴셔 군에게 보여줬던 자유였다. 그녀가 그를 바라보는 시선도 그랬고, 멀리 떨어져 있는 사람이 보는 낯선 느낌에 밀리가 그녀에게 사로잡혀 있는 모습도 그랬다. 그 낯선 느낌은 평소처럼 50초 동안 계속됐고, 그렇게 계속되면서 영향을 끼쳤다. 사실 여러 번 영향이 일어났고, 우리는 차례대로 영향을 받았다. 첫 번째 영향으로 한 여자가 어떤 남자를 그렇게 살피는 것 아무런 관계가 없을 수 있다고 말하는 것이 우리의 젊은 아가씨에게 터무니없다는 생각이 들었다. 두 번째로 케이트가 방에 들어갔을 때 밀리는 자신과의 중요한 연결 고리를 정신적으로 소유했다.

그녀는 케이트의 '뭐라고 해?'라고 솔직하게 물어보는 말에 그 자리에서 직접적인 반응을 보였다. 열성적인 케이트는 당연히 아침에 일어났던 일과 위인의 현명함에 관해 물었고, 새로운 소식을 쾌활하게 물어보는 건 간단하게 소식을 전할 수 없어 걱정하는 사람들에게 영향을 미쳤기 때문에, 그것은 당연히 밀리도 조금 영향을 받았다. 그 순간 그녀를 결심하게 한 게 정확히 무엇인지 말할 수 없었다. 그것에 대한 가장 근접한 설명은 어쩌면 그녀의 모든 친구가 당연하게 여기는 더 활발한 인상이었을 것이다. 요컨대 이렇게 자유로운 양과 그녀 스스로 몇 시간 동안 길을 찾으려고 했던 가능성의 미로 사이의 차이는 당장은 익숙한 형태라도 거의 빛이 나지 않아 엄청났다. 사실 그녀가 말할 것이 전혀 없다는 사실은 자신에게 알리는 데 도움이 되었다. 또한 특정 시점에서 영향력이 여전히 더 불분명한, 다른 무언가가 확실히 있었다. 위층으로 올라가는 케이트는 무표정이었는데, 그 표정에 젊은 안주인은 아주 미묘한 생각이 들어 있고, 그녀가 바로 오래 생각하지 않는 기색 중의 하나였다. 그럼에도 그녀는 혈색을 띠고 힘을 내서, 다른 누구보다도 밀리가 처음으로 기꺼이 받아들인 '멋진 아가씨'를 맞으려고 그곳에 서 있었고, 청승맞게 그녀를 지금 만나는 것은 어쩌면 굴복이나 고백에 해당할 것이다. 그녀는 평생 절대 아프지 않을 것이다. 가장 훌륭한 의사는 그녀를 최악의 상황에도, 가장 짧은 순간에도 지켜줄 것이다. 마치 그녀는 친구에게 가장 치명적인 것에 대해 이런 현실적인 완전무결함을 요구하는 것 같았다. 밀리는 이런 일들에 속으로 신이 났다. 하지만 떨림과 먼지는 우리의 말보다 오래 가지 않았다. 그녀가 알아채기도 전에 그녀가 듣고 읽었고 의사가 알려줬던 멋진 '의지'가 갑자기 불타오르는 것처럼 기만행위를 의식하지 않고 그녀는 멋지게 대답하고 있었다. "아, 괜찮아. 그분은 훌륭하셔."

케이트는 멋졌고, 밀리가 추측을 더 하자면, 그녀가 스트링햄 부인에게 아무 말을 하지 않는 것이 분명했다. "네가 엉뚱했다는 거야?"

"엉뚱했지." 말하기에는 단순한 말이었지만 우리의 젊은 아가씨가 말하자마자 그 결과 그녀의 안전을 위해서 뭔가를 했다고 느껴졌다.

그리고 케이트는 정말 울상을 지었다. "전혀 아무 일도 없는 거지?"

"걱정할 거 없어. 조금 지켜봐야 하지만, 끔찍한 일을 해야 하거나 적어도 불편한 일은 하지 않아도 돼. 사실 내가 원하는 대로 할 수 있어." 밀리는 이렇게 모든 조각을 제자리에 맞출 수 있어서 놀라웠다.

완벽한 효과가 나타나기도 전에 케이트는 그녀를 붙잡고 키스하고 고마워했다. "세상에, 넌 너무 다정해! 정말 대단해! 하지만 내가 확신한 대로야!" 그리고 그녀는 완벽한 아름다움을 이해했다. "하고 싶은 대로 할 수 있다고?"

"그럼. 다행이지?"

케이트는 기뻐했다. "아, 하지만 네가 하지 않은 걸 생각해 봐. 그리고 뭘 할 거야?"

밀리는 완전히 총명했다. "그냥 당분간 즐길 거야. 힘든 일에서 벗어난 걸 즐길 여자."

"네가 괜찮다는 거 확실하네."

케이트는 정말 그 말을 쉽게 하는 거 같았다. "분명히 난 괜찮아."

"지금 런던에 있을 만큼 몸이 좋은 사람은 아무도 없어. 그 사람은 너에게 이걸 바랄 수 없어."

"다행이야. 난 여기저기 돌아다닐 거야. 어디든 갈 거야."

"하지만 더러운 곳은 안 돼. 엔가딘스Engadines, 리비라스Rivieras 같은 지루한 곳 말하는 거야?"

"아니야. 말 그대로 내가 가고 싶은 곳에 가서 즐겁게 보낼 거야."

케이트는 아주 친근하게 말했다. "아, 그래! 그런데 어떻게 재미나게 보낼 거야?"

밀리는 웃었다. "정말 즐겁게."

그녀의 친구는 품위 있게 답했다. "정말 즐거운 게 어떤 건데?"

"뭐, 알아봐야지. 나 좀 도와줘."

"내가 널 처음 봤을 때부터 널 돕고만 싶었어요." 이 말에 케이트는 놀랐다. "그래도 네가 말해줬으면 좋겠어. 어떻게 도와줄까?"

사실 밀리는 결코 말할 수 없었다. 그래서 그녀는 손님이 도착하자 그녀가 부럽도록 강하다는 사실을 정말 한동안 별나게 나타냈다. 그녀는 그날 저녁 매시간 그녀가 떠날 때까지 이 점을 실천했고, 아마도 더 수월하게 시간이 흘렀다. 그녀가 실제로 기다리는 것은 의사 루크 스트렛이 약속했던 방문이었다. 하지만 그녀는 결심했다. 그는 수지를 만나고 싶어 했기 때문에, 매우 자유롭게 접근할 수 있었을 것이고 그리고 나서 어쩌면 어떻게 마음에 들었는지 알았을 것이다. 그들 사이에 있었던 문제를 해결하고 그녀에게 주면 안 되는 어떤 압박감도 그들은 자유롭게 이용할 것이다. 만약 그 훌륭한 남자가 수잔 셰퍼드에게 더 높은 이상향을 고취시키길 바랐다면, 최악의 경우 그는 결국 수잔을 자기 손에 넣을 것이다. 한마디로 만약 관심 있는 한 쌍이 준비하는 것이 헌신이라면, 그녀는 입고 먹고 할 준비가 됐다. 그는 그녀에게 그녀의 '욕구'에 관해 이야기했는데, 그녀는 그에 대한 설명이 분명 모호하다고 느꼈을 것이다. 하지만 헌신에는 이런 욕구가 최고라는 걸 이제는 알 수 있었다. 그녀에게는 분명히 역겹고, 탐욕스럽고, 게걸스럽다는 것이었다. 그녀는 어쨌든 동정심의 교묘한 술책을 미리 감수했다. 그녀가 혼자 외출하고 온 다음 날은 그들이 런던에서 두 번인가 세 번 머물렀던 기간의 마지막 날이 될 것이다. 그리고 그날 저녁은 외부에서 보내는 마지막 날이었다. 이때쯤 사람들은 흩어졌고, 많은 사람들은 자유롭게 방문하고 카드놀이를 했고, 나중에 진심을 가지고 방문한 곳에는 음악이 들려왔다. 특히 로더 부인의 가까운 지인들이나 마크 경의 일행이든 우리 친구들은 이때쯤에는 눈에 띄었다. 그래서 분명 일반적인 정점은 지나갔고 여전히 다뤄야 하는 일들은 특별하면서 거의 없었다. 밀리는 의사의 방문을 이미 알렸고, 그에게서 쪽지를 받았다. 중요한 다른 하나는 로더 부인과 케이트와 아주 짧게 떨어져 있기로 했다. 이모와 조카딸은 단둘이서 친밀하고 편안하게 식사하기로 했는데, 모드 이모가 잘 보이라고 했던 파티에 터무니없이 늦어 함께 가는 것에 대한 질문으로 일관됐다. 의사 루크는 다음 날에 오기로 했고, 그 문제에 있어 밀리는 미리 계획을 세웠다.

아무튼 그날 밤은 덥고 퀴퀴했고, 숙녀 4명이 호텔에 모였을 때 충분히 늦은 시간이었는데, 호텔 창문은 여전히 높은 발코니 쪽으로 열려 있었고, 분홍색 가림막 뒤로 촛불이 켜져 있었는데, 움직임 없이 불침번을 쓰는 감시자 같았다. 현재 그들 사이에 결정된 것은 이번에 평소보다 더 좋아하는 것을 드러냈던 밀리에게 그날 저녁 사교 행사에 나가는 걸 강요하지 말아야 하고, 로더 부인과 스트링햄 부인은 함께 일이 있었기에, 케이트는 그녀와 남아서 그들이 돌아오길 기다려야 한다는 것이었다. 밀리는 수잔 셰퍼드를 내보낼 수 있어서 좋았다. 밀리는 그녀가 마차에 오를 때, 눈에 띄게 썰물이 빠지는 것처럼 그녀의 작고 자애로운 등에서 더 많은 것을 보고 그녀가 만족해하는 것을 봤다. 게다가 새로 온 미국 아가씨 대신 그 미국 아가씨의 재미난 친구를 데리고 나가는 것이 모드 이모가 바라는 것이 아니었다면, 현재처럼 그녀가 작은 이점을 최대한 활용하는 모습을 더 잘 보여주는 것은 없었다. 그리고 그녀는 환상을 갖지 않고 관대하고 유쾌한 마음으로 이 일을 했고, 솔직히 그녀가 온화했기 때문에 그렇게 했고, 불쌍한 수지에게 그렇게 고백했다. 스트링햄 여사는 그녀의 빛이 너무 바랐고 다행히도 그녀를 소중히 하는 하나의 연결 고리가 있다는 걸 봤을 때, 모드 이모는 그 말에 어느 정도 동의했다. "있지, 네가 없는 것보다 나아." 게다가 오늘 밤 밀리가 보기에 모드 이모는 특히 뭔가를 염두에 뒀다. 스트링햄 부인은 나가기 전에 숄과 다른 액세서리를 챙기려 자리를 비웠고, 그들이 얼른 나가주길 바라며 조금은 조급해하던 케이트는 발코니에서 서성거렸는데, 그곳에서 그녀는 한동안 희미한 런던의 별과 흐릿한 반짝임, 거리와 모퉁이, 작은 공공 주택 앞에서 한숨을 돌리는 기진맥진한 마차의 말을 보았다. 밀리는 그녀가 말을 꺼내자마자 자신이 하는 일이 어떻게든 쓸모가 있다고 느꼈다.

"수잔 말로는, 미국에서 네가 덴셔 군을 만났다면서. 너도 눈치챘겠지만, 지금까지 그 사람에 대해 너한테 물어보지 않았지. 하지만 이제 그 사람과 관련해 날 위해 뭘 좀 해 주겠니?" 그녀는 말을 유창하게 하면서도 목소리는 낮췄다. 조금 놀랐던 밀리는 이미 그녀가 뭘 부탁할지 짐작했다. 모드 이모는 창문 쪽을 향해 고개를 끄덕였다. "그 애한테 어떤 식으로든 그 사람 이야기를 해서, 그가 언제 돌아오는지 알아봐 줄래?"

밀리 생각에, 많은 것들이 이 말과 일치했다. 그녀가 한 번에 그렇게 많은 것을 의식할 수 있다는 것이 놀랍다는 생각이 나중에 들었다. 그러나 그녀는 그들 모두를 위해 열심히 웃었다. "하지만 그걸 알아내는 게 중요한지 모르겠어요." 하지만 이런 말을 하면서도, 다른 한 말들이 너무나 생각났다. 그래서 그녀는 말을 줄이려고 애썼다. "물론 이모님에게는 중요하겠죠." 그녀는 모드 이모가 미소를 지으면서 열심히 바라본다고 생각했고, 다른 충동이 일어났다. "아직 그녀에게 그 사람 이야기를 한 번도 한 적 없다는 거 아시잖아요. 그러니까 만약 지금 그 이야기를 꺼내면…."

"그래서?" 로더 부인이 답을 기다렸다.

"그러니까, 내가 그동안 감춰왔던 것에 대해 궁금할지도 몰라요. 그녀도 그 사람을 언급한 적 없어요, 이모님도 그 애를 아시잖아요."

그녀의 친구는 잠깐 골똘히 생각했다. "그러네, 그 애가 말한 적은

214

없어. 그러고 보니 감춘 사람은 그 아이구나."

그랬다, 하지만 밀리는 알고 싶었다. 알고 싶은 것이 너무 많았다. "물론 특별한 이유는 없을 거예요." 하지만 그건 상관없었다. "그 사람이 돌아올까요?"

"그럴 때가 됐지. 정확히 알면 안심이 될 거야."

"그럼 직접 물어보시지 그래요?"

"아, 우리는 그 사람 이야기를 절대 하지 않아!"

그 말에 밀리는 어리둥절해 잠시 말을 멈췄다. "이모님은 그 사람이 못마땅하세요?"

모드 이도는 말을 꾸물거렸다. "그 불쌍한 젊은이한테 그 애가 어울리지 않아. 그 애는 그 남자를 좋아하지 않아."

"그리고 그 남자는 많이 좋아해요?"

"아주 너무나 좋아하지. 그 사람이 그 애를 괴롭힐까 봐 걱정돼. 그 애는 비밀로 하겠지만, 난 그 애가 걱정하는 거 원치 않아. 사실 그 사람도 걱정하는 거 원치 않아." 그녀는 관대하면서 조심스럽게 말을 맺었다.

밀리는 일을 해결하려고 모든 노력을 했다. "하지만 내가 뭘 할 수 있어요?"

"그 애들이 어디 있는지 알아봐. 내가 하면, 그들이 날 속인다고 생각하고 그들을 대한다고 보일 거야."

밀리는 골똘히 생각했다. "그들이 이모님을 속인다고 생각하지 않으시잖아요."

칠흑 같은 눈을 깜박이지 못했던 모드 이모는 밀리의 질문에 원래 그녀가 의도했던 것보다 더 멀리 왔지만 말을 꺼냈다. "글쎄, 케이트는 내가 그 애를 어떻게 생각하는지 그리고 그들을 찬성해서 그 애가 나와 지내는 것처럼 나도 그 애와 함께 산다는 걸 눈치채고 있어. 그러니까 덴서 군을 내가 어느 정도 마음에 들어 해도 그 사람에 대한 내 생각이 같은 건 아냐." 그러니까 요컨대 그녀는 이 말까지 하고, 큰 부채를 흔들면서 대략 자신의 뜻을 내비쳤다.

하지만 우선 밀리가 그녀의 분명한 뜻을 알아채는 데 도움이 되었다. "그럼 그 사람 마음에 드세요?"

"어머, 그럼. 넌 안 그래?"

그 질문은 갑자기 뭔가 날카로운 끝에 찔려 신경이 움찔하게 하는 거 같아서 밀리는 머뭇거렸다. 그녀는 바로 숨을 가다듬었지만, 15가지의 가능한 대답 중엔 최고라고 생각하는 답은 충분히 재빨리 골랐기 때문에 나중에 기뻤다. 그러고 나서 그녀는 거의 자랑스러워하며 기분 좋게 웃었다. "뉴욕에서, 3번, 좋았어요." 이렇게 간단하게 말했고, 그날 밤늦게 그녀가 가장 큰 대가를 치르는 말을 했다는 걸 알게 됐다. 어쨌든 그녀는 행복한 느낌을 부정할 만큼 열등해 보이지 않았다는 기쁨에 거의 밤을 새웠다.

게다가 로더 부인에게 간단히 대답하는 게 옳았다. 어쨌든 부인은 자연스럽게 웃었다. "넌 좋은 미국인이구나. 하지만 사람들은 매우 착하지만, 자신들이 원하는 거에는 그러지 않을 수 있어."

"맞아요, 누군가 원하는 것이 아주 좋을 것일 때도 전 그래요."

"오, 애야, 내가 원하는 거 너한테 다 말하려면 너무 오래 걸릴 거야. 난 모든 걸 한꺼번에 원해. 너도 많은 걸 원하잖니. 하지만 우리를 봐왔으니, 이해하게 될 거야."

밀리는 또다시 갑작스럽게 찾아온 일에 모호해졌다. "아, 우리의 친구가 그 사람을 좋아하는지는 전 모르겠어요."

"그 애가 나한테 숨기는 걸까?" 로더 부인은 그 문제를 제대로 다뤘다. "애야, 넌 어떻게 물어볼 거니? 그 애 입장이 되어 봐. 그 애는 날만나도 자기 생각대로만 해. 자랑스러운 젊은 아가씨들이지. 나는 자랑스러운 늙은이고. 네가 우리 둘 모두를 좋아하니, 우리를 도울 수 있어."

밀리는 영감을 받으려고 애썼다. "그녀에게 직접 물어본다고 대답을 할까요?"

그러나 이 말에 모드 이모는 마침내 속마음을 뱉어냈다. "아, 하기 싫은 이유가 그렇게 많다면…!"

밀리는 웃으면서 말했다. "많지는 않고 한 가지 이유만 있어요. 갑자기 내가 그 사람을 안다고 하면, 미리 말하지 않았던 나를 어떻게 생각하겠어요?"

로더 부인은 그 말에 멍하니 바라봤다. "그 애가 무슨 생각을 하든 왜 신경 쓰니? 넌 그냥 신중하게 행동한 거뿐이잖니."

"아, 그랬죠." 그 아가씨는 서둘러 답했다.

"게다가 난 수잔을 통해서 너한테 말해달라고 한 거고."

"맞아요, 그게 제 이유예요."

"내 이유도 그래. 그러니까 그 애는 뚜렷한 이유들을 제대로 처리 못 할 만큼 그렇지 둔하지 않아. 내가 너한테 아무것도 말하지 말라고 부탁했다는 걸 그 애한테 정확히 말해도 돼."

"이모님이 지금 나한테 말을 해달라고 부탁했다는 걸 그녀에게 말해도 돼요?"

로더 부인은 이러려고 했을지 모르지만 이상하게 그녀를 책망했다. "그렇지 않고는 못 하겠다는 거니?"

밀리는 그렇게 많은 어려움을 토로하는 것이 꺼려졌다. "한 가지만 더 말씀해 주시면 할 수 있는 걸 다 할게요." 그녀는 너무 캐묻는 거 같아서 약간 주저했지만 물어봤다. "그 사람이 그녀에게 편지를 썼을까요?"

"바로 그게 내가 알고 싶은 거야." 로더 부인은 드디어 조급해졌다. "널 위해서 나서면 그 애는 너한테 말해 줄 거야."

그래도 여전히 밀리는 완전히 물러서지 않았고, 계속 웃으며 말했다. "이모님을 위해서 나서는 거죠." 그러나 그녀는 이모가 이 말을 받아들을 틈을 주지 않았다. "만약 그 사람이 편지를 보내고 있다면, 그녀가 답장을 했을 수 있다는 게 중요한 거예요."

"하지만 넌 미묘하구나, 그게 왜 중요해?"

"만약 그녀가 답장을 했다면, 나에 대해서 이야기했을 가능성이 매우 높아요."

"분명히 그랬겠지. 그렇다고 무슨 차이가 있니?"

그 아가씨는 이 말에 대화 상대가 영리하지 못한 건 당연하다고 잠시 생각했다. "그 사람이 날 알고 있다고 그녀에게 답장을 썼을 수도 있다는 차이가 생기죠. 그리고 내가 조용히 있었던 게 이상해지는 거고요."

모드 이모는 명쾌하게 말했다. "만약 그 애가 너에게 어떤 기회도 주지 않았다는 걸 잘 알고 있다면 어떠니? 너에게만 유일하게 이상한 거지, 말하지 않은 건 그 애야."

"아, 그거예요."

그리고 그녀는 친구에게 들릴 정도로 분명하게 말했다. "그럼 그것 때문에 괴로웠던 거니?"

하지만 그 질문에 그녀의 안색은 모순적으로 희귀한 색을 띨 뿐이었다. "아뇨, 전혀 조금도 그렇지 않아요." 그리고 재빨리 안색을 찾아야 한다고 느낀 그녀는 결국 조금도 신경 쓰지 않는다고 밝혔다. 그녀만이 이 순간에도 여전히 다른 일이 개입한다고 느꼈다. 우선 로더 부인은 애초에 그녀를 너무 밀어붙였다는 생각하지 못한 시각에 이미 영향을 받은 상태였다. 밀리는 얼굴만 보고 그녀의 가장 중요한 이유를 결코 판단할 수 없었는데, 그렇게 작고 부드러운 표정을 짓는 그런 사람에게서는 힘들었다. 밀리는 그녀가 타당하게 말할 때 열심히 바라봤다. 그녀가 열심히 말할 때에만 부드럽게 보이지 않기 때문이다. 그럼에도 불구하고 그녀에게 지금 뭔가가 일어났다. 모래톱이 무너지면서 만조가 들어찬 거 같았다. 그녀가 부탁했던 것이 젊은 친구를 지루하게 할 거라고는 생각지 못했다고 말했다. 동시에 분위기를 바꿔서 젊은 친구를 만나는 것이 큰 꿈이었다고 했다. 그녀는 뒤늦게 말했고, 밀리는 연민을 느끼며 이해했다. 그리고 그 아가씨에게 그런 인식의 결과는 특이했다. 케이트에게 비밀이 있다는 것이 곧바로 그녀에게 증명됐다. 그 당시 케이트가 보기에, 그녀가 불쌍한 이유에 대해 모드 이모는 몰랐고, 자신의 성격 중 단순히 좋은 면만 보여주려고 했다. 이 성격의 좋은 점은 선호하는 것이 생기거나 에너지를 다른 곳으로 돌려, 그녀나 어느 때나 자신의 일 말고 다른 일에도 관심을 보인다는 것이다. 그녀는 또한 지금 밀리가 생각했던 것보다 분명히 훨씬 더 많은 생각을 하고 있다고 외쳤다. 그리고 이 말은 바로 그 아가씨에게 나약함에 대한 비난으로 신랄하게 와 닿았다. 만약 그녀가 조심하지 않았다면, 모두가 곧 "당신에게 무슨 문제가 있군요!"라고 말했을 것이다. 따라서 바로 밝혀야 하는 걱정거리가 아무것도 없다는 것이었다. "이모님을 도와드리고 싶어요. 케이트도 돕고 싶어요." 그녀는 서둘러서 말했다. 그녀의 시선은 그들의 동행이 별 이유 없이 서성거리고 있는 방 건너편 발코니의 미친 땅거미로 향했다. 여기서 조바심이 나려고 했다. 이 부인이 그들에게 준 기회가 얼마나 되는지 정말 궁금했지만, 재미난 말을 건네며 관뒀다. "수지가 얼마나 멋을 부릴까요!"

그런데도 모드 이모는 그녀의 언급에도 너무나도 여념이 없었다. 칠흑 같은 눈은 많은 자비심을 베푸는 것처럼 우아한 압박감을 보이며 그녀에게 고정됐다. "이쯤 하자꾸나, 얘야, 조만간 곧 보자."

"만약 그 사람이 돌아오면, 그가 예의상 날 보러올 거니까, 확실히 알게 될 거예요. 그럼 우리는 거기서 알겠죠. 케이트가 아니라 그 사람을 통해서요. 그 사람이 날 보러 오지 않을 때는 제외하고요."

그녀는 자신도 모르게 원했던 것보다 대화 상대가 더 흥미를 느끼도록 하는 특별한 감각이 있었다. 마치 그녀의 운명이 그녀를 너무 들뜨게 해서 어찌할 수 없는 거 같았고, 의사와 있을 때 그녀를 가지고 놀았던 속임수와 아주 똑같았다. "그 남자한테서 도망칠 거니?"

그녀는 지금 끝내기만을 바라면서 그 질문을 무시했다. "그럼 케이트와 직접 해결하세요."

"그 애한테서 도망칠 거니?" 로더 부인이 깊이 물어봤지만, 그들 뒤에 있는 문이 열리면서 식사했던 방으로 수지가 돌아온 걸 알게 됐다. 밀리에게 잠시 틈이 생겼다. 그리고 가만히 있을 수 없다는 걸 알기에 그녀는 인간관계에서 느꼈던 모든 것에 대해 갑자기 물어보게 됐다. "그 사람이 그녀와 함께할 거라고 생각하세요?"

모드 이모는 그 말을 그녀가 그렇게 생각하지 말아줬으면 한다는 것으로 받아들였다. 그 결과 그들은 몇 초간 조용히 눈만 마주쳤다. 스트링햄 부인이 다시 그들과 함께 있으며 케이트가 갔는지 물었고, 그 말에 이 젊은 아가씨가 다시 나타나면서 바로 대답했다. 그들은 열린 창가에 있는 그녀를 다시 봤고, 그곳에서 그들을 바라보던 그녀는 모드 이모가 아주 인상적으로 "쉿!"이라고 해서 멈칫했다. 로더 부인은 사실 바로 수지와 떠나려고 했다. 조카와 직접 해결하라는 밀리의 말에 우리의 젊은 아가씨는 이미 움츠러든 거 같았다. 아무리 회피하더라도 그녀에게는 충분히 직접적일 것이다. 사실 회피만큼 직접적인 건 없었을 것이다. 케이트는 아주 멋지고 꼿꼿하게 창가에 계속 있었고, 바깥쪽 짙은 창틀 때문에 그녀의 단순하고 가벼운 여름 드레스가 아주 좋아 보였다. 밀리는 거리를 생각하면 그녀가 그들의 이야기를 들었어도 걱정하지 않았다. 오직 그녀는 의식하는 눈빛을 보이며 몇몇 추가된 장점이 있는 것처럼 그곳에 머물렀다. 사실 그러고 나서 조금 지체되면서 그녀의 친구는 충분히 알았다. 의식하는 눈빛과 추가된 이점은 현재 그녀가 자유롭게 할 수 있고 밀리가 머튼 덴서가 아는 사람으로 알고 있는 사람에게 어울렸다. 그녀의 전체적인 정체가 그가 알고 있는 사람인 것처럼 다시 몇 초가 흘렀고, 그건 또 다른 분명한 결과를 확인하는 것이었다. 케이트는 그가 돌아왔다고 그녀에게 말하려고 그냥 그곳에 그대로 있었다. 결국 아무 말 없이 그가 런던에 있고 어쩌면 가까이에 있을 거라는 내용이 그들 사이에 오가는 것 같았다. 따라서 밀리는 확실히 그녀와 직접 해결하지 않을 것이다.

　당연히 이런 이상한 형태로 충분히 직접 알 수 있었기 때문에 밀리는 부인들이 돌아오기 전까지 낯설고 이루 말할 수 없는 시간 동안 그 점을 분명히 하려는 어떤 것도 하지 않았다는 걸 나중에 알게 됐다. 만약 그녀가 다음 날 새벽 길고 공개된 시련 속에 나중에 가장 잘 알았다면, 늦은 저녁까지 그녀는 정말로 표면적인 편안함에서 뭔가를 놓치고 싶지 않았기 때문이다. 뒤에서는 희미하게 빛나고 잠깐 보였지만, 앞에서는 관심을 끌지 않았다고 결코 솔직하게 말하지 않았다. 몇 분도 지나지 않아 밀리는 모드 이도가 부탁한 건 아무것도 하지 말았어야 했다는 걸 완전히 깨달았다. 게다가 그녀는 모드 이모와 의사 루크 스트렛에게 했던 행동을 동일시했다. 그때 그녀는 어떤 쪽인지 말할 수 없었지만, 무관심, 소심함, 용맹함, 관대함 속에서 다른 사람들이 보기에도 여전히 단호한 흐름에 따라야 한다고 그녀를 압박했다. 그녀가 아니라 물살이 작용했고 늘 다른 사람이 열쇠나 댐을 지켰다. 예를 들어 케이트가 수문을 열었고, 케이트가 원하는 대로 물살이 한가득 흘렀다. 왠지 세상에서 가장 특별한 방법으로 갑자기 그녀가 그 어느 때보다 더 재미있기를 바랐던 것은 무엇이었을까? 밀리는 그때 저녁 동안 그걸 알기 위해 숨죽였다. 만약 로더 부인과 있었을 때부터 상대방이 판단할 것이 없다는 걸 그녀가 확신하지 못했다면, 그녀는 위험을 예측하기 위해 '끼어드는' 훌륭한 사람이라고 거의 생각했을 것이다. 사실 이런 환상은 그들이 함께 앉아 있는 동안 곧 깨졌다. 단지 다른 환상들이 생기고 뭉쳐져서, 친구가 말하고 움직이는 것을 우리의 젊은 아가씨가 상당히 잘 이해했기 때문일지라도 말이다. 그들은 함께 앉아 있었지만 케이트는 말하는 만큼 움직였다. 그녀는 그곳에서 가만히 있지 못하고 주름진 드레스를 입고 형식적인 가림막이 있는 곳에서 계속 일어나 천천히 방을 왔다 갔다 했고, 안주인의 기쁨을 공공연히 즐겼다.

로더 부인은 매첨에서 밀리에게 그녀와 조카딸이 동맹을 맺으면 사실상 세계를 정복할 수 있다고 말했다. 그러나 그 당시에도 막연하고 웅장한 매력이 있는 말이었지만, 그녀는 지금 그 말에 더 많은 의미를 부여하고 있다. 케이트는 혼자서 무엇이든 정복할 수 있었고, 그녀, 밀리 실은 어쩌면 '세상'을 그녀에게 가장 큰 영향을 미치는 작은 조각으로만 생각하고, 따라서 가장 먼저 상대해야 하는 것으로 여길 것이다. 이런 이유로 그녀는 틀림없이 정복의 자기 몫을 할 것이다. 그녀는 뭔가를 줄 것이고, 케이트는 뭔가를 받을 것이고, 그렇게 그들 각자가 모드 이모의 이상향에 부합하는 뭔가가 이룰 것이다. 간단히 말해 지금 상황은 램프 불빛에서 하는 대규모 연극의 개략적인 리허설과 같은 것이었다. 밀리는 자신이 멋지게 잘 대처하고 있다는 걸 알았다. 그녀는 지식에 따랐고, 그것이 그녀에게 상당한 도움이 된다고 느꼈다. 그리고 케이트는 모든 면에서 받아들여야 할 것은 감사하게도 허물없이 받아들였다. 느린 발걸음을 뗄 때마다 확고해진 그들의 관계를 새로이 받아들이고, 그녀가 준 관심만으로 상대방은 항복했다. 우리는 당연히 밀리 자신에 대한 관심을 의미한다. 밀리는 케이트에 대한 관심은 아마도 열등하게 느꼈을 것이다. 마법의 주문이 깨지기 전에 그들은 한 시간 동안 편안하게 많은 이야기를 나눴고, 조금도 이상하지 않은 상황을 고려해봤을 때, 그 멋진 아가씨는 대단한 '모습'이었다. 밀리는 밤늦게 그녀의 상태가 최고라고 말했던 것을 기억했다. 자신감을 가지고 언제 그녀가 최고의 상태이고 정해진 대로 사는 사람들이 얼마나 행복해야 하는지에 말해서 놀랐던 걸 기억했다.

밀리는 전혀 시간이 없었고, 사실 지금처럼 정확히 듣고 보고 감탄하고 쓰러지지 않는다면, 절대 최상의 상태가 아니었다. 게다가 케이트가 정말 무정하게 그렇게 좋은 적이 없었더라면, 그녀는 아름다움과 경이로움에서 대해 그렇게 솔직하게 말한 적이 없었다는 것이다. 밀리가 말했듯이 그러한 자질을 가진 사람으로서, 당신을 '대하는' 동안에도, 즉 발걸음을 옮기면서, 그녀는 아이러니하게도, 자신감 있게, 방종한 언행으로 전에는 말하지 않았던 것들을 당신에게 말할 수 있었다. 그녀가 뭔가를 말하고 그러면서 스스로 안도하는 거 같은 인상이었다. 마치 시야의 오류, 비례의 실수, 아직도 그녀의 청자로서 바로 잡아야 하는 나머지 정신적 순수함이 그녀에게 너무 많이 드러나는 것처럼 말이다. 그녀는 바로 지금 밀리가 냉소적이라고 여기는 이러한 자극의 근원에 대해 즐겁게 다가갔고, 어떤 관계에서 다른 점과 구분되는 이점은 미국인의 마음을 무너트렸다. 그 곳에 앉아서 떨리고 현혹된 미국인 밀리의 생각에, 적어도 모든 일을 겪어보지 않고서는 영국 사회를 이해하지 못하는 것처럼 보였다. 밀리가 어느 것도 옳지 않았던, 유추와 귀납 두 가지를 알려주고, 따로 직감을 가르쳐 주기 전까지는 그녀는 전문용어가 부족해서, 진전이 없었다. 결과적으로 과장된 황홀경이든 이 비평가가 불균형적인 충격을 받았는지 여부에 상관없이, 그 괴물의 각 측면에 이끌려서 그 주위를 돌아다닐 수 있어야 했다. 어떤 면에서는 기이하고 무서운 괴물이 돼서, 주의하지 않는 자를 삼키고, 오만한 자가 몸을 낮추도록 하고, 선인을 괴롭힐지도 모른다. 그러나 만약 누군가가 그것을 감수해야 한다면, 바로 앉아있는 것이 아니라, 방법을 배워야 한다. 한마디로 사실상 오늘밤 그 멋진 아가씨가 가르치는 모습을 보여주는 것이었다.

그녀는 이 과정에서 랭커스터 게이트와 그 안에 포함된 모든 것을 공개적으로 밝혔다. 그녀는 모드 이모와 이모의 영광과 안일함에 대해 계속해서 말했고, 밀리는 흥분하며 계속 주목했다. 그녀는 무엇보다도 자신의 모습을 드러냈고, 자연스럽게 그녀의 솔직함에 가장 크게 기여했다. 그녀는 모드 이모의 압박으로 친구와 어떻게 하늘에 오를 수 있는지에 대해 한 번도 더 말하지 않았다. 그녀는 이번 일에 대한 그녀의 분명하고 비뚤어진 선호로 우선, 어리석거나 천박하지 않아야 할 필요성에 대해 말했다. 우리의 젊은 미국인에게는 있는 그대로 보는 것에 대한 가르침이고, 그 가르침은 너무 다양하고 한결같아서 학생은 놀라서 입이 벌어질 수밖에 없었다. 더군다나 이상한 점은 그것이 모든 개인적 편견을 명백히 부인하면서 목적을 이룰 수 있다는 것이다. 다른 경우에서 모든 것이었던 모드 이모를 싫어하는 것은 아니었다. 하지만 헤아리기 어려운 천성과 무시무시한 술책으로 잊을 수 없는 모습으로 각인된 그 소중한 여성이었다. 그녀는 아무도 아니었다. 그녀는 아무것도 아니었다. 그녀는 어디에도 없었다. 밀리가 그렇게 생각해서는 안 됐다. 좋은 친구로서 그렇게 놔둘 수가 없었다. 매첨에서 보낸 그 시간은 뜻밖에 좋았고, 만나manna(이스라엘 민족이 40년 동안 광야를 방랑하고 있을 때 주님이 내려준 양식)였다. 혹은 완전히는 아니지만 후원자이만 마크 경을 속이는 것은 희망과 숙고의 근거로는 소용없다. 마크 경은 아주 훌륭했지만, 영국에서 가장 현명한 사람은 아니었고, 설령 그가 그랬다고 해도, 가장 친절한 사람은 아닐 것이다. 그는 세세하게 따졌고, 사실 두 사람 각각은 상대방이 뭔가를 내려놓길 정말 기다리고 있었다.

　여전히 그 이야기에 매달려 있던 밀리가 말했다. "이모님은 널 무시하셨고, 네 말은 계산대에서 이모님이 여전히 널 붙잡고 계신다는 뜻이라고 생각해."

　"그 사람이 갑자기 날 붙잡고 도망갈까 봐? 그 사람은 도망칠 준비도 안 됐고, 당연히 붙잡을 준비는 더 안 됐어. 네 말 대로, 내가 진열장에 없을 때는 계산대에 있고, 오가면서 편리하고 영리하게 휘젓고 다녀. 내 위치의 본질과 우리 이모의 보호의 적절한 대가야." 마크 경은 그들이 단둘이 있게 되자마자 실제적으로 그녀가 시작했던 것이다. 심지어 밀리는 로더 부인이 불안정한 상태로 뒀고, 우리가 봐왔듯이 그녀의 동행이 그곳에서 처음 시선을 뒀던 다른 이름과 정반대되는 대상으로 그 사람의 이름을 불렀다는 인상을 받았다. 즉각적이고 이상한 영향은 이를테면 그녀가 성공적으로 찾은 변명으로서 의식적으로 필요한 것이다. 그녀는 밀리를 위해서 모드 이모가 표시한 길로 왔다 갔다 하면서 끝까지 했고, 말하자면 지금 그녀는 그걸 길들였다. "지루하게도 만약 이모가 그를 너무 원하면, 주님은 그녀를 용서하실 거야! 날 위해서 말이야. 네가 도착한 이후에 그는 다른 누군가를 원하면서 우리를 밖으로 데리고 나갔어. 바로 너 말이야."

밀리는 고개를 흔들며 충분히 매력을 발산했다. "그럼 난 누군지 몰랐던 거네. 만약 내가 누군가의 대신이라며, 그 사람은 멈추는 게 좋을 거야."

"정말, 진짜로? 언제까지나?"

밀리는 똑같이 기뻐하려고 했다. "맹세라도 해?"

케이트는 당연히 기쁘지만 잠시 생각했다. "우리는 충분히 맹세했잖아?"

"넌 그랬지만 난 아니야. 똑같이 해야지. 어쨌든 네가 말대로 정말 진짜로 언제까지나 그럴 거야. 그러니까 난 방해가 안 돼."

"고마워, 하지만 도움이 안 돼."

"아, 내 말도 그 사람에는 간단할 거야."

"진짜 문제는 그 사람이 생각이 너무 많아서 단순화하기가 어렵다는 거야. 모드 이도가 노력해 왔던 게 바로 그 점이었고. 그는 나에 대한 마음을 정하지 않았어."

"그럼 그 사람에게 시간을 줘."

그녀의 친구는 그 말을 완벽히 받아들었다. "그러고 있지만, 여전히 생각이 많아."

"최고의 결과는 낸다면 나쁠 건 없잖아. 남자는 특히 생각이 많지 않고 야망만 있잖아?"

"맞아, 더 많을수록 더 재밌지." 그리고 케이트는 그녀를 호기롭게 바라봤다. "드러내고 싶기만 하고 그걸 막으려고 아무것도 하지 않지."

환상적이든 아니든 모든 구실이 생겼다. 밀리에게 화려함과 웅장함은 대담하고 모순적인 정신이면서 그 자체로도 너무나 흥미로웠다. 더군다나 흥미로운 건 우리의 젊은 아가씨가 언급했듯이 케이트가 지금까지 걱정하는 것으로 그녀에 관한 한 마크 경 때문에 생기는 문제에만 국한시켰다는 사실이었다. 그녀는 자신의 성향이 드러나는 것에 대해 전혀 언급하지 않았고, 그 상황은 다시 작은 제 역할을 했다. 그녀는 다른 사람에 관해서 좋아하는 일을 하고 있지만 다른 사람에게 헌신하지 않았고, 더 나아가 마크 경이 젊지도 정직하지도 않다고 말하는 것은 분명한 자의식 표시였을 뿐이었고, 그녀의 모든 것이 조금은 힘들지만 우아한 사치였다. 그녀는 동의하는 걸 너무 많이 보여주고 싶지는 않았지만, 그것은 충분히 동의하는 것과는 다른 것이었다. 게다가 밀리는 다음 말을 할 기회를 여전히 찾았다. "네 말대로 만약 내가 이모님에게 폐를 끼쳤다면, 그분은 정말 여전히 친절하셔."

"아, 그래도 무슨 일이 있었던 그분은 널 많이 도와주실 거야. 넌 이모에게 폐를 끼친 게 아니라 주도하게 했어. 넌 반도 모르지만, 이모는 네 속치마를 움켜쥐셨어. 넌 무엇이든 할 수 있어. 그러니까 우리가 못했던 많은 걸 할 수 있어. 넌 외부인이고, 독립적이고 혼자야. 넌 다른 사람들과 비교하면 추악하지도 않아." 케이트는 그 방향으로 말을 이끌어갔고, 밀리는 놀라 입이 벌리고 바라보다가, 이상한 말로 마무리했다. "우리가 너에게 도움이 안 되는 것 맞아. 넌 우리에게 도움이 되고, 그건 다음 문제야." 그녀는 최선을 다해 말했다. "내가 할 수 있는 조언은 네가 할 수 있을 때 우리를 내려놓으라는 거야. 네가 얼

227

마나 더 잘할 수 있는지 바로 알지 못했다면 이상한 거야. 우리는 네가 어쩌면 다른 식으로 쉽게 알 수도 있었던 가치 있는 말을 해주지 않았어. 그러니까 넌 아무런 의무가 없어. 내년에 넌 우리를 원치 않을 것이고, 우리만 널 계속 원할 거야. 하지만 네가 그럴 이유가 없고, 불쌍한 스트링햄 부인이 널 들여보내서 네가 지독하게 대가를 치러서는 안 돼. 그분은 양심이 있고, 자신이 해왔던 일에 매료됐어. 하지만 그녀에게서 네 사람들을 데려가서는 안 돼. 그 모습은 보기가 너무 끔찍했어."

밀리는 너무 겁먹지 않기 위해 재미있게 하려고 노력했지만 너무 터무니없었다. 충분히 자연스럽지만 사실 이상하게도 그날 밤 늦게 수지도 없는 집에서 그녀는 자신감이 없었다. 그녀는 다음 날 새벽, 모든 일을 종합해, 자신이 표범처럼 서성거리는 사람과 단둘이 있는 거 같다고 떠올렸다. 맹렬한 이미지였지만 겁먹은 건 덜 부끄러웠다. 두려웠지만 이제 그녀는 말을 할 수 있다. "수지가 없었다면, 난 널 속이지 말았어야 했어."

하지만 이때 케이트가 가장 놀랬다. "아, 넌 여전히 날 아주 미워하는구나!"

마침내 그 말은 정말 심했다. 밀리는 놀라서 쳐다본 후 아주 희미한 불꽃을 피웠다. 그녀는 신경 쓰지 않았다. 그녀는 알고 싶은 것이 너무 많았다. 그리고 말투에 조금은 엄한 비난과 침울한 중압감이 있었지만, 그녀는 로더 부인을 가장 가까이에서 섬기는 사람이었다. "어째서 그런 말을 해?"

케이트의 갑작스러운 태도 변화에 뜻하지 않게 적절한 말이 나왔다. 그녀는 일어나서 말했고, 케이트가 곧 그녀 앞에 서서 보다 부드러운 눈빛으로 바라봤다. 가엾은 밀리는 이렇게 이상하게 움찔하면서도 사람들이 그녀에게 종종 어떻게 감동받았는지 보는 걸 즐겼다. "넌 비둘기라서 그래." 그 말에 그녀는 친근함이나 자유로움을 얻은 것이 아니고, 거의 의식적으로 그리고 칭찬의 방식으로 자신을 그렇게 섬세하게, 사려 깊이 받아들여졌다는 걸 느꼈다. 마치 손가락에 앉을 수 있는 비둘기지만, 그 모습을 관찰당하는 공주인 거 같았다. 그녀는 상대방 입술의 감촉을 통해, 이런 방식, 이런 차가운 압력이 케이트가 조금 전에 했던 말을 상당히 확인시켜준다는 걸 깨달았다. 게다가 그 아가씨에게 그것은 영감과 같았다. 그녀는 자신이 올바른 사람이라고 인정하고, 반면에 그렇게 불린 것에 안도의 한숨을 쉬었다. 그녀는 그 순간에 밝혀진 진실을 마주했고 최근에 걸었던 낯선 황혼을 밝혔다. 그것이 그녀의 문제였다. 그녀는 비둘기였다. 아, 그렇지 않은가? 바깥에서 그들의 친구들이 돌아오는 소리를 들을 때까지 그녀 마음속에서 메아리쳤다. 모드 이모가 방에 들어온 후, 그것에 대한 조금의 의심도 없었다. 로더 부인은 수잔과 함께 올라 왔는데, 수잔은 그때 그녀를 케이트에게 내버려 두지 말았어야 했다. 그래서 밀리는 그들이 남겨놓은 미진한 부분을 어떤 식으로든 이해할 거라 확신했다. 그녀가 이해했던 방식은 지금 조금도 중요하지 않다는 걸 단순히 강조할 뿐이었다. 이를 위해 그녀는 계단을 올라왔고, 케이트가 그 자리에서 수잔 셰퍼드에게 뜻밖의 기회를 주는 동안 나이가 젊은 안주인과 다시 함께 있었다. 다른 말로 모드 이모가 그녀의 친구와 있을 때, 케이트는 그들이 조금 자리를 뜬 풍경 이야기를 하는 스트링햄 부인의 말에 멋지게 반응하며 듣고 있었다. 정말 사랑의 말을 속삭이는 비둘기들처럼, 아주 애정 어린 말투로 로더 부인은 밀리에게 모든 것이 잘 되길 바란다고 했다. 그녀의 '모든 말'은 자비심이 넘쳤다. 마음을 누그러뜨리고 단순하게 했다. 그녀는 마치 동료가 아니라 두 명의 젊은 여성이 함께 마을을 마주하고 있는 것처럼 말했다. 하지만 밀리의 대답은 모드 이모가 계단을 오르는 동안 정해졌다. 비둘기처럼 모든 이유를 허둥지둥 생각했고, 진지하고 솔직하게 답했다. "이모님, 그가 여기 없는 거 같아요."

그 말은 그녀가 비둘기로서 얻을 수 있는 성공의 척도를 바로 알려 줬다. 로더 부인은 한마디 말없이 우울한 표정으로 강한 비판을 쏟아냈다. 그리고 곧 말을 뱉었다. "이런, 깜찍한 것!" 거의 깜짝 놀랄 만한 감미로운 빈정거림은 손님이 떠난 이후에도 너무나 과한 향기처럼 방에 계속 남았다. 하지만 스트링햄 부인과 단둘이 남겨지자 밀리는 계속 숨을 쉬었다. 그녀는 비둘기처럼 다시 연구했고, 그래서 그녀의 동행이 그냥 다양하게 알려고 해서, 자기 일에 관한 모든 질문을 피했다.

다음 날 그것은 다시 한번 그녀의 규칙이 되었다. 물론 매번 결정해야 있는 복잡한 문제가 그녀 앞에 놓여 있다는 걸 알았지만 말이다. 그녀는 비둘기가 어떻게 행동할지 분명히 해야만 했다. 그녀는 오늘 아침에 의사 루크 스트렛에 관한 계획을 다시 받아들이면서 잘 해결했다고 생각했다. 그녀는 그 일이 원래는 그저 무지개색의 단조로운 키에서 연주됐던 것을 나타내서 기뻤다. 그리고 아침 식사 후 스트링햄 부인이 마치 발밑에 값비싼 페르시안 카펫이 펼쳐진 것처럼 처다보기 시작했는데, 5분이 지나고 밀리는 최선을 다하려고 그녀를 떠나는 것을 망설이지 않았다. "루크 스트렛 선생님이 약속대로 11시에 날 보러 오시는데, 난 일부러 나갈 거예요. 선생님이 오시면 내가 집에 있다고 전하고 나를 대신해서 만나주세요. 이번에는 그런 걸 더 좋아하실 거예요. 그러니까 잘 맞이해 주세요." 당연히 더 많은 설명이 필요했고, 무엇보다도 손님이 훌륭한 의사라는 사실을 언급해야 했다. 그러나 설명을 다 한 후에 수지는 그러겠다고 했고, 그녀의 젊은 친구는 자신의 멋진 생각대로 되어간다고 느꼈다. 실은 마지막에는 전날 로더 부인이 했던 것처럼 되어갔다. 지나치게 같아서 또다시 분위기가 무거워졌다. 사람들이 그녀를 만나기 위해 얼마나 서두르는지 알면 우리 젊은 아가씨는 거의 겁을 먹었을 것이다. 그럼 그녀가 살아갈 날이 거의 없으면 길은 그녀에게 항상 열려 있을까? 마치 그들이 그 자리에서 그녀가 그 길로 다니도록 도와주는 것 같았다. 수지는 거부할 수도 없고 거부하는 척도 하지 않았는데, 사실 그녀 입장에서 그런 소식은 그냥 야단스러운 것이었다. 수지의 판단에 모든 고통은 그곳에 있었다. 하지만, 그럼에도 불구하고, 그녀의 젊은 친구도 늘 가장 자리에 있었다. 그리고 그 제안으로 복잡미묘해지는 거 말고 뭐가 있겠는가? 어쨌든 그녀의 태도에 관한 한, 그 문제의 타당성에 대한 밀리의 인식에 대한 시각은 놀라움과 충격을 순식간에 집어삼켰다. 그래서 그녀는 그다음으로 사실을 완벽히 알기만을 바랐다. 밀리는 이 문제를 마치 하나뿐인 것처럼 쉽게 말할 수 있었다. 자신이 위협받는다고 느꼈던 것처럼 다른 사람을 이해하지 못했다. 간단히 말하면, 대단한 사실은 무엇보다도 그가 그녀에게 관심이 있는 누군가를 따로 만나고 싶어 한다는 걸 그녀가 안다는 것이었다. 그러니까 성실한 수잔만큼 누가 관심이 많겠는가? 그녀가 친구를 떠났을 때, 그녀가 말해야 한다고 생각했던 유일한 다른 상황은 그녀가 처음에는 비밀로 하려고 했던 상황이었다. 그녀는 원래 비밀스러운 사람이라고 생각했었다. 그녀는 변했고, 현재 모습이 그 결과였다. 자신이 변한 이유를 말하지 않았지만, 그녀는 성실한 수잔을 믿었다. 손님은 그녀를 믿고, 그녀 자신도 그들의 손님이 마음에 들 것이다. 게다가 그는 그녀에게 끔찍한 말을 하지 않을 거라 그 아가씨는 확신했다. 최악은 그가 사랑에 빠졌고, 그걸 털어놓을 친구가 필요한 경우일 것이다. 그리고 그녀는 지금 국립미술관으로 가고 있었다.

미술관은 의사 루크 스트렛이 방문 시간을 알려줬을 때부터 생각했다. 유럽의 명소 중 한 곳이며 문화에 가장 큰 도움이 되는 곳이지만, 그건 오래된 이야기고 언제나 천박한 쾌락에 희생되는 전형적으로 시시한 곳이란 생각이 들어 별로 가고 싶지 않았던 곳이었다. 그녀는 브뤼니크에서 엉뚱한 순간을 보냈을 때, 옛날부터 '그림과 사물'에 대한 보편적인 생각으로 대륙 여행에서 진정한 발전의 기회를 무시해서 어느 정도 부끄러움을 느꼈다. 그리고 이제야 자신이 저지른 일을 알았다. 변명은 분명했다. 그녀는 평생 배운 것과 반대로 행동했다. 그런 인생의 결과가 지금 멋지게 나타났다. 최근에 케이트 크로이가 재미난 시간을 보낼 수 있도록 다양한 역사의 흐름 속으로 이끌었는데도, 그녀가 무시했던 좋은 기회들이 있었고, 오늘을 위해 아껴뒤야 했지만 모든 놓쳐버린 대단한 순간들도 있었다. 그녀는 여전히 티치아노Titian(이탈리아 베네치아파 화가) 작품들과 터너Joseph Mallord William Turner(영국 풍경화가) 작품들 사이에서 한 명 혹은 두 명 모두 능가할 수 있다고 생각했을지도 모른다. 그녀는 시간을 잘 살폈고, 평온한 홀에 있을 때, 자신의 믿음이 옳았다는 걸 알았다. 그녀가 원했던 분위기였고, 이제 그녀가 배타적으로 선택한 세상이었다. 압도적이고, 화려하지만 조금 은근히 조용한 방들이 그녀를 둘러싸고 있었고, 그녀는 "여기서 길을 잃을 수도 있겠어!"라고 말했다. 사람들은 많았지만, 놀랍게도 개인적으로 궁금한 게 없었다. 밖에서는 궁금한 게 많았다. 하지만 그녀는 기쁨에 겨워 궁금증을 내려두고, 그녀가 여성 필사가들의 진지한 모습을 보면서 다시 반짝였다. 특히 안경을 쓰고 앞치마를 두르고 열중하고 있던 두세 명에게 그녀는 터무니없게 연민이 들었고, 올바르게 사는 방법을 보는 것 같았다. 그녀는 필사가가 되었어야 했다. 현실 도피를 하고 물속에 살며 동시에 인간미 없고 단호하게 지내는 것이다. 그곳은 한 명이 있고, 한 명이 계속 견디고 견뎌야만 했다.

밀리는 부끄러워질 때까지 이 주문에 빠졌다. 그녀는 그곳의 자랑으로 여겨져야 하는 충분한 면모를 지닌 젊은 여성에 대한 다른 사람들의 생각이 궁금해질 때까지 여성 필사가들을 바라봤다. 그녀는 그들과 이야기하고, 그들의 삶에 들어가고 싶었지만, 자신은 모조품을 구매할 사람이 아니었고 모조품을 살 것처럼 기대를 불러일으킬까 봐 단념했다. 그녀가 붙잡고 있는 건 그저 피난처일 뿐이고, 결국 그녀 안의 뭔가는 티치아노와 터너 작품들에 너무 약하다는 것을 그녀는 정말 얼마 지나지 않아 알게 됐다. 그 작품들은 그녀의 주위로 너무 넓게 원을 그리며 있었고, 그 원은 1년 전에 그녀가 좇고 싶었던 것이었다. 그것들은 진정으로 작은 삶이 아닌 더 큰 삶을 위한 것이었고, 예를 들어, 실제로 추구하는 건 연민의 관심, 잘못 판단한 노력에 관한 관심이었다. 그녀는 어처구니없게도 호기심이 줄어들면서 눈부신 벽에 자신의 위치를 작게 표시했고, 주변과 다가오는 사람들을 계속 지켜봤기에 눈에 띄게 잡히지 않았다. 그녀는 이 방 저 방으로 다녔고, 많은 전시물을 본 후 쉬려고 자리에 앉았다. 사람들과 장소를 응시할 수 있는 의자들이 있었다. 실제로 밀리는 현재 다른 점보다 우선 결국 '유파들' 순서를 시험관에게 설명할 수 없었던 모습과 훨씬 덜 똑똑했음에도 불구하고, 생각했던 것보다 더 지루해했다는 점에 주목했다. 그녀의 눈은 자유롭게 좇을 수 있는 다른 일을 찾아냈다. 막연한 그녀는 다른 관람객들을 바라봤다. 여러 결실과 함께 특히 그녀 동포들의 놀라운 흐름을 보았다. 그녀는 8월 초에 그 멋진 박물관이 이런 순례자들로 가득 차 있다고, 멀리서도 쉽게 그들을 알아보고, 그들은 항상 그녀와 자신들의 어두움에 대해 새로운 생각을 한다는 것이 놀라웠다. 그녀는 마침내 단념했고, 다른 이처럼 성취를 이뤘다. 오늘 국립 미술관에 온 이유는 필사가들을 보고 베데커 여행안내서_{Baekekers}를 사기 위해서였다. 어쩌면 공공장소에 앉아서 미국인들 수를 세는 것은 위협적인 건강 상태를 나타냈다. 어느 정도 시간이 흘렀지만, 그것은 이미 두 번째 방어선 같았고, 그런데도 아주 명백한 그녀 나라 사람들의 유형이었다. 그들을 가위로 잘라냈고, 색칠하고, 라벨을 붙이고, 고정시켰다. 하지만 그녀와의 관계는 결정짓지 못했다. 그들은 왜 그런지 그녀에게 아무것도 하지 않았다. 당연히, 그들은 그녀를 의식하거나 알지 못했고, 그녀와 함께 붕괴된 공동체, 그녀가 거기 앉아 있을 때 그녀에게 유럽이 '힘들다'는 표시를 알아보지 못했다. 기분은 여전했기에 그녀는 빈둥거렸는데, 당시 그녀와 별 친분이 없었던 런던 시민들과 같은 성공을 거두지 못한 것처럼 보였다. 그녀가 매력적인 모습으로 돌아가면 그들이 달라질지, 그리고 만약 그렇다면 다시 돌아가야 하는지도 궁금해 할 것이다. 그녀의 동포들은 어쨌든 비판 없이 생기 있게 지나쳤고, 그녀는 마침내 별거 없는 장점마저도 받아들이게 됐다.

그러나 분명 모녀 관계로 보이는 세 명의 숙녀들이 방 반대편에 있는 작품을 가리키며 그들 중 한 명이 방금 말한 것으로 보이는 말 때문에 그녀 앞에서 잠시 멈추는 괜찮은 순간이 있었다. 밀리는 작품을 등지고 젊은 동포를 살폈는데, 그 동포는 말을 내뱉고 표정이 어두웠다. 눈을 보면 분명히 그 문제에 대해 인식했다. 무릎에 자습서를 올려놓고 수업 시간을 답을 아는 남학생처럼 쉽게 그 3명을 대략 알았다. 그녀는 그 남학생처럼 충분히 죄책감을 느꼈는데, 그녀는 자신의 소유권과 박탈권에 대해 의식적으로 자극하지 않는 사람들이 궁금했다. 그들이 어디서 살고 어떻게 거기에 왔는지 말할 수 있었을 것이고 그 방식은 흔쾌히 받아들이면서 긍정적이었을 것이다. 그녀는 상상 속에서 부드럽게 몸을 굽혔고, 결혼 생활에서 아버지 아무개 씨는 집에서 명예롭고 온순하게 계속해서 이름이 불렀지만, 영원히 보이지 않고 경제적으로 소식이 들리는 어떤 사람으로만 존재했다. 겉으로 보이는 나이와는 전혀 어울리는 않는 부풀게 한 차분한 흰 머리를 한 어머니의 얼굴은 화학적으로 거의 깨끗하고 푸석푸석했다. 동행들은 피곤함에 멍해 보였다. 3명은 똑같이 작은 타탄tartan(스코틀랜드에서 시작된, 굵기와 색깔이 다른 선을 서로 엇갈리게 해 놓은 바둑판무늬) 무늬 모자가 달린 짧은 망토를 입었다. 타탄 무늬는 분명히 달랐는데, 이상하게도 그 망토는 하나로만 생각할 수 있었다. "멋지다고? 뭐, 네가 그렇다면야." 잠시 후 밀리가 작품을 찾아보는 동안, 말을 하고 잠시 후 말을 덧붙인 건 어머니였다. "영국 스타일이네요." 세 사람의 시선이 쏠렸고, 그 시선을 받은 사람은 이 마지막 특징 묘사에 대한 주제의 영향으로 잠시 멈췄고, 딸들 중 한 명은 다른 한 명에게 속삭이기보다는 아무 말 하지 않았다. 밀리는 그들이 등을 돌리자 마음이 아팠다. 그들은 그녀를 알았어야 했고 그들 사이에 뭔가 좋은 일이 있었어야 했다고 속으로 말했다. 그러나 그녀는 그들도 잃었다. 그들은 차가웠다. 조금은 의아해하며 그녀를 두고 자리를 떴다. 그 '당당함'은 그녀를 바꿔놓았다. 오히려 '영국 스타일'은 그녀가 좋아했던 영국 유파였다. 이동하기 전에 그녀가 마주 본 측면에 작은 크기의 네덜란드 그림들이 있는 걸 봤다. 이 움직임은 또 한 번 눈에 띄었다. 세 여자들의 활기가 억눌려졌던 그림으로 그런 것이 아니라는 어렴풋한 추정이었다. 아무튼, 그녀는 가야 했고, 일어나 돌아섰다. 그녀 뒤에는 입구 하나가 있었고 그녀가 앉아 있는 동안 혼자 오거나 짝을 지어서 다양한 관람객들이 왔는데, 그중 한 사람에게 그녀의 시선이 사로잡혔다. 그곳 중앙에 있었던 신사는 잠시 모자를 벗고 전시물을 보면서 손수건으로 이마를 두드렸다. 밀리는 그의 얼굴이 조금 전에 그녀의 친구들이 목격한 대상이라는 몇 초 만에 충분히 알 수 있었다. 그녀는 그들의 찬사에 동의

했는데, 미국 스타일과 바로 대조를 이루는 '영국 스타일'은 사실 사로
잡는 힘이 있었다. 동시에 이 사로잡는 힘과 놀라움은 이미 고통스러
울 정도로 날카로워졌는데, 냉정하게 판단하려는 그 행동에서 그녀는
자신이 흔들리고 있다는 느꼈기 때문이다. 머튼 덴셔였고, 그에게 집
중했다가 주저하는 그녀를 오랫동안 알지 못한 채, 그는 그곳에 오래
서 있었다. 이런 상황이 순식간이어서, 그녀는 여전히 그녀가 그를 만
나는 것이 최선인지 멋대로 자문했다. 그녀는 이런 일을 막기 위해 그
가 자신을 붙잡도록 하지 말아야 한다고 그렇게 여전히 답했다. 그녀
는 더 나아가 그가 너무 집중해서 맹렬함을 뛰어넘은 인식이 개입하
지 않는다면 아무것도 몰랐을 거라고 판단했을지도 모른다. 그녀는
그 후로 다른 사람이 본다는 걸 알기 전까지 그녀가 얼마나 그를 바라
봤는지 알 수 없었다. 일관되게 정리할 수 있는 건 그가 그녀를 알아
차리기도 전에 두 번째 사람을 알아봤다는 것이었다. 이번 충격의 원
인은 다름 아닌 케이트 크로이로, 케이트 크로이가 갑자기 시야에 들
어왔고 다음 동작에서 눈이 마주쳤다. 케이트는 2야드 정도 떨어져
있었지만, 덴셔 군은 혼자 있지 않았다. 특히 케이트의 얼굴에서 그렇
다는 걸 알 수 있었는데, 처음에 밀리처럼 멍하게 바라보다가 희미하
게 웃었기 때문이었다. 그들의 만남의 경이로움에 더해서 밀리에게
그 점이 아주 잘 전해졌다. 쉬운 말로 하면 그곳에 두 젊은 여자가 함
께 있었다. 그 아가씨는 아마도 이런 마주침과 케이트가 대단한 사람
이라는 이미 확고한 확신 사이의 연관성을 나중에서야 완전히 알 수
있었을 것이다. 그러나 그 자리에서 그녀는 전날 밤과 마찬가지로, 심
지어 더 큰 즐거움에도 어느 정도 감당할 수 있다는 걸 알았다. 케이
트가 어떻게든 잠정적으로 모든 것을 자연스럽게 받아들이는데 결국
1분도 걸리지 않았다. 잠정적인 것은 순간순간 기질을 나타내는 매력
이었다. 그건 케이트가 바로 처음에 말했을 정도로 아주 다행스러운
것이었다. 게다가 이런 가장 놀라운 일은 그들이 아무런 암시 없이 헤

어진 직후에 그런 장소에서 일어난 말도 안 되는 특이함에 적당한 재미의 여백을 남겼다. 그래서 그 멋진 소녀는 말 그대로 머튼 덴서 군이 기쁨과 당혹함을 구별되지 않게 얼굴을 붉히면서 탄성을 지르려는 상황을 장악하고 있었다. "와, 실 양, 세상에!" "실 양, 이런 일이!"

한편, 케이트가 보기에 실 양도 그에 대해 놀랍고 말 못 하는 뭔가가 있었다. 분명히 그가 의문 없이 그녀를 바라보는 것처럼 그의 상대방도 그를 바라보는데도 말이다. 그는 밀리는 아주 상냥하고 동정심을 가지고 밀리만을 바라보고 있었고, 그녀는 그걸 뭐라고 말해야 할지 거의 몰랐다. 하지만 여자들이 남자들보다 곤경에서 더 잘 벗어난다는 그녀의 생각에는 아무런 편견은 없었다. 물론 그 곤경은 분명하거나 말로 표현할 수 있는 것은 아니었다. 그리고 그 모든 표현을 전하는 방식은 현재 우리 젊은 아가씨에게 문명국가 특유의 업적으로서 반복됐다. 하지만 그녀는 작은 개인적인 열정을 가지고 고집스럽게 그걸 당연하게 받아들였는데, 그녀가 그를 위해 할 수 있는 한 가지는 그녀가 그를 어떻게 편안하게 생각하는지 보여주는 것이기 때문이다. 만약 문제의 기회가 그녀를 구하지 않았다면, 그녀는 정말 피곤하고 불안하고 당황했을 것이다. 얼마 후 그녀를 구하고 케이트가 그녀에게 그랬던 것처럼 그녀가 케이트에게 용감해지게 한 것은 그들의 친구가 그녀를 어떻게 생각하는지 그녀 자신에게 물어보는 것이었다. 그가 몇 분 뒤에, 조금도 복잡한 언급 없이, 순조롭게 '그들의' 친구가 된 것은 단지 그들 모두가 숭고하고 교양 있는 존재의 결과일 뿐이었다. 사실 그녀가 지금도 그런 차원에서 최고가 되길 갈망하고 있어, 그가 이것을 알았을 때의 반짝임은 밀리에게 꽤 고무적이었다. 케이트에게는 그녀가 그들의 신사를 알고 있다는 것과 그녀에게는 케이트가 아침에 그와 함께 시간을 보냈다는 변칙을 이상하게 적어도 불쾌하지 않게 받아들이려면, 당연히 많은 영감이 필요했다. 하지만 밀리가 찬바람을 겪은 후 모든 것이 계속 이쪽으로 향했다. 그녀는 그들이 말하지 않았던 것을 그렇게 성공시켰기 때문에 그들이 실제로 무슨 말을 했는지 나중에 궁금해졌다. 어쨌든 그때의 찬바람의 달콤함을 성공을 확신했다. 덴서 군에게 이 점에 달려 있는 것은 그녀에게 전부 모호했고, 그녀는 어쩌면 그가 필요로 하는 인상을 도움에 대한 지름길로 만들어냈다. 사실이 무엇이든 그들은 모두에게 완벽한 예의를 차렸다. 밀리 자신의 영감 중에 가장 좋은 부분은 대부분 도움이 되는 것은 자신의 자연스럽고 소박한 표현이라는 걸 빨리 인식했다는 것이다. 그녀는 미국 출신 아가씨로서 익숙지 않은 차이로서 부족한 혈통, 최소한 열악한 경제 상황에 대해 오랫동안 부끄럽게 여겨왔는데, 영국 분위기에서 한 페이지를 장식하는 것 같은 글 같았다. 그녀는 웃기지는 않았지만, 여전히 즉흥적이었다. 그래서 지금 수중에 있는 모든 돈이 제자리를 찾을 수 있었다. 그녀는 덴서 군에게 여행을 마치고 자신을 찾아달라고 자연스럽게 간청할지도 모를 만큼 즉흥적이고 미국인처럼 되었다. 그녀는 허황된 말을 했지만, 불안한 말투가 아니라 뉴욕의 말투로 말하는 인상을 그에게 줬다고 스스로 우쭐했다. 뉴욕의 말투로 불안감은 사라졌고, 그녀는 그것이 이제 얼마나 그녀에게 도움이 될지 이제 충분히 생각했다.

그들이 그곳을 떠나기 전에 상당히 도움이 됐다. 그녀가 호텔에서 점심을 함께하자는 초대를 그녀의 친구들이 받아들였을 때, 식사가 마련됐을지도 모르는 곳은 5번가였다. 케이트는 그곳에 바로 가본 적이 없었지만, 밀리가 현재 그녀를 데리고 있었고, 덴서 군도 가본 적이 있었다면 그렇게 빨리 올 필요는 없었을 것이다. 그녀는 자연스럽게 미국 아가씨로서 제안했고, 자신의 속도가 괜찮다는 걸 빠르게 알았다. 이번 일의 묘미는 케이트의 눈치를 살피는 것처럼 보이기만 하면 됐다. 그리고 처음에 미소를 지으며 말했다. "아, 그래. 우리의 옷차림이 별로인데, 시간을 좀 줘." 그리고 미국 아가씨는 다른 누구도 못 하는 시간을 줬다. 그래서 밀리는 그들이 짐작할 수 있을지라도 그들이 원하는 것보다 더 많은 것을 받아들이도록 했다. 미술관 입구에서 그녀는 사륜마차를 선호한다고 했다. 그들은 그 모습으로 시간을 벌려고 가던 길로 갈 것이다. 그녀는 그들이 이 마차를 타도 된다는 긍정적 매력을 그 어느 때보다 더 강하게 주장했다. 그리고 그녀는 친구들을 수지가 있는 곳으로 안내하면서 분명 자신의 정점에 달했다. 수지는 그녀가 돌아오면 점심을 하려고 거기에 있었다. 그리고 이제 이 좋은 친구는 그녀가 얼마나 매우 불안해하는지를 알아차릴 것이다. 사실 이 좋은 친구에게 제공된 컵 자체가 놀랄 만했는데, 분명 재료가 특이하게 섞여 있었기 때문이다. 그녀는 수지가 의사 루크 스트렛의 이야기를 듣기 위해 손님을 데려온 건지 알려고 하는 것처럼 자신을 빤히 바라보는 모습을 포착했다. 뭐, 그녀의 동행이 별로 궁금해하지 않은 것보다 궁금한 게 많은 게 더 좋았다. 그녀는 그들이 집에서 말하는 것처럼 '어쨌든' 상황에 관한 관심을 보여야 했고, 정말로 관심이 있었다. 밀리는 가장 심각한 위기에 처했을 때 그녀에게 조금 미안했다. 그녀는 낯선 자리에서 비교적 작은 비밀을 끌어낼 수 있었다. 그녀는 갑자기 나타난 덴서 군을 보았지만, 다른 일은 일어나지 않았다. 그녀는 같은 방법으로 젊은 친구가 자신의 운명에 무관심한 걸 봤지만, 어떻게 설명해야 하지 부족했다. 그녀가 유일하게 참을 수 있었던 것은 점심 후 케이트가 그녀의 환심을 사려고 했던 것이었다. 사실 이건 밀리가 실제로 참을 수 있었던 것이기도 하다. 사실 우리 젊은 아가씨에게는 긍정적인 아름다움이 있었고, 멋진 아가씨와는 너무나 달랐다. 수지는 그 멋진 아가씨에게 지루함을 느꼈고, 그 변화는 현재 함축적이었다. 두 사람은 식탁에서 일어나 점심을 먹었던 방에 함께 앉아 있었고, 그래서 다른 손님과 그를 맞이한 사람은 옆방에 편안하게 앉을 수 있었다. 후자에게 이 점이 좋았다. 케이트 입장에서 거의 안도의 기도와 같았다. 그녀가 솔직하게 다른 친구보다 수잔 셰퍼드와 '함께 내팽개처'지는 걸 더 좋아했다면, 현실적으로 모든 게 설명되는 이유였다. 그녀와 왜 아침에 만났는지 말하지 않았지만, 누구 생각처럼, 그녀는 그에게 할 수 있을 만큼 말했다.

케이트의 분명한 행동에서 조금씩 조금씩 개연성이 다시 자리를 잡았다. 머튼 덴서는 사랑에 빠졌고, 케이트는 그저 미안하고 다정할 수밖에 없었다. 거센 동요 없이 모든 것을 감출 수 있지 않을까? 밀리는 어쨌든 감추려고 했고 그동안 열심히 노력했지만, 더 큰 방 앞에서 그녀 턱까지 힘차게 끌어당겼다. 그렇게 대하면서 그녀에게 모든 걸 해주지 않았다면, 그녀가 스스로 나머지를 보충할 정도로 많은 걸 했다. 그녀는 중대한 질문에 관한 관심으로 그를 다시 만나면서 뉴욕에서 느꼈던 그에 대한 인상이 달라질 수 있는가, 라는 의문이 생겼다. 미술관을 떠날 때부터 그 의문에 사로잡혔다. 함께 마차를 타고 오면서 점심을 먹을 때도 그랬고, 15분간 그와 단둘이 있으면서 그 의문은 극심해졌다. 이런 위기 상황에서 명확하고 일반적인 대답도 없고, 이 점에 대해 바로 만족이 되지 않는다는 걸 느꼈다. 의문 자체가 산산조각이 났다. 그녀는 그가 다른지 아닌지 알 수 없었고, 그녀도 다른지 전혀 신경을 쓰지 않았다. 그녀가 아는 점만을 생각해 볼 때 이런 것들은 중요치 않았다. 그녀가 어느 때보다도 그를 좋아한다는 것이었다. 그리고 새로운 사람을 좋아하는 것이라면, 즐거움도 더 클 것이다. 그가 처음 당혹해했던 상황에서 회복됐지만, 처음에 그가 매우 조용하다고 느꼈다. 비록 당혹스러움의 그늘조차도 그녀의 재강화된 정체성에 대한 주제에 대한 모호함 때문이 아니라, 저쪽에서는 그녀와 같은 부류의 수천 명의 사람이 매우 옳다는 개연성 있는 시각으로 여겼다. 아니었다, 그는 처음 30분 동안 예상한 대로 조용했는데, 밀리의 활기찬 말 즉 즉흥적인 말이 다른 모든 것을 상대적으로 만들었기 때문이다. 그리고 케이트가 자발적으로 행동하는 한, 그들 사이의 분위기는 좋게 잘 유지되어야 했기 때문이다. 그 후 서로 각자 행복함에 조금 더 익숙해지자, 그는 주어진 시간 동안 이야기를 더 하기 시작했고 자신의 자연스럽고 생기 넘치는 말이 뭔지 분명히 생각했다. 그녀가 미국에 대해 듣고 싶어 하는 것은 그가 그곳에서 봤던 것과 했던 모든 것을 순서대로 알려주는 것이었다. 그는 갑자기 할 말이 너무 많아서 거의 고집 부릴 뻔했다. 잠시 쉬고 나서 다시 말을 시작했다. 그가 갔을 때 어떤 걸 감탄하고 어떤 것은 감탄하지 않는지 전혀 몰랐기 때문에 그 결과는 어쩌면 더 이상할 것이다. 그는 특히 다른 사람들과 떨어져 있는 동안 단순히 사교적인 말만 했다. 그녀는 그때 미국인이 되는 걸 멈추고, 그가 영국인이 되도록 내버려 뒀다. 그가 받아들인 허락으로 그녀는 엄청난 이점과 무의식적인 이점을 모두 느낄 수 있었다. 그녀는 지금만큼 '미국'을 좋아했던 적이 한 번도 없었지만, 그건 아무 상관이 없었다. 어떤 것도 그를 막을 수 없었고 그는 그녀에게 일어났던 일에 대해 감히 아무 말을 하지 않았기 때문에, 미국에 대해 배울 수 있는 그녀 인생의 기회였을 것이다. 이 모든 모험 중 가장 대단했던 것은 그녀가 그때 했던 대로 하는 것이라는 걸 그가 거의 다 알고 있는 듯했다. 그리고 그녀가 현재 보고 있는 모습에 냉랭함은 없었지만, 그는 새로운 사실이나 새로운 공상으로 결정된 특별한 바람에서 다른 사람들처럼 그녀에게 그냥 '친절하게'만 행동하기 시작했다. 그는 이미 예절에 대해 알고 있었고 다른 사람들처럼 했다. 그리고 만약 그가 정말 기분이 좋아졌다면, 그는 모든 어색함을 없애려고 생각했을 것이다. 그가 뭘 하든, 밀리는 그를 여전히 좋아할 것이고 다른 대안은 없다는 걸 알았다. 하지만 그렇더라도 그녀가 지금 한숨을 내쉴 때의 그 시선과 그녀를 바라보는 그의 시선이 얼마나 매우 비슷한지 느끼면서 조금은 마음이 가라앉았다. 그녀는 그 시선을 보이지 않는 그와 만약 눈에 보이지 않는다면, 다른 뭔가에 대한 그의 생각에 대해 꿈꾸었을 수도 있다. 하지만 그는 어렵지 않게 할 수 있는 걸 했을 것이고 결국 그를 보는 그녀에게 그 시선은 긍정적이지 않을 것이다. 그녀가 그렇게 무례하게 비판할 수 있다면, 일반적인 결점은 친절한 보편성으로 인해 관계가 오히려 평범해진다는 것이다. 친절함처럼 진짜 친밀함을 예상하고 대신했다. 당연히 지금 그를 머물게 하는 그녀의 힘이었고, 로키산맥 풍경에 대해 유쾌하게 말하는 그에게 무표정한 관심이었다. 그녀는 사실 수잔을 '견디는' 데 성공한 케이트로 자신이 그를 데리고 있는 게 성공했는지 조금 가늠했다. 만약 그녀가 할 수만 있다면 먼저 실패할 사람은 덴셔 군이 아니었다. 적어도 그 아가씨의 내면의 긴장감 형태 중 하나였고, 이런 깊은 이유에는 훨씬 더 훌륭한 동기가 있었다. 그녀가 기회를 주려고 외출할 때 집에 남겨둔 것은 그동안 여전히 그곳에 더 분명하고 더 활발하게 있었다. 그 기회에 대한 그녀의 마음이 최고조에 달했다가 격렬하게 밀려 내려갔는데, 이 양이 다시 늘어나고 있었다. 그들의 친구들이 떠나자마자, 수지가 화를 낼 것이고, 덴셔 군에 대한 개인적인 사실에 대해 화를 내는 것이 아니라, 그녀가 여러 번 모습을 보였던 그 신사에 대한 것일 것이다. 밀리는 점심 때 그녀의 얼굴이 몹시 상기돼 있는 걸 봤고, 할 말이 많은 거 같았다. 그녀는 지금 덴셔 군의 개인적 사실은 개의치 않았다. 덴셔 군은 이미 그녀의 상상 속에 적당한 자리를 찾아서 갑자기 자리를 차지했다. 그녀가 관심이 있는 한, 그의 개인적 사실은 개인적인 것이 아니었고, 그녀의 동행은 그 점을 주목했다. 그녀는 의사 루크 스트렛과 그에게서 들었던 것으로 가득하다는 걸 의미할 뿐이었다. 그녀는 그에게서 뭘 들었는가? 수지의 얼굴을 보면 알고 있는 것이 엄청나 보였지만, 사실 밀리가 잘 알고 있는 것이 이제 다시 위로 드러나고 있었다. 대체로 덴셔 군을 맞이한 젊은 안주인은 너무 얇은 칸막이를 두고 떨어져 있어서, 그녀가 계속 로키산맥에 매달려 있었기 때문이다.

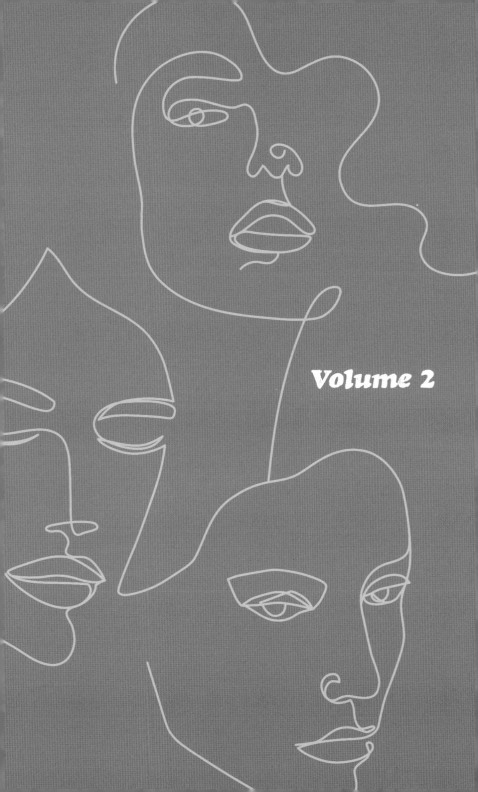

Volume 2

"아, 케이트, 계속 있었군요!" 그들이 모험을 끝내고 나서, 머튼 덴서가 했던 말이었다. 그가 단지 남자라는 이유로 그녀는 바로 용서했다. 실망스럽더라고, 이런 인물 특성상 도움이 되려고 하는 말이라는 걸 받아들여야 했다. 그들 사이에서 모험의 진실은 명백했다. 거리에 다다랐을 때 사람들이 조금 전에 위험한 모퉁이를 돈 사람들을 보는 것처럼 그들은 서로를 바라봤고, 그녀의 상대방에게는 그녀 행동에서 모호한 점을 밝히려는 충분한 의견일치가 있었다. 그러나 몇몇 경솔한 사람들이 해야 했다고 케이트는 이 순간에 그 점에 대해 감정을 드러낼 수도 있었다. 하지만 그를 더 많이 만나게 되면서, 그녀처럼 그도 잠시 떨어진 후에도 다시 만났고 현재 아침 시간 절반을 함께 보내고 있다는 걸 아주 분명히 알게 됐고, 바로 자신들에게 닥친 앞날에 직면해야 했다. 어려움과 지체를 겪으며 여전히 교묘한 방법으로 다뤄야 했고, 각자 개인적인 필요에 대한 새로운 생각 외에 더 중요한 문제가 그에게 되돌아왔다. 이런 필요는 전날 오후에 어디에 있었는지 아는 데 20분이 걸렸고 그 시간으로 충분히 설명이 됐다. 그는 5시에 유스턴Euston 역에 도착했고, 리버풀에서 그녀에게 전보를 보냈고, 그녀는 소문이 나더라도 바로 그와 역에서 만나기로 했다. 그가 기차에서 내린 그녀를 칭찬하자, 그녀는 그런 일들은 바로 해야 한다고 솔직하게 답했다. 그녀는 오늘은 누가 그녀를 보든 개의치 않고 즐겼다. 그녀는 내일은 어쩔 수 없이 생각하게 될 것이고, 그때야 필연적으로 천하고 불안하고 조심스러운 사람이 될 것이다. 그런데도 그녀는 현재 6시까지 랭커스터 게이트에 가야 한다는 특별한 의무를 기억하면서 다음 만남을 약속한 것은 내일 이른 시간이었다. 그녀는 욕설을 하면서 사람들과 계속 차를 마시고 모드 이모에게 약속한 이유를 댔다. 그러나 그녀는 그 자리에서 충분히 관대했고, 기대감을 가지고 그날 아침 국립미술관에 가자고 했다. 그곳에서 사람들 눈에 띄겠지만, 아무도 그들을 알지 못할 것이다. 하지만 그 문제에 있어 지금처럼 최악의 경우 그들이 자리를 옮겼던 식당은 낯설기만 했다 그 장소에서 느껴지는 '뭔가가 있었을' 것이다. 따라서 그들에게 편한 곳은 없다는 걸 다시 한번 알게 됐다.

그는 영국 땅에서 온갖 감정을 느꼈지만, 그 일과 관련해 유감스럽다는 생각은 들지 않았다. 그는 나중에 조급하게 회피했던 문제들이 있었다는 걸 알게 됐고, 그래서 준비와 확신의 부족으로 그가 사랑을 '받을' 곳이 없다는 것이 실제로 더 충격이었다. 그래서 그는 케이트 제안에 따라 유스턴에서 사람들이 맥주와 빵을 마시는 곳으로 가 구석에 있는 작은 탁자에 앉아 차를 주문했다. 당연히 인파 속에 길을 잃었기 때문에 임시방편으로는 충분히 괜찮았다. 그녀가 그저 그의 숙소 문까지 함께 마차를 타고 가는 것만큼 잘했을지도 모르고, 그건 그의 유일한 재치로 여겨야 했다. 사실 그런 재치는 그들이 문에 서서 뒤에 물러나야 했을 때 예리한 예감에 조금은 무너졌다. 그녀는 그곳에서 멈춰야 했고, 그와 함께 들어가지 않으려고 했고 그럴 수도 없었다. 그리고 그는 그녀에게 물어볼 수 없고, 심지어 그들 관계가 진전됐어도 그녀를 존중해야 한다고 느꼈다. 화가 났다는 사실을 제외하고 다시 모든 것이 분명했다. 압축되고 집중된 한두 번의 날카로운 고통에 국한됐지만, 그런데도 유스턴 역 플랫폼에서 정원의 뱀처럼 고개를 들고 그를 기다리고 있는 것은 '존중'이라는 당혹스러움이었고, 그는 그걸 뭐라고 말해야 할지 거의 몰랐지만, 마차의 예비 바퀴처럼 무용지물 같았다. 그것은 외부가 아닌 내면의 문제였고, 사랑을 더 많이 하는 것이지, 행복을 덜 느끼게 하는 건 아니었다. 그들은 행복을 위해 다시 만났고, 그는 한두 번의 가장 명료한 순간에 그가 그 재미를 위협하는 뭔가를 어떻게 감시해야 하는지 분명히 알았다. 만약 케이트가 그와 함께 마차를 타고 그의 집에 내리기로 동의했다면, 아마도 그가 걸어갈 때쯤, 열정 속에 숨어 있더라도 남녀 사이에 붉은 불꽃, 갈등의 불꽃을 일으키는 낯선 순간이 어쩌면 충분히 있었을 것이다. 그녀는 안으로 들어올 거냐는 물음에 애석하지만 고개를 흔들었을 것이고, 그는 그녀의 거절이 당연함에도 그럴 때 할 수 있는 말 한마디보다는 눈빛으로 말하는 것이 더 와 닿았을 것이라 생각했을 것이다. 이것은 의심, 그림자와 부정적인 감정에 대한 두려움을 의미했을 것이다. 따라서 다행히도 실제로는 시간이 부족해서 다시 한 바퀴를 돌았고, 결국 30분간 그와 함께 시간을 보내면서, 케이트는 그녀가 화나는 일을 어떻게 잘 해결할 수 있는지를 보여줬다. 그녀는 자신에게 맡기고 지금도 앞으로도 자신만의 방식으로 하자고 달라고 그에게 부탁하고 애원하는 것 같았다.

그녀는 일찍 편하게 만나려고 훌륭한 박물관 중 한 곳을 바로 말했다. 그리고 사실 적절한 기교로 그가 자신이 어떤 상태인지 그녀를 떠나고 나서야 완전히 알 수 있었다. 그녀와 몇 주간 떨어져 지내면서 그의 요구와 바람들은 커졌다. 그리고 불과 전날 밤에, 여름 별빛 아래 아일랜드 해안이 보이는 곳에서 배가 증기를 내뿜을 때, 그는 특별한 필요성을 매우 느꼈다. 다른 말로 하자면 그는 그녀에게 그들의 실수를 끝내야 한다고 말할 거라는 걸 조심도 의심하지 않았다. 그들이 견딜 수 있다고 믿었던 것이 즉, 모드 이모에게 맞서는 것이 아니라 오랫동안 격분해 사람을 병들게 만드는 조바심에 맞설 수 있다고 믿었던 것이 그들의 실수였다. 역에서 그들이 헤어질 때 남자가 그리고 여자도 그 이유에 대해 얼마나 아플 수 있을지 그는 어느 때보다 더 잘 알고 있었다. 그러나 그는 자신 때문에 케이트가 섬세하게 해독제와 치료제, 미묘한 진정제를 바르기 시작했다는 걸 이미 알고 있는 것처럼 생각했다. 사랑과 관련된 명칭에서 교제의 말은 사랑 그 자체와 비교해서 매우 천박했다. 그러나 물론 하루 이틀은 걸리겠지만, 결국 그는 스스로 '믿지 못한다는' 걸 다시 떠올릴지도 모른다. 의도한 만큼은 아니었지만 그가 미국에서 보낸 편지로 관련된 사람들을 만족했다. 그리고 그는 계약에 따라 돈을 받아야 했고, 이제 돈을 챙겼다. 사실 그렇게 많은 돈이 아니었기에 그는 두둑한 수표책을 챙겨서 오지는 못했는데, 그래서 자신이 만든 척할 수 없는 조건을 연인에게 제안하는 새로운 동기가 됐다. 이상적인 확실성은 철학의 변화에 대한 근거로 전망의 변화를 제시할 수 있어야 했고, 그렇지 못했다면 그는 시간이 흘렀다는 구실을 대면 변화를 꾀해야 했다. 여하튼 시간이 지났다고 해도 (그녀는 어쨌든 그렇게 많은 주가 흐른 게 아니라고 항상 말할 수도 있겠지만) 그를 위해 뭔가를 하지 못할 것은 없었다. 그리고 그 배려로 그는 오히려 케이트를 위해 그가 개인적으로 했던 일에 대해 생각하게 됐다. 이건 유스턴에 있는 작은 방구석에서도 그가 거의 겁먹을 만큼 장엄하게 다가왔고, 기다리는 건 속임수 게임이라는 점이 그에게 눈부시게 느껴졌기에 겁을 먹었다. 그녀는 아직 그가 원래 알았던 사람이 아니었고, 그는 아직 그렇게 확실하게 확신한 적이 없었다. 마치 크고 어둑한 교회에서 가장 큰 오르간을 연주하는 은둔의 거장처럼 자부심을 가지는 것이 그에게 전부였다. 그가 마지막 느낀 건 여자는 그렇게 될 수 없고 불가능한 걸 물어볼 수 없다는 것이었다.

그녀는 다음 날 다시 그런 모습이었다. 그래서 그들은 그들 처지에 공공장소에서 만났다는 즐거움에 들떠 있었다. 친밀함을 위한 이 형편없는 임시변통은 케이트 입장에서는 20개의 작은 불안의 징조로 사실은 부적절했다. 그들의 주장을 상기시키기에는 그 흥미로운 장소에 관한 관심이 너무 적었다. 그들은 거리에서 만나지 않으려고 그리고 창의력과 방식이 똑같이 부족해 다시 기차역에서 만나지 않으려고 그곳에서 만났다. 그들이 편하게 암묵적으로 동의할 수 있었던 켄싱턴 가든에서도 만나지 않았는데, 그들의 오래 좌절감을 너무나도 많이 느꼈을 것이다. 현재의 취향, 전시장에서의 그날 아침 취향에는 차이가 있었고, 덴셔는 15분 뒤에 어떤 결론을 내려야 할지 잘 알고 있었다. 이건 마치 그가 그것이 그녀에게 영향을 미치는 걸 보고 있었던 것처럼 그들의 어색함에 있어 그에게 상당한 위로가 됐다. 그녀를 좋아하는 것만큼 그녀에게 고귀한 매력이 있을 수 있고, 그는 미국에서 그녀를 감동시키는 어떤 것도 알지 못했다. 그녀는 그러한 상황에서 그녀는 그를 충분히 달랠 수 있다고 생각하는 척할 수 없었다. 그 목적에 충분치 않았고, 그렇지 않았다는 걸 그녀가 그에게 보여준 것이나 마찬가지였다. 그렇게 드러내면서 그가 그녀를 데려와서 기뻐할 수 있는 것이었다. 그는 투박하게 그 자리에서 그녀에게 "이제 이런 일이 계속될 거라고 생각하나요?"라고 말했을 것이다. 아마 그가 그녀와 다시 함께하고 모든 것을 소중히 여긴다고 그녀에게 대답했었다면, 그녀가 여전히 그를 갈망할 때, 그녀의 손을 잡아 어떤 다툼도 하지 않도록 해야 했다. 하지만 그건 그녀의 우아함을 나타내는 단순한 몸짓이자 그녀의 예민함을 보여주는 단순한 농담일 뿐이었다. 그녀도 그와 마찬가지로 그들이 원하는 걸 잘 알았다. 그런데도 그녀가 그 순간에 약속을 모호하게 하지 않았다면, 그가 그걸 한 번 더 말하지 않고 재촉하지 않았을지도 모른다고 매우 멋있게 말할 수 없었을 것이다. 그들은 곧 더 좋은 이야기를 하려고 자리에 앉았고 한동안 친밀하고 가벼운 이야기를 했다. 그들은 유스턴에서 다 하지 못했기 때문에 당장 할 말들이 많았다. 그들은 이제 방해받지 않았고, 케이트는 자신에게 너무나도 뜻밖의 소식인 것을 찾는 걸 완전히 잊어버린 것처럼 보였다. 그는 이 와중에 어떤 말과 어떤 침묵, 어떤 자연스러운 눈빛이나 우연한 스친 손길이 그녀에게 어떤 갑작스러운 다른 충동을 불러일으켰는지 나중에 기억하고 했지만 헛수고였다. 그녀는 엉뚱하게도 주문을 깨트리려는 것처럼 일어났는데, 그래도 그는 그때 그의 행동이 주문을 위험하게 만들었다는 걸 자각하지 못했다. 그녀는 몇 분동안 어떤 그림에 대해 다소 이상한 말을 하면서 기분 좋게 그 일을 수습했지만, 그는 대답을 별로 하지 않았다. 이와는 별개로 그는 그 전시실들이 끔찍하게도 답답하다고 스스로 소리쳤다. 그는 밖에 다시 나가서 한숨 돌려야 한다고 했다. 그리고 그들이 다른 전시실로 넘어가면서 공통된 생각은 마치 한없이 함께 하는 사람들의 공통된 생각인 것처럼 놀라워하며 자연스러워 보이려고 노력했다. 나중에 젊은 남성은 다시 생각해 봤을 때 그들이 너무나 열중하고 있을 때 그의 작은 뉴욕 친구를 우연히 마주쳤다. 그는 그녀가 케이트의 키 정도였지만 어떤 이유에서는 그녀가 작다고 생각했고, 그는 연인에게 작다는 표현은 절대로 하지 않았다.

돌이켜보면 그가 더 분명히 알게 된 건 자신이 알았던 것보다 케이트와 그녀가 훨씬 더 친하다는 걸 인식하게 된 과정이었다. 그녀는 적절한 시기에 새롭고 재미있는 일이라고 썼고, 그는 그곳에서 만난 적이 있고 그 젊은 아가씨가 매우 마음에 든다고 답장했다. 그래서 케이트는 그가 고향에서 그녀에 대해 알아봐야 한다고 대답했었다. 그러나 정작 케이트는 그 일을 다시 꺼내지 않았고, 그는 당연히 알아봐야 할 일이 너무 많아서 다른 방법을 택했다. 작은 실 양의 개인사는 그의 신문에 실릴 내용이 아니었다. 게다가 그가 알고 있는 사람 말고 작은 실 양이 너무 많았다. 그들은 심지어 그의 공개서한 계획으로 나뉘는 사회 현상의 집단 중 하나로 자신들을 규정했다. 특히 이 집단에 대해, 활력이 넘치고 탁월한 젊은이들에 대해 그는 쓸 준비가 되었다. 그래서 케이트는 그가 완전히 준비되지 않았다는 생각에 미국인 두 사람과 오찬을 하고 한두 시간 후에 런던에서 그를 다시 만날 수 있었다. 아마도 이것만큼 눈에 띄는 것은 어제와 오늘 한 가지 이상 모두 준비가 된 그가 그녀의 손을 잡으면서 느꼈던 것과 똑같다는 그의 회복된 인식이었을 것이다. 만약 그가 그 점에 대해 깊이 생각했다면, 사실 그 모습은 너무 불안해서 어느 정도 떨쳐 버려야 했다. 그는 그 여인들과 헤어지고 나서 정처 없이 걸으면서 어느 정도 의심을 떨쳐냈다. 그는 나중에 사무실에 가려고 했지만 2~3시간 후에 갔는데, 너무 많이 먹었다는 핑계를 댔다. 케이트가 그에게 마차에 태워달라고 부탁한 후 (그녀 입장에서는 원래 계획이었지만 그는 반대했다) 그는 한동안 모퉁이에 서서 멍하게 런던을 바라봤다. 부재자에게 당연히 늘 다시 잡히는 순간, 즉 첫 감정이 역류하는 순간이 있었는데, 누군가가 돌아왔다는 반증이었다. 그의 완전한 괄호는 닫혔고 그는 일반적인 글의 한 문장에 불과했고, 그 글은 잠깐 있는 모퉁이에서 '좋은 내용'이 없는 그저 빽빽한 커다란 회색 페이지로 보였다. 그러나 회색은 다소 시야가 흐릿해 아직 다시 잡히지 않았다. 그리고 충분히 나올 수 있는 색이었다. 그는 단호하게 돌아와 다시 기회와 가능성을 살폈고, 그가 지금 다소 눈에 안 보이게 가린 영역은 다시 소유하는 행위였다.

그는 계획도 없이, 의심도 없이, 하루 이틀 전에 작은 뉴욕 친구가 안절부절못하며 향했던 북쪽으로 걸었다. 그는 밀리처럼 리젠트 파크에 도착했고 더 빠르게 이동했지만, 밀리처럼 생각의 힘에서 벗어나려고 마침내 자리에 앉았다. 그는 이 자리에서 어쩌면 같은 벤치에 앉아 여러 가지 괴로운 생각들을 했다. 그는 케이트에게 시간을 낸 거 말고는 자신이 진정을 원하는 건 아직 말하지 않았다. 그녀는 며칠 동안 그걸 충분히 들었어야 했다. 그는 그들의 가장 우려스러운 문제들에 대해 그녀에게 거의 압박하지 않았다. 처음 몇 시간 동안은 서로를 걱정하는 것 같았지만 정신적으로는 서로를 가까이 붙들고 있는 것 같았다. 어쨌든 현재 그들 사이의 문제가 더 적은 게 아니라 더 많다는 것이 분명했다. 두 아가씨에 대한 설명이 일부분이지만 다른 문제들과 같이 기다릴 수 있을 것이다. 한편 그를 떠돌게 한 건 확실히 그들 때문이 아니었고 설명 안 되는 것도 없었다. "지금 좋은 마차를 불러줘요." 그 말은 그녀가 종종 했던 말이었고 늘 갑자기 말을 멈추게 하는 효과가 있었다. 공원의 남쪽을 거닐었던 그들의 이전의 만남은 이렇게 특별하고 관련 없는 말로 마무리됐다. 그가 보통은 그녀와 함께 탈 수 있었기 때문에 그녀만의 이유로 그 말은 가장 효과적으로 그들을 떨어트려 났다. 그녀는 그가 그녀에게 뭘 해주기를 원한다고 생각하는지가 그가 제기했던 의문이었다. 그러나 작은 문제는 당연했는데, 그들은 결합의 의미를 좋은 마차나 나쁜 마차로 결정하지 않았기 때문이었다. 그 중요성은 특별한 상실보다는 그녀의 노련함에 대한 일종의 짜증을 나타냈다. 신의 섭리 하에 이런 노련함은 그와 함께 지내는 거에 있어서 처음부터 대단했다. 그리고 그가 비판적인 이유는 그와 헤어지는 것이 심지어 처음부터 항상 더 대단했기 때문이다. 그는 그날 오후 그녀가 재차 간청하자 그녀에게 다시 물었고 그가 원하는 게 뭐라고 생각하는지 다시 한번 물었다. 그는 리젠트 파크의 벤치에서 그녀가 복잡하고 재미나고 매력적인 자유로움으로 답했던 것을 회상했다. 그들이 평범한 이륜마차를 타는 동안 유명하고 근엄한 미국인보다 유쾌한 우아함까지 더해진 그녀의 뛰어난 '유머'에 눈살을 찡그리며 자신에게 실망했던 그 순간을 떠올렸다. 아무튼 그때까지 그들은 새로 약속을 잡았고, 놀라고 안도한 그는 약속에 관한 그녀의 선택이 정말로 단순화하는 데 어떤 영향을 미치는지 알아야 했다. 그것은 새로운 도움이나 새로운 장애물을 뜻했고, 적어도 그들을 거리에서 벗어나게 했다. 그녀가 이런 특권을 말하면서 그는 자연스럽게 로더 부인이 그가 돌아왔다는 걸 아는지 물었다.

"나는 말 안 했어요. 하지만 이제 말씀드려야죠." 그리고 다소 재빠르게 새로운 관점으로 그녀는 이제는 꽤 쉬울 것이라고 주장했다. "몇 달 동안 우리가 예의 바르게 행동했으니까 당신 이야기를 확실히 할 수 있어요. 당신은 이모를 뵈러 오고, 이모는 나와 당신이 함께 있도록 자리를 뜨실 거예요. 이모는 온화함을 베풀고 배신감을 느끼지 않았다는 걸 보여주실 거예요. 이모 때문에 당신은 결코 마음의 상처를 받지 않았고, 오히려 반대로 이모는 어느 때보다 당신을 좋아해요. 우리는 도시를 떠날 거예요. 그걸로 끝이에요. 그러니까 지금 당장은 부탁할 게 없어요. 내가 오늘 밤 물어볼 테니 나한테 맡겨줘요. 난 무척이나 영리하니까, 내가 모든 걸 해결할게요."

그래서 그는 당연히 그녀에게 맡겼고, 그는 브룩가Brook Street에서 그곳을 궁금해하기보다 지금 그 일을 더 궁금했다. 그는 만약 그 일이 승리의 상태가 아니라면 혼란의 상태라고 스스로 되뇌었다. 당연히 이 일은 다른 문제들에 대해 그가 경이로워하는 것 중 일부였다. 케이트는 밀리와 그들의 관계에 대한 그의 작은 문제에 맞서지 않고 정말 손을 뗐다. 왠지 그녀의 밀리가 끼어들었다는 것이 합리적이었다. 그가 왜 그렇게 생각하는지 딱 꼬집어 말할 수 없지만, 그가 자리를 비운 사이에 불쑥 나타난 밀리는 그녀가 생각했던 것보다 더 중요한 위치를 차지했다. 그녀는 자리를 차지했고, 그 자리는 거의 그녀를 위해 만들어진 거 같았다. 케이트는 그 자리가 만들어진 이유를 그가 알 것이라고 당연히 여겼지만, 중요한 건 바로 그 점이었다. 케이트와 그와의 관계에서 거의 돌아보지 못한 중요한 위치였다. 하지만 실 양은 어쩌면 현시점에서 똑같지는 않지만 온화한 모드 이모와 같은 분류일 수도 있었다. 그녀가 지루하지 않았다면 편했을지도 모른다. 그가 다시 걷기 시작한 후 이것이 케이트가 의도했던 것일지도 모른다는 생각이 갑자기 들었다. 덴셔는 그 매력적인 아가씨가 그녀를 아주 좋아하고 그들의 만남에 도움을 줄 거라는 걸 스스로 깨달았다. 다시 말해 이런 일들은 그녀의 집에서 일어날 수 있고 거리에서 더 잘 풀 수도 있을 것이다. 그것이 앞뒤가 잘 들어맞는 설명이었다. 그들의 다음 만남은 오히려 현저히 그녀에게 달려 있지 않다는 이런 점 때문에 진실이 조금은 훼손됐다. 그러나 결국 이런 사실은 더 많은 사전 준비의 필요성에 따라 설명될 것이다. 그의 생각에 목요일 랭커스터 게이트에서 얻게 될 것 중 하나는 그 적당성에 대한 추가적인 의견일 것이다.

목요일이 됐을 때, 그가 실제로는 목표와 전혀 동떨어져 있지 않다는 걸 알 정도로 비범해졌다. 케이크는 그를 위해 이곳까지 오지 않았지만 15분이 지났을 때쯤 제법 이해했다. 화요일에 그녀가 시작한 일을 그가 더는 이해할 것이 없는 거 같아 놀라는 것이었다. 그가 지금 보는 것처럼 그녀의 손이 닿는 부분들은 어느 정도 함께 떨어졌고, 그것들을 비틀고 맞추는 데 시간을 들이는 것 같지도 않았다. 그녀는 밝고 멋졌고, 기진맥진하지 않았고, 전반적으로 명쾌했는데, 미국 여성들이 정직하지 않다면, 모드 이모에게 또다시 노력해 보려는 필요성을 충분히 부여했기 때문이었다. 그녀는 그들에게 친절했기 때문에 누구도 그들에게 "당신들이 원할 때마다 당신들의 집에서 만날 거예요. 하지만 비밀을 지킬 수 있게 도와주세요."라고 말할 수 없었다. 그들은 다른 말로 마지못해 모드 이모에게 말해야 한다. 그들에게 그러지 말라고 부탁하는 것은 절대 불편한 일이 아니었다. 케이트는 먼저 말하면서 모든 것을 받아들였다. 케이트가 완전히 포용한 것은 오늘 덴서에게 정말 멋진 일이었지만, 그는 아마 전체적으로 받아들이기보다는 조금씩 받아들였을 것이다. 그러나 그는 항상 그녀에게 더 많은 것을 요구할수록 그녀가 할 준비가 됐다는 걸 알았다. 그는 떠나기 전에 그녀에게 "당신은 찬장 열쇠를 가지고 있고, 내가 당신과 결혼하면 당신은 내 설탕을 덩어리 채로 줄 거예요."라고 여러 번 말했었다. 그녀는 설탕이 그의 식단이 될 것이라는 가정에 기쁘다고 답했다고, 그렇게 미리 예상되는 집안일 준비가 이미 우세한 것처럼 보였을지도 모른다. 이 순간에 찬장에서 나오는 건 당연히 진실이었고, 완전히 달콤하지는 않았다. 하지만 그의 즉각적인 요구 사항을 어느 정도 충족시켰다. 어쨌든 그녀의 설명으로 의문이 생기더라고, 그 의문으로 그녀의 인내심이 바닥나지는 않았다. 그들은 자연스럽게 더 단순해졌고, 예를 들어 실 양이 그들에게 아무것도 할 수 없다는 걸 받아들였다. 그는 조심스럽게 생각했던 걸 솔직하게 말했다. "만약 우리가 여기서 만날 수 없다면, 야외와 사람들의 매력에 정말 지쳤다면, 난파선의 작은 뗏목, 화요일과 같이 가끔 있는 기회들이 지난 이틀 동안 아무것도 없는 것보다 더 나았어요. 하지만 만약 우리 친구들이 이 집에 대해 그렇게 책임감이 있다면, 당연히 할 말은 더 없어요. 그리고 다행히도 우리의 지독한 지연의 관에 못이 하나 더 남았네요." 그는 더 이상 야단법석을 떨지 않고도 도덕성을 지적해서 너무나 기뻐했다. "우리가 어쨌든 그걸 할 수 없다는 걸 이제 당신이 알아줬으면 해요."

만약 그녀가 이 말에 웃고 기분이 정말 좋아 보였다면, 그가 호텔에서 가장 즐거워했던 기회 때문이었다. "당신이 밀리 말고는 한마디도 하지 않았다는 것을 누군가 기억한다면 당신의 생각은 멋진 거예요." 하지만 그녀는 매우 상냥했다. "당신은 당연히 그 아이에게 익숙해질 거예요. 그럴 거예요. 그들이 우리와 함께 있거나 가까이 있는 한 당신 말이 맞아요." 그리고 그녀는 소중한 생각들은 그저 매력적인 친구들로서 그들의 사기를 북돋울 수밖에 없다고 명쾌하게 말했다. "그 사람들은 모드 이모에게 말할 거지만 우리에게 냉정하게 굴지 않을 거예요. 그건 다른 문제에요. 친구는 언제나 돕잖아요. 그녀는 친구예요." 그녀는 이때쯤 스트링햄 부인은 신경 쓰지 않고 밀리에게 집중했다. "게다가 그녀는 특히 우리를 좋아해요. 특히 당신을 좋아해요. 있잖아요, 내 말 들어요." 그는 자신이 조금 전에 분명히 한 최후통첩을 그녀가 피하고 있고, 기껏해야 그들이 할 수 있는 것이 얼마나 작은지를 분명히 상기시켜 준다고 느꼈다. 그러나 대부분 예리하게 꿰뚫는 그의 발언들은 처음부터 공식적인 것도 아니고 경건하게 알아차리는 것도 아니라는 것이 확실했다. 그녀는 덜 진부한 방식으로 그 영향을 말했다. 이것이 지금 일어난 일이었고, 그는 사실 그녀가 정말로 신경 쓰지 않는다고 생각하지 않았다. 그런데도 그녀는 그에게 사소한 질문을 했다. "여기서 만날 수 없다고 말했지만 그게 우리 일이라는 걸 당신도 알잖아요. 이보다 더 멋진 일이 뭐가 있을까요?"

그를 괴롭히는 것도 아니고 또 그를 믿지 않는 것도 아니었지만, 그는 그 집에 가는 것이 조금 불편했기에 사치라고 부르는 그녀에게 약간 눈살을 찌푸렸다. 다시 속박당하는 것이 없었나? 속박이 베일에 가려지고 광택이 날 수도 있지만 그는 랭커스터 게이트의 가장 높은 특권이 그들 자유의 상징이 될 수 없다는 것을 뼈저리게 알고 있었다. 그들은 더 작은 아파트 중 한 곳에 내실처럼 꾸며져 있는 위층에 있었는데, 친숙함이 느껴지지 않고 분명히 쓰지 않는 방이었고, 가장 조잡한 가구로 꾸며져 있었다. 그는 곧바로 닫힌 문들을 관심 있게 바라보았고, 케이트는 모든 것이 괜찮고 모드 이모가 그들을 잘 대해줬다고 확신시키며, 지금까지 이런 특별한 시간에 한해서는 그의 관심을 충족시켰다. 그들뿐이고 아무것도 두려워할 게 없었다. 그러나 그가 그녀에게서 이끌어낸 새로운 암시는 이제 그에게 더 직접적인 영향을 줬고, 여전히 그 의문에 더 가까이 다가갔다. 그들뿐이었고, 그 말은 옳았다. 그는 닫힌 문과 허락된 사생활, 대저택의 고요함을 새롭게 받아들였다. 그들은 그 자리에서 그녀의 매력적인 강한 의지를 보이는 모든 현재 행위로 인해 그가 배로 느끼는 생생한 무언가로 자신들을 연결했다. 할 수 있다면 매달렸을 것이고 그는 그녀를 피할 수 없는 것이었다. 그는 그녀를 불편해하거나 피할 수도 없었고 그러지도 않을 것이다. 그는 그녀가 자신보다 심각하지 않기를 바랐고 재치나 성격에 있어서는 괜찮았다. 그는 소통을 직접적이면서 수월하게 하고 교류가 독립적인 곳에 그녀가 계속 있길 바랐다. 그 결과 그는 곧 "날 있는 그대로 받아줄래요?"라고 말했다.

　그녀는 진심이 담긴 말투에 약간 창백해졌고, 그가 보기에 그녀의 강한 의지력을 기분 좋게 충족시켰다. 그리고 그가 여기서 알게 된 기쁨은 그녀가 그와 함께했던 그 어떤 것만큼이나 그를 더 흥분시키는 긴장감을 잠시 후 터트리는 것이었다. "아. 노력해 볼게요. 내 방식이 있어요. 그러니까 망치지 말아줘요. 날 기다려주고 나에게 시간을 줘요. 나만 믿어요. 그러면 좋겠어요."

　그는 그녀를 믿지 않았던 것처럼 믿어달라고 그녀가 말하는 걸 들으려고 돌아온 것이 아니었다. 그러나 그녀가 그에게 애원하는 태도에 기쁘고 거부할 수가 없었기에 갑자기 강렬하게 그녀를 붙잡기 위해 그는 돌아왔고 이제 모든 것은 이제 그에게 달렸다. 그는 거의 분노에 휩싸인 채 그녀의 손을 강하게 붙잡고 "날 사랑하기는 하나요?"라고 말했고, 그녀는 그가 때릴지 모르지만 기꺼이 감수할 수 있다는 생각에 눈을 감았다. 그녀의 항복이 대답이었고, 그녀의 대답이 항복이었다. 비록 그녀가 하는 말을 거의 듣지 못했지만, 그는 이런 일들로 너무나 이득을 얻었기에 당분간 그녀를 소중히 여길 수 있었다. 그들이 서로 오랫동안 포옹한 것은 회피의 완패였고, 그녀가 그에게서 받은 것이 그녀에게 진짜라고 그는 확신했다. 서약보다 더 강했고, 그가 나중에 생각해 봤을 때 그녀는 숭고할 정도로 진실했다. 거의 모든 것을 견딜 수 있는 이유가 되는 정직함, 그것이 그가 바라는 전부였다. 이 일은 너무나 잘 그리고 매우 완전하게 해결돼서, 그녀에게 다짐해달라고 부탁할 수 있는 게 아무것도 없었다. 맹세와 서약은 별개이며, 이제 그들은 대화할 수 있었다. 사실 이제야 도마에 오른 그들의 의문들이 사실처럼 보였다. 그는 5분 후에 자신의 계획에 대한 그녀의 간청을 보다 명확하게 받아들였고, 조금 전에 한 말로 생긴 차이는 그녀의 수단 선택에 유리한 차이라는 걸 나타냈다. 수단은 갑자기 그녀가 살피는 세부 사항이 되었다. 그녀의 지성이 열정과 하나라는 것이 더 일관되게 생생해졌다. 그는 관대한 미소를 지으며 말했고 말할 수 있었다. "당신을 믿지 않는다는 말을 꺼내면서 계속 있고 싶지는 않아요."

"그러지 말아요! 내가 하고 싶은 일에 대해 어떻게 생각해요?"

그는 이 일로 자신의 생각을 조금이나마 밝혔고, 가장 먼저 증거로 내민 것은 결국 그가 솔직하게 언급했던 그들의 게임의 이상함이었다. "우리는 기껏해야 대부분의 사람들이 우리를 바보라고 말하는 일은 아주 특별한 방식으로 미루고 있어요." 그러나 그의 방문은 '그가 있는 그대로' 보이려고 다시 노력하지 않고 그대로 지나갔다. 그는 예전보다 혹은 그 문제에 있어 늘 그렇듯 가지고 있어야 할 것보다 돈이 더 많은 것도 아니었다. 반면 그녀는 몇 달 상황과 비교해 포기할 것이 상당히 많았다. 그는 랭커스터 게이트서 만나는 것이 역이나 공원에서 만나는 것보다 얼마나 더 많이 만날 수 있는지 쉽게 알았다. 그리고 다른 한 편으로는 그는 이를 반대할 수 없었다. 로더 부인이 무관심했다면, 케이트가 그를 있는 그대로 받아들이는데 희생을 요하는 것에 그녀의 무관심이 어느 정도 더해졌을 것이다. 그와 함께 있는 그녀의 기교는 훌륭해서 그녀는 그들에게 아직 남아 있는 문제들을 그들이 있는 내실을 표현하는 추잡한 우울함, 화려한 세브르Sèvres 양식, 복잡한 황동 장식의 용어로 나타내는 것 같았다. 그가 한 번 그녀를 압박하고 나서, 그녀는 모드 이모에 관해서 그가 이모를 만날 때 곧 필연적으로 일어나며 그가 이해해야 하는 것에 대해 거의 모든 것을 말했다. 이 말에 그는 묻고 설명했다. "그분이 알아차릴 어떤 확실한 조짐이 있다는 거예요? 난 이모님의 단순한 위선이나 대담한 이중성을 말하는 게 아니에요. 어쨌든 우리는 팀으로 강하고 매우 똑똑하다는 거 명심해요. 그리고 우리가 이모님에게 장난치는 것처럼 이모님도 우리를 가지고 놀 수 있다는 걸 유념해요."

케이트는 명쾌하게 답했다. "이모는 나에게 장난치는 게 아니에요.

필요 이상으로 날 괴롭히고 싶어 하지 않아요. 날 너무나 아끼시고 이모가 하거나 하지 않은 모든 일이 가치가 있어요. 요즘 우리를 대하는 이모의 존재처럼 이 일도 가치가 있어요. 당신이 나와 여기 있는 동안 이모는 방에 혼자 꼼짝하고 계실 거예요. 하지만 그건 조금도 '장난치는 게' 아니에요."

"그럼 이모님의 축복과 수표가 아닌 그 순간부터는 뭐죠?"

케이트는 완벽했다. "이모는 그렇게 옹졸하지 않아요. 사소한 일에도 신경 쓰세요. 우리를 대체로 믿으시고 우리를 궁지를 몰 생각도 없어요. 그리고 우리가 솔직하게 부탁한다면, 이모는 어깨를 으쓱하시겠지만 넘어가실 거예요. 정말 한 가지 단점이라면, 그건 우리에 대해 세세한 부분까지는 무관심하다는 거예요." 그 아가씨는 기분 좋게 말을 이었다. "하지만 우리는 세세한 것 때문에 이모와 싸우는 게 아니잖아요."

덴셔는 잠시 생각한 후 말했다. "우리가 이모님을 속이는 것이 세세한 걸로 보여요." 그가 말을 꺼내자마자 그와 상대방도 분명히 포옹의 여운에 휩싸였다.

그가 신성한 기쁨을 느끼며 아는 것처럼 케이트에게는 이런 모험에 수반되는 혼란이 없었고, 양심의 가책을 느끼려면 그 이상이 필요했다. "우리가 다시 할 수 있다고는 안 했어요. 그러니까 여기 만나는 거요."

덴셔는 사실 어디서 다시 할 수 있는지 궁금했다. 랭커스터 게이트로 너무 한정된다면, 문제가 다시 불거질 것이다.

"전혀 돌아가지 못할까요?"

"물론 이모를 만나야죠. 이모는 정말 당신에게 빠졌어요."

하지만 그는 조금 더 진지해져서 그녀를 잠시 바라봤다. "모두가 날 사랑한다고 말하지 말아요."

그녀는 머뭇거렸다. "난 모두라고 말 안 했어요."

"조금 전에 실 양을 말했잖아요."

"그 애가 당신을 좋아한다고 했죠. 맞아요."

"그러니까, 똑같은 거예요. 물론 난 직접 로더 부인에게 감사드려야 해요. 이 일에 대해서 내가 직접요."

"아, 당신도 알겠지만, 너무 그러지 말아요!" 그녀는 일반적인 신중함을 나타내고 싶으면서도 그의 '이 일'의 함축에 대해 아이러니한 유쾌함을 느꼈다. "당신이 뭘 고마워하는지 이모는 궁금해하실 거예요."

덴셔 군은 두 가지 고려사항을 공정하게 대했다. "그럼, 모든 걸 확실하게 말할 수 없겠군요."

그가 너무 진지하게 말해서 케이트가 어느 정도 다시 즐거워졌기 때문일 것이다. 하지만 그녀는 분명히 했다. "이모에게 아무것도 자세히 말하지 말아요. 그건 중요치 않아요. 그냥 이모에게 잘해줘요. 기쁘게 해줘요. 당신이 애쓴다는 거 들키지 않으면서 당신이 얼마나 똑똑한지 보여주세요. 이모에게 매력적으로 보인다면, 다른 할 일은 없어요."

하지만 그녀 너무나 지나치게 단순화했다. "내가 보기에 이모님은 내가 당신을 단념했다는 생각이 들도록 할 때만 내가 '매력적'으로 보일 것이고, 그리고 만약 내가 당신을 포기해야 한다면 목을 매달 거예요." 그는 감정을 담아서 말했다. "그건 게임이에요."

"물론 게임이죠. 하지만 당신이 계속해서 이모에게 우리의 만남을 얼마나 즐거워하는지 계속 상기시킨다면, 이모는 당신이 날 포기했거나 내가 당신을 단념했다고 절대 생각하시지 않을 거예요."

"그럼 이모님을 계속 강경한 태도로 우리는 본다면, 무슨 소용이죠?"

케이트는 잠시 생각에 잠겼다. "무슨 소용이 있느냐…?"

그는 조급하게 외쳤다. "이모님을 기쁘게 하는 건 뭐든 해요. 나는 그녀를 기쁘게 해 드릴 수 없어요."

케이트는 한결같지 못한 그에게 실망하며 그를 다시 빠히 쳐다봤다. 하지만 그녀는 단지 불평하기보다는 뭔가 더 나은 결정을 내린 것 같았다. "그럼 내가 할게요. 나한테 맡겨요." 그녀는 조금 전에 그들을 하나로 묶은 강요를 그에게 다시 했고, 똑같은 상냥한 목적으로 다급하게 그를 붙잡았다. 그것이 그녀가 새로이 하고 되풀이하는 간청하는 방식이었고, 결국에는 그들의 모든 엄청난 사실을 분명히 했다. 그리고 어쨌든 그들이 서로를 소유할 수 있도록 모든 것을 명확히 했다. 그 결과 그는 이러한 조건에서 또다시 관대해질 수밖에 없었다. 그는 그 자리에서 모든 걸 그녀에게 맡겼고, 그녀는 잠시 후 자신의 가장 소중한 생각으로 되돌아갔다. 조금 전에 "밀리가 당신을 사랑한다고 말했다고 나에게 뭐라고 했잖아요. 뭐, 당신이 그렇게 받아들였다면, 말할게요. 그래서 당신이 있는 거예요. 그녀가 우리를 좋아하는 게 도움이 될 거예요. 그 애가 당신을 만나는 이유가 되고, 그러면 그 애는 우리를 계속해서 도울 거예요."

덴셔는 모든 면에서 놀라운 그녀를 응시했다. "그럼 난 무슨 이유로 그녀를 봐야 하죠?"

"아, 신경 안 써요!" 케이트가 웃으며 말했다.

"내가 그녀를 속여도요?"

그녀는 다르게 말했다. "그 애가 당신을 속이는 걸 신경 안 써요."

"뭐, 그녀는 그러지 않을 거니까 신경 쓸 필요가 없죠. 하지만 그녀가 아는 것이 어떤 '도움'이 되죠?"

"그 애가 아는 거요? 말릴 필요가 없어요."

그는 어리둥절했다. "그녀가 우리는 사랑 못 하게 하는 거요?"

"그 애가 당신을 돕는 거. 그 애는 그러는 거 좋아해요."

사실 약간 이해가 필요했다. "내가 다른 사람을 사랑한다는 사실이 대수롭지 않다는 거예요?"

"당신에게 위안이 된다면요."

"하지만 뭘 위해서요?"

"당신의 상대를 이해하지 못했으니까요."

"하지만 어떻게 그녀가 안다는…?"

"당신이 그녀를 이해 못 했다는 걸 아느냐고요? 그 애는 몰라요. 하지만 그 애는 당신이 그럴 거라는 걸 몰라요. 반면에 모드 이도의 입장을 알기에 당신이 당황하는 걸 알아요. 그 덕분에 그 애가 당신에게 잘할 기회가 생긴 거예요."

그런데도 그 젊은이는 이성적으로 물었다. "그럼 나에게는 무슨 기회가 생기죠? 사기꾼이 될 기회요?"

케이트는 사실을 너무도 잘 알았기에 그의 맹렬함에 미소를 지었다. "그 애가 아주 마음에 들 거예요. 그녀는 아주 아름다워요. 그리고 다 이유가 있어요. 다른 이유들을 말하는 거예요."

"무슨 다른 이유요?"

"다음에 말해줄게요. 내가 말해 준 걸로도 계속하기에 충분해요."

"뭘 계속해요?"

"그 애를 다시 만나는 거요. 가능한 빨리 말해 봐요. 게다가 모든 이유에서 그게 맞아요."

그는 당연히 그녀의 말을 받아들였고, 뉴욕에서 그들 사이에 있었던 일에 대해 충분히 떠올렸다. 많은 일이 생기지 않았지만 그때 분명 재미있었다. 그래서 그런 간청의 성격상 어떤 것이든 조금은 불쏘시개 같은 결과를 초래할 수 있다. "아, 미루지 않고 자연스럽게 연락을 다시 할게요. 맞아요, 그녀가 나를 사랑한다는 건 말이 안 돼요. 하지만 난 그것과 별개로 받은 호의는 모두 인정해야 해요."

그것이 케이트가 실제로 부탁한 전부였다. "그럼 알겠죠. 거기서 만나요."

"왜 그녀가 그것 때문에 당신을 받아들이길 바라는지 정말 모르겠어요."

"그 애는 날 위해서 그리고 자기 자신을 위해 날 받아들이는 거예요. 그 애는 날 높이 평가해요. 내가 당신에게 계속해서 말하는 게 그거예요."

하지만 그는 여전히 그걸 받아들이지 않았다. "그럼 솔직히 말하자면, 그녀는 내 능력 밖이에요."

케이트는 아는 대로 말할 수밖에 없었다. "그 애는 몇 주 동안 이미 날 가장 친한 친구로 생각하고 있어요. 그건 별개의 문제예요. 그 애와 나, 우리는 정말 깊은 사이예요." 그리고 그가 바다 어딘가에 있다는 것을 문득 떠올린 것처럼 그녀는 마침내 자신의 진짜 광명을 내던졌다는 것을 확인시켰다. "그 애는 내가 당신을 좋아한다는 걸 당연히 모르고, 내가 거의 신경을 안 써서 말할 필요가 없다고 생각하고 있어요." 이런 말에 그가 바다 어딘가에 있었다는 것이 빠르게 밝혀졌고, 케이트는 그 말의 효과에 놀랐다. "그녀가 안다고 생각은 해 봤어요?"

"우리 상황에 대해서요? 물론이죠, 당신이 나에게 보여주는 그런 친구들과 같고, 당신이 그녀에게 그 상황을 보여주지 않으면요."

그녀는 다급하게 말했고, 그는 솔직히 얼이 빠졌다. "그녀에게 우리 상황을 부정했어요?"

그가 한참 뒤처져 있자 그녀는 두 손을 들었다. "부정해요? 자기, 우리는 당신에 대해 말한 적이 없어요."

"한 번도요? 결코 한 적 없어요?"

"당신에게 이상하게 보이겠지만, 절대 안 했어요."

그는 이해할 수 없었다. "하지만 로더 부인이 말하지 않았을까요?"

"그럴 수 있어요. 하지만 당신에 대해서 했지 나는 아닐 거예요."

이 말에 그는 이해하기 힘들었다. "하지만 그분이 당신에게 중요한 나를 어떻게 알죠?"

"어떻게요?" 케이트는 의기양양하게 물었다. "아무것도 아니고 아무 상관도 없는데, 이모의 입장을 왜 계속 고집해야 하죠? 모드 이모의 입장은 우리 상황을 의심하거나 듣지 않음으로써 당신에게서 내가 위험해지는 우리 관계에 개입하지 않으려고 하세요. 이모는 할 수만 있다면 무시하고 안 보이게 해서 이모 생각대로 끝내버리고 하실 거예요. 그러니까 이모는 이모 방식대로 부정할 거예요. 그렇게 이모가 나에게 중요한 사람인 아닌 다른 걸로 아시는 거예요. 그녀는 한동안 스트링햄 부인이나 밀리에게 내가 어떤 식으로든 당신을 특별해 한다는 걸 인정하시지 않을 거예요."

"그들이 스스로 알았을 거라는 생각 안 들어요?"

"아뇨, 내 사랑, 그렇지 않아요. 밀리가 화요일에 우리와 뜻밖에 마주쳤는데도 말이죠."

"그녀가 그때 알지…?"

"당신이 나에게 빠져 있다는 거죠. 맞아요, 당신이 만족스러운 눈빛으로 날 봤고, 그 눈빛은 늘 과하고 노골적이라고 난 생각해요. 하지만 그뿐이에요. 난 너무 많은 걸 보여주지 않았어요. 난 아마도, 다른 사람들이 걱정하는 곳에서 완전히 당신 마음에 들려고, 그걸 충분히 보여주지 않을 거예요."

"당신이 원하는 대로 보여줄 수 있어요?"

그 말에 그녀는 잠시 멈췄지만, 멋지게 대답했다. "당신이 걱정되는 곳에서는 아니에요. 밀리는 내가 당신에게 꽤 친절하다는 것만 알아요."

"그녀가 그렇게 하다니 사실 잘됐네요."

"그럼 정말 좋죠. 그 애는 분명 내가 사실 대단하다고 알고 있어요." 그는 곰곰이 생각했다. "하지만 어떤 면에서는 설명이 필요해요."

"그럼 설명하면 되죠." 그녀는 정말 괜찮았다. 행동의 자유와 그의 신뢰의 아름다움에 대한 근본적인 애원으로 되돌아갔다. "내가 설명할 거라고요."

"나는 뭘 하죠?"

"그 애가 생각했을 때 생길 차이점을 알아둬요." 하지만 사실 여기

264

서 케이트는 더듬거렸다. 한동안 그녀의 분명한 말뜻을 이해하려고 그는 조용히 할 뿐이었다. 그리고 그가 다시 말을 꺼내기 전에 그녀는 다시 생각하고 신중을 기했다. 그들은 이제 그들의 명예를 걸고 모드 이모의 너그러움을 멋대로 생각하면서 그들의 일을 망치지 말아야 한다는 걸 잊어버려서는 안 됐다. 그는 제 시간에 그녀를 떠야 한다. 그들은 그게 그들에게 도움이 된다는 걸 알 것이다. 하지만 그녀는 다시 밀리 이야기를 했다. "그 애를 만나야 한다는 거 기억해요."

하지만 덴셔는 여전히 이 말을 전혀 이해하지 못했다. "그럼 또 와도 돼요?"

"모드 이모는 당신이 원하는 만큼 만나요. 하지만 우리는 다시 이렇게 이모를 속일 수 없어요. 여기서 나 혼자서 당신을 만날 수 없어요."

"그럼 어디서요?"

"밀리를 만나러 가요." 그녀는 모든 만족을 위해 반복해서 말했다.

"그게 나에게 무슨 소용이죠."

"만나보면 알 수 있을 거예요."

"그곳에 온다는 거예요? 우리끼리 시간을 어떻게 보내죠?"

그녀는 또다시 말했다. "해 보면 알아요. 우리는 할 수 있어요."

"나도 정확히 그렇게 생각해요. 우리는 더 잘할 수 있을 거예요." 이 일에 대한 생각으로 그는 곧 망설였지만 확신을 가지고 말을 꺼냈다. "왜 당신은 나에게 오지 않죠?"

그녀의 곤혹스러운 눈빛은 그녀가 확실한 대답을 해주길 바라는 그가 조금도 관대하지 않다고 말하는 거 같고, 그를 바라보면서 적어도 현재 그녀가 그의 동정심을 유발하는 뭔가에 호소하는 거 같은 질문이었다. 그래서 그가 물러나게 된 것은 유연함의 그런 특별한 그늘이었다. 그리고 그는 정신과 육체에게 어떤 양보를 할 수 있는지 물어보는 동안, 그녀는 그들의 난처한 상황의 유일한 치료법에 대해 다시 한번 그를 압박했다. 그녀가 바보 같은 생각을 하고 있다고 그가 느꼈다면 짜증이 났을 것이다. "그로 인한 차이점을 알게 될 거예요."

자, 그녀는 아둔하지 않았기 때문에 총명했다. 아둔한 사람은 그였고, 그녀가 원하는 걸 한다는 것이 바로 그 증거였다. 하지만 그는 그녀가 암시한 '차이'라는 걸 이해하기 위해 마지막 노력을 기했다. 그는 말을 하면서도 뭔가 미묘하지만 강력한 뭔가를 포착했다. "당신이 조금 전에 말한 차이라는 게 당신이 날 싫어한다고 믿게 만드는 게 거예요?"

하지만 케이트는 이런 거친 표현에 그냥 더 조바심을 낼 뿐이었다. 사실 갑자기 그들의 논의를 마무리했다. 그는 그녀의 신호에 따라 문을 열었고, 그런 의문들을 쓸모없고 의심들은 비뚤어졌다는 분위기를 풍기며 그녀는 그와 함께 계단 위까지 올라갔다. "만약 당신이 내가 아는 것의 묘미를 망친다면 내가 당신을 미워할 것이라고 진심으로 생각해요!"

　그래도 그는 그녀에게서 그녀가 아는 것에 대해 더 많은 이야기를 정말 듣고 싶었다. 그리고 바로 다음에 그에게 더 놀라운 일이 생겼다. 케이트를 만나고 온 다음 날 그는 로더 부인에게서 그날 저녁에 함께 식사하길 바란다는 전보를 받았다. 그리고 그녀의 서신을 받아서 어느 정도 자격이 생겼지만, 그의 자유가 운 좋게 그에게 영향을 미쳤다. "미국인 친구들이 당신을 알게 돼서 난 매우 기뻐요!" 그가 미국인 친구들을 아는 건 분명히 과일의 마지막 쓴맛까지 맛보는 우연의 일치였다. 하지만 우리는 곧 일어날 일로 이런 걱정이 일부 자비로운 위축을 누린다는 걸 그에게 서둘러 덧붙여야 한다. 곧 일어난 일이라는 건 랭캐스터 게이트에 8시 30분에 그가 도착한 후 5분 뒤에 스트링햄 부인이 혼자 들어왔다는 것이다. 낮이 길고 램프가 늦게 켜지고 시간의 습관 때문에 저녁 식사는 늦어졌고 손님들은 더 늦었다. 그래서 그처럼 시간을 지킨 로더 부인만 봤고 케이트는 아직 오직 않았다. 그래서 그는 그녀와 여러 번 당황스러운 순간을 겪었고, 초자연적으로 단순해지라는 그들의 암묵적인 초대에 상당히 어리둥절했다. 이것이 바로 그가 되려고 했던 것이었다. 그러나 그는 그렇게 광범위하고 자유롭게 그리고 그 문제에 있어서 초자연적으로 간단하고 쉽게 성취할 수 있었던 적이 없었다. 모드 이모가 본보기로 나타나 아주 기분 좋은 말을 하는 것처럼 보이는 건 특별했다. "당신에게 원하는 건 내 모습 그대로 봐달라는 거예요." 필요한 기사의 양이 특히 그를 깜짝 놀라게 했을 수도 있었지만, 그는 대체로 로더 부인이 말하는 걸 좋아했다. 또한 그녀에게 가난한 젊은이가 어느 점에서는 그녀와 닮는 것이 얼마나 가능하다고 생각하는지 물어보고 싶었을 것이다. 그러나 그는 자신의 경탄하는 모습이 조금은 어리석은 것처럼 보이도록 해 그녀가 원하는 대로 하고 있다는 것을 곧 알아차렸다. 게다가 그는 그녀와의 논의 결과에 대해 조금은 낯선 두려움을 의식했는데, 그가 두려워하는 건 이상하지만 사실 그녀의 가혹함이 아니라 그녀의 선량함 때문이었다. 가혹함은 그를 화나게 할 수도 있을지 모르지만, 거기에는 항상 위안이 있었다. 선량함은 그를 부끄럽게 하는 경향은 있었는데 모드 이모는 정말 놀랍게도 그를 좋아했고 그도 짐작했다. 그래서 그를 아끼기에 그녀 역시 논의를 피했고, 그와의 언쟁을 거부하며 그를 막았다. 이것이 그녀가 지금 그에게 즐기라고 제안한 것이었고, 그의 남모르는 불편함은 전반적으로 그에게 가장 잘 맞는다는 생각이 들었다. 억눌리는 건 지루했지만, 사실 그의 큰 두려움은 수치를 당하는 것이었고, 그건 분명했다. 그리고 그 점을 부끄러워하는 건 전혀 문제 되지 않았다.

이런 집에서는 언제나 형세가 역전될 수 있다는 것이 그의 위치의 본질이었다. "당신은 뭘 제안하죠? 뭘 권해요?" 그곳은 편의와 예의는 부족했지만, 매우 아이러니하게도 그는 계속 흥얼거렸다. 그 아이러니는 명백한 뇌물에 대한 새로운 언급이었고, 그는 이미 뇌물이 형식적으로 추악하다고 비난함으로써 자신에게 어떤 도움도 되지 않는다는 걸 알았다. 귀금속만이 감당할 수 있는 것이고, 상대적으로 싸구려인 자신의 것에 광을 내려는 건 상당히 허망한 것이었다. 이런 무력함의 굴욕은 바로 모드 이모가 그를 막으면서 완화하려고 했던 것이었고, 그렇게 하려는 그녀의 노력은 분명히 아직까지 그렇게 눈에 띄지 않았기에, 그는 아마도 그녀와 함께 여섯 명의 다른 손님을 기다리는 동안 확실히 세상에서 자리를 잡았다고 느낀 적이 없었을 것이다. 그가 보기에 그녀는 비록 논리정연하지는 않지만 포괄적인 질문을 하면서 미국에서 돌아온 그를 진심으로 환영했고, 그는 투명한 유리잔을 통해 그녀에게서 계획의 시작과 갑작스런 호기심의 자각을 알게 되는 즐거움을 누렸다. 그녀는 그의 눈앞에서 미국을 사회적 활동이 가능한 장으로 알게 됐다. 그 멋진 나라를 방문하겠다는 생각이 분명히 조금 전에 떠올랐지만, 곧 그 생각을 가장 마음에 드는 꿈이라고 말하고 있었다. 그는 그 말을 믿지 않았지만 믿는 척했다. 이건 다른 것처럼 그녀가 그를 무해하고 흠잡을 데 없는 사람으로 여기는 데 도움이 되었다. 그녀는 케이트의 멋진 등장으로 그녀의 방법이 최고의 효과를 얻었을 때 전혀 돌려서 말하지 않는 추가적인 도움을 받아 매우 열중했다. 따라서 그 방법은 모든 면에서 지지를 받았는데, 표면적으로 그녀의 조카가 수줍음을 안겨준 사람보다 더 굉장한 젊은이는 없었을 것이기 때문이었다. 케이트의 겉모습은 이번에 그에게 완전히 대단한 인상을 주었다. 그 자리에서 거의 놀랍지 않은 것은 그의 동행들 관계에 대한 자신의 이해였는데, 사랑하지도 않고 미련도 없이 똑바로 바라보는 눈빛으로 그에게 비치는 관계는, 그들의 안주인의 입장에서, 그녀가 앞으로 나아갈 때 고려해야 하는, 면밀하고 부드러운 관계였다. 그녀는 완전히 받아들였고 그렇게 함으로써 불쌍한 덴셔를 다시 조금 아프게 하는 이야기가 되었다. 케이트가 습관적으로 완전히 생각한 것이 바로 그것이다.

그것은 그녀는 항상 자비로운 용을 위해 무기를 들고 있었고, 로더 부인이 그녀에게 뒀던 '가치관'에 따라 매시간, 특히 유쾌한 시간에 부응했다는 이야기였다. 높고 변함없는 이 평가는 랭커스터 게이트에서 매번 사교계를 지배했다. 그래서 그는 기존 인물과 관련해 뛰어난 여배우가 펼치는 인물에 대한 전통, 천재성, 비평을 내세운 예술적인 발상과 인공적인 물질과 같은 것을 인식했다. 그 역할을 모든 면에서 표현하기 위해 어떤 사람이 옷을 입고, 걷고, 보고, 말했고, 이 모든 것이 케이트가 이모의 지붕 아래서 맡은 캐릭터를 표현하려고 했던 것이었다. 그 캐릭터는 완전히 비평할 가치가 있는 분명한 요소와 솜씨로 만들어졌다. 그리고 그녀가 비판에 대처하는 방법은 분장을 처음부터 꼼꼼히 하고 평소보다 나빠 보이지 않는지 확인하는 것이었다. 모드 이모의 오늘 밤 평가는 정말 지배적이었고, 공연자 자신의 기여는 흠 잡을 데 없이 퍼레이드 하는 군인의 기여와 같았다. 덴서는 잠시 연극 무대 앞줄에 있는 거 같았다. 주의 깊은 감독은 칸막이 좌석에 깊숙이 앉아 있었고 가난한 여배우는 눈부신 주목을 받고 있었다. 하지만 불쌍한 배우인 그녀는 지나갔고, 그는 그녀가 항상 어떻게 지나갔는지 볼 수 있었다. 그녀의 가발, 분장, 보석, 흠잡을 데 없는 표정의 모든 흔적과 박수에 맞춰 적절하게 입장하는 그녀를 봤다. 우리가 덴서를 주목했던 것과 같은 그런 인상은 표기법이 요구하는 것보다 훨씬 더 짧은 시간에 인정받아야 했다. 하지만 그렇더라도 우리는 여전히 그가 박수갈채를 보내기에는 그들 사이에 너무 두려운 시간이 아직은 더 있었다는 점을 지적해야 한다. 그는 잠시 마음의 평정을 잊어버린 거 같았고, 그래서 그는 어쨌든 나이 든 부인의 전문적인 도전과 젊은 아가씨의 단련된 얼굴을 말없이 바라보기만 했다. 사실 그에게 그 연극은 아무렇지 않았지만, 마치 연극은 그들 사이 이야기고 상당히 압도적인 것 같았다. 머튼 덴서는 가장 비싼 앞쪽 관객석에서 밀려났을 뿐이었다. 이것이 바로 그의 감탄이 순간 두려움으로 바뀐 이유였고, 우리가 말했던 것처럼 매스꺼워졌다. 그의 생각대로 그 단련된 얼굴이 그가 주목을 받도록 했고, 희미하지만 매우 아름답고 특별한 지성의 작은 빛을 비췄음에도 불구하고 말이다. 그래서 이중으로 된 안경으로 훑어봐도 노련한 배우는 자신의 역할을 다하는 것처럼 보이면서도 집에서 가장 사랑하는 사람에게 신호를 보냈다.

아무튼 그 연극은 덴서가 보듯이 계속됐고, 다른 두 손님인 길 잃은 신사들이자 낙오된 패잔병들의 등장으로 곧 이야기가 풍부해졌고, 그들은 케이트에게 비인격적 대우를 받는 대상이자 평소처럼 자비를 나누는 사람들처럼 모습을 보였다. 사회적 과정의 반대편에서 그들은 각자의 '인물'을 맡아 한 명은 팽창 효과를 다른 한 명은 수축 효과를 보였다. 그러므로 악의 없는 두 젊은이는 평온한 참전군으로 된 상처받은 무리들은 혼자 와야 했다는 죄책감에 조금은 숨 가쁘게 쉬며 옷을 바스락거리며 들어오던 스트링햄 부인에게 그 모습을 보였다. 그녀의 동행은 마지막 순간에 몸이 좋지 않았고, 끈질기게 변명과 유감을 남기며 나갔다. 그들의 매력적인 친구가 아팠던 이런 상황으로 저녁 식사 후 처음으로 케이트는 허세를 부리지 않고 '자연스럽게' 덴셔에게 말할 수 있는 10분이 생겼는데, 그는 그렇게 생각하지 않았지만 그녀는 그렇다고 말했다. 그러나 그 청년이 이상한 느낌을 받은 것처럼 식사 내내 실 양이 완전히 자리에 빠지지 않은 것 같았다. 로더 부인은 밀리를 화제로 삼았고, 화제가 현명한 노인만큼이나 열정적인 젊은이에게도 친숙하다는 것이 그 자리에서 드러났다. 게다가 로더 부인의 조카가 잘 모를지도 모르는 이야기를 전했고, 덴셔는 결국 그 무리에서 가장 특권을 가진 자로서 한껏 관심을 끌었다. 그녀의 밀림 같은 출생지에서 그녀를 처음 보고 사로잡혀서 굉장한 사람을 만들어낸 사람은 어쩐 면에서는 그이지 않는가? 그가 사회의 '귀'를 가진 것처럼 환한 손전등 한두 개를 들고 친근하게 그녀보다 앞서 가서 그녀의 진귀함을 바로 알아보고 그녀를 위한 길을 어느 정도 닦아 놓지 않았는가?

가엾은 덴셔는 이러한 질문에 가능한 관심을 갖고 들었지만 불편함을 느꼈다. 특히 무미건조한 기자로서 그가 개인적인 특별함을 마음대로 보이기 위해 자신의 펜, 오, 그만의 '펜!'을 들었다고 생각하는 거 같아 움찔했다. 사회의 귀? 그가 겸손한 젊은 여성을 공개적으로 기사를 쓴 것처럼 그들은 말했다. 그들은 사실 꿈꾸는 거 같았고 그는 정신을 차리고 당황스러운 상황을 참고 완전한 공개를 포착하기 위해 자리에 있었다. 그가 실 양의 성공에 대한 공로를 주장할 수 없어서,

그는 기품 있게 그녀를 걱정하지 않았다고 말할 수 없다는 사실에서 물론 당황스러웠다. 그를 거의 감동시켰던 것은 왠지 그 행사가 짧지만 훌륭한 경력을 축하하는 기념 연회의 분위기를 띠었다는 것이다. 물론 여주인공이 자리에 빠지지 않았다면 더 많은 이야기를 했을 것이고, 그는 밀리의 승리 범위에 다소 놀란 자신을 깨달았다. 로더 부인은 그 이야기를 해서 경탄했다. 조끼를 입은 두 사람은 정직하게든 위선이든 그 상황에 똑같이 숙달됐다. 그리고 덴셔는 마침내 사회적 '사례'를 알게 된 거 같았다. 친구의 대리인으로서 아부를 받아들이는 데만 한정되지 않았다면 스트링햄 부인은 분명 가장 많이 증언했을 것이다. 그래서 그녀를 잘 대해주고, 미소 짓고, 탁자 너머로 그녀를 응원하고 위로해 줬던 케이트가 그녀를 위해 친절하게 말하고 설명해 줬다. 케이트는 마치 그들이 밀리를 인정하는 방식을 이해할 수는 없지만, 그들의 선의에 따라, 그들이 더 조잡하게 표현하도록 내버려 두지 않을 것처럼 말했다. 덴셔 자신도 스트링햄 부인과 어떤 광범위한 인류애를 의식하지 못한 건 아니었다. 이야기에 귀 기울이는 동안 사실 그는 미국인 신경이 어떻게 움직일지 궁금했다. 그는 예전에는 그들에 대해 들어본 적 있었지만, 최근 여행에서 그는 놀라운 사실을 알게 됐고, 회피하지 않고 그들에게서 교훈을 얻었을지도 모른다는 생각이 드는 순간도 있었다.

그들은 분명히 몸을 떨고, 흥얼거리고, 계속 두드리고, 뛰고 스트링햄 부인의 전형적인 유기체에 달려들었고, 이 부인은 타고난 말과 그가 중요시하는 것보다 더 많은 요소들에 대한 통찰력으로 모든 일을 들뜨게 했다. 그의 생각에 그녀는 아직 그에게 잘 알려지지 않은 면에 접근할 수 있었다. 그녀는 틀림없이 기뻐하고 날아올랐지만, 그는 여전히 그녀가 필요 이상으로 더 흥분하는 걸 봤기 때문이다. 집에서 전하기에는 단순히 조급하다고만 할 수 없는 감정 상태였다. 복잡한 게 있다면, 미국의 복잡함의 모든 그늘을 맛봤던 그녀의 작고 메마른 뉴

272

잉글랜드의 밝은 모습은 침묵 속에서 안도감을 찾는 실제적인 이유였기에, 화제가 바뀌기 전에 그는 (다른 사람들은 놀랐지만) 그들이 충분히 안도감을 얻었다는 걸 인지했다. 그들의 친구가 그녀가 런던에서 그렇게 크게 보였던 특징을 고국에서 보이지 않았냐는 것이 사실인지 질문을 받았을 때 그는 이미 충분히 참았다. 그 질문에 그에게 답한 사람은 로더 부인이었다. 반면 그는 스트링햄 부인 눈앞에서 시작한 것에 더 깊은 인상을 받았는지 아니면 런던에서 발견의 영예를 허락해 주기를 바라는 그녀의 바람에 더 깊은 인상을 받았는지 거의 알지 못했다. 하얀색 조끼를 입어 덜 부어 보이는 사람이 런던보다는 미국에서 훨씬 더 많이 알게 된 이론을 제시했다. 그들이 미국인들에게 (특히 재미있을 때) 일부 타고난 산물을 알아보라고 가르친 것은 처음이 아니라고 그는 설득하려고 했다. 그는 실 양이 재미나다는 걸 뜻하지 않았다. 그녀가 이상하긴 했지만, 이것이 바로 그녀의 마법이었다. 그녀에게 보여 달라고 하면서 뉴욕이 행운을 정말 알지 못했을 수도 있었다. 그곳에는 아무것도 아니었지만 영국에서는 대단하게 받아들여진 사람들이 많았다. 다행히 균형을 맞추려는 것처럼 그들은 가끔씩 영국에 관심을 끌지 못하는 미인들과 유명인들을 내보냈다. 사실 영국인의 체온은 계산할 수 없었지만, 스트링햄 부인의 마지막 열광적인 재치 있는 말이 있어야만 그 문제의 공식화에 이르렀다. 그녀는 젊은 친구에 대한 제대로 된 감탄의 관점이 뉴욕에서는 조금 부족했지만, 보스턴에서는 황홀했다는 건 의심의 여지가 없었다고 말했다. 보스턴은 더 좋은 취향을 위해 뉴욕 어디에도 남기지 않았다는 교훈을 가르쳤다. 그리고 이 신조의 주차장인 선량한 부인은, 분명히 덴서의 생각에, 밀리의 부재로 그들에게 부족했던 기묘함을 가장 가까운 방법을 이용해서 보충했다. 그녀는 갑자기 그에게 말을 걸면서 그에게 정말로 효과가 나타났다. "당신은 내 친구에 대해 아는 것이 정말 없네요."

그는 그런 척하지 않았지만, 스트링햄 부인의 얼굴과 말투는 책망만 가득했고, 그건 분명히 엄숙한 의미를 담고 있었다. 그래서 그의 주장처럼 그녀는 과장되지 않았다는 걸 느낄 수밖에 없었다. 그녀가 뭘 의미하는지 궁금했지만, 그렇게 하는 동안 그는 자신을 변호했다. "분명 많이 알지는 못하지만, 뉴욕에서 어리둥절해 하고 막 도착한 불쌍한 외지인인 나에게 친절했고, 그 점에 대해서 대단히 감사히 생각하고 있어요." 그는 바로 성공을 거둔 이유를 거의 알지 못했다고 덧붙였다. "스트링햄 부인, 그때는 없으셨잖아요."

"아, 그러네요!" 케이트는 매우 기쁜 표정을 지었는데, 그는 그때 무슨 의미인지 이해하지 못했다.

"그때는 없었지." 로더 부인이 매우 동의했다. 그녀는 온화하고 유쾌하게 말을 이었다. "얼마나 많은 일이 있었는지 모르지."

그 말에 젊은 아가씨는 정말 당황했다. 그녀는 누구보다도 머릿속에 생각이 더 많았다. 이런 어리석은 일에서 그를 간접적으로 바라보는 게 케이트가 아니었더라도, 그래도 어리석음과 그녀의 눈을 마주치지 않아 그는 기뻤다. 그는 자신에게 영향을 미치는 스트링햄 부인의 눈과 마주쳤다. 그는 종종 그들 사이에서 무언의 교감과 특별한 뭔가의 시작으로 생긴 감각을 정리할 수 있었다. 로더 부인의 농담에 스트링햄 부인이 상당히 불안해하며 대꾸하면서 이런 교감은 이미 조금 효과가 있었다. "아, 내 말은 덴서 군이 엄청난 기회를 가질 수 없었다는 거야." 그리고 그녀는 그를 향해 웃었다. "난 오래 떠나 있지 않았어요."

그 말에 세상에서 가장 이상한 방법으로 바로 모든 것이 바로 그에게 옳았다. "저도 그곳에 오래 있지 않았어요." 그녀가 걱정하는 한 그에게 아무것도 다시 잘못되지 않을 것이라고 긍정적으로 판단했다. "그녀는 아름답지만, 알기 쉽다고는 말 안 했어요."

"아, 그녀는 무수한 생각을 하죠." 그 선량한 부인은 이제 그와 잘 지내는 것처럼 대답했다.

그는 더는 묻지 않았다. "내가 알기도 전에 그녀는 당신과 함께 이 지역으로 왔죠. 나도 멋진 곳으로 떠났는데 볼거리가 참 많았어요."

"하지만 당신은 그 애를 잊지 않았죠!" 모드 이모가 거의 위협적으로 능글맞게 끼어들었다.

"물론, 전 그녀를 잊지 않았어요. 그런 매력적인 인상은 누구도 잊지 못할 거예요. 하지만 그녀에 대해 다른 사람에게 재잘거리지 않았어요."

스트링햄 부인이 상기된 굳은 표정으로 말했다. "그녀는 그 점을 고마워할 거예요."

모드 이모는 붙임성 있게 물었다. "그런데 그러면 침묵은 종종 인상의 깊이를 증명하지 않나요?"

만약 그가 조금이라고 불쾌하지 않았더라면, 그에게 매달리려고 하는 모두를 재미있어 했을 것이다. "뭐, 이모님 생각대로 인상이 깊었어요. 하지만 내가 그녀에 대해 어떤 권한이 있다고 그녀가 생각하지 않기를 정말 바랐어요."

케이트는 그들의 친구가 이 비난을 감당하기 전에 그를 도우러 왔다. "그 애를 알기 쉽지 않다는 당신 말이 맞아요. 어떤 사람은 누구보다도 그 애를 강렬하게 바라보고 더 많이 보죠. 그러나 그 후, 그녀를 잘 모르지만, 누군가는 반도 '알지' 못하는 사람을 더 잘 알 수 있다는 걸 알아요."

그 식별력은 흥미로웠지만, 다시 그녀의 성공에 대한 사실로 되돌아가게 했다. 밀리의 걱정 많은 동행은 앉아서 그들 앞에 펼쳐진 상대적으로 전체적인 상황을 지켜봤는데, 옛 서커스의 관객들이 무대에 있는 기독교 처녀의 특이함을 가볍고 달래는 듯이 죽는 소리를 내며 지켜보는 거 같았다. 농담조로 내뱉는 건 사자와 호랑이가 아니라 가축들이었다. 심지어 그 농담으로 스트링햄 부인은 불편해졌고 우리가 언급했던 덴셔와 무언의 교감은 더욱더 확고해졌다. 그는 케이트가 이 일을 알았을지 나중에 궁금해졌고, 자신이 그녀가 의식했을지도 모르는 것과 그녀가 놓쳤을 거라는 생각을 구분하고 있다는 걸 머지않아 곧 알게 됐다. 어쨌든 그녀가 진짜로 스트링햄 부인의 불편함을 놓쳤다면, 제 생각에 사로잡혀 있다는 걸 보여줬다. 그녀의 생각은 계절의 끝의 특징으로 그 아가씨의 뛰어남을 주장함으로써 현재와 과거 모두 나머지 사람들과 덴셔가 관계를 유지하는 것이었다. "그 후로 일어난 모든 일들 때문에 당신은 자연스럽게 그녀에 대해 조금 조심스러워해요. 그 이후로 무슨 일이 일어났는지 당신은 모르지만 우리는 알아요. 우리는 그걸 봤고 그걸 이해했고, 조금은 지긋지긋해요." 케이트가 말했듯이 그에게 중요한 것은 사실 그 일이 실제 일이라는 걸 거부할 수 없었는데, 한 사람의 호기심이 인내심보다 클 때 런던에서 있을 법하다고 막연히 생각할 수는 있지만, 이 정도까지 관심을 둔 적이 없는 그런 일이었다. 작은 미국인의 갑작스러운 사회적 모험, 그녀의 당연한 행복하고 악의 없는 활동은 아마도 몇몇 우연한 일의 도움을 받았겠지만, 특히 그 장면의 단순한 발판, 수많은 어리석은 무리의 흔한 변덕 중 하나, 해양 조류처럼 헤아리기 어려운 사교적인 움직임들의 도움을 받았다. 옹기종기 모여 있던 무리가 무턱대고 그녀에게 왔다가 무턱대고 떠났을지도 모른다. 물론 신호도 있었지만, 가장 큰 이유는 아마도 그때 더 큰 사자가 없었기 때문일 것이다. 더 큰 짐승이 나타나면 더 작은 짐승은 바로 사라졌다. 어쨌든 특이했고, 그것의 본질은 그의 끄적거림이었고 기록하는 손의 문제였다. 그 손은 이미 의도적으로 그 시절의 표시, 그 시대의 특징과 사회적 붐의 신속하고 저돌적인 본성의 특징으로서 '동기' 역할을 했다. 그 붐은 그 자체로 필요로 하는 기록이 될 것이고, 그 과정의 주제는 비교적 사소한 문제가 될 것이다. 다른 것이 없을 때는 무엇이든 충분히 붐을 일으켰다. '형편없는' 책의 저자, 아름답지 않은 미녀, 상속녀일 뿐인 상속녀, 불편하게 낯설지 않게 된 이방인, 그러나 불편한 친숙함으로부터 구원받은 이방인, 미국적 기질이 오랫동안 너무나도 무시당했던 미국인, 충분히 두드러지고 돋보이는 사람은 소란스럽게 충분히 예측될 수 있었다. 그래서 그는 최소한 자신의 한계 내에서 판단했고, 그렇게 사실로 알게 된 것이 유행의 속임수였고 사회 분위기는 그가 다시 독립심을 되찾도록 했다. 그는 자신이 문명화됐다고 생각했지만, 만약 이것이 문명화였다면…! 안에서 헛소리를 지껄이면 누군가는 밖에서 담배 파이프를 피울 수 있었다. 우리가 말했듯이, 그는 오히려 케이트의 눈을 피했지만, 그가 탁자 건너편 케이트에게 말하고 싶은 순간이 왔다. "내 인생에서 소중한 당신, 이게 위대한 세상인가요?" 그녀가 대답할 때 그들 사이에 있는 탁자보 너머 뭔가의 결과로서 더해져야 했던 다른 답이 나왔다. "자기, 아니에요. 날 어떻게 생각하는 거예요? 조금도 아니에요. 아무 탈이 없지만 어리석은 모방일 뿐이에요." 그러나 그녀가 말할 때 놓쳤을 수도 있는 것이 실제로는 그녀가 했던 말에 합쳐졌는데, 그녀는 마치 그의 생각을 짐작이라도 하듯이 명백히 그의 도움을 구했기 때문이었다. 그녀는 그의 당혹스러움을 달래기 위해, 1년 중 그 시기에 3개월 동안 런던을 떠나서는 친구들이 있었던 자리로 다시 올 수 없다는 명백한 진실을 말했다. 물론 그들은 촐랑거렸기 때문에 얼굴이 너무 빨개져서 당신이 그들을 모를 수도 있을 것이다. 그녀는 밀리에 대해 그가 부인하는 것과 그녀를 알게 된 영광을 그가 겸손하게 피하는 건 헛된 일이라는 걸 잘 받아들였다. 그는 그녀를 찾았지만, 그녀를 성장시킨 것은 그들 모두였다. 그녀는 항상 매력적이고, 지금까지 만난 가장 훌륭한 사람 중 한 명이었지만, 그가 '지지하는' 사람은 아니었다.

덴셔는 나중에 케이트가 이런 사교적인 말을 의식하지 않았고, 무엇보다도 젊은 친구의 가련한 수잔 셰퍼드의 특성을 얕잡아보는 무례함이 없었다는 걸 확신하게 됐는데, 그 특성은 그런 발언으로 매우 궁지에 몰렸다. 그러나 그는 스트링햄 부인이 몰래 그들을 원망했다는 것도 알아야 했고, 전 세계 기독교인들에서 케이트 크로이가 밀리의 발끝 먼지에 불과하다는 스트링햄 부인의 의견을 결국 눈치채야 했다. 그것은 그녀가 마지막으로 확고하게 자리를 잡고 그녀의 열정, 즉 우정이라는 희귀한 열정, 다른 사람을 구하는 그녀의 작은 삶의 유일한 열정을 더 지적으로 차분하게 그녀가 기 드 모파상Guy de Maupassant(프랑스 소설가)의 작품을 즐겼던 열정에 몰두했을 때만 밝혀야 하는 것이 사실이었다. 그녀는 자신의 밀리가 바뀔 수 없다는 것과 반대로 밀리도 똑같이 부인이 바뀔 수 없다고 생각하는 걸 우연히 알게 됐지만, 케이트의 주장에는 별 차이가 없었다. 그녀는 수지에게 굉장히 친절했다. 마치 케이트가 '유형'이 있다고 느끼고 그 유형에 대한 감탄에 빠지면서 어떤 의견 차이에도 그녀를 좋게 알고 있는 거 같았다. 케이트는 어떻게든 나중에 기회가 생겼다. 밀리가 선량한 부인의 입장에서 이 관점에 대해 그녀에게 이야기했던 걸 우리의 청년에게 언급할 기회가 생겼다. 그녀는 케이트 크로이를 살폈고 그녀와 함께 뭘 할 수 있는지 알고 싶었다. "나를 잘게 썰거나 통째로 대접하세요." 라는 말이 케이트가 두려워한다고 주장하는 한 방법이었다. 하지만 그건 그녀가 이해하는 스트링햄 부인의 방법이었는데, 이상하게 스트링햄 부인은 낯선 영국 소녀와 같은 일과 (모드 매닝햄이 감정이 충만해도) 그녀가 전혀 알지 못했던 일로 쓸만한 사람이 없다는 걸 느꼈기 때문이었다. 이런 건 나중에 나온 증거였지만, 덴서는 분위기로 느꼈을지도 모른다. 케이트가 친구의 화학적 변화에 대한 질문을 회피하고 비교적 받아들일 만한 일로 마무리했을 때, 그만큼 많이 놓쳤던 그는 그 모든 것을 믿었을 때 이미 거의 그랬다. 그는 그 점을 평온하게 받아들였고, 스트링햄 부인에게 하나의 예가 되었을 것이다. "아 당신이 원한다면요!" 이것조차도 영향이 있었다. 스트링햄 부인은 최대한 많이 이용했다. 그녀에게 좋은 점은 얼마만큼인지 그녀가 판단할 수 있다는 것이다. 그녀가 저녁 식사가 끝날 때 그들은 정말로 어느 정도 진척이 있었다.

나중에 온 다른 남자들 중 젊은 남자가 피아노에 매우 능숙했다. 그래서 그들은 위층에서 커피를 마시며 재미난 노래를 들었는데, 로더 부인이 너무 가만히 있지 말라는 지시에 신사들은 잘 따르며 잠시 접었다. 우리의 특별한 청년은 응접실로 돌아갔을 때 더 가만히 앉아 있었다. 그는 케이트와 완전히 친해져서 가끔 함께 만날 수 있었다. 그는 어쩌면 전반적인 면에서 그녀보다 더 강한 욕구를 가졌지만, 그녀가 동의한 희박한 위험 때문에 그녀가 평판이 더 좋았다. 간격이 넓고 8월 밤에 창문이 열려 있는 건 대저택의 축복이었다. 그래서 그 순간에 넓은 발코니에서 노래를 맘껏 부르며 모드 이모는 사람들을 계속 즐겁게 할 수 있었다. 덴셔와 케이트는 이 순간에 작은 소파에 나란히 앉아 있었는데, 케이트는 비판 속에 그들의 놀라울 선한 양심에 대한 증거로 표현한 호사였다. 그 아가씨는 "일단 당신이 여기 온 이상, 서로 모르는 척하는 건 무리인 것 같아요."라고 말했고, 모드 이모를 따돌릴 방법을 마련해야 한다고 매력적으로 정리했다. 그렇지 않으면 이 세상에서 뭐가 득이 될지 궁금해할 것이다. 그런데도 덴셔에게는 뜻밖의 순간과 만남의 이득이 부분적이고 부족했다. 특히 현재 그의 마음속에는 창문을 보면서 꺼낼 수 있는 것보다 더 많은 생각이 있었다. 반면 저녁 식사 때 핵심적인 주제가 아니었던 밀리에 대해 언급하면서 그가 그 자리에서 볼 있는 것보다 갑자기 대부분의 사람을 만난 것이 사실이었다. "그 아이는 전혀 좋지 않아요. 건강 말이에요. 그냥 오늘 밤에 그녀를 만나 봐요. 심각한 거 같아요. 조금이라도 괜

찾았다면 왔을 거예요."

그는 가능한 한 인내심을 가지고 이 말을 받아들였다. "그녀에게 무슨 문제가 있는 거예요?"

하지만 케이트는 계속 자기 말만 했다. "당신이 여기 있는 것이 정말 그 애가 피하는 이유가 아니라면 말이죠."

"그녀에게 무슨 문제가 있어요?" 덴셔가 다시 물었다.

"내가 당신에게 말했던 그 이유예요. 그 애가 당신을 너무 좋아한다는 거요."

"그렇다고 그녀가 날 만나는 기쁨을 왜 스스로 거부해야 하죠?"

케이트는 고심했고, 설명하는 데 오래 걸릴 것이다. "어쩌면 몸이 안 좋은 게 사실일 거예요. 쉽게 나빠질 수 있어요."

"다른 데 정신이 팔려있고 걱정하는 스트링햄 부인 모습을 보면 쉽게 알 수 있겠네요."

"충분히 알 수 있죠. 하지만 그것 때문만은 아닐 거예요."

"그럼 뭐 때문인데요?"

그녀는 생각에 빠져 이 질문도 무시했다. "진짜 아프다면, 왜 그 불쌍한 아이는 고향으로 가지 않을까요? 간절히 바라고 예의 바르게 굴려고 해요."

"그녀는 정말 예의가 바르다고 생각해요."

그는 그 말에 케이트가 그를 더 뚫어지게 바라본다고 생각이 들었지만, 어쨌든 그녀는 이미 설명 중이었다. "부인은 어쩌면 두 가지를 생각하고 있어요. 한 가지는 그 애를 돌려보낸 것이고 다른 한 가지는 남게 하는 거예요. 부인은 밀리에게 당신에 대해 전부를 말할 거예요."

그 젊은이는 웃음도 나오고 한숨도 나왔다. "그럼 아래층에서 난 그녀에게 '이끌려서' 다행이네요. 그녀에게 오히려 친절한 거 아닌가요?"

"정말 잘했어요. 당신은 타고났어요. 모든 게 그래야 해요."

그는 잠시 후 냉소적으로 말했다. "어쩌면 현재 그녀가 나에게 별로 호의적이지 않다는 점을 빼면요. 부인은 밀리에게 이걸 말할까요?" 그리고 케이트는 '이것'이 뭔지 궁금해하는 거 같았다. "우리가 현재 상황을 무시하는 거 말이에요."

그녀는 고압적으로 말했다. "그건 나한테 맡겨요! 내가 다 바로잡을게요. 게다가 모드 이모는 너무 바빠서 눈치 못 채고 계세요." 덴서는 이 말에 자신의 연인이 그가 따라갈 수 없는 통찰력이 있다고 느꼈다. 그녀는 곧바로 말을 이었다. "그리고 스트링햄 부인은 그런 인상을 주려고 반응하는 것 같아요."

덴서는 조금은 유머러스하게 말했다. "뭐, 인생은 참 재미나요. 당신이 다른 사람들을 이해하는 것처럼 당신도 정말 그랬으면 좋겠어요. 그러니까 당신을 어떻게 이해하는가 말이에요. 내가 보기에 당신은 이 부인들이 짜릿하다고 생각하고 각자는 다른 식으로 봐요. 모드 이모님, 수잔 셰퍼드, 밀리. 그런데 뭐가 문제죠? 보기만큼 아프다는 건가요?"

케이트는 처음 그의 조롱하는 말이 불만이라는 표정을 그에게 지었다. 그 후 그녀는 '그녀가 아픈 것 같은' 점이 밀리가 거의 될 수 없다는 점을 주장하려는 욕구에 따르는 것처럼 같았다. 만약 그녀가 보기만큼 아팠다면, 그녀의 최후가 가까웠을 것이기에, 그들에게 거의 문제가 되지 않았을 것이다. 그런데도 그녀는 심각한 위협을 받는다고 믿었고 케이트도 그녀를 믿을 수밖에 없었다. "그들이 도시를 떠나려고 할 때 두 여자가 갑자기 붙잡힌 건 언제까지나 사실이에요. 모드 이모와 나, 우리는 그들에게 작별 인사를 했지만, 전날 밤 밀리는 국립미술관에 작별 인사하려고 들렀고 내가 함께 있는 걸 봤어요. 그때는 그 사람들은 하루 이틀 뒤에 떠날 예정이었어요. 하지만 그들은 떠나지 않았고 떠나지 않을 거예요. 그들을 보면, 그리고 오늘 아침에 그 사람들을 봤을 때 그럴 이유가 있어요. 떠나려고 했지만 연기했어요. 당신 때문에 연기했어요." 그는 항의 자체가 쉽게 믿을 수 있기에 어리석지 않은 남자가 할 수 있는 한 반발했다. 하지만 케이트는 늘 그렇듯 자신을 이해했다. "당신이 밀리 마음을 바꾸게 했어요. 그 애는 당신을 놓치고 싶지 않아요. 당신을 원한다는 것 또한 보여주고 싶지 않지만요. 내가 조금 전에 말했듯이, 그 애는 일부러 오늘 밤에 오지 않았을 거예요. 언제 당신을 다시 만날지 모르고, 당신을 만날 수 있을지도 몰라요. 그 애는 앞날을 내다보지 못해요. 지난 몇 주 동안 그 애 앞에 어둡고 혼란스러운 일이 펼쳐졌어요."

덴서는 궁금해졌다. "대단한 시간이 지난 후 당신은 그녀가 겪었던 일을 모두 나에게 말해주는 거예요?"

"맞아요. 거기에 그림자가 드리워져 있어요."

"어떤 육체적인 무너짐이 그 그림자라고 생각해요?"

"신체적인 충격이 좀 있어요. 거의 그래요. 그녀는 겁먹었어요. 잃을 게 너무 많아요. 그리고 그 애는 더 많이 원해요."

덴서는 갑자기 이상한 불편함을 느끼며 말했다. "누구도 그녀에게 모든 걸 가질 수 없다고 말할 수 없었나요?"

"아니. 누구도 원하지 않았을 거예요. 그 애는 여기서 대단한 사람이었어요. 모드 이모에게 물어보세요. 당신은 내게 편견이 있다고 생각할 수 있잖아요." 그녀는 묘하게 웃었다. "모드 이모가 말해 줄 거예요. 당신이 그녀를 만난 이후에 모든 일이 일어났고 다가왔고, 분명 당신을 즐겁게 했을 텐데, 그걸 놓쳤다니 유감이에요. 그녀는 정말 큰 성공을 거뒀고, 물론 시간이 얼마 걸리지 않았고, 그녀는 그 성공을 완벽한 천사처럼 받아들였어요. 두둑한 은행 계좌를 가진 천사를 상상한다면, 아주 간단한 표현일 거예요. 그녀의 재산은 막대해요. 모드 이모는 '수지'에게서 모든 사실을 들었고 충분히 마지막까지 믿었고 수지가 정식으로 말했어요. 그러니까 날 마지막으로 믿어요. 상황이 그래요." 케이트는 무엇보다도 가장 중요하게 생각했던 것을 말했다. "그녀는 가장 멋진 결혼을 할 수 있어요. 우리가 그녀를 욕보이는 게 아니라고 확신해요. 그 아이의 기회는 분명히 있어요."

덴서는 그들을 믿지도 않고 원망하지도 않았다. "하지만 도대체 내가 그녀에게 무슨 도움이 되죠?"

그녀는 준비된 대답을 했다. "그녀를 위로해 줘요."

"왜요?"

"그렇다고 해도 만약 그녀가 충격을 받으면, 정신없을 거예요. 그녀가 심하지 않았다면 난 신경 쓰지 않아도 돼요." 케이트는 아주 간단히 말했다. 그리고 그가 아주 행복하게 웃지 못하게 만들었다. "그녀에게 한 가지라도 있었다면 나는 그녀를 신경 쓸 필요가 없어요." 그 아가씨는 정말로 고귀한 연민을 가지고 말했다. "그 애한테는 아무 것도 없어요."

"젊은 공작들 전부요?"

"뭐, 그들에게 무슨 일이 생길지 두고 봐야 해요. 어쨌든 그녀는 삶을 사랑해요. 당신과 같은 사람을 만난다는 것은 다른 모든 좋은 일들과 함께 당신이 삶의 일부가 되었다고 느끼는 거예요. 그녀는 당신으로 정했어요."

"당신은 날 놀라게 하는군요." 그는 무심하게 그리고 유감스럽게 바라봤다. "내가 공작들과 뭘 해야 하죠?"

"아, 공작들은 실망할 거예요!"

"그럼 나는 왜 그래서는 안 되죠?"

"당신은 덜 기대할 거예요." 그녀는 이상하게 웃었다. "게다가 그렇게 될 거예요. 당신은 충분히 그 점을 예상했을 거예요."

"그래서 날 끌어들이고 싶어요?"

"나는 그녀를 즐겁게 해주고 싶어요. 그러기 위해서 내가 가진 걸 이용할 거예요. 내가 가장 소중하게 여기는 건 당신이고 그래서 내가 최대한 이용할 사람은 당신이에요."

그는 그녀를 오랫동안 바라봤다. "내가 당신을 더 이용했으면 좋았을걸." 그녀는 계속 그를 바라보며 웃었고 그는 "폐가 나쁜 건가요?"라고 물었다. 케이트는 그러길 바라는 듯한 모습을 조금 보였다. "제 생각엔 폐는 아닌 것 같아요. 폐결핵은 요즘에 시간이 걸려도 치료할 수 있잖아요?"

"물론 치료가 되죠." 하지만 그는 궁금했다. "그녀가 옛날에 치료받은 걸 말하는 거예요? 모습을 보면 그런 일은 아닌 거 같아요. 젊지만 겪을 수 있는 모든 걸 겪은 사람의 모습 같아요. 그녀는 난파선에서 구조된 사람으로서 누군가에게 영향을 끼쳐요. 그런 사람은 요즘 같은 시대에는 기회의 교리에 따라 확신을 가지고 다시 바다로 나갈 수 있어요. 그녀는 난파됐고 모험을 경험했어요."

"그녀가 난파된 적 있다는 걸 인정해요." 케이트는 지금까지 모두 응답했다. "하지만 그녀는 계속 모험을 겪도록 해요. 아직 모험을 떠나지 않은 난파선이 있어요."

"글쎄요, 난파선이 아닌 모험도 있다면!" 덴서는 잠시 적극적이었지만 다시 제자리로 돌아갔다. "그녀는 신경 부분이나 뭐든 아프지 않다는 말이에요."

케이트는 자신의 관점에서 이 일을 정당하게 평가했다. "아뇨, 그게 그녀의 아름다움이에요."

"아름다움요?"

"그래요. 그녀는 아주 근사해요. 태엽이 덜 감겨서 멈추려고 할 때 당신에게 알리거나 평소와는 다르게 보여주는 당신 시계처럼 그녀는 아름다움을 보여주지 않아요. 그녀는 아슬아슬하게 죽지도 않고 살지도 않을 거예요. 말하자면 그녀는 약 냄새를 맡지도 않고 약을 먹지도 않을 거예요. 아무도 모를 거예요."

그는 이제 솔직히 말해 혼란스러워졌다. "그럼 우리는 무슨 말을 하는 거죠? 그녀가 어떤 특별한 상태라는 거예요?"

케이트는 이 일을 마치 스스로 알아낸 것처럼 말을 이었다. "만약 그녀가 아픈 거라면 정말 아프다고 생각해요. 몸이 나쁘다면 조금 나쁜 게 아니에요. 이유를 말할 수 없지만 그렇게 생각해요. 그녀는 정말 살 수 있거나 정말로 살 수 없을 거예요. 그녀는 전부를 가지거나 전부를 놓칠 거예요. 난 이제 그녀가 모든 걸 가질 거라고 생각하지 않아요."

덴서는 생각에 깊이 잠겨 있는 그녀를 바라보며 명쾌하다기보다는 인상적인 것처럼 이 말을 이해했다. "당신은 '생각'하면서도 '생각하지 않으면서'도, 여전히 그녀의 병을 눈치채지 못했어요?"

"아뇨. 눈치채지 못한 건 아니에요. 하지만 알고 싶지 않아요. 게다가 그녀 자신도 누군가 아는 걸 원치 않아요. 뭐라고 말해야 할지 모르겠지만, 그녀에게는 그녀를 괴롭히는 겸손의 흉포함과 자부심의 강렬함이 있어요. 그런 다음에…." 하지만 그녀는 머뭇거렸다.

"그런 다음에 뭔데요?"

"난 병에 대해서는 냉혹해요. 난 그게 싫어요. 당신은 건강해서 다행이에요."

덴서는 웃으며 말했다. "고마워요. 당신은 바다처럼 강인한 것도 당신에게 좋아요."

그녀는 그들의 젊은 면역력에 이기적으로 기뻐서 잠시 그를 바라보았다. 그들이 함께 가진 것이 그게 전부였지만 적어도 흠이 없었고, 각자 아름다움, 육체적인 행복, 개인적인 미덕, 사랑과 서로에 대한 갈망이 있었다. 그러나 그들은 곧 이 세상에서 나머지 모두, 그들이 가지지 못했고 다른 한편으로 도움이 되지 못했던 위대하고 다정한 선(善)을 가진 불쌍한 아가씨에 대해 다시 연민을 느꼈다. "어떻게 우리가 그녀 이야기를 하죠!" 케이트는 양심의 가책을 느끼며 한숨을 쉬었지만 사실이었다. "난 아픈 건 멀리해요."

"하지만 그렇지 않잖아요. 무슨 말을 했든 당신은 여기 있잖아요."

"아, 나는 그저 지켜보는 거예요!"

"그리고 당신 자리에 날 데려다 놓고요? 고맙군요!"

"아, 난 당신을 길들이고 있어요. 내가 당신한테 어느 정도 기대하고 있는지 말할게요. 너무 빨리 시작해서는 안 돼요."

그녀는 발코니에서 동요하는 듯한 인상을 풍기며 조금 전에 그가 잡고 있던 손을 뺐냈다. 그리고 그 경고로 그는 다시 정신 차렸다. "수술일 수도 있다는 거죠?"

"그럴 거라고 단언해요. 무슨 일이 일어나면 그렇게 할 거예요. 물론 그녀는 최고의 치료를 받고 있어요."

"그럼 의사들이 그녀를 살피고 있나요?"

"그녀가 그들을 살피고 있죠. 같은 말이죠. 이제는 말해도 될 거예요. 그녀는 의사 루크 스트렛에게 진찰받아요."

그 말에 그는 곧 움찔했다. "아, 너무나 확실한 상황이네요! 누군가는 짐작하겠군요."

맞는 말이었지만 그녀는 무시했다. "짐작하지 말아요. 내가 당신한테 말한 대로만 해요."

그는 이제 한동안 조용히 그 말을 모두 받아들였다. "당신이 나한테 원하는 건 그 아픈 아가씨의 환심을 사는 거겠네요."

"하지만 당신도 그녀가 아프다고 해서 당신한테 영향을 미치지는 않는다고 인정했어요. 게다가 당신은 그 영향이 얼마나 큰지 그리고 얼마나 적은지 알고요"

"내가 뭘 이해한다고 생각하다니 놀랍네요."

"뭐, 당신이 날 움직이게 했다면, 그게 당신이 날 길들이는 방식이었던 거예요. 게다나 그녀에게 계속 환심을 사는 한 다른 많은 사람도 그럴 거예요."

이런 제안에 덴셔는 잠깐 그들의 젊은 친구가 다과회용 드레스를 입고 쿠션에 기대고 가리개를 내린 채 꽃과 고귀한 귀족들에게 둘러싸여 있는 모습을 생각했을지도 모른다. "다른 사람들은 그들의 취향을 따를 수 있어요. 게다가 다른 사람들은 자유로워요."

"하지만 당신도 그래요, 자기!"

그녀는 조바심을 내며 말했는데, 갑자기 그를 떠나더니 예민해졌다. 그런데도 그는 자기 자리를 지키며 그녀를 올려다보기만 했다. "당신은 굉장해요!"

"당연히 난 굉장해요!" 곧 일이 벌어졌고, 그녀는 앉아서 지켜보고 있는 그에게 신호를 더 줬다. 그녀가 말할 때 로비 문이 열렸고 바로 그녀의 연인에게 신사의 이름을 말하기도 전에 그녀를 본 신사가 인사를 하려고 바로 다가왔다. 그런데도 덴서는 재빨리 그 관계를 파악했다고 생각했다. 케이트가 손님을 맞이했고, 그녀의 친구는 갑작스럽게 관심을 보이면서, 그는 천천히 일어나 소개받았다. "마크 경을 아는지 모르겠네요." 그리고 상대방에게 "미국에서 막 돌아온 머튼 덴서 군이에요."라고 말했다.

"아!" 덴서가 아무 말도 하지 않는 동안 상대방은 이렇게 말했고, 그는 그 자리에서 의문의 소리를 가늠하는 데 집중했다. 그는 사실 긍정적인 주장이라는 걸 곧바로 알아차렸다. 즉 피상적으로는 비슷했지만, 바보가 내뱉는 '아'가 아니었다. 영리하고 뛰어난 사람이 내뱉는 것이었다. 그건 화자의 전문 분야였고 비싼 교육과 경험에서 나온 것이었다. 덴서는 왠지 우연히 가치 있는 걸 듣게 된 거 같았고 계속 호기심을 보였다. 세 사람은 어색함 속에서 잠시 함께 서 있었고, 그는 자기가 한몫했다는 걸 의식했다. 케이트는 마크에게 앉으라고 하지 못했지만, 발코니에서 로더 부인과 다른 사람들을 찾을 수 있을 거라고 알려줬다.

"아, 그리고 실 양이 있겠죠? 밖에서 들었는데, 밑에서 틀림없이 스트링햄 부인의 목소리가 들렸어요."

"맞아요, 하지만 스트링햄 부인 혼자 계세요. 밀리는 몸이 좋지 않아 우리도 아쉬워요."

"아, 조금 아쉽네요!" 그는 조금 더 머물러 계속 덴서를 주시했다. "정말 안 좋은가요?"

덴서는 그가 밀리에게 관심 있다는 걸 쉽게 추측했지만, 그도 케이트와 약혼했다는 것과 자신에 대해 구체적으로 아는 게 없다는 걸 알면 관심을 보일 거라고 생각했다. 그 젊은이는 각자 만족하며 자신이 하고 싶은 대로 하고 있다는 결론을 어느 순간 내렸다. 이 질문에 그는 바로 케이트의 답을 들었다. "아, 아뇨. 그런 거 같지는 않아요. 우리만큼 걱정하고 있는 덴서 군을 안심시키고 있었어요. 그의 걱정을 달래는 중이었어요."

"아!" 마크 경은 다시 그렇게 말했고 역시나 훌륭했다. 후자는 덴서에게는 그렇게 보였다고 여기거나 생각할 수 있었다. 그리고 다른 사람들도 그럴 것이다. "나도 걱정을 덜고 싶네요. 우리는 그녀를 잘 보살펴야 해요. 이쪽인가요?"

덴서가 서성거리며 그들을 주목하는 동안 그녀는 그와 함께 몇 걸음 걸어가다가 이야기를 더 하려고 잠시 발걸음을 멈췄다. 그들 사이에 오간 대화는 알 수 없었지만, 그녀는 곧 다시 덴서와 함께 있었고, 마크 경은 나머지 사람들 쪽으로 합류했다. 덴서는 이때쯤 그녀에게 물어볼 각오를 했다. "그 사람이 당신 이모가 소개한 사람인가요?"

"와, 대단한데요."

"당신을 말하는 거예요."

"내 말도 그 뜻이에요. 그 사람이에요. 이제 당신이 판단해요."

"뭘 판단해요?"

"그 사람을요."

"내가 왜 그 사람을 판단해요. 난 그 사람과 상관이 없는데."

"그런데 왜 그 사람에 관해서 물어봐요?"

"당신을 판단하는 거고, 그건 달라요."

케이트는 그 차이점을 조금 아는 거 같았다. "내가 얼마나 위험한지 살핀다는 거예요?"

그는 잠시 머뭇거리다가 말했다. "실 양을 생각하고 있었어요. 이모님이 그녀에 대한 그 사람의 관심을 어떻게 받아들일까요?"

"나에 대한 그 사람의 관심요?"

그녀가 고심하는 동안 덴셔가 말했다. "당신에 대한 이모님의 관심요. 로더 부인의 관심이 마크 경에 대한 관심으로 나타난다면, 그는 자신의 관심을 살피는 데 낫겠죠?"

케이트는 그 질문에 흥미가 있는 것처럼 보였지만 "아, 그는 쉽게 이해할 거예요."라고 답했다. "다행인 건 이모가 그를 신뢰하지 않는다는 거예요."

"밀리도 믿지 않나요?"

"맞아요. 밀리도 그래요. 하지만 난 모드 이모를 말하는 거예요. 정말 안 믿으세요."

덴셔는 의아했다. "이모님 마음에 들었는데 그가 속이고 있다고 생각하시나요?"

"네. 사람들은 그렇잖아요. 사람들이 적에 대해 생각하는 건 매우 나쁘잖아요. 하지만 난 친구들을 어떻게 생각하는지 여전히 더 잘 알아요. 하지만 밀리의 정신 상태는 운이 좋아요. 그래서 모드 이모가 완전히 알지 못하시지만 안심하시는 것이고 밀리도 그래요."

"그 사람을 신경 쓰지 않는 게 정말 외면하는 거라고 생각해요?"

그녀는 너무나도 다른 의견에 머리를 흔들었다. "나에게 너무 많은 말을 시키지 말아요. 하지만 난 그렇지 않아서 다행이에요."

"너무 많이 말하지 않아서요?"

"마크 경에게 관심이 없어서요."

"아!" 덴셔는 자신의 영주와 같은 소리로 대답했다. "당신은 그 가련한 아가씨는 그렇지 않다고 확신해요?"

"아, 당신은 내가 그 불쌍한 애를 어떻게 생각하는 알잖아요." 그녀는 다시 짜증을 냈다.

그러나 그는 다시 그 주제에 집중했다. "당신은 그 사람을 공작이라고 부르지 않네요."

"어머나, 못 불러요. 거리가 멀어요. 다른 가능성과 비교해봐도 공작이 되지 못해요. 밀리는 사회적 가치에 대해서는 타고나지 못해서 우리의 차이점을 이해하지 못하거나 누가 누구인지 뭐가 뭔지 전혀 모르는 게 사실이에요."

덴셔는 웃으며 말했다. "알겠어요. 그래서 그녀가 날 좋아하는 거네요."

"맞아요. 그녀는 적어도 뭘 잃는지 아는 나와 달라요."

덴셔는 이 모든 말에 상당한 관심이 생겼다. "그럼 모드 이모는 왜 모르시죠? 당신 친구가 정말 별 볼 일이 없다는 거 말이에요. 그를 공작이라고 생각하시는 거예요?"

"거의 모르세요. 삼촌이 공작이라는 것만 아세요. 그건 틀림없어요. 게다가 그는 우리가 잡을 수 있는 최고의 사람이에요."

"아, 아!" 그의 의구심은 전부 조롱이 아니었다.

그녀는 개의치 않고 계속 말했다. "마크 경은 돈이 없어서 위엄만으로는 더 많은 일을 할 수 없어요. 하지만 이모는 조금도 추악하지 않아요. 다른 사람들의 추악함을 중요시할 뿐이에요. 게다라 그는 가족 중에 공작이 있고 연줄이 있어서 충분히 광장해요. 그게 그의 특별한 재능이에요."

"당신은 그걸 믿어요?"

"로드 경의 특별한 재능이요?" 케이트는 최종적인 의견을 물어본 것처럼, 잠시 시간을 가지고 생각했다. 그녀는 정말 견줘봐서 누군가는 뭘 예상해야 할지 거의 몰랐을 것이다. 그러나 아주 충분한 답을 제때 내놨다. "네!"

"정치적으로요?"

"전반적으로요. 노력도 하지 않고, 폭력을 쓰지 않고 조직을 이용하지 않고도 어떤 사람이 그렇게 강렬하게 느껴질 때 뭐라고 불러야 할지 적어도 난 모르겠어요. 그는 확인할 수 없는 방법으로 이유 없이 어떻게든 영향을 미치고 있어요."

덴서는 겉치레 식으로 말했다. "하지만 그 영향이 좋지 않다면…?"

"하지만 좋은 영향이에요!"

"모두한테는 아니죠."

"당신한테는 그렇지 못하다면 이유가 있겠죠. 남자는 인정하지 않아요. 여자들은 그것이 좋은지 아닌지 몰라요."

"그렇다니까요!"

"맞아요. 정확해요. 그게 그의 특징이에요."

덴서는 그녀가 그를 바로 쉽게 그리고 무엇보다 즐겁게 해주는 모든 걸 따지게 되면 어떻게 나올지 궁금하다는 듯이 그녀 앞에 서 있었다. 마지막에 결정적인 영향을 받은 것처럼 갑자기 무언가가 그에게서 솟아올라 넘쳐났는데, 그의 행운과 그녀의 다양성, 그녀가 약속한 미래, 그녀가 주는 관심에 대한 느낌이었다. "당신을 제외하고 모든 여자는 어리석어요. 어떻게 다른 여자를 만나겠어요? 당신은 색다르고 특이하고 또 남달라요. 모드 이모님이 당신에게 기대는 건 당연해요. 그분이 당신에게 하려는 거에 비해 당신이 너무 뛰어나다는 것을 빼면 말이죠. 심지어 '사회'도 당신이 얼마나 멋진 사람인지 모를 거예요. 사회는 너무 어리석고, 당신은 그를 능가해요. 당신은 위로 올라가야 해요. 정상에 있어야 할 사람은 당신 자신이에요. 누군가 만나는 여자들, 누군가 벌써 읽은 책이 아니면 여자들은 뭘까요? 당신은 미지의, 가공되지 않은 것으로 가득 차 있어요." 그는 너무나 만족해서 거의 신음소리를 내며 아파했다. "확실해요!" 그녀의 표정에서 그의 말을 이해한다는 걸 알 수 있었고, 그들은 인생의 본질적인 부유함 속에서 다시 한번 마주치고 합심했다. "날 끌어내는 건 당신이에요. 나는 당신 안에서 존재해요. 다른 사람들은 아니에요."

하지만 마치 그들의 교제 자체의 스릴감이 그에게 밀려오는 것 같았고, 더할 나위 없이 행복했고 두려움이 날카롭게 쏘아 올랐다.

"있잖아요. 하지 말아요. 그러지 말아요!"

"뭘 하지 말라는 거예요?"

"나를 실망시키지 말아요. 그러면 난 망가질 거예요."

그녀는 눈만 깜빡이며 잠시 그를 바라봤다. "그럼 그런 일을 막으려고 제때 날 죽일 생각이에요?" 그녀는 미소를 지었지만, 다음 순간 그는 그녀가 눈물을 흘리며 웃는 걸 봤다. 그리고 다음 순간, 그녀는 특정한 점에서 상당히 달랐다. 그녀는 다시 자신의 주장으로 돌아왔고, 주장은 너무 밀접하게 연결돼서 텐셔의 생각은 기껏 설명뿐이었다. 그녀는 아직 갈 길이 멀었다. "그러면 당신이 할 일을 알겠어요?" 그녀는 다른 사람들과 합류하기 전에 그 말을 했고, 그가 밀리를 대하는 방식을 이해할 수 있도록 했다.

그는 약간의 설명을 들었고 그다음 그녀는 그를 인정해 줬다. 그는 이 빛으로 자신이 알았던 뭔가를 이해할 수 있었지만, 그가 돌아온 후에 떨쳐버리지 못한 어둠도 있었다. "당신이 꼭 말해줬으면 하는 게 있어요. 만약 우리의 친구가 그동안 내내 알고 있다면요⋯?"

그녀는 곧장 와서 불안감을 가라앉히도록 그를 도왔다. "그녀와 내가 여기서 친해지는 동안, 당신과 내 관계를 말하지 않았느냐고요? 만약에 알고 있다면, 우리의 관계는 당신이 나에게 쓴 편지와 관련 있는 거로 아는 거예요."

"그러면 어떻게 그녀는 당신이 답장을 쓰지 않았다고 생각하는 거죠?"

"그렇게 생각 안 해요."

"그럼 그녀는 당신이 그녀의 이름을 밝히지 않았다고 여기는 거죠?"

"그런 생각 안 해요. 내가 그 애를 언급했다는 거 이제는 알아요. 내가 전부 다 이야기했어요. 그녀는 완벽하게 할 이유가 생겼어요."

그는 여전히 골똘히 생각했다. "내가 받아들였던 것처럼 그녀도 당신한테서 똑같이 받아들였나요?"

"똑같이 받아들였어요."

"그녀도 그냥 한 명의 희생자네요?"

"그렇죠. 당신들은 한 쌍이에요."

"그럼 만약 무슨 일이 생기면, 우리는 서로를 위로할 수 있겠네요?"

"당신이 제대로 한다면, 어떤 일이 진짜로 생길 거예요!"

그는 창문으로 잠시 다른 사람들을 봤다. "제대로 한다는 게 무슨 뜻이죠?"

"걱정하지 말아요. 당신이 하고 싶은 대로 해요. 내가 전에 당신에게 말했던 대로 하면 알 거예요. 당신에게 완벽하게 늘 내가 있을 거예요."

"오, 그러길 바라요! 하지만 그녀가 떠나면요?"

케이트는 잠시 말을 멈췄다. "내가 그녀를 다시 데리고 올 거예요. 당신은 거기 있어요. 내가 일을 무난하게 하지 못했다고는 말할 수 없을 거예요."

그는 모든 것을 마주했고, 확실히 기이했다 하지만 가장 중요한 것은 기이함이 아니었다. 그는 감탄스러운 비단 거미줄에 있었고, 그것은 재미있었다. "당신은 날 망쳐요!"

이때 다시 나타난 로더 부인이 자신이 내뱉은 말을 들었는지 확신하지 못했다. 그녀는 함께 왔고 너무 일찍 그녀를 떠나지 않는 스트링햄 부인에게 신경을 썼기 때문에 아마 듣지 못했을 거라고 그는 생각했다. 마크 경과 다른 사람들이 뒤따랐지만, 일행이 흩어지기 전에 두세 가지 일이 있었다. 그중 한 가지는 케이트는 그에게 "지금 가야 해요!"라고 조심히 말할 틈이 생겼다. 또 다른 하나는 다음으로 그녀는 마크 경에게 솔직하게 다가가 거의 책망하듯이 "나랑 이야기해요!"라고 말했고, 조금 전에 그녀를 차지하고 있던 그 자신과 같지 않았지만, 외딴 구석에 함께 있었다는 걸 곧 덴셔가 자각한 후에 일어난 도전이었다. 또 다른 하나는 무작위로 강렬한 작별인사를 하는 스트링햄 부인이 그를 보면서 작은 중요한 암시를 보여서 신경 쓰기에 했는데, 그는 저녁 식사 후에 우연히 그녀와 몇 마디 대화를 원했다면 그는 그녀가 준비됐다는 걸 알았을 거라는 걸 나중에 알게 된 어떤 것이었다.

이 인상은 자연스럽게 가볍게 보였지만, 그의 행동이 무시되고 인정받지 못한다는 느낌이 들었다. 그녀가 그를 지나칠 때 "잘 가요!"라고 가벼운 형식적인 말에서 어쩌면 다소 더 예리한 어두움이 있었다. 지금까지 젊은이가 조심했던 덕분에 이제 더는 할 것이 없었던 문제는 그 자신보다 더 해로운 것이 없다고 평가됐다. 이 저명인사는 그가 그녀를 위해 문을 여는 것을 미리 막았고, 덴셔가 판단했을 때, 밀리에 대한 은밀한 계획에 따라 마차에 그녀를 모시겠다고 제안한 게 분명했다. 게다가 모드 이모는 그녀를 놔주고, 바로 그에게 한마디를 했다. "잠깐 기다려요."라고 지시하면서 그녀는 동시에 그를 붙들면서 무시했다. 그녀는 시간에 대해서는 까다롭게 굴었지만, 그는 아직 떠나겠다는 신호를 주지 않았다.

"우리의 작은 친구에게 돌아가요. 그녀가 정말 재미난 사람이라는 걸 알게 될 거예요."

"실 양을 말하는 거라면, 분명히 기억하고 있어요. 하지만 부인이 그녀의 '관심사'에 관심 있는 한, 저녁 식사 때 말했던 것처럼 내가 스스로 알고 그녀를 찾았다는 걸 알아주세요."

"음, 누군가는 당신이 분명히 하지 않았다는 걸 아는 것 같네요. 내 말은, 다른 일로 바빠도 그녀를 너무 무시하지 말라는 거예요."

그녀의 간청이 케이트와 일치한다는 사실에 충격을 받고 놀란 그는 그것이 그녀에게 도움이 될지 재빨리 자문했다. 어쨌든 그는 노력해 볼 수밖에 없었다. "제 행동을 모두 지켜보셨네요. 그게 바로 크로이 양이 저에게 한 말이에요. 그들에 대해 계속 많은 말을 했어요."

그는 자신의 안주인에게 케이트와의 했던 이야기를 전하고, 꽤 정직하게 말해서 그녀를 안심시킨 거 같아 기뻤다. 하지만 모드 이모는 이상할 정도로 그를 똑바로 마주 봤고, 다른 곳에서 자신감이 생기는 것처럼 받아들였다. 그의 의중을 알았지만, 의구심을 갖고 못 들은 체하지도 인정하지도 않았다. 그녀는 차분하게 이야기할 뿐이었다. "맞아요, 그 아이는 친구를 위해서 뭐든지 할 거예요. 그래서 그녀가 뭘 할지를 전하기만 하죠."

덴셔는 모드 이모가 케이트가 어디까지 헌신할지 아는지 정말 궁금했다. 게다가 그는 이런 특별한 조화에 조금 당황했고, 로더 부인이 미국인 아가씨를 그가 관심을 돌릴 수 있는 대상으로 생각하는지와 그래서 케이트가 그 대상에 대해 잘 아는 것이 이모에게도 전해졌는지 재빨리 자문했다. 하지만 질문은 나중에 해도 되고, 그가 이해하는 한 로더 부인을 만족시켜 주기는 쉬웠다. "그래도 저는 조금도 반대하지 않아요. 실 양은 매력적이에요."

그렇다, 그게 그녀가 원하는 전부였다. "그럼 기회를 놓치지 말아요."

"제가 지금 아는 거라고는 그녀가 도시를 떠나 해외로 간다는 거예요."

모드 이모는 잠시 정말 이런 문제를 처리하고 있는 것처럼 쳐다봤다. 그래도 웃으며 말했다. "그 애는 당신을 보기 전까지는 안 가요. 게다가 그 애가 떠나면…." 그녀는 잠시 말을 멈췄고 다음 말에도 그는 여전히 어쩌해야 할지 몰랐다. "우리도 갈 거예요."

그는 다소 이상하다고 생각하며 미소를 지었다. "그게 저와 무슨 상관이죠?"

"우리는 그 사람들과 가까이 있을 것이고 당신은 우리에게 오면 되죠."

"아!" 그는 조금 어색하게 말했다.

"온다고 알고 있을게요. 편지 보낼게요."

"아, 정말 감사합니다!" 머튼 덴셔는 웃었다.

그녀는 정말 그가 명예를 걸도록 했고, 그가 그녀가 할 수 있다고 생각하도록 그녀를 괴롭히는 자신을 오히려 무기력하게 생각해서 그의 명예는 조금 움찔했다. 그는 모호하게 말했다. "생각해 봐야 하는 일들이 있어요."

"당연하죠. 하지만 무엇보다 중요한 게 있어요."

"그게 뭐죠?"

"인생의 기회를 놓치지 않는 것이 중요하죠. 난 당신에게 잘 대해 주고 있고 당신을 보살피고 있어요. 탄탄대로를 걷게 해줄 수 있어요. 그 애는 매력적이고 똑똑하고 착해요. 그리고 재산도 있고요."

아, 모드 이모다웠다! 조각들이 모두 맞춰졌고, 그녀가 그를 매수하려고 하고, 실 양의 돈으로 매수하려는 한다는 생각이 들었고, 그렇게 심각하지 않았다면 재미있었을 것이다. 그는 과하다는 것처럼 조롱하듯 조심스레 말했다. "훌륭한 제안을 해주셔서 정말 감사드려…."

"내 것도 아닌데요?" 그녀는 부끄러워하지 않았다. "그렇다고는 하지 않겠지만, 당신이 그렇게 해서는 안 될 이유도 없어요. 게다가 난 허튼소리를 하지 않는다는 거 명심해요. 그리고 이유를 알고 싶다면, 당신은 나한테 신세 진 게 있잖아요."

분명히 그는 그녀에게 압박감을 느꼈다. 그녀의 본바탕을 고려할 그녀의 일관성을 느꼈다. 바로 이상한 확인을 받을 정도로 그는 그녀의 진심을 느꼈다. 그 문제에 대한 그녀의 진심은 그녀가 그를 매수할 수 있다고 믿는 것이었다. 그들이 그곳에 있는 동안, 그의 마음도 마찬가지로 불가능한 일도 되게 한다는 믿음이었다. 그렇다면 이런 점에서 케이트는 그를 어떻게 생각할까? 하지만 그가 소리 내서 물어본 것은 그게 아니었다. "친절히 대해주셔서 당연히 감사하죠. 예컨대 오늘 밤 절 초대해주신…."

"맞아요. 오늘 밤 당신을 초대한 것도 그 일부죠. 하지만 내가 당신을 얼마나 좋아하는지 모를걸요."

그는 얼굴을 붉혔고 명예가 더럽혀진 거 같았지만, 최대한 웃으며 다시 말했다. "이모님이 절 얼마나 좋아하시는지 알아요."

"난 세상에서 가장 정직한 여자지만, 그런데도 당신에게 필요한 일을 했어요." 이제 침울한 진지함 때문에 그는 쳐다만 봤다. "당신을 놀라게 하려면 그래야 했어요. 내가 보기에 그러는 게 중요해요." 그는 놀라서 쳐다보기만 했고, 그녀는 그가 말이 없자 놀랐다.

"내 말이 이해가 안 돼요? 당신을 위해 적당히 거짓말해왔어요." 그는 여전히 상기된 얼굴로 어색한 미소만을 지었다. 그런데도 힘을 내서 잠시 생각해 보니 그녀의 말을 이해한 것처럼 말했고, 그녀는 그를 떠나보냈다. "내가 옳았는지 이제 당신을 믿어보죠."

그는 그 집을 떠난 후 당연히 마음껏 더 생각에 잠겼다. 그는 베이스워터 가Bayswater Road를 걸었지만, 그의 왼편에서 동쪽으로 펼쳐진 광장 한가운데에 있는 현대식 교회 앞에 어두운 별빛 아래서 곧 발걸음을 멈췄다. 그는 잠시 어리석게 굴었지만, 이제는 이해했다. 그녀는 스트링햄 부인을 통해서 케이트가 그를 좋아하지 않는다는 걸 확신시켰다. 같은 사람을 통해서 그가 혼자서 좋아하는 거라고 단언했다. 그는 완전히 이해했고 자신을 놀라게 한 그녀의 의도를 알 수 있었다. 그녀는 케이트를 단지 동정심 많은 사람으로 묘사했고, 그래서 밀리도 동정심을 느꼈을 것이다.

'적당히 한' 그녀의 거짓말은 사실 매우 적절했고, 매우 심오하고 대단한 수완이었다. 그렇게 밀리는 멋지게 속았다.

그런데도 그 가련한 아가씨를 혼자 만나는 건 뉴욕에서 3번 만났던 아주 오래된 이유로 만난다는 걸 바로 알았다. 다시 한번 그녀와 마주했을 때, 새로운 점은 약간 놀라면서 오래된 이유로 좋게 받아들였다는 것에 지나지 않았다. 5분 후에 쑥스러운 건 전부 사라졌다. 그들의 훌륭하고 유쾌하고 인정받고 적절하고 무해한 미국에서 알게 된 관계는 (그가 충분히 표현할 수 있는 적당한 이름들이 없지만) 다른 문제들로 그렇게 동요되지 않는 것처럼 보여서 사실 놀라웠다. 그 후로 그들은 둘 다 대단한 모험을 했고, 그에게 그런 모험은 그가 그녀의 나라에 정신적으로 사로잡혔다는 것이었다. 그리고 지금 그들에게 가장 중요한 건 이미 알고 있던 이유를 이번에 자각했다는 것이었다. 모드 이모댁에서 저녁 식사를 한 다음 날 호텔로 그녀를 찾아갔는데, 그녀에게 연락하는 데 있어 현재 그에게는 매우 곤란하고 선입견이 들게 하는 건, 그녀를 즐겁게 하려는 케이트와 로더 부인의 이상한 단합과 매우 불필요한 시도였다. 그녀는 그들이 없어도 충분히 재미났고 그 모습이 오늘 그에게 다시 보였다. 두 여성의 자비로운 열정은 감탄스럽고 아름다웠기에, 필연적으로 제한적이지만 그에게 완전히 여지가 있었던 우정의 싹은 쉽게 시들었는지도 모른다. 그가 관계 중단의 필요성을 잘 피했던 것과 그걸 계속 피했던 것은 그의 훌륭한 감각과 유머와 그의 마음속 어떤 활기였는데, 상상력을 보태서 이해력과 관용을 살폈고, 지금처럼 소유에 대한 기쁨을 긍정적으로 느껴본 적이 없는 것이었다. 그가 실제로 심사숙고해 봤을 때, 많은 사람은 그 문제를 그런 식으로 받아들이지 않았을 것이고, 인내심을 잃고, 문제가 되는 그 호소가 비합리적이고 지나치다는 걸 알았을 것이다. 그리고 그렇게 짧게 일을 끝내면, 실 양과 더 친해지는 건 불가능했을 것이다. 그는 케이트에게 이 젊은 여성이 '희생되는' 것에 대해 말했고, 그가 걱정하는 한 그건 그녀를 희생시키는 한 가지 방법이었을 것이다. 하지만 그는 전날 밤부터 처음 겪는 당혹스러운 생각이 정리된 것은 아니었다. 그는 그만두는 사람이 되지 못할 정도는 아니었는데, 그만두는 것이 사소한 악과 최소한의 잔인함이 된다는 것을 충분히 알 만큼 현명한 사람이었기 때문이었다. 그는 단순히 다루기 힘든 자신을 보여주기 위해 관심 있는 모든 사람을 아주 좋아했다는 것이었다. 그는 케이트는 좋아했고 로더 부인도 분명히 좋아했다. 그는 특히 밀리를 좋아했고, 전날 저녁에는 수잔 셰퍼드도 좋아한다고 하지 않았는가? 그는 자신이 그렇게 자비로운 줄은 몰랐다. 아무튼, 그것이 뭐든 설명할 수 있는 근간이었고, 무례하지 않도록 이리저리 휘둘리는 바보가 되지 않아야 했다. 그가 그것을 할 수 없다는 것을 알게 된다면, 아직 충분한 시간이 있을 것이다. 그걸 한다는 생각은 그에게 많은 이익을 보장할 뿐만 아니라 성공할 경우 상당한 열광을 약속하는 건 확실했지만, 실패하면 만행이 일어나는 건 분명했다.

그래서 좋은 의도와 약간의 어색함을 의식한 채 브룩 가Brook Street에 도착한 그는 자신의 부담이 의외로 가볍다는 것을 알았다. 그에게 그렇게 새롭고 교묘하게 따라온 책임감에 얽힌 어색함은 그 자리에서 다른 면을 보여줬다. 이건 단순히 그가 예전에 받았던 인상으로 지금은 완전히 되찾은 것으로, 드물지만 미국 아가씨들이 밀리와 같은 매력을 가져서 세상에서 가장 편안한 사람들이라는 인상이었다. 그 분류의 이런 표본이 처음부터 너무 편하게 해줘서 무엇도 그녀를 어렵게 하지 않는다면 무슨 일이 일어났을까? 케이트의 사람들과 최근에 한두 시간 같이 보냈던 것보다 지금 그에게 영향을 미치는 것이 더 컸다. 덴서가 보기에, 밀리 실은 국립미술관에서 그를 데려와 점심을 대접하는 동안 아무런 문제가 없었다. 따라서 그녀에게 너무나 빨리 많은 문제가 생겼다는 건 거의 상상할 수 없는 것이었다. 자신을 내세우는 핑계는 다행히도 가장 훌륭하고 단순했다. 친분을 고려해서, 그가 가장 점잖게 할 수 있는 건 그녀가 아파서 저녁 식사 때 그를 만나지 않으려고 한 것을 알게 된 후 그것에 관해 물어보는 것이었다. 그런 다음 그녀의 다른 설명으로 멋진 우연이 있었다. 그는 어쨌든 케이트와 나눴던 환대의 결과로 신호를 해야 했다. 그는 지금 하나의 신호를 주고 있었다. 그는 그녀를 알았고, 우선 다가가기 쉬웠고, 매우 자연스럽고 그를 만나서 분명 기뻤다. 점심 후 그는 그렇게 일찍이는 아니었지만, 적당히 일찍 왔고 그녀는 건강했다면 벌써 외출했을지도 모른다. 그녀는 적당히 괜찮았지만 계속 집에 있었다. 그는 이렇게 케이트가 했을 지적에 대해 내심 살폈다. 스트링햄 부인과 대화 후 누군가가 있을 거라고 예상했기 때문에 밀리가 집에 있었을 거라는 생각이 떠나지 않았다. 일이 순조롭게 잘 된다는 그런 가정하에 그는 심지어 여자들의 아름다운 위성의 새로운 징후를 받아 들을 마음의 자유를 즐겼다. 그는 그 아가씨가 그를 위해 머물렀을지도 모른다고 생각까지 했다. 마치 그녀가 하지 않았던 것처럼 행동하는 그녀가 재미있었다. 즉 그녀는 정확히 적당하게 놀랐고, 조금도 과장하지 않았다. 그가 최근에 그들의 만남이 부자연스럽다는 걸 알게 된 이상 그녀가 그녀 자신뿐만 아니라 그도 신경을 쓸 거라고 믿을 수 있다는 게 교훈이었다.

그녀는 훌륭하게도 그가 등장하자 편지를 쓰고 있던 탁자에서 돌아서는 것에서 시작했다. 그녀가 바로 마법을 부려 쫓았던 괴로움 중 하나로 그녀에 대한 그의 걱정을 드러내는 바로 그 가능성이었다. 그녀는 결코 그를 괴롭게 하는 사람이 되지 않을 거라는 그는 알았는가? 그리고 그가 이해하는 방식과 그가 증명하고 구성해서 그가 알 수밖

301

에 없는 대답의 즐거움으로, 그는 곧 친해지기 시작했다는 걸 인정했다. 그런 일들이 생길 때, 사실 사람들은 관계를 동등하게 의식하게 된다. 어쨌든 그렇지 못했을 때 곧 그렇게 됐다. 그녀는 그에게 물어봐도 된다고 했고, 그는 그녀가 피할 수 없는 상황에서 그녀의 친구가 랭커스터 게이트에 도착한 이유를 설명했다. 하지만 그녀는 입가에 미소를 머금고 시선을 마주하며 모든 근심과 주장의 근거를 날렸다. 그녀는 어땠는가? 그가 알았던 것처럼 그녀는 모습을 보이기 싫었던 그녀만의 이유가 있었고, 다른 사람이 관여할 게 아니었다. 동정심을 느끼기에는 너무나 오만했고 개인적 비밀로 하기에는 너무나 수줍어 했기에 그녀에 대한 케이트의 설명이 다시 떠올랐다. 그래서 특히 그가 원했을 때 알아챌 수 있어서 그는 기뻤다. 그 아가씨는 재빨리 "아, 별일 아니에요. 정말 괜찮아요. 고마워요."라고 답했고, 그는 의구심이 해소돼서 기뻤다. 케이트가 그에게 간청했지만 그건 전혀 그의 일이 아니었다. 연민이라는 이름에서 그의 관심이 생겼고, 연민이라는 이름을 속삭이는 건 못하게 됐다고 그는 생각했다. 그는 그녀에게 유감이라고 하기 위해 왔고, 얼마나 애석한지 개인적으로 아직 말하지 못했다. 하지만 그건 전혀 의미 없지 않은가? 결과가 어쨌든 그가 전혀 그녀에게 눈길 한 번 주지 않는 한 말이다. 그래서 뜻밖에 그 이유가 없어졌다. 그래도 시간이 조금 더 흐른 후에야 그는 처음에는 흥미를 느꼈고 나중에는 생소한 존경심을 느끼며 무엇인지 분명히 알 수 있었다. 매우 놀랍게도, 그는 자신의 연민이 계속 다른 것을 따라 움직이지 않았다면, 분명 그녀의 연민에는 움직였을 거라는 걸 깨닫기 시작했다. 그 일은 그렇게 흘러갔다. 그는 그녀에게 유감을 표하기 위해 방문했지만, 그녀가 그에게 미안해할 수 있도록 그는 그 일을 반복했을 것이다. 상황이 그를 그렇게 만들었고, 누군가가 그를 좋아하면, 그녀는 그 정도 친절함의 대상으로 여겼다. 그는 그녀에게 이런 감정을 느꼈고, 곧 품위 있게, 위험 있게, 그리고 정직하게 곧 뭔가를 생각해 봐야 할 거 같았다.

특이하게도 그에게 놓였던 문제, 케이트가 제기했던 문제는 그렇게 갑자기 다른 문제 때문에 상당히 밀려난 것이 분명했다. 이번 문제는 바로 그녀의 아름다운 망상과 헛된 너그러움에 대한 것임을 쉽게 알 수 있었다. 그가 원할 수 있었던 아주 양심적인 일이자 그가 이미 주춤하는 모든 일이었다. 만약 그가 흥미로웠다면 그것은 그가 불행했기 때문이고, 만약 그가 불행했다면 케이트에 대한 그의 열정이 헛되었기 때문이다. 그리고 케이트가 냉담하고 냉혹했다면, 그건 그녀가 어떤 의심도 없이 밀리를 떠났기 때문이다. 무엇보다도 케이트가 그녀의 친구에게 이런 태도에 대한 인상을 얼마나 분명히, 자신의 실패에 대해 얼마나 명확하게 설명했을까 하는 생각이 들었다. 마치 그들의 놀라운 이해의 다른 당사자가 그들이 이야기할 때 그들과 함께 있었고, 주위를 맴돌았고, 그녀의 일을 살피기 위해 들른 것과 같았다. 그 일의 가치는 가련한 밀리에게는 그렇게 표현되는 걸 보는 순간 그에게 다른 영향을 미쳤다. 그가 사랑받지 못했다는 건 거짓이었기 때문에 그 이유로 중요하게 여기기에는 그의 권리가 너무나 없었다. 그리고 만약 그가 조심하지 않았다면, 그는 밀리의 자비심에 대한 선의에 상당히 상반되는 방식으로 감사하고 있다는 걸 알게 됐을 것이다. 양심의 가책이 느껴졌다. 그가 뭘 할지 확실히 신경을 써야 했다. 완전히 거짓된 근거에서 배려를 즐기는 것이 적절치 않다면, 그가 계속 즐기기 위해, 달콤한 걸 놓치지 않기 위해 곧바로 불만이 없는 척하지 않을 거라는 보장이 어디 있겠는가? 매력적인 아가씨의 배려가 어떤 이론이든 진정시켰다. 그리고 자신이 아직 기만적인 행동을 하지 않았다는 걸 곧 기억해냈다. 케이트가 말한 그의 패배 상태는 자신의 상태가 아니었다. 그의 말대로 그의 책임은 행동에 옮겼을 때만 생긴다. 그러나 중요한 건 실천했을 때와 실천하지 않았을 때의 차이였고 이런 차이점은 사실 양심의 문제였다. 그는 어떤 경각심을 가지고 특별한 말을 하지 않고 모든 걸 실천하고 있는 걸 알았다. 그 특별한 말을 "그녀가 날 좋아하지 않는다고 생각하고 날 좋아하는 거라며, 그건 전혀 사실이 아니에요! 그녀는 정말 날 좋아해요!"일 것이고, 그의 말에는 동시에 분명히 어떤 문제들이 있었다. 그녀가 착각할 만큼 그녀에게 이의를 제기하는 건 사실 무례한 것이 아닐까? 그리고 즉 케이트에 대해 폭로하는 것뿐만 아니라 누군가에게 일종의 배신이 될 수 있었다. 케이트의 계획은 케이트에게 매우 특별해서 그는 그걸 판단하는 데 있어 관계된 복잡한 문제로 인해 자신이 위축되는 거 같았다. 일단 그들은 확실한 범위를 정했기에, 사랑하는 여인을 발설하는 것이 아니라 그녀의 실수를 뒷받침하는 게 사랑의 비참함에서 불가피한 것 중 가장 큰 것일 수 있다. 아무리 완곡하게 한다고 해도, 충성심은 좋은 일을 하려는 그녀의 계획에서 당연히 가장 중요한 것이었다.

덴서는 그의 친구가 이 모든 증거에 대해 그에게 원했던 선함의 광대함에 위축되지 않도록 자신을 다잡아야 했다. 한편 그는 한 가지는 확신했는데 밀리 실도 그의 개입의 필요성을 재촉하지 않을 것이라는 거였다. 그녀는 절대로 그에게 "그녀가 당신을 진지하게 좋아한다는 게 그렇게 불가능한가요?" 말하지 않을 것이고, 그런 말이 없는데 그녀의 말을 바로잡기 위해 적극적으로 나서는 것보다 덜 세심한 건 없었다. 만약 케이트라면 조금은 신중하고 조금은 뉘우치면서 보다 타당한 이유로 계획을 수정해야 한다면 마음껏 그렇게 했을 것이다. 그러나 그는 이 일에 실패하면 아무것도 하지 않는 것보다 더 심한 일을 하지 않을 수 있는지 자문했다. 이로써 그는 다시 그 가련한 아가씨가 자신을 좋아한다는 사실을 받아들여야 했다. 그녀는 그녀가 필요했던 구실을 이미 만들어 준 단순하고 멋진 이유로 자신만의 근거를 내세웠다. 그 이유는 그녀가 받아들이고 간직하고 소중히 여겨온 인상에 있었다. 무엇보다 구실은 행동의 구실이었다. 이제 그녀가 그렇게 생각해 왔던 걸 마침내 행동에 옮길 수 있다고 확신하게 됐다. 따라서 덴셔가 부딪혔던 것은 그녀의 영혼에 순수한 즐거움의 근간일 것이다. 청년이 지금 그녀와 함께 앉아 있는 동안 이 순수한 즐거움은 고개를 들고 꽃을 피웠고, 그가 내뱉은 말은 그녀가 하는 것과 같았다. 모두 그녀가 한 말은 아니었지만, 그가 알고 있는 점에 비추어 볼 때 다소 그런 의미였다. 예를 들어, 그에게 그녀가 어떻게 지냈는지 묻는 말을 하지 말라는 그녀의 주의는 그녀가 재빨리 용감하게 부린 작은 술책으로, 그의 생각에 그녀가 말하지 않는 진실을 나타냈다. "난 괜찮아요. 그게 당신이 할 일이고 아니면 곤란을 겪을 거예요. 난 당신에게 지독하게 폐를 끼치지 않을 거예요. 오셨는데, 날 많이 걱정 안 해도 돼요. 그러니까, 내 '흥미로운' 모습을 못 본 척도 하셔도 돼요. 여기 앉으면 다른 사람들도 제법 있어요. 그 사람들 잘 대하면 우리는 멋지게 지낼 거예요." 이것이 그녀의 말에서 그녀의 인상과 의도를 표면적으로 잘 감싸준 부분이었다. 그녀는 덴셔에게 다시 미국에서의 일을 말하려고 했지만, 그는 오늘은 그러지 않았다. 어느 날 오후에, 케이트 앞에서 그는 앉아서 만족스럽게 '설교했었던' 방식이 생각나면서, 어쨌든 의도했던 것보다 그들의 광대처럼 보이게 지나치게 굴었던 것에 대해 자신을 비난했다. 그는 판세를 뒤집어 그녀에게서 런던과 그곳의 생각을 끌어냈고 그녀의 아픔과 고통보다 다른 주제를 편히 나눌 수 있는 상대로만 그녀를 대할 수 있어서 기뻤다. 그는 그녀가 정복하려고 왔던 랭캐스터 케이트에서 그가 전해 들은 것보다 더 많은 이야기를 했다. 그리고 그녀가 "내가 어떻게 시대의 특징이고, 당신이 말하는 모든 말의 주제가 되도록 하죠?"라고 말하며 전적으로 기쁘게 동의할 때, 그들은 뉴욕에서 연락이 끊긴 후 서로에게 일어났던 일을 자유롭게 말하며 가까워졌다.

동시에 많은 일이 그들에게 특히 덴셔에게 계속해서 떠올랐지만, 그들의 과거에 관한 생각이 현재 상황에 이상한 영향을 미칠 만큼 뚜렷한 것은 없었다. 그들이 원래 얼마나 '친했는지' 몰랐던 것처럼, 당시에 기억했던 것보다 더 많이 친했던 걸 기억하게 된 거 같았다. 말을 했든 말을 안 했든 그들은 이제 매우 복잡한 관계에 놓였고, 번영 국가들이 시작으로 평가하는 전성기의 한때로 되돌아가 빠른 성장을 정당화하려고 했을지도 모른다. 그는 로더 부인 댁에서 사람들 사회 생활에서 자리에 없어서 사람을 그리워하는 단계와 시기에 대해 말하고 그 결과 사람들이 더 자주 만나는 것에 관해 말했던 것을 회상했고, 다른 여러 일도 떠올리며 그는 밀리와 대화했다. 그가 언급할 수 없었던 일들은 그가 했던 일과 어우러졌고, 그래서 당연히 두 집단 중 어느 집단이 현재 역할 대부분을 하는지 말하기 어려웠을 것이다. 그는 예민한 사람들은 보통 통제할 수 없는 것으로 여겨지는 민첩성과 함께 그들의 상황과 활동의 굉장한 힘으로 이 젊은 여성과 계속 마주했다. 그렇게 결정된 흐름은 그가 방에 10분 동안 있었을 때 그에게 유리해졌지만, 매우 작은 것과 매우 큰 것을 비교하는 불합리함 때문에 그는 거리낌 없이 나이아가라의 급류에 뭔가를 비유했을 것이다. 영리한 젊은 남자와 열의를 보이는 젊은 여자 사이에 있는 비판 받지 않는 지인이 할 수 있는 건 기껏해야 가는 것이었고, 그의 실제 실험은 계속됐다. 케이트에 대해 한마디도 하지 않는 동안 그들이 계속 이야기했던 명백한 상황으로 이끈 건 아마도 없을 것이다. 그런데도 지난 몇 주가 무슨 일에 일어났는지가 그들에게 문제였다면, 케이트의 우위에 견줄 만한 일은 일어나지 않았다. 덴셔는 전날 밤 케이트에게 그녀에게 어떻게 해야 하는지 간청했지만, 별일이 아니라는 걸 알고 나서 그는 상당히 움찔했다. 그녀는 물론 그에게 별것 아니라고 예고했었다. 그러나 밀리를 봤을 때 진실은 달랐다. 후자를 실제로 대했다는 걸 그에게 증명했지만, 케이트가 아마도 또 편한 데로 질문을 받아들였는지도 모른다는 생각이 들었다. 그는 더 나아가기 전에 그녀가 정말로 그가 그렇게 성공하길 바라는지 확인하기 위해서 그녀와 얘기하고 싶었을 것이다. 그가 차이점을 알게 되면서, 자연스럽고 새롭게 그는 방문하고 다시는 오지 않겠다는 생각이 새롭고 자연스럽게 들었다. 그러나 무엇보다도 가장 이상한 점은 그 문제에 대한 논쟁이 정확히 밀리의 회피와 관련된 훌륭하고 작은 웅변에서 비롯됐을 거라는 것이다.

그들은 그녀가 자신감을 가지고 나아가고 있다는 사실을 강조했기 때문에 이런 근원들은 느닷없을 것이다. 후자를 보면 그녀는 분명히 주저하지 않았는데, 그들이 그녀에게 기회를 주는 훌륭함 때문이었나? 덴서는 그녀를 꽤 알았고, 그녀의 자유에 따라 덜도 말고 더도 말고 그에게 도움이 되는 기회를 받아들였다고 생각했다. 케이트가 그녀에게 다음과 같은 말을 남겼다. "그 사람 말을 듣냐고, 내가? 절대 아냐! 그러니까 네 마음대로 해!" 그래서 밀리가 하고 '싶어' 했던 걸 하는 것처럼 보였다. 우리의 젊은이가 엿본 것은 그녀를 따돌리는 기이한 만행을 엿보는 것이었을 것이다. 그 선택의 케이트와 헤어지는 문제로 어떤 도움이 되지 않았기 때문에 영웅적 행위의 부끄러운 향기를 풍겼다. 그녀는 케이트의 숭배자뿐만 아니라 케이트에게도 매력적이었다. 만약 그녀가 계속해서 숭배하는 사람에 대한 숭배자의 시각에 노출된다면, 어떠한 고통도 감내할 것이다. 소설을 위한 양식, 시를 위한 양식처럼 그를 좋아하지 않는 여자와 함께 하는 남자의 운이 그를 좋아하는 여자에 의해 긍정적으로 고취되는 행복감의 희귀한 사례 중 하나였다면 그를 정말 절대 궁금해하지 않았을 것이다. 마치 밀리가 스스로 이렇게 말하는 거 같았다. "글쎄, 그는 적어도 내 사교계 모임에서 그녀를 만날 수 있어. 그게 어떻든 말이야. 그러니까 내 사람들을 매력적으로 만들 수밖에 없어." 그녀가 그렇게 판단했다면 분명히 다른 인상을 남기지 못했을 것이다. 그런데도, 그가 그녀에게 곧 할 말을 막지 못했고, 그녀는 마치 우주로 빙글빙글 도는 것 같았다. "그럼 이제 당신은 어떻게 할 건가요? 서둘러 별장에 갈 건가요?"

그녀는 고개를 저으며 그 말을 부정했고 앞으로 할 일에 대해 숨기고 있던 생각이 표정으로 드러나 버렸다. 어쨌든 지금은 그녀에게 좋지 않았다. "아니에요. 우리는 몇 주 동안 공기 좋은 외국으로 갈 거예요. 며칠 남았네요. 여기는 마지막 필요한 일만 남았어요. 하지만 모든 일은 끝났고 잘 됐어요."

"그럼 행복하게 지내시길 바랄게요. 근데 언제 돌아오나요?"

그녀는 너무나 멍하니 바라봤다. 그리고 바로잡는 것처럼 "아, 바람이 바뀔 때요. 여름에는 뭐 하세요?"라고 했다.

"아, 고된 일을 하겠죠. 글을 쓸 거예요. 당신 나라에서 일하는 건 놀이였어요. 그 나라에서 느끼는 즐거움이 어떤지 당신은 알겠죠. 내 휴가는 끝났어요."

"우리와 다른 시간을 보내야 해서 유감이네요. 우리가 일하는 동안 당신도 일할 수 있었다면…."

"당신들이 노는 동안 나도 놀고요? 아, 나한테는 별 차이가 없어요. 나에게 일과 놀이는 어느 경우든 각각 작은 일이죠. 하지만 당신과 스트링햄 부인, 크로이 양과 로더 부인 당신들 모두는 인부들이나 흑인들에게 진짜 육체적인 노역을 넘겨줬잖아요. 당신의 휴식은 당신이 얻은 것이고 필요한 거예요. 내 노동은 비교적 가벼워요."

그녀는 웃으며 말했다. "정말 그래요, 하지만 그래도 난 내 일이 좋아요."

"'그만두지' 않았나요?"

"전혀요. 난 관심이 있으면 지치지 않아요. 아, 더 멀리 할 수도 있어요."

그는 곰곰이 생각했다. "여기 온 후로 왜 그렇지 않았어요? 모든 걸 당신 마음대로 할 수 있는데."

"글쎄요, 일종의 절약이죠. 일을 아끼고 있어요. 환상적이긴 했지만, 당신의 말을 즐겼어요. 앞날을 바라봐야 하고 걱정하고 조심할 수밖에 없어요. 내 관심사 때문에 바보 같은 실수를 하고 싶지 않아요.

실수하지 않으려면 멀리서 상황을 지켜보는 거예요." 그녀는 독창적인 자기 이야기에 다소 만족한 것처럼 마무리했다. "내가 돌아올 때를 대비해 그렇게 신중하고 생생하게 있어 줘요."

"그럼 다시 올 거죠? 약속할 수 있어요?"

약속을 원하는 그의 말에 그녀의 얼굴 꽤 밝아졌지만 조금은 흥정하듯 말했다. "런던은 겨울에 다소 끔찍하지 않나요?"

그는 그녀가 병약한지 물으려고 했지만 부적절하다는 걸 확인하고 사교 생활에 관한 질문으로 받아들였다. "아뇨. 난 여러 이유로 좋아해요. 사람이 덜 붐벼요. 그때 당신이 여기로 오면 아마 당신을 더 많이 볼 수 있다는 장점이 있어요. 그러니까 우리를 위해서 다시 오세요. 날씨가 문제가 안 된다면요."

그녀는 조금 더 심각하게 바라봤다. "문제가 안 된다면요…?"

"그게 이유잖아요. 조금 전에 그것 때문에 다른 곳으로 간다고 말했잖아요."

"더 좋은 공기를 쐰다고요? 아, 맞아요. 누군가는 8월에는 분명 런던을 떠나고 싶죠."

그는 완전히 이해했다. "오히려 당연하죠! 그래도 때마침 당신을 만날 때까지 충분히 오래 있어 줘서 기뻐요. 아무튼, 우리 한 번 더 노력해봐요."

"'우리'는 누구를 말하는 거죠?"

그가 보기에 그의 여주인보다 더는 언급하지 말라고 제안한 케이트와 함께한다는 걸 암시하는 거 같았기에 순간 그는 말문이 막혔다. 하지만 그 문제는 쉬웠다. "우리 모두죠. 동정심을 보이며 당신 주위에 있으려는 모든 사람이요."

그런데도 그녀는 이상하고 매력적인 방법으로 그에게 새로이 물었다. "왜 동정이라고 말하죠?"

"물론 어두운 말이죠. 우리가 당신에게 느끼는 건 흠모에 가까울 거예요."

마침내 케이트 이름이 나왔다. "그건 당신이 좋아하는 것과 비슷하죠. 내가 대부분 다시 찾는 사람들은 당신이 아는 사람이에요. 나에게 너무나 친절하셨던 로더 부인을 다시 찾아뵐 거예요."

"나에게도 친절하셨어요." 그는 그녀가 처음에 아무 대답을 하지 않았기에 덧붙였다. "내가 원래 예상했던 것과는 정반대였고 난 그분의 좋은 친구가 되었어요."

"나도 그렇게 기대 안 했어요. 하지만 난 케이트와 친구가 됐어요. 그녀를 다시 찾을 거예요. 케이트를 위해서 뭐든 할 거예요."

그녀는 말하면서 의식적으로 그를 똑바로 바라보면서, 그 순간 그의 이상적인 직진의 나머지가 계속 스스로 힘을 내고 작동할 수 있도록 효과적으로 덫을 놓았을지도 모른다. 그는 후에 뭔가가 아슬아슬하게 그를 붙잡았다고 혼잣말을 했다. "아, 케이트에게 뭘 해야 할지 알아요."라는 말이 나오려는 걸 겨우 막았고, 그는 더욱 강한 의식으로 그 말을 정말 말 막았다고 느꼈다. 문제의 진상에 대한 증거에 관해 침묵했고, 터트리고 싶은 충동을 억누르는 것이 그가 케이트를 위해서 한 일이었다. 게다가 그때 이런 상황이 곧 일어났다가 없어졌다. 그는 다음 순간 밀리가 넌지시 한 말을 이해하려고 노력했다. "물론 당신들이 어떤 친구인지 알아요. 당연히 매력적인 사람에게 헌신하는 것도 이해해요. 그녀는 우리 모두에게 선행을 베풀 거예요. 그러니까 그녀는 당신이 돌아오길 바랄 거예요."

"당신은 내가 얼마나 그 애 손바닥 안에 있는지 몰라요."

그는 자신이 얼마나 알고 있는지 궁금해하는 모습을 받아들일 수밖에 없었다. "아, 그녀는 아주 능숙하죠."

"그 애는 멋져요. 하지만 날 괴롭히는 건 아니에요."

"그럼요. 아무튼, 그녀는 그렇게 굴지 않아요."라고 말하며 웃었다. 하지만 그는 케이트의 방식을 너무 잘 알고 있다는 걸 보여줘서는 안 된다는 걸 떠올렸다. 진실을 보여주는 장점이 더 있는 선의로 언급하는 걸 멈췄다. "내가 그녀를 잘 아는 건 아니지만, 정말 알고 싶네요."

그녀는 웃으며 말했다. "뭐, 당신이 그렇다면, 나도 잘 몰라요." 그 말이 나오자마자, 그는 책임감을 느꼈다. 비록 잠시 침묵했지만, 그는 어떤 거짓도 말하지 않았다는 걸 알 수 있는 시간이었다. 그래서 이상하게 거짓 없이 아주 더 많이 이야기할 수 있었다. 그의 의견으로 케이트는 완벽해 보였을 것이다. 그리고 그가 다시 말하기 전, 밀리가 말하기 전에, 그는 더 많은 시간을 할애했는데, 그가 정말 더는 나가지 않겠다고 마음먹었다면, 여기서 멈춰야 한다고 느꼈기 때문이다. 그는 나중에 한 말로 구석에 몰린 듯했고, 고비를 넘길지는 자신에게 달렸다. 비록 짧은 침묵이었지만, 그녀가 그가 무엇을 할지 기다리는 느낌이 그에게 들었을 것이다. 그다음 순간 8월 오후에 상당히 큰 소리가 들렸는데, 길 아래쪽에서 다가오는 육중한 마차 소리와 말굽 소리였다. 우르릉거리는 소리, 크게 흔들리고 상당히 달그락 소리는 호텔 문 앞에서 멈추면서 쿵쾅거림이 줄어들었다. "손님이 왔네요. 적어도 대사 정도는 되겠죠."

"내 마차예요. 매일 매일 와요. 멋지지 않나요? 하지만 스트링햄 부인과 나는 순수한 마음으로 아주 재미있어요." 그녀는 자신이 말했던 걸 확인하기 위해 자리에서 일어나며 말했다. 몇 걸음 걸어서 그들은 함께 발코니에서 그녀를 기다리고 있는 마차를 내려다봤고, 그건 사실 구경거리였다. "굉장하죠?"

덴서의 눈에는 터무니없이 육중한 점 빼고는 적당히 화려했다. "로코코 양식이네요. 하지만 내가 어떻게 알겠어요? 당신이 이런 건 가장 잘 알겠죠. 게다가 마차 덕분에 당신은 런던에서도 한 자리를 차지했네요." 하지만 그녀는 나가는 중이었고, 그는 그녀를 방해해서는 안 됐다. 다음 순간 일어났던 일 중 첫 번째 그녀는 외출을 거부했고 그래서 그는 조금 더 머물 수 있었다. 두 번째 그가 데려다준다면 기꺼이 나가겠다고 했는데 사실 할 일은 언제나 있었고, 오늘은 그녀가 특히 궁금한 게 있었기에, 즉 그래서 마차를 일찍 불렀다. 그녀가 이런 일을 이야기할 때 그들은 마부가 와서 자신을 소개하러 왔다는 걸 알았고, 밀리의 하인이 돌아와서는 마차가 준비됐다고 알렸다. 텐서가 기쁘게 응답하면 이 문제는 해결될 거 같았다. 하지만 우리가 지금까지 그에게 말했던 그 과정이 아주 격렬하게 일어나면서, 텐서는 결단은 내리지 못했다. 그 시스템은 멈추지도 무너지지도 않아서, 그가 느끼기에, 그들이 서 있는 곳이 곤두박질쳤다. 바로 지금 맹렬하게 그는 어느 일이든 해야 했다. 그는 몇 분간 기다렸는데, 아마 실제보다 더 길게 느껴졌는데, 기다리는 자신의 모습을 초조하게 살폈기 때문이다. 그는 영원히 그럴 수 없었다. 그리고 이것이든 저것이든 그가 할 일이었고, 현재 결정으로 의식하는 건 다른 일이었다. 만약 그가 표류하고 있었다면, 강물에서 단단한 물체에 상당히 맹렬하게 부딪혀서 해결됐을 것이다. "아, 그래요. 기쁜 마음으로 당신과 함께 갈게요. 멋진 생각인데요."

그녀는 그에게 고마운 눈길을 주지 않았다. 오히려 고개를 돌려 바로 하인에게 "10분 뒤에 나갈게."라고 말했을 뿐이었다. 그리고 하인이 나가자 그녀의 손님에게 말했다. "내가 좋아하는 곳으로 갈 거예요. 그런데 시간 좀 주세요. 준비하는 데 얼마 안 걸릴 거예요." 그녀는 방에서 그가 기다릴 수 있도록 살폈다. "책도 많이 있고 여러 물건도 있어요. 나는 빨리 옷 챙겨 입을게요." 그녀가 나갈 때 눈만 마주쳤는데, 그는 그 눈이 예쁘고 감동적이라고 생각했다.

왜 그 순간에 특별히 감동적이었는지 그는 분명히 말할 수 없었지만, 그녀가 그에게 호의를 베풀고 싶다는 의미에서 잊어버렸다. 분명한 건 그녀가 그러길 원했고, 그가 단순히 예의 바르게 그녀를 돕고 싶게 만들었다는 것이다. 자신의 고비를 넘기며 이제 완전히 해결했다. 문을 닫혔을 때쯤 그는 고비를 상당히 넘겼고 그곳에 홀로 서 있었다. 홀로 3분 정도 있었는데 아주 사소한 것들을 생각했다. 그중 하나는 전형적인 미국인이라고 그가 말했었던 밀리의 지나친 즉흥성이었다. 그건 아마도 거의 배타적인 사색을 하며 다른 문제에서 도피하는 거 같았다. 하지만 이건 그를 어디에도 이끌지 못했다. 심지어 미국 아가씨에 대한 타당한 일반화도 못 했다. 그의 젊은 친구가 그에게 동행에 대해서 언급하지 않았기 때문에 혼자서 그녀를 데려다 달라고 부탁한 것은 즉흥적이었다. 그러나 예를 들어 미국인 아가씨가 아닌 케이트가 그렇게 하지 않는 느낌을 주는 것과 마찬가지로 결국 그녀는 그렇게 한다는 느낌을 줬다. 게다가 케이트가 밀리처럼 전혀 즉흥적이지 않아도 그렇게 했을 것이다. 그러고 나서 케이트는 그렇게 했거나 비슷한 일을 했을 것이다. 더군다나 그는 케이트와 약혼했다, 비록 다른 이유로 표면적으로 그녀를 공개적으로 밝히지 않았지만 말이다. 여하튼, 케이트와 자유, 자유와 케이트의 관계는 자신을 바칠 준비를 하려고 조금 전에 자리는 뜬 아가씨와 어떤 것이든 그가 연관시키거나 구축하는 것과는 달랐다. 전에는 전혀 떠오르지 않았던 생각이었고, 그는 생각하는 동안 방을 돌아다녔고, 어떤 책도 보지 않았다. 밀리는 앞서 나갔지만 진보하지는 않았고, 반면 케이트는 영국 아가씨로 여전히 뒤처져 있었고 높은 수준으로 진보적이었다. 하지만, 비록 이걸로 정리되지 않지만, 케이트는 당연히 두세 살 더 많았고, 그 나이대에는 꽤 중요한 것이다.

이처럼 영리한 판단을 한 덴셔는 계속 천천히 돌아다녔다. 그러나 오랫동안 궁지에 몰리지 않고 위기를 넘겼다는 생각이 들었다. 그렇게 위기를 넘기면서 그는 밀리가 없는 동안 발걸음을 되돌릴 수 있는 선택권조차 잃어버렸다고 느꼈다. 천박하게 말해서, 5분 전에는 꽁무니를 뺄 수도 있었다면, 지금은 꽁무니를 뺄 수 없었다. 그는 의식이 충만한 채로 그곳에서 그저 기다려야만 한다. 게다가 그 문제는 외부로부터 빨리 끝나버렸다. 3분 후에 실 양의 하인이 돌아왔다. 그는 분명 계단 밑에서 만난 손님보다 앞서서 문을 열면서 큰 소리로 크로이 양이라고 말했다. 그를 따라 들어오면서 케이트는 덴셔를 보고 순간 멈칫했는데, 잠시 후 그 청년은 놀라거나 쩔쩔매기보다는 기쁜 마음으로 보았다. 하인이 나가자 덴셔는 바로 실 양이 외출 준비를 하러 갔다고 말했다.

"그녀와 함께 갈 거예요?"

"그럼요. 난 당연히 당신이 승낙했다고 생각했는데요."

"완전히 찬성해요." 그녀는 그 점에서는 대단히 한결같고 멋졌다.

유쾌한 그녀에게 현저하게 영향을 받았기에 그는 말을 계속했다. "내 말은 당연히 당신이 적극적으로 부추겼다는 거예요."

그녀는 방안을 둘러봤고, 그의 방문 기간과 성격에 관해 결정을 내리는 데 도움이 될 만한 흔적들을 막연히 찾았을 것이다. "뭐, 그때 당신이 원하는 만큼 부추겼죠." 그녀는 그에게 호소한 게 성공해서 기뻤고, 직접적인 인상에 대해 새로운 농담을 했다. "그 정도였어요? 내가 기다리지 않을 거라는 거 알죠?"

"이렇게 왔는데 그녀를 안 봐요?"

"뭐, 당신이 있잖아요! 난 그 애 소식을 들으러 왔는데, 괜찮을 거예요. 만약 그 애가…." 하지만 그는 곧장 그녀 말을 받아쳤다. "내가 어떻게 알아요?" 그는 더 이야기하려고 했다. "그 애를 책임지는 건 내가 아니에요, 자기. 당신이죠." 그가 여러 꺼림칙함이 들었던 문제를 그녀는 가볍게 여겼고, 그래서 둘 다 똑같을 수가 없었다. 그녀가 너무 태평하거나 그가 너무 불안해했다. 어쨌든 그는 그 문제에 대해 바보처럼 느끼고 싶지 않았다. "나는 아무것도 안 했어요. 내가 들은 대로만 할 거예요."

그들은 그의 단호함에 강렬하게 눈을 마주쳤다. 다음 순간 그는 정말 흥분할 필요가 없기에 시선을 돌렸다. 도대체 뭐가 문제일까? 그녀는 관심을 가지고 답을 얻기 위해 물었다. "그 애가 당신을 만난 거면 괜찮아진 거예요?"

"아주 건강하다고 장담했어요."

케이트의 관심이 커졌다. "그럴 줄 알았어요. 어젯밤 정말 아파서 자리를 비운 거 같지는 않았어요."

"그럼 뭐 때문이죠?"

"글쎄요. 두려워서겠죠"

"뭐가 두려운데요?"

"알잖아요!" 그녀는 참지 못하고 내뱉었지만 바로 미소를 지었다. "내가 말했잖아요."

그는 그녀가 했던 말을 떠올리려고 그녀를 쳐다봤다. 그리고 그가 그곳에서 알게 된 것으로 다음처럼 말했다. "당신은 그녀에게 무슨 말을 했죠?"

그녀는 그에게 절제된 미소를 지었고, 마치 그들이 어디까지 이야기했는지 기억하고 있는 것 같았고, 놀라기도 하면서, 부드러운 목소리로 이야기하면서, 그러한 대화를 통해, 아주 올바른 감정을 넘어 기회를 이어가려고 했다. 밀리의 방이 코앞에 있었지만, 그들은 뭔가를 말하고 있었다! 그런데도 잠깐 계속 이야기를 나눴다. "원하면 그 애한테 물어봐요. 당신은 편견이 없으니까, 그 애는 당신한테 말할 거예요. 제일 좋다고 생각하는 대로 행동해요. 내가 말했거나 말하지 않은 걸 생각한다고 고생하지 마요. 그 애라면 난 괜찮아요. 그러니까 여기 있어요."

"여기 있으라는 뜻이라면, 틀림없네요. 그녀가 당신을 믿는 것이 내가 당신과 함께해야 하는 전부라는 뜻이라면, 그녀가 당신을 확실히 믿는 건 맞아요."

"그럼 그 애를 본보기로 해요."

"그녀는 정말 당신을 위해요. 당신 때문에 날 몰아내고 있잖아요."

케이트는 부드럽고 평온하게 말하며 웃음 지었다. "그러면 당신이 그 애를 조금 위해줘요. 난 걱정 안 해요."

그는 잠시 그녀 앞에 서서, 그 얼굴을 다시 바라봤고, 그가 이미 종종 그랬듯이, 이 얼굴과 온전한 인간이자 존재감에서 더 많은 걸 얻고 안도하며 할 말을 찾았다. 그런 인상들은 단순한 말로 할 문제가 아니었다. "난 당신 말고는 이 세상 누구에게도 아무것도 하지 않아요. 하지만 당신을 위해서 뭐든지 할게요."

"좋아요. 그래서 당신이 좋아요."

그는 다시 잠시 기다렸다. "그렇다면 당신은 그것을 맹세해요?"

"'그것'을? 뭘요?"

"당신이 날 '좋아하는' 이유요. 그게 내가 당신이 그렇게 하도록 내버려 두는 이유니까요. 신은 내가 무슨 마음인지 아실 거예요."

그녀는 이 말에 실망한 듯한 몸짓을 보이며 뚫어지게 바라봤고 그녀는 바로 감정을 더 표현했다. "그럼 결국 당신이 날 믿지 않는 거네요. 더 멀기 가기 전에 헤어지는 게 더 좋겠네요?"

"당신과 헤어진다고요?"

"밀리와 그만두는 거예요. 당신은 지금 가도 돼요. 내가 남아서 이유를 설명할게요."

그는 문뜩 궁금해졌다. "무슨 말을 할 건데요?"

"'당신이 그녀를 견딜 수 없다'를 알게 된다는 것과 내가 최선을 다해서 당신을 참아주는 것 외에는 아무것도 할 수 없다는 걸 말할 거예요."

그는 이 말을 깊이 생각했다. "그녀에게 날 얼마나 험담한 거예요?"

"충분히요. 그 애 태도를 보면 알 만큼은요."

그는 다시 생각했다. "그녀의 태도는 신경 쓰지 않아도 될 것 같은데요."

"그럼 당신은 원하는 대로 해요. 난 남아서 최선을 다할 거니까."

그는 그녀가 진지하고 정말 그에게 기회를 주고 있다는 걸 알았다.

그리고 그것으로 더 분명해졌다. 그가 얼마나 멀리 갔는지에 대한 생각은 뉘우침이 아니라 회피라는 바로 이 환영에서 그의 마음에 되살아났다. 그가 지금 중요함을 저울질하는 것은 그가 했던 일이 아니라 케이트가 제안한 것이었다. "그녀가 내가 여기 없는 걸 알면 오히려 우리 사이에 뭔가 있다고 더 확신하지 않을까요?"

"모르겠어요. 물론 크게 화를 내겠죠. 하지만 당신이 걱정할 필요는 없어요. 그걸로 그 애는 죽지 않아요."

"그녀가 죽을 거라는 건가요?"

"내 말 믿지도 못하면서 나한테 물어보지 말아요. 당신은 조건이 너무 많아요."

그녀는 이제 상당히 지친 기색으로 말해서 유순하지도 못했고 호의를 베풀지도 않았고 초라하고 못나 보였다. 그래서 갑자기 그에게 다시 떠오른 건 어떤 취향이든 열성적이고 의욕이 있는 사람이면 꼭 보여주고 싶은 상상력, 재치, 유머까지도 그에게 부족하다는 것이었다. 그 상황은 확실히 이상했지만, 그렇더라도 이 시점에서 그가 맨먼저 떠올릴 수 있는 추측이라는 게 진실이었다. "내가 이 사람을 따분하게 만들면 어떡하죠?" 그리고 곧 그 말은 이렇게 바뀌었다. "만약 당신이 날 사랑한다고 맹세한다면…!"

그녀는 그가 말한 것보다 더 많은 걸 요구하는 것처럼 문과 창문을 둘러봤다. "여기서요? 우리 사이에 아무 일도 없어요." 케이트는 웃었다.

"아, 없는 건가요?" 그녀의 미소 그 자체로 그는 너무 안정됐고, 그녀에게 애원하듯 그의 손을 내밀었고, 그녀는 마치 그를 살피고 보호하는 것처럼 바로 그 손을 잡았다. 그녀가 그를 살피면서 잠깐 붙잡았다. 그들은 침묵 속에 눈을 깊이 마주치면서 그녀는 그를 충분히 오래 붙잡고 있었고, 그가 정신을 차리고 다시 신중해지기를 기다렸다. 그는 그들이 어디에 있는지에 대해 다시 인지하면서 얼굴이 붉어졌고,

그로서 그녀는 정확히 평소와 같은 승리를 얻었고, 바로 추가적 형태로 나타났다. 그가 그녀의 손을 놨을 때, 그는 이를테면 다시 밀리의 손을 잡았다. 어쨌든 그가 밀리와 헤어진 것은 아니었다. "당신이 원하는 거 다 할게요." 그는 마치 자신이 사실상 그녀에게서 끌어낸 자신의 조건을 받아들이는 것처럼 선언했고, 그 선언은 그녀의 첫 번째 생각을 되새기며 바로 영향을 미쳤다.

"당신이 괜찮다면 나는 갈게요. 당신이 그 애와 있다는 걸 알고 난 기다리지 않았다고 말해요. 당신이 직접 이야기해요. 그 애는 이해할 거예요."

그녀는 결심을 굳히고 문 쪽으로 갔다. 하지만 그녀가 떠나기 전 그는 한 가지 의문이 더 있었다. "그녀가 너무 알지도 못하는데 어떻게 충분히 이해할 수 있을지 모르겠네요."

"몰라도 돼요."

그는 그때 마지막 명령을 요구했다. "그냥 무턱대고 해야 해요?"

"그냥 그 애한테 잘해줘요."

"나머지는 당신에게 맡기면 돼요?"

"나머지는 그 애한테 맡겨요."라고 말하고 케이트는 사라졌다.

이전에 그랬던 것처럼 그때로 새롭게 돌아왔다. 케이트가 떠나고 3분 뒤에 밀리가 돌아왔다. 그녀의 크고 검은 모자는 미신적인 패션이었고, 온몸에 걸친 곱고 검은 곳은 목을 감쌌는데, 덴서는 값비싼 레이스가 많이 들어갔다는 걸 어렴풋이 알았고, 접힌 부분에 달린 진주들은 여사제의 스툴(여성이 어깨에 두르는 긴 숄)처럼 발끝까지 내려왔다. 그는 바로 그녀에게 그들의 친구가 왔다 간 것을 말해줬다. "내가 있는 줄 몰랐어요." 그는 지금은 별 어려움 없이 말했다. 그는 너무나 위기를 잘 넘겼기에 그건 문제도 아니었다.

그녀는 이 일을 충분히 살폈고 어색해질 수 있는 건 대충 넘겼다. "아쉽네요. 하지만 물론 그녀를 자주 만나요." 그는 자신에게 유리한

차이를 느꼈고 그게 어떻게 케이트가 옳은지를 알게 알았다. 문제를
밀리에게 맡겼을 때 그녀의 분위기는 이랬다. 뭐, 이제 완전히 맡겨야
했다.

밀리가 케이트와 덴서를 만나 오찬을 한 날 그들이 스트링햄 부인에게 그녀를 두고 떠났을 때, 밀리는 동행과 마주하며 인생 고락을 겪는 조심스럽고 불안한 전사가 옆에 찬 검을 다시 느끼고 싶은 것처럼 용기를 내서 손을 뻗었다. 그녀는 용기를 마음에 강하게 새겼고 두 여성은 그곳에 서서 서로에게 낯선 모습을 보였다. 수잔 셰퍼드는 의사를 맞이했고, 그건 그녀에게 결코 사소한 일이 아니었다. 그러나 밀리는 그때부터 고집을 부리며 지금처럼 초대한 손님들 이야기로 벽을 치면서 터놓고 이야기하기를 거부했다. "당신은 정말 친절하세요. 내가 보기에 그 사람들 너무 잘 대해주셨어요. 케이트는 마음만 먹으면 매력적이죠?"

가련한 수지 얼굴에 처음에는 매우 미세한 경련을 일으켜 여러 위험이 있었지만, 이제는 완전히 가라앉았다. 그녀는 이미 너무 멀리 떨어진 우주의 한 지점에 도달하기 위해 애써야 했다. "크로이 양이요? 아, 상냥하고, 똑똑하죠. 자기도 그걸 알잖아요."

밀리는 마음을 다잡았지만, 무엇보다 지금은 친구에 대한 깊은 동정심을 의식했다. 그녀는 친구가 발버둥 친다고 이해했고, 그녀의 본성으로 봐서 동정심의 배신에 맞서 발버둥치는 그녀의 본성 자체가 고통일 수 있었다. 밀리는 그런 발버둥에서 많은 연민이 생겼고 그래서 스트링햄 부인은 그녀의 다정함과 양심에 괴로워했다. 이렇게 놀랍고 멋진 인상은 곧 그 아가씨를 안정시켰다. 어떤 편안함의 근거로 그들의 장벽이 무너지면서 그들이 함께하게 될 것인지 비탄에 잠겨 스스로에게 물었고, 그녀는 그 질문에서 거의 기쁨에 가까운 안도감을 느꼈다. 필연적인 근거는 수지에게 유감스러운 것으로, 언뜻 보기에 수지는 미안하다면서도 훨씬 불편한 태도를 보여 비난을 받았었다. 스트링햄 부인의 슬픔으로 스트링햄 부인은 상처받겠지만, 어떻게 자신이 상처받을 수 있겠는가? 어쨌든 가련한 아가씨인 그녀는 그 자리에서 바람을 일으키는 손짓과 에너지 넘치는 몸짓으로 그녀의 친구와 형세를 뒤집는 행복감을 5분간 느꼈다. "케이트는 당신이 의사 루크 스트렛에게 몰두했다는 걸 알았어요?"

"그 애는 아무 말도 하지 않았고 온순하고 친절했고 날 도와주려고 해요." 하지만 훌륭한 부인은 매우 놀라 숨이 막혔다. 그녀는 결단을 내린 척하며 밀리를 노려봤다. "내 말은 그녀는 누군가 꿍꿍이를 꾸미고 있다는 걸 안다는 거예요. 그녀가 안다고 내가 말하는 건, 그녀가 짐작을 한다는 거예요." 그녀의 찡그린 표정은 한편으로 투지가 넘쳤다. "하지만 그녀는 중요치 않아요, 밀리."

그 아가씨는 지금쯤이면 무엇이든 부딪힐 수 있을 것 같았다. "아무 상관 없어요, 수지. 그 누구도요." 그러나 다음 말은 다소 모순됐다. "내가 그분을 뵈러 여기에 오지 않아서 그분이 기분 나쁘실까요? 당신과 이야기하는 훨씬 더 편한데, 그걸 정말 원치 않으셨을까요?"

"우리는 어떤 이야기도 안 했어요, 밀리." 스트링햄 부인의 목소리가 미묘하게 떨렸다.

"그분은 당신을 몹시 좋아하고 내 말을 듣고 당신을 가장 매력적인 사람이라고 생각했을 건데요? 당신들은 정말 사이좋게 지내고, 실제로 정말 사랑에 빠져서, 날 공통점으로 여기는 게 정말 큰 장점이 되지 않았나요? 당신은 나에게 계속 잘 대해주시겠죠."

"내 자식 같은걸요." 스트링햄 부인은 애원하듯 중얼거렸지만, 반대의 결과를 훨씬 더 두려워했다.

"그분 멋지고 괜찮지 않아요? 그분이 무슨 말을 하든지 좋은 인연이지 않아요? 당신은 나에게 딱 맞는 사람들이에요. 이제 알겠어요. 그리고 당신은 뭘 해야 할지 알죠?" 수지는 여전히 멍하니 바라봤고 놀라서 가만히 있었다. "그냥 날 도와줘요. 당신 방식대로요. 함께 해 봐요. 나 역시도 좋은 거예요. 우리 셋, 당신이 원하는 사람은 누군지 요! 굉장히 멋질 거예요! 깃털을 드는 것처럼 당신에게 부드럽게 굴게 요." 수지는 잠시 너무나 조용히 그 말을 듣고 있어서 젊은 친구는 계속 지켜보면서 그녀의 모습을 거의 '병의 일부'라고 여겼다. 그래서 밀리는 확고해지고 현명해졌다. "어쨌든 그분 매우 재밌어요, 그렇죠? 그럼 됐어요. 우리는 어쩌면 그렇게 휘말렸을지도 모르지만 우리는 적어도 따분하지는 않잖아요."

"재밌어요?" 스트링햄 부인은 보다 자신감이 생겼고, 여전히 떨리는 목소리로 말을 이었다. "난 그 사람이 재미있는지 아닌지 모르겠지만, 그분이 당신만큼 관심이 많다는 걸 알아요."

"그래요. 바로 그거예요."

"아뇨, 그렇지 않아요. 보다 더 깊이 있고 총명해요."

밀리는 웃으면 말했다. "아, 그러네요. 그래서 당신이 필요해요. 그러니까 기운 내요. 우리는 그분과 아름다운 시간을 보낼 거예요. 걱정하지 마세요."

"걱정 안 해요, 밀리." 수지의 얼굴은 거짓말의 극치를 보여줬다. 너무 예리하게 꿰뚫어 본 동행은 그녀에게 다가와 포옹을 했고, 이루 말로 표현할 수가 없었다. 스트링햄 부인은 속수무책으로 인한 고통을 알게 됐고, 밀리는 이런 때에 그녀를 걱정시켜서, 두 사람은 알수 없는 슬픔을 위로라도 하듯이 서로 껴안았다. 밀리의 가정은 대단했고, 그녀의 친구는 다정함과 막연함에 더 많은 증거를 제시하지 않고는 그것을 부정할 수 없다는 어려움을 겪었다. 사실 두 사람 사이에 서로 의지할 수 있다는 것 외에는 아무것도 없었다. 다만, 우리가 지적했듯이 보호와 지지의 맹세는 모두 젊은 아가씨의 것이었다. "그분이 당신에게 뭐라고 했는지, 나한테 말해달라거나, 내가 당신에게 그분을 맡긴 걸 어떻게 생각하시는지 나에 대해서 뭐라고 이야기했는지 어떤 식으로든 묻지 않을게요. 당신들이 허물없이 만나게 하려고 그런 게 아니에요. 내가 알고 싶은 게 없었기 때문이죠. 나는 그분을 계속해서 볼 것이고, 그럼 더 많은 걸 알게 되겠죠. 내가 원하는 건 그분이 뭐라고 했던 당신이 끝까지 날 지켜봐주는 거예요. 내 말은 멋지게 잘 지낼 거예요. 당신이 뭘 하는 건지도 모르게 계속 그렇게 지낼게요. 그리고 나한테 맡겨요. 이해했죠. 우리는 서로를 지켜주고 내가 나빠지지 않을 거라는 거 당신도 틀림없이 알 거예요. 팔꿈치로 찌르는 것도 그렇게 두려워하지 않는데, 어떻게 더 안전할 수 있겠어요?"

"물론 그 사람은 내가 당신을 도울 수 있다고 말했어요." 수지는 자기 입장에서 열심히 주장했다. 그 가련한 부인은 격렬하게 반발했다. "왜 그 사람은 안 되고 내가 당신과 뭐 때문에 함께 해야죠? 당신이 하고 싶은 대로, 그리고 그 사람이 시키는 대로만 해요. 그게 당신이 원하는 거잖아요."

밀리는 미소를 지었다. "나는 그를 계속 만나야 해요. 가끔 그분에게 가야만 하고요. 하지만 물론 그건 내가 원하는 거예요. 그분을 만나는 걸 좋아해서 다행이에요."

스트링햄 부인은 이 말에 동의했다. 그녀는 실현가능해 보이는 상황에 대해 설명했다. "그게 나한테는 좋은 것이고, 당신이 하고 싶은 대로 할 수 있도록 내가 도와주는 게 그 사람이 정말 원하는 거라고 확신해요."

밀리는 웃으며 말을 덧붙였다. "그리고 결국 나를 조금은 구해주지 않을까요? 물론 내가 원하는 게 먼저 있어야겠죠."

스트링햄 부인은 보다 용기 내서 말했다. "찾을 거예요. 그런 일이 있을 거고, 예를 들면 이런 일이요. 내 말은 우리 그렇게 할 거예요."

"당신이 그 사람을 편하게 대하고, 그 사람도 당신을 편하게 대하길 바랐던 것처럼 말이죠. 맞아요. 괜찮을 거예요."

수잔 셰퍼드는 이 말에 조금 혼란스러워 했다. "그 사람들 중 누구를 말하는 거예요."

밀리는 잠시 생각하다가 깨달았다. "덴셔 군을 말하는 게 아니에요." 게다가 그녀는 재밌어했다. "덴셔 군도 편안하게 여기면 훨씬 더좋을 거예요."

"아 의사 루크 스트렛을 말하는 거였어요? 분명 그 사람은 괜찮죠. 그 사람을 보면 누가 생각나는지 알아요? 보스턴의 버트릭Buttrick 박사예요."

밀리는 보스턴의 버트릭 박사를 알았지만 관심을 두지 않았다. "이제 덴셔 군을 봤는데, 어떻게 생각하세요?"

수지는 생각할 필요도 없이 친구에게 시선을 고정한 채 답했다. "아주 잘 생겼어요."

학생을 대하는 교사의 태도를 보이는 그녀에게 여전히 웃으며 말했다. "처음이니까 그걸로 충분해요. 내가 바랐던 건 이뤘어요."

"그럼 그게 우리가 원하는 전부예요. 많은 일들이 있다는 걸 알잖아요."

밀리는 '많다'는 말에 고개를 저었다. "가장 좋은 건 모르는 거예요. 당신이 나랑 있다는 거 말고는 난 아무것도 몰라요. 기억해 주세요. 난 당신을 잊을 일 없어요. 그러니까 괜찮아요."

이때까지 그 힘으로 수지는 버틸 수 있었고, 자신도 모르게 안심이됐다.

"당연히 괜찮죠. 내 생각에 그 사람이 아무 이유도 모른다는 걸 이해해야…."

"왜 난 오래 살면 안 되죠?" 밀리는 그 말을 이해하려고 잠시 생각하더니, 바로 내뱉었다. 하지만 그녀는 다른 식으로 해결했다. "물론나도 알아요." 친구의 의견이 별거 아닌 것처럼 말했다.

스트링햄 부인은 상세히 이야기하려고 했다. "그 사람은 당신에게 하지 않던 말은 나한테도 말 안 했다는 뜻이에요."

"정말요? 이제 알겠네요!" 그녀는 실망했을지도 모르지만 유쾌했다. "그분은 나보고 살라고 하셨어요." 그리고 이상하게 말을 아꼈다.

수지는 조금 어리둥절했다. "그럼 당신은 뭘 더 원하는데요?"

"장담하지만 난 아무것도 '바라는' 게 없어요. 난 여전히 살아 있잖아요. 아, 맞아요. 난 살아 있어요.

그 말에 다시 그들은 얼굴을 마주 바라봤고, 스트링햄 부인은 걱정이 됐다. "그건 나도 그래요, 두고 봐요!"라고 회복한 듯한 분위기로 말했다. 하지만 현재 그 정도 의미로 하고 더 이상 말하지 않는 게 현명했다. 그녀는 밀리의 도움으로 그들 앞에 놓인 어떤 주도권을 갖게 됐다. 10분간의 대화로 마음속 생각을 더 명확하게 알게 됐다. 아마도 새로운 가치를 지닌 오래된 생각이었을 것이다. 비록 처음에는 약했지만 어쨌든 마지막 순간에 특별한 빛을 내기 시작했다. 아침에 갑자기 어둠이 다가왔기에 별의 힘을 발휘하는데 밤의 그늘이 충분했다. 땅거미가 아직 짙게 졌지만 하늘은 비교적 맑았고, 이때부터 수잔 세퍼드의 별은 그녀에게 계속 반짝였다. 밀리와 함께 떠난 후 하늘의 별이 반짝인 건 잠시였다. 그것을 계속 바라보면서 의사 루크 스트렛의 방문으로 정말 그곳에 생겼고 곧 그 인상들이 정해졌을 뿐이라는 걸 깨달았다. 수지가 보다 더 큰 어둠을 지나고 나서야 덴서 군과 함께 밀리가 다시 나타나거나, 아주 이상하게도 크로이 양을 뒤따르거나, 크로이 양이 밀리 뒤를 따른 건 이런 결과에 기여했다. 친구들이 방문한 시간 동안 어둠이 가득했고, 사실 방 한 개는 희미하게 밝았는데, 케이트 크로이가 밀리와 그 청년이 함께 있다는 사실을 매우 부각시킬 때였다. 만약 그 자리에서 그 모든 강렬함을 얻지 못했다면, 그 가련한 부인이 여전히 우울한 상태로 앉아 있었기 때문이었고, 그 우울함은 훌륭하고 인자한 의사가 사실상 남기고 간 것이었다.

문제의 상황이 정보를 바탕으로 한 상상에 끼칠 수 있는 강렬함은 우리의 목적에 맞는 다른 것들과 함께 틀림없이 로더 부인과 함께한 두세 번의 비밀 이야기에서 충분히 드러났을 것이다. 그녀는 아직 옛 친구를 믿은 것이 그렇게 기쁘지 않았다. 그녀가 그런 길을 지나갈 때 믿을 사람이나 다른 사람이 없었다면 분명히 길에서 비틀거렸을 것이다. 신중함은 더 이상 침묵으로 이루어지지 않았다. 침묵은 거칠고 두터운 반면 지혜는 아무리 떨리더라도 끝이 가늘어져야 했다. 그녀는 대화 후 아침에 랭캐스터 게이트로 향했고, 그곳, 모드 매닝햄의 피난처에서 자신의 이야기를 하면서 점차 인정을 찾았다. 자기에 대한 이야기는 그녀의 오랜 습관으로 그 규칙성은 물론 그녀 통제 밖 법에 의해 그녀의 계획에서 생기는 가치의 시험에 크게 달렸다. 그녀는 자신의 행동에 대해 신랄하게 살피는 걸 결코 주저하지 않았고, 대부분 자신이 할 수 있다는 것을 깨달았다. 현재 일어난 일은 그녀가 느끼기에 전해 듣지 못한 것이었다. 그녀는 불가피하고 최악의 상황에 빠졌다. 자신의 이야기를 다른 사람에게 했고, 처음 한 말에 그녀의 안주인이 울도록 내버려뒀다. 그녀는 밀리가 보는 데서 호텔서 울 수가 없었기에, 그러려고 떠났고, 그리고 좋은 기회와 함께 그녀에게 힘이 생겼다. 그녀는 처음에 울고 또 울었고, 그 일에만 몰두했다. 그녀 일에서 그것이 한동안 최고의 표현 방법이었다. 로더 부인은 수지가 탁자 근처에 앉아 있는 동안 한두 마리 건네며 그 상황을 지혜롭게 받아들였다. 그녀는 눈물이 흐르는 것을 참을 수 있었지만, 손님의 가장 생생한 애원을 인내심 있게 들어줬다. "너도 알다시피 난 다시는 울 수 없을 거야. 적어도 그 애와 함께 있으며 말이야. 그러니까 울 수 있을 때 울 거야. 설령 그 애가 그렇게 된다 해도 난 포기하지 않을 거야. 그게 절망적 고백이 아니면 뭐겠지? 그것 때문에 함께 있는 게 아니고 정기적으로 숭고해지려고 함께 있는 거야. 게다가 밀리도 울지 않을 거야."

"난 그 애가 우는 일이 없었으면 좋겠어."

"그런 일이 생겨도 그러지 않을걸. 눈물 한 방울도 흘리지 않을 거야. 그러지 못하는 뭔가가 있어."

"그렇구나!"

"맞아, 그 애의 자존심이야." 스트링햄 부인은 친구의 의구심에도 계속 설명했고, 이것이 일관된 그녀의 의사소통이었다. 모드 매닝햄은 다른 일이 있을 때 울지 않는 건 결코 자존심 때문이 아니라고 내비쳤다. 사업, 합의, 서신, 종 울리기, 하인들 통솔, 의사 결정 등과 같은 일에 있을 뿐이었다. "편지를 쓰지 않았다면 지금 울고 있을지도 몰라"라고 말했고, 그녀는 단지 관리상의 차이로만 여기는 불안한 상대에게 가혹하게 굴지 않았다. 피아노 조율사에 참견하는 것처럼 그녀 말에 끼어들 뿐이었다. 그것으로 수지는 시간을 벌었다. 체면을 차리고 주소와 직인이 찍은 우편물을 보내려고 로더 부인이 손잡이를 두드려 부른 하인을 방문 앞에서 만났을 때, 그녀는 충분히 일의 진실에 대해 각오했다. 스트링햄 부인이 전날 밀리를 봤으면 했던 의사 루크와 면담에서 중요성을 생각했을 때 그 위인은 두세 가지만 대비했다.

"직접 보길 바랐다고?"

"기꺼이 그러려고 했어. 사실 분명히 그랬어. 15분 동안 머물렀는데, 그 사람에게 그 시간도 길다는 거 알았어. 그 사람은 관심이 있었어."

"그 아이의 경우에 대해서 말이야?"

"그건 아니라고 했어."

"그럼 뭔데?"

"어쨌든 적어도 내가 모르는 사이에 그 애가 그 사람을 보러 갔을 때 생각했던 건 아니었어. 뭔가 걱정되는 게 있어서 갔고, 그 사람이 꼼꼼히 진찰해서 확인시켜줬어. 그 애가 틀렸고, 생각했던 게 아니었어."

"그 앤 뭐라고 생각했는데?"

"그 사람은 나한테 말 안 해줬어."

"넌 안 물어봤고?"

"아무것도 안 물었어. 그 사람이 하는 말만 들었어. 할 말만 하더라. 멋졌어. 그 사람 재밌어."

"그 사람 분명 너한테 관심이 있는 거야." 모드 매닝햄이 친절하게 말했다.

그녀의 손님은 솔직히 말했다. "맞아. 그런 거 같아. 나와 함께 뭔가 할 수 있다고 생각하는 거 같아."

로더 부인은 바로 잡아줬다. "그 애를 위해서지."

"그 애를 위해서. 이 세상에서 뭐라도 그 사람은 할 거고 그래야 해. 날 마지막 뼛속까지 이용해도 되고 적어도 그러고 싶어 할 거야. 그 애한테 가장 좋은 건 행복하게 지내는 거래."

"그건 분명 모두에게 좋은 일이야. 그러니까 우리가 그렇게 열심히 행복을 외치는 거겠지?"

가련한 수지는 흐느꼈다. "그건 너무 낯설고 너무 우리 너머에 있어. 그 애가 행복해질 수 없다면 말이야."

로더 부인에게 불가능은 없었다. "틀림없이 행복할 거야. 그럴 거야."

"있잖아, 네가 도와준다면 말이야. 그 사람은 우리가 도울 수 있다고 생각해."

로더 부인은 루크 스트렛의 생각을 심각하게 받아들였다. 그녀는 시장 좌판에서 귀걸이를 한 부인과 같은 모습으로 무릎을 벌리고 그곳에 편히 앉았다. 그녀 앞에 있는 친구는 넓은 앞치마에 그 문제의 진실을 하나하나씩 던졌다. "근데 너한테 와서 고작 그 애가 행복해야 한다고 말하려고 왔어?"

"그 애가 그렇게 돼야 한다는 게 중요한 거야. 나한테 말했듯이, 그 사람은 어떻게든 중요하고 가능성 있는 일로 여기는 거로 충분해.”

“아, 그 사람이 그걸 가능하게 한다면야!”

“내 말은 특히 그가 그 문제를 중요하게 여긴다는 거야. 일부는 내 문제라고 했어. 나머지는 그 사람 문제야.”

“그 나머지가 뭔데?”

“몰라. 그 사람 일이야. 그 애를 계속 붙잡으려고 해.”

“그럼 너 왜 별 ‘일’이 아니라고 말해? 매우 큰일인데.”

스트링햄 부인은 모든 걸 말했다. “그 애가 생각했던 그 일이 아닐 뿐이야.”

“다른 거야?”

“다른 거야.”

“진찰하면서 다른 걸 찾았을까?”

“다른 게 있어.”

“그 사람이 뭘 찾았는데?”

“아, 주님은 내가 알지 못하게 하셔!” 스트링햄 부인은 울었다.

“그 사람이 말 안 했어?”

하지만 수지는 마음을 가다듬었다. “무슨 일이 있으면 곧 알게 될 거야. 그 사람은 고심 중이지만 난 믿어. 그 사람이 날 믿으니까. 그 사람은 숙고 중이야.”

“다른 말로 확실치 않은 거야?”

“그 사람이 지켜보는 중이야. 그런 뜻인 거 같아. 지금은 안 가도 3개월 후에 그 애는 그 사람을 보러 가야 해.”

“그럼 그동안 그 사람은 우리를 겁먹게 해서는 안 된다고 생각해.”

이미 훌륭한 의사의 이유를 받아들였던 수지는 조금 격앙됐다. 적어도 이 말을 나무랐다. “그 애의 행복을 위해서 우리에게 부탁하는 게 겁난다는 거니?”

로더 부인은 그 말에 다소 딱딱하게 굴었다. “맞아. 겁나. 뭐랄까. 내가 이해될 때까지는 늘 두려워. 그 사람은 무슨 행복을 말하는 거니?"

스트링햄 부인은 이 말에 직설적으로 말했다. "세상에, 너도 알잖아!"

그녀는 정말로 그렇게 말했기에 그녀의 친구는 그렇게 받아들여야 했고, 사실 잠시 후에 이해하는 모습을 보였다. 이상하고 가벼운 농담이 갑자기 도움이 되기에, 그녀는 어느 정도 타협했다. "그래, 안다고 치자. 문제는…!" 하지만 지금 물어보고 싶은 게 많아서 단념했다.

"문제는 치료가 되냐는 거지?"

"바로 그거야. 틀림없이 치료법이 있지, 확실히?"

"알게 되겠지!" 스트링햄 부인은 묘하게 말했다.

"하지만 우리는 아픈 적이 없잖아."

"넌 사랑해 본 적 없어?"

"했었지, 하지만 의사 지시를 받은 거 아니잖아."

모드 매닝햄은 순간적인 환희로 부득이하게 말했고, 그 말은 손님의 마음에 잘 전달됐다. "아, 물론 우리는 그 사람에게 빠지라고 부탁하지 않았어. 하지만 그 사람이 우리에게 좋다고 생각하는 걸 알아야 해."

"있지, 그 사람 없이도 우리가 안다는 생각이 들어. 그러니까 그 사람이 우리한테 말해야 하는 게 그게 전부면…!"

스트링햄 부인이 끼어들었다. "아, 그게 '전부'가 아냐. 의사 루크에게 더 할 말이 있을 거라고 생각해. 미흡하게 말하려고 했던 거 아닐걸. 난 그 사람 다시 만날 거야. 그러고 싶다고 말한 거나 다름없어. 그러니까 허탕 치지 않을 거야."

"그럼 그게 뭔데? 그 사람한테 제안할 누군가가 있다는 거야? 네가 그 사람에게 아무 말도 안 했다는 거니?"

"난 그 사람을 이해한다는 모습을 보였어. 그게 내가 할 수 있는 전부였어. 노골적으로 말해서는 안 될 거 같았어. 그 사람 방문으로 짜증이 났지만, 그저께 밤에 너한테서 위안을 얻었어."

"그 애와 케이트를 두고 우리가 외출했을 때 마차에서 내가 무슨

330

말을 했어?"

"분명 넌 바로 알았을걸. 그리고 그 사람이 여기 왔고, 그 사람을 만나서 느낀 인상을 생각하면 너는 참 훌륭해."

"물론 나야 멋지지. 언제는 안 그랬어? 하지만 밀리가 머튼 덴셔와 결혼하면 그러지 못할 거야."

"사랑하는 사람과 결혼하는 건 언제나 멋지지! 하지만 우리 앞서가고 있어" 스트링햄 부인은 쓴웃음을 지었다.

"내가 제대로 생각하는 거면, 빨리 움직여야지. 그저께 밤에 너와 함께 돌아가면서 케이트를 데리러 와야겠다는 거 말고 뭘 또 직감했을까? 그 남자가 돌아왔다는 걸 직감했어."

"내가 말했지만 바로 그 점이 네가 훌륭하다는 거야. 하지만 그 사람을 볼 때까지는 기다려."

"그 남자 곧 만날 거야." 로더 부인은 결정을 내렸다. "그럼 네 생각은 어때?"

스트링햄 부인은 의구심에 빠진 거 같았다. "그 남자가 어떻게 그 애를 좋아할까?"

친구는 그녀의 심각한 모습에 조용히 했다. "방법을 찾아야지."

스트링햄 부인은 한탄했다. "세상에, 그 사람은 네 손바닥 안에 있구나."

모드 로더는 이 말에 친구를 바라봤다. "그 사람에 대한 네 생각이 그래?"

"너에 대한 생각이 그래. 넌 사람들은 잘 다뤄."

로더 부인은 계속 바라봤고, 수잔 셰퍼드는 이상하게도 이제야 친구가 자신의 비위를 맞추는데 진심이라는 걸 알았다. 하지만 큰 한계가 있었다. "난 케이트는 못 다뤄."

그녀의 손님은 아직 그녀에게 듣지 못한 게 있었고, 스트링햄 부인의 숨을 턱 막히게 한다는 걸 알게 됐다. "케이트가 그 남자를 좋아한다는 말이니?"

랭커스터 게이트에 사는 부인은 이 순간까지 숨겼던 사실과 그녀의 친구가 재빨리 물어본 질문에 그녀의 얼굴은 변했다. 그녀는 눈을 깜빡였고 그 질문을 열심히 생각했다. 그녀가 무심코 드러냈는지 아니면 어떤 결심을 해서인지 그 후 놀라는 스트링햄 부인 때문에 모든 걸 받아들였다. 수잔 세퍼드가 보기에 그녀에게 일어난 일은 단순히 그녀가 그들에게 최선을 다했다는 것이 아니라 갑자기 그녀가 생각할 수 있었던 목적보다 훨씬 더 많은 걸 알았다는 것이다. 사실 이런 변화로 그녀의 얼굴에서 어떤 조급함이 나타났다. 그녀는 중요한 사실을 매우 열심히 숨겼고 교묘하게 숨기지 않는다는 말을 듣고 싶지 않았을 것이다. 그럼에도 불구하고 수지는 자신이 그런 생각을 못 한 것에 바보라도 생각지 않았다. 수지가 현재 빠르게 가장 많이 든 생각은 시치미를 뗀 케이트에 대한 감탄이었다. 그녀는 대답을 기다리는 동안 그런 생각을 할 시간이 생겼다. "케이트는 그 남자를 좋아한다고 생각하지만 틀렸어. 그리고 아무도 몰라." 로더 부인은 분명하고 책임감 있게 말대꾸했다. 하지만 그게 전부가 아니었다. "넌 몰라. 네 입장이라면 오히려 넌 그걸 완전히 부인할 거야."

"케이트가 그 남자를 좋아하는 걸 부정한다고?"

"그 애가 그렇다고 생각하는 걸 부정하는 거야. 분명하고 틀림없이. 그렇게 들었다는 걸 부인하는 거야."

수지는 이 새로운 임무에 직면했다. "밀리가 물어보면 그렇게 하라는 거니?"

"밀리에게 그래, 자연스럽게 말이야. 아무도 묻지 않을 거야."

"뭐, 밀리는 물어보지 않을 거야."

"확실해?"

"응, 더 생각해 보니 그래. 다행이지. 난 거짓말을 잘 못 하거든."

로더 부인은 코웃음을 칠 뻔했다. "난 거짓말을 잘해. 가끔 그럴 때가 생기면 그보다 좋은 게 없어. 사람은 항상 최선을 다해야 해. 하지만 거짓말을 안 한다면 우린 해결할 수 있을지 몰라." 그녀의 관심이 커졌고, 얼마 후 그녀의 친구는 그녀가 점점 쌓여서 격앙되는 모습을 봤고, 현재 뭔가 다른 모습이 느껴졌다. 사실 스트링햄 부인은 당시에 이걸 어렴풋하게 말했다. 처음에 그녀는 모드가 자신을 도운 이유를 찾았다는 것으로만 이해했다. 그 이유로 그녀는 이상하게 이제 기꺼이 거짓말을 해서라도 모드를 도울 수 있었다. 어쩌면 그녀가 가장 많이 알게 된 건 그녀의 안주인이 이런 적용의 사회적 견고함에 대한 그녀의 의구심에 조금은 실망했다는 것이고 결국 점차 진정됐다. 이모가 말했던 것처럼 케이트의 착각, 애정 상태에 대한 착각의 진실은 드러날지도 모르고, 이건 분명히 지금은 보다 친하게 만날 수 있는 근거였다. 하지만 사실을 스트링햄 부인은 능숙하게 케이트의 오해를 풀기 위해 동원됐으며, 아직 그 범위에 미치지 못했다는 걸 알았다. 아니면 어쩌면 덴셔 군의 착각만을 풀기 위해서였을까? 그리고 사실 성공함으로써 다른 성공을 수반할 수 있을 것이다. 불행히도 그 일이 있기 전에 그녀의 마음은 이미 망가졌다. 밀리가 믿었던 걸 그녀는 뼛속까지 믿었고 그건 이제 밀리에게 무섭게 위로 잡아당기는 거라고 생각했다. 그녀 안에 있는 이 모든 것이 혼란스럽게 존재했지만, 사실 신탁의 형태로 상담 관계를 받아들이면서 모드 매닝햄의 자아에 크게 자리 잡은 여러 문제들이 점점 뚜렷하게 보였다. 신탁에서 그 소리가 나왔고 어쨌든 그 느낌은 그녀가 조금 전에 작용했던 걸 본 것과 일치했다. "그래, 밀리를 위해서 널 도울게, 그렇게 해서 성공한다면 케이트에게도 도움이 될 테니까." 스트링햄 부인은 이제 충분히 이해할 수 있는 의견이었다. 이상한 말이지만 로더 부인이 고귀한 염원을 가지고 판단했을 때 그녀는 갑자기 케이트에게 해를 끼치거나 적어도 케이트의 이익을 위해 기꺼이 행동할 뜻이 있다는 걸 알게 됐다. 요컨대 그녀는 케이트가 어떻게 되었는지 신경 쓰지 않고 케이트의 별이 우세하다는 걸 확신했을 뿐이었다. 케이트는 위험하지도 않았고 불쌍하지도 않았다. 무슨 일이 생기든 케이트 크로이는 스스로를 챙길 것이다. 게다나 그녀는 이때쯤 친구가 자기 속도 이상으로 앞서가고 있다는 걸 알았다. 로더 부인은 이미 대략적인 계획을 염두에 뒀고, 다음처럼 말하며 그 생생한 계획을 펼쳤다. "넌 며칠 동안 더 머무르고 너희 두 명 모두 바로 저녁 식사 때 그 남자를 만나." 게다가 모드는 그 근거로 이틀 전 일로 한 동심과 선견지명의 지혜의 장점을 주장했다. "네가 숄을 가지러 간 동안에 그 불쌍한 애가 나랑 있을 때 속마음을 내비쳤어."

"아, 그 후에 네가 나한테 했던 말 기억나. 나도 충분히 느꼈던 거였지만."

하지만 로더 부인은 그녀가 무슨 말을 했는지 궁금할 정도로 이 말에 그녀에게 향했다. "네가 그렇게 멋지게 포기할 수 있는 것에 내가 교화되어야 한다고 생각해."

"포기라고?" 스트링햄 부인은 그대로 따라했어. "난 아무것도 포기 안 했어. 집착하고 있지." 그녀의 안주인은 조급함을 보이며, 다소 뻣뻣하게 놋쇠 테두리의 원통 책상 쪽으로 다시 몸을 돌리고 거기에 있는 한두 가지 물건을 밀어냈다. "그럼 내가 포기할게. 덴셔 군과 같은 사람이 그 애에게 부족하다는 게 내 생각이라는 걸 알잖아. 내 생각이 어쩐지 넌 알잖아."

수지는 지극히 공정했다. "아, 넌 정말 훌륭했어. 공작, 공작부인, 공주, 궁전. 넌 나도 그들을 믿게 만들었어. 하지만 그 애가 그들을 믿지 않았기에 우리는 실패했어. 다행히도 그 애는 그들을 원하지 않아. 그럼 뭘 해야 할까? 난 꿈이 많았어. 하지만 지금은 한 가지 꿈밖에 없어."

이 마지막 말에 스트링햄 부인의 어조는 너무나 진심이었기에 로더 부인은 수긍할 수밖에 없었다. 그들은 더 오래 마주 앉았다. "그 애는 바라는 걸 이룰까?"

"그걸로 그 애한테 뭐든지 도움이 된다면 그렇겠지."

로더 부인은 뭘 할 수 있는지 생각하는 거 같았지만 순간적으로 다른 말을 했다. "조금 짜증나려고 해. 물론 내가 야만적이라서 그렇지만. 그리고 온갖 생각을 해봤어. 그렇지만 우리가 점잖게 굴어야 한다는 사실은 변함없더라."

"우리는 그 애를 있는 그대로 받아들여야 해."

"그리고 덴서 군을 있는 그대로 받아들여야겠지." 로더 부인은 침울한 웃음을 지었다. "그 사람이 더 나아지지 않아서 아쉬워."

"음, 만약 그 사람이 더 나아졌다면, 넌 조카를 위해서 그 사람을 좋아했을 거고, 그랬으면 밀리가 방해됐을 거야. 그러니까 너한테 방해가 됐을걸."

"그 애가 방해되겠지만 지금은 중요치 않아. 하지만 네가 나한테 오자마자 케이트와 그 애가 나란히 함께 있는 걸 봤어. 난 네가 데려온 아가씨를 봤고, 넌 내 조카를 도와주잖아. 그리고 내가 그렇게 말할 때 넌 아마도 그게 내가 널 환영하는 이유는 하나라고 스스로 생각하겠지. 내가 뭘 포기하는지 알겠지? 난 정말 포기할 거야. 하지만 내가 그 입장이면, 좋게 받아들일 거야. 그러니까 모두에게 작별인사를 해. 덴서 부인에게도 안녕하고! 맙소사!"라고 그녀는 투정을 부렸다.

수지는 잠시 가만있었다. "덴서 부인이 되더라도 그 애는 대단한 사람이 될 거야."

"그럼, 그 애는 보잘것없는 사람이 되지 않아. 게다가 우리는 허황된 이야기를 하고 있어."

그녀의 친구는 너무나 찬성했다. "우리는 모든 걸 무시하고 있어."

"그래도 흥미로워." 로더 부인은 다른 생각이었다. "그 남자도 별 볼일 없는 사람은 *아니야.*" 그 말에 그녀가 이미 제기했고 그때 친구가 다루지 못했던 문제로 되돌아왔다. "솔직히 그 남자 어떻게 생각해?"

이 질문에 수잔 셰퍼드는 분명치 않은 이유로 약간 조심스럽게 굴었다. 그래서 일반적인 대답을 했다. "매력적이야."

사람들이 솔직하지 못할 때 사람들이 호소하는 극심한 예민함을 느끼며 그녀는 로더 부인과 눈을 마주쳤고 그 상황으로 인한 결과가 일어났다. "맞아, 매력적이지."

그러나 그 말의 효과도 똑같이 주의를 끌었다. 그 말에 스트링햄 부인은 즐겁게 받아쳤다. "네가 그 사람을 좋아하지 않는다고 생각했어!"

"케이트 때문에 마음에 안 드는 거지."

"하지만 밀리 때문에도 안 좋아하잖아."

스트링햄 부인은 말하면서 일어섰고, 친구도 일어났다. "나는 그 사람이 좋아."

"그럼 그게 가장 좋은 방법이겠네."

"뭐, 한 가지 방법이지. 내 조카에게도 부족하고 너한테도 부족하지. 한 명은 이모고 한 명은 가련하고 한 명은 바보네."

"아, 난 아무 쪽도 아니야."

하지만 친구는 계속 말했다. "사람은 다른 사람을 위해서 살아. 너도 그렇고. 내가 나를 위해서 산다면, 난 전혀 그 사람을 신경 쓰지 않았을걸."

하지만 스트링햄 부인은 보다 완고했다. "아, 하지만 그 사람이 매력적이라고 생각하면 그렇게 살 거야."

그 말에 로더 부인은 무너졌다. 그녀는 잠시 머뭇거렸지만 웃으면서 넘겼다. "물론 사람 자체는 괜찮지."

"내 생각도 그래." 수지는 더 말을 아꼈다. 머튼 덴셔가 어떤 사람인지에 대한 문제의 언급은 그들의 첫 대책 회의에서 조금은 엉뚱하게 마무리됐다.

그들은 그 의사에 대해 알게 된 상태에서 최소한 견해차가 있다는 걸 알 수 있었고, 그가 결정을 내리기 전에 지켜보고 기다려보고 살펴보면서 어쨌든 그에게 어떤 과정에 대해 제안을 해야 했다. 스트링햄 부인은 이번처럼 랭커스터 게이트를 떠나기 전에 대략적인 방법으로 되돌아간 것과 같이 그도 그 문제를 고려 중인 걸로 이해했다. 그녀는 그의 생각의 과정을 따라갔다. 그들이 했던 이야기가 일어날 수 있다면, 즉 밀리가 자기 생각을 떨쳐버릴 수 있다면, 아무런 해가 되지 않을 것이고 많은 도움이 될 것이다. 그럴 일이 일어날 수 없다면, 재치있게 일어났다고 해도 우려스럽게도 그들이 결합해서 아무것도 기여할 수 없다면, 그들은 예전보다 난감한 상황에 부닥치지 않을 것이다. 오직 후자의 경우에만 그 아가씨는 여름, 가을 동안 자유롭게 활동할 수 있었을 것이다. 그녀는 자신의 선에서 최선을 다했을 것이고 결국에는 저명한 남자에게 돌아와서는 그가 그녀와 더 잘 지낼 준비가 되어 있다는 걸 알게 될 것이다. 수잔 셰퍼드는 더 나아가 오랜 친구에게 소식을 두 번째 전할 이유만큼, 밀리가 의사 루크 스트렛에게 작별인사를 하고 감사의 뜻을 전하려고 솔직하고 지체없이 말했다는 점을 생각하면, 밀리가 일반적인 일에 대한 실무적인 관점으로 자신의 역할을 했다는 사실을 더 잘 알 수 있었다. 그녀는 심지어 자신의 처신에 대해 쉽게 알려준 그에게 뭘 고마워하는지 구체화했다.

"내가 얻게 된 자유 때문에 나중에 선생님에게 엄청난 편지를 받아서는 안 된다는 걸 몰랐던 것을 아시잖아요."

밀리는 그녀에게 너무 많은 말을 했고, 다소 경솔해졌다. "오, 당신은 평생 그 사람에게서 엄청난 편지를 받지 못할걸요."

그녀는 다음 순간 젊은 친구의 질문에서 자신의 경솔함을 느꼈다. "그분을 속이는 다른 사람처럼은 아니고요?"

"왜냐면 그 사람은 속임수로 생각하지 않아요. 당신 행동을 이해할 거예요. 괜찮아요."

"그래요. 나도 알아요. 괜찮다는 거. 그분은 다른 사람들보다 나와 있는 게 더 수월하겠죠. 그게 내 기대를 저버리는 방식이니까요. 그분은 단지 믿게 만들 뿐이고, 난 멈추게 할 자격이 없어요."

이 불길한 불꽃을 다시 자극한 것에 대해 후회하는 수지는 그녀의 유일한 장점을 이해했다. "의사 루크 스트렛과 같은 사람이 정말 당신을 우습게 본다고 비난하는 거예요?"

그녀는 이상하게 반쯤은 즐거워 보이는 상대방의 시선을 모른 체할 수 없었다. "뭐, 난 그렇게 동정하는 건 날 우습게 본다는 거잖아요."

수지는 진심으로 말했다. "그 사람은 당신은 동정하지 않아요. 다른 사람들처럼 그냥 당신을 좋아하는 거예요."

"그분은 날 좋아할 이유가 없어요. 그분은 다른 사람과 달라요."

"그 사람이 당신을 응원하고 싶다면요?"

밀리는 다른 표정을 지었지만 이번에는 멋진 미소를 지었다. "아 그렇군요!" 스트링햄 부인은 사실 그랬기 때문에 얼굴을 붉혔다. 하지만 밀리는 내버려뒀다. "어쨌든 날 응원해줘요! 당연히 내가 원하는 거예요!" 그리고 평소처럼 자신의 친구를 껴안았다. "난 그분에게 이렇게 못되게 굴지 않을게요."

"아니길 바라요." 그리고 스트링햄 부인은 키스하며 웃었다. "하지만 그 사람은 분명 당신을 낮게 할 거예요. 당신은 다른 사람이랑 달라요."

밀리는 동의하면 잠시 후 그녀에게 마지막 말을 건넸다. "아뇨. 사람들은 나에게서 뭐든 가져갈 수 있어요." 스트링햄 부인은 사실 체념하듯 받아들인 것은 그때 방문 후 자신의 역할에 대한 어떤 설명도 없다는 것이었다. 사실 밀리의 미래에 대한 특이한 독립 즉 행동과 습관의 적극적인 독립의 시작이었다. 그 아가씨의 적극적인 찬성으로 각자의 길을 갔는데, 이건 정말 스트링햄 부인인 의사 루크를 처음 만난 후 그녀에게 이상할 정도로 간청했던 것뿐이었다. 그녀는 수지가 다른 만남을 가졌거나 가질 것이라는 개인적인 지적에 정말 동의했다. 그녀는 모든 생각에 동의했지만 대부분의 생각은 자신이 별일 없는 것처럼 계속 지내는 것이었다. 그녀는 그녀 방식대로 할 것이지 때문에 친구들은 그녀에게서 어떤 것도 알지 못했지만 어쨌든 이건 의학 조언자 말에 따른 그녀의 방식이었다. 그녀는 아주 단순한 이유로 그를 방문했다. 단지 그의 온화함에 얼마나 감동받았는지를 말하려고 그에게 갔다. 스트링햄 부인 말대로 별로 할 말이 없었기에 그는 모든 게 괜찮다고 대답할 수 없다고 이해했다.

"현명한 부인과 멋진 15분을 보냈어요. 아가씨에게 멋진 친구들이 있더군요."

"그래서 그들은 각자 다른 모든 사람을 생각해요. 하지만 나 역시 그 사람들을 모두 함께 생각해요. 당신들은 서로에게 훌륭하세요. 그러니까 나한테도 당신들이 최고예요."

이때 그녀에게 가장 이상한 생각 하나가 떠올랐는데 동시에 그녀가 걱정하는 것 중 가장 괜찮은 것이었는데, 이를테면 그녀가 너무 멀리 가버려서 가치가 없어지면 사람들 관계를 망칠지도 모른다는 환상의 빛이었다. 너무 멀리 가면 최소한 단순하게 지내려는 노력이 실패하는 것이었다. 매 순간 그를 방해해서, 다소 고단수로 여겨지는 친절을 베풀려는 그를 당황스럽게 한다면, 그는 그녀를 미워할 준비가 되었을 것이다. 수지는 분명 그녀를 위해서 고통받고 싶어 했기에, 수지는 그녀를 미워하지 않을 것이다. 수지는 그녀에게 어떻게든 선행을 베풀 수 있다는 고귀한 생각을 가지고 있었다. 하지만 그런 건 런던에서 가장 훌륭한 의사들이 원했던 방식이 아니었다. 그 의사는 자신이 원해도 시간이 없었을 것이다. 한마디로 밀리는 스스로 직접적으로 주의를 받는 거 같았다. 부드럽고 강한 지도자와 직접 마주하면, 그 순간에 수지와 중요한 대화를 나누면서 알았던 것과 같은 감정이 또다시 일어나는 걸 즐겼다. 같은 일이 일어났다. 그 사람처럼 그녀는 가능하다면 그녀를 도울 것이다. 하지만 가능하지 않다면 그녀 또한 이 일을 바로잡으려고 도울 것이다.

문제에 근거해서 환자와 의사의 역할을 반대로 하는 데 몇 분 걸리지 않을 것이다. 그녀가 모든 필요한 일을 받아들이고 그녀의 예민함에 대해 그가 놀라지 않도록 모든 방침을 일단 받아들이는 순간, 그가 환자가 아니고, 그녀가 의사가 아니면 무엇이겠는가? 예민한 문제는 그에게 맡길 것이다. 그는 그걸 즐길 것이고, 그녀 자신은 당연히 그의 즐거움을 곧 즐길 것이다. 그녀는 이러한 성찰의 내면적 성공으로 그의 눈에는 잠시 동안 건강한 혈색과 함께 비교적 건강하게 보일 것이라고 상상하기까지 했다. 그리고 바로 그다음에 일어난 일이 그가 그 가정을 구체화했다. "당연히 모든 게 조금이라도 도움 되죠!" 그는 그녀의 무해한 농담을 기분 좋게 알아차렸다. "도움이 됐든 안 됐든, 당신은 놀라울 정도로 좋아 보이네요."

"아, 그럴 줄 알았어요."라고 그녀는 답했는데, 이미 그의 말을 알고 있는 듯했다. 오직 그녀만이 그가 뭘 짐작했을지 궁금했다. 만약 그가 뭐라도 짐작했다면, 그건 오히려 그에게 놀랄 만한 일이었을 것이다. 만약 이 일이 그에게 존재한다면, 그는 자신의 예리함만으로는 짐작할 수 없었다. 그래서 그 예리함은 어마어마했고 만약 그녀의 생각이 그에게 절묘하게 전해졌다면, 그의 몫은 그렇게 나쁘지 않았다. 그 문제에 있어 심지어 그녀의 몫도 그렇게 나쁘지 않았고, 심지어 실제로 즐기고 있었다. 그녀는 정말로 그렇다면 자신을 위한 것이 없을 수 있는지 궁금했다. 그녀는 '나아져서' 그에게 가는 건지 확신하지 못했고, 그는 그녀에 대해 부적절한 말을 사용하지 않으려고 매우 조심했을 것이다. 그 모든 것에도 불구하고 그는 그녀에게 일어났던 뭔가를 스스로 알아냈기 때문에, 그녀는 '맞아요, 그럴 거예요.'라고 말할 준비가 됐을 것이다. 누가 그에게 아무 말도 할 수 없었기 때문에 스스로 아는 것이었다. 수지는 아직 그를 다시 보지 못했고, 처음 그에게 말할 수 없는 일들이 있다고 확신했다. 따라서 그의 통찰력이 그렇기에, 왜 그녀는 충분한 이유로 그가 그녀를 축하해 주고 싶어 하는 새로운 상황을 품위 있게 받아들여서는 안 되는가? 누군가 원인을 충분히 잘 살핀다면, 효과가 있을 것이다. 우선 이것이 간호의 한 방법이 될 것이다. "이전에 나에게 생각할 시간을 많이 주셨고, 어쩌면 선생님이 바랐을 만큼 충분히 생각해 왔어요. 선생님이 이미 많은 걸 해주셨기에 치료하기 무척 쉬울 거라고 생각해요."

그와 상호관계를 막는 유일한 장애물은 그가 미리 한 사람의 모든 가능성을 너무 밀접하게 살펴서 그게 정말로 나아지는 기쁨을 놓쳤다는 것이었다. "아뇨, 아가씨는 치료하기 힘들어요. 장담하건대 나의 모든 지혜가 필요해요."

"기분이 좋아졌다는 말이에요." 한편 그녀는 그의 대답을 조금도 믿지 않았고, 그녀가 어렵다면 그가 절대로 말이 하지 않았을 것이라고 확신했다. "내가 하고 싶은 대로 하는 중이에요."

"그게 내가 바랐던 거예요. 우리가 한 달은 괜찮게 보내긴 했지만, 아가씨는 바로 떠나야 해요." 그녀가 14일에 티롤Tyrol(오스트리아 서부주)과 베니스로 떠나는 게 거의 확정됐다고 바로 답하자, 그는 민첩하게 그녀와 이야기 나눴다. "베니스요? 우리가 만나기에 완벽한 곳이네요. 10월에 3주간 휴가를 내려고 해요. 확실히 정해지면, 3주 동안 주도권을 쥔 내 조카가 자기가 원하는 곳으로 날 데려가려고 해요. 어제 그 애가 베니스에 더 가고 싶다는 소리를 들었어요."

"잘됐네요. 거기서 선생님을 만나길 기대할게요. 그리고 미리 혹은 어떤 식으로든 제가 선생님께 할 수 있는 게 있다면…!"

"고마워요. 내 조카가 할 거예요. 하지만 그곳에서 당신을 만나는 게 중요하죠."

"내가 치료가 쉽다는 생각이 드시도록 해야겠는데요."

하지만 그는 그런 생각을 하지 않았기에 다시 고개를 저었다. "아직 그 정도까지는 안 됐어요."

"그렇게 나쁜가요?"

"치료는 '쉽게' 하는 거라고 생각지 않아요. 그게 가능한지 의심스럽네요. 그렇다면 그렇게 나쁜 걸 알지 못했던 거겠죠. 당신을 위해서 편안해야 해요."

"알겠어요."

그들은 이상하게 우호적이었지만, 그 말에 잠시 어색해졌다. 그 후 의사 루크가 물었다. "그 현명한 부인이 당신과 함께 가나요?"

"스트링햄 부인요? 아, 네. 그분이 마지막까지 저와 함께 있어 주시면 좋겠어요."

그는 단조롭게 말했다. "무슨 마지막이요?"

"글쎄요, 모든 거요."

그는 웃으며 말했다. "아, 그럼 운이 좋네요. 모든 것의 끝은 아직 멀었어요. 이건 시작에 불과해요." 그리고 그다음 질문은 그의 희망 사항일 수도 있었다. "당신과 그분만 함께 가나요?"

"아뇨, 다른 친구와 함께요. 누구보다 많이 만났고 우리와 잘 맞는 여자 2명이 있어요."

그는 잠시 생각했다. "그럼 모두 여성 네 분이네요?"

밀리는 그를 안심시키려는 듯 말을 덧붙였다. "아, 우리는 미망인에다 고아예요. 하지만 우리가 나서면 신사들에게 매력이 없지 않다고 생각해요. 당신들이 '인생'이라고 하면 주로 신사들을 말하더라고요."

잠시 후 그는 그녀가 활기차다는 걸 알아보면서 대답을 했다. "내가 인생에 대해 말할 때도, 무엇보다도 아가씨 또래의 젊은이들이 만든 생생함에서 느끼는 아름다운 흔적을 뜻한다고 생각해요. 그러니까 그대로 계속 지내세요. 아가씨가 어떻게 지내는지 점점 알겠어요. 더할 나위 없이 좋네요." 그는 유쾌하게 말했다.

그녀는 그 말에서 큰 안도감을 느꼈다. "동행 중 한 명은 크로이 양인데, 여기 처음에 나랑 함께 왔어요. 그녀의 인생은 멋져요. 그리고 그 일부를 나한테 헌신하고 있어요. 하지만 무엇보다도 사람 자체가 훌륭해요. 선생님이 그녀를 보고 싶으시다면…."

"오, 아가씨에게 헌신하고 싶은 사람을 보고 싶네요. 분명 그렇게 하면서 즐거울 거예요. 그러면 그녀가 베니스에 있으면 그녀를 만날 수 있나요?"

"조정하면 돼요, 그렇게 될 거예요. 게다가 그곳에 다른 친구가 있을 수도 있어요. 그 사람은 늘 그녀를 따라 다녀서 오고 싶어 할 거예요."

"그 사람들 연인인가요?"

"그녀는 그 사람을 좋아하지 않는 거 빼고는 아무 일도 없어요."

"괜찮은 사람인가요?"

"그 사람은 매우 멋져요. 사실 정말 그래요."

"그 사람도 베니스에 있을 거고요?"

"그래서 걱정이라고 말했어요. 만약 그 사람이 거기에 온다면, 그는 계속 그녀와 함께 있을 거니까요."

"그리고 그녀는 당신과 함께 있을 거고요?"

"우리는 좋은 친구니까, 그럴 거예요."

"그러면 여자 4분만 있는 게 아니네요."

밀리는 똑같은 경탄스러운 방식으로 말을 이었다. "아, 아니죠. 신사분들이 있을 가능성은 충분히 알고 있었어요. 하지만 그 사람은 나 때문에 오지는 않아요."

"알겠어요. 하지만 아가씨가 그를 도울 수 없나요?"

"선생님은요?" 그녀는 잠시 후 묘하게 물었다. 그리고 농담으로 받아쳤다. "선생님이 내 일행 같네요."

이번에도 그녀의 저명한 친구가 넘어갈 농담이었을 것이다. "하지만 이 신사분도 당신의 '일행'이 아니면요? 그러니까 그 사람이 크로이양의 일행이라면, 아가씨는 그녀를 뭐라고 부르죠? 사실 당신도 그에게 관심 없다면 말이죠."

"아, 나도 그 사람에게 관심 있어요."

"그럼 그에게 기회가 있을 것 같아요?"

"나는 그가 그렇게 되기를 바라는 만큼 그 사람을 좋아해요."

"그럼 괜찮아요. 그런데 내가 그와 무슨 상관이죠?"

"선생님이 거기 계시면 그 사람도 그럴 거니까요. 그리고 그렇게 되면 그냥 따분한 여자 4명이 아니니까요."

그는 그녀가 이 시점에서 자신의 인내심을 약간 시험하는 거라고 생각했다. "아가씨는 내가 만나 본 사람 중 가장 덜 따분한 여자예요. 그거 알아요? 당신은 찬란한 인생을 살지 못할 이유가 없어요."

"모두가 나한테 그렇게 말해요."

"당신을 한 번 봤을 때 이미 매우 확신했던 것이 당신 친구를 만나고 나서 더 확실해졌어요. 의심의 여지가 없어요. 세상에 당신 앞에 펼쳐져 있어요."

"네 친구가 선생님께 뭐라고 했는데요?"

"당신이 즐겁지 않을 이유가 없다고요. 우리는 당신에 대해서 자유롭게 이야기했어요. 그걸 부정하지 않을게요. 하지만 아가씨에게 내가 불가능한 건 요구하지 않아요."

그녀는 이제 일어섰다. "선생님이 나에게 무엇을 요구하는지 알 것 같아요."

"아가씨에게 불가능한 건 아무것도 없어요. 그러니 계속하세요."

그는 오늘 그걸 알았다고 그녀가 느낄 수 있도록 그 말을 되풀이했다.

"당신은 괜찮아요."

"계속 그럴게요."

"나를 안 만나도 될 거예요."

"날 지켜주세요. 날 봐주세요." 그녀는 그를 온화하게 바라보며 말을 이어갔다.

그녀는 그에게 작별의 손은 내밀었고 그래서 그는 그녀를 잠시 붙잡았다. 비록 너무 많지는 않았지만, 뭔가 더 있을 거라는 생각이 그에게 다시 들었다. "물론 내가 당신의 친구를 위해 할 수 있는 일이 있다면요, 그러니까 아가씨가 말했던 그 신사가…."

"아, 덴셔 군이요?" 마치 그녀가 잊은 듯 했다.

"덴셔 군, 그게 이름인가요?"

"맞아요. 하지만 그 사람은 그렇게 지독하지 않아요." 그녀는 곧 그 이야기에서 벗어났다.

"그럼요. 당신이 관심이 있다면." 그녀는 회피했지만, 차라리 그들도 그만두는 게 낫긴 했지만, 그녀의 눈을 보면서 그가 그녀를 다시 부를 이유가 있었다. "그래도 할 수 있는 게 있다면요…."

그녀는 생각하는 동안 그를 바라보며 웃었다. "난 할 수 있는 게 아무것도 없을까 봐 두려워요."

그녀는 이제껏 오늘 아침만큼 자신이 소유욕에 빠졌다는 느낌을 받은 적이 없었다. 매우 화려한 방에서 여전히 느껴지는 남부 유럽 여름의 온기, 궁전 같은 방에 반사되는 단단하고 시원한 포장도로의 광택, 열린 창문을 통해 보이는 출렁이는 바다 위로 떠오른 태양이 화려한 천장에 그려진 '피사체'를 비쳐서 매우 기뻤고, 화려하고 오래된 우울한 색깔의 큰 메달리언medallion(목걸이에 거는 큰 메달 모양의 보석), 양각으로 새겨지고 리본으로 장식된 붉은 금빛의 메달, 시간이 흘러 색깔이 옅어지고 부채꼴 모양 장식에 도금한 메달들이 거대한 틀과 장식이 많은 오목한 형태(친근한 하늘 생명체인 하얀 아기천사의 집)에서 시작됐고, 입구에서 앞으로 쭉 설치된 작은 조명들로 높이 평가됐는데, 베데커 여행 안내서와 밀리 일행들의 사진들이 눈에 몹시 띄어도, 아파트를 위엄의 장소로 만들었다. 3주 동안 대저택 생활을 즐겼지만, 마침내 이번이 사실상의 점거를 한 거 같았다. 아마도 그녀가 런던을 떠난 후 처음 진짜로 혼자였기 때문일 것이고, 멋진 에우제니오Eugenio가 그녀를 위해 해준 일로 처음으로 완전하고 방해받지 않은 느낌을 받았다. 대공들과 미국인들에게 추천받은 에우제니오는 파리에서 건너와 일을 했는데, 스트링햄 부인과 여러 차례 만난 이후에 더 많은 재량권이 생겨 유럽 대륙으로 그녀를 에스코트하고 그곳에서 그녀를 돌봤고, 그들이 만난 순간부터 그의 모든 경험을 살려서 그녀에게 헌신했다. 그녀는 미리 그를 여러 언어를 구사하고 보편적이고 매우 상냥하고 무척 사려가 깊은 사기꾼이라고 판단했었다. 왜냐면 그는 잘 다듬어진 이탈

리아인의 손을 늘 심장 쪽에 올렸고 다른 한 손은 주머니에 곧장 넣었
는데, 그녀가 바로 알아차린 것처럼 주머니는 장갑처럼 꼭 맞았다. 주
목할 점은 이러한 공통된 의식의 요소들이 순식간에 깰 수 없는 연결
고리로 모이면서 행복한 관계의 토대를 형성했다는 점이었다. 지금까
지 이상하고 기괴하면서 유쾌하게 그들 사이의 신뢰가 매우 잘 유지
하고 많이 표현됐다.

　그녀는 무슨 일이 일어나고 있는지 충분히 빨리 알았는데, 평상
시 일이 다시 일어났고 또 일어났다. 에우제니오는 5분간의 면담에서
그녀를 이해했고, 온 세상이 현재 그녀를 낙담시키는 방법으로 그녀
를 보살펴서는 안 된다고 생각했다. 온 세상이 그녀를 이해했고 그녀
를 알았지만, 하지만 누구도 그녀와 같은 생각을 하거나 인내심을 갖
고 그녀에게서 항복을 얻어내지 못했을 거라고 생각했다. 사랑을 나
누기에는 너무 늙은 어느 유명한 테너처럼 늘 단정한 손과 표정, 굵고
깔끔한 백발, 매끈하고 넓은 얼굴과 암울한 직종에, 상당히 과장된 눈
빛을 한 그가 때로는 영광스러운 경력의 모든 고객 중에서 가장 개인
적이고 아버지 같은 관심을 그녀에게 우아하고 공손하고 완벽하게 보
였다. 다른 사람들은 사무적으로 대했지만, 그녀에 대한 그의 감정은
특별했다. 따라서 자신감은 그녀가 그 감정을 완전히 믿는 것에 달려
있었고, 그녀가 느끼는 것보다 더 확실한 것은 없었다. 그들이 대화
할 때마다 신뢰가 오갔고, 그의 속마음은 알 수 없지만 겉으로는 이런
친밀감이 존재했다. 그는 그녀를 도와주는 사람들 사이에서 이미 자
리를 잡았고, 지속적인 관점에서 심사숙고를 통해 마지막 역할에 있
어 가련한 수지와 나란히 했는데, 수지는 지금 그 어느 때보다 유감스
러워하고 그 점에 대해 아무 말도 하지 않고 있다. 에우제니오는 확실
히 적용할 수 있는 지위인 잔여 재산 상속자로서 전반적인 요령이 있
었다. 반면에 만약 그녀의 사망 시 수지는 전혀 어떠한 지위도 없었으
며, 수지는 오로지 그럭저럭 지내는 것에만 관심을 가지고 고집스럽

게 굴었다. 그 문제에 있어 현재 밀리는 새로운 바람을 불태우며 이런 원칙을 자신이 믿고 싶어 해야 한다고 생각했다. 에우제니오는 가을의 끝자락에 그녀의 부족한 말 한마디에도 매우 훌륭하고 완벽하게 해냈고, 결국 모든 걸 알지는 못했지만 그가 아마도 알고 있는 것보다 더 많은 일을 했다. 그녀의 부족한 말은 일반적인 암시였다. "베니스에서는 가능하면 끔찍하고 천박한 호텔은 안 돼요. 하지만, 관리가 가능하다면 몇 달간은 완전히 독립적이고 멋지고 오래된 방은 괜찮아요. 방도 많으면서 더 재미난 곳이면 더 좋겠어요. 궁전의 일부로서 역사적이고 그림 같은 곳이면서, 요리사와 하인들, 프레스코 벽화, 태피스트리, 골동품이 있고 정착한 곳이라고 완전히 믿게 되는 곳이요, 내 말 알겠죠?"

그가 어떻게 그녀를 더 잘 이해했는지에 대한 증거는 도처에 있었다. 그가 능숙하게 알게 된 점에 대해 그녀는 처음부터 어떤 것도 묻지 않았다. 그녀는 그에게 자신이 생각하는 바를 충분히 보여줬고, 그녀의 관용이 그를 기쁘게 했다. 주로 그녀와 관련해 처리된 부분을 그녀는 곧 충분히 알게 될 것이고, 그녀가 그때 알게 되는 가치들과 그의 연관성은 여전히 많이 남은 유산을 더 늘리는 데 거의 도움이 되지 않을 것이라는 걸 알게 될 것이다. 매력적인 사람들, 의식 있는 베니스를 사랑하는 사람들은 분명히 자신들의 집을 그녀에게 내어주었고, 아무리 잠시 그들이 멀어지게 만들고, 그들이 아무리 지속적으로 얻은 것이라도 얼굴을 붉어지는 걸 감추기 위해 다른 나라로 멀리 떠났다. 그들은 보존하고 축성을 했고, 그녀의 일부분은 창피한 줄 몰랐고 이제 전유하고 즐겼다. 레포렐리 저택Palazzo Leporelli은 장식과 함께 색이 칠해진 우상과 침통한 인형이 달렸지만, 역사적으로 훌륭했다. 그림과 유물로 가득한 풍요로운 베니스의 과거는 지워지지 않는 평판으로 이곳에서 그 존재가 존경받고 섬김을 받고 있었다. 조금 전의 일을 다시 돌아오면, 10월 아침, 비록 어색한 초보자일지 모르지만 밀리는

348

그 어느 때보다도 여사제처럼 천천히 앞뒤로 왔다 갔다 했다. 그건 분명히 고독의 달콤한 맛에서 비롯됐고, 그 시간 동안 또다시 느끼고 소중히 했고, 게다가 언제나 그녀의 본성상 사물이 그녀에게 말을 걸었다. 대부분 고요함 속에서 그녀에게 최선을 다해 말을 걸었고, 그 목소리에 그녀는 정신을 잃었다. 목소리는 몇 주 동안 그녀에게 맴돌았고, 그녀는 귀를 기울이려고 노력했고, 연마해서 응답했고, 그녀가 듣지 못하도록 하는 다른 것들이 몇 주 동안 있었다. 처음에 약속했거나 위협한 것보다 더 많은 사람들 속에서 자신이 여러 호위를 받고 있다고 느꼈다. 그녀가 의사 루크 스트렛에게 비교적 폐쇄적이고 동떨어진 밀집된 집단으로 묘사한 네 명의 여성은 사실 눈덩이처럼 굴러다니며 매일 매일 더 많은 곳을 누비고 다녔다. 수잔 셰퍼드는 그 아가씨의 여행 중 이 부분을 예카테리나 2세 러시아 여황제가 러시아의 스텝 지대steppes를 가로지르는 유명한 전진과 비교했는데, 길모퉁이를 돌 때마다 머무는 곳이 급조됐고, 마을 주민들을 런던 말로 주소를 적어놓고 기다렸다. 결국 로더 부인과 케이트 크로이의 옛 친구들은 숨어 있었고, 주소가 런던 말로 되어 있지 않으면 미국 중심지에서 계속 쓰이는 관용어로 되어 있었다. 수지의 개인적 친분에도 물살이 거세게 일었다. 그래서 호텔, 돌로마이트Dolomites 산맥에서 소풍, 호수 증기선에서 모드 이모와 케이트에게 그들이 문을 열어 준 런던의 '성공'으로 진 빚을 대부분 갚을 수 있는 날들이 있었다.

밀리와 스트링햄 부인의 동포들의 충격 속에서 로더 부인과 케이트는 사실 건강 상태가 최고는 아니었다. 바다 위에서 최신 소설의 붐처럼 빠르게 그런 상태가 됐다. 그 여성들은 '너무 달랐고', 그들을 평가하는 여성들과 눈에 띄게 달랐다. 밀리의 아파트에서 종종 한 번에 여자 12명에 대해 이야기하면서 또한 도덕적인 것과 다른 많은 것들을 동시에 지적하기도 했다. 밀리의 친구들은 그들 자체로 완전히 매력적일 뿐만 아니라, 사회적으로 볼 때, 기이한 젊은 여성, 눈에 띄는 초보자, 그리고 그녀의 길을 순조롭게 만드는 사람들, 그녀의 기이한 면을 제압할 수 있는 확실한 도움의 손길로 찬사를 보내는 사람들에게 가장 멋진 사람들로 알려줬다. 그녀 생각에 짧은 간격은 이제 큰 차이로 나타났고, 그녀의 타고난 분위기를 새롭게 받아들인다는 건 그녀가 이미 동포를 기묘하고 동떨어진 것으로 생각하는 듯했다. 그녀는 그런 비평가를 감동시켰고, 오히려 이상하게 완전한 신뢰의 결핍에서 비롯된 자비를 보였다. 이 모든 것은 그녀에게 완벽한 좋은 시간을 보내기에는 너무 평범하고 너무 형편없었지만, 이런 마지막을 살피는 직관적인 교활함에서 완전히 나쁜 시간을 보내기에는 너무 부자이고 너무 친한 사람이라는 점을 알려줬다. 간단히 말해서 동포들은 그녀가 이해하는 것에 따라 그들의 전문가적 지혜로 그녀의 친구들을 인정했다. 어떤 사법적 현명함에도 불구하고 동포들은 자신들을 무고한 당사자로 여겼다. 그녀는 이전에 전혀 알지 못했던 걸 요즘에 알게 됐고, 이름을 붙이기에는 너무나 지독한 원칙을 제외하고는 이유를 말할 수 없었다. 이렇게 그녀는 랭커스터 게이트가 뉴욕은 생각지도 않았고, 랭커스터 게이트가 미국인의 방문 계획을 함께하면서 뉴욕을 좋아했던 것도 아니라는 걸 알게 됐다. 익살맞게도 로더 부인에게 그 계획은 사회적 지위의 향상을 위한 것이었을지도 모르고, 실제로 그런 방향으로 반세기 만에 이루기에는 너무 촉박했을 것이다. 다른 사람들 말처럼 케이트 크로이는 특출한 외모와 매우 잘 어울리는 냉철히 다듬은 재능의 도움으로, 논쟁, 추측, 염원을 아주 깔끔하고 명료한 몇 마디로 정리할 것이라고 너무 간단해서 결백하더라도 오히려 심한 비속어처럼 들린다. 케이트가 미국에 가고 싶은 척하지 않는 것도 아니었고, 그 어느 때보다도 젊은 아가씨인 밀리는 그들이 대놓고 얼굴을 찡그리고 싫증이 나서 가면을 벗은 친밀한 고백과 개인적이고 노골적인 아이러니에 관한 이론에 따라 행동했을 뿐이었다.

이렇게 가면을 벗는 건 마침내 그들이 함께할 때 취하는 형태가 되었고, 그 순간들은 실제로 점차 잦아지지만 길지 않았고, 밀리가 피곤하다고 표현할 때마다, 그녀는 마구를 벗어났다. 그들은 자신들의 가면을 과시했고, 따라서 스페인 부채를 부쳤을지도 모른다. 그들은 가면을 벗으며 웃고 한숨을 지었지만, 이상하게도 미소, 한숨은 실제로 가장 크게 의심받았을 것이다. 이상하게 보통 감정을 토로하는 양이 안도의 도구에 비례해 부족했다. 그들이 그러지 않는 척할 때 서로의 관심을 끌었고, 그때 그들이 뒤로 계속 숨기고 있었던 것이 가장 많이 드러났다. 당연히 차이가 있었고 주로 케이트에게 유리했다. 밀리는 친구가 아주 잘 간직했던 게 무엇인지 잘 알지 못했고, 밀리에게 숨길 보물이 있었다는 건 케이트에게 비교적 간단하고 쉬운 일이었다. 이건 수줍어하고 절망적인 애정의 보물이 아니었고, 다른 상황에 해당하는 은폐였는데, 비교적 대담하고 단단한 자부심의 원칙이었고, 발소리처럼 조금의 압력에도 움직이는 미세한 강철 스트링의 원리 같았다. 따라서 그녀 자신의 타당성에 대한 개념에 대한 진실이 극도로 보호됐고, 그래서 그녀의 탑 주위에 파놓은 해자(성 주위에 둘러 판 못)의 저편에서는 그녀를 바라보기를 갈망하는 이상하고 가엾은 자매가 있었다. 마테를링크Maurice Maeterlinck(벨기에 극작가 겸 시인) 연극의 어떤 희미한 장면처럼 그들 주위에 모이는 황혼과 같은 이 젊은 여성들의 어떤 연결 양상이 우리에게 보였다. 우리에게는 은은한 황혼 속에서 그렇게 관계가 깊으면서도 그렇게 반대하는 인물들이 서로를 조심스럽게 바라보는 이미지가 분명히 있는데, 부적, 알림장과 유물을 챙겨서 주로 앉아 있고 타조 깃털이 달린 검은 옷을 입은 몹시 야위고 창백한 공주가 꼿꼿한 자세로 쉴 새 없이 자신의 저택을 천천히 배회하는 부인과 저녁 빛이 비치는 짙은 강물 너머에서 잠깐잠깐 질문과 답은 주고받는 것이었다. 등 뒤로 짙은 색의 땋은 머리를 넘긴 자세한 꼿꼿한 부인은 풀밭에서 장식된 기차를 끌고 한 바퀴를 돌면서 떠돌았고, 중간에 잠깐 암시하는 듯한 말을 하면서 그들의 느낌을 풀기보다는 보다 감추

는 거 같았다. 상대방을 정말 고려하지 않을 때는 다소 초조한 분위기
에서 그들이 만나면 자신의 말을 하려고 기다리기 때문이다. 그와 같
은 인상은 사실 심각하고 비극적일 수 있어서, 그들은 마침내 분명하
고 체계적으로, 그들이 했던 말에 신경을 썼다.

　특히 밀리는 그렇게 자랑스러워하지 않으면 동정하는 사람에게 더
많은 위로를 받고 동정받을 확률에 관한 총체적인 표현은 없을 것이
다. 일관되게 사려 깊은 태도보다 더 분명하게 증명할 수 있는 말이나
증거는 없었고, 그녀의 나약함과 힘, 위험성과 선택이 그녀를 견딜 수
없을 정도로 흥미롭게 만들었다. 케이트의 곤경은 결국 스트링햄 부
인 자신의 문제였고, 우리의 마테를링크 묘사에서 수잔 셰퍼드 자신
은 황혼 속에 해자 옆을 맴돌았을지도 모른다. 여하튼 케이트는 이 시
간을 통해 친구에게 진심이고 친구에 대한 연민 어린 생각이 강하다
는 것이 분명해졌을 것이고, 이를테면 이런 것들이 그녀에게 미덕, 양
심, 믿음을 주었고, 나중에 그녀에게 소중한 것이 되었다. 그녀는 예
리한 이해력으로 그들의 공통된 이중성의 논리를 파악했고, 밀리의
다른 조용한 추종자처럼 똑같은 시련을 아무런 도움 없이 겪었고, 점
占, 감사함과 그녀의 운명과 두려움 사이의 대비를 저버리는 것을 그
녀는 쉽게 알았고, 이 모든 것이 그녀의 체계적인 허세와 모순되었을
것이다. 그것이 케이트가 경탄스럽게 알았던 것인데, 밀리가 보면서
살았고 아주 약한 숨결에도 시작될 수 있는 눈사태를 인지하는 것이
었다. 그녀의 숨 막히는 통곡의 숨결이 헛된 동정심보다 덜 하겠지만,
다른 사람들의 무기력한 추론일 뿐이다. 따라서 그들 사이에 이러한
많은 억압이 있었기 때문에, 우리가 암시했듯이, 정체를 드러내기 위
해 물러나는 건 명목상의 동기에 기대야 했고, 그건 수다의 기쁨으
로 제대로 표현됐다. 사실 그들이 다니는 내내 수다를 떨었지만, 얼굴
을 마주할 때 어떤 목적에서 어떤 견해나 다른 견해에 대비해 일부러
절망적인 관점에서 받아들였다. 마구에서 벗어난다는 것에 대한 안도

감, 그것이 그들 모임의 교훈이었다. 하지만 결과적으로 이것의 교훈은 그들이 서로에게 마구를 해야 하는지 이유를 물어볼 수 없었다는 것이다. 밀리는 일반적인 갑옷처럼 입었다.

그녀는 몇 주 동안 없었기 때문에 어떤 이유에서인지 현재 그녀는 소외감을 느꼈다. 그녀는 항상 혼자였고, 그녀의 벗들은 지금처럼 그녀에게 분산되고 억압된 영향을 끼친 적이 없었다. 예를 들어 아름다운 날이라는 명목으로 용감하고 훌륭히 그녀를 받아들이면서 에우제니오가 아무 말 하지 않고도 다시 더 조용하고 놀랍도록 그녀를 이해하는 것과 같았다. "예, 한 시간 동안 혼자 있게 해주세요. 그들한테서 벗어난다면 어디든 상관없어요. 그들을 받아들이고, 즐겁게 하고, 붙들어 주세요. 그들을 물에 빠트리고 원한다면 죽이세요. 그러면 조금은 혼자서 내가 어디 있는지 알 수 있을 거예요." 그녀는 자신을 위해 자신을 내던졌을 수지를 다른 사람들처럼 그에게 떠넘겼기에, 그 말이 매우 조급했다는 걸 의식했다. 밀리는 돈이 목적인 괴수에게 그녀를 떠넘기고 그래서 그녀는 한숨을 돌렸다. 인생의 전환과 나약함의 기분은 낯설었고, 상상의 깜박거림과 희망의 속임수는 이상했다. 그러나 합법적이고 똑같지 않은가? 최악의 경우 이런 실험들은 자아를 실천하는 진리를 가지고 시도했다. 그녀는 이제 에우제니오가 자신을 전적으로 도와줄지도 모른다는 생각을 했다. 그는 그녀를 집으로 데려왔고, 지금까지 이해하지 못했던, 운명에 대한 역공으로 그녀의 부 자체를 최대한 이용하는 구상에 대해 조용히 늘 언급했다. 그들 사이에 터무니없는 말이 오갔는데, 그렇게 많은 돈으로 그녀는 집, 마차, 요리사보다 미련스럽고 어설프게 인생, 직업과 의식을 더 원해야 한다는 것이었다. 단번에 그녀를 맡게 된 그에게 전문가적 평가를 받는 거 같았다. 그 문제에 있어 그녀는 아침에 상태가 좋을 때 적어도 레포렐리 저택에서는 거의 아마추어처럼 보이는 점을 의사 루크 스트렛의 느슨한 점과 긴밀하게 비교할 수 있었다. 에우제니오가 그녀에게 분명히 말했던 "돈을 충분히 주고 나머지는 나에게 맡겨요."라는 말을 의사 루크는 그녀에게 하지 않았다. 의사 루크는 구매와 지불에 대해 말하는 것처럼 보였지만, 다른 종류의 현금에 대해 언급했다. 가격을 분명히 말하거나 예상할 수도 없었고 게다가 그녀 마음대로 확신할 수 없었다. 에우제니오는 이 점이 달랐는데 분명히 말하고 예상할 수 있었고 그가 말하는 가격에 그녀는 놀랐던 적이 없었다. 그녀는 무엇이든, 모든 것에 충분히 지불할 의사가 있었고, 여기에 충분한 양에 대한 새로운 견해가 있었다. 에우제니오가 영수증에 서명했기에, 그녀는 청구금액을 지불할 수 있다는 것에 즐거워했다. 그녀는 그 어느 때보다 충분히 지불할 준비가 됐고, 훨씬 많은 비용을 지불할 준비가 되었다. 당신의 가장 신뢰하는 하인이 실망하는 점이 있다면, 수지가 당신을 궁전의 공주라고 부르는 것이 무슨 소용이 있겠는가?

여름 바다가 이리저리 커튼이나 바깥쪽 블라인드를 흔들면서 베일로 가려진 공간에서 숨 쉬는 동안 그녀는 이제 홀로 그곳 전체를 고귀하고 평화롭게 돌아다녔다. 그녀는 그것에 집착하는 환상이 있었고, 에우제니오가 감당할 수 있을 것이다. 그녀는 대홍수의 방주처럼 환상에 빠졌고, 그 환상에 대해 유연함으로 가득한데, 보통의 자비로는 충분하지 않을 이유가 있겠는가? 그녀는 절대, 결코 그곳을 떠나지 않을 것이고, 그 자리에 꼭 붙어 앉아서 계속 떠다니게 해달라고 할 것이다. 아름다움과 강렬함, 이런 자만의 진정한 순간적인 안도감은 그녀가 아직 말하지 않았던 질문을 에우제니오에게 하려는 긍정적인 목적에서 절정에 달했다. 그녀가 수심에 잠기기 시작했던 큰 라운지 바에서 돌아왔을 때 베니스에 도착한지도 몰랐고, 텅 빈 방에서 하인 한 명이 그녀를 따라가서 그녀가 부재중일 때 기다리고 있던 마크 경을 보게 됐을 때, 비록 그 계획은 조금 틀어졌고, 추가돼야 했지만 말이다. 마크 경은 그때도 기다려 왔고, 틀림없이 기다리고 있었다. 그녀가 나중에 회상했을 때, 이상한 점은 그가 무슨 일로 왔는지 당장 궁금해하지 않고 5분 후에 궁금해졌다는 것이다. 그리고 또한 아주 모순되게도, 그녀는 그를 만나서 반가웠고, 마치 그가 이미 그녀의 생각에 따르거나 제안에 따라 행동한 것처럼 그가 그녀의 고독을 방해한 걸 거의 용서한 듯했다. 왠지 그는 기껏해야 휴식의 끝자락이었다. 누군가는 그를 매우 좋아하면서 그의 존재로 그 어떤 것보다도 소중한 고독감을 방해했다고 느꼈을 것이다. 그럼에도 불구하고, 그는 수지도, 케이트도, 모드 이모도 아니었고, 심지어 에우제니오도 아니었기 때문에, 그를 본다고 해서 친구들을 떨어트리려는 그녀의 생각에 어떤 방해도 되지 않았다. 그녀는 그가 매첨에서 그녀에게 훌륭한 초상화를 보여줬던 순간, 그녀가 최고로 안도감을 느꼈던 순간, 자신도 모르게 눈물을 흘렸던 순간 이후로는 그와 단둘이 있었던 적이 없었고, 그녀가 부끄러워하는 그 순간들은 그녀가 의식적으로 방어 곶#을 돌고 비교적 무지의 푸르른 만에서 벗어나 험난한 바다를 바라보는 곳에 도달했다는 표시였다. 그의 존재는 이제 그가 매첨에서 그때 얼마나 친절했는지를 상기시켜주었고, 뜻밖에도 그녀가 그걸 생각할 수 있었던 시기에 그런 친절함과 그들이 함께 기억하는 아름다움 때문에 그녀는 그를 잃은 것이 아니라 정반대였다. 그를 그곳에 관대하게 맞이하고, 관심을 갖고 매력적으로 그를 살피고, 그리고 훼방 놓는 다른 사람들이 없다는 걸 알게 된 것만큼 분명히 기뻤고, 이런 것들이 처음 몇 분 동안은 너무 즐거워서 그녀 입장에서 어떤 행복한 선견지명을 보였을 것이다.

그는 그들에 대해 묻지도 않았는데, 그녀는 그의 등장에 대해 이야기하면서도 그 자리에서 충동적으로 너무나 예고 없이 친구들 이야기를 해줬다. 그는 그들이 모두 어디에 있는지 알고는 칼즈배드Carlsbad에서 몸이 떨렸고 뒤늦게 새파래져서는 그렇게 첫 번째 기차를 타고 갔다. 그는 그들이 어디에 있는지를 어떻게 알았는지 설명했고, 더 자연스럽게도 밀리의 그의 친구들에게서 들었다. 그는 때마침 이걸 언급했지만, 그의 언급으로 특이하게도 그 아가씨는 그의 이유에 대한 마음속 의문을 의식하게 됐다. 그녀는 그가 로더 부인이나 케이트를 덧붙이며 복수형으로 말하는 걸 알아차렸지만, 설명을 듣자 그것 역시 그녀에게 충격을 주지 못했다. 모드 이모는 그에게 편지를 썼고, 케이트도 분명 그에게 편지를 썼는데, 이 점이 흥미로웠다. 하지만 그들의 계획은 어쩌면 마치 그들이 지연된 것에 대해 걱정하는 한 다소 안도하는 것처럼 그가 와서 앉아 있어야 하는 건 아니었을 것이다. 그녀가 에우제니오와 스트링햄 부인의 보살핌 아래 있을 법한 아침에 대해 말했을 때, 그는 "아!"라고 말했을 뿐이었고, 다시 "오!"라고 말했는데, 마치 리알토교Rialto(베니스 대운하의 다리 한 곳)나 한숨의 다리에서 그들을 앞질러야 한다는 생각으로 그가 일시적으로 냉담해지는 것처럼 들렸다. 얼마 후 밀리는 정확히는 이해하기 힘들지만 확신하기 위해 여전히 직접 확인해 보기로 한 것이 바로 이 점이었다. 그는 다른 사람들로부터 그들 모두 어디에 있는지 알고 있었지만, 다른 사람들을 위해서 온 게 아니었다. 이상한 말이지만, 그것은 유감스러운 일이었다. 왜냐하면, 여전히 더 이상한 말이지만, 그가 그런 의도가 덜 했었다면 그녀는 그에게 더 많은 신뢰를 보여줄 수 있었을 것이다. 그녀가 그것을 점치는 순간부터 그의 의도 때문에 그녀는 너무 냉정해져서, 단순히 그와 함께 하는 즐거움, 그녀의 운명의 절정이었던 매첨과 브론치노(이탈리아 화가 이름)를 함께 추억의 즐거움으로, 그녀는 그에게 애원하고 이윽고 그를 판단하고 오해를 풀 수 있었을 것이다. 10분 동안 그녀가 그를 직접 맞이했고 그래서 그는 분명 기뻐했으며, 알 수는 없었지만 어떤 점의 생각이 달라졌는데 예를 들어서 모드 이모 댁에서의 첫 만찬에서는 그가 충분히 인간적이라고 확인하지 못했던 점이 바뀌었다. 그녀의 현재 자비심에 있어 매첨에서 보낸 시간에 모드 이모 댁의 첫 저녁 식사와 다른 것들이 더해져 그들의 관계가 편안해지면서 갑자기 그가 나타난 게 기뻤다. 그는 둘러보며 그곳의 매력에 대해 이렇게 외쳤다. "정말 성전 같고 삶의 긍지가 표현하면서 정말 행복한 집이네요!" 자신의 목적을 위해 그녀는 어슬렁거리면서 전보다 더 민감하게 모든 걸 받아들이고 있었다고 말은 했지만, 그를 손님으로 대접하기 위해 그녀는 그에게 산책을 제안할 수 있었다. 그는 주저 없이 그녀의 제안을 받아들였고, 그녀가 허락해줘서 기뻐하는 거 같았다.

그녀는 그 상황에서 다시 전체적으로 엄숙해진 것이 무엇 때문인지 말할 수 없었지만, 20분이 지나고 그녀의 손님에게도 마음 아픈 뭔가가 일어나기 전에 그들에게 안타까운 침묵이 흘렀다. 그것은 진정으로 매력의 완벽함에 지나지 않거나 아니면 그 매력의 존재 앞에서 그들은 배제된 상속권 박탈 상태에 지나지 않았다. 그 매력은 그들에게 아름다움 속에 차갑고, 그들의 것이 절대 될 수 없는 우아함으로 가득하고, 있을 수 있지만 금지된 삶의 아이러니한 미소를 지으며 말하는 얼굴로 바뀌었다. 모든 것이 밀리에게 새롭게 다가왔다. "아, 불가능한 로맨스네요!" 그런데도 그녀에게 로맨스는 다시 한번 요새와 같은 곳에서 영원히 내내 앉아 있는 것이었고, 그 생각은 절대 쓰러지지 않고, 신성하고 먼지 없는 공기 위에 우뚝 서 있고, 그녀가 돌에 물이 철썩 부딪히는 소리만 들을 수 있는 이미지가 되었다. 그들이 이동한 멋진 층은 높은 곳에 있었고, 이것은 애달픈 바람을 불러일으켰다. "아, 내려가지 말아요. 절대 내려가지 말아요!" 그녀는 친구에게 이상하게 한숨을 쉬었다.

"왜 엄청나고 오래된 그 계단으로 가지 않죠? 당신을 지켜보기 위해 베로나풍 의상을 입은 한 사람들이 늘 있어야 해요."

그녀는 이해하지 못하는 그에게 가볍게 그리고 애절하게 고개를 저었다. "베로라풍 의상을 입은 사람들조차도 필요 없어요. 긍정적인 미인은 쓰러지지 않아요. 난 사실 움직이지 않아요. 밖에 나간 적도 없어요. 깨어 있었어요. 그래서 당신이 운 좋게 날 찾은 거예요."

마크 경은 의아해했다. 그렇다, 그는 평범한 인간이었다. "안 나간 다고요?"

그녀는 그를 맞이했던 방이 있는 층, 아래층 응접실에 해당하고 고 딕 양식의 아치가 있는 대운하를 바라보고 있는 곳을 둘러봤다. 아치 사이의 여닫이창은 열려 있었고, 발코니의 난간은 넓었고, 운하는 곧 게 뻗어 있어서 감탄할 만했고, 묶여 있지 않은 흰색 커튼이 그들 쪽 으로 펄럭였지만, 그녀는 어떤 초대였는지 거의 말할 수 없었다. 하지 만 곧 수수께끼는 풀렸다. 그녀는 그 어떤 것에도 초대받은 적이 없었 고, 단지 그곳에서 자신의 모험을 즐길 뿐이었다. 이렇게 계속 돌아오 고 꿈쩍도 하지 않는 모험일 것이다. "그냥 여기만 돌아다녀요."

"정말 몸이 안 좋은 거예요?"

그들은 창가에 서서 잠시 서 있었는데, 반대편에는 빛바랜 아름다 운 오래된 궁전들이 보였고 밑에는 느린 아드리아해 조류가 흘렀다. 그러나 잠시 후 그녀는 대답도 하기 전에 자신이 본 것에 눈을 감고 저항 없이 얼굴을 팔에 파묻었다. 그녀는 창가 쿠션에 무릎을 꿇었고, 오랜 침묵 속에 이마를 숙인 채 그곳에 몸을 기댔다. 침묵 자체가 너 무 직접적인 대답이라는 것을 알고 있었지만, 이제 그녀가 자신의 길 을 알았다고 말하는 건 할 수 없었다. 그녀는 다른 사람들이, 예를 들 어 머튼 덴셔 같은 사람이 질문 자체를 못 하도록 만들었고, 그녀는 그 자리에서 심지어 그녀를 거의 쓰러지게 했던 말에서 마크 경에 대 한 그녀의 감정이 무엇인지도 궁금했다. 그녀는 그를 별로 좋아하지 않았기 때문에 당연했다. 따라서 그를 받아들여서 그녀의 컵이 넘치 게 하는 그의 손길에 괴로워하는 건 그녀의 신경과민에 있어서 실제 로 안도의 문제였기 때문에 가장 적은 대가를 치르는 안도감일 것이 다. 만약 그가 그녀가 생각했던 의도로 그녀에게 다가왔거나, 그들이 처한 상황에 의해 결정되었다고 해도, 그는 현재 그녀의 가치에 대해 착각하지 말아야 했다. 그곳에 무릎을 꿇으며 결국 그녀는 전혀 아무것도 아니라는 것에 심장이 요동쳤다. 몸도 움직이지 않고 아직 말도 하지 않았지만, 그녀는 되도록 회복하려고 애썼다. 그때 그녀에게 하나의 광명이 비쳤다. 그녀와 결혼해야 할 남자에게 그녀의 가치는 병으로 없어지는 것인가? 그녀는 계속 남을 수 없지만, 그녀의 돈은 계속 남을 것이다. 그녀의 돈에 관심이 있어 진지해지고, 그녀에게 '잘 보이려는' 가장 큰 이유가 생긴 남자에게 그녀가 이 세상에 오래 살지 못한다는 전망은 분명히 결정적인 매력으로 보일 것이다. 자연과 의사들이 허용하는 한 짧든 길든 그 시간 동안 그녀를 기쁘게 하고 설득하고 안전하게 지켜주려고 하는 남자는 궁극적인 이익을 위해 그녀가 아프거나 상처받고 무례하더라도 그녀에게 최선을 다할 것이다. 그녀는 분명히 상처받고 슬퍼하는 남편이 멋진 일을 해주는 존경받는 종류의 사람일 것이다.

그녀는 일반적으로 모든 덤불에서 관심 있는 구혼자를 만나는 것이 어린 시절의 습관 중 하나가 돼서는 안 된다고 종종 혼자 생각했는데, 일찍이 그런 태도가 비열하고 불쾌하다고 판단했었다. 따라서 실제로 그렇게 할 가능성이 적고 추악한 동기를 전가하는 행위를 멈춰야만 하는 이유를 거의 알지 못했다. 마크 경의 차가운 영국인 눈에는 그런 추악한 동기가 없었고, 어쨌든 그녀의 생각에 어두운 면도 보였지만 잠시뿐이었다. 게다가 이걸로 의구심은 그 자체로 단순해졌고, 그녀 상대의 동기가 중요하지 않은 멋진 이유가 있었는데, 실제로는 두 가지 이유였다. 한 가지는 그가 돈 한 푼 없는 그녀를 원한다고 해도 그녀는 결코 그와 결혼을 하지 않을 거라는 것이었고, 다른 한 가지는 그녀는 어쨌든 예민하고 친절하고 매우 즐겁고 인간적으로 그가 그녀를 걱정한다는 걸 느꼈다는 것이다. 그가 그녀와 함께 잘 지내고 싶고, 아주 잘 되기를 바라면서 그녀가 위태로워 보이고, 걱정이 가득하고, 고통스러워하는 것처럼 느끼기 시작한 두 가지 일도 있었다. 하지만 그들은 잘 지냈고 어울리면서 그가 그녀를 좋아한다는 걸 더 확신하게 할 뿐이었다. 현재 그녀는 그가 실제로 하는 일을 계속 생각했고, 그녀의 나약함으로 회유되는 자연스럽고 적절한 일이었다. 그녀는 정말로 그 일로 그를 당황스럽게 하거나 싫증나게 했는지 자문했었다. 그가 어떤 문제도 제기하지도 않고 물어보지도 않고 그녀가 좋아하는 일을 할 수 있을 만큼 마음이 움직인다면, 그녀가 단순히 그를 거부하기보다는 그녀에게 더 좋은 도움을 줄 수 있을 것이다. 역시나 이상했지만, 그는 잠깐 그녀를 유일하게 안심할 수 있는 동조자로 생각했다. 다른 사람들과 이야기하는 건 그녀를 더 심각하게 만들었지만, 그녀는 그가 얼마나 움찔하고 창백해질지에 대해 불안해하지 않았다. 즉 그를 편하게 느끼며 그와 편한 관계를 유지할 것이다. 한편 그들의 실제 모습은 그런 매력이 있었고, 안팎으로 그들을 둘러싸고 있는 것으로 감상적인 정적은 오페라처럼 자연스러워졌기에, 그녀는 건강하거나 아프다고 말하는 대신에 마침내 다음 말을 반복할 때, 그가 그녀의 말을 경청하지 못하도록 했다는 걸 생각할 수 있었다. "난 이 근처를 돌아다녀요. 피곤하지 않아요. 난 절대 해서는…. 그게 나한테는 적당해요. 나는 이곳을 사랑하고 조금도 놓치고 싶지 않아요."

"당신이 좋다면 나도 마찬가지예요. 그리고 계속 그러길 바라요. 정말 여기서 사는 게 좋아요?"

"여기서 죽고 싶네요."

그 말에 그는 웃었다. 바로 그것이 누군가가 신경을 써줄 때 그녀가 원했던 것으로, 흑심이 없는 유쾌한 인간적 방식인 것이다. "아, 그러기에는 부족해요. 선택이 필요해요. 하지만 당신은 이해 못 하겠죠? 당신을 알아볼 수 있는 장소여야 해요. 주목을 받고, 사람들과 살아야죠. 당신 혼자 있는 건 매년 3~4개월 정도 여기에 모습을 보이는 것보다 더 나쁜 일이에요. 내 말은 당신 친구들에게요. 하지만 남은 시간에 대해서는 내가 생각할 게 아니에요. 누군가가 당신을 위해 다르게 활용해야죠."

그녀는 웃으면 물었다. "날 죽이는데 무슨 소용이겠어요?"

"영국에서 우리가 당신을 죽일 거라는 말인가요?"

"글쎄요, 난 당신을 봤었고 불안해요. 당신은 나한테 너무나 과분해요. 영국은 의문들로 가득해요. 당신 말대로 여기가 더 내 맘에 들어요."

그는 그녀를 웃기려는 듯 다시 웃었다. "아, 아아! 그럼 그걸 가격으로 매길 수 있나요? 틀림없이 그들은 돈 때문에 대우해 줄 거예요. 돈으로 충분해요."

"난 그들이 그렇지 않을까 참 궁금했어요. 시험해 볼까 봐요. 하지만 그걸 얻는다면 난 거기에 매달릴 거예요. 그게 내 목숨이 될 것이고 대가를 치를 거예요. 나의 크고 화려한 겉모습이 될 것이고, 나를 찾으려는 사람들은 와서 나를 찾아내야 해요."

"아, 그리고 당신은 살아 있겠죠."

"완전히 사라지지는 않겠지만, 쪼그라지고, 허약해지고, 주름이 쪼글쪼글하겠죠. 메마른 견과류처럼 이곳에 대해 수다를 떨 거예요."

"아, 당신이 우리를 믿지 못하는 만큼, 당신에게 그보다 더 잘해야겠네요."

"그렇게 하면 정말 나에게 더 좋은 거 같나요?"

그는 이제 그녀가 그를 걱정시킨다는 걸 알려줬고, 늘 눈의 인상을 달라 보이게 했던 안경을 쓰지 않고 그녀를 한동안 바라본 후 코안경을 다시 고정한 후 다시 생각에 잠겼다. 하지만 곧 그는 그 생각을 내뱉었다. "매첨에서 나한테 했던 말 기억나요? 아니면 최소한 그 의미라도요?"

"네, 매첨에 있었던 모든 걸 기억해요. 그건 다른 삶이에요."

"물론 그럴 거예요. 내 말은 그런 종류의 일을 뜻하는 거예요. 내가 그때 당신에게 보여주고 싶었던 말이에요. 매첨은 상징적이잖아요. 난 당신에게 그 점을 조금이라도 당신의 마음에 새기려고 노력했죠."

그녀는 그가 노력하려고 했던 걸 조금도 잃어버리지 않고 온전히 기억했다. "내 말은 100년 전 일 같다는 거예요."

"아, 그 말이 더 잘 다가오네요. 아마도 내 기억에 내가 하는 일에 대해 뭐라고 했었는지 잘 알고 있다는 거예요. 내가 당신을 돌볼 수 있을 거라는 말을 받아주길 바랐어요. 물론 다른 사람들보다 훨씬 더 잘 보살폈을 거예요."

"정확히는 로더 부인, 크로이 양, 심지어 스트링햄 부인보다도요."

"아, 스트링햄 부인은 괜찮아요." 마크 경은 바로 정정했다.

다른 생각으로 그녀를 즐겁게 했고, 아무튼, 100년이 된 거 같지만 그가 했던 말을 잃어버리지 않았다는 걸 보여줬다. 사실 지금, 이 순간 그녀와 함께 있는 모습으로 다른 순간이 생생해져서 그때 흘리려고 했던 눈물이 거의 다시 날 뻔했다. "맞아요, 당신은 날 위해 많은 걸 해줄 수 있을 거예요. 당신을 완전히 이해해요."

"난 당신이 자신감을 바로잡았으면 했어요. 그러니까 제대로요."

"맞아요, 마크 경, 그랬어요. 정확히 지금도 내 자신감을 세워주려고 하네요. 다른 점이 있다면 이제 쓸모가 없어졌다는 거예요. 게다가 당신이 자신감을 조금 꺾으려고 하는 거 같네요."

그는 그녀가 말하지 않았다면 이 마지막 말에 더 주의를 기울이지 않고, 점점 새로운 빛을 비추는 것처럼 현재 그녀를 바라볼 뿐이었다. "정말 무슨 문제가 있는 거죠?"

그녀는 이 말을 신경 쓰지 않았다. 그의 광명을 알아보는 것이 그녀 자신에게도 작은 광명이었다. "곤란한 건 말하지 말고 말하려고 하지 마세요. 당신이 할 수 있는 훨씬 더 좋은 일들이 있어요."

그는 그 말에 계속 똑바로 바라봤다. "친구로서 알고 싶을 걸 물어볼 수 없다는 게 너무 어처구니없네요."

그녀는 갑자기 돌아서서 약간 냉정하게 말했다. "알고 싶은 게 뭐예요? 내가 심하게 아픈지 알고 싶어요?"

사실 그 소리는 비록 그녀가 언성을 높이지 않았지만, 다른 사람들에게 일종의 두려움을 안겼다. 마크 경은 움찔하고 얼굴을 붉혔고, 분명 어쩔 수 없었다. 하지만 그는 침착함을 유지하고 뜻밖에도 활기차게 말했다. "당신이 고통스러워하는 걸 보면서 한마디도 안 할 거라 생각했어요?"

"당신은 내가 괴로워하는 걸 보지 않을 거예요. 걱정하지 말아요. 민폐 안 끼쳐요. 그래서 이곳을 좋아했던 거예요. 그 자체로도 아름답지만, 길에서는 벗어나 있으니까요. 당신은 아무것도 모를 거예요." 그녀는 마치 결단을 내리는 것처럼 말을 덧붙였다. "그리고 몰라야 해요. 당신 조차도요." 그는 그녀를 마주했고, 그가 보기에 그녀도 분명 당황스러워하며 그를 바라봤는데, 그녀는 모질게 굴지 말았어야 했다고 생각했다. 그녀는 한 번은 친절하게 굴 것이고, 그게 끝일 것이다. "난 몸이 정말 안 좋아요."

"아무것도 안 해요?"

"난 모든 걸 하고 있어요. 이게 모든 것이고, 지금 하고 있어요. 사람은 살기만 할 뿐이잖아요."

"올바르게 살아야죠. 하지만 당신은 그렇게 하고 있나요? 왜 안 알렸어요?"

그는 그녀에게 주지 않는 50가지가 있는 것처럼 로코코 양식의 우아한 곳을 둘러봤고, 그래서 그는 가장 없는 것을 급하게 제안했다. 그러나 그녀는 웃으며 그의 해결책에 대답했다. "난 세상에서 가장 훌륭한 조언을 얻었어요. 지금 그 조언을 따르고 있어요. 그래서 당신을 맞이했고 당신과 이야기 중이잖아요. 내가 말했듯이 사람은 살아갈 뿐이에요."

"아, 살아야죠."

"나한테는 엄청난 일이에요." 그녀는 마침내 재미있다는 듯이 말했다. 이제 그녀는 진실을 말했고, 누구도 아직 몰랐지만, 그는 그녀가 사실은 감정이 메말랐다는 걸 알게 됐다. 그녀는 그랬다. 하지만 그녀는 다시는 말하지 않을 것 같았다. "난 모든 걸 놓치지 않아야 했어요."

"왜 뭔가를 놓쳐야 했죠?" 그녀는 그가 이런 말을 하자 그가 곧 뭔가 결심을 했다고 느꼈다. "당신은 세상에서 가장 조금이라도 필요한 사람이에요. 사실은 가장 불가능하다고 할 사람이에요. 당신은 전혀 '놓치지' 않았는데 잘못된 선의를 분명 과도하게 요구할 사람이에요. 당신은 조언을 믿으니까 제발 내 조언도 믿어요. 난 당신이 뭘 원하는지 알아요."

아, 그녀는 그가 알고 있다는 걸 알았다. 그러나 거의 스스로 자초했다. 하지만 그녀는 친절히 말했다. "너무 걱정하지 말아요."

"당신은 사랑받고 싶잖아요." 마침내 그 말이 나왔다. "당신은 아무것도 걱정할 거 없어요. 난 내가 할 일 할 거예요. 당신은 충분히 사랑받지 못했어요."

"뭐가 충분한데요, 마크 경?"

"많은 도움을 받을 이유요."

어쨌든 그녀는 그를 조롱하지 않았다. "무슨 말인지 알겠어요. 그 보답으로 진심으로 사랑을 하지 않는 자신의 모습을 찾겠네요." 그녀는 완전히 이해했지만 망설였다. "당신을 사랑하도록 내게 강요하는 게 당신 생각인가요?"

"강요라니…!" 그는 매우 훌륭하고 매우 숙련돼서, 가장 어리석지 않은 걸 깨우쳤고 열정에 대한 설교가 왠지 잘못 받아들여진 타입이었다. 그리고 단조로운 억양으로 멋지게 그렇게 말했다. 밀리는 그를 다시 좋아했고, 그런 점들 때문에 좋아했고, 그가 좋아서 그걸 망치는 걸 보는 게 안타까웠고, 때때로 그녀가 포기해야 한다는 것을 떠올리면서 그녀가 숨이 막히는 사소한 존재의 매력으로 그를 평가해야 한다는 게 더 비통했다. "노력해 보는 것도 엄두가 안 나요?"

"당신에게 좋게 보이려는 거요?"

"날 믿는 거요. 나를 믿어줘요." 마크 경은 반복해서 말했다.

그녀는 다시 망설였다. "당신의 노력에 대한 보답을 '노력'하라는 건가요?"

"아, 그럴 필요 없어요!" 그는 재빨리 말했다. 그러나 그녀의 질문을 정리하는 즉각적이고 깔끔한 말투로는 진짜 뜻을 표현하는 데 실패했고, 다음 순간 그는 총명하고 어이없이 거의 웃기게 알았고, 게다가 바로 밀리를 깜짝 놀라게 하는 웃음으로 그 실패가 분명해졌다. 그녀에게 치료와 열정을 북돋게 하는 제안은 사실 부족했다. 그들 모두 정신없게 하는 힘의 소통을 하지 못했다. 설득의 행동에서 자아 설득의 행동에서도 그의 멋진 점은 그도 그것을 이해하고 따라서 번영이라는 즐거운 교역에 어울리는 더 나은 모습을 보여 줄 수 있다는 것이다. 그녀가 그를 바라본다는 걸 그가 알도록 하는 방식은 그 자체로 그를 위험에서 벗어나게 했고, 적어도 그에 대한 차별은 아직 생기지 않았다. 공중에 계속 떠다니는 이것은 그가 비극이라는 불길한 빛에서 생긴 판단력과 처음 마주할 것이다. 그녀의 눈에 점점 짙어지는 그녀의 개인 세상의 황혼이 그에게 우울과 비운과 패배의 한기로 가득 차서 그가 집에 있는 척하는 것이 소용없는 요소였다. 그녀가 말할 필요도 없이, 단순히 그러면 강렬함을 대신할 만한 적당한 대안은 없다는 사실만으로, 그는 그녀에게서 실질적으로 두려움을 느껴야만 했고, 거짓으로 항의하는 걸 두려운 건지 타협된 동맹에서 결국 불쾌해질 수 있는 게 두려운 건지는 사소한 문제였다. 그녀는 자신이 훌륭한 아가씨라는 거 외에도, 결국 그의 기질, 습관, 교육, 간단히 말해서 허용된 그의 개인적 수단보다도 그의 타고난 편리함 이상의 것에 대해 그가 항변할 것이라고는 전혀 예상하지 못했다. 따라서 그의 곤경은 그가 좋아할 수 없는 것이었고, 또한 그가 자초하지 않았다면 그녀가 기꺼이 그를 살려주었을 것이다. 그녀는 어떤 남자도 즐길 수 없다는 것을 잘 알고 있었고, 그래서 그는 그녀가 현실이라고 부르는 것을 견딜 수 없다는 걸 알았다. 그가 사실상 이익에 따라 공격적인 현실을 축소하고 꾸미면서 내면의 감정을 말할 수 있다는 걸 그녀가 명확하게 이해하는 데 더는 많은 것이 필요하지 않았을 것이다. 그는 그 점을 중도에 알겠지만 현실도 *그에게* 응해야 한다. 그를 받아들일 수 없거나 그러지 않을 거라는 밀리의 생각은 너무나 두드러지고 재정적으로 도움을 받았기에 잠시 후 그의 얼굴에 일격을 당한 것처럼 그 생각이 그대로 나타났다. 그가 다시 그녀를 가까이 할 수 있는 건 1분이었다. 결국 그는 한 번 더 주장하려고 했지만 그렇게 하지 않았다.

이때쯤 그녀는 기분 전환을 위해 창가에서 몸을 돌려 그를 다른 방으로 안내했고, 그 장소의 내면적인 매력을 다시 호소하고, 심지어 그 목적을 위해 그녀의 독립적인 도덕관념을 새롭게 지적하고 누군가 그런 집을 자기 소유로 하고 충분히 사랑하고 소중히 여긴다면 현물로 되돌려주고 피해를 입지 않게 할 것이라고 반복했다. 그는 15분 동안 그녀가 그에게 내민 횟대를 꽉 움켜잡았고, 그녀가 다른 손으로 그가 자신의 실마리에 매달려 있는 걸 느끼는 동안 한 손으로 꽉 쥐었다. 그는 아무 일도 없었던 것처럼 행동할 수 없을 정도로 화나거나 어리석지 않았다. 그의 타고난 생각과 습득한 행동 관념이 모두 그에게 치명적인 차이를 만들 수 있는 어떤 것도 생길 수 없다는 일반적인 가정에 기반을 두고 있고, 그녀도 제대로 평가하는 그의 장점 중 하나였다. 사회적으로 다른 것과 마찬가지로 작용하는 관점이었고, 그들 모험을 통해 대부분 아주 쉽게 알 수 있었다. 하지만 아래층에서 다시 그가 머무는 시간이 다 되었고 그가 속상해하는 모습이 다시 보였고 게다가 그녀의 건강 상태에 대한 또 다른 진지한 암시로 낯선 느낌이 들었다. 그는 그 문제에 대해 그녀가 자신의 관용을 거부해서 생긴 불만에 그가 무엇을 할 수 있는지 알고 있었을지도 모른다. "당신도 알다시피 그건 여전히 똑같고 당신이 차갑게 굴어도 난 신경 쓰지 않아요." 그 불쌍한 남자는 그녀에게 자신이 얼마나 신경을 안 쓰는지 용감하게 보여주는 거 같았다. "무관심으로 몰랐던 일들을 종종 애정으로 이해할 수 있다는 걸 누구나 알아요. 그래서 내가 눈치 챈 거예요."

"제대로 이해한 게 확신해요? 난 오히려 애정이 맹목적이라고 생각하는데요."

"아름다운 점이 아니라 결점에 맹목적인 거예요."

"나의 지극히 사적인 걱정거리들, 집안 걱정거리라서 당신에게 말하기에는 부끄러운 것도 아름답나요?"

"네, 당신을 보살피는 사람들, 모든 사람이 그래요. 당신에 대한 모든 것이 아름다워요. 게다가 난 당신이 나한테 말한 심각성을 믿지 않아요. 할 수 없는 일을 고민한다는 건 너무 터무니없어요. 만약 당신이 제대로 이해를 못 했다면 온 세상에서 내가 누구를 알고 싶을까요? 당신은 당신 시대의 첫 번째 젊은 여성이에요. 진심이에요." 그는 자신이 그래왔던 것처럼 공정하게 보려는 거 같았다. 열정적이지 않지만 분명했고 그런 위치에서 비교하기에는 너무 능숙해서 그의 침착한 주장은 찬사이기보다는 보증서였다. "우리는 모두 당신을 사랑해요. 당신이 잘 견딜 수 있다면 내 주장을 철회할게요. 그들 중 한 사람으로 말할게요. 당신은 우리를 괴롭히려고 태어난 게 아니고 우리를 기쁘게 해주기 위해 태어났어요. 그러니까 우리 말 들어요."

그녀는 천천히 고개를 저었지만, 이번에는 유순했다. "아뇨, 난 당신 말을 들어서는 안 돼요. 그냥 그래서는 안 돼요. 내가 괴로워요. 당신이 자신에 대해 그렇게 사랑스럽게 말하니 나도 당신에게 정이 갔나 봐요. 그 보답으로 가능한 모든 믿음을 드릴게요. 계속 드릴게요. 당신은 원하는 만큼 가까이 계셔서 내가 그렇지 않은지 봐요. 나만 듣거나 받거나 받아들일 수 없어요. 동의할 수 없어요. 타협할 수 없어요. 정말 못해요. 당신은 내 말을 믿어야 해요. 당신에게 하고 싶었던 말은 그게 다였는데 왜 망치죠?"

그는 이유 여하를 떠나서 분명 너무 많은 것을 망쳐버렸기 때문에 그녀의 질문을 넘겨들었다. "당신은 당신의 사람만을 원하네요." 그는 선의로든 악의로든 그 말로 돌아왔다. 그리고 그녀는 다시 머리를 흔들었고, 그는 자신의 신념이 최고인 양 그 말을 계속했다. "당신은 누군가를 원해요. 원한다고요."

그녀는 나중에 이 시점에 "아무튼 난 당신을 원치 않아요!"라고 뭔가 단호하고 저속한 말을 하지 않았는지 궁금해했다. 그런데도 그가 아무것도 없는 사막에서 고통스럽게 길을 잃고 방황을 해서 그녀는 슬펐고, 어찌 된 일인지 짜증보다 더 큰 안타까운 건 그의 실수는 분명 잘못이라는 것이었다. 게다가 그녀는 그에게 유용한 또 다른 영역에 대해 너무 잘 알고 있어서 그녀가 상스럽게 굴었던 잘못을 깨달아야 한다고 그가 주장하도록 괴롭혔다. 그의 목적을 처음 알았을 때 왜 그를 막지 않았을까? 그녀는 이제 하지 않기를 바랐던 암시에 통해서만 그렇게 할 수 있었다. "내가 당신이 잘하고 있다고 생각하지 않는 거 알고 있어요? 당신 말을 듣는 것과는 별개예요. 내가 듣지 않는다는 점만 빼면 그것도 옳지 않아요. 나를 보러 베니스에 오지 말아야 했어요. 사실 당신은 오지 말고, 그렇게 행동해서는 안 됐어요. 당신은 나보다 훨씬 오래되고 좋은 친구들이 많잖아요. 기왕에 오는 거라면 이 세상에서 가장 친한 친구를 위해 왔을 거고, 난 그녀라고 생각해요."

그녀가 그 말을 하자, 그는 이상하게도 어느 정도 예상했다는 듯이 받아들였다. 그는 여전히 그녀를 뚫어지게 바라봤고 누구도 어떤 이름을 말하지 않았지만, 각자는 분명 상대방이 해야 한다고 생각했다. 결국, 밀리의 강요가 더 강했다. "크로이 양이요?"라고 마크 경이 물었다.

그녀가 웃는 걸 알아차리기 어려웠을 것이다. "로더 부인요." 그는 뭔가를 이해했고, 비교적 단순하다는 걸 증명하듯 얼굴이 상당히 붉어졌다. "그분은 최고라 할 수 있죠. 더 멋진 사람은 생각할 수 없네요."

그는 여전히 그녀를 바라보며 되물었다. "내가 로더 부인과 결혼하길 원해요?"

그가 상당히 천박하게 보였을 것이다. 하지만 그녀는 그렇게 받아들이지 않았다. "마크 경, 무슨 말인지 알잖아요. 당신을 냉정한 세상으로 몰아넣으려는 게 아니에요. 당신에게 차가운 세상은 전혀 없어요, 당신이 선택한 그 순간 매우 훈훈하고 주의 깊고 기대되는 세상만이 당신을 기다린다고 생각해요."

그는 꿈쩍도 하지 않았지만, 그들은 광택이 나는 콘크리트 바닥에 서 있었고, 그는 몇 분 안에 다시 모자를 집어 들었다. "내가 케이트 크로이와 결혼하길 원해요?"

"로더 부인이 바라죠. 내 생각에 틀린 말이 아니에요. 게다가 그분은 당신이 그분이 원하는 걸 알고 있다고 이해하고 계세요."

그는 그 말을 너무나 멋지게 받아들였다. 그녀 입장에서 신사를 상대하는 게 분명 편했다. "내게 그런 기회를 주다니 정말 친절하시네요. 하지만 내가 크로이 양에게 솔직하게 말해도 무슨 소용이겠어요?"

밀리는 그 자리에서 언급할 수 있어서 기뻤다. "왜냐면 그 애는 내가 만난 사람 중 가장 아름답고 영리하고 가장 매력적인 존재고, 내가 남자라면 그녀를 흠모할 거니까요. 사실 난 그러고 있어요." 화려한 대답이었다.

"아, 아가씨, 많은 사람들이 그녀를 흠모하죠. 하지만 모두가 그럴 수는 없어요."

"아, 난 '사람들'을 알아요. 한 사람이 나쁘면, 다른 사람은 좋죠. 당신이 나에게 이런 식으로 어리석게 구는 것 외에는 다른 사람들한테서 두려워할 게 뭐가 있는지 모르겠네요."

그녀는 그렇게 말했지만, 그가 그녀가 몰랐던 걸 이해하고 있다는 걸 다음 순간에 알아차렸다. "우리가 이런 방식으로 얘기하니까 당신이 최고의 말로 묘사한 그 젊은 아가씨에게 물어봐야 한다는 게 당신의 생각이에요?"

"마크 경, 그렇게 하세요. 그 애는 멋진 사람이에요. 하지만 겸손하지 마세요." 그녀는 거의 제멋대로였다.

마침내 이 말에 그는 더 이상 당해낼 수가 없었다. "하지만 정말 몰라요?"

사실상 가장 평범한 이해력을 가진 그녀에 대한 도전으로, 물론 그녀는 잘하고 싶었다. "그래요, 어떤 사람이 그 애를 아주 많이 사랑한다는 걸 '알아요.'"

"그렇다면 마찬가지로 그녀가 어떤 사람을 매우 사랑하고 있다는 걸 알겠네요."

"뭐라고요!" 그리고 밀리는 자신에게 전가된 실수에 대해 너무 무례하게 말해서 얼굴이 상기됐다. "완전히 잘못 알고 있네요."

"사실이 아니라고요?"

"아니에요."

그는 웃으며 바라봤다. "진짜 정말로 확신해요?"

"누군가 모든 확신을 가지는 것만큼 확신해요. 확실한 소식통에서 듣고 말하는 거예요." 밀리의 태도도 그랬다.

그는 머뭇거렸다. "로더 부인인가요?"

"아뇨, 로더 부인은 확실하지 않아요."

그는 웃었다. "아, 조금 전에 당신이 그분의 모든 것이 대단히 좋다고 말한 줄 알았는데요."

그녀는 아주 분명히 했다. "잘됐네요. 그분이 당신의 최고 소식통이 되게 하세요. 그분은 당신의 말을 믿지 않고, 당신은 그분이 얼마나 이해 못 하는지 알아야 해요. 그러니까 당신이 그분에게 들으세요. 나는…." 하지만 밀리가 강조하려고 할 때 분명히 떨었고 말을 멈췄다.

"당신은 케이트한테서 들었나요?"

371

"케이트에게 직접요."

"아무도 관심 없다는 걸요?"

"아무도요." 그녀는 강렬하게 말을 이었다. "분명 그렇게 말했어요."

"아, 그럼 당신은 그 말을 어떻게 생각하죠?"

어쩌면 어느 정도 그녀가 생각했던 것보다 조금 더 '내면'을 들여다 보기 위한 시간을 벌기 위한 본능으로 그 말에 밀리는 빤히 처다봤다. "마크 경 생각은요?"

"아, 내가 말할 필요는 없죠. 내가 그녀에게 물어본 게 아니잖아요. 당신이 분명히 물었죠."

그 말에 그녀의 옹호는 흔들렸지만, 케이트에 대한 옹호는 특별했다. "우리는 너무 친해서 서로의 일에 대해 캐묻지 않아도 그 애는 자연스럽게 나한테 이야기해줘요."

마크 경은 어설픈 결론에 미소를 지었다. "그럼 당신이 언급한 말이 그녀가 직접 했다는 말인가요?"

어느 쪽이 말하는 것보다 서로를 마주 보는 것이 도움이 되기보다 방해가 됐지만 밀리는 다시 생각했다. 가장 직접 느낀 점은 케이트의 진실성을 폄하하는 상대방의 이상한 성향이었다. 그녀는 그 점에 '맞서는' 거에만 관심을 가졌다.

"그 애가 개인적인 관심이 없다고 말했다는 건…."

"그녀가 당신에게 맹세했나요?"

밀리는 왜 그가 그렇게 캐묻는지 잘 몰랐지만, 케이트를 위해 답했다. "그 애가 자기 하고 싶은 대로 하기는 하죠."

이 말에 마크 경은 그녀를 자세히 살피면서도 계속 미소를 지었다. "그럼 당신도 그렇겠죠?" 그러나 그는 그 말을 하자마자, 뭔가 잘못된 것처럼 느꼈고, 그녀 자신도 그를 향한 이상한 눈빛이 어떤 의미인지 바로 말할 수 없었다. 어쨌든 그는 그녀에게 행동을 취할 틈을 주지 않았다. 그는 그 자리에서 당연히 가볍게 몸동작으로 물러났다. "다 좋아요. 하지만 아가씨, 왜 그녀가 당신에게 맹세해야 하죠?"

그녀는 이 '아가씨'라는 말이 자신에게 해당한다는 걸 받아들여야 했다. 그가 비방 받는 케이트에게 지금 그 말을 우아하게 사용했을지도 몰라서 그녀는 당황했다. 다시 한번 그녀는 그 비방에 대해 자신의 주장을 해야 한다는 생각이 들었다. "말했지만, 우리는 정말 대단한 친구들이니까요."

"아." 마크 경은 잠시 단호하지 않게 굴었던 것처럼 말했다. 그러나 그는 마침내 원하는 걸 어느 정도 얻어낸 듯했다. 밀리는 그가 작별인사를 하는 동안, 다시 한번 이론적으로 방어했을 때 자신의 의도나 할 수 있었던 것보다 많은 걸 알려줬다고 느꼈다. 사실 그는 이상하게도 그 장소의 마력으로 그녀와 그녀 자신에 대해 다른 누구도, 케이트도 모드 이모도 머튼 덴서도 수잔 셰퍼드도 알지 못했던 걸 제대로 알게 됐다. 그로 인해 곧 그녀는 특히 그걸 알고 침착함을 잃었고, 혼자서 회복하거나 상실감을 더 잘 견딜 수 있게 이제 그가 떠나줬으면 했다. 그러나 그가 잠시 말을 멈췄을 때 그는 응접실 끝에서 다른 사람들의 나들이에 함께 한 곤돌라 사공 한 명이 다가오는 걸 보았고 그녀도 거의 동시에 그 모습을 보았는데, 언제나 치장한 채 대저택에 남아 새장에 갇힌 자유 속에 지금껏 그래 본 적 없었던 그녀가 즉흥적으로 그를 원했을지도 모른다. 흰색 신발을 신고 대리석 위에 미끄러지듯 들어오는 브라운 파스쿠알레Brown Pasquale는 늘 매력적인 환상을 보여주는 온화하고 너무 조용한 힌두교도인지 아니면 단순히 배의 갑판에서 맨발로 있는 선원인지 그녀는 말하기가 어려웠는데, 파스쿠알레는 작은 쟁반을 보라고 했고, 그녀에게 굽실거리며 카드를 내밀었다. 마크 경은 마치 그를 경이하듯이 그녀가 그것을 받을 수 있도록 자신의 출발을 늦췄고, 그녀는 그걸 읽고 또다시 침착함에 타격을 입었다. 이런 위태로움에 파스쿠알레에게 침착함을 잃은 모습을 감추기 위해 최선을 다했다. 그녀는 그가 그 신사가 밑에 있는지 묻고 그가 올라와 있다는 사실을 알았을 때도 그 노력을 기울였다. 그는 곤돌라 사공을 따라 계단 꼭대기에서 기다리고 있었다.

"기꺼이 그 사람을 만날게요." 파스쿠알레가 물러나는 동안 그녀는 상대방에게 덧붙였다. "머튼 덴셔 군이에요."

마크 경은 "아!"라고 말했고, 그 소리는 어느 정도 크고 멋진 홀에 울려 퍼지면서 덴셔 군의 귀에까지 들려서 이전에 한 번 듣고 알게 된 그의 정체를 알았을지도 모른다.

덴셔는 새삼 자신이 머무는 호텔이 싫었고, 게다가 예전에도 똑같은 생각을 했다는 걸 바로 깨달았다. 그 계절에 다국어를 하는 사람들, 주로 독일, 주로 미국, 주로 영국서 온 런던 사람들과 함께 있어서 숨 막혔는데, 예민한 신경에 거슬렸고, 이탈리아어, 베니스 말을 제외하고 모든 소리가 크게 들렸고 감미롭지 않았다. 그는 베니스 말이 모두 사투리라는 것을 알고 있었지만, 번잡한 여관에서 몇몇 사투리와 비교하면 순수한 아티카Attic(아테네) 사투리였다. 그가 예전 즐거움과 고통 모두를 대부분 '해외'에서 겪었다. 베니스는 3~4번 방문했는데, 상스러운 홀에서 박자가 틀린 연주에서 벗어나려고 했고 사근사근한 미국 가족들과 돈을 너무 많이 준 독일인 짐꾼에서 떨어져 있었다. 그는 매번 개인 생활이 더 보장되고 돈이 많이 들지 않는 곳에 묵었고, 그가 운하나 대초원을 지나갈 때 쉽게 다시 알아볼 수 있었던 창문으로 허름하지만 친절했던 피난처들을 조심히 떠올렸다. 이제 가장 초라한 곳은 그의 마음을 움직이지 못했지만, 화려함과 주변 환경, 그리고 또한 집 같은 베니스의 신비로움과 함께 한 달 동안 머릿속에 자리 잡았던 대운하에서 멀리 있는 작고 독립된 구역에 대해서 48시간이 지나서야 생각했다. 그 시절의 익살스러움을 한 시간 내내 떠올렸고, 그 사이에 트라게토traghetto(베니스의 대운하를 가로지르는 운송 수단)에서 창문에 세입자를 구하는 하얀 종이가 달리는 녹색 덧문이 달린 아는 집이 보였다. 첫 번째 산책 도중에 생긴 일이었고, 힘찬 감동으로 가득한 산책이었다. 그는 레포렐리 저택에 도착한 후 계속 머물렀고, 둘째 날 악

천후로 인해 일행 전체가 계속 집에 있었다. 박물관에 몇 시간 있는 것처럼 지나갔지만, 지루하지 않았고, 뭐라고 불러야 할지 여전히 생각하고 있는 뭔가와 닮아 있었다. 그는 아마도 그 이름을 찾다가 단념했을 것이고, 나중에, 몇 년 후에 물 건너 작고 하얀 종이들을 응시하며 걸으면 길을 잃지 않는다는 걸 알았다.

그는 한두 시간 후에 저택에서 식사하기로 했고 그날 아침 그곳에서 이른 오찬을 먹었다. 그는 로더 부인, 스트링햄 부인, 케이트, 세 여성과 함께 외출했고, 모드 이모가 그들을 두고 실 양으로 돌아가라고 할 때까지 베니스의 매력 속에 그들과 함께 다녔다. 자신의 이런 성격과 관련된 두 가지 상황에 대해 그는 지금도 마음에 두었다. 첫 번째는 랭커스터 게이트의 부인이 그를 높이 평가하고, 마치 자신의 계획에 대해 알 수 없는 당사자로 끌려왔을지도 모르는 동행들도 (그렇다, 수잔 셰퍼드와 케이트와 마찬가지였다) 동등하게 공감하는 것처럼 말을 했다는 것이다. 그가 조금도 잊을 수 없는 건 다른 두 사람 앞에서, 특히 케이트가 시키는 대로 하고 반발도 없이 일어나서 저택으로 되돌아갔다는 것이었다. 현재 그에게 여전히 남은 의문은 그가 바보로 보였는지, 지시에 따라 승선장이 아닌 곳에서 탈수 밖에 없어서 떠날 때 흔들리는 곤돌라에 타는 어색한 모습에 그들의 친구들이 그의 등 뒤에서 이해한다는 듯한 미소를 주고받는 즐거움을 줬냐는 것이었다. 20분 후에 그는 혼자 있는 밀리 실을 보았고, 다른 사람들이 차를 마시러 돌아올 때까지 그녀와 함께 앉아있었다. 이상한 점은 이 일이 매우 쉬웠고, 너무나 쉬웠다는 것이다. 그는 그녀와 떨어져 있을 때만 이상하다는 걸 알았는데, 그가 그녀와 떨어져 있을 때 특별한 일이 생겼기 때문이다. 그녀가 있을 때는 여동생과 함께 앉아있는 것처럼 간단했고, 그 점을 강조하면 매우 신나지 않았다. 그녀를 처음 봤을 때 모습대로 계속 바라봤고, 그 모습을 나중에도 계속 잊을 수 없었다. 로더 부인, 수잔 셰퍼드, 케이트는 각자 그녀를 공주, 천사, 주연으로 생각할지 모르지만, 그는 운 좋게도 그녀는 아직 그 정도 불편하지는 않았다. 쾌활하고 명랑한 공주, 천사, 주연인 작은 미국 아가씨는 뉴욕에서 그에게 친절했고, 큰 도움은 안 되지만 그는 그 보답으로 친절히 대하려고 했다. 그녀는 그가 일부러 와준 것을 고마워했지만, 그녀가 항상 집에 있는 순간부터 분명 그들이 계속 어울리지 못할 것은 없었다. 그들 사이에 아직 유일하게 오가는 말은 그녀가 실내에 머무르는 것이 가장 좋다고 생각하는 이러한 용인이었다. 그녀는 그가 조용히 있는 걸 허락지 않았는데, 왜냐하면 모든 낭만과 예술과 역사가 있는 저택에서 계속 많은 일이 정신없이 일어나야 한다고 주장했기 때문이다. 그래서 어떤 벽 안에 갇혀 있는 게 아니라 수 세기의 자유 같았다. 덴서가 기분 좋게 인정해줘서 그녀가 하고 싶은 만큼 그들은 함께 장소를 돌아다녔다.

케이트는 이번에 그가 영리한 사촌이 고통에 지치고 힘들어하는 사촌을 방문하는 걸 제안했다는 걸 말할 기회를 찾았다. 그는 그 자리에서 '지쳤다는' 걸 부인했지만, 그는 지금까지 밀리에게 똑같은 이미지가 떠오르지 않았을까 하는 인상을 알 수 있었다. 케이트가 다시 나타나자마자 그 차이점이 보였는데, 그가 바로 그 점을 느꼈지만, 너무 깊게 와 닿아서 이상했다. 모두 케이트가 생각한 대로 하고 있었기 때문에 기운이 없어지고 있었다. 그가 생각해 왔던 것, 삶에 대한 관념이 조금도 아니었다. 그래서 새롭고 예리하고 민감한 차이는 그가 저택을 떠났다가 그곳에서 다시 식사하는 것에 최선을 다해야 한다는 짜증스러운 일이었다. 그는 무슨 일이든 최선을 다해야 한다고 혼잣말을 했다. 트라게토에서 숙소를 바꾸는 생각에 몰두하면서, 그는 운하 건너편에 있는 옛 숙소의 모습을 살폈다. 과거에 그랬다면 현재에도 그럴까? 그가 의식하고 있는 일반적인 필요성에 어떤 식으로든 작용할까? 최선을 다해야 한다는 필요성은 그가 실제로 알고 있듯이, 한 곳을 포기하면 모든 곳을 포기해야 하는 인간의 본능이었다. 그가 손을 떼면, 적어도 함께 잡을 수 있도록 도와준 손, 그를 지탱했던 기묘한 구조 전체가 1분 만에 떨어져 나가고 빛이 들어올 것이다. 그것은 정말로 긴장의 문제였고, 정확히는 그가 똑바로 갈 수 있다는 것에 긴장했기 때문이고, 만약 그런 상태가 심해졌다면 그는 분명히 미쳤을 것이다. 요컨대 그는 양쪽으로 가파르게 내려앉은 높은 산등성이를 걸어가고 있었는데, 그곳에 남아 있는 모든 걸 마주한다면 고개를 숙이게 되는 곳이었다. 그렇게 있게 한 사람은 케이트였고, 그가 정확히 한발 앞섰고, 그녀가 그를 대하는 모순을 현명하고 예리하게 알았을 때 찾아왔다. 그녀가 그를 위험에 빠뜨린 것은 아니었다. 그녀와 함께 진짜 위험에 빠졌더라면 또 달랐을 것이다. 사실 그가 가지지 못한 것에 대한 일종의 분노가 불타고 있었다. 미뤄지고 밀쳐지고 극히 조종 당하는 상황에 대한 욕망의 조급함으로 야기된 격분과 분개이었다. 그녀를 위해 멋지게 했지만, 그녀의 뜻에 계속 굴복하지 않는 한 진정한 의미는 무엇일까? 그녀를 맨 처음을 알았을 때 처음 든 생각은 프랑스 말로 'bon price'(너그러운, 아량이 넓은)인 그녀는 쾌활하고 너그럽고 자신감 문제에 있어 보통 태평한 남자의 적은 지출과 적은 저축을 경멸했다. 그가 감당할 수 없는 일들이 많았고, 역경으로 알게 된 교훈이었다. 그러나 그가 멋지게 살 생각이 아니고 또 다른 방식으로 만회할 수 있다면 그에게 무슨 매력이겠는가? 보급판에서 그와 같은 로맨스 소설은 전혀 읽히지 않는다. 사실 그가 그녀에게서 처음 느꼈던 모든 점이 현재도 다시 느껴졌는데, 그때 미숙하게 수습된 자신의 약점과 구별되는 그녀의 순수한 삶의 재능을 얼마나 존경하고 부러워했는가. 다만 현재 그 어느 때보다도 그녀에게 정확히 이 모습이 두드러져 보인다는 것에 그는 더욱 짜증이 날 뿐이었다.

그녀의 순수한 삶의 재능 덕분에 그는 그 자리에 있을 수 있었다. 그렇게 소극적인 태도에 대한 적절한 반응의 증거는 그렇게 많지 않았지만, 그는 적어도 자신이 어떤 사람인지 그 점을 그저 속수무책으로 받아들여지는 걸 얼마나 안 좋아하는지 알았다. 그는 그 순간 위에서 이야기했던 모든 것을 아쉬워했다. 그건 큰 힘이었기에 가을 오후가 다가오자 트라게토에서 그는 자신의 문제로 분명히 계속 욱신거렸다. 그의 문제는 그가 서 있는 동안에도, 특별히 억눌러진 고통, 거의 수치심에 가까운 느낌으로 이어졌고, 그 고통과 수치심은 심각하다고 여겨지는 주변 상황으로 줄어들었다. 그 문제는 케이트가 거의 무례하게 버텨낸 여러 상황 중 괴로움 없이 터무니없어하면서도 만족스러운 듯이 그가 드러나도록 하는 데서 기인했다. 그가 유리한 위치에서 움직이기 전에 마지막까지 철저하게 살피는 게 얼마나 만족스러울 수 있겠는가. 그의 문제는 우리가 말한 대로 정말 의지가 남아 있지 않은가 하는 흥미로운 문제였다. 요점은 그는 그 문제를 시험해 보지도 않고 어떻게 알 수 있었을까? 너그럽게 구는 건 옳은 일이었고, 정신적으로, 훌륭하게 살았던 것에 대한 자긍심 같은 기쁨은 지금도 그들의 이야기를 들여다보고 싶은 충동과 양립할 수 있었다. 하지만 그는 케이트가 원하는 모든 걸 했지만, 케이트는 그가 원했던 걸 아무것도 하지 않았다는 것을 깨닫고는 집에 돌아올 때 아주 예민해져서 조금 숨을 죽였다. 그래서 결국 가능성을 시험해봐야 한다는 생각은 따뜻하고 남부 유럽 밤이 찾아온 이른 황혼 속에 옛날 집의 녹색 가리에 걸린 작은 하얀 종이에 비친 빛이 점점 사그라드는 동안 계속됐다. 시계를 봤을 때 15분 동안 관찰과 성찰을 했지만, 다시 자리를 떴을 때 그는 너무나 끈질겼던 생각에 대한 답을 찾았다. 그의 의지에 대한 증거가 필요했고, 그것은 사실 아주 정확하게 운하의 반대편에 숨어서 그를 기다리고 있었다. 작은 부두의 뱃사공이 가끔 그에게 다가와 말을 걸었지만, 그는 초조해서 그곳에서 등을 돌렸다. 그는 이리저리 다녔고 매우 빠른 걸음으로 빙빙 돌아서 마침내 그는 리알토교^橋를 건넜다. 정작 그 방들은 비어있었다. 예전에 있던 하녀가 웃으며 있었지만, 그녀는 그를 알아보지 못했다. 예전에 곧 무너질 거 같았던 물건

379

들 역시 초라함 속에서 고상해졌고 부식되면서도 정감이 갔고 그가 보기에 그런 모습이 정직했다. 그래서 다시 길을 떠나기 전에 내일 오겠다고 정리했다.

그는 그날 저녁 식사 자리에서 저택에서 자기만족에 대한 문제로만 취급하고 싶었던 이상한 첫 충동이 없어졌는데도 그 일을 재밌어했다. 이런 필요성, 이런 적절성은 대화 도중 그 일이 순진한 흥겨움을 보살필 거라고 갑자기 인지하는 순간까지도 당연하게 여겼다. 그림 실력을 발휘해 오래된 공책에 베니스의 가장 소박한 로코코 내부 장식의 진귀한 모습을 재현한 것이 바로 그런 효과였다. 그는 안주인에게 그녀의 방에 비록 웅장한 물건들이 많이 있기는 하지만 실제로는 그렇지 않다고 주장했고, 그녀는 가까운 날에 함께 차를 마시자고 그에게 초대해 달라고 말할 정도로 실제로 성공했다. 그는 그들 사이에서 그녀가 아직 어디에도 가지 않고, 교구 축제에 가거나 가을 노을을 보려고도 하지 않고, 티치아노Titian(이탈리아 화가)나 조반니 벨리니 Gianbeellini(이탈리아 화가)의 작품을 보려고 계단을 내려가는 것도 원치 않는다는 것을 알 수 있었다. 자신과 케이트 사이에서 모든 걸 말하지 않아도 이해한다는 것이 덴셔의 거듭된 생각이었고, 그래서 덴셔는 그녀를 사로잡을 수 있었지만, 의식의 부드러운 숨결이 의식을 고취하는 수많은 징후로 그녀는 너무나 자유로웠다. 이런 생각은 오늘 밤 너무나 그럴듯해서 밀리가 케이트의 동행인 그에게 제안한 것은 그녀가 아무것도 보여주지 않았음에도 케이트로 인해 그의 의미에 부합했다. 그것은 그녀가 바랐고 예측했던 것과 너무도 완벽하게 맞아떨어져서 그녀는 (그리고 이점이 그에게 가장 충격이었는데) 그것으로 충분히 만족했고 눈이 멀어 그의 잘못된 반응, 그의 말투와 표정에서 그가 시간을 벌기 위한 의미에서 거의 마지못해 답했다는 걸 그녀는 본능적으로 알지 못했다. 적어도 그녀가 너무나 정직하지 않다면, 그녀의 인식 실패는 그 자리에서 그가 계획해 왔던 유리한 시작점이 되었다. 그는 그녀가 마음속 깊이 자신과 관련해 말했던 작은 사실을 알아냈을 거라는 걸 몰랐는데, 그녀는 어쨌든 그렇게 할 수 있었고 짐작할 수 있었지만 동시에 자신의 추측을 숨길 수 있었기 때문이었다. 그런데도 그가 더 강하다고 느꼈던 시야의 취약함을 이제 그녀에게 전하려는 그에게 한두 번 더 상처가 되었다. 그의 거처를 옮기는 이유를 걱정했을지도 모르지만, 그녀는 어쨌든 분명히 그가 친구에게 헛된 약속을 한다고는 추측하지 않았다. 그것은 그녀가 스스로 그에게 강요한 것이었다고, 가장 덜 부끄럽게 말하면서 처음부터 공허함이 시작돼야 하는 확실한 특정한 시점이 있었다. 따라서 그 시간은 이제 매력적으로 들렸다.

그가 옛날에 지냈던 방에서 되찾은 것이 무엇이든지 간에, 그는 밀리 실을 받아들이기 위해 그 방을 다시 찾은 게 아니었다. 그렇게 안 되려고 노력했지만, 매우 확고하고 완전 기본이 된 것처럼 행복한 준비의 표현에는 차이가 없었다. 사실 그의 내면의 드라마 리듬이 너무 빨랐기 때문에 안주인의 직접적이고 예상치 못한 호소로 불가능에 대해 재빨리 생각하면서 그가 조금은 불길함을 느꼈다. 강렬하면서도 현재 신중한 동기의 현실을 말해줬다. 이런 것으로 전혀 다툼을 일으키지 않았지만, 이미 성공에 휩싸인 것처럼 선명해졌다. 그의 마음은 성공의 쇄도 전에 거의 무서울 정도로 뛰었다. 이뤄야 하는 행복에 대한 두려움일 뿐이었고, 그 자체가 증상일 뿐이었다. 이런 불가피한 일의 예상에서 밀리의 방문은 마지막 부조화로서 꽤 혐오스러운 생각, 그리고 무엇보다도 그의 게임을 지독하게 망친다는 생각이 들었고, 이러한 견해를 받아들이는 건 물론 그가 바보가 되는 수많은 방법 중 하나일 것이다. 그런데도 그가 가장 먼저 화해하는 방법은 남아 있을 것이다. 그래서 조금의 환상도 허용하지 않는 그의 성숙한 동기는 한 시간 동안 상상력으로 그 장소를 장악했다. 정확히 아무리 짧은 시간이라도 그가 그곳에 앉아 함께 받아들여야 하는 밀리의 순수함과 아름다움을 분석하고 정리한 방법이었다. 그녀가 절대 인지하지도, 느끼지도, 허무하게 알아채지도 못하는 일들이 있었지만, 이것은 그녀가 그런 일에 부딪히는 것이 아무에게도 도움이 되지 않는다는 사실은 변함없었다. 차별과 양심의 가책은 그의 몫이었다. 그래서 그는 일의 모든 면을 다 같이 의식했지만, 케이트는 그 어느 것도 의식하지 않았음을 잘 보여줬다. 물론, 그의 결정적인 말이 아니지만, 케이트는 항상 숭고했었는가?

그 말은 처음 며칠 동안 모든 연관이 있었다. 그 말은 특히 우리의 곤경에 처한 한 쌍이 그 길에 30분 동안의 행운을 잡으려고 할 때마다, 덴서가 자신의 모든 행동을 알아도 일부 드문 기회는 그들의 행운에 경탄하고 기이한 특징을 살피는데 보내야 한다는 압박감에서 나왔다. 이건 어떤 의미로는 그가 익숙해졌어야 했을 후의 일이었다. 우리가 말했듯 항상 결정적인 말에 대비하며, 그 아가씨가 그에게 모든 잘못된 모습을 바로 잡도록 하는 이후의 일이었고 다른 모습과 관련해 그에게 익숙해진 지원이었다. 그녀가 대놓고 주장한 것처럼 그가 약간의 상상력으로 위기를 가시적으로 해결해서 그것을 결정하는 로더 부인의 생각이 무엇인지 이해할 수 있었던 후에도 마찬가지였다. 케이트가 공개적으로 공언한 자신의 규칙에 들어맞았던 생각으로, 그는 상황이 어떻게 돌아가는지만 봐도 그 생각이 현저히 옳다는 걸 알 수 있었다. 이 모든 선명함에 대한 덴서의 대답으로 당연히 물론 모드 이모의 개입은 새삼스럽지 않았고, 그가 분명히 해도 그녀가 집중적으로 그가 2주간 베니스로 올 수 있는지 편지를 쓴 순간부터 그에게 실수가 아님을 약속했을 것이다. 모드 이모는 정말 그런 식으로 일을 처리했다. 그렇게 그가 왔고, 상황을 받아들이고 다른 일을 할 각오가 됐고, 약속한 대로 이제 그 일들을 결정해야 했다. 물론 로더 부인은 밀리가 아파서 그들을 실망하게 했던 그 날 그가 떠나기 전에 랭커스터 게이트에서 그에게 직접 훈계했다. 그의 천성에 비춰보면 놀랄 만한 일이었다. 자신의 상황에 대해 그 젊은이는 케이트하고만 논의했다. 그는 모드 이모와는 아무 관계도 없었고, 그가 개인적으로 말했듯이 모든 것을 다른 사람들에게 미룰 수 없다는 생각으로 조금은 괴로워했을지도 모른다. 로더 부인이 자신을 단순히 시험해 보고, 있는 그대로 살피고, 자신을 어떻게 할 수 있는지 알아냈다는 생각에 그의 귀는 혼자서 쉽게 빨개졌다. 그녀가 휘파람을 불기만 해도 그는 왔다. 그녀가 그의 선한 본성을 당연하게 생각했다면 케이트가 말대로 그녀는 그럴 만했다. 그의 양심에서 이런 어색함은, 그의 일반적인 유연함과 유연함의 결실에 있어 어느 정도까지는 다른 생활 방식과 같았고, 확실히 다른 것보다 특히 그가 실제로 와서 일어날 수 있는 혼란한 것보다는 나았지만, 이런 내면의 고통은 케이트의 시적인 생각의 매력적인 방식으로는 완전히 없어지지는 않았다. 케이트에 대한 높은 경이로움과 기쁨조차도 전혀 다른 뭔가로 인해 그가 잘못됐을 때도 자신을 바로잡을 수 없었다.

한편 자신이 옳지 않을 때 그는 자기 인생 처음으로 우선 주어진 상황에서 지금까지 믿어 왔던 것처럼, 그것이 행복에 꼭 필요한지를 확인하는데 관심을 보였다. 그는 자신이 모험하고 있다고 생각해본 적이 없었고, 그 모험에 빠져서는 안 된다고 혼잣말을 한 것이 꽤 도움이 되었다. 호텔에 밤에 혼자 있거나 어스름하고 미로처럼 복잡한 골목과 낡아빠진 저택이 있는 텅 빈 들판에서 시간을 내서 늦은 산책을 몇 번 했는데, 그곳이 편안하지 않자 싫증이 나 멈춰 섰고, 주변 인도에서 드문드문 들리는 발소리는 텅 빈 연회장의 실력이 부족한 무용수의 발걸음 소리와 같았고, 이러는 동안에 그는 가끔 어리석은 행동은 짧게 하는 게 최선이라는 원칙과 바로 떠나야 한다는 생각이 바람직하다는 냉정한 견해를 품었다. 하지만 그는 레포렐리 저택의 문턱을 다시 넘어서 화가들처럼 일의 모든 요소가 다르게 구성되는 걸 봐야만 했다. 떠난다고 해서 그의 어리석음은 없어지지 않고 뚜렷해질 것이라고, 무엇보다도 그는 실제로는 아무것도 '시작'하지 않았고 복종하고 동의만 했을 뿐이었지만 너무나도 관대하게 다른 일들의 시작을 충족시키고 용납했기 때문에 자신을 미신적으로 엄격하게 대할 필요가 없다는 생각이 들기 시작했다. 여러 문제에서 한 가지 분명한 건, 어떤 일이 일어나든 신사답게 행동해야 한다는 것이었고, 잘 드러나지는 않지만, 신사가 어떻게 행동할 것인가 살피면서 일어나는 지루함으로 복잡해진다는 사실이 더해진다. 이 문제는 덴셔의 가장 큰 걱정거리가 아니었다. 세 명의 여성이 동시에 그를 바라보고 있었고, 비록 그러한 곤경은 평이한 관점에서는 결코 이상적일 수 없었지만, 다행히도 바로 실행 가능한 법칙이 있었다. 그 법칙은 상냥함에 대한 대가로 무뚝뚝하게 굴어서는 안 되는 것이었다. 그는 그렇게 굴려고 온 힘을 다해 영국에서 온 것이 아니었다. 그는 아무리 불리하더라고 2주 동안 베니스에서 케이트와 함께 지내면서 무뚝뚝하게 굴면 어떻게 될지 생각하지 않았다. 그가 자신을 이해했을 거라는 부인 생각대로, 그는 로더 부인을 대하지 않았지만, 무뚝뚝하게 굴지도 않았다. 이런 실망스러운 결말에 그가 별로 대비하지 못한 건 그가 알고 있었던 것보다 웅장하고 오래된 저택의 안주인이자 더는 거부할 수 없는 환대의 제공자로서의 가엽고 창백하고 아름다운 밀리의 예상치 못한 인상에 신사로서 의심할 여지 없는 즉각적이고 필연적인 항복이었다.

이 광경은 그에게 웅변, 권위, 그리고 뭐라고 불려야 하지 할지 거의 모르지만, 그가 의식적으로 협상하지 않았다고 혼잣말로 말한 행복을 가져다주었다. 때때로 결정을 내리려고 최선을 다할 때, 그녀의 환영, 그녀의 솔직함, 다정함, 슬픔, 총명함과 당황케 하는 시는 그녀의 전체적인 환경의 아름다움과 동시에 관찰자의 관점에서 이런 요소가 효과와 조화 면에서 어느 정도 그녀에게서 얻은 것만큼 주면서 도움이 되었고, 그의 생각에 그녀의 모든 태도에는 그녀를 기다리고, 맴돌고, 떨어졌다가 다시 멀리서 흔들리면서 오래된 우울한 음악 소리의 환영 같은 희미한 노래 마디처럼 의미가 있었다. 시간을 가지고 그는 깊이 생각했고, 신사로서 케이트와 로더 부인에게 미룰 수 없었고 대놓고 그렇지 않았던 분명 잘할 것이었고, 신사로서 미리 알지 못해 오히려 속아 넘어간 것이었다. 그가 모든 위험을 무릅쓰지 않고 그가 무엇을 알아야 했는지와 그래서 받아들이게 된 것이 무엇인지에 대해 케이트에게도 어떤 암시도 하지 않은지 이제 5일이 되었다. 일들을 자유롭게 처리하고 확인하는 데 있어, 사실은 5명이 함께 지내고 있어서 '불쑥 말해버리는' 추한 결과가 쉽게 일어나는 건 거의 틀림없었다. 그는 다시 친해지는 가장 축복받은 기적으로 매번 친구들과 함께 들어왔고, 기적은 그런 호의적인 분위기에서 두 배의 미덕을 지녔다. 그는 거의 믿을 수 없다는 듯이 숨을 내쉬었지만, 이런 특권에도 불구하고 밀리의 최신 패션과 상태에 대한 어떤 언급에도 귀 기울이지 않고 시간은 흘렀다. 그를 대한 모든 것의 이면에는 그가 그녀를 가장 먼저 알게 됐다는 그의 새로운 기억이 있었고, 그건 상당히 하나의 습관이 되었다. 로더 부인 댁에서 그녀가 불참했을 때 그들이 늘 주장했던 것이 바로 이것이었다. 그리고 그는 이 점이 특히 바로 그녀를 두 번째 방문하는 데 영향을 미쳤다고 생각했다. 그 영향은 그들이 가장 부드러운 비단 무릎 덮개를 함께 덮으면서 그녀가 그에게 데려다 달라고 한 순간부터 높고 덜컹거리는 마차에서 계속됐다. 그것은 이미 과거 그들의 어떤 것과 분명한 연결고리로 작용했다. 그는 그때 데려다주는 그 순간에도 케이트와 케이트의 생각에 따라 그곳에 있었던 게 아니고 틀림없이 밀리와 밀리의 생각과 자기 생각에 따라 움직였고, 뉴욕에서 있을 때도 마찬가지였다고 혼자 여러 번 상기했다.

모든 것이 준비되고 케이트에게 연락을 받았을 때, 그녀는 이제 그의 계속된 불만에 대해 말했고 그가 나중에 촉발할 수 있는 영향을 판단해야 하는 답이었다. 계속되는 불만은 그가 수수께끼 같은 로더 여사의 이득에 관한 생각, 즉 그녀가 그들에게 주는 만날 기회와 화해하기 어렵다는 생각으로 되돌아오는 식이었다. 이에 그 아가씨는 조바심을 내며 그에게서 알고 싶어 하면서도 아이러니하게 그가 그 틈을 다른 것처럼 그렇게 대단하다고 느끼는지에 대해 다소 직설적으로 공격하는 기회를 거부했다. 그녀가 이 소리를 냈을 때 그는 그녀의 눈을 심각하게 바라봤다. 눈에 띄게 그의 얼굴이 붉어졌기에 그녀를 놔줬다. 어째서인지 그녀의 말투에서 예민함은 없고 다정하고 진지했다. 그녀는 의미심장하게 외쳤다. "안녕, 내 사랑, 결국 우리 만남에서 많은 걸 알았죠?"

"그 반대예요. 너무나 없어요. 내가 왔던 날부터 적어도 모드 이모님보다는 많이 알 뿐이에요."

"하지만 알다시피, 당신은 모드 이모가 뭘 아는지 모르잖아요."

"맞아요. 그리고 내가 이해 못 하니까 그 문제에 계속 매료되는 거예요. 그분은 아무것도 알려주지 않고, 굉장해요. 모든 걸 자연스럽게 받아들이세요!"

"이모는 이런 식으로 내가 당신에 대해 충분히 생각할 거라고 '자연스럽게' 받아들여요. 아무리 봐도 이모가 가능하다고 마음먹으면 가능하고, 일어날 가능성이 있다고 생각하면 그런 일이 일어나요. 당신이 이때쯤이면 분명히 알았겠지만, 이모의 실제 모습은 자기 생각대로 하고, 반대되는 관점이나 그런 생각을 하는 사람들을 상당히 두렵게 한다는 거예요. 난 가끔 옳은 걸 증명하지 않으려는 이모 생각에 맞서고 도전하려는 정신 때문에 이모가 성공한다고 생각했어요. 모든 일에서 어떤 사람이 그걸 반복해서 본다면 옳은 일이 돼요.”

덴서는 이 말을 들으며 아주 크게 웃으며 답했다. “아, 당신이 설명할 수 있다면 난 당연히 ‘이해하지’ 않아도 돼요. 이해가 안 될 때만 비난하는 거예요. 이모님이 우리를 위협한다고 생각하실까요?” 그는 케이트에게 바로 말을 덧붙이지 않고 장소를 둘러봤다. “당신이 정말 나에 관한 생각이 바뀌었다고 믿으실까요?” 이제 그는 그 아가씨는 깊이 들여다보고 있다는 건 알았다. 뭔가가 그렇게 그에게 말했지만, 그게 더 큰 이유였다. “당신이 날 싫어한다는 걸 이해하실까요?”

질문에 케이트의 대답은 단호했다. “당신이 쉽게 이해시킬 수 있어요!”

“그렇게 말을 하면서요?”

“아뇨.” 케이트는 그의 단순함에 재미있어하며 말했다. “당신에게 그런 건 부탁 안 해요.”

덴서는 웃었다. “아, 당신이 그렇게 작은 걸 부탁할 때는…!”

이 말에 완전히 아이러니하게도 그는 그녀가 받아치려는 충동을 참으려는 모습을 보았다. 그녀는 조용히 답했다. “내가 부탁했던 것 정말 그럴 만했던 거예요. 잘 되고 있어요.” 그들은 다시 직접 눈을 마주쳤고, 그녀는 말을 이었다. “당신은 조금도 불행하지 않잖아요.”

“아, 내가 불행하지 않다고요?” 그는 매우 강력하게 말했다.

“그렇게 보이지 않겠지만, 모드 이모에게는 충분해요. 당신은 훌륭하고 멋져요. 그리고 내가 당신을 그 일을 하는 걸 믿는지 알고 정말 알고 싶다면, 내가 그렇다는 거 완전히 알게 될 거예요.” 그렇게 일을 해결한 것처럼 그녀는 재빨리 화제를 돌려 그에게 시간을 물었다.

그는 시계를 봤다. "아, 겨우 12시 10분이에요. 13분밖에 안 있었고, 아직 시간이 남았어요."

"그럼 가야 해요. 그 사람들 쪽으로 가요."

덴셔는 그들이 서 있는 자리에서 먼 광장의 길이를 측정했다. "그 사람들 아직 가게에 있고, 30분은 괜찮아요."

"그럼 그때 가요."

이 대화는 산 마르코 광장 한가운데에서 했고, 평탄한 바닥과 푸른 지붕의 안락한 공간으로 언제나 대화하기 좋은 훌륭한 사교 모임 장소였다. 정확히 말하자면, 한가운데가 아니라 모스크 같은 교회를 떠난 후 같은 충동으로 잠시 멈췄다. 이제 돔 지붕과 첨탑이 솟았고, 그들 뒤로 조금 더 가면 아케이드로 둘러싸인 광활하고 텅 공간이 있었는데 그 시간에 오가는 사람들은 별로 없었다. 베니스는 아침 식사 시간이었고, 방문객과 그 지인들 그리고 계속되는 축제로 떨어진 부스러기를 줍는 비둘기들을 제외하고, 그들의 예상은 정확했고 동행들은 아직 오지 않았고, 로지아loggia(한쪽 또는 그 이상의 면이 트여 있는 방이나 복도)의 한 곳에 있는 레이스 가게 가게에서 나와서 덴셔의 예술적인 표현으로 그들은 조금 전에 산 마르코 광장으로 좀 전에 떠나서 오랫동안 보이지 않을 것이다. 우연히 아침에 그들에게 이런 기회가 생겼지만, 그가 케이트에게 한 언급은 그들의 일반적인 기회에 대한 허풍이 아니었다. 일반적인 기회에 대해 말할 수 있는 가장 최악은 그것이 근본적으로 모든 사람에 있다는 것이고, 사람들이 사는 세상에서 이 시점에 모든 사람은 수잔 셰퍼드, 모드 이모와 밀리였다. 그러나 심지어 존재한다고 해도, 어떻게 기회가 특별해질 수 있는지에 대한 증거는 편안함과 어느 정도 시간을 끄는 것이 양립할 수 있다는 관점에서 정확히 제시되었다. 다른 사람들은 가게에서 기다리지 않기로 했는데, 그것은 물론 다른 사람들이 할 수 있는 최소한의 일이었다. 오늘 아침 그들에게 정말 도움이 된 것은 그가 늘 말했듯이 그가 저택에 도착했을 때, 밀리는 밀리가 전처럼 등장하지 않았다는 것이었다. 지금까지 관행과 습관은 꽤 확립된 듯했다. 그가 온 지 8일 정도 됐는데 밀리와 그의 친구들은 그가 오찬 때까지 그녀와 함께 앉아있도록 내버려 뒀다. 그가 스스로 계획했던 대로 완벽히 이뤄졌고, 확실히 케이트의 성공한다는 생각이 어느 정도 맞는다는 것이었다. 그는 그곳에 어쩔 수 없이 앉아 있었지만, 로더 부인이 보기에 깊이 걱정할 만큼 그가 케이트에게 충분히 몰두하지 않는 태도를 보였다. 그는 매일 아침 젊은 안주인들을 실망하게 한 만큼 그녀를 실망하게 하지 않았지만, 오늘은 유일하게 그녀는 그를 볼 만큼 몸이 좋지 않았다.

그것은 모든 점에서 눈에 띄었고, 늘 그렇듯 그녀의 가문 이야기를 들으려고 적당한 때부터 아주 밝고 시원하고 꽃으로 가득한 저택의 방에 모여서 그들이 그저 서로를 바라보는 데 방해가 되었다. 십중팔구 그들이 개인적으로 어떠한 공통된 유감도 나누지 않는 건 끔찍했다. 무엇보다도 우리의 청년에게 이상한 것은 그 가련한 아가씨가 그 정도까지 몸이 안 좋은 거라며 손님들 대부분이 심각해지고 걱정하고 중하게 여기면서 매우 조용했다는 것이다. 4명의 일행은 곤돌라로 내려가 자리를 잡은 뒤에도 그 문제에 대한 침묵은 계속됐다. 밀리가 그들이 나가서 즐겁게 보내라고 전언을 보냈고, 이것은 사실 그들이 알고 있었다는 듯해서 두 번째로 놀라웠고 덴셔는 메시지가 다른 기만처럼 생각됐다. 그녀는 그의 아침을 망치지 않기를 바랐고, 따라서 그는 예의상 기분 좋게 받아들여야 했다. 스트링햄 부인은 일을 해결하는 데 도움을 줬고, 그 일에 관해선 누구보다도 그들의 친구를 잘 알았다. 그녀는 그녀를 너무 잘 알았고 집에 머물 필요가 없다고 생각했기에 그들이 보기에 비교적 이해하기 힘들고 지독할 정도로 상황에 따라 자신이 행동하고 있다는 걸 알았다. 그녀는 그들 모두에게 사소한 결점이었던 형식적인 부분을 바로 잡았고, 로더 부인과 자기 자신을 위해 선호하는 걸 만들어냈다. 그녀는 여러 가지 일로 잊어버리고 있던 레이스 가게 방문을 좋아했다는 걸 기억해냈고 전날 산 마르크 광장에서 케이트가 진짜로 친해지지 못했던 것에 대한 참사에 관해 이야기했던 것 또한 떠올렸다. 수단 셰퍼드의 의도적인 개입에 대한 덴서의 생각은 이때쯤 마음 한구석에 온전히 자리 잡았다. 랭커스터 게이트부터 시작된 뭔가에 대한 감정이 이제 어떤 형태를 띠었다. 이루 말할 수 없이 신중한 그녀의 행동은 아무튼 표면적으로는 아니어도 대부분 미묘한 영향을 그에게 미쳤다. 그들은 실제로 한 쌍의 커플로, 한 '팀'로 있지 않았다. 많은 사람이 있고, 적어도 3명이 있었고 그들 사이에 너무 많은 일이 있었지만, 그동안에 그들이 더 가깝게 있을 수 있는 뭔가가 준비되고 있었다. 그는 무엇인지 거의 알지 못했다. 그렇게 하는 것이 도움이 되는 어떤 시기에 그녀가 그를 내내 이해했을 거라고 아는 것 외에는 아무것도 없었을 것이다. 그는 심지어 다른 모든 사람은 이해하지 못하고 본심을 알 수 없는 작은 사람이 혼자 살아남는 시점에 대해 예감했다.

　오늘은 도의적인 분위기 같은 것이 생생하게 우리의 젊은 친구들 주위를 맴돌았다. 그들은 어떤 식으로든 즐기는 이점을 누리게 하는 작은 일들과 조용한 힘이 있었다. 그들은 다시 항로를 유지하면서 사실 상당히 관계가 깊어진 거 같았다. 오랜 세월 동안 악명이 높았던 그 화려한 광장은 유럽의 어떤 다른 곳보다 삶의 기쁨이 더 많이 목격했고, 멀리서 온 그들에게 고독과 안위를 주었다. 마치 그들이 뭘 소유하는 것을 좋아하는지 말할 수 있는 것 같았고, 그 결과, 서로가 말하고 싶은 걸 이해하는 듯했다. 게다가 그들의 귀에 유일한 신호는 비둘기의 펄럭이는 소리뿐인 빛나는 역사적 분위기 속에서 그들 대부분은 저마다 마음속에 두려움을 불러일으키는 듯했다. 덴서가 그녀에게 다음 말을 남기며 침묵을 깨트린 건 그것의 배신이었을지도 모른다. "내가 로더 부인을 믿게 만들 수 있다는 게 무슨 말이죠? 난 어리석어서, 당신이 그렇다면, 난 그분에게 거짓말을 할 수 없는 순간부터 거짓말 말고 다른 게 뭐가 있는지 모르겠네요."

"솔직히 당신이 아주 좋아하는 밀리에 대해서 멋지고 진지하게 이 모한테 말해요. 그건 거짓말이 아니고, 당신이 말하면 효과가 있을 거 예요. 알다시피 당신은 그 애에 대해 전혀 말 안 했잖아요."

"모드 이모님이 당신에게 그렇게 말했어요?" 그러자 그녀는 답을 곰곰이 생각만 하는 거 같았다. "놀랄 만한 말 좀 해봐요!'

그렇다, 그녀는 고심해왔다. "우리는 특별한 대화를 해야 해요."

두 사람의 눈이 마주치는 동안, 그는 더 많은 이야기를 듣고 싶다 는 표정을 지었지만, 분명 그녀에게 그 기회를 날리는 뭔가가 있었다. 그는 일주일 동안 마음속에 품고 있던 다른 문제에 대해 잠깐 그녀에 게 물었고, 이번만큼 좋은 기회는 없었다. "그럼 당신은 두 사람이 신 나는 일들을 주고받을 때 마크 경이 아주 잠시 들린 것에 대해 이모님 이 어떻게 생각하시는지 알아요? 내가 알기로는 그 사람은 여기 왔지 만 2~3시간 동안 우리의 친구를 만나고 그날 밤 기차를 타야 해서 다 른 사람들은 만날 시간이 전혀 없었어요. 신세 진 것도 있는데 당신이 나 이모님을 만나려고 기다리지 않은 일에 어떻게 생각하세요?"

"물론 이해하시죠. 그 사람은 밀리에게 청혼하러 왔고, 그 일 때문 에 왔던 거뿐이에요. 밀리가 완전히 거절해서, 볼 일이 없어졌어요. 우리의 환심을 사려고 바로 그 자리에서 돌아설 수 없었어요."

케이트는 모험가 관점에서 덴셔가 그걸 알지 못했다는 거에 놀라면 서 바라봤다. 하지만 덴셔는 다른 생각을 했다. "그 사람이 그녀를 떠 나는 모습을 봤을 때 그 사람들 사이에 그런 일이 있었다는 말이에요?"

"몰랐어요?"

"그럼 그 사람은 어떤 고장 난 풍향계인가요?" 그 청년은 놀라워하 며 말을 이었다.

"아, 그 사람을 너무 가볍게 보지 말아요. 밀리가 당신한테 말하지 않은 척하는 거예요?"

"그 사람이 얼마나 바보같이 군 거죠?"

케이트는 계속 미소 지었다 "당신은 그 애와 사랑에 빠졌네요."

그는 다시 그녀를 오래 바라봤다. "그녀가 그를 거절했는데, 마크 경에 대한 내 생각을 왜 말해야 하죠? 하지만 내가 말했던 다른 사람들의 대우 때문에 그 사람을 좋게 생각할 의무가 없고 난 로더 부인이 왜 그랬는지 이해할 수 없어요."

"이모는 그렇지 않았지만, 신경 쓰지는 않아요. 당신은 런던 사람들이 아주 잘 지냈다고 해도 함께 지내는 조건을 아주 잘 알잖아요. 그 사람은 우리에게 헌신하지 않았지만, 노력은 했어요. 불만족스러운 사람이 늘 노력해야죠?"

"나중에 환영받는다고 확신하고 변덕의 희생자에게 돌아올까요?"

케이트는 논쟁에 있어 희생자로 생각하는 데 동의했다. "아, 하지만 그 사람은 나에게도 애를 썼어요. 그러니까 괜찮아요."

"당신도 그 사람을 거절했으니까요?"

그녀는 덴셔가 완전한 역사적 진실이 약간의 부담을 느낄까 생각했던 순간을 저울질했지만, 좋은 쪽으로 향했다. "그렇게 되도록 놔두지 않았어요. 난 너무 낙담했었어요." 그녀는 여느 때처럼 명확하게 말을 이었다. "모드 이모는 분명 그가 나에 대해 맹세했다고 생각하실 거예요. 밀리가 그 사람을 받아들였다면 깨졌을 맹세죠. 그런 이유로 별 차이가 없어요."

덴셔는 웃음을 터트렸다. "그 사람이 실패한 건 장점이 아니에요."

"그가 마크 경이라는 게 여전히 장점이에요. 그냥 자기 자신이고 자신이 누군지 알고 있어요. 난 그 사람을 그렇게 대한 후에 되돌아보지도 않아요."

"아, 그 사람에게 잘 대해줬죠."

"당신이 아직도 질투하다니 기쁜데요." 하지만 그가 그 말을 받아들이기 전에, 그녀는 할 말이 더 있었다. "밀리의 그런 명확한 입장이 모드 이모를 불쾌하게 하기보다 더 기쁘게 한다는 것에 왜 당신이 어리둥절한지 모르겠네요. 밀리가 당신과의 관계를 망치기에는 너무 소중히 한다는 걸 인식하는 걸 말고 이모가 뭘 알고 계시죠? 그런 인식은 이모한테 당신의 인식 어느 정도 관련이 있는 것처럼 보일 수밖에 없어요. 그러니까 당신이 밀리와 더 많이 있으면 나와 덜 시간을 보냈다고 이모는 이해하실 거예요."

그는 묘하게 뒤섞인 열정으로 그녀의 단순한 이해 방식에 통달함을 다시 느꼈고, 그런 순간들은 우리는 처음부터 많이 있었다는 걸 안다. 그에게 확신과 반응을 일으키게 만드는 무언가가 있었다. 그리고 어떻게 불리든 이 효과는 이제 그의 말투로 나타났다. "아, 만약 이모님이 당신에 대한 내 생각이 뭔지 알기 시작했다면…!"

애매하지 않았지만, 케이트는 그 말을 맞받아쳤다. "다행히도 이모는 그렇게 생각하지 않는 거 같아요. 우리는 정말 성공적으로 해 왔어요."

"뭐, 나는 당신이 말한 대로 받아들이고, 일관되게 내 자리에 있으려면 당신에게 감사해야겠죠. 내가 보기에 다른 무엇보다 당신이 내게 말해 준 일들은 내가 할 수 있는 일보다 점점 커지고 있어요. 당신이 나에게 기대하는 게 더 많은 거 같아요. 왠지 내가 당신한테 기대하는 건 전혀 없고요. 당신에 나에게 말해 주지 않은 게 너무 많아요."

그녀는 의아했다 "내가 뭘 안 했는데…?"

"당신이 나한테 아무것도 주지 않았다는 증거를 보여줄게요."

"그 증거가 뭔데요?" 잠시 후 그녀가 과감하게 물었다.

"당신이 날 위해 해주는 일이요."

그녀는 놀라며 생각했다. "내가 당신을 위해 이 일을 하잖아요? 이건 아무것도 아니에요?"

"아무것도 아니에요."

"자기, 난 모든 걸 걸었어요."

그들은 더 천천히 걸었지만, 그는 갑자기 말을 꺼냈다. "당신 이모를 그렇게 정신없게 만들어서, 당신이 어떤 위험도 감수하지 않는다고 주장한다고 생각했어요!"

그가 그녀를 어찌할 바를 모르는 모습을 보는 건 그녀의 기막힌 계획을 시작한 후로 처음이었다. 더욱이 그다음 순간 그녀는 그렇게 행동하거나 그렇게 보이는 걸 싫어한다고 짐작했고, 그녀는 곧 상처 입은 것처럼 조바심을 내며 말했다. 그는 곧 인내의 예리한 아픔을 느꼈다. "그럼 당신은 내가 뭘 하길 바라는데요?"

위험으로부터 호소에 그는 감동했지만, 그의 말대로, 모든 것이 그를 더 악화시켰다. "내가 원하는 건 사랑을 받는 거예요. 이런 상황에서 내가 뭘 느낄 수 있겠어요?" 그녀는 그걸 훌륭하게 숨겨왔기에 그를 이해할 수 있었고 그의 말이 더 정직하게 느껴졌다. 그는 언제나 그녀와 함께 하는 인생을 깊이 생각했고 그들이 두 번의 어스름한 런던 겨울을 겪으면서 인생의 흔적은 깊어졌다. 그는 그녀가 부주의하고 무식하고 약하다고 절대 생각지 않았다. 그가 그들의 사이에 더 강한 믿음을 요구한다면, 그녀에게 손을 내밀면 그녀가 맞춰줄 수 있다고 믿었기 때문이었다. "도움이 있어야 계속할 수 있을 거 같네요. 도움이 없으면 못 해요."

그녀는 이제 그에게서 시선을 돌렸고, 그 모습에서 그는 그녀가 어떻게 이해했는지 알았다. "우리는 거기에 있어야 해요. 그 사람들이 왔을 때 말이에요."

"그 사람들 아직 안 왔어요. 왔어도 난 상관 안 해요." 그녀가 그의 말이 이기적이라고 비난하려는 것을 해결하려는 듯 그는 곧장 말을 덧붙였다. "모든 걸 끝내고 비난을 받는 게 어때요?" 그는 정말 전심으로 말했다. "당신이 날 받아만 주면요!"

그 말에 그녀의 시선은 다시 그에게로 향했고, 그는 결국 내면 깊은 곳에서 그녀가 그의 반항이 쓰라리기보다는 더 귀엽다고 느낀다는 걸 알 수 있었다. 그 말에 그녀의 정신과 생각이 잠시 멈춘 듯했다. 그런데도 그녀는 침착하게 대답했다. "우리가 너무 멀리 갔네요. 그녀를 망치고 싶어요?"

그는 주저했지만 자연스럽지 못했다. "모드 이모님을 망친다는 뜻인가요?"

"내가 누구를 말하는지 알잖아요. 우리는 너무 많은 거짓말을 했어요."

이 말에 그는 고개를 들었다. "난 아무 거짓말도 안 했어요!"

그는 예리하게 말을 꺼냈지만 그런데도 그를 바라보는 그녀의 시선을 자연스럽게 받아들였다. "정말 고맙네요."

하지만 그녀는 그가 이미 내뱉은 말을 제대로 확인하지는 못했다. "조금도 나에게 마음을 열지 않는다면 난 오늘 밤 바로 떠날 거예요."

"그럼 떠나요." 케이트 크로이는 그렇게 말했다.

그들이 다시 함께 걷는 동안 그는 곧 그를 당황스럽게 하는 것은 폭력이 아니라 오히려 그녀의 차가운 침묵이라는 걸 알았다. 그들은 함께 걸었고, 그들의 생각 차이는 갑자기 진짜로 불화로 이어져 그가 떠나는 이유가 마련된 듯했다. 그런 후 그들은 이제 아케이드에서 쉽게 눈에 띄었는데, 두서없이 그리고 더 갑자기, 게다가 무모하게 그는 손으로 그녀의 팔을 힘차게 붙잡았고 그들은 다시 걸음을 멈췄다. "당신 생각대로 당신이 원하는 어떤 거짓말이라도 할게요. 당신에게 나에게 오기만 하면요."

"당신에게 간다고요?"

"나한테 와요."

"어떻게? 어디로요?"

그녀는 낮은 목소리로 말했지만, 그녀도 그와 똑같이 불확실했기에 어떤지 놀라웠다. "가능한 내 숙소면 완벽하겠죠. 그리고 당신이 알았겠지만, 며칠 전에 당신을 생각했었어요. 우리 두 사람이 용기를 내면 처리할 수 있어요. 우리 같은 사람들은 항상 정리해요." 그녀는 좋은 정보에 대해 경청했고, 그가 한 걸음씩 나아가야 하는 문제였기에 놀란 모습을 숨기지 않으며 그를 응원하기도 했다. 그는 사실 그녀에게서 그런 무례함을 예상하지 못했지만, 그런 무례함이 없는 건 그의 기회에 관한 생각에 더 심각한 이유의 스릴을 더했을 뿐이었다. 그녀가 어떤 사람인지 알기 위해 그는 피하지 않고 절대적으로 그녀를 봐야 했고, 그날 모든 빛을 받으며 감탄스럽고 무자비한 뜻에 따라 그는 그곳에 있어야 했다. 그녀의 말을 듣는 것만으로도 그는 아직도 이해하지 못한 자신을 이해할 수 있었다. 자기 생각은 이미 아름답게 싹이 폈다. "내가 바보가 아니라고 생각하는 것 외에는 할 수 있는 게 아무것도 없어요. 내가 하고 싶은 말은 그것뿐이지만, 당신은 무슨 말인지 알 거예요. 당신과 함께라면 당신이 요구하거나 원하는 걸 난 할 수 있어요. 당신이 없다면 난 목을 매달 거예요. 정말요."

그녀는 그가 말을 멈춘 후에도 정말 경청하고 있었다. 그는 그녀를 계속 붙잡아 가까이 끌어당겼으며, 가끔 그들은 다시 걸음을 멈췄지만, 멀리 떨어져 있는 다른 사람들이 보기에 독보적인 장소에서 그가 다소 무심한 동행에게 어떤 감명받은 관광객의 이야기를 하는 것처럼 보였을 것이다. 그는 그녀의 팔을 붙잡아 몸을 돌려세워, 산 마르크 광장을 다시 마주 보게 했고, 그녀의 양산을 빙빙 돌리는 동안 그는 거대한 존재를 보았다. 그러나 그녀는 이제 마침내 정반대의 결단을 내리는 동작을 취했고, 다음 말만 했다. "제발 내 팔에서 손 떼요." 그는 바로 그 말을 알아들었다. 그녀는 그들이 서 있는 장소에서 화랑 그늘에 다른 사람들이 있다는 걸 알아챘다. 그래서 그들은 나란히 그들에게 갔고, 모든 게 괜찮았다. 다른 사람들도 아치 중 한 곳에서 만족해하며 그들을 보고 기다렸다. 그들도 그와 케이트가 언쟁하는 걸 봤고 완벽하게 준비하고, 꽤 참을성 있게, 적당히 받아들이는 것처럼 보였다. 그들은 늘 케이트 방식으로 어색한 상황에서 완전히 깨우친

두 명의 아이가 최대한 노력하는 것보다 더 나쁜 건 없다고 생각했다. 그런데도 그들은 서두르지 않았다. 그렇게 하면 지나칠 것이다. 그래서 그는 자신의 감정을 생각할 시간을 가졌다. 그는 로더 부인과 마주했지만, 이미 자신이 원하는 걸 얻었다고 걸 너무나 분명하게 생각했다. 일이 더 생길 것이다, 모든 게 말이다. 그는 상대방에게 모든 걸 털어놓지 않았다. 그녀는 싸구려 비난의 끔찍한 그림자를 그의 광명 너머로 버리지는 않았다. 그는 이것을 너무나 두려워했기에 없애는 것 그 자체가 더없는 행복의 본질이었다. 위험은 사라졌다. 그의 뒤에는 햇볕이 잘 드는 공간이 있었다. 지금까지는 그녀는 그가 원했던 걸 잘 맞춰줬다.

그녀는 그날 저녁에 그에게 말을 걸고 아침에 그가 제기했던 예리한 질문에 답할 만큼 좋아져서, 그의 의식에서 또 다른 집착은 밀려났다. 어느 때처럼 하루가 끝날 무렵에 저택에 도착했는데 스트링햄 부인을 통해 밀리는 오늘 저녁도 함께할 수 없지만 늦게는 내려올 거라는 알게 되면서 그에게 기회가 다시 생겼다. 그는 친구들이 쓰는 방보다 촛불이 더 많은 큰 응접실에 수잔 셰퍼드가 혼자 있는 걸 봤는데, 그녀는 매일 점점 멋있어졌다. 그들 모두 그 점을 이야기했고, 스타일에 대한 만연한 미스터리를 밝혔다. 그는 로더 부인과 케이트가 나타나기 전 5분 동안 그 멋진 부인과 함께 있었는데, 그 5분은 사실 밀리의 촛불 개수보다 더 길었다.

"정말 그럴 기분이 아니어도, 그녀는 내려올까요?"

그는 그 아가씨에 대한 내면의 진실을 드물게 잠깐잠깐 짧게 알게 되면서 일어나는 경이로움 속에서 물었다. 물론 건강에 대한 질문도 있었고, 하늘, 그가 딛고 있는 땅, 그가 맛본 음식, 그가 들은 소리 모든 것에 관해 물었다. 하지만 그의 세심함과 다른 사람들의 공통된 신중함으로 그에게 그 문제에 어떤 암시도 하지 말라는 요청의 효과는 곳곳에 있었다. 그날 아침 그녀의 불참에 대한 설명은 거의 없었기에, 굉장히 말이 안 되고 어색했고, 이렇게 스트링햄 부인과 함께 시간을 보내면서 그는 처음으로 눈을 뜨게 됐다. 그는 기꺼이 눈을 감았었고, 그렇게 할수록 정신적으로 그에게 유용했다. 그가 정말 밀리의 사실을 알고 싶은 거라며, 그가 솔직하게 행하는 행동보다 더 좋은 증거가 어디 있겠는가? 아마 그녀에게는 한심해 보이고, 자신도 우습게 여기겠지만, 그는 평범한 친구에 대해 가졌던 호기심조차 없었다. 그는 그 순간 좀 딱딱한 태도를 유지하려고 애를 썼겠지만, 역시 그렇지 못했다. 그러니까 이중성은 무엇인가? 그는 적어도 자신의 감정에 확신이 있었고, 너무나 확고해서 전혀 감정이 없었다. 그 감정들은 모두 밀리에 대한 것이었다. 그는 케이트를 위해서 행동했고 그녀의 친구를 위해서는 조금도 아니었다. 따라서 그는 관심이 없었는데, 관심을 가졌다면 신경을 썼을 것이고 신경을 썼다면 알고 싶었을 것이기 때문이었다. 그가 알고 싶었다면 오로지 수동적이지 않았을 것이고, 그리고 오로지 수동적인 것은 그의 위엄과 명예를 대변하는 것이었다. 덧붙여 말하자면 그의 존엄성과 명예는 다행스럽게도 오늘 밤 수잔 셰퍼드와의 짧은 대화를 망치기에는 부족했다. 얼핏 보니, 그녀는 그에게 답을 해주고 싶었던 같았고, 현 상황에서 그 답을 받아들여야 그녀를 도울 수 있는 거 같았다. 그녀는 허락만 한 게 아니라 그가 눈을 뜨도록 했다. "당신이 와 줘서 정말 기뻐요." 그의 질문에 대한 답은 아니었지만, 한동안 도움이 될 것이다. 그리고 곧 나머지 답을 다 들을 수 있을 것이다. 그는 그녀에게 미소를 지었고, 그녀와 교감의 결과로 그녀의 말로 말하고 있는 자신을 발견했다. "아주 멋진 경험이었어요."

"그렇군요." 그녀는 얼굴을 들어 그를 바라봤다. "당신이 그렇게 느끼길 바랐어요. 괜찮다면, 당신에게 하고 싶은 말이 있어요."

"뭐가 걱정이세요?" 그는 격려하듯이 물었다.

"내가 망칠지도 모르는 일이요. 게다가 기회가 없었죠. 당신은 항상 그녀와 함께 있잖아요."

그는 변함없는 미소를 지으며 이상하게 자신이 힘을 받고 있다는 생각이 들었고, 조금 들은 말에서 자신의 방향에 대해 정확히 말했다고 느꼈기 때문에 더 확고했다. 그런데도 계속 미소 지었다. "아, 지금은 함께 있지 않잖아요."

"아니죠, 그래서 정말 기뻐요. 그녀는 훨씬 나아졌어요."

"나아졌다고요? 그럼 더 안 좋았나요?"

스트링햄 부인은 멈칫했다. "정말 잘 지냈어요. 하지만 정말 더 좋아졌어요."

"아, 정말 좋아졌다면…!" 그는 그 문제를 편안히 받아들이고 어리둥절한 모습을 보이고 싶지 않아서 자신의 모습을 살폈다. "저녁 식사 때 그녀가 더 그리울 거예요."

하지만 수잔 셰퍼드는 그를 간파했다. "스스로 잘 챙기고 있어요. 알게 될 거예요. 정말 아무것도 그리워할 필요 없어요. 작은 파티가 있을 거예요."

"이렇게 과한 웅장함을 보니 알겠네요."

"멋지죠? 내가 전부 하자고 했어요. 그 애 성격에 처음으로 하숙을 하는 거예요. 아름다운 장소를 보니 그렇게 지내서 그녀는 정말 행복해해요. 나에게는 난쟁이와 작은 흑인이 전경 한구석에 있는 베로나 풍 모습이에요. 만약 매나 사냥개 같은 종류가 있다면 나는 그 장면을 더 영광스럽게 여겼을 거예요. 여기를 관리하는 나이 든 가정부에게 크고 빨간 앵무새가 있는데 저녁 동안 그 앵무새를 빌려서 엄지손가락에 올려놨을 거예요." 스트링햄 부인은 이것과 잡다한 설명을 했지만, 그런 모습이 그와 가까워지지는 않았다. 최고로 고귀한 스타일이 부족한 그의 태도에 모든 것이 있는 구성에서 그는 어느 부분이 와 닿았을까? "하지만 저녁 식사에 그녀가 기대하는 몇몇 사람은 참석하지 않을 거예요. 그들은 나중에 각자 호텔에서 돌아와요. 중요한 손님인 의사 루크 스트렛과 조카가 런던에서 한두 시간 전에 도착했어요. 그녀가 그 사람이 뭔가 해주길 원했고, 바로 시작할 거예요. 그녀는 그 사람을 좋아하기 때문에 우리는 그 사람을 더 많이 만날 거예요. 그리고 당신이 그 사람을 보게 돼서 나도 기쁘고 그녀도 기뻐할 거예요."

그 선한 부인은 그 일에 있어 조급해했고 거의 부자연스럽게 밝았다.

"그래서 난 간절히 바라…!" 하지만 그녀의 환호성에 그녀의 바람은 상당히 사라졌다.

그녀가 말하는 것보다 훨씬 더 많은 걸 알려주는 동안 그는 이 모습을 잠시 숙고했다. "당신이 바라는 게 뭔데요?"

"저기, 당신이 남아 있는 거요."

"저녁 식사 후에요?" 그의 생각에 그가 어디서 시작하거나 끝내는지 말할 수 없는 많은 걸 그녀가 말하는 것 같았다.

"아, 물론이죠. 아름다운 연주와 음악도 들어요. 안내서처럼 타소 Tasso(이탈리아 시인) 시도 들고요. 그녀가 정리했고 에우제니오가 마련했어요. 게다가 당신도 있어요."

"아, 내가요!" 그는 진짜로 반문하며 진지하게 말했다.

"당신은 남보다 뛰어나고 고개를 꼿꼿이 들고 술잔을 들고 있는 훌륭한 청년이 될 거예요. 우리가 바라는 건 당신이 우리에게 충실하게 하는 거예요, 당신은 어리석게 그냥 며칠을 지내려고 온 게 아니잖아요."

댄서의 다소 개인적이고 특히 초라한 현실로 아무런 위안 없이 넘어갔고, 이 말에 그는 그들에 대한 걱정을 잠시 멈췄다. 평탄하게 지내는 여자들이 즐거움을 위해 여행하고 베로나풍의 풍경 속에서 살고 시간과 기회를 전례 없이 희생시키고 있는 평범하고 재정적으로 힘든 노동자들과 대화를 나누는 방식이라니! 그는 자신이 얼마나 열심히 일했고, 왜 그가 숙소를 얻었는지 말할 수가 없었으며, 인생 처음으로 자신이 얼마나 시달리고 아무런 이득이 없는지 알게 됐는데, 그들이 그의 동요의 근원을 잘못된 시각으로 볼 수 있기 때문이었다. 아마도 간접적으로 하지만 확실하게 스트링햄 부인과 함께하는 이 순간들이 예상대로 무게가 더해지면서 그의 마음에 점점 자리 잡을 것이다. 그는 성과에 대한 기대감이 들었다. 대화는 끝났고 아무 성과가 없었고, 또다시 차가운 숨을 내뿜었다. 그렇게 그곳에 그가 있었다. 그리고 기껏해야 허둥댈 뿐이었다. "내가 생각해봐야 하는 아주 성가신 일이 있다고 말하면 이해를 못 하실까 염려되네요. 고국에서의 성가시지만 필요한 일들이죠. 런던에서의 압박과 중압감이고요."

하지만 그녀는 완벽히 이해했다. 그녀는 압박과 중압감이 자신에게 어땠는지 알려줬다. "매일 해야 하는 일과 매일 받는 임금, 특별 포상이나 사례금요? 소중하고 현혹되는 날에 그것들이 날 얼마나 괴롭혔는지 나보다 잘 아는 사람은 없어요. 내가 포기한 거냐고요? 나는 그녀를 따라다니기 위해 모든 걸 포기했어요. 당신도 내 심정을 알아줬으면 해요. 당신은 베니스에 대해 쓸 수 있잖아요?"

그는 잠시라도 그녀의 심정을 알 수 있기를 바라며 친절하게 미소를 지었다. "부인은 베니스에 대해 썼어요?"

"아뇨. 하지만 내가 그렇게 완전히 포기하지 않았다면 썼겠죠? 알다시피 그녀는 나에게 공주 같은 여자고 누군가의 공주고…."

"모든 희생을 치르게 하는 사람이라고요?"

"정확해요! 그거예요!"

한 번에 그렇게 많은 곳을 다녀본 곳이 없었던 그는 이 말이 부담스러웠다. "그녀가 당신 사람이라는 거 충분히 이해해요. 단 그녀가 내 사람이 아니라는 것도 당신이 알면요." 그는 그녀가 그 말을 되풀이하지 않을 것이고 충격적인 결과를 알게 될 로더 부인에게는 특히 하지 않을 것이라는 도덕적 확신이 있었기에 솔직하게 말할 수 있었다고 생각했다. 이 점이 그가 그 선한 부인에게서 좋아했던 부분 중 하나였는데, 그녀는 말을 되풀이하지 않았고, 그가 그 점을 알아줬으면 하는 세심한 생각을 수줍게 그에게 보였다. 그 자체로 그들 사이의 가능성과 그에게 도움이 되고 융통성 있는 관계의 징후였고, 그가 아는 것보다 더 많이 관여할 수 없었다. 그러나 그는 이 점을 새로이 하면서도 매우 이상하다고 생각했다. 그때는 수잔 셰퍼드가 케이트가 원했던 똑같은 것을 원했지만 더 살펴보면 너무나 다른 방식이었고 그렇게 심오하지는 않았지만 너무나 다른 이유로 원했을 뿐이었다. 그러고 로더 부인은 이상하게도 다른 사람들이 했던 것과 똑같은 방식으로 그녀의 윤택함이 발전하길 원했고, 그는 그 사람들 한가운데에 있었다. 그러한 생각에 관련된 모든 것을 편안하게 동의하는 것이 최선이 아닐지 궁금해지는 경우들이 생겼다. 그러지 않으려고 하면서 계속 그 사이에 있으려는 두 가지는 더 터무니없었다. 그는 남성 목격자가 없어서 기뻤다. 주위에는 여성들만 있었고, 어떤 남자가 그를 보는 건 좋아하지 말았어야 했다. 그는 잠시 런던에서 케이트가 밀리가 찾았다고 말했고 이제 멀리서 개입하려고 하는 의술 명인 루크 스트렛에 대해 예민하게 생각하고 어떤 설명이 필요해졌다. 그는 이 사람도 런던의 훌륭한 외과 의사 중 한 명이라며 모든 면에서 예리하다는 환상이 있었고, 그래서 그는 결국 자신의 성별의 아이러니한 관심에서 완전히 벗어나서는 안 될 것이다. 그가 할 수 있는 최선은 신경 쓰지 않는 것이었고, 신경 쓰지 않으려고 노력하는 동안 받아들일 것이다. 하지만 마크 경에 대한 환상도 떠올렸다. 마크 경은 사실 터무니 없는 태도 때문에 두 번 포착됐는데, 두 번째 남자였다. 하지만 마크 경을 신경 쓰지 않는 건 비교적 쉬웠다.

그의 상대방은 지금까지 밀리가 그의 공주가 아니라는 문제에 대해 그녀의 신중함을 확인했다. "물론 그녀는 아니죠. 당신이 먼저 뭔가를 해야 해요."

덴서는 제 생각을 밝혔다. "오히려 그녀가 먼저 해야 하지 않나요?"

그녀를 꼼짝 못 하게 하려는 효과는 그가 의도했던 것보다 더 컸다. "알겠어요. 그렇게 생각한다면 그런 거죠." 그녀의 환호는 사라졌고, 그녀는 밀리가 무엇을 할 수 있을까 궁금해하며 그의 눈을 피하면서 주변을 둘러봤다. "그녀는 잘해주고 싶어 했어요."

그 자리에서 그는 자신이 잔혹하다고 느꼈다. "당연히 그녀는 친절해요. 이보다 더 매력적인 사람은 없어요. 나를 대단한 사람처럼 대해

줬어요. 안주인에 대해 생각해 본 적 없었는데 그녀는 나의 안주인이고 난 부인과 같은 생각이에요. 물론 궁중 생활 같아요."

그녀는 바로 이 말이 그에게 원했던 말이었다고 알려줬다. "내 말이 바로 그거예요. 당신이 궁중은 전혀 그렇지 않다는 걸 이해한다면요. 천국의 궁중 중 한 곳이고, 천사의 여왕처럼 군림하는 치품천사 seraph(구품 천사 중 가장 높은 천사)의 궁중이죠. 그거면 완벽할 거예요."

"그렇다면 인정하죠. 일반적으로 궁중 생활만으로는 보상이 되지 않아요."

"그렇죠, 이해해요. 하지만 이건 책으로는 알 수 없어요. 그게 이곳의 아름다움이에요. 그녀가 숭고하고 유일한 공주인 이유예요. 그녀와 함께 그녀의 궁중에 있으면 보상이 돼요." 그러고 나서 마치 그녀가 그를 위해 그 일을 해결한 것처럼 말했다. "직접 알게 될 거예요."

그는 잠시 말을 하지 않았지만, 그녀를 낙담시키는 말은 하지 않았다. "지금 부인 말이 맞는 거 같아요. 누군가가 먼저 해야 해요."

"글쎄요, 당신은 뭔가를 했어요."

"아뇨, 그렇지 않아요. 더 할 수 있어요."

아, 그녀는 그가 그렇게 말했어야 한다고 말하는 듯했다. "당신은 무엇이든지 할 수 있어요!"

'무엇이든지'라는 말은 그가 진지하게 받아들이기에는 너무 과했지만, 어리석게 굴지 않으려고 다음 순간에 다른지만 관련된 문제 말하면서 겸허히 내버려 뒀다. "부인 말대로 그녀가 훨씬 좋아졌다면 왜 의사 루크 스트렛을 불렀죠?"

"그녀가 부른 게 아니에요. 그분 스스로 온 거예요. 오고 싶어 했거든요."

"그렇다면 그게 더 나쁜 거 아닌가요, 그가 불편해할 수 있다는 거라면요?"

"그분은 처음부터 휴가차 온 거예요. 그녀는 몇 주 동안 알고 있었어요. 당신이 그분을 편하게 할 수 있어요."

"내가요?" 그는 솔직히 궁금했다. 정말 여자들의 모임이었다. "그분 같은 사람에게 내가 무슨 상관이죠?"

"그분이 어떤 사람이 어떻게 알죠? 당신이 지금까지 봤던 사람들과 달라요. 아주 많이 도움이 되는 사람이에요."

"아. 그럼 내가 없어도 되겠네요. 나는 외부인이고 끼어들 권리가 없어요."

"당신 생각을 그분한테도 똑같이 말해요."

"실 양에 대해 내 생각이요?" 덴셔는 빤히 쳐다봤다. 그건 곤란한 일이었다. 하지만 그는 적절한 말을 찾았다. "그분이 상관할 일이 아니에요."

스트링햄 부인도 잠깐 옳은 말이라고 여기는 듯했다. 그녀는 여전히 밝은 표정으로 그에게 시선을 고정했지만, 그 말에서 알 수 있는 것보다 더 많은 의미를 찾고 있었다. 이것이 무엇인지는 그는 나중에도 알 수 없을 것이다. "그럼 그분에게 그렇게 말해요. 뭐든 그분이 당신을 알게 되는 방법이 될 거예요."

"왜 그분이 날 알아야 하죠?"

"그분에게 기회를 줘요. 이야기를 들어줘요. 그럼 알게 될 거예요."

스트링햄 부인이 보기에, 모든 것은 훈훈한 요소보다는 오히려 이상한 요소에 그의 몰입감이 더 분명해지도록 했고, 게다가 앞으로 2~3시간 동안 다른 여러 느낌으로 가득할 것이다. 밀리는 저녁 식사 후 내려왔고, 랭커스터 게이트의 숙녀들이 주요 관심 대상이었던 친구 6명이 그때쯤 도착했다. 그녀의 관심을 끄는 초청과 에우제니오의 안내로 음악가 초청도 있었지만, 가장 마지막에 도착한 의사의 도착이 개인적으로 반갑고 최고의 기회가 생겼고, 그는 그녀가 넓고 따뜻한 파도 속에서 보편적이고 기쁨으로 넘치는 온화함을 퍼트리는 걸 느꼈다. 확실히 다른 사람들보다 몇몇 사람들에게 관심이 더 깊었고, 특히 그가 알고 있는 부분에 대해 몰두하는 듯했다. 그는 그 안에서 이리저리 돌아다녔지만, 성과가 없었고, 그 안에서 떠다니면서 소리 없이 헤엄쳤지만, 그 문제에 있어서 그들은 투명한 웅덩이의 물고기들처럼 모두 함께 있었다. 장소의 효과와 풍경의 아름다움이 아마도 한몫했을 것이다. 드높은 방들의 화려한 우아함, 예술품으로 가득한 방이 사람들의 일반적인 태도에 영향을 미쳐서 사람들이 엄숙해지지 않고 온화해졌다. 스트링햄 부인의 말로는, 그들은 여관에 겨우 한두 주 동안 머물고 있고, 낮에는 배데커 여행안내서를 보고, 프레스코화를 보고, 몇 프랑을 가지고 곤돌라 기사와 의견 차이가 있었다고 했다. 하지만 밀리는 멋진 하얀 드레스를 입고 그들 사이를 돌아다녔고, 그들을 더욱더 다정하게 만드는 어떤 것과 연관 지었다. 그래서 그가 스트링햄 부인과 이야기했던 베로나풍 그림이 제대로 구성되지 않았다면, 이전 시간의 비교급 산문체는, 즉 '제압'으로 한정된 무감각의 흔적은 마침내 거의 고귀하게 부정당했다. 우연히 하얀 드레스를 입은 그녀를 처음으로 보면서 그에게 뭔가가 있었지만, 그녀는 점점 밝아지며 사람들 사이를 오갔지만, 아주 만연하게 그와 부딪힐 기회가 없었다. 그녀는 머리를 땋아서 색다르고, 더 젊고, 더 아름다웠지만, 눈에 띄는 행운은 아니었다. 그러나 그는 분명치 않으면서 확실히 매력적인 이유이자, 거의 수도자처럼 지금까지 그녀의 속내를 알 수 없었던 이유로, 그녀가 이 일을 그만둔 것에 관해 설명하는 것이 완전히 꺼려졌다. 그 변화가 그녀의 존재 가치를 위해 한 것처럼, 그녀는 아직 그를 이해시킨 적이 없었고, 그는 의사 루크 스트렛의 방문으로 그 문제에 대해 단호한 그녀를 살피는 더 큰 즐거움을 놓치지 않았다. 이런 관계에서 다른 사람들보다는 그 장소에 덜 동화되고, 또렷한 얼굴과 체형의 의사 루크 스트렛에게 질투심을 느낄 수 있었다면, 응접실 반대에서 그는 곧 당연히 가장 재미있었을 거라는 걸 알았을 것이다. 하지만 그는 이득이 얻는다고 해도 남의 심기를 건드릴 수 없었고, 자신이 너무나 그 문제에 '빠졌다'고 말했을 것이고, 한순간의 생각으로 그는 누구보다 더 많은 걸 얻었다. 케이트와 로더 부인이 계속 농담을 하고 영국 여성들에게 그를 소개하는 동안 밀리가 다른 사람들을 살피면서 그를 무시하는 방식 그 자체가 증거였는데, 그녀가 의식적으로 건넨 밝은 표정과 즐거운 말(표면적으로는 마지막으로 가벼운 말) 몇 마디가 그를 스쳤는데, 지금까지 그들 사이에는 친밀한 교감이 오간 적이 없었기 때문이다.

그녀가 어떤 대단한 생각으로, 반쯤은 신경과민으로 반쯤은 어쩔 수 없이 조화롭게 있어야 한다는 영감으로 오늘 밤 안주인으로의 역할을 하고 있다는 걸 그는 알 수 있었다. 그러나 그가 특별히 인지한 것은 이미 여러 번 드러났던 특징으로, 그녀의 선택이나 본능적인 친화력으로, 조용히 있거나 과시를 해서 매우 이상하게 보였다는 것이었다. 그는 원래 그녀가 미국 아가씨라는 걸 알았고, 어떤 순간에 어떤 사람들보다 뉴욕 출신이라는 건 사실이었고, 그가 런던에서 그리고 케이트의 일행으로 만났던 그때보다 훨씬 더 미국인 아가씨다웠다. 크지만 기묘한 사회적 자산으로 그에게 영향을 미쳤는데, 예를 들어 어떤 남자가 약해진다면 이 세상에서는 절대 지배할 수 없을 것이고, 그리고 그는 가장 직접 혼란스러운 겉모습의 연장선에서 받아들이면서 '인격'의 연장선에서 아니면 축소선에서 봐야 할지 몰랐을 것이다. 분명히 오늘 저녁에도 여러모로 보나 올바른 일이었고, 케이트가 두 번째로 소개하려고 그에게 다가갔을 때 한마디로 그녀가 그를 위해서 한 말이었다. 점차 사라지는 음악 속에 그녀가 그에게 처음 성화를 부렸던 여자에게서 멀리 떨어져 있었고, 그녀 맘속에는 광장에서 했던 그들의 대화를 얼버무리면서 그에게 영향을 미치는 뭔가가 있었다. 그가 그곳에서 그녀에게 했던 짓에 대한 벌칙으로 그녀는 그에게 뭘 강요하고 싶었을까? 그래서 그가 무슨 일을 저질렀다는 건 그에게 가장 중요한 접촉이었다. 그녀의 완벽한 지성은 그가 이익을 위

해 행동하게 했을 뿐만 아니라, 어떤 개인적 노력만으로 그의 공격 불
가능한 논리에서 그녀를 벗어날 수 없게 했다. 그래서 그와 함께 있
거나 그 근처에 있었고 저녁 식사를 하는 동안에도 그녀가 당연히 벗
어날 방법은 전혀 없었고 그 어느 때보다 적었다. 그래서 그녀는 문
제를 똑바로 처리하거나, 솔직히 굴복하거나, 헛되이 투쟁하거나 성
의 없이 논쟁하거나, 아니면 장점을 이용해 그저 자신을 표현할 수 있
을 뿐이었다. 그녀의 의지가 상당하다는 것이 그 시간 동안의 장점이
었고, 그의 압박에 잠깐 거짓으로 부족한 부분을 채워줬다. 이러한 조
짐들은 그녀가 그렇게 가까이에서 얼마나 그의 감정을 느끼고 있는지
를 그에게 알려줄 뿐이었고, 밀리와 마찬가지로 그녀의 모습 자체로
도 그의 행동을 다시 일깨워 주기에 충분했다. 그가 이 순간에 할 수
있는 것처럼, 통속적으로 정복이라고 불리는 상태를 실질적으로 경험
하도록 그에게 허락된 적이 전혀 없었다. 그는 가끔 '좋다'고 할 때가
있을 만큼 오래 살았지만, 그 어떤 상태에서도 그가 호감을 받은 적은
한 번도 없었다. 밀리보다 더 큰 호감이 있거나 있었을 것이다. 자신
이 그 대답을 안다고 느꼈다. 아무튼, 그래서 그는 케이트가 왠지 갈
망하고 있다는 것에 주목하면서 그 일을 이해했다. 눈에 띄는 젊은 존
재로서 그녀는 사실상 대체되었고, 밀리가 퍼뜨린 온순함으로 그녀는
자신의 모든 몫을 완전히 이해했고, 오늘 밤 밀리가 옆에 뒀던 겉으로
보기에는 구분이 안 되는 작고 검은 드레스 입었을지도 모른다. 이 모
습이 그가 절대 잊을 수 없는 이모의 눈에는 그녀의 멋진 등장의 영향
의 대조되는 면이 랭커스터 게이트에서 어린 친구가 아팠던 날을 떠
올리게 한다는 걸 알았다. 이모의 눈에 그녀는 이제 인정받는 소멸로,
실제로 미모를 가꾸고 잘못된 부분을 고쳤지만, 누구의 시선이 효과
적으로 집중되지 않았나? 그렇더라도 그녀가 그에게 가장 먼저 한 말
은 적어도 침착하다는 걸 확신시키려는 격렬한 시도임을 보여줘서 그
를 놀라게 했다.

"이제 그녀가 아주 멋지지 않나요?"

공공연한 자유의 위험에 거의 주의를 기울이지 않은 채 그녀는 자신들이 서 있는 곳에서 밀리를 바라봤고, 그녀는 꽤 오래된 베니스 희극처럼 타고나 유머로 활기를 불어넣는 경의를 표하며 그녀에게 다가가는 소규모 오케스트라 단원들과 자신의 앞으로의 소원에 대해 새로운 대화를 나누는 그녀를 주목했다. 음악에 관한 생각으로 그 아가씨는 행복했는데, 수줍음의 진정한 해결책이지만 극단적이지는 않았는데, 막간 휴식 시간, 자유 재량권, 모여 있는 교양 없는 사람들에 대한 자비의 일반적 관습 덕분에, 비록 이것들이 자연스럽고 멜로디 순위가 매겨진 순서이기는 하지만 연주자들의 좋은 태도를 반영했다. 아무튼, 케이트에게 대답하기 쉬웠다. "아, 내 사랑, 내가 그녀를 어떻게 생각하는지 알잖아요."

케이트는 공감하며 대답했다. "하지만 그 애는 *너무* 멋있어요. 모든 게 너무 잘 어울려요, 특히 진주 목걸이요. 오래된 레이스랑 잘 어울려요. 그걸 보라고 당신을 정말 귀찮게 굴 거예요." 덴셔는 예전에 그걸 본 적이 있었겠지만, 아마도 '제대로' 보지 않았을 것이고, 그래서 일부 스타일을 받아들여 시로 제대로 구현되지 못했고, 밀리의 관점에서는 그의 마음은 그 시로 계속 되돌아갔다. 그는 진주 목걸이를 자세히 바라보는 케이트의 얼굴을 보았다. 길고 값비싼 체인이 목에 두 번 감고 무겁고 완전하게 착용자의 가슴 앞쪽 아래로 매달려 있었는데, 너무 아래로 내려와서 분명히 의식하지 못하는 밀리가 일부분을 멍하게 손으로 더듬고 꼬면서 편안함을 찾는 듯했다. "그 애는 비둘기이고 왠지 사람들은 비둘기는 보석으로 치장하지 않는다고 생각해요. 하지만 보석은 그녀에게 완전히 잘 어울려요."

"맞아요. 완전히 어울리네요." 덴셔가 이제 그것들이 그녀에게 어떻게 잘 어울리는지 봤고, 아마도 그의 상대방이 보석에 대해 느끼는 강렬한 감정을 더 잘 알고 있을 것이다. 밀리는 정말로 비둘기였고, 비록 그녀의 정신에 가장 잘 들어맞았지만, 그 모습은 바로 이랬다. 그러나 누군가 비둘기는 날개가 있고 놀라운 비행을 하고 연한 색조와 부드러운 소리를 가지고 있다는 걸 기억하는 한, 그는 케이트가 그에게 이유를 숨기고 엄청난 힘이자 비둘기 모습일 뿐인 그녀의 재산에 대해 특히 생각하고 있다는 걸 곧 깨달았다. 심지어 날개가 있다면, 정말로 그가 염려하는 경우에, 보호하기 위해 스스로 펼 수 있다는 생각이 희미하게 들기도 했다. 그 문제에 대해 케이트와 로더 부인이 최근에 지나치게 손을 내밀었고, 수잔 셰퍼드와 특히 그는 그들 밑에서 바로 편안하게 자리 잡지 않았는가? 이 모든 건 일반적인 불빛에서 더 밝은 흐릿한 형체였고, 이 와중에 그는 케이트가 말하는 걸 들었다.

"진주는 누구에게나 어울리는 마법이 있어요."

"당신에게 정말 잘 어울릴 거예요." 그는 솔직하게 답했다.

"맞아요, 그렇게 생각해요."

그녀가 그렇다고 할 때 그는 갑자기 그녀를 보았고, 정말 멋졌을 것 같다는 생각이 들었고, 그녀의 생각을 더 알게 됐다. 밀리의 왕실 장신구는 이제는 전혀 신비롭지 않지만, 차이의 상징이었고, 케이트 얼굴에는 실제로 그 상상의 차이가 있었다. 그녀는 분명 그 진주를 뚫어지게 봤을 것이고, 진주는 머튼 덴서가 그녀에게 절대 줄 수 없는 것이었다. 그 점이 밀리가 오늘 밤 상징하는 큰 차이점이 아닐까? 그녀는 무의식적으로 케이트를 대신했고, 케이트는 그런 최소한의 선물도 할 수 없는 남자와 결혼하는 눈에 띄게 아름다운 여자와 그녀는 아무런 공통점이 없다는 걸 온몸으로 받아들였다. 하지만 덴서는 이런 부조리함을 나중에야 생각했다. 그는 현재 저녁 식사 전에 스트링햄 부인이 자신에게 했던 말만 생각했다. 그는 조금 전 친구의 질문으로 다시 돌아올 수밖에 없었다. "당신 말대로, 그녀는 분명 충분히 멋지고, 좋아졌다고 확신해요. 스트링햄 부인은 한 두 시간 전에 그 점에 대해 아주 고무적이었어요. 그녀가 분명 좋아졌다고 믿고 있어요."

"글쎄요, 그 사람들이 그렇게 말하고 싶다면…."

"그럼 그 사람들과 반대로 당신은 뭐라고 말할 건데요?"

"당신 말고는 누구에게도 말하지 않아요. 난 그 사람들 말을 '반대' 하지 않아요!" 케이트는 그가 알아야 하는 것에 조바심을 냈고 숨을 다시 내쉬며 말을 덧붙였다.

"내 말은 그렇다고요. 당신은 뭐라고 하고 싶은데요?"

그녀는 잠시 머뭇거렸다. "그 애는 좋아지지 않았어요. 나빠졌어요. 하지만 할 수 있는 게 아무것도 없어요."

"아무것도 없다고요?" 그는 의아해했다.

하지만 그녀는 분명히 했다. "우리가 할 수 있는 게 없어요. 물론 우리가 최선을 다한다는 건 빼고요. 우리는 그 애가 살고 싶게 만들고 있어요." 그리고 케이트는 다시 그녀를 바라봤다. "오늘 밤 그 애는 살고 싶어 해요." 그녀는 그가 부조리하다고 생각되는 이상한 부분을 친절하게 말했고, 그녀의 명료함은 강경한 태도를 암시하고 있어서 너무나 그리고 확실히 부당했다. "멋져요. 아름답고요."

"사실 아름답죠."

그는 왠지 난감한 게 싫었지만, 그녀는 신경 쓰지 않았다. "그 애는 그 사람을 위해서 하고 있어요." 그리고 그녀는 밀리의 의사 쪽으로 고개를 까닥였다. "그 사람을 위해 최선을 다하고 싶어 하지만 그를 속일 수 없어요."

덴서도 계속 쳐다봤고, 잠시 후 입을 열었다. "당신이 할 수 있다고 생각해요? 그러니까 그 사람이 여기서 우리가 같이 있다면, 당신의 감정을 말하는 거예요. 모드 이모님과 그 사람과 친하면요…!"

모드 이모는 현재 사실상 그의 옆자리를 차지하고 그를 즐겁게 하려고 눈에 보이게 최선을 다하고 있었지만, 덴서가 알아차리고 케이트가 주목한 그의 시선의 방향을 알지 못했는데, 그 방향은 정확히 다른 사람들의 관심으로 결정됐다. "그 사람이 당신을 봐요. 당신이랑 이야기하고 싶나 봐요."

젊은이는 웃으며 말했다. "스트링햄 부인도 그럴 거라고 조언해줬어요."

"그럼 그렇게 해줘요. 그 사람한테 바로 가요. 난 그 사람을 속일 필요가 없어요. 모드 이모는 필요하다면 그렇게 하실 거예요. 나에 대해서 모르니까 그 사람은 이모가 보는 만큼 날 볼 거예요. 이모는 이제 나를 너무 잘 알아요. 그 사람은 나와 아무 상관이 없어요."

"당신을 나무라는 건 빼고요."

"당신을 좋아하지 않아서요? 완벽하네요. 밀리와 당신과의 관계에 있는 똑똑한 청년으로서, 난 그 사람에게 당신을 전부 맡길 거예요."

덴셔는 진심으로 말했다. "뭐, 날 당신보다 편한 사람에게 맡겨줘서 고맙군요."

그동안 그녀는 자신이 그를 소개했었던 로더 부인의 친구를 찾으려고 그녀가 자리를 바꾸는 모습을 보면서 다시 이리저리 살폈다. "그래서 내가 당신을 웰스 부인에게 더 확실히 맡기려는 거예요."

"하지만 기다려요." 그는 웰스 부인을 멀리서부터 알아봤고, 그녀가 아무런 열의 없이 그를 격려했고, 그는 그들이 결혼할 때 그가 이런 사람과 관계를 맺어야 하는지에 대한 근본적인 문제를 상당히 인지했다. 게다가 아침에 케이트한테서 듣지 못했던 뭔가를 의식하고 그것이 필연적으로 그를 매우 걱정시켰기 때문에, 이런 매 순간 그는 점점 예민해져서, 의식에 대해서는 말할 것도 없고, 그들의 적은 기회에 그는 매번 빛나가는 순간을 세게 붙잡아야 했다. 루크 경과 함께 있는 모드 이모가 그를 약간 '주의 깊게' 봤다면, 그다지 우아하지 않지만, 마음이 바뀌었다고 고백해야 하는 신사로서 하는 헛된 설명이 통할 것이다. 게다가 그는 바로 모습을 보여줘야 할 때를 제외하고 조금 전까지도 모드 이모를 신경 쓰지도 않았다. "만약 내가 죽어가고 있는 그 아가씨에게만 마음이 있다면 로더 부인은 날 궁극적으로 어떻게 생각할까요? 만약 상황에 대한 당신 말이 맞는다면, 로더 부인이 공정하다고 생각하는 건 틀렸어요. 당신 말대로 밀리가 의사를 속이지 못한다면, 의사도 다른 사람들, 그러니까 밀접하게 관련된 사람들을 속이지 않을 거예요. 그 사람은 어쨌든 밀리의 가장 친한 친구인 스트링햄 부인을 속이지 않을 것이고, 스트링햄 부인이 신세를 지고 있는 모드 이모를 기만한다면 정말 이상할 거예요."

케이트는 이 말에 그가 그녀를 지키는 것이 정말 가치가 있다는 생각을 냉정하게 알려줬다. "왜 이상하죠? 당신은 당신의 길을 너무 조금밖에 보지 못해서 놀라워요."

상대방에 대한 호기심도 이제 조금 빠르게 생겼고 약간은 떨렸다. 우리가 알고 있듯이 그는 그녀를 가장 고급이면서 희귀한 품질의 무삭제본인 '새 책'에 비유한 적이 있었다. 그리고 (그것을 정당화하려는) 그의 감정은 페이지를 넘길 때의 전율과도 같았다. "당신은 그걸 이해하는 방식에 내가 얼마나 깊이 감탄하는지 알잖아요!"

"스트링햄 부인의 기만이라고 말하는 것과 비슷한 어떤 것이든 당신이 이상하다고 하는 것과 전혀 맞지 않아요. 왜 그분은 진실을 숨기면 안 돼요?"

덴서는 쳐다보았다. "로더 부인한테서요? 그분은 왜 그래야 하죠?"

"당신을 기쁘게 하려고요."

"그게 어떻게 날 기쁘게 하는 거예요."

케이트는 그의 멍청함에 마침내 진절머리가 난 듯 고개를 돌렸다. 하지만 말하면서 그를 다시 바라봤다. "그럼 밀리는 기쁘게 하려고요." 그리고 그가 질문하기 전에 다음 말을 했다. "이쯤 되면 수잔 셰퍼드가 당신을 위해 못 할 일이 없을 거라는 생각 안 들어요?"

그는 바로 그 말을 이해했고, 부인이 최근에 그를 대한 모습과 너무 딱 맞아떨어졌다. 그들 모두가 자신 주위에 모여 있는 방식들이 다시 무엇보다도 더 이상했다. 하지만 그건 오래된 이야기였고, 케이트는 계속 그를 주도했다. "그분은 늘 친절하세요. 옳은 일에 대한 그분의 생각만은 당신과 다를 수 있어요."

"그게 당신 생각이라면 어떻게 다르죠?"

덴셔는 아주 잠깐 머뭇거렸다. "아, 내 명예를 걸고, 당신의 생각이 어떻게 나에게 도움이 되는지 아직 잘 이해하지 못해서 어렵네요."

케이트는 매우 단순하게 말했다. "도움이 돼요. 나에게도 도움이 되고요. 당신에게 시간을 벌어줘요."

"무슨 시간요?"

"전부 다요!" 그녀는 또다시 조급해하며 말했지만, 곧 누그러졌다. "무슨 일이 생길 수 있잖아요."

덴셔는 미소를 지었지만, 긴장한 듯했다. "당신은 참 알 수가 없어요, 자기!"

그 말에 그녀는 그를 계속 쳐다봤고, 그는 그녀가 조금의 관심이 있을 때 하는 헤아릴 수 없는 동작에서 그들은 그가 너무 대충 살폈던 어떤 원천에서 나오는 눈물로 반쯤 채워졌다는 것을 알 수 있었다. "내가 어떤 사람을 맡게 될 거라고 생각해 본 적 없던 문제를 당신을 위해 애쓰고 있잖아요."

그는 집에 가면 얼굴을 붉히겠지만, 곧 자신의 입으로 말했다. "그럼, 내가 마법으로 문제를 해결할 수 있다고 당신한테 고집부려도 되나요?" 그리고 그는 다시 고집을 부렸는데, 1주일 내내 계속해서 부렸지만, 한두 고비가 남았다. "우리 사이에 아무것도 필요 없어요. 서로만을 생각하면 돼요."

그녀는 자기의 가까운 사슬의 수많은 고리 중 하나를 다시 잡는 동안 그녀의 눈빛이 처음으로 딱딱해졌다.

"그분께 하고 싶은 대로 뭐든 말해도 돼요."

"스트링햄 부인에게요? 난 그분에게 할 말 없어요."

"우리에 대해 말해요. 당신이 여전히 날 좋아한다는 거 말이에요."

사실 너무 놀라운 말이라서 그는 기뻤다. "당신이 여전히 날 좋아한다는 것도요."

그녀는 즐거워하는 그를 내버려 뒀다. "그분이 그 말을 되풀이하지 않을 것이라고 확신해요."

"그렇군요. 모드 이모에게 말이죠."

"정말 모르는군요. 모드 이모나 다른 누구한테도 안 해요." 그는 어쨌든 케이트가 자신보다는 늘 밀리를 더 많이 만난다는 걸 알았고, 그녀는 계속 그 점을 알려줬다. "그러니까 이제 당신 시간이에요."

그는 마침내 생각하게 됐고, 한 번에 완전히는 아니지만, 빛이 나는 것 같았다. "내가 알겠다고 말하게 만드네요. 특히 당신이 가능하다고 생각하는 것을 할 시간이네요. 더 나아가 당신을 위한 시간이라는 것도 이해해요."

"정말 날 위한 시간이기도 해요." 그리고 그의 집중력에 분명히 고무된 그녀는 힘들게 깨끗하게 만든 공기처럼 그를 바라봤다. 하지만 그녀는 여전히 조심했다. "하지만 내가 모든 일을 대신에 해줄 거라고 생각하지 말아요. 당신이 여러 가지 일을 말하고 싶으면 당신이 말해요."

그는 몇 분도 안 돼 곰곰이 생각했고, 그곳에서 드디어 단 한 사람만이 그를 지독하게 쳐다보고 있었다. "그녀가 죽으니까 내가 그녀와 결혼해야 해요?"

그녀가 그 말에 조금도 움찔하지 않고 돌려서 말하지 않는 그 순간에도 그는 그녀가 멋지게 느껴졌다. 그녀는 그들의 상황을 조용히 눈빛으로만 그에게 대답했을지도 모른다. 하지만 그녀는 용기 있게 말을 내뱉었다. "그 애와 결혼해요."

"그녀가 죽었을 때 자연스럽게 내가 돈을 받기 위해서요?"

그는 이제 충분한 알게 됐고 더 물어볼 것이 없었다. 그가 아둔하고 소심하지만, 그 자리에서 그녀가 줄곧 생각하고 있었던 그 생각에 냉정해져야 했다. 게다가 이제 그는 발언권이 생겼기 때문에, 그녀는 이상하게도 표명하지 않았던 말을 표명하는 것을 참을 수가 없었다. 그 말들은 마치 그녀가 마지막까지 주춤하기에는 수치스러운 것처럼 자제력을 잃지 않은 특색 없는 목소리를 뚫고 나왔다. "당신이 당연히 돈을 받을 거예요. 우리는 자연스럽게 자유로워질 거예요."

"오, 아, 이런!" 덴셔는 조심스럽게 중얼거렸다.

"맞아요, 그거예요. 그렇다고요!" 하지만 그녀는 말을 돌렸다. "웰스 부인에게 가요."

그는 꿈쩍도 하지 않았다. 다른 할 말이 너무 많았다. "그럼 그 자리에서 청혼해야 하나요?"

그는 모순적인 말을 할 필요가 없었다. 그가 간단히 말할수록 더 모순적으로 보였다. 하지만 그녀는 매우 굳건했다. "아, 난 당신과 함께 그걸 할 수 없고, 당신이 나와 관계를 안 끊는 순간부터 당신이 나한테 물어봐서는 안 된다고 생각해요. 당신은 하고 싶은 대로 할 수 있는 대로 하면 돼요."

그는 다시 생각했다. "오늘 아침에도 당신한테 충분히 보여줬지만 난 당신과 관계를 끊을 수 없어요."

"그럼 괜찮아요."

"괜찮다고요?" 그의 열정은 불타올랐다. "당신도 올 거예요?"

하지만 그는 그녀의 말이 그 뜻이 아니라는 걸 곧 알아야만 했다. "당신은 자유롭게 행동하고, 경쟁자가 없고, 꽤 완벽한 기회가 생길 거예요."

그녀의 '완벽한'이라는 말은 정말 감동적이었다! "당신의 표현은 정말 대단해요. 내가 이해할 수 없는 건 날 좋아하는데 어떻게 그걸 마음에 들어 할 수 있죠?"

"안 좋아해요. 하지만 난 원치 않은 일도 할 수 있는 사람이에요."

그는 이 말을 행동에 옮기지 못하는 자신의 무능력함을 무시하게 만드는 일종의 영웅 반지처럼 여겼다. 하지만 그는 심지어 그때 자신이 원하는 것이 무엇인지 잘 아는 것의 위대함을 알았다. 게다가 그 당시에도 그는 결국 자신이 한 일을 알고 있었다고 회상했다. 하지만 입에 맴도는 말이 있었다. "난 당신이 그걸 어떻게 견딜 수 있는 이해할 수 없어요."

"글쎄요, 당신이 나를 더 잘 알게 되면, 내가 얼마나 잘 견디는지 알게 될 거예요." 그리고 그녀는 그가 너무 많은 의미를 받아들이기도 전에 말을 이었다. 긴 시간을 보내고 나서 그는 정신적으로 그녀는 '더 잘' 아는 것은 그에게 달렸는데, 예를 들어 이건 그가 완전히 받아들일 준비가 되지 않았다는 진실이었다. 하늘도 알듯이 그녀는 그를 아주 혼란스럽게 만들었지만, 그건 그녀의 관대함보다는 그의 관대함 때문이었다. 그녀는 그에게 무슨 일이 일어날 수 있는지 암시했는가? 이런 문제들에도 그녀는 그를 밀어붙였다. "당신은 계속 여기 있기만 하면 돼요."

"그리고 당신이 보는 앞에서 내 일을 하고요?"

"아뇨, 우리는 갈 거예요?"

"간다고요? 언제 어디로 가는데요?"

"하루 이틀 후에 곧장 집으로 갈 거예요. 모드 이모가 그러길 바라세요."

"그럼 실 양은 어떻게 되죠?"

"내가 말했잖아요. 그 애는 여기 있고, 당신도 그 애와 함께 있어요."

그는 빤히 쳐다봤다. "혼자서요?"

그녀는 그의 말투에 미소를 지었다. "당신은 충분히 나이가 들었고, 스트링햄 부인과 잘 지낼 거예요."

지금 그에게 그렇게 이상한 일은 없었는데, 그는 그녀에게 이렇게 연속적인 단서를 끌어내는 동안 그와 양립되는 직감으로 기본적으로

'그녀가 할 말을 알고' 있다고 느낄 수 있다고 판단했고, 따라서 그녀가 부당한 일을 하기 전에 그녀를 더 잘 알 필요가 없었다. 그녀가 어딘가에서 무너질 것이라는 걸 그가 막연히 떠올리지 못했다면, 그는 어쩌면 계속해 나갈 수 없었을 것이다. 그녀가 무너지지 않았기 때문에 그는 계속할 수밖에 없었다. "당신이 가는 건 로더 부인의 생각인가요?"

"사실 그래요. 물론 당신은 그게 우리에게 어떤 영향을 미치는지 다시 알게 될 거예요. 그리고 난 우리가 가는 거뿐만 아니라 모드 이모의 보편적인 예절에 관한 생각을 말하는 거예요."

"당신 말대로 또 알겠어요. 모든 게 다 맞네요."

"전부 다요."

그 말은 잠깐 머릿속을 맴돌았고, 지금은 결단코 희미해졌지만 그 말이 의미하는 바를 찾는 듯했다. 그러나 그는 사실 다른 걸 살폈다. "그럼 당신은 그녀를 여기서 죽게 내버려 두는 거예요?"

"그 애는 죽지 않는다고 믿고 있어요. 당신이 남으면 죽지 않아요. 내 말은 모드 이모가 그렇게 생각해요."

"그게 다예요?"

그래도 그녀는 무너지지 않았다. "오래전 그 애가 믿는 것이 우리에게 가장 중요하다고 동의했잖아요?"

그는 그녀의 눈앞에서 그 말을 떠올렸지만, 오래전 일이었다.

"아, 맞아요. 부정하지 않을게요. 그래서 내가 머물면요…."

"그건 우리 잘못이 아니죠."

"로더 부인이 여전히 우리를 의심하고 있다면 말이죠?"

"여전히 의심한다면요. 하지만 그러시지 않아요."

케이트는 더 말할 게 없는 것처럼 강조했다. 그리고 그는 현재 알아내지 못했다면 실제로 아무것도 알아내지 못할 것일지도 모른다. "하지만 만약 그녀가 날 받아주지 않으면요?"

그 말에 그녀는 피곤한 표정을 지었고, 다음 순간 인내심을 갖고 한 말에 그의 마음을 움직였다. "해 볼 수밖에 없어요."

"당연히 해 봐야죠. 죽어가는 여자한테 청혼하려면 좀 더 노력해야죠."

"당신 때문에 죽는 게 아니에요." 케이티의 말대꾸는 사실이었기 때문에 아마도 그가 가장 존경할 만한 정의의 섬광이 그녀에게서 확인됐다. 밀리가 오늘 밤 그에게 깊은 인상을 준 것은 사실이었고, 상대방은 그들의 깊은 관계에 대한 그의 모습을 좇으며, 말 그대로 승리감에 도취했다. 그녀는 다시 친구들 쪽으로 고개를 돌렸고, 그도 고개를 돌려서 잠시 연주를 감상했다. 건너편에서 우연히 그들을 발견한 밀리는 솔직한 미소, 진주의 광채, 삶의 가치, 부의 본질로 화답했다. 그 모습에 그들은 다시 얼굴 마주하고 그녀는 그들의 계획의 현실을 상당히 심각하게 받아들이게 됐다. 케이트는 조금 창백해졌고 그들은 잠시 조용히 있을 뿐이었다. 그러나 유쾌하고 큰 소리의 음악은 새로이 흘러서 그들을 방해하기보다는 보호해 줬다. 덴셔가 마침내 말을 꺼냈을 때 들리지 않았다.

"노력도 안 하고 계속 있을 수도 있어요."

"남아 있는 게 노력하는 거예요."

"그렇게 생각할까요?"

"당신에게 어떻게 더 알려줘야 할지 모르겠는데요."

"그녀가 청혼하는 것도 가능하다고 생각해요?"

"정말 알고 싶다면, 그 애가 뭔가를 제안할지도 모르죠."

"공주의 방식으로, 누가 그런 일을 하겠어요?"

"당신이 원하는 방식이겠죠. 그러니까 준비해요."

그는 거의 준비된 것처럼 바라봤다. "그럼 난 받아들일게요. 하지만 그렇게 돼야 해요."

케이트는 침묵했지만, 곧 다음처럼 말했다. "그럼 당신 명예를 걸고 남을 거죠?"

그의 대답은 그녀를 기다리게 했지만, 답은 분명히 했다. "당신이 없어도요?"

"우리가 없어도요."

"당신은 늦어도….."

"늦어도 목요일에 떠나요."

3일 남았다. "그럼, 명예를 걸고 남을게요, 당신이 나한테 오면요. 당신의 명예를 걸고요."

이전처럼 이 말에 그녀는 다시 굳어졌고, 어찌할 바를 모르며 벗어날 궁리를 했다. 그런데도 그녀의 굳건함이 그녀가 기꺼이 하려는 것보다 그에게 더 중요했는데, 기꺼이 하려는 건 여자로서 하는 것이고, 이것은 가면이자 임시방편이자 '회피'였다. 하지만 그녀는 궁리했고 헛되지 않았다. 그녀는 방을 돌아다니면서 구실을 댔다. "웰스 부인이 기다리다가 지치겠어요. 우리는 보러 왔잖아요."

텐셔는 사실 그들의 손님이 오려면 거리가 있다는 걸 알았고, 그에게 아직 시간이 있었다. "만약 당신이 날 이해하지 않겠다면, 나도 당신을 전혀 이해하지 않을게요. 아무것도 안 할 거예요."

"아무것도요?" 그녀는 잠시 애원하는 듯했다.

"아무것도 안 해요. 당신보다 먼저 떠날래요. 내일 떠날 거예요."

그의 말이 진심이었고 통속적인 승리였다는 걸 그녀가 그때 알았다는 걸 그는 나중에 알게 될 것이다. 그녀는 근처에 있는 웰스 부인을 다시 봤지만, 재빨리 되돌아왔다. "내가 만약에 이해한다면요?"

"뭐든지 할게요."

그녀는 다가오는 친구에게서 새로운 구실을 찾았다. 그가 그녀의 자존심을 가지고 장난을 치고 있었다. 그는 그녀와의 모든 관계에서 자신이 분쟁에서 주도하는 그 생생한 만큼이나 (단순한 달콤함이라기에는 너무나 신랄한) 강렬함을 맛본 적이 없다는 것을 알았다. "그래요, 내가 이해할게요."

"당신의 명예를 걸고요?"

"내 명예를 걸고요."

"와줄 거죠?"

"갈게요."

그들이 떠나고 나서 그는 진정으로 차이를 느꼈고, 빛바랜 낡은 숙소에서 더 크게 느껴졌다. 그는 이쪽에서는 아치로 이어지고 왼쪽으로는 운하로 돌아가는 리알토교에서 사색을 하며 기운을 차렸다. 그곳에서 특별한 빛을 봤고 그의 마음과 손으로 그 빛을 조정했다. 하지만 이제 그곳이 그에게 갖는 관심이 갑자기 커졌고, 그 자리에서 그를 완전히 사로잡아 잠식시켰고, 그는 떨어져서 손이 닿지 않아야 안도감을 찾을 수 있었다. 그의 벽 안에서 일어난 일은 모든 감각을 괴롭히는 집착으로 남았고, 매시간 그리고 모든 물건마다 즐거운 추억의 집합체로 되살아났다. 그 자체를 제외하고 모든 건 무의미하고 시시해졌다. 한 마디로 그것은 의식적으로 지켜보는 존재로 활동적이었고, 영원히 무시할 수 없었고, 이에 직면해 거리를 두려는 노력은 전혀 경솔한 게 아니었다. 케이트가 그에게 왔었고, 단 한 번뿐이다. 그들의 욕구가 없어서가 아니라 막판에 눈을 깜박이지 않은 것처럼 불가능했고, 용감하고 미묘했기 때문이었다. 그러나 사람들 말로는 그녀는 한 번 와서 머물렀고, 그녀에게서 살아남았고, 생각나게 하고 우기는 것은 그가 원했었다면 쫓을 수 없었을 것이었다. 비록 한 남자가 자신의 행동으로 인해 너무나 무자비한 결과로 조금은 끔찍했을지라도, 다행히도 그는 바라지 않았다. 그의 생각은 쉽게 이뤄졌고, 그는 그녀가 그 생각을 받아들이도록 했다. 그리고 그의 앞에서 모든 걸 똑바로 하고, 그가 아는 한 실제로 진척된다는 것은 성공했다는 사실을 뜻했다. 그렇지 않다면, 그것은 빛을 발하는 개념에서 역사적 사실로 바뀐 것과 같이 직접 적용되는 생각의 사실일 뿐이었다. 그는 전에도 알고 있었지만, 도움을 달라고 설득력 있게 주장하면서, 바라고 재촉했다. 그래서 현재 도움을 받아 자신의 직분을 인정하고 추억과 믿음을 위해 자신의 주장을 내세우는 것처럼 보였다. 즉 그는 미리 친구의 맹세를 헤아릴 수 없는 가치로 여겼고, 그가 지금 알아야 하는 건 그 가치를 온전히 소유했다는 것이었다. 오히려 그 가치가 그를 사로잡고, 계속 그가 그걸 생각하게 하고 기다리게 하고 이리저리 살피고 또 확인하게 만들지 않았는가?

확실히 최고의 여운이 있는 그 일은 그에게 안전하고 신성하게 집에 보관된 보물이었고, 매번 집으로 돌아와서 무겁고 오래된 열쇠를 돌리면, 제자리에 있는 그것을 찾을 수 있다는 확신하는 어떤 것이었다. 그가 다시 그 가치와 함께하고 전부 그곳에 있게 하려면 문을 열어야만 했다. 우리가 말했듯이, 너무나 강렬해서 그가 거의 환각에 가까운 성행위를 다시 떠올리는 것 외에는 다른 행동은 불가능했다. 그가 보거나 앉거나 서 있는 곳이 어디든, 그가 그 순간에 어떤 장점을 내세워도, 순간적인 것이 아니었고, 시간이나 우연에 의해 생길 수 있거나 생기는 것이 아니었다. 막이 올랐을 때, 무대 위의 연극은 매일 밤 바이올린 연주자들 시야에 들어왔다. 그래서 그는 자신의 극장에 혼자서, 끊임없이 정해진 연극과 연주하는 오케스트라였고, 게다가 가장 중요한 상황에서는 규칙적인 방법으로 낮고 느리게 연주했다. 그를 찾아오는 다른 손님들은 없었다. 그는 광장이나 산책길에서 지인이라고 하는 사람들과 종종 만나고 부딪혔는데, 기억이 나거나 잊었고, 현재는 대부분 야단스럽고 때로는 꼬치꼬치 캐묻기도 하는 사람들이었다. 하지만 그는 주소를 알려주지 않았고 오지도 못하게 했다. 그는 평생 제3자에게 문을 열어 줄 수 없을 거 같았다. 그런 사람은 그를 방해하거나, 그의 비밀을 모독하거나 짐작했었을 것이고, '보여줄 것'이 없는데 어쨌든 자신이 은밀히 하고 있다고 여겼던 것의 마법을 깰 것이다. 그는 정절로 새로운 약혼을 했다는 일반적인 감정에 빠졌고, 그걸로 충분했다. 약혼의 위력, 배달받을 물건들의 양, 특별히 견고한 계약, 무엇보다도 그가 정한 봉사의 대가는 엄청나게 지불받고, 그의 동등한 직위가 효과가 나타날 것이고, 외부에서 간섭하지 않을 때 그의 의식은 그런 일들로 채워질 것이다. 그 일에 대한 의식이 이보다 더 아우르고 확고한 적이 없었다. 그것은 바로 우리가 어느 정도 말했던 성공에 대한 억압, 혼자 있으려는 사람에게는 최고의 인정을 받는 다소 느긋한 상태였다. 그렇게 정당하다고 느끼는 것이 조금은 무섭다면, 이것은 신비한 요소의 따뜻함을 상실했기 때문이었다. 대신 또렷한 의식이 군림했고, 그는 앉아서 응시하며 또렷한 의식에 빠졌다. 그는 하루에도 수십 번씩 몸을 흔들었고, 자신만 행동으로 끊임없는 교감을 깨뜨리려고 했다. 그것은 여전히 그녀가 그에게 남기려고 했던 교감이 아니었고, 다른 말로 신중한 행동인 충실함과는 매우 달랐다.

그는 집에서 즐겼던 몰입보다 조심스러운 행동은 없다는 걸 완벽하게 알고 있었다. 실제로 크게 이상했던 건 케이트에게 충실하기 위해 적극적으로 자신의 눈, 팔, 입술을 그녀에게서 떼고 그녀를 내버려 둬야 한다는 것이었다. 그는 저택으로 갈 시간이라는 걸 기억해야 했고, 사실 그렇게 살피는 건 명령만큼 효과적이었기 때문에 하나의 자비였다. 다행히 아직까지 그가 문을 닫고 집을 비울 때는, 그는 항상 그녀의 생각을 간직했다. 조금 멀리 나오게 되면, 그녀에 대해 생각이 안 나도록 했고, 저택에 도착하기 전에 그리고 육중한 대문portone(이탈리아어)이 닫히는 소리를 들은 후에 그는 숨 막히도록 거짓인 자신의 위치를 모를 만큼 자유를 느꼈다. 케이트는 그의 초라한 방에 있었고, 그녀의 유령은 더 웅장한 곳으로 떠나지 않았기 때문에, 그 거짓은 돌이켜 생각할 때만 들었다. 그가 선한 기회의 자비에 맡기는 한, 그건 그에게 얼굴을 내밀지 않았고 나쁜 생각을 하지 않고서는 만날 수 없다고 주장하지 않았다. 그는 이렇게 나쁘게 구는 건 원래 두려워했지만, 매일같이 밀리가 있는 동안, 그 두려움이 사실상 그를 내버려 두는 거 말고 뭘 했었나? 그는 어쩌면 끝까지 가지 말았어야 했다. 아직 부끄러움이 엄습할 시간이 충분했다. 하지만 여전히, 그는 가장 좋아하는 걸 꾸준히 조금 더 했고, 그 시간 동안 그는 더 안심했다. 어쨌든 그가 가장 좋아하는 건 그가 느끼는 대로 사물이 존재하는 이유를 아는 것이었고, 이 경우엔 다른 친구들이 떠난 지 10일 후에 그는 매우 잘 알았다. 그들의 순수한 동기를 최고로 내세우면서도, 아무런 죄가 없는 밀리와 이상한 관계를 맺게 만든 것은 케이트도 자신도 아니라는 걸 그때 상당히 인지했다. 실제로 그 생각을 몰아냈다면 실제로 몰아낸 건 그들 누구도 아니었다. 최소한 그가 관심이 있는 한, 밀리 그녀 자신과 집과 환대와 예의, 성격 그리고 어쩌면 다른 무엇보다도 상상력으로 밀리가 직접 모든 걸 했고, 스트링햄 부인과 의사 루크 스트렛이 사실 조금 도왔고, 이로써 그는 자신이 무엇을 더 해야 하는지 자문할 수 있는 적당한 평계의 좋은 점을 알았다. 헤아릴 수 없는 무언가가 그들과 케이트를 위해 일어났고, 외부에, 저 너머에, 그들보다 위에 있고 당연히 그들보다 훨씬 더 나은 것이 그들이 그걸로 이득을 얻지 못하는 이유는 아니었다. 이득을 생각하는 한, 그것으로 이익을 얻지 못하는 건 그것에 정면으로 반하는 것이었을 것이고, 현재 덴셔에게 생긴 관대함의 정신은 자신이 밀리를 직접 상대해야 하는 것보다 더 큰 고통을 느낄 수 없었을 것이다.

그녀 스스로 갈 수 있는 한, 그녀와 함께 가는 것이 일이었는데, 그녀가 사랑하는 저택에 머무르는 순간부터, 그녀 곁에 남아 있어야 그 일이 가능했다. 물론 이렇게 남아 있는 건 가장 '두드러진' 입증이었고, 바로 케이트가 필요로 했던 이유였다. 그날 저녁에 너무나 두드러졌어, 밀리는 어떤 이유에서인지 아주 어색해서 그에게 다가갈 수 없었다. 이제 그들이 거의 단둘이 함께 있게 되었을 때, 그녀는 그에게 조금 더 편하게 지낼 수 있게 부를 수 있는 어떤 이름을 원했던 것 같았고, 결국 다른 사람들의 부재로 인해 그의 존재가 완전히 달라졌고, 그 자체로 그에게 어떤 확실한 이유가 생겼다는 것이 거의 기본적이었다. 그녀는 단지 그 이유와 그가 그걸 어떻게 말할지 궁금했을 뿐이었다. 그건 그녀에게 큰 도움이 되었는데, 그녀는 사람들이 보지 않는 신문에서 소식을 들었을 것이기에, 그가 돈이나 옷, 편지 또는 플릿가의 지시를 기다린다는 그냥 하찮은 이유만을 말해도 그녀에게 도움이 될 것이라는 걸 알 수 있었다. 정작 그는 그 일에 아주 많이 빠져들지 않았다. 그런데도 정말 대단했던 스트링햄 부인이 단둘만 놔두고 나갔던 그날 밤, 그는 그녀와 함께 있었고, 밀리가 알 수 있었던 것보다 그는 더 서먹서먹했다. 그가 하고 있거나 하는 척하는 것에 대한 질문을 받았을 때 어떤 말투로 할지 미리 생각해뒀지만, 그는 어떤 신사가 소매치기를 당해서 물건을 살 수 없다고 생각하는 것처럼 재빨리 대처할 수 없다고 몇 분 동안 생각했다. 이상하게 케이트가 어떤 식으로든 아니면 아주 특별한 방식으로 그를 대신해 말했을 것이라고 확신하는 것조차 도움이 되지 않았다. 그는 막판에 그녀가 무슨 말을 했는지 물어보지 않았다. 그녀를 보러 온 후에 어떤 것도 그가 그런 질문을 하도록 유도하지 않았을 것이다. 그는 입을 꾹 다물었고, 사실 그의 마음은 그녀의 자유에 대한 어떠한 주장에도 조용했다. 그래서 그가 오직 가능성만을 되짚어 볼 수 있는 무언가가 있었고, 한 시간 후에 저택을 떠났을 때, 그가 짐작했던 진실이 바로 그곳에서 숨 쉬고 있다는 걸 알았다.

그러나 바로 이러한 인식이 어색해하는 자신을 추하게 여기도록 했다. 어색하게 있는 이 사람에게 끔찍했고, 관계에서 핑계를 찾는 건 역겨웠다. 어떤 관계라도 누군가가 약을 소스처럼 먹어야 한다면, 저녁 식사 요리로 그 사실만으로도 불명예스러울 것이다. 젊은 아가씨에게 케이트가 마지막으로 했었을 말을 만약 밀리가 진실을 알아야

한다면 그녀가 덴서 군에게 부탁할 수밖에 없었기 때문에 그가 머문
다는 것이었다. 그가 머물더라도, 그는 그녀를 뒤따르지 않았지만, 그
녀의 이모에게는 그렇게 보였다. 그리고 케이트가 그가 못 따라오게
막았을 때, 로더 부인은 이때서야 괴로웠고, 결국 그를 무시하지 않았
던 척할 수 없었다. 그녀는 사실 그를 무시만 했을 뿐 아무것도 하지
않았고, 모드 고모의 의심만이 반복적으로 처리해야 할 문제였다. 그
문제에 대해서 이제 그도 그렇듯, 같은 이유로 그도 상당히 이성적이
었다. 그는 이모와 조카에게 런던에서 멀리 떨어져 지낼 수 있다는 걸
아주 분명하게 보여줌으로써 그들을 돕기로 동의했다. 런던에서 멀리
떨어져 있다는 건 케이트한테서 멀리 떨어져 있다는 것이었고, 매우
감사하게도 케이트는 안도했다. 이 시각에 덴서는 밀리가 친구의 설
명에 대해 언급하는 걸 두려워하는 걸 알았고, 그는 적당한 말을 찾아
야 했다. 제대로 말하지 않으면 모든 일을 망치고, 어쩌면 케이트 자
신을 망치고, 무엇보다도 믿음을 저버리면서 특히 최근 그들의 아름
다운 일을 추하게 망쳐버리는 것이었다. 그는 만약 그녀가 자신에게
온다면 그녀의 생각대로 행동할 것이라고 명예를 걸고 약속했고, 그
녀의 생각이 무엇인지 충분한 알았기에 그렇게 했다. 그것이 암시하
는 건 오늘 밤 응접실에서, 반쯤 조명이 비추는 고귀한 미모, 젊은 안
주인의 하얀 얼굴을 똑바로 보면서 신성한 그녀의 믿음과 헤아릴 수
없는 자비 속에 그가 자기 입으로 거짓말을 해야 한다는 것이었다. 다
른 모든 것 중에서, 그를 구할 수 있는 단 한 가지는 밀리가 그를 깜짝
놀라게 한 후에 놔주는 것이었다. 그녀의 자비를 헤아릴 수 없게 된
것은 그녀가 이미 한 번 이상 그를 구해 줬다면 그가 어떻게 거의 길
을 잃을 뻔했는지 모르는 게 분명했기 때문이다.

　이것들은 초월적인 움직임이었고, 이해하기 힘들었지만 덜 축복
받은 건 아니었기에 그는 다시 한번 부담감을 덜었다. 요컨대 그녀가
케이트의 생각을 받아들이기 싫어한다는 걸 그에게 보여주지 않았다

는 행복함에 그는 신중히 행동했다. 그는 거짓말을 참을 수 없었고, 무릎을 꿇어야 할 것 같았다. 그곳에 앉아있으니 긴장돼서 다리가 조금 떨렸고, 다리를 꼬았다. 그녀는 무시를 당해서 힘들어하는 그에게 미안해했지만, 거짓말을 해야 하는 그는 위기 상황에 겨우 서너 가지만 준비한 부질없는 말 빼고는 없었다. 그는 자신의 상사가 돈과 옷, 편지와 방향에 대해 언급했던 걸 겨우 말했다. 그러나 그는 티치아노 Titian(이탈리아 화가)가 그렸던 요부처럼 그의 앞에 놓인 기회의 아름다움을 끌어내서 조용히 글을 쓸 수 있었다. 그는 런던에서 조용히 글을 쓰는 것의 어려움을 잠깐 생생하게 느꼈고, 그리고 그는 오랫동안 소중히 여겨온 책에 관한 생각이 거의 폭발적이었다.

그 폭발력은 그녀의 얼굴에 비췄다. "여기서 책을 쓸 거예요?"

"시작은 하고 싶어요."

"아직 시작도 안 했어요?"

"뭐, 겨우 한 장 썼어요."

"오고 나서요?"

그녀는 너무 관심이 많아서 그는 아마도 결국 너무 쉽게 풀어놓아서는 안 됐다. "며칠 전부터 시작은 했다고 생각하려고요."

그 무엇도 그를 더 깊이 빠지게 할 수 없다는 건 분명했다. "우리가 당신 시간을 너무 방해한 거 같네요."

"그렇기는 했지만, 지금 망친 걸 회복하고 있어요."

"그렇다면 날 신경 쓰지 마세요."

그는 편안하게 말하려고 애썼다. "내가 무엇이든 별로 신경을 쓰지 않는다는 걸 알게 될 거예요."

그녀는 그 말에 끼어들었다. "당신한테 주어진 시간 대부분을 쓰고 싶잖아요."

그는 잠시 생각했고, 미소를 지으려고 할 수 있는 거 다 했다. "아, 최악인 부분은 바꿀 거예요. 당신을 위해서 다할 거예요." 그리고 그는 케이트가 자신의 말을 들을 수 있기를 바랐다. 더군다나 그가 규칙을 어기고 눈에 띄게, 심지어 한심하게 위로를 구하는 손길로 그녀의 모습을 떠올리는 건 도움이 되지 않았다. 그는 케이트가 대놓고 하는 무시와 그에게 부과한 가혹한 원칙을 지적인 노력으로 묻어두기로 했다. 이것이 적어도 밀리가 그토록 관심을 보였던 그의 큰 시련이었다. 그녀는 너무 관심이 많아 지금 그에게 지내는 숙소가 괜찮은지 물었고, 그는 그녀에게 점잖게 대답하면서 뻔뻔한 가면을 쓰고 있다고 생각했다. 만약 그녀가 그와 함께 차를 마시러 온다고 다시 말한다면 특히 가면이 필요했고, 아끼고 싶지 않은 극단책이었다. "수지와 나, 우리가 간다는 걸 잊지 않았겠죠." 그 최후의 말로 그 나머지도 마주해야 했고, 그는 모든 재치를 발휘해야 했고, 이것은 바로 케이트가 그에게 예의 있게 굴어야 한다는 목록에서 가장 맨 위에 있었을 것이다. 그는 그 특별한 예절에 대한 케이트의 견해가 차후에 일어난 일로 수정되지 않았다면 마음 깊은 곳에서 적당히 자유롭게 궁금해할 수 있었지만, 그의 결정은 자신이 선호하는 재치에 아무런 영향을 미치지 않았을 것이다. 그는 '재치'를 불확실한 현재의 버팀목으로 생각해서 기뻤고, 예민하고 친절한 사람들 사이에서 먹혔기에 자신의 곤란한 처지가 그럴듯하게 설명됐다. 결국, 그게 도움이 되는 한 그는 비인간적이지 않았다. 따라서 그건 그가 밀리의 희망 사항에 맞춰 비위를 맞추지 않는 역할을 해야 했다. 그는 그들에게 무례하게 굴고 싶지는 않았지만, 특정한 관계에서 그들이 다시 번성하길 원치 않았다. 그래서 그녀를 만나러 가는 길에 불안감에 그는 불행하게도 발을 헛디뎠다. "당신은 집 밖으로 나가지 않아서 안심되나요?"

　"안심이 되냐고요?" 그녀는 20초 동안 강렬하고 창백하게 노려봤다. 아, 하지만 그는 그때까지 움찔해서는 안 됐지만, 그는 실수하자마자 스스로 움찔했다. 그는 그녀가 런던서 잊지 말고 하지 말라고 했던 일을 해버렸고, 여기서 그녀와 단둘이 있으면서 케이트가 그에게 경고했던 지나치게 예민한 신경을 건드렸다. 그는 런던에서의 일 이후 지금까지 다시 그 문제를 건드리지 않았지만, 그는 더욱더 견딜 수 있었다고 막 경고를 받았다. 그래서 그 순간 그는 어찌해야 할지 조금도 몰랐다. 그녀가 죽어가고 있다고 생각한다고 강조할 수는 없지만, 예방책에 대해서도 무관심한 척할 수는 없었다. 한편 그녀도 그의 선택의 폭을 좁혔다. "내가 그렇게 형편없다고 생각해요?"

그는 고통 속에서 자신을 돌아보았다. 그러나 귀까지는 빨개졌을 때 그는 자신이 원하는 말을 찾았다. "난 당신이 무슨 말을 하든 믿을게요."

"그렇다면 난 정말 좋아요."

"그런 말은 안 해도 돼요."

"내 삶을 영위할 수 있다는 말이에요."

"한 번도 의심한 적 없어요."

"내 말은 난 살고 싶다는…!"

"잘 살고 싶다고요?" 그녀가 강렬함에 말을 잠시 멈춘 사이에 그가 말했다.

"내가 할 수 있다는 걸 알아요."

"무슨 일을 해서라도요?" 그는 엄숙해지게 꺼려졌다.

"뭐든 할 거예요. 내가 원한다면요."

"원한다고요?"

"내가 살고 있다면, 그럴 수 있어요." 밀리는 말을 되풀이했다.

그가 눈치 없이 자초했지만, 그는 안타까움에 망설였다. "그럼요. 믿어요."

"그럴 거예요. 그렇게 할 거예요."라고 그녀는 분명히 말했지만, 왠지 그에게 그 말의 무게가 단순히 빛과 소리일 뿐이었다.

그는 뿌연 안개 속에 웃는 거 같았다. "정말 그럴 거예요."

그 말에 그녀는 곧장 다시 사실을 말했다. "그렇다면, 우리가 당신을 방문해도 될까요?"

"당신이 사는 데 도움이 될까요?"

그녀는 웃으며 말했다. "작은 거라도 모든 게 도움이 되고. 보통 집에 머무는 건 아주 작은 일이에요. 난 그저 놓치고 싶지 않은 거…."

"네?" 그녀는 다시 말끝을 흐렸다.

"당신이 우리에게 기회를 주는 날 말이에요."

이 시점에서 그와 그렇게 잠시 대화를 나눴다는 게 놀라웠다. 큰 양심의 가책은 갑자기 없어졌고, 그가 그녀를 떠난 후에야 지나치게 낯설고 천성적인 뭔가가 그에게 분명해져 버렸다. "오고 싶을 때 오세요."

하지만 그녀의 현실을 생각지 않고 모든 걸 거의 맹렬하게 내뱉어서 그에게 일어났던 일은 그의 얼굴이나 태도로 분명히 나타났고, 그런데도 그녀가 다르게 받아들일 수 있다는 점을 생생하게 보여줬다. "당신이 어떤 생각인지 알아요. 내가 그 일에 대해 몹시 지루해하고 당신은 화를 내기보다는 갈 거예요. 그러니까 상관없어요."

"상관없다고요? 아!" 그는 이제 상당히 반발했다.

"그 일로 당신이 우리는 피하려고 한다면 말이에요. 우리는 당신이 가지 않았으면 해요."

그녀가 스트링햄 부인을 대변하는 모습이 아름다웠다. 어쨌든 그게 무엇이든, 그는 고개를 저었다. "난 안 가요."

"그럼 나도 안 가요!" 그녀는 밝게 말했다.

"나 보러 오지 않을 거예요?"

"아뇨, 지금은 안 돼요. 끝났어요. 하지만 괜찮아요. 그거 빼고는 내가 하지 말아야 하거나 강요받지 않은 일은 하지 않을 거라는 말이에요."

"아, 누가 당신한테 강요하죠?" 그는 언제나 근근이 그녀를 격려하며 물었다. "당신은 강요받을 사람이 아니에요."

"내가 너무 자유로워서요?"

"세상에서 가장 자유로운 사람일 거요. 당신은 모든 걸 가졌어요."

그녀는 미소 지으며 말했다. "뭐, 그렇게 생각하세요. 난 불만 없어요."

이 말에 그도 모르게 다시 끼어들었다. "아뇨, 당신이 불만 없다는 거 알아요."

그 말을 하자마자, 그는 그 말에 담긴 동정심을 느꼈다. 그녀가 '모든 걸' 가졌다고 말하는 건 과장되고 다정한 유머지만, 그는 너무 상냥하게 알아서 그녀가 불만이 없는 건 혹독하고 친절한 중대함이었다. 밀리는 그 차이를 알 수 있었다. 그는 그녀가 죽음을 직시하고 있는 걸 노골적으로 칭찬한 거나 마찬가지였다. 이것으로 그녀는 그를 다시 바라봤고, 어느 때보다 그를 다정하게 받아주는 건 조금도 누그러지지 않았다. "누군가 자신의 길을 알 때는, 그건 장점이 아니에요."

"평화와 풍요로움이요? 음, 함부로 말하지 않을래요."

"가지고 있은 걸 지키는 거요."

"오, 그건 성공이죠." 덴서는 닥치는 대로 말했다. "가지고 있는 게 충분하다면, 노력해 볼 만해요."

"그게 내 한계예요. 난 노력을 안 해요." 그녀는 화제를 바꾸며 말을 덧붙였다. "이제 당신 책 이야기해요."

"내 책이요?" 그는 곧 이해했다.

"어떤 것도 수지도 나도 그걸 망칠 위험을 감수하도록 할 수 없다는 걸 이제 이해하잖아요."

그는 이리저리 궁리했지만, 마음을 먹었다. "책 안 쓰고 있어요."

"당신이 했던 말과는 다르네요. 안 쓰고 있다고요?"

그는 이미 안도감을 느꼈다. "맹세코 내가 뭐 하는지 모르겠어요."

그 말에 그녀는 눈에 띄게 심각해졌다. 그래서 그는 다른 방식으로 당황하며 그녀가 뭘 알게 됐는지 걱정됐다. 그녀는 실제로 그가 걱정하는 바를 정확히 알았지만, 그가 말한 대로 그녀가 그것을 위협했다는 걸 알지 못하는 동안 명예를 지켰다. 그가 보기에 그가 불평할지도 모른다는 생각을 저버리고, 그녀가 분명히 원했던 건 그녀의 간접적인 도움을 받아 목적에 도달할 수 있는 인내심을 그에게 촉구하는 것이었다. 하지만 그녀는 자신이 어디까지 모험을 할 수 있는지 더 확실히 확인하고 싶었다. 그리고 그는 그녀가 자신의 일종의 시험대에 놓였다는 걸 바로 이해했다고 알 수 있었다.

"그럼 책 때문이 아니라면…?"

"내가 왜 남아 있냐고요?"

"런던에도 하는 일이 있잖아요. 그건 당신한테 무의미해요?"

"무의미하냐고요?" 케이트가 어떻게 그녀가 청혼할 수도 있다고 생각했는지 그는 기억했고, 이 말이 그녀가 자연스럽게 그 말을 꺼낼 수 있는 방식인지 궁금했다. 그와 같은 일에 그는 이미 어찌할 바를 몰랐고, 큰 불안감에 애매한 대답이 나왔을지도 모른다. "아, 뭐…!"

"내가 너무 많이 물어봤나요?" 그녀는 그가 항변하기 전에 스스로 정리했다. "남아야 하니까 남아겠죠."

그는 그 말을 포착했다. "남아야 해서 남는 거예요." 그리고 그 말을 했을 때 케이트에게 충실한지 불충실한지 말할 수 없었을 것이다. 그녀를 어느 정도 저버리는 것이지만 그녀 계획의 일부였다. 하지만 그는 밀리가 자신이 사실대로 분명하게 말한 거로 받아들였다고 생각했다. 그는 케이트가 그녀에게 말했던 거, 더 가까운 곳으로 오라고 랭커스터 게이트의 허락을 기다리고 있었다. 조카나 이모와 친구로 지내려면, 그 허락 없이는 움직여서는 안 됐다. 덴셔는 자신의 대답 진의에 대한 그 아가씨의 생각을 읽었고, 그가 거짓말을 하고 있다고 느꼈고 그걸 바로잡기 위해 무언가를 생각해내야 했다. 그가 순간적으로 다음 말을 생각해냈다. "다른 문제가 뭐든, 결국에는 당신 때문에 남는 것으로 충분하지 않을까요?"

"아, 당신이 판단해야죠."

이때쯤 그는 떠나려고 일어났고, 결국 너무나 안절부절못했다. 문제의 발언은 적어도 케이트에게 불성실하지 않았고, 바로 그들이 합의했던 것이었다. 의리를 지키면서 또 다른 거짓말, 이유를 솔직하게 말하지 못하는 거짓말을 했다. 그는 밀리 '때문에' 오래 머물지 않았기 때문에 그녀를 좋게 대하려고 했다. 그런데도 그는 알지 못했고 결국 신경 쓰지도 않았다. 그가 할 수 있는 말은 상황을 더 좋게 혹은 나쁘게 만들었을 것이다. "그럼, 내가 머무는 동안, 당신이 심판으로서 나에 대해서 생각해보세요."

그는 그녀를 떠난 후에 집으로 가지 않았다. 가고 싶지 않았다. 대신 좁은 길과 고딕 양식의 아치가 있는 작은 광장을 지나서 작고 비교적 한적한 카페로 갔는데, 그곳에서 대부분 망설여지는 일의 해결책을 즐겁게 찾으며 여러 번 기분 전환을 하고 휴식을 취했었다. 말 그대로 오늘 밤 그곳에서 벨벳 의자에 앉아 화려한 거울에 머리를 기대고 담배 연기만 쳐다보는 동안, 그를 기다리는 사람들은 그가 평소보다 기운이 없다고 여겼을 것이다. 이 모습은 그가 다시 일어서기 전까지 그가 자신이 알았던 길로 이어지는 단계가 있기 때문은 아니었다. 단지 조금 전에 자신이 다뤄야 했던 일에 관한 생각에서 더 예민한 영향을 받아 자신의 위치를 받아들였기 때문이었다. 30분 전 자택에서 속으로 불가능하다고 생각했던 문제로 밀리한테서 돌아섰고, 그 자리에서 그녀 앞에서 돌아섰을 때, 그는 갑자기 앞을 훨씬 내다보는 힘으로 불가능했던 것이 전혀 문제가 안 된다는 것을 알고 행동했다. 그건 아는 척하는 게 아니었고, 사람들이 그녀의 상태일 때 모든 게 허용됐다. 그리고 용수철의 날카로운 딸깍 소리처럼 그녀의 상태는 완전히 그의 상태였고, 그의 생각대로 그녀는 그에게 깊이 의존했다. 그가 해야 하거나 해서는 안 되는 건 그녀의 삶과 밀접한 관련이 있었고, 그 삶은 확실히 그의 손에 달렸고, 다른 어떤 것과 관계가 있으면 안 됐다. 그가 그녀를 죽일 가능성이 있었고, 습관적으로 앉는 구석에서 그 가능성을 알게 됐다. 이런 생각의 두려움에 그는 모든 것을 놓아버리고, 실제로 3시간 동안 가만히 앉아있었다. 그는 다시 움직였고 평소보다 담배를 더 피웠다. 이런 첫 강렬함과 함께 두려움이 나타났고, 그래서 옳든 그르든 행동 그 자체는 의견 차이가 있더라도 그 순간부터 격하게 가만히 있으라는 생생한 '쉿!' 명령을 들었다. 사실 그는 밤을 새우면서 자기 일에 대해 여러 가지 방식으로 계속 생각했고, 그 시간은 살금살금 다니는데 교훈이 되었을지도 모른다.

그가 그곳을 떠나 마침내 집으로 왔을 때, 그가 어떤 식으로든 파멸로 직행할 수 있다는 진실을 깨달았다. 파멸은 밀리 입장에서 뭐가 있든 그가 실제로 어떤 단계에 도달한다는 생각으로 나타났다. 그래서 그는 아무것도 '야기'하지 않았다고 쉽게 주장하겠지만, 어떻게든 재앙이 있을 것이다. 그녀의 운명에 휘말렸거나, 아니면 그녀의 운명이 그에게 뒤섞여서 한 번의 잘못된 움직임이 어느 쪽이든 고리를 부러뜨릴지 모른다. 그들이 그를 도운 건 사실이었고, 궁극적 평화에 이르기까지 그들은 그가 아무것도 하지 말아야 한다고 분명히 생각했고, 결국 케이트는 그에게 짐을 지웠다. 그는 그 아가씨의 허락 없이는 꼼짝하지 않았을 뿐만 아니라, 마지막에는 이상하게도 케이트 허락 없이도 더 멀리든 더 가까이든 더 움직일 수 없었다. 다시 단순히 잘해주기만 된다고 여겼다. 되도록 동요하지 않고 가만히 있는 것과 마찬가지였다. 그는 소중한 것이 벽에 너무 위태롭게 걸려있는 방에 틀어박혀 담배를 피우고 있는 자신을 느꼈다. 발을 헛디디면 떨어질 것이고, 가능한 한 오래 매달려야 한다. 그는 다시 걸어갔을 때 이 시점에서는 플릿가에서도 성공적으로 그의 마음을 움직이지 못할 것이라는 걸 알았다. 그의 관리인은 그가 원했던 것이라고 전보를 보낼 수 있지만, 그는 쉽게 그 말을 무시할 수 있었다. 나태한 삶을 누리기에 그는 결코 돈이 많이 없었지만, 다행히도 베니스는 물가가 저렴했고, 게다가 밀리가 어떻게든 그를 도왔다. 실제로 그의 가장 큰 지출은 저녁 식사를 위해 자택까지 걸어가는 것이었다. 간단히 말해서 그는 그것을 포기하고 싶지 않았고, 아마도 숨은 멈추고 손은 가만히 있어야 한

다고 생각했다. 그는 모든 일을 겪으며 충분히 조용히 있을 수 있어야
했다.

그는 3주 동안 노력했고, 실패하지 않았다는 느낌이 조금 들었다.
세심하게 굴어야 했는데, 그는 정반대로 거리를 두거나 재미없게 굴
려고 노력하지 않았기 때문이다. 그것은 그 자체로 진정한 법칙으로
'멋지게' 구는 건 아니었을 것이다. 또한 피하고 싶었지만, 동요했을
수도 있었다. 그래서 그는 주저하거나 두려워하지 않고, 말하자면 즉
머무르는 방향으로 가면 최선을 다해 모든 것을 제자리에 유지했다.
그것은 그가 어디로 가느냐에 따라 달렸고, 그가 신경 쓴다는 걸 의미
했다. 누군가 발끝으로 가면, 행동을 들키지 않고 물러날 수 있었다.
우리가 알다시피, 그가 처음으로 기꺼이 인정했던 불가피한 일이었
던 완벽한 전술은 모든 교류를 안정되게 유지하는 것이었다. 따라서
예를 들어 그들은 서로 떼어 놓을 수 없는 좋은 친구였고, 또한 때마
침 그들이 걱정하고 있는 관계에 있어서, 그녀가 미국 아가씨라는 것
이 약간의 호재로 해결됐다. 적어도 날이 갈수록 그녀가 훌륭한 민족
으로서의 특권, 아가씨다운 편안함이 부족하다면, 자신이 그걸 가졌
다고 보여주려고 멋지게 그리고 열의를 보이며 바라고 애쓰지 않았다
면, 이건 덴셔가 그녀를 살피는 게 부족해서가 아니라 그의 격려와 조
언이 부족해서 괜찮지 않았을 것이다. 그는 아마도 그렇게 많은 말을
해서 그녀가 잠시 멈추게 하지 않았을 것이다. 하지만 그는 자신이 아
첨하는 것이 인간미 없는 방식이라고 마음껏 이야기했고, 그 또한 유
쾌하게 이야기하는 걸 조심스러워했기에 그녀 앞을 막았다. 모든 걸
고려할 때, 동시에 그들의 생각이었고 그들의 편리한 것 중 가장 두드
려졌다. 그 유형은 융통성이 좋아 거의 모든 곳에 퍼질 수 있었다. 그
러나 퍼지지 않고, 억제하고, 정상 상태로 유지되고, 범위 내에서 적
절하게 유지되었다. 그동안 그는 너무 당황하지 않고, 그 아가씨가 일
의 일부라는 점, 아주 기묘하게 의식적으로 순응하고, 심지어 그녀가

이유도 잘 모르면서 그가 원하는 것을 매우 많이 했다는 점을 알았다. 그녀는 한 번은 다음과 같이 말하며 감동을 줬다. "아, 그래요, 우리가 잘 판단하지 못하는 일종의 촉진제이기 때문에 우리 모습 그대로를 좋아하는군요. 그걸 판단하기 위해서 영국인이 되어야 한다고 생각해요!" 그리고 이상하게 그녀의 착한 본성에 편견이 없었다. 그녀는 아마도 그들을 어디로 데려갈지 판단하기 위해 그가 좋아하는 걸 한다고 생각했을지도 모른다. 그들은 실제 게임에서 서로를 많이 보았고, 그녀는 그가 그녀를 자신의 신념에 맞추려고 노력했다는 것을 알고 있었고, 그도 그녀가 그것을 알고 있었다는 것을 알고 있었다. 그는 그녀가 알고 있다는 것을 다시 알았지만, 그것 때문에 망친 것은 아무것도 없었고, 우리는 그들이 가장 실행 가능하다고 생각하는 선에 대해 공정한 인상을 받는다. 우리 모두에게 가장 이상한 사실은 그 스스로가 그렇게 고쳐했던 성공은 자신 외에 케이트 외에 매일 품위를 갖추게 하는 것으로 그가 정확히 감사하게 여겼던 것이었다. 밀리의 감정에서 민족성이 헤아리기 어렵기보다는 전체적으로 발휘되지 않았다면, 분명 제대로 된 윤활유가 너무 적었겠지만, 극도의 행복감은 거의 없었을 것이다. 그것은 그녀의 화합을 이루었고 그가 무한정으로 당연하게 여길 수 있는 유일한 것이었다.

그리고 그는 20일 동안 매일 자신을 경계하고 있는 지나친 흔들림에 대한 더 깊이 두려워하지 않고 그렇게 했다. 그는 초조해하며 하루하루 겨우 입에 풀칠하며 살고 있다는 걸 알았으나, 그는 실수를 피하는 데 성공했다고 믿었다. 모든 여자에게는 대안이 있었고, 밀리의 대안도 분명 불확실했을 거지만, 민족성은 실질적으로 이 시기에, 전체로서 혹은 일부로서 그녀에게 확고히 드러났고, 아직 너무나 어린 아가씨에게 공기로 만들어진 민족성은 사실상의 절연체를 숨 쉬게 했다. 20일이 지나고서야 차를 마시려고 저택에 갔을 때 그는 안주인 signorina=Miss padrona(이탈리아어)이 '받지 않은' 정보를 알게 됐다. 그 정보는 저택에서 곤돌라 사공의 입에서 나왔고, 지금까지 눈에 잘 띄었던 접근의 자유로움에 대해 아는 건 거의 생기지 않을 것이라고 의식적으로 생각했다. 덴서는 단순히 돈을 받으려는 사람들 사이에서 레포렐리 저택에 있었던 것이 아니라, 관련되고 관계된 사람들 사이에서 자리를 차지했기에, 그렇게 뻔뻔하게 용기 있게 굴었고 그는 잠시 후 더 애원해야 한다는 걸 깨달았다. 두 여자 모두 나와서 환영해 주지 않았고 파스콸레Pasquale는 누가 몸이 안 좋은지 말할 준비가 안 됐다. 덴서는 그는 아직 둘 중 어느 한 명은 아무 일도 아니라고 말할 준비가 안 됐고 만약 그 말이 헛된 겉모습이 아니라 이해하기 어렵고 언제나 불길하고 눈에 띄지 않게 사는 무언가의 어둠의 보금자리에 불과한 종족에게 적용할 수 있다면 그는 멍하게 있었을 것이라는 점을 마음속으로 주의했다. 그는 이 시간에 저택 내에서 여주인의 책임에 대한 언급이나 인지를 금지하는 힘이 새롭게 느껴졌다. 그곳에서 그녀의 건강 상태는 어떤 이유로 절대 밝혀지지 않았다. 그 일을 얼마나 크게 받아들여질 수 있는가는 또 다른 문제였고, 그는 자신의 문제를 더 견디면서 완전히 깨달았다. 이런 호소는 바로 그의 친구 에우제니오에게 전달됐고, 그는 3분 동안 거친 날씨에서 벗어나, 저택으로 향하는 계단에서 이어지는 갤러리에서 마주쳤고, 항상 명상 중인 친구를 불렀는데, 그 모습을 보며 그가 할 수만 있다면 그를 그만두게 했을 거라고 고상하게 가정할 수 있었다. 그것은 그 자체의 이름이 필요한 관계, 즉 눈과 귀, 일반적인 감성과 말을 제외한 모든 것의 친밀감, 즉 각자 진실에 대한 친밀감이 필요한 관계를 만들어냈다. 다시 말해서, 5주 동안 우리 젊은이는 신비와는 거리가 멀고, 에우제니오는 그를 본질적으로 천박하고 정중하지 않다고 생각했지만, 동시에 눈살을 찌푸릴 수밖에 없었다. 이제 모든 것이 다시 막연해졌다. 에우제니오가 저택에서 그를 기다리는 동안에도 그들 사이는 여느 때와 같았다.

이른 아침부터 그해 가을 첫 폭풍우가 닥쳤고 덴서는 거의 거침없이 그를 바깥계단으로 데려갔는데, 저택의 가장 큰 특징인 엄청날 오르막길로 밀리의 피아노 노빌레piano nobile(큰 건물의 주요층, 응접실이 있는 층으로 보통 2층에 해당)로 이어졌다. 이는 그에게 모든 비난을 퍼붓는 단 한 번의 기회였고, 특히 영리하고, 굉장히 멋있고tanto bello, 부자가 아닌 런던 출신의 젊은이가 분명한 방법으로 실 양의 재산을 쥐고 있다는 비난이었다. 처벌을 받지 않는 것과 번영에 대한 어떤 연관성을 고려한다면, 신사가 그 젊은 여성의 (대단한 매력에 거의 관심이 없는) 가장 헌신적인 하인을 이상하게 무관심한 부속물로 여겨야 한다는 더 형언할 수 없는 암시에 대한 대가를 치르는 것이었다. 이러한 해석은 열등한 사람의 태도가 매우 충실할 수 있다는 단순한 이유로 덴셔에게는 혐오스러웠고, 따라서 세 가지만이 그가 자신을 변명하지 못하도록 했다. 하나는 그를 비판하는 사람이 예의에 대해 비인격적이고, 완전히 비인간적인 표현만을 추구했다는 것이고, 두 번째는 친구의 하인의 세련된 표현은 손님이 받아들일 수 있는 게 아니었고, 세 번째는 동기의 특정한 속성은 결국 그에게 아무런 해를 입히지 않았다는 사실이었다. 저속한 생각, 열등한 사람에 대한 견해가 너무나 고질적으로 그에게 일어났다면, 그건 그 자신의 잘못이었다. 분명 그도 열등한 남자들과 그렇게 다르지 않았다. 결국 에우제니오는 그를 '나의 친구'라고 생각했다면 그가 자신에 대해 너무 알고 있다는 걸 의식했기 때문이었고, 현재 면담을 하면서 그가 같은 선상에서 알게 된 것이 훨씬 더 많았다. 덴셔는 곤돌라 사공의 대답에 대한 불만과 자신이 당연히 추구하는 바를 주장하면서 틀림없이 자신을 드러냈다고 생각했지만, 그는 이때까지 그들 사이에 확립된 더 멀어지고 고양된 거리만 느꼈다. 에우제니오는 물론 그 입으로 실 양에게 한마디를 하면 자신의 자리를 잃게 되리라 생각했다. 그러나 그는 또 그 말을 내뱉지 않았고, 정리한 바에 따르면 불가능했기에, 경계를 서는 걸 즐겼다고 생각할 수도 있었다. 덴셔는 폭풍우가 강하게 몰아치는 습한 로지아(한쪽 또는 그 이상의 면이 트여 있는 방이나 복도)에서 몇 분 동안 경계를 전혀 서지 않았다는 것을 알 수 있었고, 우리의 젊은이는 그의 존재로 인해 모든 것이 암울해졌다고 갑자기 선명하게 느꼈다. 무슨 일이 일어났고, 그는 뭔지 몰랐고, 그걸 이야기해 준 사람은 에우제니오가 아니었다. 마치 그들의 책임이 동등한 것처럼 에우제니오가 그에게 말한 건 숙녀들이 '쪼끔leetle' 지쳤고, 그저 '쪼금 쬐금leetle' 지쳤을 뿐이고, 아무 이유가 없다는 거였다. 덴셰가 속으로 생각한 건 무모한 장난이 심각하며, 그는 항상 영어는 이탈리어식으로, 이탈리어는 영어식으로 한다는 것이었다. 그는 현재 평소와 다름없이 자신에게 살짝 미소를 지었지만, 이번에는 태도가 조금 달라졌고, 우리의 젊은이는 그것이 무엇이든지 간에, 그것이 평화의 파열이 될 것이라고 이해했다.

그들이 말하지 않은 모든 것에 대해 서로 한참 동안 마주 보고 서 있었지만, 이러한 태도는 덴셔의 보호 상태에 갑작스러운 충격을 줬다. 그들에게 모든 재난이 똑같이 닥친 베니스였고, 그래서 그들이 정말로 그것을 겪을 수 있었다면, 함께 불안 속에 있었다. 낮고 검은 하늘에서 내리는 차가운 빗줄기와 좁은 통로를 휘몰아치는 짓궂은 바람, 전반적으로 활동이 정지되고 방해받고, 수상생활을 하는 모든 사람은 아치와 다리 아래 옹기종기 모여 있고 발이 묶이고 돈도 벌지 못하고 지루하고 냉소적으로 지내는 베니스였다. 조금 더 길게 압박했다면, 우리의 젊은이와 친구가 무언의 말을 주고받으면서 그들이 똑같이 약한 지점에 도달했을 수 있었던 깊은 언급을 삼갔다. 그들 각자는 서로 의심을 살 만한 어떤 것을 진심으로 마음속에 품었고, 하나의 가능성으로 그들은 떨어지기보다는 단결했다. 그러나 덴셔에게는 어떤 것도 누그러트릴 수 없는 순간이 있었고, 심지어 대화상대는 마침내 그를 입구까지 배웅하고 인사할 때 형식적인 예의도 없었다. 그가 돌아갈 때 아무 일도 일어나지 않았고, 공기는 스스로 메시지를 전달하지 않는 것처럼 느껴졌다. 덴셔는 다시 길을 나설 때, 에우제니오의 다시 오라는 말을 놓치지 않았다는 걸 당연히 알았지만, 동시에 그에게 일어난 일은 형벌의 일부라는 걸 알았다. 바람이 더 세게 부는 자택의 지상 문으로 통하는 폰다멘타fondamenta(이탈리아 베니스 운하의 보행로) 광장으로 나온 그는 그 생각을 하며 우산을 보다 가까이 끌어당겼다. 그의 의식은 다른 사람들에게 충분히 보이지 않을 수 없었고, 그런 일들을 연쇄적으로 받아들여야만 하는 기본적인 곤경이었고, 그런 일들은 그가 관심 있는 악당으로서 해치울 수 없었던 이 세상에서 매우 예민한 한 사람이 그를 공격하지도, 반증하지도, (무엇보다 더 나쁜 건) 알아차리지도 못한다는 의견을 즐겼다는 사실 같은 것이었다. 하인의 의견이 그렇게 중요할 때 사람은 묘한 상태를 맞게 된다. 에우제니오의 의견은 비록 겉모습에 대한 낮은 시각에 근거해서 상당히 틀릴 수 있다 하더라고 중요했을 것이다. 그래서 겉모습에 대한 시각이 상당히 옳으면서도 여전히 낮지 않다는 것이 더욱 불쾌했다.

어쨌든 덴서는 안절부절못하는 조바심으로 그 생각을 떨쳐냈다. 그는 궂은 날씨에도 걸어야 했고 몸을 피할 수 있는 갤러리가 있는 광장으로 가려고 굽어진 길을 걸었다. 이곳 아케이드에서 베니스의 절반이 닫혀있었지만, 드넓은 공간의 경계인 몰로Molo에서 오래된 성 테오도르Saint Theodore와 사자의 기둥은 폭풍우에 활짝 열려 있는 문틀이었다. 자택에서 처음으로 환영받지 못한 것만이 아니었다면 그런 변화가 일어났던 건 그에게는 이상했다. 더 많은 일이 있었지만 가혹한 소리로 제정신으로 돌아왔다. 이제 습기와 추위를 생각해야 했고, 덴서에게는 마치 그것들이 모두 살아 있다는 믿음의 여지가 순식간에 사라지는 것을 본 거 같았다. 그 여지는 비록 버텨낸다고 해도 충격을 견딜 수 없어서 그가 정한 것이었다. 어떤 형태로든 충격이 일어났고, 그는 그 충격에 대해 의아해하며, 자신처럼 멍하게 다니는 사람들 사이를 누비며 가게의 쓰레기에 눈에 띄지 않게 시선을 떨궜다. 네모난 붉은 대리석으로 포장된 갤러리가 지금은 염분으로 기름투성이였고, 엄청난 고상함, 구성의 우아함과 세세한 아름다움 속에 그 전체적인 장소는 어느 때보다 유럽의 큰 응접실 같았고 흥망성쇠로 더럽혀지고 혼란스러웠다. 그는 피부가 햇볕에 탄 남자들과 어깨를 부딪쳤는데 그들은 모자가 비스듬하게 쓰고 재킷의 소매가 헐렁해서 우울한 가장무도회 사람들과 닮아 보였다. 카페에 넘쳐났던 테이블과 의자는 아케이드에 있었고, 여기저기서 안경을 쓰고 코트 깃을 올린 독일인이 공개적으로 음식과 철학을 취했다. 덴서도 그렇게 느꼈고, 전체적으로 세 번 돌고 나서야 매우 매서운 기세로 플로리안Florian 카페 앞에 섰다. 그의 눈에 카페 안에 있는 얼굴이 들어왔고, 유리창 너머로 아는 사람을 발견했다. 그가 두 번이나 볼 만큼 오랫동안 멈추게 했던 그 사람은 작은 테이블에 반쯤 비운 잔을 내버려 둔 채 앉아있었고, 피가로Figaro라는 글씨가 보이게 프랑스 신문 한 부를 무릎에 올려놓고는 몸을 뒤로 기댄 채 맞은편에 있는 작은 로코코 양식의 벽을 똑바로 응시했다. 덴서는 잠시 그의 옆모습을 보았고 아주 놀랍고 직접적인 연관성의 영향으로 재빨리 정체를 확인했고 한 가지가 더 필요하다는 듯이 시선을 고정한 채 고개를 돌리면 바로 관심을 기울인 결과가 나올 것이다. 이렇게 더욱 시야가 넓어지자 그는 마크 경을 제대로 보게 됐다. 몇 주 전에 각자 레포렐리 저택을 처음 방문했던 날 마주쳤던 마크 경이었다. 그때 그가 들어갈 때 나오고 있었던 건 마크 경이었고 그는 그때 현관에서 알 수 있었다. 그래서 그는 다시 만나게 되면서 몇 초 안에 알아차렸다.

전체적으로 단 몇 초일 수 있겠지만 그것이 문제였다. 그는 그곳에 서서 쳐다보지도 다가가지도 않을 것이기에, 곧 다시 걷기 시작했고, 이번에는 다른 속도로 걸었다. 그가 잠시 멈추는 동안 그날의 수수께끼를 푼 거 같았다. 마크 경은 그를 단순히 꿈꿈하게 뒤섞이는 사람 중 한 명으로 마주했고, 처음에는 알아보지도 못했다. 꾸물댔지만 분명히 알아봤다. 하지만 이렇게 확실한데도 어떤 인사도 없었다. 그

443

들 사이에 친분이 있다고 하기에는 너무나 몰랐다. 하지만 지금 중요한 건 어느 쪽도 친하지 못한다는 것이 아니라 그 신사가 플로리안 카페에 있다는 것이었다. 그는 오래 있을 수 없었다. 덴서는 커다란 만남의 장소를 자주 찾았기에 예전에 그를 봤을 수도 있었다. 그는 짧게 방문했고, 끝쪽에 있었고, 그곳에 앉아있을 때도 기차나 배에 관해서 물었다. 그는 예전에 방문하고 무슨 일 때문에 돌아왔고, 무슨 일로 돌아왔든 할 시간이 있었다. 그는 어젯밤이나 그날 아침에 도착했을지도 모르며, 이미 변화가 생겼다. 덴서가 이 답을 얻은 건 대단한 일이었다. 그는 계속 돌아다니면서 꽉 쥐고 껴안고 기댔다. 계속 움직였고 가만있지 못했다. 하지만 그것으로 설명이 됐고 그 설명으로 그는 어떻게든 해 볼 수 있었다. 그렇지 않으면 허공의 악은 운명의 숨결과도 같았다. 마크 경 때문에 날씨가 변했고 비는 거세졌고 바람은 사악해졌고 바다는 가능성이 없어졌다. 저택의 문이 닫힌 건 바로 그 때문이었다. 덴서는 다시 두 바퀴를 돌았고, 그 사람을 처음 발견했을 때처럼 매번 그 손님을 찾았다. 그 사람은 한 번은 자기 앞을 응시하고 있었고, 그다음에는 펼쳐놓은 피가로 지를 보고 있었다. 덴서는 또 멈추지 않았지만, 다시 돌고 왔을 때 마크 경이 사라졌고, 그 사람은 분명 그가 지나간 것을 몰랐던 거 같다. 그는 낮에만 시간을 보내고 그날 밤에 떠날 것이고 이제 준비하러 호텔에 갔을 것이다. 이런 일들이 덴서에게 말로 들은 것처럼 분명했다. 모호했던 점이 분명해졌다. 그가 보지 못했던 어떤 엄청난 일이 있었다. 그러나 그는 완전히 가까이서 봤고 괜찮았다. 그는 자신이 하려고 했던 일을 한 사람을 살폈고, 그렇게 하면서 일시적으로 충분했다. 그 남자는 밀리는 보러 다시 왔고 밀리는 그 사람을 맞이했다. 그의 방문은 오찬 직전이나 직후에 이루어졌을 것이고, 그녀가 그에게 문을 닫은 이유였다.

그는 그날 저녁, 심지어 다음 날에도 속으로 여전히 이유를 찾았고, 이렇게 알게 되면서 그는 이제 자기 일을 신경 쓸 수 있었다. 우리가 알듯이 그의 일은 완전히 가만히 있는 것이었고, 그 위기와 관련해 그가 너무나 떳떳한 이 일을 막아야 하는지 자문했다. 그는 비난의 여지가 있는 모든 이득이 자기 앞에 있다고 여겼고, 비난이 쏟아진다면 자신이 그걸 피했다고 생각하지 말아야 했다. 하지만 그날 그녀의 마음을 움직인 건 전혀 그가 아니었고 그녀가 화가 났다면 그의 행동 때문은 전혀 아니었다. 덴셔는 몇 시간 동안 그런 생각을 할 수 있어서 일종의 흥분을 느꼈다. 그 흥분은 마크 경이 돌아왔다는 점에서 눈에 보이는 상황이 그에게 예민하고 현저하고 추악해지면서 상당히 고조됐다. 몇 시간 동안 그 점에 그의 끊임없는 생각은 실제로 무지함에도 불구하고 불길한 면에 대한 입증과도 같았다. 그 점을 폐해로 보고 어느 정도 형편없게 봤기에 그는 그렇게 쉽고 멋지게 알게 됐다는 것만 알았다. 당신은 그 사실로 악랄해지지 않고는 그 불쌍한 아가씨는 찾아갈 수 없었다. 그런 방문은 급습, 침공, 공격이었고, 바로 자신이 그토록 정중하게 그녀를 아끼려고 했던 어리석은 충격적인 일 중 다른 하나가 될 것이다. 덴셔는 다음 날 아침이 되어서야 비로소 완전히 긍정적으로 생각하게 되었고, 그런 상태에 있는 사람을 대하는 유일하게 우아하고 명예로운 방법은 머튼 덴셔 자신이 그녀를 대하는 것과 같았다. 시간이 지나면서 그 생각은 깊어졌지만, 머튼 덴셔의 장점과 대비하는 이런 생각은 안도가 되었고 결국 도피가 되었다. 온 세상이 그랬고 마치 특별한 위험이 지나간 것처럼 그는 긴 한숨을 내쉬었다. 마크 경은 전혀 그럴 의도 없이 방해하지 않고 확실히 했다. 단지 잘못된 영감에 빠져서 그가 상처를 주고자 했던 바로 그 사람에게 비교적 순수하고 거의 정화와도 같은 면죄부를 준 것은 바로 그 짐승 같은 그였다. 그가 상처 주고 싶었던 사람은 별다른 이유 없이 배회하는 사람일 수밖에 없었다. 이 사람에게 그사이 가만히 있는 것은 더 완전하게 모든 걸 지킨다는 것이었다. 그리고 모든 것을 지키기 위해 하루 이틀 동안 저택으로 돌아가지 않는 것이 최선으로 보였다.

하루 이틀이 지났고 3일로 늘어났고, 그 영향은 엄청나서 덴서는 그동안 더 분명해졌다고 느꼈다. 만약 그가 돌아가서 더 나은 결과가 있다면 어떤 조짐이 있을 것이다. 그리고 어쨌든 그는 특별한 양심의 가책 없이 자리를 비웠다. 두 여성 중 어느 쪽도 만나려고 다시 왔던 건 아니었지만 그는 에우제니오 얼굴만 보았다. 만나는 건 불가능했고, 다시 거절당했고, 사실상 그에게 답을 해달라고 했지만, 그가 답할 수 있는 게 아니었다. 들어가지 못한 순간부터 그가 보낼 수 있었던 메시지는 건강에 대한 바람이었던 점을 고려하면, 자리를 비웠지만 내버려 두지는 않았다. 따라서 그런 표현은 분명히 금지되었기 때문에 그는 그저 기다릴 수밖에 없었고, 사실 하루하루가 지날수록 점점 더 상처받는다고 느꼈고 기다리는 데 도움이 되었다. 그 나날들은 좋지 않았다. 바람과 짓궂은 날씨는 계속됐고 활기 없는 추위는 심해졌고, 부서진 세상의 매력은 더 산산조각이 나려고 했다. 그는 방을 오르내리며 바람 소리와 종소리를 들었고, 자택의 하인을 기다렸다. 그가 쪽지를 받았을지도 모르지만 쪽지는 오지 않았고, 집에 있을 때는 그걸 놓치지 않으려고 했다. 집에 없을 때는 마크 경을 만날 때처럼 다시 돌아다녔다. 그는 피란민 무리와 광장을 돌아다녔고, 현재 자주 생각나는 짐승 같은 그 사람이 여전히 거기에 있지 않을까 하고 주변 거리와 카페를 훑어봤다. 그 사람은 새롭게 환영받아야 그곳에 있을 거라는 걸 그는 알았고, 생각을 해봐야 한다면 사실 만만치 않았다. 하지만 그 사람이 없는 게 확인됐다. 비록 어느 쪽이든 그 문제에 대한 덴서의 관심은 현재 겪는 시련이 더 가혹해졌다는 것이었다. 그 모든 건 그가 밀리를 위해서 하는 일로 돌아왔고, 안도해도 회피를 해도 비참함이 사라지지 않는 날들을 보냈다. 자기 같은 사람이 소일거리나 하는 것이 비참한가? 빗속에서 이리저리 헤매고 다니며 가게들은 엿보고 있을 수 있는 만남을 생각하는 게 그에게 추잡한가? 다른 사람을 만나는 것이 어떨지 궁금해하는 게 끔찍한가? 모든 일에도 불구하고 그가 다른 사람보다 올바르지 못하다고 느끼지 못하는 순간들이 반복되었다. 여전히 아무 일도 일어나지 않았던 3일째에 그는 세상이 꿈쩍도 하지 않을 거라는 걸 어느 때보다 더 잘 알았다.

그는 마침내 침묵하고 있는 두 여자에 대해 생각했고, 어쨌든 밀리는 아마도 그녀만의 이유로 이제 그가 가주길 간절히 바란다고 생각했다. 그녀의 차가운 숨결이 다른 모든 것과 함께 내뿜었다. 하지만 그는 그녀의 이유를 그녀의 바람처럼 여겼고, 그녀도 모르게 머물렀고, 증오해도 남았고, 참을 수 없는 고통이 될 수 있는 마지막 경험에도 불구하고 남았다. 비록 그가 정화되었지만, 그것은 어떤 실수에도 그의 미덕을 보여주는 한 가지 방법일 것이다. 그것은 유쾌하지 않은 걸 받아들이는 것이고, 유쾌하지 않은 것이 증거가 될 것이고, 말하자면 케이트 말대로 선뜻 동의해서 그가 남아 있지 않았다는 증거였다. 케이트가 말했던 건 여러 징후에도 불구하고 남아 있는 게 싫은 거 아니라는 것이었다. 케이트가 자신의 안위를 위해서 이제 냉담하게 구는 것도 실제로는 일부 혐오스러웠다. 그녀가 그 일이 있기 전날에 그가 어떤 자격을 갖추도록 하고 떠난 후로 처음이었다. 그런 일을 그렇게 빨리 생각한다는 건 낯설었고 어쩌면 천했지만, 그의 고독이 시사하는 것 중 하나는 그녀가 자급자족했다는 것이었다. 그녀는 자신의 행동으로 그처럼 모든 것에서 벗어났고, 이런 차이는 그 자신이 점점 격렬해지면서 분명히 커졌다. 그녀는 그들의 마지막 격렬한 대화에서 지금까지 나눴던 깊은 대화와는 달리 목소리를 낮췄지만 신랄하게 말하고 단어마다 결정적이고 심각하게 말했다. "편지요? 절대 안 돼요, 지금은요. 생각해봐요. 불가능해요." 그래서 그는 충분히 그녀의 생각을 파악하고, 그래도 여전히 불합리했지만, 그들은 실제로 서신을 주고받지 않기로 마무리했다. 게다가 그녀를 잃었을 때, 그는 그녀의 침묵 법칙을 제대로 따랐다. 그가 자신들에 대해 말했던 걸 쓸 것이기에 당연히 그가 편지를 쓰는 것보다 쓰지 않은 게 더 사려 깊었기 때문이다. 그건 어떤 부담이 있었을 것이고, 그녀의 생각은 고귀했기에 그런 것이 어느 정도 예의였다. 그래야만 그녀가 비교적 편해졌다. 그리고 그런 상황에 그는 더 혼자가 되었다. 그리고 3일째 날 오후에 땅거미가 지고 비가 다시 내리고 초라한 방에서 쓸쓸함을 느낄 때까지 혼자 있었고, 다른 사람들의 눈에 최악으로 보일 때 하녀가 활짝 웃으며 문을 열고는 스트링햄 부인은 소개했다. 그는 중요한 손님이 왔다는 걸 알고, 바로 변화가 생겼다. 그녀는 우의를 입고 있었고, 하녀에게 우산을 건네는 걸 의식하거나 신경 쓰지 않았고 바람으로 매우 발그레한 얼굴이 베일에 가려졌지만, 얼굴과 베일에서도 비가 눈물인 것처럼 떨어졌다.

그들은 거의 바로 옆에 있었다. 몇 발자국 걷고 나서야 그는 궁금해졌다. "그 애가 벽 쪽으로 얼굴을 돌렸어요."

"더 안 좋아졌다는 건가요?"

그 가엾은 부인은 그곳에 서서 가만히 있었다. 텐서는 바로 열망과 호기심이 불타올랐고, 그 자리에서 그녀의 우의를 받아주려고 했던 하녀에게 나가라고 손짓을 했다. 그녀는 젖은 베일 너머로 멍하니 주위를 둘러보았고, 이제 열심히 발걸음을 옮기며 어둠 속에 있지 않기를 바랐지만, 분명히 아직 아무것도 보지 않기를 바랐다. "그 애가 어떤지 몰라요. 그래서 당신한테 온 거예요."

"와주셔서 너무나 기쁘네요. 그리고 마치 제가 당신을 처절하게 기다리고 있었던 것처럼 느껴지네요."

그녀는 다시 흐릿한 눈빛을 그에게 보였고, 그의 말을 알아들었다. "비참했었나요?"

그러나 현재 그의 입에서 그 말이 나오지 않았다. 그 말은 그에게 불만처럼 들렸을 것이고, 이미 손님에게 말하기 전에 그는 자신의 문제가 사소한 것임을 알았다. 불이 없어서 부끄러웠고, 축축한 커튼 아래에 있는 그녀 모습은 멋졌고, 그는 그녀가 모든 뜻을 내비쳤다고 느꼈다. 그는 인내심 있게 기다렸고 무엇보다 가만히 있었다고 대답했다. "마치 겁쟁이처럼 가만히 있었고, 부인이 그 모습을 직접 보셔야 했어요. 3일 동안 그렇게 가만있던 건 평생 처음이었어요. 나에게 유일한 일 같았어요."

하나의 정책이나 치료로서 이런 말은 그의 친구가 대답할 수 있을 거라고 생각했다. "아주 멋지네요. 당신이 궁금했어요. 하지만 최고였네요."

"별로 도움이 안 됐나요?"

"모르겠어요. 당신이 떠났을까 봐 걱정했어요." 그러자 그는 느리지만, 매우 의젓하게 머리를 흔들었다. "안 갈 거죠?"

"'간다'는 게 가만히 있는 건가요?"

"아, 당신이 날 위해서 남아줬으면 하는 거예요."

"부인을 위해서 뭐든 할 거예요. 현재 외로운 당신에게 내가 할 수 있는 일 아니겠어요?"

그녀는 그 말을 생각했고, 그는 그녀가 자신에게서 안도감을 얻었다고 더 잘 알 수 있었다. 그의 존재, 얼굴과 목소리, 케이트가 감탄스러운 정도로 그와 있었던 낡고 변변찮았던 방, 이런 것들이 그녀에게 소중했고, 이제 그녀는 원했던 도움을 받았다. 그래서 그녀는 그 모든 것을 받아들이면서 여전히 그곳에 서 있기만 했다. 하지만 성격상 그녀의 양심이 요동쳤다. 그래서 그녀가 경험한 건 거의 개인적 기쁨이었다. 그녀가 보냈던 3일을 덴셔에게 알려주는 것이었다. "날 위해서 하는 거라며 그 애를 위한 것이기도 해요. 다만, 다만…!"

"다만 이제 아무것도 중요치 않죠?"

그녀는 그가 말한 게 사실 그 자체인 것처럼 잠시 그를 바라봤다. "그럼 알고 있나요?"

"죽어가고 있나요?" 그는 모든 답을 요구했다.

스트링햄 부인은 기다렸다. 표정으로 말하는 듯했다. 그러더니 이상한 대답을 했다. "그 애는 당신 말을 별로 안 했어요. 우리는 말을 안 했어요."

"3일 동안요?"

"모든 게 끝났을 뿐이에요. 아주 희미한 암시도 없어요."

덴서는 보다 밝게 말했다. "아, 부인이 내 이야기를 안 했다는 건가요?"

"또 무슨 말을 하죠? 당신은 쓸모없는 거나 다름없잖아요."

그는 잠시 후 답했다. "그래요, 난 쓸모없어요."

"나도 그래요." 수잔 셰퍼드는 우의에 팔을 내리며 말했다.

잠시 메마른 절망에 빠진 듯한 말투였다. 생명체가 없는 황량한 곳에서, 케이트가 소멸의 무력함을 남긴 생명만을 나타냈고, 그 문제에 있어서 신비로운 경로를 통해 손님에게 정직하게 닿을 수 있는 생각에 해당했다. 게다가 덴서는 그 생각에 단호히 반대할 수 없었고 다시 물을 수밖에 없었다. "그녀가 죽어가고 있나요?"

하지만 그 말에 그녀는 마치 물리적인 고통처럼 상스럽다는 듯이 다음 말을 할 뿐이었다. "그럼 알고 있었나요?"

"네. 알고 있어요. 하지만 놀라운 건 당신이 안다는 거예요. 난 사실 당신이 알 거라고 생각하거나 추측할 엄두를 못 냈어요."

"마찬가지였을 거예요. 알아요."

"전부를요?"

그녀는 베일 너머로 계속 그를 바라봤다. "아뇨. 전부는 아니에요. 그래서 내가 온 거예요."

"내가 정말 당신께 말해야 할까요?" 그녀가 망설이자 그는 불안해하며 앓는 소리를 냈다. "아, 아!" 그는 그녀에게서 그의 일부이고, 거주지이고 어느 때보다 낡은 성지이고 이제 두터운 유대 관계가 있는 그가 빌렸던 장소로 돌아섰다. 그걸 말하려는 건 아니지만, 그런데도 수잔 셰퍼드는 너무나도 훌륭해서 이미 일어난 영향으로 벌써 알기 시작했을지도 모른다. 그는 그녀가 그를 심판하러 온 게 아니고 동정하러 왔다는 걸 알았고 마음이 동요됐다. 이건 그녀의 실추였지만 어쨌든 슬픔이었고 그녀와 함께 있고 싶어졌다. 그녀가 그의 가는 신음을 들었을 때 이런 북받침은 더 커졌다.

"우리는 무슨 일이 있어도 함께 할 거예요."

그 말은 그녀 자신에게 그의 좋은 충동이었다. "저도 감히 그러고 싶었어요. 너무나 말이죠." 그녀는 사실상 조용히 그가 원하는 답을 했고, 그가 뭔가를 걱정하는 한, 두려움이 사라졌다는 걸 알았다. 그에게 소중한 걸 돌려줬기에 그 위안은 컸고, 기운을 차리려고 노력하면서 그는 손도 불완전하게 꼭 쥐었다. 케이트가 그에게 단 한 번 대담하게 말했던 걸 떠올렸는데, 그때는 판단하지 않았지만, 스트링햄 부인이 꼭 필요할 때는 자신감으로 움찔하지 않는 사람이라는 것이었다. 케이트가 항상 알려줬던 또 다른 일 중 하나에 불과했다. "그럼 내가 아주 싫지는 않으신 거죠?"

그리고 그녀의 대답은 불안감이 없었기에 더 소중했고, 그가 가능할 거 같다고 생각하는 걸 이해하는 듯했다. 그녀는 사실 곰곰이 생각했고, 그게 그에게 도움이 되었다. "아, 당신은 대단해요!"

그는 다음 순간 그들이 그곳에 어떻게 있는지 의식하게 됐다. 그녀는 그의 도움으로 망토를 벗고, 자리를 잡고 베일을 벗었을 때, 그는 그녀의 초췌해진 모습에서 방금 자신에게 한 말이 그녀가 던져야 했던 유일한 꽃이라는 것을 알아차렸다. 그건 모두 그를 위한 그녀의 위안이었고, 그 위안은 여전히 그 일에 좌우됐다. 그녀는 그들의 만남으로 우울하고 겨울 새벽처럼 슬프지만, 간격을 유지하며 어쨌든 그와 함께 앉았다. 그녀가 그에게서 다시 떠올린 인상은 어렴풋했지만, 더 커졌다. "그 애는 벽 쪽으로 얼굴을 돌렸어요."

그는 마지막으로 생생하게 동의했고, 그들은 침묵 속에 그가 알게 된 것을 그대로 내버려 두는 거 같았다. "전혀 말을 안 하나요? 내 이야기를 안 하냐는 뜻은 아니에요."

"아무것도 누구에 대해서도 이야기 안 해요. 그 애는 죽길 원치 않아요. 나이를 생각해봐요. 얼마나 착하고 얼마나 예뻐요. 그 애가 어떤지 생각해 봐요. 그 애가 가진 모든 걸 생각해봐요. 그곳에 뻣뻣하게 누워서는 모든 것에 매달리고 있어요. 그래서 난 신께 감사드려…!" 그 가련한 부인은 힘없이 엉뚱하게 말을 맺었다.

그는 궁금했다. "신에게 감사한다고요?"

"그 애가 너무 조용한 것에 대해서요."

그는 계속 궁금했다. "너무나 조용하다고요?"

"조용한 거 이상이에요. 완강해요. 그랬던 적인 결코 없었어요. 요즘에 그래요. 당신한테 말할 수 없지만, 그러는 게 나아요. 나한테 말했다면 난 괴로웠을 거예요."

"당신한테 말을 해요?" 그는 여전히 무슨 말인지 몰랐다.

"어떤 감정인지, 얼마나 매달리지, 어떻게 원하지 않는지에 관해서요."

"어떻게 죽고 싶지 않냐고요? 당연히 그녀는 죽고 싶어 하지 않아요." 그는 한동안 말이 없었고, 죽는 걸 막기 위해 지금이라도 뭘 할 수 있을지 함께 생각하고 있었는지도 모른다. 하지만 이건 그가 끌어낸 것이 아니었다. 밀리의 냉혹함과 고요한 저택이 그에게 있다. 그 앞에 작은 여성이 그곳에서 기다리면서 이야기를 들으려고 있었다. "부인이 그녀에게 무슨 해를 끼쳤나요?"

스트링햄 부인은 어둠 속에서 주위를 둘러봤다. "모르겠어요. 여기와서 당신과 그 애 이야기를 하고 있죠."

그 말에 그는 또다시 머뭇거렸다. "그녀가 날 완전히 싫어하나요?"

"모르겠어요. 내가 어떻게 알 수 있죠? 누구도 모를걸요."

"전혀 이야기를 안 하나요?"

"전혀 안 해요."

그는 한 번 더 생각했다. "그녀는 굉장하겠네요."

"굉장해요."

결국 그의 친구는 그를 도왔고 그가 할 수 있는 한 모든 걸 되돌렸다. "그녀가 날 다시 만날까요?"

상대방은 그를 빤히 쳐다봤다. "당신은 그 애를 보고 싶나요?"

"부인이 그녀에 대해 말한 대로라면요?" 그는 그녀가 놀랐다고 생각했고, 뜸을 들였다. "아니요."

"아, 그렇다면!" 스트링햄 부인은 한숨을 쉬었다.

"하지만 그녀가 견딜 수 있다면 난 뭐든 할 거예요."

그녀는 잠시 이에 대해 생각했지만 좌절했다. "당신이 뭘 할 수 있을지 모르겠네요."

"나도 모릅니다. 하지만 그녀는 알 거예요."

스트링햄 부인은 계속 생각했다. "너무 늦었어요."

"그녀를 만나기에 너무 늦었다는…?"

"너무 늦었어요."

그녀의 절망적인 결단력은 결국 너무나 명쾌해서 그는 흥분했다. "하지만 그동안 의사는요?"

"타치니Tacchini요? 아, 그 사람은 친절하죠. 왔어요. 그는 훌륭한 런던 의사한테서 인정받고 지도받은 것을 자랑스러워해요. 그는 사실 거의 자리를 뜨지 않아서 다른 환자들이 어떻게 됐는지 모르겠네요. 그는 그 애를 엄청난 사람이라고 생각하고 왕족처럼 대하면서 일을 기다리고 있어요. 하지만 그 애는 그를 보는 거 겨우 동의했고, 날 생각해서 그가 와서 머물고 문 앞에서 맴돌고 방을 서성거리고 무시무시한 라운지에서 베니스의 소문으로 날 즐겁게 해주고, 출입구, 응접실, 계단에서 기분 좋은 웃음을 지으며 날 만나도 된다고 그 사람에게 관대하게 말했어요. 우리는 그 애 이야기는 안 해요."

"그녀의 부탁이니까요?"

"당연하죠. 그 애가 원치 않는 건 하지 않아요. 우리는 음식값을 이야기해요."

"그것도 그녀 부탁인가요?"

"물론이죠. 나에게 위안이 된다면 우리가 원하는 만큼 그가 머물려도 된다고 처음 이야기했을 때 그런 이야기를 하라고 했어요."

덴서는 모든 걸 받아들였다. "하지만 그는 부인에게 어떤 위안도 안 되죠."

"뭐든 아니죠. 하지만 그건 그의 잘못이 아니에요. 어떤 위안도 안 돼요."

"그럼요. 하지만 너무나 끔찍하게도 나도 위안이 안 되죠."

"안 되죠. 하지만 난 그걸 바라고 온 게 아니에요."

"나 때문에 오셨죠."

"그럼 그렇게 생각해요." 하지만 그녀는 잠시 눈물이 가득 눈으로 바라봤고, 다음 순간 깊은 곳에서 뭔가가 떠올랐다. "난 당연히 진심으로…."

"우리의 친구인 그녀를 위해서 오셨죠. 하지만 부인 말대로 내가 뭔가 하기에 늦었다면요?"

그녀는 짜증을 내며 그를 계속 바라봤고, 그는 진심이 점점 드러나는 걸 봤다. "그렇게 말했죠." 그리고 그녀는 다시 이상하게 그녀에 관한 생각을 바꿨다. "하지만 당신과 여기 있으면서 그리고 모든 걸 걸고 우리는 그녀를 버려서는 안 된다고 생각해요."

"신이 우리가 버리면 안 된다고 하시죠."

"그럼 당신은 그러지 않을 거죠?" 그의 말투에 그녀는 다시 얼굴을 붉혔다.

"그녀가 날 버린다면, 어떻게 내가 포기를 '안 할 수' 있죠? 그녀가 날 보지 않겠다면 내가 뭘 할 수 있죠?"

"하지만 조금 전에 그러지 않을 거라 했잖아요."

"당신 말을 고려해서 그러지 말아야 한다고 한 거죠. 당신이 시키는 대로 그녀를 만나고 싶지는 않아요. 그녀를 도울 수 있다면 그렇게 할 거예요." 덴서는 신념 없이 말을 이었다. "하지만 그런데도, 그녀 스스로 먼저 원해야 해요. 그리고 악마가 있어요. 그녀는 원치 않을 거예요. 그러지 못해요!"

그는 조바심에 일어났고, 그녀는 힘없이 움직이는 그를 지켜봤다.
"당신이 할 수 있는 게 하나 있어요. 어려움이 있어도 그것뿐이에요.
하지만 그게 맞어요." 그는 주머니에 손을 넣은 채 그녀 앞에 섰고, 그
녀의 눈을 보고 다음에 무슨 말을 할지 곧 충분히 알 수 있었다. 그녀
가 말할 수 있게 그가 자리를 옮기길 바라는 것처럼 말을 잠시 멈췄
고, 그들은 운하에 다시 쏟아지기 시작하는 빗소리를 조용히 들었다.
그녀는 결국은 말을 해야 했지만, 여전히 두려운 듯이 겨우 반만 말했
다. "그게 뭔지 당신이 잘 알 거라고 생각해요."

그는 그게 뭔지 알았고 그녀 말대로 상당한 어려움이 있다는 것도
알았다. 그는 잠깐 모든 걸 외면했다. 다른 창가로 가서 2배 먼 거리
에 있는 반대편 집이 흐리고 작게 보이고 강처럼 넓은 수로를 바라봤
다. 스트링햄 부인은 아무 말도 하지 않았고, 마치 그녀가 그를 '붙잡
은' 것처럼 잠깐 말이 없었고, 그가 다시 맨 먼저 말을 했다. 하지만 그
가 말을 꺼냈을 때 그녀의 마지막 말에 대해 똑바른 대답은 하지 않고
그저 그 말에서 시작했다. 그는 그녀에게 돌아오면서, 당분간은 그걸
받아들인 것처럼 말했다. "부인도 아시다시피, 누군가는 이해해야 해
요." 그리고 그 문제의 본질에서 그가 알고 싶었던 건 의사 루크 스
트렛의 의견이었다. 그녀를 포기하지 않는다고 이야기 나눌 때, 최소
한 그런 소리를 할 사람은 그 사람이어야 하지 않겠는가? "최악의 상
황에 그 사람 없이는 우리는 아무것도 모르잖아요?"

"아, 그분은 계속 나한테 연락하고 있어요. 첫날 밤에 전보를 보냈
고, 천사처럼 대답해줬어요. 꼭 오실 거예요. 빨라도 목요일 오후가
되어야 도착할 거예요."

"뭐, 그렇다면 잘됐네요."

"잘 됐죠. 그 애는 그분을 좋아해요."

"좋아요! 10월에 그 사람이 여기 왔을 때, 그녀가 흰 드레스를 입

었고, 사람들과 음악가들이 있던 그날 밤에 나에게 그 사람을 맡겼을 때 표정이 지금도 생각나요. 잠깐 그 사람을 데리고 다니라고 부탁해서, 난 그렇게 했고, 우리는 꽤 잘 맞았어요. 그녀가 그 사람을 좋아한다는 게 증명됐죠." 그는 슬픈 미소를 지으며 말했다.

"그분은 당신을 좋아해요." 수잔 셰퍼드는 곧바로 과감하게 말했다.

"그건 전혀 몰랐네요."

"그때 그랬어요. 당신이랑 갤러리도 가고 교회도 갔잖아요. 좋은 걸 보여주면서 그분 시간을 아껴줬고, 그분이 의사가 되지 않았었다면 정말 훌륭한 판사가 됐을 거라고 나한테 말했던 거 기억날 거예요. 멋졌다는 말이에요."

"그래요. 그 사람이 그녀를 살피죠. 아무 이유 없이 살피지는 않았어요. 우리가 가장 중요하게 여겨야 하는 그녀에 대한 그 사람 관심이 극히 도움이 될 수밖에 없어요."

그는 말하면서 여전히 주머니에 손을 넣은 채 돌아다녔고, 그녀는 이 모습을 눈으로 좇으면서 그가 어느 정도 인정하기 전까지 거리를 두려고 했다. "당신이 그분을 마음에 들어 한다니 기쁘네요."

그 소리에 그는 뭔가 할 말이 있었다. "뭐, 부인과 별반 다르지 않아요. 분명 그 사람을 좋아하시잖아요. 그 사람이 여기 있을 때, 우리 모두 그를 좋아했어요."

"맞아요, 하지만 난 그분 생각을 알 거 같아요. 그리고 그분과 보냈던 모든 시간을 통해 당신도 스스로 알았을 거라고 생각해요."

덴서는 처음으로 아무 말 없이 멈춰 섰다. "우리는 그녀 이야기한 적이 없어요. 이름조차도 언급 안 했고, 그녀와 관련된 어떤 이야기도 나누지 않았어요."

스트링햄 부인은 이 이야기에 놀라서 그를 올려다보았다. 하지만 바로 반박할 말이 분명히 있었다. "그게 그분의 직업상 예의죠."

"그렇죠. 그러나 그 사람의 그런 미덕에 대한 내 느낌도 그랬고, 그 이상의 것이 있었어요." 그리고 그는 갑자기 격렬하게 말했다. "난 그 사람에게 그녀에 대해 말할 수 없었어요."

"아!"

"누구한테도 그녀에 대해 말할 수 없어요."

"나만 빼고요."

"부인만 제외하고요." 그녀 미소의 환영, 의미심장한 반짝거림은 그녀의 말을 기다렸고 그는 정직하게 계속 그녀를 바라봤다. 솔직히 그는 금세 얼굴이 붉었고, 케이트와 했던 이야기의 부담감으로 단번에 가라앉고 있었다. 그들이 잠시 눈을 마주쳤을 때 그의 손님은 그가 억누르고 있는 모습을 봤을지도 모른다. 그리고 그는 참아야 했다. 바로 그런 영향으로 얼굴이 붉어졌다. 그는 아직 말을 꺼낼 수 없었다. 적어도 아직은 말이다. 그녀는 바라는 걸 할 수 있었다. 그는 자신의 말을 되풀이하려고 했지만 실제로는 말을 바꿨다. "루크 선생님은 어쨌든 나한테 아무 말도 안 했고, 나도 할 말이 없었어요. 우리가 가상의 이야기를 하는 건 불가능하고…."

그녀는 매우 강조하며 그의 말을 바로 받아들였다. "현실은 여전히 더 불가능하죠." 당연한 이야기였고, 그는 부인하지 않았다. 그녀는 바로 결론을 내렸다. "그렇다고 내 말이 증명되네요. 당신들 사이에 엄청난 일이 있다는 거요. 그렇지 않았다면 당신이 털어놨겠죠."

"우리 둘 다 그녀를 생각하고 있어요."

"두 사람은 다른 사람을 생각하지 않아요. 그래서 계속 함께 있는 거고요."

뭐, 그녀가 원한다면 그는 그녀의 말을 따랐을 것이다. 하지만 원래 했던 말로 바로 돌아왔다. "난 여전히 그분 생각이 어떤지 전혀 몰라요." 그녀의 특별한 진심의 그림자가 사방에 피어나는 걸 본 그가 "정말 확신하세요?"라고 하는 질문에 그녀는 그와 분명히 마주했고, 그는 자신과 분명히 다른 점만을 알 수 있었다. "내가 보기에 부인은 그 사람이 그녀가 죽을 거라고 생각하는 걸 믿으시네요."

그녀를 그 말을 듣고도 참았다. "내 생각은 중요치 않아요."

"뭐, 두고 보면 알겠죠." 그리고 그는 거의 가볍게 생각했다. 마지막 5분 동안 그는 점차 그녀에게 무슨 할 말이 있다는 걸 알았고, 뭐든 그는 결코 미루고 싶지 않았다. 그는 모든 것을 목요일로 미루고 싶었을 것이고, 지금이 화요일인 게 유감스러웠고, 자신이 두려운 건지 궁금했다. 그렇지만 오는 중인 의사 루크도 아니었고, 죽어가는 밀리도 아니고 그곳에 앉아있는 스트링햄 부인도 아니었다. 케이트가 있으면 그는 갑자기 졸도하거나 몸을 떨었기 때문에, 이상한 말이지만 케이트도 아니었다. 수잔 셰퍼드가 오래 있으면서 영향을 미쳤고 활동이 멈췄다. 그녀가 저택에서 온 이후로 그녀는 계속해서 메아리 혹은 참고인처럼 멍하게 있었던 것처럼 그의 감정에 대해서도 마음 쓰지 않았고, 그를 둘러싼 물건들 사이에서 그의 감정이 그녀를 주목한 건 처음이었다. 그는 자신이 두려워하는 건 자기 자신이었고, 자신이 조심하지 않더라도 틀림없이 더욱더 그래야 한다는 걸 곧 깨달았다. "그동안 부인을 만나는 게 나한테 전부였어요." 그녀는 그 말에 천천히 일어났고, 그 말은 그가 신경을 쓰고 있다는 징후였을 것이다. 그녀는 마치 그가 갑자기 그녀를 내보내려고 움직이는 걸 본 것처럼 거기에 서 있었다. 그러나 이 경우 그의 상태에 대한 그녀의 착각을 주장할 근거를 내놓기에는 그 갑작스러움이 너무나 눈에 띄었을 것이다. 게다가 그녀는 그에게 자기 생각을 분명히 밝혔지만 잠시뿐이었다. 게다가 그녀는 이미 말했다. "그분이 당신에게 부탁하면 할 건가요? 내 말은 루크 선생님이 직접 당신에게 말한다면 말이죠. 그리고 당신에게 기회를 그분에게 줄 건가요?" 아, 그녀는 지금 진지했다.

"무슨 기회요?"

"그 애한테 그걸 부정하는 거예요. 그러면 아직 뭔가 해 볼 수 있어요."

덴서는 15분 전에 이미 한 번 겪었던 것처럼 이마 끝까지 붉어지는 걸 느꼈다. 하지만 그는 수치심의 표시로 얼굴이 붉히는 걸 무시했다. 현재 그걸 자각하는 것이 오히려 두려움의 표시였다. 그가 뭘 두려워하는 건 충분히 분명하게 보여줬다. "내가 그녀에게 뭘 부정하는데요?"

그 물음에 그녀는 다시 머뭇거렸는데, 그는 내내 자신이 알고 있다는 걸 그녀에게 보여주지 않았는가? "로그 경이 그 애한테 말한 거요."

"로드 경이 뭐라고 말했는데요?"

스트링햄 부인은 갑자기 뻐딱하게 구는 그를 보면 어리둥절한 표정을 지었다. "본인이 안다고 생각했는데요." 이제 얼굴을 짙게 붉히는 사람은 그녀였다.

그 모습이 그는 그녀에게 연민이 생겼지만, 그는 다른 일들 때문에 괴로웠다. "그럼 아시는 거…."

"그의 끔찍한 방문이요?" 그녀는 빤히 쳐다봤다. "그래서 이렇게 된 거죠."

"네, 알아요. 하지만 그것도 아시는 건가…."

그는 다시 머뭇거렸지만, 그녀는 지금 하고 싶은 말을 모두 알았다. 그녀가 달래듯 말했다. "그가 그 애한테 한 말에 관해서 이야기하고 있는 거예요. 그걸 당신도 알고 있다고 이해했고요."

"아!" 그는 자신도 모르게 소리를 냈다.

다음 순간 그녀가 어느 정도 안도하는 걸 봤고, 다른 걸 생각하고 있는 듯했다. 그리고 곧바로 밝혀졌다. "아, 당신은 내가 그 말을 사실로 안다고 생각했군요."

빛은 그녀의 상기된 모습을 고조시켰고, 그는 자신이 본심을 드러냈다는 걸 알았다. 하지만 그는 더 나은 방법을 알았기에 중요치 않았다. 이제 마침내 모든 생각을 내보였고, 이제 적어도 미뤄서는 안 된다. 그가 인정하길 원하는 그녀의 생각이 남았다. 그는 10분 전에 이해가 필요하다고 말했고, 그녀는 결국 그 말에 따랐다. 단지 그가 이해해야 할 것은 사소한 문제가 아니었고, 심지어 지금까지 드러난 것보다도 더 클 수도 있었다.

그는 그녀가 마지막으로 했던 말에 응하지 못하고 다시 한번 돌아서서 창가에 잠시 있었고 물론 그녀는 자신이 그를 궁지로 몰아넣었다는 걸 알 수 있었다. 그녀는 바로 그 점을 알았고, 그를 '잡았다'는 생각에 양심의 가책을 느끼기 시작했고, 압박하지 않겠다는 듯이 말했다. "내 말은 그가 당신이 케이트 양과 줄곧 약혼한 상태라는 걸 말했다는 거예요."

그는 휙 돌아섰다. 거의 채찍질 소리 같았고, 바보 같았다는 걸 나중에 알았지만, 그는 머릿속에 가장 먼저 떠오르는 말을 했다. "줄곧 뭘 해요?"

"아, 그 말을 한 건 내가 아니에요." 그녀는 온화하게 말했다. "난 그저 그가 했던 말을 반복하는 거뿐이에요."

성급하게 굴었던 덴서는 이미 하던 말을 멈췄다. "제 만행을 용서하세요. 물론 무슨 말씀인지 알죠. 저녁 무렵에서 광장에서 그 남자를 봤는데, 아무 말 없이 플로리안 카페 유리창 너머로 보기만 했어요. 사실 난 그 사람을 거의 몰라요. 그럴 기회가 없었죠. 게다가 겨우 한번 봤고, 그날 밤 떠난 게 분명해요. 하지만 그가 아무 이유 없이 오지 않았을 거라는 거 알았고, 왜 왔는지 곰곰이 생각했어요."

스트링햄 부인도 그랬다. "그는 화가 나서 왔어요."

덴서는 수긍했다. "그는 와서 그녀가 어리석게 그를 거절했던 몇 개월 전에 더 잘 알고 있었던 걸 알려줬겠죠."

"어떻게 알아요!" 스트링햄 부인은 거의 미소 지을 뻔했다.

"알죠. 하지만 그게 그 사람에게 무슨 도움이 될지 모르겠네요."

"그는 인내하면 너무 많지는 않지만 좋은 일이 생길 거라 생각했어요. 자신이 그 애에게 무슨 짓을 했는지 몰라요. 당신도 알다시피, 오

461

직 우리만이 알죠."

그는 이해했지만 의아해했다. "그녀는 자신의 감정을 그 사람한테 숨겼나요?"

"그 애는 분명 어떤 것도 보여주지 않았어요. 그 사람은 큰 충격을 줬고, 그 애는 어떤 기색도 내비치지 않고 받아들였어요." 스트링햄 부인은 정확하게 말한 게 분명했고 다시 그녀의 공감을 불러일으켰다. "그 애는 대단해요."

덴서는 다시 진지하게 동의했다. "대단하죠!"

"그리고 그 사람은 바보 중에 바보예요."

"상바보죠." 잠깐 그 어리석은 말에 그들은 서로를 바라봤다. "하지만 그는 그게 아주 현명하다고 생각했어요."

"정말 그랬어요. 그건 모드 로더의 생각이에요. 그리고 그 사람은 런던에서 나한테 친절했어요. 누군가는 그에게 연민을 느낄 거예요. 양심에 거리낌이 없는 사람이니까요."

"그러니까 필연적으로 바보죠."

"맞아요, 하지만 그 애가 처음 나에게 해줬던 말만 들으면, 그 사람은 전혀 어떤 해를 끼치려는 뜻은 아니었어요. 아무것도 의도하지 않았어요."

"제일 나쁜 바보가 늘 그렇게 하죠. 그는 당연히 나만 피해를 주려고 했던 거예요."

"그리고 자신에게 유리하다고 생각하고 왔겠죠. 그 사람은 다음 방문에서 일어났던 일을 받아 들을 수 없었어요. 그때 너무나도 심한 굴욕을 당했어요."

"아, 봤어요."

"맞아요. 그리고 그 사람도 당신을 봤죠. 말 그대로 그가 거절당했을 때 당신은 환영받는 걸 봤어요."

"완벽하게 그랬죠. 그리고 그는 그때 내가 어떻게 환영받았는지 알고 있었어요. 몇 주 동안 머물렀잖아요. 그 점에 대해 생각해야 했어요."

"바로 그거예요. 그건 그가 견딜 수 있는 것 이상이었지만 계속 생각했어요."

덴서는 이 시점에서 자신이 아직 생각해보지 못한 걸 더 많이 생각하는 사람이 누군지 자문했다. "결국 그 사람은 어떻게 알았을까요? 알 만큼 알잖아요."

"무슨 말이에요?"

"다 알고 있으니까 행동을 할 수 있었던 거예요. 그게 유일하게 안전하니까요."

그는 그녀의 질문에 귀를 기울이지 않고 계속 말했다. 그러나 얼굴을 마주하자 그들 사이에는 뭔가가 일어났다. 잠시 후, 그녀가 다시 물어보게 만든 건 바로 이점이었다. "다 알고 있다니, 무슨 말이죠?"

덴서는 간접적으로 응수했다. "그 사람 10월 이후에 어디에 있었죠?"

"영국으로 바로 돌아간 거 같아요. 사실 거기서 바로 왔다고 믿을 만한 이유가 있어요."

"이 일 때문에 곧장 왔다고요? 30분을 위해서 먼 길을 왔다고요?"

"글쎄요, 새로운 사실을 알고 다시 노력해 봤던 거죠. 그 애와 잘 지내고 싶어서 다른 시도를 했던 거죠. 어쨌든 그 애한테 무슨 말을 했고, 자신의 기회가 30분으로 줄어들 줄은 몰랐어요. 아니면 사실 30분이면 가장 효과적이었을 거예요. 그랬어요!"

상대방도 너무나도 이해하면서 수긍했다. 그러나 그가 용기냈던 것보다 그녀가 그에게 정말 그 일에 대해 더 많이 알려주자, 새로운 의문들로 가득 찼다. 그들은 지금까지도 얽매여 있고 혼란스러워했다. 그리고 그들은 각자의 의문을 드러내며 떨어졌다. 어쨌든 그가 처음에 건넨 말은 뜻밖이었다. "최근에 로더 부인에게서 소식 들었나요?"

"아, 네, 두세 번이요. 자연스럽게 밀리 소식을 물어봐요."

그는 망설였다. "제 소식은요?"

그의 친구는 순간적으로 그의 생각과 같았다. "안 좋은 소식은 알리지 않았어요. 이번 일이 첫 번째 안 좋은 소식이겠네요."

"이 일이요?"

"마크 경이 여기 왔던 거랑 그 아이의 상태에 대해서요."

그는 조금 더 생각했다. "로더 부인이 그 사람에 대해 뭐라고 적었나요? 그녀는 그들과 함께 있었다고 썼나요?"

"그를 언급한 적이 단 한 번 있었지만, 마지막 편지 전에 그랬어요. 그때 무슨 말을 했어요."

"뭐라고 하셨는데요?"

스트링햄 부인은 떠올리려고 노력했다. "크로이 양과 관련된 거였어요. 케이트가 그 사람을 생각하고 있다고요. 아니면 그 사람이 크로이를 생각했다는 게 맞겠네요. 이번에는 모드가 보기에 그 사람이 자신에게 더 열려 있는 방법을 찾고 있는 거 같았어요."

덴셔는 시선을 바닥에 둔 채 듣고 있었지만, 곧 말을 하려고 시선을 돌렸고, 표정으로 자신의 질문이 이상하다는 걸 안다는 걸 보여줬다. "그 부인 말은 그 사람이 조카에게 청혼하도록 부추겼다는 건가요?"

"무슨 의미였는지는 모르겠어요."

"당연히 모르시겠죠. 나 스스로도 맞추지 못하는 것으로 부인을 귀찮게 해드리면 안 되죠. 오직 나 혼자서 맞출 수 있을 거예요."

그녀는 조금 소심하게 말했지만, 용기를 냈다. "나도 맞출 수 있어요."

그의 자의식은 그녀의 말을 받아들였고, 그녀가 온 순간부터 그의 관심을 끈 것은 그녀의 통찰력이 크게 향상되는 것처럼 보였다는 것이었다. 그들은 4일 전에 많은 일을 마음속 깊이 간직한 채 헤어졌다. 하지만 이런 일들을 이제 수면으로 떠올랐고, 그 일들을 그렇게 빨리 꺼낸 건 그가 아니었다. 여자들은 훌륭했다. 적어도 이번에는 그랬다. 하지만 밀리도 모드 이모도 아니었고, 누구보다도 바로 케이트였다. 그는 이미 여자들에 관한 생각이 어떤지 알고 있었다. 그들은 그런 여자들이었다. 그가 촘촘하게 얽혀있는 것이었다. 결국, 우리에게도 그 생각은 그녀의 발언을 무시했던 질문을 손님에게 던지는 것과 관련이 있었을지도 모른다. "크로이 양이 우리의 친구에게 편지를 보냈나요?"

"아, 그 애도 보냈어요. 하지만 난 한 마디도 몰라요."

그는 그녀가 보내지 않았다고 확신했었는데, 아무튼 밀리와 함께 있는 것보다 더 이상한 일은 그가 6주 동안 문제의 젊은 아가씨에 대해 전혀 언급하지 않았다는 것이었다. 밀리가 그녀에 대해 언급하지 않은 것보다 더 이상했다. 그런데도 그리고 아무리 중요치 않더라도 그는 케이트의 침묵에 다시 얼굴을 붉혔다. 그는 실제로는 가능한 한 빨리 그 생각에서 벗어났고, 그들이 판단하고 있던 사람에게로 되돌아갔다. "그 사람은 그녀에게 어떻게 접근했을까요? 그녀는 전에 그들 사이에 있었던 일 때문에 그를 볼 수 없었다고만 말했어요."

그 선한 부인은 약간 당황하며 설명했다. "그 애는 친절하게 구는 경향이 있었어요. 다른 때보다 더 너그러웠어요."

"더 너그러워요?

"경계를 풀었죠. 차이가 있었어요."

"그렇군요. 하지만 정확히 차이가 있는 게 아니죠."

"냉정하게 구는 거랑 다를 바 없었어요. 완벽하게요. 그녀는 그 반대를 감당할 수 있었어요." 그가 아무 말도 하지 않자 그녀는 조바심을 내며 제 생각을 마무리 지었다. "그 애는 6주 동안 당신을 여기에 있게 했어요."

"아!" 덴셔는 조심스럽게 신음했다.

"게다가 그 사람이 먼저 그 애한테 편지를 쓴 게 틀림없어요. 자신의 길을 순탄하게 하려는 말투로요. 그래서 그 사람에게 친절하게 굴었을 거예요. 그러고 그 자리에서….”

덴서가 끼어들었다. “그 자리에서 가면을 벗었다고요? 무서운 놈이에요!”

수잔 세퍼드는 그 말에 조금 창백해졌지만 어떤 희망에 재빨리 그를 강렬하게 바라봤다. “어떤 경고 없이 그 사람은 가버렸어요.”

“그리고 아무런 희망도 없이 떠났을 거예요.”

“아, 그건 당연하죠.”

“그럼 그건 단순한 복수였네요. 또한 그 사람은 몇 주 전부터 알고 그녀를 만나고, 판단하고, 어쩌면 몇 개월도 남지 않았다고 깨닫지 않았을까요?”

처음에 스트링햄 부인은 대답하려고 했지만, 조용히 그를 바라봤다. 그리고 말을 덧붙이며 힘을 실어줬다. “그 사람은 당연히 당신이 뭘 말하는지 알고 있었어요, 당신이 알고 있었던 것처럼요.”

“단지 그 이유로 그 사람이 그녀를 원했다는 건가요?”

“단지 그것 때문에요.”

“비열한 새끼!” 머튼 덴서는 소리쳤다. 하지만 그 말을 내뱉자마자 얼굴이 화끈거리면서 자리를 떴고, 다시 말이 없는 손님의 목적을 의식하게 됐다. 땅거미는 이제 더 짙어졌고, 쓸쓸함에 대해 다시 한번 더 생각한 후 그는 되돌아갔다. “램프나 촛불로 불을 밝힐까요?”

“난 됐어요.”

“아무것도요?”

“괜찮아요.”

그는 창가에서 잠시 기다렸다가, 어떤 생각에 친구와 얼굴과 마주했다. “그는 크로이 양에게 청혼할 거예요. 그렇게 될 거예요.”

그녀는 계속 말을 아꼈다. “판단은 당신 몫이에요.”

“그래요, 내가 판단하죠. 로더 부인도 그렇게 했을 거지만, 그분만 틀렸어요. 크로이 양이 그를 거절한 것은 그에게 이유가 필요한 일이라는 인상을 줄 거예요."

"당신은 그 사람에게 그 이유를 분명히 했나요?"

"너무 분명하게는 아니에요. 난 여기에 붙어있었고 그래서 그가 실양에게 왔잖아요. 하지만 충분히 분명히 했어요." 덴서는 용감하게 말했다. "그 사람은 내가 랭커스터 케이트에 무슨 꿍꿍이가 있고 동시에 베니스에서 뭔가 꾸미고 있다고 생각했어요."

스트링햄 부인은 용기 내서 말했다. "뭔가를 꾸며요? 뭔가요?"

"신은 아세요. 사람들 말로 '놀이'를 하는 거예요. 무모한 짓을 하고, 이중적인 행동이죠."

"물론 말도 안 되는 상상이겠죠." 그녀의 대화 상대는 잠시 딱딱하게 굴다가(각자에게는 상당히 긴 시간이었다) 다시 그녀에게서 멀어졌고 다시 주머니에 손을 넣고 밖을 내다보며 시간을 보냈다. 이건 그녀의 질문에 대한 대답이 될 수 없었고 그의 상황에서 어떤 대답도 할 수 없다는 걸 그는 너무나 잘 알았다. 그녀는 그를 그대로 내버려 뒀고, 그는 더 많은 대화를 위해 불을 밝히는 걸 그녀가 거절해줘서 기뻤다. 이건 주로 그녀에게 유리했을 것이다. 그러나 그녀는 그런 것들이 없어도 이득이 있었다. 그녀가 이미 했던 말로 마침내 그에게 말을 걸었을 때, 그 어조는 자신감으로 상당히 달라졌다. "의사 루크가 직접 당신이 그분을 위해 뭔가를 할 수 있는지 부탁한다면, 밀리가 지독하게 믿게 된 것을 부정해 줄 수 있나요?"

오 그는 자신이 이렇게 망설일 줄 알았을까! 하지만 그는 결국 이렇게 말했다. "그럼 부인은 그녀가 그 말을 믿을 거라고 확신하세요?"

"확신하냐고요?" 그녀는 모든 상황에 호소했다. "판단을 해봐요!"

그는 다시 판단하는 시간을 가졌다. "부인은 믿으세요?"

그는 자신의 호소가 그녀를 힘들게 한다는 걸 의식했고, 그녀의 대답이 신중한 그녀에게 고통이 될 것이 분명하다는 점에서 조금 안심했다. 그녀는 그런데도 대답했고, 그는 정말 더 심한 압박을 받았다.
"내가 믿는 것은 거의 당신의 행동에 달렸어요. 당신이 배려해 준다
면, 그 일을 완벽하게 해결할 수 있어요. 그 애를 살리기 위해 부정한
다고 동의한다면, 당신을 완전히 믿어 줄게요."

"하지만 모든 게 혼란스러운데, 정확히 뭘 부정해야 하죠?"

그는 그녀가 그 범위를 좁혀주길 바라는 듯했지만, 사실 그녀는 더
넓혔다. "전부요!"

그는 지금까지 모든 게 이토록 막대하게 느껴본 적이 없었다. "아!"
그저 어둠 속에서 신음할 뿐이었다.

목요일이 가까워지고 의사 루크 스크렛이 오는 날이 가까워지자 다행히도 가혹한 분위기는 줄어들었다. 날씨가 바뀌고 거센 폭풍우가 몰아쳤다가 며칠 동안 가을 햇살은 뜨겁게 앙심을 품은 듯 내리쬐서 당황스럽게 만들다가 밝은 빛깔과 함께 밝은 소리로 충만한 찬가로 다시 제 모습을 드러냈고 크게 자리 잡았다. 베니스는 빛나고 철썩거렸다가 다시 소리치고 울렸다. 공기는 박수 소리와 같았고, 곳곳에 보이는 분홍색, 노란색, 파란색, 바다색은 선명한 물건들을 걸어 넣고 고급 카펫들을 깔아놓은 것 같았다. 덴셔는 의사를 만나러 역으로 가는 게 기뻤다. 현재 그가 유일하게 강요당한 방법을 계속해서 의식하고 고심을 했다. 그에게 그 일이 닥쳤던 곳이고, 이전에 그의 인생에서 그런 일이 닥친 적이 없었다. 그는 분명 자신이 태어났을 때부터 행동한 것보다 훨씬 더 많이 생각했고, 실제로 그는 몇몇 생각들을 기억했고, 그 생각들은 그에게 거의 모험처럼 다가와 흥분시켰다는 점을 제외하면 말이다. 그러나 충동, 사고, 범위의 금지, 즉 다른 말로 자유의 금지에 있어 그의 실제 상태와 같은 게 지금까지 알려진 게 없었다. 가장 이상한 점은 만약 그가 도착한다는 것을 알았다면, 특히 몇 주 전에, 특히 하나의 모험으로서 현재 그가 머물고 있다는 것과 비슷한 건 없다는 것이었다. 도망가고, 떠나고, 무엇보다도 런던으로 돌아가서 케이트 크로이에게 그렇게 했다고 말하는 게 모험이겠지만, 거의 비열하게 단순히 따르고 관여해야 하는 일이 있었다. 그건 특히 스트링햄 부인의 방문으로, 그가 할 수 없었던 경험을 그에게 남겼다.

이 일은 그에게 어느 정도 분명했지만, 하나의 도피처로서 자신이 뭘 할 수 있는지에 대한 다른 생각은 나지 않았다.

그는 의사 루크를 마중하려고 역에 가는 건 그럴듯한 작은 자유일 뿐이라는 걸 알고 있었다. 아무튼, 그가 그렇게 오래 고심했지만, 아무것도 똑같이 자유롭지 않았다. 그렇다고 그가 거듭해서 두려워했던 자신의 끔찍한 위치는 무엇인가? 폭군이 부과한 세금인 것처럼 그는 이런 생각에 경직됐다. 그는 자신의 삶에서 두려움이 우세해지도록 오래 살겠다고 한 적이 한 번도 없었다. 그건 단순히 그가 실제로 얻은 이점이었다. 이를테면 그는 저명한 친구에게 다가서면 어떤 식으로든 서약이나 약속을 알게 될까 두려웠다. 어떤 흐름이 그를 극단으로 끌어당길까 봐 두려웠다. 그러나 그는 두려움 때문에 초라하고 가난해지는 걸 똑같이 혐오스럽게 생각했다. 마침내 그를 사로잡은 것은 어떤 일이 벌어졌든 간에, 저택에서 그 일이 일어난 후에 그 훌륭한 남자는 젊은 아가씨의 사람들에게 잠깐의 희생과 스트링햄 부인이 호소했던 시기에 두드러진 자비심을 보여줬다는 것이었다. 스트링햄 부인은 밀리가 처한 관계에 대해 언급하면서 어쩌면 그가 느끼지 못했던 것들을 확실히 알게 했다. 그가 놓친 게 무엇이든 간에 충분히 알 기회였고, 당연히 자유를 찾으려는 덴셔는 일찍 도착해서 기차가 들어오기 전에 플랫폼에서 서성거렸다. 기차가 들어오고 나서야 뒤따르는 모든 생각을 안고 그는 의사 루크가 탄 객실 문 앞에서 서 있었고, 상황이 전개되고 나서야, 너무나 강렬한 것에 대해 실망해서 그들이 주장하려던 부족한 존엄성마저도 그의 불안과 망설임도 허용치 않았다. 만약 손님의 태도에서 기대를 불러일으킬 만한 기억을 덜 보여주거나, 그 사실 앞에서 깜짝 놀랄만한 말을 짧게 했다면 그는 거의 말할 수 없었을 것이다.

덴셔가 보기에 아주 평온한 표정으로 다시 의사 루크를 데리러 왔지만, 의사 루크는 전에 함께 다녔던 꽤 멋진 청년을 완전히 잊고 있었다. 그 젊은이는 자신이 최상이라고 느꼈고, 그 일은 곧바로 눈부신 조화의 증거로 그에게 영향을 미쳤다. 그가 현재 연관된 모든 쓸데없는 일과는 대조적으로 그 모습은 그 사람을 책망하기에는 꽤 고귀한 성격이었다. 저명한 순례자는 기차 안에서 내내 원하는 대로 시간을 보냈고, 마침내 자신을 기다리고 있는 일이 무엇인지 미리 한순간도 생각하지 않았다. 예민한 일이 그를 기다리고 있었고 이렇게 이상한 방식으로 멋진 젊은이는 안중에 없었다. 하지만 승강장에서 가볍게 정적을 깨트리는 덴셔의 표정과 동작을 그는 처음으로 새롭게 인지했다. 그러나 그가 빅토리아를 떠나면서 그 문제를 숨겼다면 지금 당장 다른 것도 숨길 수 있었을 것이다. 이 일에 대한 인식은 자기 자신에 관한 한 그의 방문으로 전체적인 최고조의 상징이 되었다. 우리의 친구는 그가 받아들이는 것처럼 보이는 모든 일을 대부분 누그러트리는데 애먹지 않았다면 더욱더 되새겨질 거라는 걸 누군가는 알았다. 누군가를 놓친 건 그가 그걸 마음속으로 했다는 것이었다. 덴셔는 외부에 물이 흐르는 거대한 계단에서 그들이 떨어지는 이례적인 상황을 어떻게 해야 할지 궁금해졌다. 에우제니오는 승강장 뒤쪽에서 따로 대기하고 있었고, 그의 지시 아래 저택에서 온 곤돌라는 그들이 역 밖으로 함께 나오자 민첩성과 위엄이 혼합된 모습을 보이며 활약했다. 덴셔는 전혀 개의치 않고, 저택의 손님 옆에 있는 짙은 검은 색 방석에 앉기를 거부하고 밀리의 특사 3명을 보내는 걸 전혀 개의치 않고, 그는 이런 예민함을 뒤로 남겨둬야 한다는 걸 알았다. 그가 한 일은 계단에서 희미하게 웃어 내려간 것뿐이었고, 바보 같은 그들을 떨쳐내려고 했다. 그는 슬프게 고개를 지으며 말했다. "전 지금 거기에 가지 않겠습니다."

"아!" 의사 루크 스트렛 경은 돌아섰고 아무 말도 하지 않았다. 그래서 덴셔는 필연적이고 무의식적인 불가사의한 일로서 그 모습이 아주 인상적이라고 생각했다. 그의 친구는 위기 상황에 관한 것이라고 생각조차 하지 않는 듯 보였다. 게다가 그는 나중에 어떤 것도 더 언급하지 않았다. 파스쿠알레가 선미루(배의 뒷부분에 있는 선루)에서 멋지게 노를 젓자, 고전적인 배가 나아가고 곤돌라 승객용 객실félze의 검은 색의 높이 튀어나온 부분 때문에 꽤 우아해 보였다. 덴서는 보이지 않을 때까지 곤돌라를 지켜봤고, 저택으로 가는 지름길인 옆 수로로 급격하게 방향을 틀면서 파스쿠알레가 외치는 소리를 들었다. 베니스가 보잘것없는 것처럼 저택 손님들이 그를 두고 떠난 자리에서 그는 한동안 서 있다가 보잘것없이 떠났다. 충분히 이상했지만, 그는 밀리에 대한 가장 진정한 진실 앞에서 결코 생각할 수 없었던 자신을 발견했다. 파스쿠알레의 고함을 듣고 배가 사라지는 것을 보면서, 그녀를 돕기 위해 부른 사람의 모습을 그 자리에서 볼 수 있는 것만으로도 그는 그 차이를 헤아릴 수 없었다. 그는 그녀의 상태에 대한 사실 근처에 가 본 적이 없었을 뿐만 아니라 그걸 다행으로 어겼다. 그는 온 세상과 더불어 미소와 침묵, 아름다운 허구와 값을 매길 수 없는 준비로 이루어진 일종의 값비싼 모호함이 지배하고 있고 모든 것이 깨질까 봐 긴장해서 들어갈 수 없는 울타리 밖에서만 맴돌지 않았고, 또한 다른 사람들 함께 지금 느끼고 있는 것처럼 모든 사람의 예의 바른 태도, 모든 사람의 동정심, 모든 사람의 정말 관대한 이상에 대한 직접적인 관심을 적극적으로 억눌렀다. 아무도 예외로 하지 않았던 진부한 말, 그림 전반에 걸친 죽음의 거대한 번짐, 고통과 공포의 그림자, 그것을 반영하기로 한 정신이나 연설의 어떤 부분에서도 발견되지 않은 침묵의 음모였다. "인간의 단순한 미적 본능이지!" 우리의 젊은이는 여러 번 혼잣말했고, 나머지 문제는 내려놓은 채, 누군가는 알아야 하는 분노의 감정을 느낄 만큼 감정적으로 됐다. 그래서 특정한 사람들이 위험한 동물처럼 쫓겨난, 의식이 있는 바보의 낙원이 되었다. 따라서 현재 닥친 일은 내내 대문에 서 있던 루크 스트렛 경과 같은 특정 인물이 이제 전체 구역을 채울 정도의 규모로 문턱을 넘었다는 것이었다. 덴서의 신경은 물론 심장 박동도 자리를 뜨기 전에 변화를 판단했다.

육체적 고통, 고칠 수 없는 고통, 잔인하게 좁혀진 기회의 사실이 일순간에 강렬해졌고, 이것이 그가 지금 그 점들을 알게 되는 방식이었다. 간단히 말해서, 가능한 필연적인 생각을 전하는 분위기 정리로 한 가지 감사해야 할 건 의사 루크가 문제를 떠맡아서, 그들과 함께하면서 어느 정도 끼어들 수 있다는 것이었다. 그러나 덴서가 저명한 친구를 다시 만난 건 첫날이나 이틀 동안 솔직한 것과는 거리가 멀었다. 그가 저택으로 돌아갈 수 없다는 걸 바탕으로, 그가 떠나지 않았다는 건 그가 처한 상황의 또 다른 특징으로 그가 금지하는 것에 덧붙여서 널리 알리는 사실처럼 그에게는 분명했다. 그는 레포렐리Leporelli 곤돌라에서 자주 목격됐다. 따라서 그는 의사 루크를 만나러 가려고 하지 않았고, 의사 루크는 어슬렁거릴 시간도 없고 뜻도 없었기에, 그 위인이 놀랍게도 그를 기다리지 않는 한 그들 사이에는 더는 아무 일도 일어나지 않을 것이다. 덴서는 그의 행동은 그들 말대로 단순히 스트링햄 부인이 그에게 집중하기로 한 것에만 의존하지 않았다는 점에 대해 더 곰곰이 생각했다. 그녀에게 현실적으로 어떤 차이가 있을 수 있기에, 실제로 그녀가 그걸 시도하는 것에 달렸고, 의사 루크가 어떤 제안을 하느냐에 달렸다. 덴서는 그 문제에 대해 특별한 어떤 말도 하지 않고 그 의사에게 기대할 수 있는 응답의 결과에 대한 자신만의 견해가 있었다. 그는 그런 사람이 그러한 호소를 이해하는 능력에 대한 자신만의 생각이 있었다. 그가 어느 정도까지 대비할 수 있고, 결국 어떤 중요성을 부여할 수 있을까? 덴서는 실제로 자신의 입장을 최악으로 만드는 이러한 질문을 자문했다. 그 의사가 그를 찾아오지 않고, 감당할 수 없는 목적으로만 찾아오지 않는다면 그는 그 위인을 그리워할 것이다. 그래서 그는 전혀 오지 않았고, 결과적으로 바랄 게 없었다.

텐서가 모든 개연성에서 이런 맹렬함을 일으킨 건 전혀 아니지만, 그가 놓칠 수 있는 상당한 변화가 거의 없다는 것에 압박받았다. 그가 처한 곤경에서 분명히 자신을 두려워하면서 의사 루크를 두려워하지 않는 것만큼 이상한 건 없었다. 그는 방문자 일행의 예전 취향에 따라 어떻게든 자신을 봐줄 거 같은 인상을 받았다. 밀리에 대한 진실은 그의 어깨에 걸터앉아 그의 발걸음에 울려 퍼졌고, 그의 존재로 인해 한동안 그곳에 있는 모든 것의 이름과 형태가 되었다. 하지만 얼굴로 드러나지 않는 게 차이점이었고, 그 얼굴은 초반에 매우 솔직하게 그리고 쉽게 텐서에게 향했다. 호출의 결과가 아니라 자신의 친절한 변덕으로 그의 첫 등장은 전혀 다른 가치를 가졌다. 그리고 우리 젊은이는 그 가치를 회복할 수 있을 거라고 보기 힘들었지만, 여전히 오래된 인연을 다시 이어가려고 생각했다. 그는 사적으로 그리고 강력하게 그 문제를 표현하면서 돼지처럼 굴려고 하지 않았지만, 자신을 위해 원하는 뭔가가 있었다. 불가능하지 않았다면 의사 루크에게 있을 수 있었다. 2, 3일 동안은 그에게 최악의 날이었다. 저택의 긴장감마저도 자신의 운명이 자신을 가벼이 여긴다는 느낌을 받지 않도록 하는 데 별로 도움이 되지 않았다. 그의 판단대로 자신이 그렇게 낙담한 적이 없었다. 책도 없고, 친구도 없고, 돈도 거의 없는 열악한 환경에서 그는 기다릴 수밖에 없었다. 그의 주된 힘은 그의 곤경이 그를 주저앉힐 수 있는 가장 깊은 곳을 기다리겠다는 독창적인 생각이었다. 만약 그가 시간을 준다면 운명은 무시무시한 것을 조금은 가다듬을 것이다. 그 사이에 의사 루크를 억압할 방법을 고안해 내는 것이다. 사흘째 되는 날에 아무런 기미도 없자, 그는 뭘 생각해야 할지 알았다. 스트링햄 부인이 찾아왔을 때 그는 그녀에게 신뢰를 줄 수 있는 어떤 대답도 하지 않았고 따라서 그가 각오해야 한다고 했을 때 그녀가 말했던 최후통첩은 그에게 대답할 권한이 없다는 것 외에 다른 근거가 없다면 날려서는 안 됐다. 그가 원했던 것이 아니었다.

덴서가 그때 바로 충분히 알 수 있었던 것처럼 어떤 생각을 가지고 의사 루크가 마침내 다시 그의 앞에 설지 우리는 속단할 수 없는 것이었다. 그는 마침내 다시 그의 앞에 섰다. 우리의 친구가 런던의 의무를 따르지 않는 힘의 한계에 부딪혔다는 생각을 우울하게 받아들일 때였다. 여행을 제외하고 4, 5일은 세상에서 가장 명망 있는 의사 중한 명에게는 가장 큰 희생에 해당했고, 그래서 종소리가 울린 후 문제의 인물이 입구에 굳건하게 있었을 때, 덴서는 칼 같은 것에 순간적으로 베인 거 같았다. 사실 밀리의 일이 심각하다는 걸 무시무시한 한마디로 말해줬고, 그는 다른 말로 부르는 걸 꺼렸다. 그 위인은 그때 가버리지 않았고, 너무나 도움이 필요한 그녀에게 엄청난 힘을 써서 약간의 효과, 도움과 희망이 분명히 보였다. 실망하고 있었던 덴서는 한번에 열 가지를 알게 된 거 같았고, 가장 중요한 건 의사 루크가 아직 그곳에 있어서 그녀가 죽음을 면했다는 것이었지만, 이제 그에게 분명히 오래된 문제가 된 그 위기가 그렇게 간단하지 않다는 걸 곧바로 분명히 알게 됐다. 그의 손님은 밀리에 대해 수다를 떨려고 들리지 않았을 뿐만 아니라 그녀 이야기를 전혀 하지 않았다. 그는 이제 끝이 보이는 남은 체류 기간에 최소한 찾아봐야 할 사람이라서 들렀다. 말 그대로 예전의 친분으로 그가 온 것이었다. 그는 최대 다음 주 토요일까지 있을 예정이었지만 그동안 그가 다시 보고 싶은 흥미로운 것들이 있었다. 이런 흥미로움은 베니스와 베니스가 주는 기회였고 한두 번 돌아다니다가 그는 젊은이를 방문하게 되었고, 후자의 관점에서 그 일은 24시간이 더 지나자 가장 어울리지 않지만 가장 유익한 혐오감이 일어났다. 덴서는 이렇게 짧은 기간 동안 저택에 대해 언급하지 않고 누구도 소식을 듣지도 못하고 묻지 않는 것이 사실 겉으로 보기에 얼마나 말이 안 되는지 잘 알았다. 손님의 등장에 밀리의 상태의 진실과 직접적이고 격렬하게 연결된 긴장감 속에서 그가 생각하게 됐다. 그는 그녀를 구했다고 말하러 왔고, 스트링햄 부인처럼 어떻게 그녀의 목숨을 구했는지 말하러 왔고 스트링햄 부인의 노력에도 가망이 없었다고 말하러 왔다. 희망과 두려움에 대한 뚜렷한 떨림과 모든 명백함은 곧 심장 박동과 어우러졌다. 의사 루크가 조용했다는 건 그에게 정말로 놀라운 일이었고, 이건 사실이었다.

그 결과는 폭풍우가 지나간 후 평화로운 고요함과 같은 가장 이상한 자각이었다. 우리가 알다시피, 그는 몇 주 동안 극도로 가만히 있으려고 했고 주로 고독과 침묵 속에서 그러려고 노력했지만, 현재 흥분하며 되돌아봤다. 현실적이고 올바른 고요함은 이 특정한 형태의 사회였다. 루크 경은 자신이 뭘 원하는지 정확히 알았기에, 그들은 함께 걸으며 이야기를 나누고 그림을 다시 찾아보고 인상을 회복했고, 골동품 상인들을 조금을 귀찮게 했고 플로리안 카페에 앉아 휴식을 취하며 가벼운 음료를 마셨고, 좋은 날씨와 따뜻한 공기와 변화무쌍한 가을 햇살을 즐겼다. 그들이 휴식을 취할 때 그 위인은 한두 번 몇 분간 눈을 감았고 동행은 그의 얼굴을 보다 편안하게 살피며 부족한 잠에 대해 개인적으로 생각했다. 그는 그녀 곁에 직접 몇 시간 동안 있으며 밤을 새웠고, 이게 그가 보여준 전부였고 나머지는 분명 그가 암시에 가장 근접하게 접근한 것이었다. 특이한 점은 덴셔가 그걸 중거로 완벽하게 받아들일 수 있었고, 냉정하게 바라볼 수 있었지만, 동시에 그는 용인된 해방에 대한 반응으로 떨림을 멈출 수가 없었다. 해방은 하나의 경험이었고, 그가 버려졌어도, 어리석게 굴어도, 그 모든 일에도 불구하고 그는 왜 그걸 간절히 바랐는지 계속 알고 있었다. 그는 그걸 바랐고, 그걸 자신의 방에서 앉아 그걸 기다렸는데, 그를 봐줄 어떤 힘을 점쳤기 때문이었다. 그는 해방되고 있었고 자신의 책임을 가중시키지 않는 유일한 방법으로 해결됐다. 그 아름다움은 또한 이것이 시스템이나 상세한 지식을 바탕으로 한 게 아니라는 것이다. 처세에 능한 사람이 되고 인생을 알고 현실을 경험해보니 의사 루크가 그에게 좋은 일을 했던 것이었다. 모든 경우에 여자들이 너무 많았었다. 한 남자의 생각, 다른 남자의 생각이 분위기를 바꿨다. 그리고 그는 자신이 선택했던 사람이 이 사람보다 자신의 목적에 더 부합했을지 궁금했다. 그는 대단하고 편안했고, 그건 축복이었다. 그는 무엇이 중요하고 무엇이 중요하지 않은지를 알고, 본질과 현상, 야단법석을 떠는 정당한 근거와 부당한 걸 구별했다. 누군가 그에게 관심이 있거나 조금이라도 그를 겪어본다면, 그 누군가는 어떤 일이든 그에게 맡겼고, 그의 자비나 엄격함에 크게 영향을 받지 않았다. 대단한 건 그가 이상한 것들을 자연스럽게 만드는 방법이었다. 그들이 그렇게 받아들이지 않았다면, 그들 사이에서는 어떤 것도 저택의 불쌍한 여성들에게 완전히 떨어진 텐서의 설명할 수 없는 이상함을 능가할 수 없었을 것이고, 그 무엇도 그 위인이 말을 삼가는 뚜렷한 변칙을 능가할 수 없었을 것이다. 그들이 역에서 만났을 때처럼, 그는 아무것도 하지 않았다. 텐서는 그 인상이 의사와 환자의 관계와 비슷하다고 말했을 것이다. 누군가를 1회분 약을 먹었을 수 있는 것처럼 그에게서 단서를 얻었는데, 그 단서를 얻어서 기분 좋은 점은 예외였다.

그래서 그의 암묵적 판단에 맡길 수 있었던 이유였고, 텐서가 3~4일간 내버려 둔 이유였다. 기꺼해야 금요일에 그 일에서 단언했던 말에 대해 조금 궁금할 뿐이었다. 토요일 아침, 이 마지막 기회에 의사 루크가 역에 다시 나타나기를 기다리면서 우리 친구는 자신이 안이해졌고 그 결과 자연스럽게 지지를 잃을 수 있다는 걸 인식해야 했다. 문제는 그들에게 도움이 되었던 선에서 의사 루크의 개인적 존재감이 지지를 받았다는 것이었다. 거기에 대한 몇몇 대책을 남기지 않고 그는 갈 것인가? 아니면 자신이 볼 일에 대해 계속 침묵하고 갈 것인가? 텐서는 초대를 받았을 때보다 훨씬 더 깊은 무지에 빠졌고, 그토록 최고의 순간에 진정으로 경이로웠던 것은 그가 일주일 동안 어떻게 지냈는지에 대해 그에게서 조금도 알아낼 수 없었다는 것이었다. 그가 해왔던 건 엄청난 보수에 더해 엄청난 관심의 증거였다. 그러나 레포렐리 곤돌라가 다시, 그리고 다소 느리게 다가왔을 때 징검다리에서 보고 있었던 동행은 그의 곱고 가까워지는 얼굴을 그 어느 때보다 많이 살폈지만 허사였다. 그것은 관련 문제에 대한 최고 권위자에서 배운 교훈과 같았고, 그래서 그것의 공백이 갑자기 매우 냉혹하게 덴서에게 영향을 미쳤고, 그가 그랬던 것처럼, 밀리가 더 이상 존재하지 않는 것과 상당히 양립할 수 있다고 느꼈다. 그리고 시간이 촉박해서 긴장감은 그들이 직접 역으로 함께 이동한 후에도 계속되었는데, 그곳에서 에우제니오가 일찍 자리 잡은 객실을 지키고 있었다. 비록 마차 문에서 그 긴장감은 계속되겠지만, 몇 분 동안, 우리 불쌍한 신사의 신경과민 상태가 너무 오래가서, 그는 무의식적으로 에우제니오만이 할 수 있는 것처럼 오래 쳐다봤다. 루크 경의 관심은 그의 수많은 느낌을 적절하게 부여하는 데 집중됐고, 침묵이 계속되자 덴서는 저택 대리인에게 의문을 제기했다. 지금 그에게 굴욕감을 주지 않았고, 그 사람이 그를 얼마나 자신을 만족시키지 못했는지 정확히 알고 있다고 느끼는 것조차도 그에게 굴욕감을 주지 않았다. 에우제니오는 의사 루크와 그 정도로 닮았고, 얼굴 습관처럼 특이한 것까지 닮았다. 그러나 덴서가 정신이 팔렸을 때 의사 루크는 자유로워졌고 작별을 고하는 손을 내밀었다. 그는 처음에는 아무 말 없이 손을 내밀었고, 우리 젊은이는 그의 눈을 마주쳐서야 비로소 그들이 아직 그를 제대로 본 적이 없다는 것을 알 수 있었다. 의사 루크와 함께 이렇게 열심히 바라본 적이 없었지만, 이번에는 더 오래 바라봤고, 심지어 그림자조차도 그의 모든 걸 의미할지도 모른다. 10초 동안 덴서는 밀리 실이 죽었다고 생각했고, 마침내 다음 말에 입을 열었다.

"난 돌아가요."

"그럼 그녀는 좋아진 건가요?"

"한 달 내에 다시 올 거예요." 의사 루크는 질문에 귀를 기울이지 않고 반복해서 말했다. 그는 덴서의 손을 놨지만, 덴서는 그를 계속 붙잡고 있었다. 그는 마치 그들이 그녀에 대해 말하지 않은 것처럼 말했다. "실 양에게서 전갈을 가져왔어요. 당신이 와서 그녀를 만나줬으면 한다고 그녀에게서 부탁을 받았어요."

자신의 추측에서 벗어난 말에 덴서는 격하게 빤히 쳐다봤다. "그녀가 날 불렀다고요?"

의사 루크는 객차에 올라탔고, 역무원이 문을 닫았지만, 창가에서 몸은 내밀지는 않았지만 약간 굽혀서 다시 말했다. "그녀가 그러고 싶다고 말했고, 여기서 당신을 볼 거라고 예상했기 때문에 당신에게 알려주겠다고 약속했어요." 승강장에서 덴서는 그 말을 들었지만, 스트링햄 부인에게서 들었어야 했던 것과 마찬가지로 얼굴에 피가 쏠렸다. 그리고 역시 당황했다. "그럼 그녀가 날 받아들일까…?"

"받아들일 거예요."

"돌아오실 건가요?"

"그래야 하니까요. 그녀는 딴 곳으로 안 가고 머무를 거예요. 내가 올 거예요."

"그렇군요, 알겠어요." 정말로 알게 된 덴서가 말했고, 친구의 말뜻과 그 이상의 의미를 알았다. 스트링햄 부인이 단언했던 것과 그가 아직 마주하지 않아도 된다고 예상했던 것이 그때 일어났다. 의사 루크는 그 말을 마지막으로 계속했고, 지금 특색 없이 간결하게 말하는 건 그 사람의 특징적인 호소 방법으로 세상 물정에 밝은 사람이 어떤 일이 생기고서나 이해하는 다른 사람에게 말하는 어투였다. 덴서는 매우 많은 것을 이해해야 했고, 확실히 이해했다는 걸 보여준 것이 가장 중요한 일이었다. "정말 감사해요. 오늘 갈게요." 그들이 계속 서로를 쳐다보는 동안, 그는 그 말을 했지만 잠시 말을 멈췄을 때 기차가 천천히 움직이기 시작했다. 한마디만 더 할 수 있는 시간이 있었고, 청년은 스무 마디 중 집중적으로 한마디를 골랐다. "그럼 그녀는 좋아졌나요?"

의사 루크의 얼굴은 좋았다. "네, 괜찮아졌어요." 기차가 떠나는 동안 그는 창가에서 계속 그를 지켜봤다. 그 말은 지금까지 그들이 용케 피했던 완전한 언급에 가장 가까운 말이었다. 만약 그 말이 모든 것을 의미한다면, 더는 안 참아도 됐다. 그래서 기차가 떠난 후 덴서는 재빨리 깊이 생각했다. 그래서 그는 에우제니오의 지속적인 감시 아래 물러나는 걸 의식하면서도 그것이 자신을 어떤 심연으로 밀어 넣었는지 자문하면서 숙고했다.

"그래서 어땠어요? 뭐라고 했어요? 2주 내내요? 어떤 기미도 안 보였어요?"

케이트는 12월 땅거미가 내린 랭캐스터 게이트에서 그에게 그렇게 말하고 그가 돌아온 시기에 관해 이야기했지만, 그러나 그는 그들 사이의 작은 원한으로 그들의 전반적인 신뢰를 무너뜨리는 사소한 일의 가능성을 인정하지 않는 (물론 하나의 방식이었던) 그녀의 본능만큼 그녀가 감탄할 정도로 진실하다는 걸 곧바로 깨달았다. 매우 생생하지만, 완전히 별개인 다른 무언가가 그를 더 동요시키지 않았다면, 새로워진 아름다움 그 자체는 이렇게 그녀에 대한 새로운 시선으로 그를 매우 흔들었을 것이다. 그는 그녀를 보면서 그들이 어떤 방해를 받고 시공간에서 어느 쪽이든 위험과 추방의 성격을 지닌 모험을 하는 사람들처럼 특유의 이상함이 흐른다고 느꼈다. 그녀가 바로 나타났을 때 자신이 그녀에게 특별한지 궁금했고, 첫눈에 그녀가 그렇게 아름다운 적이 없었다는 것에 그는 전율을 느끼며 받아들일 수밖에 없었다. 런던 안개 속에서 그들을 환영하는 빛을 비추는 난로 불빛과 등불 속에서 그 사실이 그에게 그녀의 차이점의 꽃으로 피었다. 단지 몇 달밖에 설명할 수 없는 정도 오래돼서 그를 놀라게 했던 그녀의 차이점 그 자체는 친밀한 그들 관계의 결실이었다. 그녀가 달랐다면, 그건 그들이 함께 선택했기 때문이었고, 그녀는 이제 그들의 지혜와 성공, 일어났던 현실의 증거이고 사실 각자에게 여전히 일어나고 있는 것으로, 그에게 자랑스럽게 보여주고 있었다. 돌아왔지만 며칠 동안 가만히 있었던 것이 그가 가장 먼저 해결해야 할 문제라는 것을 잘 알고 있었고, 그 문제를 의식하며 사실 자신을 오게 만든 로더 부인의 편지를 마지막으로 고심했다. 그는 모드 이모에게 다소 정중하게 편지를 썼고, 확실히 케이트에게 편지를 쓰지 않으려고 노력할 필요가 없었다. 그는 천천히 움직여서, 베니스를 떠난 지 3주가 지났고, 런던에서도 여전히 그녀의 지시에 따라야 했다. 그것이 바로 그가 그녀의 끈기를 믿고 상황에 대해 그녀의 감정에 호소하고 그의 늘어진 연약함을 설명할 수 있었던 방법이었다. 그는 기회가 닿는 한 그녀에게 모든 것을 말하려고 했고, 더뎠던 여정, 기다림, 다시 연락하는 게 늦어진 것은 이러한 결심을 따랐다는 것이 분명했기에, 부조화는 의심의 여지 없이 강렬함의 요소의 하나일 뿐이었다. 그는 그녀에게 말해야 하는 모든 일을 요약했다. 그건 시간이 걸렸고, 그 자리에서 알았듯 오늘 오후 전에는 모든 걸 다 말할 수 없었다는 게 그 증거였다. 그는 마지막까지 말했고, 케이트를 이해시키는데 그의 첫 번째 이유를 만들어 내는 건 어렵지 않았다.

"맞아요, 2주 동안이었죠. 2주일째 되는 금요일이었어요. 하지만 당신도 알다시피 난 우리의 멋진 방식을 지켰을 뿐이어요." 그는 너무나 쉽게 정당화했고, 분명 이것 자체로는 그녀가 몰랐다고는 할 수 없었다. 따라서 그들의 놀라운 체계는 그녀에게 여전히 생생했고, 그 자신에게 그런 똑같은 생생함의 척도는 정확히 그녀가 부탁했어야 했던 것이었다. 그는 그 발언 뒤에 신중하게 굴지 않았고, 그녀는 그들의 놀라운 방식에 빠른 변화에 대한 아무런 프리미엄도 붙지 않는다는 걸 기억할 것이다. "난 갑자기 되돌아올 수 없었어요, 당신도 알잖아요? 나뿐만 아니라 당신을 위해서 서두르는 모습을 최소화하려고 본능적으로 머뭇거렸던 거 같아요. 그러는 게 적절했어요. 하지만 당신이 이해할 줄 알았어요." 이제는 마치 그녀가 너무 잘 이해해서 그의 주장에 거의 끌릴 뻔했지만, 그를 보면서, 그가 몰랐던 것이 아니고, 적절함에 이렇게 숙달한 건 그녀가 그에게 했던 일의 강한 흔적이었다. 그녀가 그를 전문가로 여겼던 것처럼 그는 그녀를 만일의 사태에 대비하는 전문가로 여겼을 수도 있었다. 그는 단계와 조치를 회복하고, 그들 말대로 바뀌고 있는 일에 애원하며 미소를 지었다. 비록 그녀가 5분 전에 미소를 지으며 그를 맞았지만, 잘 대응해야 했다. 그 순간 그녀의 진지함은 아직 엄숙하지는 않았지만, 충만한 인생이면서 넘쳐나지 않기를 바라는 의식의 모습으로 그녀를 환영하는 데 적합하지 않았는데, 그를 안내하고 차를 준비하는 데 방해를 받았던 하인이 방에 몇 분 동안 있었기 때문이었다.

댄서의 편지에 로더 부인의 답은 일요일 5시에 티타임을 갖자는 것이었다. 그 후 케이트는 '일요일에 티타임보다 15분 정도 일찍 와요. 우리에게 도움이 될 거예요.'라고 서명 없이 전보를 보냈고, 그는 정확히 5시 20분 전에 도착했다. 케이트는 방에 혼자 있었는데 모드 이모가 은퇴하고 연금을 받는 늙은 하인과 한 시간 안에 다시 교외로 떠나는 걸 알고 기뻤고, 길지 않지만 소중한 막간에 그에게 바로 말해줬다. 하인이 물러나자 그들에게 시간이 조금 생겼고, 그들의 훌륭한 체계에도 불구하고, 서두르는 걸 금했고, 예의 있게 굴어야 했지만 사실 그 자체가 소중한 순간이었다. 그리고 고귀하게 냉철하고 침착하게 구는 케이트에 아무런 편견이 없었다. 그가 신중하게 군다면, 그녀는 완벽한 태도, 예의를 갖췄다. 게다가 그는 스트링햄 부인이 자신을 지체시켰던 문제를 마무리 지은 것에 관해 말했고, 스트링햄 부인은 로더 부인에게 그가 저택을 떠났다는 걸 편지로 썼을 것이다. 그는 그들을 속이려는 것처럼 보이지 않았다. 그들은 그가 더는 그곳에 없다는 걸 알았다.

"맞아요, 알고 있었어요."

"계속 소식 들었어요?"

"스트링햄 부인으로부터요? 그럼요. 모드 이모가 들었다는 말이에요."

"그럼 최근에 들은 소식 있어요?"

그녀의 얼굴에 의아함이 역력했다. "하루 이틀 내로 들을 거예요. 그런데 당신도 듣지 않나요?"

"아뇨. 아무것도 못 들었어요." 그리고 그는 이제 그녀에게 얼마나 많은 것을 말해야 하는지 알았다. "난 편지 못 받았어요. 하지만 분명 로더 부인은 받으셨을 거예요. 물론 당신도 알겠죠." 그는 그녀가 알고 있는 것을 알려주길 바라는 것처럼 기다렸지만, 그녀는 자신이 통제할 수 없는 놀라움에 조용히 있을 뿐이었다. 그가 알고 싶은 걸 물어볼 수밖에 없었다. "실 양은 살아있나요?"

이번에는 케이트의 눈이 커졌다. "몰라요?"

"자기, 아무것도 모르는데 내가 어떻게 알겠어요?" 그는 답을 바라며 응시했다. "죽었나요?" 그러자 그녀는 그를 쳐다보면서 천천히 고개를 저었고, 그는 이상한 말을 했다. "아직 안 죽었어요?"

케이트의 표정을 보면 몇 가지 물어보고 싶었지만, 현재는 "너무 끔찍해요?"라고만 물었다.

"그렇게 자각하고 무력하게 죽어가는 그녀의 방법이요?" 그는 잠시 생각해야 했다. "당신이 물어봤으니까 하는 말인데, 맞아요. 나에게 너무나 끔찍해요. 떠나기 전에 그 모습을 본 바로는 말이죠. 하지만 노력을 해보겠지만 그게 나한테 어땠는지 그리고 어떤지는 당신에게 잘 설명할 수 없을 거 같아요. 그래서 당신한테 아마 그게 끝났으면 하는 말로 들렸을 거예요."

그녀는 그에게 아주 조용히 귀 기울였지만, 그녀에게 걱정되는 모든 걸 말하면서 그는 이때쯤 그녀가 자연스럽게 그녀를 사로잡는 호기심과 불행에 대해 상반된 양심의 가책 사이에서, 듣고 싶은 것과 듣고 싶지 않을 걸 구분할 거라는 걸 알았다. 그녀도 그를 살피면 살필수록, (그리고 그는 그녀가 자신의 얼굴에 가까이 댔다는 결코 느껴본 적이 없었다) 어떤 태도를 보여야 할지 더 난감해졌다. 단순히 어떤 감정이 큰 것이고, 그 감정은 간절하지 않을 것이다. 그는 속으로 이걸 빠르게 인지했고, 너무 멀리 가버리면 그녀가 그에게 화를 낼지도 모른다는 생각도 잠시 들었다. "당신은 어떤 두려움을 말하는 거예요?" 만약 그가 직접 그 말을 꺼낼 수 없다면, 그 말은 동정심과 창피함으로 베니스에서 그들 사이에 일어났던 모든 걸 부인하는 소리가 될 것이다. 그녀는 어떠한 대답도 하지 않을 것이고, 죄책감이나 두려움을 내보이지 않고, 자세한 내용을 원하지 않을 것이고, 긍정적으로 그 말을 받아들이지 않을 것이며, 만약 그가 그 점을 이해한다면, 그를 조용히 시키고 싶을 것이다. 그러나 그가 가만히 있어야 한다는 건 분명했다. 마음속에 그녀와 있으며 자유롭지 못한 것에 대해 반감이 강하게 일어났다. 그녀는 3개월 전에 그와 함께 있으면서 모든 걸 충분히 자기 하고 싶은 대로 했다. 그것이 그녀가 그를 잘 대해준다는 면에서 그녀의 현재 모습일 뿐이었다. 그녀는 완전히 고심해서 말했다. "당신에게 얼마나 끔찍한 일이었을지 알겠어요."

하지만 그는 이 말을 받아들이지 않았고, 먼저 분명히 하고 싶은 게 있었다. "다른 가능성은 없나요? 그러니까 그녀 인생에서요?" 그녀가 가능한 말을 안 하려고 했기에 그가 그냥 주장해야 했다. "그녀가 죽어가고 있나요?"

"죽어가고 있어요."

밀리 문제에 있어 랭커스터 게이트가 그를 더 확신시킬 수 있다는 것이 그에게 이상했다. 하지만, 밀리에 관해서 이 세상에서 이상하지 않은 건 무엇이겠는가? 과거와 마찬가지로 현재에도 그의 행동이 가장 중요했다. 그는 할 일을 할 수밖에 없었다. "루크 스크렛이 그녀에게 돌아갔나요?"

"지금 그곳에 계실 거예요."

"그럼 끝이네요."

그녀는 그가 뭐라고 생각하든 조용히 듣고 있었지만, 잠시 후에 다르게 말했다. "당신이 그분을 직접 만난 적이 없다면, 모드 이모가 그분에게 갔다는 것을 몰랐겠네요."

"아!" 덴셔 군은 아무 말도 덧붙이지 못하고 소리쳤다.

"진짜 소식을 들으려고요." 케이트는 잠시 후 덧붙였다.

"이모님은 스트링햄 부인의 말이 사실이 아니라고 생각하시나요?"

"나만 그렇게 생각하지 않아요. 모드 이모가 3년 만에 그분을 다시 만나려고 그분 집으로 갔지만 떠났다는 소식을 들었어요. 며칠 전에 출발했을 거예요."

"그리고 지금까지 안 돌아온 거예요?"

케이트는 고개를 저었다. "이모가 알려달라고 어제 편지를 보냈어요."

"그분은 그녀가 살아 있는 동안 떠나지 않을 거예요. 마지막까지 있을 거예요. 훌륭하네요."

"난 그 애가 훌륭하다고 생각해요."

그 말에 그들이 다시 서로를 오랫동안 바라봤고, 그에게서 다소 이상한 말이 나왔다. "아, 당신은 모르잖아요!"

"뭐, 어쨌든 내 친구예요."

어딘가 멋진 이의와 함께 그가 그녀에게 가장 기대하지 않았던 대답이었고, 잠깐 그녀의 다양성에 대한 오래된 생각이 떠올랐다. "알겠어요. 당신은 그렇다고 확신해 왔군요. 확신했네요."

"당연히 확신했죠."

이 말에 다시 대화가 멈췄지만, 곧 덴셔가 대화를 이었다. "스트링햄 부인의 소식이 '진짜'라고 아니라고 생각한다면, 마크 경의 소식은 어떻게 생각해요?"

그녀는 아무 생각도 안 했다. "마크 경이요?"

"그 사람 안 만났어요?"

486

"그 사람이 그 애를 만난 이후로 못 봤어요."

"그럼 그 사람이 그녀를 만났다는 걸 알았네요."

"그럼요. 스트링햄 부인이 전해졌어요."

"그럼 나머지 이야기도 알았어요?"

케이트는 의아해했다. "무슨 나머지요?"

"전부요. 그녀가 견딜 수 없었던 건 그 사람 방문이었어요. 그때 일어난 일 때문에 죽은 만큼 괴로운 거라고요."

"저런!" 케이트는 심각하게 숨을 내쉬었다. 하지만 그녀의 얼굴은 창백해졌고, 그는 그것이 그녀가 이런 연관성에 대해 얼마나 몰랐던 간에 과장이 아니라는 걸 알았다. "스트링햄 부인이 그건 말 안 했어요."

그는 그런데도 그녀가 그때 무슨 일이 있었는지 묻지 않는 걸 주시했고, 그녀가 알도록 말을 이었다. "그래서 그녀가 포기했던 거예요. 애써보려는 힘을 다시 모두 놔버렸고, 그녀가 죽어가고 있는 이유에요."

"하아!" 케이트는 다시 한번 천천히 한숨을 내쉬었지만, 막연한 태도에 그는 다시 말을 이었다.

"누군가는 그녀는 자신의 의지대로 살고 있었다는 걸 이제 알 수 있어요. 원래 당신이 그녀에 대해 말한 것과 매우 비슷하죠."

"기억해요. 그렇게 말했죠."

"어느 순간 그녀의 의자가 무너지고, 그놈의 비겁한 행동이 결정타였어요. 그 악당 같은 놈이 당신과 내가 비밀 약혼을 했다는 걸 그녀한테 말했어요."

케이트는 재빨리 노려봤다. "하지만 그 사람은 그 사실을 몰랐어요."

"그건 상관없어요. 그 사람이 떠났을 때 그녀는 그렇게 됐어요. 게다가 그 사람은 알고 있었어요. 마지막으로 그를 언제 봤어요?"

하지만 그녀는 지금 자신이 놓인 상황에 어찌할 바를 몰랐다. "그거 때문에 그 애가 악화했다고요?"

그는 그녀가 그 말을 이해하는 것을 지켜봤고, 그 모습에 침울한 아름다움이 더해졌다. 그러고 나서 그는 스트링햄 부인과 똑같이 말했다. "그녀는 벽 쪽으로 얼굴을 돌렸어요."

"불쌍한 밀리!"

약간이지만 그녀의 아름다움에서 품격이 느껴졌고, 그는 계속 말했다. "그녀는 너무 빨리 그 사실을 알았어요. 물론 누군가는 그녀가 전혀 알 수 없을지도 모른다고 생각했을 거예요. 그리고 그녀는 경고로 여겨야 했던 우리의 모든 행동을 보고 우리가 아무 사이가 아니라고 확신했어요, 적어도 당신이 걱정하는 한 말이죠."

그녀는 잠시 생각했다. "그 애가 확신을 하게 된 건 그게 뭐든 당신 때문은 아니에요. 나를 보고 확신을 한 거죠."

"당신의 몫을 챙기다니 아주 대단하세요!"

"내가 그걸 부정할 거라고 생각했어요?"

그녀의 표정과 말투에 그 순간 그는 자신의 말을 후회했지만, 절대적으로 그들 사이에 일어났던 일을 그녀가 솔직하게 말해서 그 말이 맨 먼저 나왔다. 그녀가 솔직했기에 분명 그에게 충성심을 요구할 수 있었다. 그래도 그 말은 꽤 요점을 벗어났다. "물론 난 우리가 뭐라고 부르든 우리가 함께 인정하고 책임을 져야 한다는 것밖에 생각 안 했어요. 우리가 남기려고 생각했던 인상들 사이에서 몫을 나누거나 비위에 거슬리게 구분하는 건 문제가 아니에요."

"그럼 인상을 남기는 건 당신 생각이 아니었잖아요."

그는 성질을 억누르고 묘한 느낌의 미소를 지으며 이 말에 반응했다. "그렇게 말하지 말아요!"

어쩌면 그녀는 다른 생각을 했던 것은 아니고, 그가 조금 전에 환기해준 생각을 보여줬다. "그럼 그 정보의 진실을 부정하면 되지 않았을까요? 마크 경이 알려준 정보 말이에요."

덴서는 의아해했다. "누가 가능한데요?"

"당신이요."

"그녀에게 그 사람이 거짓말했다고 말하라고요?"

"그 사람이 잘못 알았다고 말하는 거죠."

덴서는 깜짝 놀라 멍하니 쳐다봤다. 케이트는 그가 베니스에서 문제를 직시하고 처리하는 대안이 그 '가능성'이라고 대충 생각했다. 그 문제에 대한 그들의 의견 차이보다 더 이상한 것은 없었다.

"나 자신을 속이고 그렇게 하라고요? 내 생각에 우리는 여전히 약혼한 상태잖아요."

"물론 우리는 약혼한 사이죠. 하지만 그 애를 살리기 위해서…!"

그는 그녀가 말하는 방식을 잠시 살폈다. 물론, 그녀는 항상 문제를 단순화했고, 그의 활동력과 비교해 많은 일을 쉽게 여겼다는 걸 떠올려야 했다. 예전에도 종종 그를 감탄시켰던 모습이었다. "당신이 알아야 하고 내가 당신에게 분명히 하고 싶은데, 난 그녀 바로 앞에서 부정한다는 걸 진지하게 생각해보지도 않았어요. 그녀를 살릴지도 모르는 그 문제를 난 충분히 알았지만, 말을 뒤집는 건 그 문제를 무시해버릴 뿐이에요. 게다가 그건 어떤 도움도 되지 않았을 거예요."

"그 말은 그 애가 당신이 정정해준 내용을 믿지 않았을 거라는 건가요?" 그녀가 재빨리 말해서 그는 갑자기 말주변이 상당히 좋다고 느꼈지만, 큰 의미를 두는 건 그만뒀고, 그녀는 말을 계속했다. "시도는 해 봤어요?"

"기회조차 없었어요."

케이트는 자신 앞에 모든 문제가 놓였지만, 거리를 두는 놀라운 태도를 유지했다. "그 애가 당신을 찾지 않았어요?"

"당신 친구가 그녀를 만난 후로는요."

그녀는 망설였다. "편지를 쓸 수 있었잖아요?"

그 말에 그는 다시 생각에 잠겼지만, 의견 차이가 있었다. "그녀는 벽 쪽으로 얼굴을 돌렸어요."

이 말에 그녀는 잠시 다시 입을 다물었고, 그들 모두 이제 연민을 표하기에는 너무 심각했다. 그러나 그녀는 최소한의 관심을 보였다.
"당신이 그 애와 대화해보려는 것조차도 그 애가 거부했어요?"

"그녀는 지독하게, 엄청나게 아팠잖아요."

"뭐, 예전부터 그랬잖아요."

"그래서 거부했느냐? 아뇨, 그렇지 않았어요. 그리고 난 그녀가 훌륭하지 않은 척하지 않아요."

"그 애는 정말 대단하죠?"

그는 그녀를 잠시 쳐다보았다. "당신도 대단해, 내 사랑. 하지만 그게 현실이고 그걸로 끝인 거예요."

그의 생각은 아마도 그녀가 그에게 두세 가지 구체적인 것을 물어보면서 그에게 훨씬 더 깊이 알려줬던 것보다 앞서 있었다. 그는 그녀가 불쾌한 말로 그와 밀리가 어디까지 진전이 있었는지 그리고 같은 이유로 그들이 가까워졌는지 알고 싶어 한다고 믿었다. 그는 그녀가 그렇게 하는 걸 들을 준비가 되었는지 자문했고, 당연히 모든 일에 준비가 되었다고 대답해야 했다. 그녀가 자신의 두세 가지 예언이 이뤄지는 시간이 있었는지 알아볼 거라고 그는 각오하지 않았던가? 그들 중 가장 대담한 이의 말대로, 밀리 측에서 약속한 제안이 이루어졌는지를 말할 준비가 됐다고 생각했다. 그러나 실은 다행히도 그가 각오해야 했던 그런 일들이 그렇게 부담되지 않았다. 무슨 일이 일어났는지에 대한 질문에 대한 케이트의 압박은 매우 놀라울 정도로 일반적이어서 그녀의 현재 질문조차도 예리하지 못했다. "그럼 마크 경이 끼어들고 난 후로 다시는 못 만났어요?"

그가 줄곧 생각해 왔던 질문이었다. "아뇨, 그걸 만남이라고 부를 수 있다면 한 번 만났어요. 난 떠나지 않고 남아 있었어요."

"그게 예의죠."

그는 자신이 대단하다고 느꼈다. "정확해요. 그리고 그 정도는 하고 싶었어요. 그녀가 나를 불렀고, 나는 그녀에게 갔고, 그날 밤 나는 베니스를 떠났어요."

상대는 기다렸다. "그럼 그게 기회이지 않았을까요?"

"마크 경의 이야기를 반박하는 거요? 아뇨, 그녀 앞에서 그렇고 싶었다 해도 말이죠. 그게 무슨 의미겠어요? 그녀는 죽어가고 있어요."

케이트는 어느 정도 고집스럽게 굴었다. "글쎄요, 그 애가 죽어가고 있다는 이유만으로 왜 안 되죠?" 그러나 그녀는 신중했다. "하지만 물론 당신이 그 애를 보고 판단할 수 있었다는 거 걸 알아요."

"물론 그녀를 보고 판단할 수 있었어요. 그리고 나는 그녀를 봤어요!" 덴서는 그녀를 바라보며 말했다. "게다가 내가 당신을 부정했다면, 난 그걸 고수했을 거예요."

그녀는 잠시 그의 얼굴을 보고 의도를 파악했다. "그 애를 설득하기 위해 당신이 우기거나 어떻게든 증명했을 거라는 뜻인가요?"

"당신에게 확신을 주려고 내가 주장하거나 어떻게든 증명했을 거라는 뜻이…!"

케이트는 어찌할 바를 몰랐다. "'날' 확신시키려고요?"

"그런 상황에서 나중에 그 말을 취소하려고 부정하지는 않았을 거예요."

이 말은 그녀에게 재빨리 와닿았고, 그녀의 얼굴색도 시뻘게졌다.

"아, 당신이 부정했던 걸 사실로 만들기 위해 나와 결별했었나요? 당신의 양심을 지키려고 날 '버렸어요'?" 그녀는 완벽히 이해했다.

"다른 건 할 수 없었어요. 그러니까 내가 그릇된 일을 저지르지 않는 게 얼마나 옳고 내가 거의 꿈도 꾸지 않았다는 걸 당신을 알 거예요. 내가 그랬을지도 모른다는 생각이 들면, 내가 한 말을 기억해요."

케이트는 다시 생각했지만, 그가 바랐던 결과는 아니었다. "당신은 그 애와 사랑에 빠졌네요."

"그래요, 그렇게 말해 봐요. 죽어가는 여자와 사랑이라니. 왜 당신이 신경 쓰고 그게 무슨 상관이죠?"

그건 그가 방에 들어섰을 때 처음부터, 관계의 강렬함과 직접 마주해야 하는 필요성에서 나온 질문이었지만, 그들에게 가장 특별한 순간을 선사했다. "그 애가 죽을 때까지 기다려요! 스트링햄 부인이 전보를 칠 거예요." 그 말 후에 여전히 다른 말투로 말했다. "그때 밀리는 왜 당신을 불렀어요?"

"그게 내가 떠나기 전에 이해하려고 했던 부분이에요. 게다가 당신 말대로 정말 나에게 기회를 준 거라고 의심치 않았어요. 내 생각에, 그녀는 내가 부인할 거라 생각했고, 그녀에게 가기 전에 그녀가 날 시험해 볼 것이라고 확신했어요. 그녀는 내 입으로 직접 진실을 말해 주길 바랐던 거 같아요. 하지만 20분 동안 함께 있었고, 그녀는 전혀 나한테 물어보지 않았어요."

케이트는 크게 고개를 저었다. "그 애는 결코 진실을 원치 않았어요. 당신을 원했죠. 거짓말이란 걸 알았더라도, 당신이 해줄 수 있는 말을 받아들이고 기뻐했을 거예요. 당신이 동정심에서 그 애에게 거짓말을 했을 수도 있고, 그 애는 당신을 보고 당신이 거짓말을 한다고 알았겠지만, 모든 게 마음이 여려서 그런 거니까, 당신에게 고마워하고 축복하고 당신에게 매달렸을 거예요. 그 애가 당신을 열렬히 사랑한다는 게 당신의 강점이니까요."

"하, 나의 '강점'이라니!" 덴셔는 차갑게 중얼거렸다.

"그렇지 않으면, 그 애가 당신을 불렀는데, 당신에게 뭘 바랐을까요?" 그가 잠시 말을 머뭇거릴 때, 전혀 비꼬지 않고 다음처럼 말했다. "그냥 당신을 한 더 보는 거겠죠?"

"그녀는 나한테 더는 남아 있지 말라는 것 외에는 부탁할 게 없었어요. 그 정도로 그녀는 나를 보고 싶어 했어요. 그 사람을 만나고 나서 그녀는 내가 떠나는 게 예의라는 걸 알았을 거라 처음에 생각했어요. 그리고 나는 다른 방법이 예의라고 생각해서 그렇지 않았고, 그녀는 며칠 후에 내가 여전히 그곳에 있다는 걸 알게 됐어요. 이게 그녀에게 충격을 줬어요."

"당연히 충격을 받죠."

그녀는 또다시 자신의 모든 위엄을 내세우며 말주변 좋게 받아쳤
다. "왜 그런지 모르지만, 그녀 때문에 내가 아직 머물고 있었다면, 그
녀는 그만두라고 했고 전혀 그럴 필요가 없다는 걸 내가 알기를 바랐
어요. 작별의 의미로 그녀는 직접 나에게 그렇게 말하고 싶어 했어요."

"당신한테 그렇게 말했나요?"

"그래요, 직접 얼굴을 봤죠. 개인적으로 말했어요, 그녀가 원하는
대로."

"물론 당신이 그랬던 것처럼요."

그는 상호 간 배려를 하려고 대답했다. "아니요, 케이트, 나처럼은
아니에요. 난 조금도 바라지 않았어요."

"그저 그 애 말을 따랐다는 건가요?"

"호의를 베풀려고요. 물론 당신 말도 따르고요."

"물론 날 위해서 그랬다니 기쁘네요."

"기쁘다고요?" 그는 멍하게 들리는 대로 말을 따라 했다.

"아주 옳은 일을 했다는 뜻이에요. 당신은 특히 머무르는 동안에
잘했어요. 하지만 그게 다였나요? 기다리지 말라고요?"

"정말 그게 전부였어요. 그것도 아주 친절하게요."

"아, 친절한 건 당연하죠. 그 애가 당신에게 그런 수고를 부탁한 순
간부터 말이죠. 그리고 당신이 그 애가 죽을 때까지 기다려서는 안 된
다는 의미였네요."

"그게 핵심이었어요."

"그렇게 하는 데 20분이 걸렸어요?"

그는 잠시 생각했다. "시간은 안 쟀어요. 그런 식으로 그녀를 방문
했어요."

"다른 사람처럼요?"

"다른 방문처럼요."

"그렇군요!" 그 말에 그는 말이 조금 막혔고, 그녀는 계속 말하기 위해 그 점을 이용했고, 그가 마음속에 준비한 종류의 질문에 가장 가깝게 접근했다. "그 애는 그 상태에서 방에서 당신을 맞이했나요?"

"아뇨, 그녀는 평소처럼 그 아름답고 웅장한 응접실에서 늘 입던 드레스를 입고 소파 모퉁이에 앉아 날 맞이했어요." 그리고 그도 그 당시 상황을 전달했고, 그녀가 똑같이 받아들이는 것 같았다. "당신이 그녀에 대해 내게 처음 했던 말 기억나요?"

"많은 이야기를 했죠."

"약 냄새도 맞지 않고, 약도 먹지 않을 거라고 했어요. 음, 그녀는 그렇지 않았어요."

"그래서 마음이 놓였나요?"

그는 대답하는 데 오랜 시간이 걸렸는데, 부분적으로는 케이트 말고는 누구도 완벽하게 어울리는 말투로 그런 질문을 할 수 없었을 거라는 느낌에 조금은 사로잡혔기 때문이다. 그러나 그녀는 참을성 있게 기다렸다. "지금 그게 뭔지 말할 수 있을 거 같아요. 아마도 언젠가는 말하겠죠. 우리에게 가치가 있으니까요."

"언젠가, 분명히요." 그녀는 약속을 확인하는 듯했다. 그러나 갑자기 다시 말했다. "그 애는 회복할 거예요."

"뭐, 두고 보면 알겠죠."

그녀는 애를 쓰려고 했다. "그 애가 자신의 감정을 드러내던가요? 현혹됐던 감정 말이에요."

그녀는 분명 강하게 압박하지 않았지만, 그는 돌려서 말했다. "오직 자신의 아름다움과 용기만 보여줬어요."

"그 아이 용기가 무슨 도움이 되죠?"

그는 어떤 도움인지 말하려고 했지만, 곧 포기했다. "그녀만의 특별한 방법으로 죽을 거예요."

"당연하죠. 하지만 그 애가 사람을 멀리한다는 증거가 뭔지 모르겠네요."

"그녀가 며칠간 날 만나는 걸 거절한 게 증거예요."

"하지만 아팠잖아요."

"조금 전에 당신이 말했듯이, 예전에는 아파도 그녀를 막지 못했어요. 단순히 아픈 거였다면, 그녀에게 아무런 변화가 생기지 않았을 거예요."

"여전히 당신을 맞아줬을 거라는 건가요?"

"여전히 날 맞아줬을 거예요."

"그럼, 당신이 안다면…!"

"당연히 알죠. 게다가 스트링햄 부인에서 들어서 알아요."

"스트링햄 부인은 뭘 아는데요?"

"전부요."

그녀는 그를 오래 바라봤다. "전부요?"

"당신이 그 부인에게 말했으니까요?"

"부인이 직접 알았기 때문이죠. 난 그분께 아무 말도 안 했어요. 직접 확인하는 분이에요"

케이트는 생각했다. "그분도 당신을 마음에 들어 하시기 때문이에요. 그분도 굉장하죠. 남자에 관한 관심이 뭔지 알잖아요. 그런 거예요. 그러니까 두려워하지 않아도 돼요."

"안 두려워요."

케이트는 5시를 가리키는 시계를 보면서 자리를 옮겼다. 그녀는 램프에 비치고 그녀가 바로 알아차리지 못했던 쉬익 소리를 내는 큰 은주전자가 있는 티테이블에 주의를 기울였다. "흠, 모든 게 다 정말 멋지네요!" 그녀는 찻주전자에 차를 아주 아낌없이 부으면서 소리쳤고, 그녀의 친구는 그 신호를 알아차렸다. 그는 그녀가 김이 나는 물을 붓는 동안 테이블 근처로 가면서 잠시 그녀를 지켜봤다. "마실래요?"

그는 주저했다. "기다리는 게 낫지 않나요…?"

"모드 이모요?" 그녀는 그가 말뜻을 알았다. 오래된 규칙으로 사적인 편지를 저버린 것에 대한 항의였다. "이제 신경 안 써도 돼요. 우리는 해냈어요."

"그분을 기만해서요?"

"뜻에 부합했잖아요. 이모의 기분을 맞춰졌어요."

덴서는 무심코 차를 받아들였다. 그는 다른 생각을 했고, 생각이 순식간에 튀어나왔다. "난 정말 짐승 같은 놈이에요."

"짐승이요?"

"많은 사람의 비위를 맞추니까요"

"아!" 케이트는 유쾌하게 말했다. "날 기쁘게 해주려고 그랬잖아요." 하지만 곧 유쾌함이 조금 사라졌다. "내가 이해가 안 되는 건…. 설탕 넣어요?"

"네, 주세요."

그를 도와주면서 그녀는 말을 이었다. "내가 이해할 수 없는 건 그녀가 다시 되돌린 것이 무엇인가 하는 거예요. 만약 그녀가 당신을 며칠간 거부했다면, 뭐 때문에 그녀가 당신을 다시 불렀을까요?"

그녀는 손에 찻잔을 들고 물었지만 티테이블에서 오가는 아이러니함에도 그는 충분히 준비됐다. "그녀는 되돌린 건 루크 스트렛 선생님이었어요. 그분이 찾아와 있어 줘서 그렇게 된 거예요."

"그분이 살리셨군요."

"뭐, 내가 알기로는 그래요."

"그리고 당신한테 다리도 놔주고요?"

"다리를 놔줬다고 생각하지 않아요. 난 그분이 뭘 했는지 몰라요."

케이트는 의아해했다. "그분이 말씀 안 하셨어요?"

"내가 안 물어봤어요. 그분을 다시 만났지만, 우리는 그녀 이야기는 거의 안 했어요."

케이트는 빤히 쳐다봤다. "그런데 당신은 어떻게 알았어요?"

"알 수 있어요. 느낄 수 있었어요. 예전처럼 다시 그분과 함께 있었고…."

"그분 기분도 맞췄다는 건가요? 그 말이에요?"

"그분이 이해했어요."

"하지만 뭘 이해했는데요?"

그는 잠시 기다렸다. "정말 좋은 뜻으로 했다는 거요."

"아, 그리고 그 애를 이해시켰나요? 알겠어요." 그녀는 그가 아무 말도 하지 않는 것처럼 말을 이었다. "하지만 어떻게 그 애를 설득했을까요?"

덴서는 찻잔을 내려놓고 돌아섰다. "당신이 루크 선생님에게 물어봐요."

그는 서서 벽난로 불을 바라봤고 아무런 대화가 없었다. 그러고 케이트가 그를 건너다보며 다시 대화를 이었다. "대단한 건 그녀가 만족했다는 거예요. 그게 내가 바랐던 거예요."

"한창 젊을 때 죽어서 만족스럽다는 건가요?"

"뭐, 당신이 있어서 평온하게 죽잖아요."

"하, '평온'이라니!" 그는 이글거리는 불을 바라보며 중얼거렸다.

"사랑을 받아 평온한 거죠."

그는 그녀에게 눈을 치켜세웠다. "그게 평온한 건가요?"

"사랑을 받았다는 거. 바로 그거예요. 그게 그 애의 열정을 일깨웠어요. 그 애는 더는 아무것도 바라지 않았어요. 원하는 모든 것을 가졌어요."

명료하고 항상 진지한 그녀가 아름다운 권위를 가지고 이 말을 했고 그는 한동안 아무 말을 할 수 없었다. 그녀가 그가 의도했던 것보다 길어진 침묵을 동의로 받아들인다는 걸 알면서도, 그는 그녀를 다시 바라보기만 했다. 확실히 그렇게 받아들인 것처럼 그녀는 티테이블을 떠나 불가로 갔다. "당신은 내가 지금 그렇게 말하고 결론을 내리는 척해서 혐오스럽겠죠. 하지만 우리는 실패하지 않았어요."

"아!" 그는 다시 중얼거리지만 했다.

그녀는 베니스에서 그에게 왔던 날처럼 그에게 가까이 왔고, 빠르게 다시 떠올린 그 기억은 그 사실을 격렬하고 풍부하게 만들었다. 그는 그런 상황에서 그녀의 말은 거의 부인할 수 없었고, 그녀의 말은 분명 그런 경험의 결실이었다. "우리는 성공했어요." 그녀는 그를 심각하게 바라보며 말했다. "그 애는 아무 이유 없이 당신을 사랑하지 않았을 거예요." 그 말에 그는 움찔했지만, 그녀는 주장했다. "그리고 당신을 날 사랑하지 않았을 거예요."

그는 다행히도 순간순간 계속되는 이런 폭넓은 대화에 깊은 인상을 받으며 며칠 동안 그 상태를 유지하려고 했지만, 절정에 이르렀을 때 그들이 벽난로 근처에 함께 있는 모습을 본 모드 이모의 등장으로 방해받았다. 그러나 그 대화의 태도가 신랄하기는 했지만, 그의 지성에 로더 부인이 곧 그에게 충분한 기회를 주거나 어쩌면 케이트가 준 기회였던 로더 부인과 단둘이 이야기하는 것보다 덜 신랄했다. 그녀가 마침내 그들과 합류한 건 자신을 독점하려는 것이라는 걸 바로 알 수 있었다. 케이트와 그는 당연히 열린 문에서 뭔가 갑작스러운 등장에 떨어졌고, 그래서 그녀는 한 명에서 다른 한 명으로 단호한 시선을 옮겼다. 하지만 이런 상황은 그의 동반자가 빈틈이 없었기에 곧 해결했다. 그녀는 바로 이모에게 가장 중요한 걸 말했고, 그렇게 함으로써 그들과 함께하자고 친근하게 이끌었고 그녀가 분개하면서 말했던 사실이 큰 도움이 되었기 때문에 기꺼이 그렇게 했다. "3주가 다 되어갔다는 걸 알았어요?" 그리고 그녀는 이렇게 과장되게 말하면서 로더 부인이 자신의 관점에서 다룰 수 있게 하려는 듯 얌전하게 굴었다. 물론 덴셔는 케이트를 보호하려는 그의 신호 역시 그가 할 수 있는 모든 걸 하는 거라는 점에 바로 주목했다. 그리고 그의 말처럼 그들의 행적은 안주인이 그의 재등장에 따라 그의 부족한 열망의 척도를 새롭게 받아들이면서 상당히 가려졌다. 케이트는 개인적인 상황이 연약하다는 걸 보여주려고 큰 과시가 필요 없다는 듯이 자리를 옮겼다. 그녀는 이모를 대신해 손님을 접대하고 있었는데, 한때 그녀가 너무 편애를 받는

다고 의심받았다가 지금은 다른 사람의 구혼자로 곤경에 빠져 다시 찾아온 손님이었다. 그녀의 아름다운 친구인 다른 사람의 운명은 비극적인 상황에서, 그녀 자신도 관련이 없는 건 아니었다. 단지 그녀가 덴셔 군을 정보원으로 받아들이는 거에는 어색함을 느낄 수밖에 없었다. 그녀는 덴셔가 보는 앞에서 어색한 척했고, 그는 바로 그렇게 하는 것에 놀랐다. 그녀는 서사시에서 여신 주변을 배회하는 예쁜 구름처럼 응대했고, 젊은이는 어느 순간 안중에 없어졌다는 걸 막연히 알았다.

그는 바로 또 다른 문제, 즉 베니스의 일들이 모드 이모와의 관계에 영향을 미쳤고, 그들이 몇 주 동안 떨어져 있으면서 그가 충분히 성숙해졌다는 놀라운 차이의 진실에 몰두했다. 그녀는 그가 그녀와 완전히 새로운 관계에 있다고 느끼기 전에 티테이블에 앉지 않았으며, 그녀 자신이 의식적으로 그들을 확인하지 않고서는 그에게 두 번째 차를 권할 수도 없었다. 그녀는 유감스러워했지만, 일어나고 있는 일 때문에 그가 떨어질 수밖에 없었다는 걸 이해했다. 그들은 불쌍한 수잔에게서 그가 떠났다는 소식을 듣고 그를 일찍 볼 수 있기를 바랐고, 당연히 그가 곧바로 올 것인지에 관심이 있었을 것이다. 그러나 그녀는 그를 그토록 지체시키고 빠지게 했던 비극과 기억, 그림자, 슬픔을 상기시키며 그가 비사교적이라고 특징지을 필요가 없었다. 그래서 이를테면 지금 그녀가 그를 받아들인 척하는 모습을 그대로의 자신에게 보여주었고, 그것은 그가 제 입장에서 받아들이고 있는 성격에 대한 진실의 요소였다. 그녀는 그를 엉망이 됐고 피폐해졌고, 좌절하고, 이미 상실감에 빠진 사람으로 대했고, 그리고 또한 이것이 그녀에게 솔직함의 새로운 장을 열어주었다는 걸 알았고 또한 케이트에게 어떻게 잘 접근할지 인지해야만 했다. 그녀가 아직 시작하지 않았기 때문에 후자는 접근이 가능해졌고, 랭커스터 게이트에서 그에게 다른 전설적인 인물에 대한 적대적인 유대가 형성되었다. 그가 신경만 쓴다면 이런 유대를 '만들' 수 있다는 것이 곧 분명해졌고, 규정된 태도에 따라

집을 자유롭게 사용하기만 하면 됐고, 거의 나갈 필요가 없었다. 게다가 무엇보다도 이상한 건 그가 한 주가 끝날 때쯤에 로더 부인의 견해에 따른다는 제 생각이 잘못됐다는 것이었다. 그는 왠지 다시는 되돌릴 수 없는 시점에 있었다. 그는 개인적인 시간에 자신의 진심이 어떻게 됐는지 궁금했고, 그가 모든 것을 이용했다고 단순히 생각하는 다른 사람들이 있었다. 그가 유일하게 솔직하지 못한 것은 모드 이모의 풍부한 감정뿐이었다. 그녀는 매우 감상적이었고, 그가 한 최악의 일은 그녀에게서 그 감정을 빼앗은 것이었다. 자기 자신 같지 않았고, 모든 것이 너무나 현실적이었지만 그가 어떤 시련을 겪었다는 건 거짓이 아니었다.

예를 들어 그녀가 일요일에 소파에 느긋하게 앉아 차를 마시면서 "내가 당신과 끝까지 함께 있을 거라는 걸 의심치 않으면 해요!"라고 말하고 그녀와 어느 정도 절충하는 것이 그에게 유일한 길이라는 건 특히 거짓이 아니었다. 그녀는 케이트와 다른 방식으로 그와 마지막까지 있거나 있었을지도 모른다. 그리고 그것이 말 그대로 그녀의 사교 생활을 더 편안하게 만들지라도 그는 왜 그러면 안 되는가에 대한 의문을 떨쳐버려야 한다. 그는 그녀에게 실제가 아닌 걸 생각하고 있다고 공언하고 있었는가? 나중에 인지한 후에 어떻게 하루하루 그에게 가장 위대한 현실이 될 수 있었을까? 그들 사이에 있는 건 밑바닥에 있는 것뿐이었고, 두세 번 반복하면서 한 시간이 흘렀다. 이건 그가 케이트에 대한 언급 없이 왔다 갔다 했던 두 번의 기회와 짧은 다툼이었다. 현재 그가 그녀를 요청할 자격이 거의 없었기에, 그들의 이상한 관계의 변화는 어울리지 않았다. 그가 모드 이모와 밀리 이야기를 했을 때 다른 어떤 것도 떠오르지 않는 것도 다른 기이한 변화였다. 그는 그 목적을 위해 거의 공공연히 그녀를 방문했고, 긴장해야 모든 상황에서 가장 묘한 변화였다. 그는 그녀를 더 좋아했고, 정말 그렇게 행동했고, 마치 그가 그녀를 가장 좋아하는 것처럼 혼잣말하기도 했다. 그녀가 그와 어느 정도 타협을 했다는 것이다. 그녀의 상상력, 수다를 떠는 것, 동정심보다 더 폭넓은 건 없었다. 그를 있는 그대로 보는 것이 그녀를 기쁘게 하고 만족시키는 것처럼 같았고, 효과가 있었다. 당연히 그것은 예정된 것처럼 보일 수 있는 마지막 일이었고, 그가 이 부인과 완전히 자유로울 수 있는 변화였고, 그가 케이트와 자유로워지는 것을 멈추지 않았다면, 또 다른 기괴한 일이 생기지 않았을 것이다. 그리하여 세 번째로 그녀와 단둘이 있게 되자, 그는 젊은 아가씨에게는 할 수 없었던 걸 나이 든 부인에게는 말했다. 사실로더 부인은 그가 그녀를 가까이하지 말아야 한다는 이유로 그에게 불안한 순간을 안겼다. 그건 첫 번째 일요일로, 케이트가 자신의 감정을 억누른 후에 그가 마지막까지 머물지 않을지도 모른다는 것에 유감이라고 했을 때였다. 그는 그녀에게 이유를 말하기가 어렵다고 생각했지만, 그녀는 결국 그를 도와줬다.

"그냥 있을 수 없어요?"

"그냥 있을 수 없어요. 게다가 부인도 아시겠지만…!" 하지만 그는 말을 멈췄다.

"게다가 뭐요?" 그는 더 많은 말을 하려 했었는데, 그때 위험 요소를 보았다. 하지만 다행히도 그녀가 다시 그를 도왔다. "아, 알겠어요. 많은 관계에서 남자들은 여자들만큼 용기가 없다는 거죠."

"그들은 여자들만큼 용기가 없어요."

"케이트나 난 당신이 고맙게 생각한 특별한 이유로 우리가 떠나지 않았다면, 남았을 거예요."

덴서는 자신의 감사함에 대해 아무 말도 하지 않았지만, 그 이후로 자신의 행동으로 충분히 드러내지 않았는가? 그러나 그는 현재 어느 정도까지만 말할 수밖에 없었다. "확실히 크로이 양이 남았을 거라고 의심치 않아요." 그녀는 그를 보호하는 것 외에는 아무것도 하지 않았고, 계속 그렇게만 했다. 어린 시절 친구와 많은 이야기를 나눈 결과, 그를 위태롭게 하는 어떤 것도 하지 않는 이 부인을 돕는 것이 명백했다. 그녀는 밀리의 포기하는 행동을 나쁜 쪽으로의 변화로 묘사했다. 그녀는 자신이 아니어도 알려졌을 마크 경이 갑자기 방문한 것에 대해 언급했고, 그래서 그걸 숨기는 것처럼 보여서는 안 됐다. 그러나 그녀는 설명과 관련성은 숨기고, 그가 알기로 축복받은 청교도 영혼은 칭찬할 만한 허구의 이야기를 지어냈다. 그래서 그는 마음이 너무 편했다. 그래서 계속되는 불안에도 그는 짙은 노란색 새틴 의자에 기대어 다리를 꼬고 편안함을 느꼈다. 모든 이모는 케이트가 하지 않았던 질문들을 한 게 사실이지만, 이것만 달랐지, 그는 분명 그들을 좋아했다. 그는 베니스를 떠날 때 밀리를 이미 죽은 사람으로 여기겠다는 결심을 했는데, 그게 기다림의 시간을 보내는데 유일하게 생각한 방법이었다. 그러는 것이 그녀에게 좋았기 때문에 그녀를 떠났고, 그들이 미국에서 말했던 것처럼, 이 이상은 하지 않았고, 부담이 되긴 했지만, 휴식 기간에 더 예리하게 자신을 가다듬을 필요가 있었다. 긴장감은 그에게 가장 추악한 고통이었고 그는 그것과 아무런 관계가 없었다. 마지막으로 바랐던 것은 그녀를 의식하지 않는 것이었고, 무시하고 싶었던 것은 고통으로 십자가에 못 박히는 그녀의 자의식이었다. 고통이 계속되는 동안 런던에서 어슬렁거리는 것을 안다면, 그의 일상을 난감하게 만드는 거 말고 뭘 하겠는가? 따라서 그의 계획은 어렴풋이 아는 예술품을 보며 기다림이 지나간다는 걸 스스로 확인하는 것이었다. 끊임없이 되뇌었다. '사실 내가 더 무엇을 할 수 있을까? 언젠가는 그렇게 되겠지만 그 일이 실제로 끝난다면, 난 적어도 누군가에게 무언가를 위해 다시 좋은 사람이 될 거야. 난 다른 사람에게는 아무 쓸모가 없었지만 적어도 그녀에게는 좋은 사람이었어.' 그 결과 그는 눈을 감고 잔혹하게 괴롭히는 것이 시험대일 정도로 노력했지만, 그의 계획은 뚜렷한 성과도, 뚜렷한 일관성도 없이 시행됐다. 끝내든 질질 끌든 하루하루는 가혹한 현실이었고, 불안감을 감추는 건

얕은 생각이었고, 인생 자체가 긴장감이었다. 요컨대 그가 기다리고 있었다는 건 모든 것의 주요 원인이었다. 그리고 그의 말대로 그가 로더 부인에게 훨씬 더 많은 걸 준다면, 이것이 바로 그런 이유라고 느끼는 데는 현재로서는 크게 자세히 살펴볼 필요가 없었다.

그녀는 그가 버틸 수 있게 도와줬고, 그러는 동안 그녀는 그들의 긴장의 실체를 주장하지 않을 만큼 충분히 영리했고, 그녀는 그게 그가 원하는 거라고 예측한다는 걸 알 수 있었다. 따라서 그의 성공에 대한 가장 가까운 접근법은 더 나은 방법이 없으니 모드 이모에게 잘하는 것이었다. 그녀의 일행은 그들이 함께 비극을 살피는 척하는 동안에도 그의 긴장을 누그러뜨렸다. 그들은 죽어가는 소녀에 대해 과거형으로 말했고, 그녀가 아주 굉장했다고 말했다. 그러나 다른 한편으로 그들은 굉장하다는 말이면 충분하다고 주장했고, 이건 덴셔의 완전한 평화가 아니었다. 바로 이런 인식이 그를 너무나 차분하게 만들었고, 그녀와 그 이야기를 되풀이했고, 시각을 다투며 이야기하고 특히 그가 케이트에게 말을 하지 않았기에 그의 최고의 개인적 인상에 관해 이야기하는 것에 우리는 주목했다. 마치 그녀 자신이 연민을 자아내는 힘pathos의 완벽함을 즐기는 것 같았다. 사람들을 울게 만드는 연극에서 건강한 시민의 아내가 피트pit 구역이나 가족석에 앉아있는 것처럼 그녀가 그곳에 앉았고, 그는 계속 이야기할 수밖에 없었다. 그녀가 가장 깊이 감동한 부분은 불쌍한 아가씨가 살고 싶어 했었던 방법이었다.

"아, 네 맞아요. 그랬어요. 불쌍하게도 왜 자기 세상을 채울 수 있는 모든 걸 다 가지고 있으면서 왜 그러지 않았을까요? 그 말을 거론하는 게 혐오스럽지 않다면요, 그깟 돈이…!"

모드 이모가 그 말을 언급했고 덴셔는 상당히 이해했지만, 밀리가 매달렸던 인생에 상당한 우아함을 주는 것으로, '했을지도 모른다'는 말에 선한 부인은 다시 숨죽이며 눈물을 흘렸다. 그녀는 이런 가능성에 대한 자신만의 생각과 사회적 목적이 있었고, 밀리의 정신은 결국 그녀와 같았기에, 그 일에서 일종의 잔인함 말고는 무엇이 그녀에게 있었을까? 그가 알기에는 끔찍한 일로, 그들의 젊은 친구가 마지막에 대해 너무나도 두려워했다는 사실을 언급했을 때, 그녀가 조용히 하려고 했지만, 그 말이 나왔고, 그 결과 그 말을 그렇게 확실히 한 후에 종종 내뱉으면서 그는 이상하게 매우 안도감을 느꼈다. 그는 마치 적어도 정신적으로 회피하지 않는다는 원칙에 따라 모든 걸 생생하게 만들었다. 밀리는 미래에 대한 꿈을 열정적으로 꾸었고, 정말 소리를 지르면서가 아니고 매우 조용하게 그 꿈에서 벗어났는데, 누군가는 프랑스 혁명에서 교수대의 고귀한 젊은 희생자가 교도소 문에서 버티려고 잡은 물건에서 떨어지는 모습을 상상할지도 모른다. 덴셔는 냉정한 순간에 로더 부인을 위해 그 일을 묘사했지만, 케이트에게 그렇게 묘사할 만큼 냉정한 순간이 오지 않았다. 그리고 그 이야기는 밀리의 영웅적인 모습을 전면에서 보여줬다. 모드 이모는 이때서야 그가 그녀를 떠났을 때 그것이 최고의 영웅적 행위임을 알았다. 그는 그 아가씨를 찬양하기 위해 그 자리에서 자신이 어떻게 대접받았는지를 그녀에게 알려 줬고, 스트링햄 부인이 늘 그 아가씨를 공주라고 불렀고 정말 완벽하게 공주였기 때문에, 왕자와 같은 상태의 긍정적인 효과가 있었다.

온통 아라베스크 풍과 천사 아기, 화려한 금박으로 장식되어 있고, 가을 햇살이 가득 비춰 그 시간에도 따뜻했던 큰 방의 벽난로 불 앞에서 문제의 상황은 계속됐고, 덴셔는 예민한 런던 가십을 편하게 이야기하기에 그 상황은 절묘했다. 랭커스터 게이트에서도 마찬가지였기에 가십은 그가 은막을 쳤기에 덜 정교하지도 않았고, 반면에 그 은막이 너무 이상하거나 너무 치우쳐 있지도 않았다. 그 자신은 책의 한 페이지처럼 순간마다 그 상황을 다시 받아들였다. 그는 멀리 떨어져 있고 상상할 수 없는 관계에 있는 한 젊은이를 보았고, 그 젊은이가 조용하고 소극적이고 숨죽여 있지만 거대한 무언가를 희미하게 의식하고 어느 정도 이해를 하면서, 그것을 잃지 않기 위해 극도로 자신을 붙잡고 있는 걸 보았다. 이런 순간에 그 젊은이는 올바른 정체성을 갖기에는 너무 동떨어지고 너무 이상했지만, 나중에 밖에서는 덴셔가 알고 있는 자신의 얼굴이었다. 그는 그때 동시에 그 젊은이가 무엇을 의식하고 있었는지를 알고 있었고, 그 이후로 날마다 그가 얼마나 적게 잃었는지 판단하려고 했다. 현재 그곳에 로더 부인과 있으면서 자신이 모든 걸 동원했다는 걸 알았고, 말없이 그들은 이해한다는 눈빛을 주고받았다. 연대가 계속돼야 했지만, 그녀가 본질을 알았을 때 그것으로 충분했다. 그 본질은 그에게 너무 아름답고 설명하기에는 너무 신성한 일이 일어났다는 것이었다. 제정신을 차린 그는 용서받고 헌신하고 축복받았지만, 일관되게 표현할 수 없었다. 밀리 잘못의 본질에 대한 설명이 필요했을 것이고, 그에 대한 로더 부인의 믿음에 치명적이었다. 그래서 그들은 그 멋진 광경을 보기 위해 문 앞에 서 있을 뿐이었다. 그들은 내면의 존재를 알았고, 격앙된 고요함을 느꼈으며, 그들의 유대감이 깊어지면서 함께 외면했다.

우리의 안절부절못하는 친구에겐 일주일이 지나자 그 자체가 반응의 원칙이 되었다. 그래서 어느 날 아침에 깨어나서는 부정을 하려면 자존심이 필요했기에 그런 역할을 한 것 같다는 생각이 들었다. 그는 적어도 랭커스터 게이트에서 기억이 사로잡혀 겁에 질린 남자가 아니었고, 무해했다. 하지만 로더 부인이 그의 새로운 면모를 받아들이고, 존경하고, 설명하는 정도는 그에게 사실상 말의 무게를 가중했다. 그가 그녀 자신의 방식으로 조금도 말하지 않은 걸 끊임없이 말하고 있었고, 그녀는 그가 겁이 많고 무해하다고 거듭 생각했다. 그러나 그의 목적에는 있는 그대로의 솔직함과 같은 요소가 있었고, 그는 옷을 입을 때쯤에는 적당하게 매무새를 가다듬는 걸 받아들였다. 그들은 크리스마스의 끝자락에 있었지만, 올해 크리스마스는 다른 많은 해의 런던과 마찬가지로 당황스러울 정도로 온화했다. 고요한 공기는 부드러웠고, 짙은 빛은 회색이었고, 대도시는 한산해 보였고, 잔디가 푸르고 양이 노닐고, 새들이 수없이 지저귀는 공원에서 곧게 뻗은 산책로는 사생활에 있어 느림과 어두운 전망을 선사했다. 오늘 아침 그가 나올 때까지 그걸 계속 붙들고 있었고, 자신의 희생을 기리기 위해 가장 가까운 우체국에 가서 재빨리 전보를 쳤고, 더군다나 그가 그것을 노력이라고 느꼈기 때문에 희생으로 여겼다. 그 노력의 성격은 케이트가 예상한 반항 덕분이었고, 과거에 애원했던 일보다 더 가능성이 있었고, 그것이 바로 어쩌면 순진하게도 그가 전보를 설득력 있게 쓴 이유였다. 미묘한 시간을 회상하는 듯한 그 모습은 계산대에 있던 젊은 여성에게는 아주 조금은 수수께끼 같았을 것이지만, 이리저리해서 내용이 상당했고 사치스러운 충동에 몇 실링이 들어갔다. 잠시 후 그날 그 공원에서 오래된 골목 한 곳을 조심스럽게 살피면서, 냉소적인 비평가에 의해 그가 돈을 돌려받을 기회를 생각하고 있었을지도 모른다. 그는 기다리고 있었지만, 오래전부터 기다렸고, 랭커스터 게이트는 사실상 위험에 처해 있었지만, 그녀는 전에도 그 위험을 감수했다. 게다가 지금은 그 위험은 훨씬 작아졌고, 그들의 일이 묘하게 바뀌었음에도, 그는 계속 남아서 살필수록 더 심각해졌다.

마침내 케이트는 그가 가장 가능성이 작다고 생각했던 길로 왔고, 마치 그녀가 마블 아치Marble Arch(1827년 영국이 나폴레옹과 전투 승리 기념으로 제작한 런던 하이드 파크 대리석문)에서 출발한 거 같았지만, 그녀의 출현이 대담이었고, 중요한 문제였다. 그가 런던으로 돌아온 후에 아무 일도 없었기에 모드 이모의 반응에도, 그녀의 표정에 대답이 보였고 그에게 동의하는 것이었다. 그녀가 그의 전보에 응답하지 않은 것은 사실이었고, 그녀가 늦었을 때 그가 다시 그녀를 압박하려고 할지도 모른다는 직감에 그는 두려워하기 시작했는데, 그녀는 쉽지는 않았지만, 그의 기회를 허용치 않기로 했다. 그녀는 그에게 물론 다른 기회가 생길 수 있다는 걸 알았지만, 아마도 현재 상황이 자신에게 특별히 위험하다고 보았다. 사실, 덴셔 자신은 이것이 바로 그가 그것을 준비한 이유라는 걸 알 수 있었고, 그는 기다리는 동안에도 그들의 더 단순하고 더 나은 시간에 대해 그에게 말해야 하는 모든 상황에 기뻤다. 같은 장소인데도 날씨가 변덕스러워서 1년 중 가장 짧은 날이었지만, 그들이 첫 밀회를 했던 화창한 오후의 날처럼 목적이 거의 비슷했다. 잔디밭에 보이는 이 나무와 저 나무는 예전에 그들이 앉았던 의자 두 개 위로 나뭇잎이 다 떨어진 가지를 뻗었고, 그 의자는 다시 앉을 수 있어서 전성기의 선명함을 되찾았을 것이다. 그러나 케이트가 그에게 재빠르게 다가오자, 그녀의 얼굴에 나타난 건 사실상 바로 이와 관련된 언급이었다. 마침내 그녀를 빨리 움직여서 더욱더 가까이 왔을 때 그에게 도움이 되었다. 처음에는 그녀가 얼마나 아름다운지를 그에게 새롭게 알려줬다. 그는 특별한 순간에 그녀가 그 어느 때보다 더 아름답다고 느낀 것이 드문 일이 아닌 걸 확실히 기억했다. 예를 들어 한 번은 미국에서 돌아온 후 랭커스터 게이트에서 저녁 식사를 하던 날, 이모 앞에 나타난 그녀의 모습이 여전히 생각났다. 다른 한 번은 그가 베니스에서 돌아왔을 때 2주 전 일요일 같은 장소에서 그녀의 모습이 눈에 띄었다. 다른 때와 마찬가지로 1, 2분 후에 그 순간의 운에 대한 특별한 특징을 이해하게 됐다.

다른 시간이 반복되면서 무엇이 결정되었든 간에, 현재 지난 한 주 동안 여러 번 실제로 그에게 일어난 영향과 즉각적인 연관성을 가지게 되었고, 이제야 훨씬 강화되었다. 이미 이 영향을 주목하고 확인했고, 그녀가 모를 수가 없었던 로더 부인의 환영에 대해 그의 반응 정도에 대해 그녀의 친구가 짐작했던 태도였다. 그녀는 그 점을 알아차렸고, 그에게 아름답게 보였다는데, 세심한 평정심과 시간의 흐름에 따라 유쾌함을 보였다. 물론 모든 것은 상대적이고, 그들이 사는 그림자와 함께였지만, 하지만 그가 이제 자신 있게 모드 이모가 환호하는 법을 구분하는 방식에 그녀는 묵과했다. 그녀는 자신에게는 심기가 불편할 수 있는 그런 구분을 자신만의 느낌으로 신성시했다. 그리고 그가 여전히 그녀의 우월함을 판단하고 싶다면, 정말 이런 입증만 그에게 할 수 있었다. 그 문제에 있어 겨울 정오에 그녀의 발걸음이 가볍고 눈빛에 매력적인 용기를 보여주게 한 건 당연히 이런 우월감이었고, 그 용기는 그가 현재 원하는 걸 얻었을 때 더 커졌다. 그녀가 오고 나서 얼마 지나지 않아 그녀의 손을 당겨 그의 팔짱을 끼게 하고 오래 있었던 자리에서 벗어나면서 다시는 그렇게 행복해서는 안 된다고 생각하는 것처럼 행동하지 않겠다고 그녀에게 말하는 걸 미루었다. 그들이 인내하기만 한다면 아주 행복할 것이라는 그녀의 믿음에 대한 그의 의심이 무엇인지 이유는 간과한 채 답했지만, 그래도 산책에 대한 그의 생각보다 동시에 더 소중한 건 없었다. 물론 그들이 집에서 만날 수 없었던 건 그들에게 일어난 일 때문이라고 가정한 것이었고, 그녀는 한순간도 그들의 기회가 고통스럽다고 하지 않았다. 어쨌든 곧 그는 그녀에게 현재 누구도 고통받지 않기 바란다고 말했고, 조용한 곳에서 커다란 나무 아래에서, 분명하게 간청했다.

"우리는 끔찍한 경기를 했고 우리가 졌어요. 우리 자신에게 빚졌고, 다른 날을 기다리지 못하고 우리 자신과 서로의 감정에 빚을 졌어요. 근본적으로 당신도 알겠죠? 우리의 결혼으로 잘못된 모든 걸 바로잡을 것이고, 당신한테 내가 조급해하는 걸 보일 수 없어요. 우리는 결혼 발표만 하면 돼요. 그리고 짐을 덜어요."

"그걸 '발표'한다고요?"라고 케이트가 물었다. 혼란 없이 그의 말을 들었지만 이해하지 못하겠다는 듯이 말했다.

"원한다면 내일 해요. 그렇게 해요. 그렇게 하기로 했다고 발표해요. 그게 최소한 할 수 있는 거고, 그 후에 아무것도 문제 되지 않을 거예요. 우리는 너무 옳아서 강해질 거예요. 단지 과거의 두려움에 놀랄 뿐이에요. 추한 어리석은 행동처럼 보일 것이고 나쁜 꿈처럼 보일 거예요."

그녀는 그의 호소에 전혀 움찔하지 않고 그를 바라봤지만, 그는 이제 밝은 그녀에서 낯선 냉정함을 느꼈다. "내 사랑, 당신한테 무슨 일이 있었던 거죠?"

"있죠, 더는 견딜 수 없어요. 단지 그거예요. 내 안에 뭔가가 부러지고 망가졌고, 난 여기 있어요. 당신은 나를 꼭 지켜야 해요."

그는 그녀가 잠시 그 말을 생각하는 것처럼 보이려고 한다는 걸 알았지만, 생각하지 않는다는 것도 알았다. 그러나 그는 그녀를 보고 느꼈고 더 나아가 맑은 목소리로 매우 친절하게 자신을 대하려고 하는 걸 들었다. "뭐가 변했는지 모르겠네요." 그녀는 크고 이상한 미소를 지었다. "우린 잘 지냈는데 갑자기 날 저버려요?"

그 말에 그는 힘없이 바라봤다. "잘 '지낸다'고 했어요? 당신은 내 마음을 건드렸다고요!"

"난 예전 그대로예요. 당신이 그러지 못하는 더 나은 이유를 나에게 말해줘야죠. 내가 보기엔 기다리는 동안 우리 사이에 있었던 일에 대해서만 옳았던 거 같아요. 바보처럼 굴어서는 안 돼요." 그녀가 차분하고 한결같이 말하는 동안 그는 듣고만 있었고, 그곳에 서서 온화한 공기를 들이마시는 그녀를 보는 게 조용하고 묘하고 절망적이었다. 그녀의 마음을 움직이게 하려고 그곳으로 데려왔고, 말을 다 이해했지만, 그녀는 요지부동이었다. 그녀는 모든 것을 이해했고, 그가 거부한 것들도 이해했고, 그녀에게 깊은 이유가 있었고 그 생각에 그는 거의 싫증이 났다. 그녀는 또다시 이상하고 의미심장한 미소를 지었다. "물론 그게 당신이 정말로 알고 있는 거라면…." 그녀에게 했던 일은 충분히 상상할 수 있고 가능하다는 걸 그는 알 수 있었다. 하지만 그는 그녀가 무슨 말을 하는지도 몰랐고, 우울하게 그녀를 바라보기만 했다. 하지만 그의 우울한 모습에도 그녀는 화나지 않았다. "내 생각에 당신은 그냥 그 말에 예민하게 구는 거뿐이에요. 지나치게 예민해요. 난 예민하게 듣지 않을 테니까 당신이 아는 걸 말해 줄 수 있다면…."

"네?" 그는 그녀가 여전히 그걸 믿었기에 물었다.

"그럼 난 당신이 원하는 걸 할게요. 그럴 필요 없으면, 그럴 땐 기다려요. 우리가 그러지 않는 게 더 낫다고 생각하니까 당신이 뭘 말하는지 알겠네요. 난 당신에게 증명하라고 안 해요. 난 당신의 도덕적 확신에 만족해요."

이때쯤 격한 감정이 그에게 밀려왔고, 그건 돌진하는 힘이 있었다. 그가 그걸 인정하는 동안 얼굴에 피가 도는 것처럼 그녀가 말한 요점은 분명했다. "난 아무것도 몰라요."

"정말 몰라요?"

"몰라요."

"승낙할게요. 내일, 오늘 발표할게요. 지금 집에 가서 이모한테 그 생각을 말할게요. 내 말은 당신이 직접 말한 생각을 말하는 거예요. 나에게 대한 믿음으로 말한 생각이요. 됐죠, 자기!" 그리고 그녀는 다시 웃었다. "만나서 정말 반가웠어요."

그녀가 그때 그렇게 말했다면 그의 호소는 해결됐고, 아침부터 격정적으로 움직였기에, 얼굴에는 헛된 열정을 띤 채 그곳에 서 있을 수밖에 없었다. 그 도전을 했을 때 그녀는 그가 하지 않았던 생각과 했던 생각, 고집을 부리지 못하고, 개인적 존재와 그녀의 명쾌함에 대한 두려움, 이 모든 걸 정리하고 자신 쪽으로 향하게 했다. 그의 맘속에 분노와 같은 것이 뒤엉켜 생겼지만, 곧 냉정한 생각으로 바뀌었고, 다른 것으로 이어져 새로운 어두운 새벽과 같았다. 그것은 그때 그녀에게 영향을 미쳤고, 그녀는 이전에 그들 사이에서 그들의 자리를 지키게 한 충동을 진심으로 느꼈다. 그녀는 그에게 더 가까이 다가가 손을 얹고, 그에게 기대면서 함께 낡은 의자 2개에 앉았을 때, 그가 열정을 허비하는 걸 막았다. 그녀는 이제 그의 열정을 이용했다.

　그는 공원에서 그녀에게 그런 요구를 하게 된 원인으로 그에게 아무 일도 '일어나지' 않았다고 말했지만, 그가 돌아온 후 자신의 경험에 대한 설명한 후 아무것도 일어나지 않았다는 뜻이었다. 하지만 며칠이 지나고 크리스마스 아침에 그는 그녀에게 다시 청혼하려고 준비하면서 그 이유의 차이점을 충분히 의식했다. 이번에 그에게 뭔가가 일어났고, 밤을 새우며 생각을 한 그에게 절대적으로 첫 번째는 아니어도 가장 중요한 것은 바로 그녀와 다시 관계를 맺는 것이었다. 사실 그는 크리스마스 이브에 자신의 작은 숙소에서 그 사실을 마주했고, 사실 바로 그 결과를 내리지는 않았다. 그곳에서 밤을 새우며 몇 시간 동안 생각을 하면서 내린 결과는 마음이 혼란할 정도로 많았다. 그의 정신은 어둠 속에서 시간이 더디게 흘러갈 때 그 결과들을 처리했고, 지금까지 그의 두뇌와 상상력, 영혼과 감각이 그토록 격렬하게 바쁜 적은 없었다. 여러 대안이 나왔고, 다른 것으로 바꿔야 하는 것이 그에게는 순간적으로 어려웠다. 그것들은 비교되고 고려될 수 있는 관점이 아니었다. 이상하게 그것들은 한 쌍의 괴물처럼 가까웠고, 그는 그 괴물들의 뜨거운 입김과 커다란 눈을 느꼈었을지도 모른다. 그는 곧 그것들을 똑바로 바라봤고, 그 일에 대한 냉정한 우려에 조금도 고개를 돌리지 않았다. 그래서 그는 계속 동요했지만, 시간이 더디게 흐르고 계속해서 움직여서 때문은 아니었다. 그 일이 있고 나서 싫어했던 백색광을 끄고 옷을 벗지도 않고 소파에 몸을 던져 오래 누워있었다. 잊혀진 날들을 생각하며 시간을 보냈다. 게다가 흐리고 늦은 크리스마스 새벽에 그는 어쨌든 결심했다. 그의 상식에 따르면 의심스러운 안전은 방책이 아니었고, 아마도 그에게 가장 큰 도움이 된 건 바로 이렇게 아주 평범한 것이었다. 그의 경우에는 그런 건 없었고, 그의 일생에 이보다 더 적었던 경우는 없었다. 이런저런 연관성으로 이제 그는 선택했다. 목욕과 아침 식사 후에 자신의 위기의 징조라고 여겼던 희귀한 것의 두드러진 요소를 생각하며 움직였다. 그래서 마치 교회에 가는 것처럼 평소보다 격식 있는 옷을 입고 포근한 크리스마스에 외출했다.

요점을 말하자면, 그의 행동에는 어떤 복잡함이 있었다. 우리 그와 나란히 걸으면서 그의 주요한 결정은 의사 루크 스크렛의 집 문을 두드리는 것이 아니고 부차적이기는 하지만 그렇더라도 급하게 걸어간다는 걸 알아야 했다. 다른 문제에 대해 우선 결정을 내렸고 가는 길에 조바심까지 더해졌지만, 그는 어쩌면 과도한 성급함과 타협해야 한다는 걸 충분히 알고 있었다. 이것과 그의 마음속 소요가 함께 작용하지 않는 이유였고, 어둑어둑한 축제의 사막에서 마차가 없는 건 말할 것도 없다. 의사 루크의 큰 집은 가깝지는 않았지만, 2륜 마차를 찾지도 않고 먼 거리를 걸었다. 그래서 그는 중간중간 제 생각을 곰곰이 생각했고, 전날 밤에 했던 그 생각은 크게 바뀌지 않았지만, 조금 전에 언급했던 복잡함으로 그 후 몇 분 내에 다른 일을 완전히 이해하게 됐다. 그가 도착했을 때 의사 루크 스트렛 집 앞에 사륜마차가 세워져 있었고, 그걸 본 그의 심장은 뛰었고 순간 멈췄다. 이 멈춤은 길지 않았지만, 그가 숨을 고르는 것 생각하면 어떤 계시를 받을 만큼 충분히 길었다. 그런 시간에 그런 날에 마차가 의사 루크 집에 있다는 건 의사가 돌아왔다는 신호였다. 결국, 이건 다른 뭔가를 더욱 강렬하게 증명할 것이라는 불안감이 두 배가 되면서 덴셔는 창백해졌다. 갑자기 다른 것과 부딪힌 발사체처럼 그는 당장 정신을 차렸다. 그는 케이트 크로이를 만나는 것보다 더 원하는 건 베니스에서 막 도착한 증인을 보는 거라는 이상한 진실을 마주했다. 그는 그 사람의 존재를 확인하고 목소리를 듣고 싶었고, 그것이 갑자기 떠오른 의식의 경련이었다. 다행히도 그 자리에서 갑자기 떠오른 생각을 접게 하는 일이 일어났다. 그는 곧 마부의 얼굴을 봤는데 자신이 알기로 의사의 마차에서는 본 적이 없는 얼굴이었다. 그가 가까이 왔을 때, 그 마차는 단순히 로더 부인의 것이었고, 마부석에 있는 얼굴은 랭커스터 게이트를 드나들 때, 그가 밖에서 어렴풋이 봤을 얼굴이었다. 이에 그 밖의 것도 알게 됐다. 자신과 별반 다르지 않게 랭커스터 게이트의 부인은 소식을 들으려고 온 것이었고 마차가 계속 머물러 있었기 때문에, 그 집에서 그녀가 점점 분명히 알게 되는 소식이었다. 그렇다면 의사 루크는 돌아왔고 로더 부인만이 그와 함께 있었다.

이렇게 마지막에 든 생각에 덴셔는 다시 지체했고, 그가 지체하는 동안 다른 뭔가가 일어났다. 자신이 새로이 이바지한 면을 고려할 때 그건 모든 면에서 눈에 띄게 압박이 되었고, 압박을 받았다면 케이트는 더 빨리 알기 위해 이모와 함께 왔을 수도 있었다. 이 경우에 그녀가 마차에 앉아있을 가능성이 컸기에 그가 그걸 확인하기도 전에 마차 창문 쪽으로 갔다. 그가 그녀를 보고 싶었던 곳은 그곳이 아니었지만, 그녀가 그곳에 있었다면 못 본 척할 수 없었다. 하지만 그가 다음 순간에 깨달은 건 만약 누군가가 그곳에 있다면 케이트 크로이가 아니라는 것이었다. 베니스 한 카페서 투명한 접시 너머로 그에게 의식 없는 얼굴을 보였던 사람이었고, 그에게 합리적인 충격이었다. 플로리안 카페의 커다란 유리는 창문을 내려도 런던 크리스마스 공기보다는 덜 흐렸고, 그런데도 현재도 그 두 남자는 알아봤을 수도 있었다. 덴셔는 입을 크게 벌린 채 가만히 있는 자신의 모습을 깨닫고, 그는 재빨리 등을 돌리는 것이 그의 특권인 것처럼 반복하는 걸 역겹다는 듯이 떠올렸다. 그는 케이트의 친구가 거의 무례한 위치에서 습관적으로 처다보는 걸 의식하고 집 계단을 올라 벨을 눌렀다. 그는 케이트의 친구가 거의 무례한 위치에서 습관적으로 쳐다보는 걸 의식하고 집 계단을 올라 초인종을 눌렀다. 그는 마크 경이 카페 의자에 앉아있을 때만큼 지금도 당황했기에 베니스 저택에서 그 고무됐던 젊은이가 어느 정도 당황하며 떠났다는 때를 한동안 잊고 있었다. 덴셔는 다른 사람은 편안하게 자리 잡는 동안 자신은 부랑자로 보였다고 생각했다. 상황이 다른데도 그는 상대방이 그 어느 때보다 더 편하게 자리 잡았다고 생각했고, 무엇보다 그를 특히 자신과 친분이 있는 사람의 친구로 생각하고 있었다. 그 남자는 로더 부인이 있는 바로 그곳에서 케이트를 찾으려고 했던 그것만으로도 동질감은 충분했다. 어쨌든 그 사이 문이 열렸고 로더 부인이 앞에 있었다. 케이트가 아니라는 건 적어도 뭔 일이 있었다. 그녀는 그 자리에서 위용을 보였다. 그녀는 즉시 마차에 있는 마크가 중요치 않다고 결정하고, 그녀 어깨너머로 단호한 말을 건네는 의사 루크의 집사가 초인종을 울린 신사와 대화를 들으려고 서 있는 걸 막았다. "덴셔 군에게는 내가 말할 테니 당신은 기다릴 필요 없어요!" 계단에서 신속하고 정확히 말했다.

"그분은 내일 아침 일찍 바로 도착해요. 들으러 올 수밖에 없었어요."

"저도 그랬어요. 랭커스터 케이트로 가는 길이었어요."

"정말 친절하군요." 그녀는 그에게 희미한 미소를 지었고, 그는 그녀의 표정이 바뀌는 걸 보았다. 그는 그녀가 조금 전 했던 말을 통해 모든 것을 알게 됐고, 자신과 함께 그녀를 매개체로 이제 새로운 빛을 내는 마치 실용적인 불길한 징후와 동정심을 느끼며 그 일을 받아들였다. "그래서 전갈을 받았었나요?"

그는 그녀가 의미하는 바를 너무도 잘 알고 있었고, 자신이 받지 못하는 건 '받았었던' 것과 다름없기에 조금도 망설이지 않고 왜곡해서 말했다. "네, 전갈을 받았어요."

"케이트가 부르는 말로 우리의 사랑스러운 비둘기는 멋진 날개를 접었어요."

515

"그렇군요. 날개를 접었네요."

그 말이 오히려 그를 괴롭혔지만, 그녀의 의향대로 그 말을 받아들이려고 노력했다. 그녀는 분명 마음을 억누르기 위해 그의 형식적인 동의를 받아들였다. "아니면 그 애가 날개를 더 활짝 폈다는 것이 더 맞는 소리겠죠."

그는 다시 형식적으로는 동의했지만, 이상하게 자신의 상상 속에 깊이 자리 잡은 모습과 잘 어울렸다. "맞아요. 오히려 날개를 더 활짝 펼쳤어요."

"더 큰 행복을 위해 날아갔다고 믿어요."

"바로 그러게요. 더 큰 행복이요." 덴서가 끼어들며 말했지만, 그녀에게 조금 주의를 시키는 표정을 지어 그는 걱정이 됐다. 그녀는 말을 더 아끼며 말했다. "당신은 확실히 직접 소식을 들을 자격이 돼요. 우리는 어젯밤 늦게 도착했어요. 그렇지 않았다면 당신한테 갔을 수도 있었어요. 그런데 날 보러 온 건가요?"

그는 이때쯤 조금 더 생각했고 마차의 창문은 여전히 손닿는 거리에 있었다. 그녀가 분명하게 말한 '나'는 온화한 습기 속에 그의 가슴을 세게 치는 효과가 생겼다. 모드 이모가 '진심으로' 말한 것인가? 그녀는 사실 진심이었고, 짓궂게도 그는 숨이 막혔다. 그들이 서 있는 자리에서 그의 시선은 마차에 앉아있는 사람이 보여줬을 작은 틈을 알아챘고, 그녀 옆에서 자신의 대화 상대가 그 말에 담긴 질문을 이해하고 더 나아가 그때 자신이 했던 말을 이해하는 걸 봤다. "혼자인가요?" 그건 현재 그녀 맘속에서 피어나고 있는 그의 상황에 관한 생각으로 즉각적이고 본능적인 말로 거의 위선적이었다. 그녀에게 와서 함께 하고 싶은 거 같았지만, 정확히 그가 하지 않은 것이었다. 어젯밤부터 갑자기 함께하고 싶은 욕구가 사그라졌고 그는 그렇게 깊이 신중해 본 적이 없었다.

하지만 그녀는 큰 반응을 보였다. "완전히 혼자군요. 그렇지 않았다면 꿈도 꾸지 못했을 거예요. 너무 감정이 격했네요!" 그에게 그녀가 자신의 감정을 내뱉고 다음 순간 애도를 표할 때 그는 압박감을 느꼈다. "친구여!" 그녀는 깊이 그와 '함께'했고 그녀는 계속 그러길 바라서 바로 말을 이었다. "아니면 오늘 저녁 슬픈 크리스마스를 맞아 나와 저녁 먹으면서 이야기할래요?"

그녀와의 대화로 그 일을 뒤로 미루어졌고 몇 시간 동안은 안도를 느꼈지만, 오히려 그를 혼란스럽기도 했다. 그렇지만 조심성이 줄어들지 않았다. "나중에 말해도 될까요?"

"그럼요. 생각해봐요. 맘껏 생각하고 나한테 전갈을 안 보내도 돼요. 오지 않으면 난 그곳에 홀로 앉아있을 거라고 오늘만 말할게요."

이제야 그는 최소한 물어볼 수 있었다. "크로이 양 없이요?"

"크로이 양 없이요. 크로이 양은 직계 가족들 품에서 크리스마스를 보내고 있어요."

그는 말을 하면서도 자신의 표정이 어쩔지 걱정됐다. "그녀가 부인을 떠났다는 말인가요?"

그 문제에 있어 모드 이모는 그가 여러 일을 되돌아보고 알게 된 것과 함께 질문과 마주했다. 그는 바로 그 순간에도 그리고 전에도 전혀 들어 본 적이 없었기에 두 여자를 알고 나서 그들 사이에 어떠한 갈등이나 위기 상황이 일어나지 않았을 것이라고 확신했고, 그것이 케이트가 어떻게 자신의 길을 조정했는지에 대한 정확한 증거였다. 로더 부인의 현재 표정에서 알 수 있는 상황은 겉으로 보이는 평온함과는 반대였다. 나중에 생각해보니, 그것은 그녀의 삶에 대한 능력처럼 이제 그에게 매우 친숙한 기교이자 특별한 선물로 다시 그에게 주어진 것이었다. 그가 그녀를 마지막으로 본 후 하루 이틀 사이에 그 평화는 분명히 깨졌고, 케이트가 수완을 부려서 깊이 가려졌던 불화가 어떤 특별한 충격 때문에 표면으로 드러났다. 게다가, 그런 시간과 계절에 마크 경의 특이한 방문이 조금은 관련이 있다고 생각했다. 삶의 능력은 동시에 그에게도 일어나서, 균열이 일어나거나, 무슨 일이 일어났든 간에 똑같이 보였을 것이고, 모드 이모는 충격보다는 중압감으로 괴로워하고 있다고 그는 판단했다. 어쨌든 그 부인은 이런 성급한 생각들은 벌써 파악했다. "그 애는 어제 아침에 내 허락도 없이 자기 언니한테 갔어요. 누굴 말하는지 알죠, 첼시 어딘가에 사는 콘드립 부인이에요. 오늘 말하는 거지만, 나의 또 다른 조카와 그 애 일은 늘 골칫거리예요. 어쨌든 결과적으로 케이트는 그렇게 불러갔어요. 내 생각에 그 애 상황에서 그런 일을 겪으면서 별로 할 수 있는 게 없어요."

"하지만 그녀는 부인과 생각이 달랐나요?"

"달랐죠. 그리고 케이트가 당신과 생각이 다를 때는…!"

"아, 상상이 가네요." 그는 그 이유가 조금은 중요한지 자문할 수 있는 위선의 정도에 이르렀다. 게다가, 자신이 의도했던 바를 알아야 했다. 만약 몰랐다면 케이트의 움직임에 그는 당황했을지도 모르고, 자신의 두려움을 당황스럽게 하는 건 지금쯤은 상당히 미신적이었다. "부인께서 불행한 일들을 언급하지 않으셨으면 하네요."

"그런 거 아니에요. 그저 진저리나고 상스러운 것뿐이에요."

"그렇군요!"

화가 났던 로더 부인은 자유롭게 말하면서 찰나의 위안을 찾는 게 분명했다. "그 애들한테 그런 끔찍하고 지긋지긋한 아버지가 있다는 게 불행이라는 걸 당신도 알겠죠."

"그럼요!"

"그 사람은 이름을 말하기 싫은 정도였는데, 매리언한테 나타났고, 매리언이 도움을 청했어요."

덴서는 이 말에 너무나 궁금해졌고 그의 호기심은 순간적으로 신중함과 타협했다. "돈 때문에 온 건가요?"

"그건 늘 당연한 거예요. 하지만 이런 축복받은 계절에는 안전히 지낼 수 있는 곳을 원하죠. 신은 그게 뭔지 아세요. 그 짐승 같은 놈이 그곳에 있고, 케이트가 그들과 있어요. 그게 그 아이의 크리스마스에요." 로더 부인은 계단을 내려가면서 말을 끝맺었다.

그가 대답을 생각하는 동안 그녀는 다시 계단 밑에서 멈췄다. "결국, 부인의 크리스마스가 훨씬 더 나은 거네요."

"적어도 품위는 있죠." 그리고 그녀는 다시 한번 손을 내밀었다. "그런데 왜 내가 우리 문제를 이야기해야 하죠? 올 수 있으면 와요."

그는 희미한 미소를 지었다. "감사합니다. 갈 수 있으면 가겠습니다."

"그리고 이제 교회에 갈 건가요?"

그녀는 제안하기보다는 응원 차원에서 좋은 의도로 방향을 제시하며 그에게 물었다. 그는 모든 면에서 그녀의 암시를 기쁘게 받아들였다는 걸 강하게 보여주면서 끝내야겠다고 느꼈다. "아, 네. 그럴 거예요." 그 후 그녀가 다가가자 마차의 문이 열렸고, 그는 자유로이 등을 돌릴 수 있었다. 그는 뒤에서 문이 다시 날카롭게 닫히고 마차가 자신과는 다른 방향으로 이동하는 소리를 들었다.

사실 그는 한동안 어느 쪽으로 가는지 몰랐고, 10분 뒤에야 곧장 남쪽으로 걷고 있다는 걸 알았다. 그는 나중에 모드 이모가 마지막으로 말을 하는 동안에도 마음속으로는 자신에게 필요한 길을 바로 인지하고 있었기 때문에 그것으로 충분했다는 걸 깨달았다. 케이트를 따라가겠다는 것 외에 다른 길은 없었고, 그녀의 움직임이 자신을 사로잡고 있는 감정에 미친 영향보다 더 두드러진 건 없었다. 그녀의 문제는 다른 모든 일과 함께 상당히 심각했고 그의 문제보다 천 배는 심각하지 않은가? 그가 지금 할 일은 그의 인생에 적당한 자리를 차지하려는 그 문제들이 금방 정리되지 않았다는 걸 확인하는 것이었다. 만약 그가 로더 부인에게 필요 이상으로 거짓말을 했다는 생각이 갑자기 들지 않았다면 자신의 길을 고집했을지도 모른다. 신경과민 상태에서 그는 어느 교회로 갈 수 있는가? 로더 부인의 마차가 시야에 들어왔을 때 물어보려고 다시 잠시 멈췄다. 그러나 자신의 말을 저버리기 싫다는 열망이 이상하게 그를 흔들었다. 하지만 그때 막 운 좋게 브롬턴가Brompton Road에 접어들었고 가까운 곳에 예배당이 있다는 것이 갑자기 생각났다. 그는 다른 길로 가야 했고 곧 그곳 앞에 있을 것이다. 몇 분 후 문 앞에 정말 그의 생각대로 있었다. 안으로 들어갔을 때 사람들 말로 따르면 아름다운 예배가 시작하려는 참이었고, 저 멀리서 재단 불빛으로 반짝이고 오르간과 합창단 소리가 울려 퍼졌다. 자신과는 맞지 않았지만, 실제적이고 있을 수 있는 다른 일들에 비하면 훨씬 덜 불협화음이었다. 즉 그 예배당은 그를 올바른 방향으로 이끌 것이다.

그가 콘드립 부인의 집 문을 두드렸을 때 이른 시간이지만 오후의 땅거미가 짙게 졌다. 그는 점심시간에 첼시에 모습을 보이고 싶지 않았고 혼자서 밥을 먹어야 한다는 걸 기억하며 교회에서 자신의 클럽으로 갔다. 정작 이번에는 그는 완벽하게 성공하지 못했다. 그는 위층 아래층에도 아무도 보이지 않고 크고 어둡고 텅 빈 클럽 도서관에 있는 의자에 몸을 뉘었고, 잠시 후 눈을 감고는, 밤새 자지 못했던 잠을 한 시간 동안 잤다. 사실 이렇게 하기 전에 그가 처음으로 했던 일은 크리스마스에 적막한 장소에서 그는 짧은 편지를 썼고, 배달원에게 맡기는 것이 힘들고 의심스러워 했을 뿐이었다. 그는 그 편지가 인편으로 전달되기 바랐고, 배달원이 어떤 이유에서 답장을 가지고 돌아올 수 없었기 때문에 오히려 맹목적으로 그 손을 믿을 수밖에 없었다. 오후 4시에 콘드립 부인의 작은 응접실에서 케이트를 마주하게 되자, 자신의 통보가 그녀에게 전해졌다는 걸 알고 안도했다. 그녀는 기대에 차 있었고 그 정도로 준비가 되어있었는데, 단순히 말해서 현 단계에서 조금은 계산에 넣었을 것이다. 그녀의 상황은 그가 들어선 순간부터 조금은 생생했고, 그중 일부는 그가 지금까지 계속 그녀를 봐왔던 것과는 확연하고 눈에 띄는 차이 때문에 강렬했다. 그는 지금까지 비교적 훌륭한 곳들, 켄싱턴의 높은 나무들 아래 있는 이모의 화려한 집과 베니스의 유명한 천장화 아래에서 그녀를 만났었다. 멋진 기회로 베니스에서 화려한 광장의 중심으로 그녀를 생각하기도 했다. 그는 훨씬 좋은 기회로 자신의 초라한 방에서 그녀를 만났고, 궁핍한 상태였지만 그녀는 방과 잘 어울렸고 고풍스러운 자태를 지녔지만 콘드립 부인의 집 안에서는 아무리 좋게 보려고 해도 너무나도 누추했고 너무나도 어울리지 않았다. 창백하고 수수하고 매력적인 그녀는 작은 첼시가에서 기묘한 일과 망명지를 최대한 이용하려는 눈에 띄는 이방인으로서 바로 그에게 영향을 미쳤다. 놀라운 건 몇 분 후 그 자신이 그녀보다 그곳에서 덜 낯선 사람으로 느껴졌다는 것이다.

그가 얼핏 보기에, 좁은 방에 어울리지 않는 많은 가구와 크기 때문에 이상한 분위기를 뿜어냈다. 자매들에게 적어도 콘드립 부인에게 그 물건들과 장식품들은 분명 좋았던 날을 떠올리게 하는 유물과 유품들이었다. 창문을 과하게 뒤덮은 커튼, 동그랗게 놓인 소파와 탁자, 천장에 닿는 굴뚝 장식, 바닥으로 닿을 듯한 화려한 샹들리에 등 옛날 집과 불행했던 어머니와 관련된 물건들이 아주 많이 있었다. 이런 물건들의 상태 그 자체는 어떻든 그것들은 어두운 날의 쇠퇴를 미련하게 막으면서, 덴셔는 거기서 비롯한 영향이 거의 불길한 정도로까지 험악하게 느껴졌다. 그들은 수용하거나 타협하지 않았고, 눈치도 취향도 없이 서로의 차이를 주장했다. 케이트는 자신의 특징에 대해 잘 알았기에 그걸 참고로 바로 그것들을 알 수 있었다. 하지만 덴셔가 이걸 아는 건 새로운 일도 아니었고 그 시간 동안에 그 점을 상기시킬 만큼 엄격할 필요도 없었다. 그는 그토록 끊임없이 자신을 놀리는 착각의 속임수 때문에 현재 그녀가 계속 긴장하는 한 그녀에게 매우 미안해해야 한다는 건 알았지만, 아침에 마음을 결정짓게 한 생각에 대해서는 아니었다. 하지만 그 자신이 그 모든 것을 덜 힘들게 받아들였을지도 모른다. 그는 그런 곳에서 살 수 있었지만, 안색이 아무 데나 바뀌지는 않았을 것이다. 그들이 어떤 식으로든 노력했던 건 상대적인 추악함 때문이었다. 그의 자연스럽고 필연적이고 궁극적인 집은 당연히 넉넉하지는 않았지만, 그렇다고 그들 주변에 있는 것만큼 이상하고 곤란하지는 않았다. 게다가 주위에 있는 것이 그녀와 어울리지 않고 구경꾼에게 죄책감을 느끼지 않는 매개체가 되지 않았다면 어떻게 케이트가 조금도 본 모습처럼 굴지 않았는지를 알았고, 그래서 그곳에서 그녀와 동행 관계가 됐고 이상하게 그는 바로 확신과 불안감으로 가득 찼다. 만약 그 자신이 이 짧은 시각에서 그녀가 생경하고 자신도 모르게 아이러니하게 느껴졌다면, 그들은 어떻게 그녀를 의식하지 않을 수 있고, 무엇보다도 그녀가 그들을 생각하지 않을 수 있겠는가?

그녀가 벽난로 선반에 있는 기다란 촛불을 켜고 나서도 덴서는 그렇게 자문할 수 있었다. 빛은 촛불을 밝힌 게 다였고, 그녀는 조용하고 쌀쌀맞게 불을 붙였지만 따뜻한 크리스마스 난로를 두고 그들 사이의 문제와 실패에 대해 분명히 암시했다. 그들의 상황을 고려해 볼 때 엄격함 속에 온화한 건 이것이 다였다. 그는 쪽지로 바로 그녀를 만나야 한다며 그녀도 그래 주길 바란다고만 적었지만, 그녀를 처음 보자마자 그녀는 이미 그의 성급함을 파악했다는 걸 알았다. "오늘 아침에 로더 부인이 당신에게 알렸는지 물어보지는 못했지만, 그랬던 거 같군요. 사실 그 후로 계속 그렇게 생각하고 있어요. 그분이 나한테 말했을 때 너무 놀랐고, 그래서 갑자기 여기로 온 거예요."

"맞아요, 너무 갑작스러웠어요." 케이트는 벽난로 바로 옆에서 무릎에 손을 올린 채 그가 했던 말을 곰곰이 생각했다. 그는 바로 의사 루크 스트렛의 문 앞에서 일어난 일에 대해 말했다. "이모는 나에게 아무것도 알려주지 않았어요. 그걸 말하는 거라면 별 중요치 않아요."

"일부는 그 뜻이에요."라고 덴서는 말했지만, 그녀가 기다리는 동안 잠시 말을 멈췄다가 이어서 한 말은 분명 그 외의 뜻은 아니었다. "이모님은 어젯밤 늦게 스트링햄 부인에게서 전보를 받았어요. 하지만 나에게는 전보를 보내지 않았어요. 그 일은 어제 일어났을 것이고 루크 선생님은 바로 출발해서 내일 아침에 돌아오신대요. 그래서 스트링햄 부인은 홀로 그 상황을 마주해야 해요. 물론 루크 선생님은 남아있을 수 없죠."

그를 바라보는 그녀의 눈빛에 그가 시간을 벌고 있다는 생각에 희미하게 배신감이 비쳤을지도 모른다. "루크 선생님께 전보 받았어요?"

"아뇨. 전보 받은 적 없어요."

그녀는 궁금해했다. "하지만 편지는?"

"스트링햄 부인에게서는 아니에요." 하지만 그는 이 말을 이어가는데 또다시 실패했고, 그녀가 또 다른 의문을 품은 게 그에게 기회가됐다. 그렇다면 그는 누구에게서 들었는가? 그는 마침내 그녀와 마주하면서 정말로 시간을 벌었을지도 모르고, 마치 그녀는 이런 충동적행동을 존중한다는 걸 보여주려고 질문을 달리했다. "스트링햄 부인이 걱정되나요?"

적어도 그 말에는 그는 분명히 말했다. "전혀 아니에요. 그분은 혼자지만 매우 유능하고 씩씩하세요. 게다가⋯!" 그는 계속 말하다가 멈췄다.

"게다가 에우제니오가 있다고요? 맞아요. 물론 에우제니오를 기억하죠."

그녀는 분명 그들에게는 관대하지 않다는 걸 보여주려고 그 말을했고, 그도 똑같은 이유로 동의했다. "사실 모든 면에서 그 사람 기억나요. 부인에게 그 사람은 높이 평가될 거예요. 뭐든 할 수 있으니까요. 내가 말하려는 건 미국에서 오는 몇몇 사람들은 일찍 도착해야 해요."

이 말에 케이트는 바로 그를 안심시켰다. "스트링햄 부인이 최근에보낸 편지를 보면 그 애의 일을 주로 봐주는 사람이, 그러니까 신탁관리자가 그곳에 막 도착했데요."

"아, 그럼 내가 당신 이모님께 듣고 난 이후겠군요. 그러니까 오늘아침 전에 말이에요. 그 말을 들으니 안심이네요. 그럼 그 사람들이정리하겠군요."

"그럴 거예요." 그 말은 마치 각자가 가장 많이 생각하고 있는 것이 아닌 것처럼 각자 입에서 나왔다. 그러나 케이트는 현재 한 걸음 더 나아갔다. "하지만 아무도 당신에게 전보를 치지 않았다면, 어떻게 오늘 아침에 루크 선생님에게 갔죠?"

"아, 다른 일이 있었어요. 이제 말해 줄 거예요. 당신을 당장 만나려고 한 것도 당신한테 온 것도 그거 때문이에요. 하지만 잠시만요. 여기서 당신을 보니 너무 많은 감정이 드네요." 그는 말하면서 일어났지만, 그녀는 여전히 그대로 있었다. 그는 벽난로 쪽으로 가서 등을 그쪽으로 조금 기댄 채 서 있는 자리에서 그녀의 얼굴을 내려다봤고, 자신의 요지를 밝혔다. "당신한테 아주 안 좋은 일이 있죠?"

그는 어쨌든 더 많은 걸 바라는 그녀의 바람을 정당화할 만큼 말했고, 그래서 이 문제를 넘어가서 그녀가 자신의 문제를 드러나게 했다. "그 애가 죽어가는 일을 말하는 거예요?" 그녀의 표정은 말보다 더 많이 의아해했다.

잠시 후 그가 말했다. "물론 그렇게 물어보겠죠. 내가 말했듯이 내 생각을 분명히 말하려고 당신한테 온 거예요. 이 결정을 하기 전에 어젯밤과 오늘 아침에 정말 많이 생각했어요. 하지만 난 여기 있어요." 그리고 그는 그녀에게 기계적이라는 인상을 줄 수밖에 없는 미소를 짓고 있다는 걸 알았다.

그녀는 그가 알고 있었던 것보다 더 직설적으로 말했다. "오고 싶지 않나 봐요?"

그는 계속 미소 지으며 말했다. "자기, 어떤 식으로는 '부족한' 것에 대한 문제였다면 간단했을 거예요. 내가 가장 잘했던 일이 어렵고 거창한 것이라는 거 인정해요. 그건 정말 내 행복만을 위해서가 아니에요."

이 말에 그녀는 분명 어리둥절했고, 그를 살폈다. "화나 보이네요. 분명 괴로웠겠네요. 안 좋아 보여요."

"괜찮아요."

하지만 그녀는 개의치 않고 말을 이었다. "당신이 지금 하는 행동

싫어하잖아요."

그는 이제 심각해졌다. "자기는 단순하게 여기네요. 그렇게 간단한 일이 아니에요."

그녀는 그다음이 어쩔지 생각하는 듯했다. "당연히 어떤 실마리도 없는데 그게 뭔지 알 수 없죠." 그런데도 그녀는 인내심을 내며 가만히 있었다. "그런 순간에 그 애는 당신에게 편지를 쓸 수 있다면 바다에서라도 썼을 거예요. 누군가는 세상의 선의를 이해하지 못하죠." 그리고 덴서는 모든 걸 아우르는 설명에 말을 멈췄고 낙담했다. "당신은 아직 뭘 할지 결정하지 못했네요."

그녀는 아주 다정하고, 상냥하게 말했지만, 그는 바로 다른 말을 하지 않았다. 하지만 그는 한 번 그녀를 보고 다음처럼 말했다. "아뇨, 난 결정했어요. 여기 있는 당신 모습과 그 모습에서 내가 알 수 있는 건…!" 그리고 그는 생각을 억누르며 방을 훑어보았다.

"끔찍한 곳이죠, 그렇죠?"

그는 바로 되물었다. "무슨 대단한 일이길래 당신이 와야 했나요?"

"아, 그건 말하려면 시간이 오래 걸릴 거예요. 내가 여기 있는 거나 나도 잘 모르는 일이 뭐든 신경 쓰지 말아요. 그리고 당신이 곤경에 처했다면 내가 조금이라도 당신을 도울 수 있다는 걸 생각해 줘요. 아마도 꼭 그럴 수 있을 거예요."

"자기, 당신을 생각해서 하는 말이에요. 곤경에 빠진 거 같네요. 그런 거 같아요." 그가 너무나 이상하게 갑작스럽게 단순하게 이렇게 말해서 그녀는 쳐다볼 수밖에 없었고, 그도 바로 그 모습을 보았다. 그래서 그는 모호하게 구는 것을 최대한 자제했다. "그리고 난 그럴 수 없어요." 그 말은 사실 여전히 모호했다.

그녀는 잠시 기다렸다. "당신 말대로 내 처지가 그렇게 끔찍한가요?"

그는 천천히 답했다. "뭐, 그렇게 생각한다면 나한테 말을 하겠죠.

그러니까 내 생각에 대해서….”

그가 너무 느리게 말하자 그녀가 이어서 말했다. “끔찍하다고요?” 조바심에 그녀는 마침내 웃음을 터트렸다. “당신을 뭘 말하는지 모르겠네요.”

처음에는 그렇게 이해했지만, 그녀 앞에 있는 벽난로 앞 깔개에 서서 주머니에 손을 넣은 채 앞뒤로 왔다가 갔다 하면서 말의 핵심을 알게 됐다. 이렇게 왔다 가면서 그는 또 다른 시간 즉 베니스의 시간, 수잔 셰퍼드가 자신의 집에서 케이트가 지금 앉아있는 것처럼 바로 그렇게 앉아있었을 때의 우울했던 시간이 떠올랐고, 그는 지금처럼 괴로울 때 무슨 말을 해야 할지 몰랐다. 하지만 어쨌든 지금이 훨씬 편했다. 어쨌든 상대방 앞에 서서 그 기분을 맞춰주려고 했다. “내가 말했던 연락은 최근은 아니에요. 소인은 알아볼 수 있지만, 그녀가 썼다는 건 빼고 다른 건 생각할 수 없어요!” 이해한다는 듯한 그녀를 보면서 그는 말을 멈췄다.

알아듣기 쉬웠다. “임종 때 쓴 건가요?” 그러나 케이트는 순간적으로 생각했다. “우리는 세상에 그 애와 같은 사람이 없다는 거 동의하지 않았나요?”

“맞아요.” 그녀의 머리 위를 바라보며 그는 분명히 말했다. “세상에 그녀 같은 사람은 없어요.”

케이트는 여전히 움직이지 않고 의자에서 그의 시선을 무의식적으로 따라갔다. 그리고 그가 시선을 내리자 그녀는 질문을 더 했다. “무슨 연락이냐에 따라 조금은 달라지지 않을까요?”

“조금은 그럴 수도 있지만, 많이는 아니에요. 한 번의 연락일 뿐이에요.”

“편지로요?”

“맞아요. 편지였어요. 틀림없이 그녀 손으로 나한테 보낸 거였어요.”

“그 애의 필체를 잘 아네요?”

"정말 잘 알죠."

마치 그의 말투가 조금은 이상하게 그녀의 다음 질문을 자극하는 듯했다. "그 애한테서 편지를 많이 받아봤나 봐요?"

그는 그녀를 똑바로 바라보며 말했다. "아뇨. 겨우 쪽지 3번이었어요. 그리고 아주 내용이 짧았어요."

"아, 횟수는 중요치 않아요. 당신이 확실히 기억한다면 3줄로도 충분하죠."

"분명히 기억하죠. 게다가 다른 식으로도 그녀의 필체를 봤어요. 베니스에 가기 전에 당신이 나한테 그녀의 쪽지를 보여줬잖아요. 그리고 한 번은 나한테 뭔가를 필사해서 줬어요."

케이트는 웃으면서 말했다. "아, 내가 자세하게는 안 물어봤잖아요. 한 번이면 충분해요." 그러나 그녀는 조바심을 내거나 모순적인 말을 하지 않으려는 것처럼 덧붙였다. "글은 평소와 같았나요?"

덴셔는 그 점에 대해 더 잘 설명하려는 것처럼 답했다. "아름다웠어요."

케이트는 여전히 그의 말을 따르면서 더 언급했다. "맞아요. 아름다웠죠. 뭐, 그 애가 대단하다는 건 우리한테 새로운 뉴스도 아니죠. 뭐든 가능하잖아요."

"맞아요. 뭐든지 가능하죠." 그는 그 말을 이상하게 받아들이는 거 같았고, 조금 애매하게 설명했다. "그게 나 자신에게 하는 말이에요. 당신도 더 확실히 느꼈을 거라고 생각해요."

그녀는 그가 더 말해 주길 기다렸지만, 그는 주머니에 손을 넣은 채 다시 돌아섰고 이번에는 가리개가 내려지지 않고 등불도 없는 창가로 갔다. 그는 가로등 불빛이 미치는 안개를 바라보다가 스트링햄 부인이 그를 보러 왔을 때 대운하 풍경을 보며 생각에 잠겼던 것처럼 작고 지저분한 런던 거리를 보며 사색에 빠졌다. 그런 후 그가 그런 태도를 보였을 때는 케이트에게 밝히려는 기회에 대해 매우 저항하기 때문이라고 지금 그렇게 생각했다. 그때 그를 기다리는 상대방은 그가 할 것이라고 말하기를 기다렸고, 그동안 그가 밖을 노려보면서 그런 바람은 무의미해졌다. 그동안 케이트는 그의 익숙한 등과 어깨에 주목했고, 전해 듣지 못한 일들, 여전히 놓치고 있는 연결고리를 그녀가 원하는 대로 이해하려고 노력했다. 불안한 결과 그녀는 다시 그를 대신해 말했다. "당신이 말했던 거, 어젯밤에 받았나요?"

그 말에 그는 돌아섰다. "플릿가에서 평소보다 한 시간 일찍 왔는데, 탁자 위에 다른 편지들과 함께 있었어요. 하지만 놀랍게도 내 눈에 그 편지가 바로 보였어요. 만져 보지도 않고 그게 뭔지 알아봤어요."

"이해되네요." 그녀는 공손히 귀를 기울였다. 하지만 그의 어조가 너무 특이해서 곧 말을 덧붙였다. "그 편지에 손도 안 댄 것처럼 말하네요." "아, 아니에요, 만져봤어요. 그 이후로 다른 건 아무것도 만지지 않은 것 같아요. 그 편지를 단단히 움켜쥐었어요."라고 그는 더 분명히 하려는 듯 말했다.

"그럼 그건 어디에 있어요?"

"여기에 있어요."

"나한테 보여주려고 들고 온 거예요?"

"그러려고 가져왔어요."

그래서 그는 다른 이상한 점 중에서도 거의 환호성을 지르는 듯이 독특하게 말했지만, 말과 행동은 일치하지 않았다. 그래서 그녀는 기대하는 표정을 다시 보일 수밖에 없었지만, 조급한 그녀에게 그의 표정은 다른 생각으로 가득 차 있는 듯했다. "하지만 지금은 그러고 싶지 않군요."

"바로 보여주고 싶어요. 당신이 아무 말만 안 하면요."

이 말에 마침내 그녀는 때 쓰는 아이 같은 그에게 미소를 지었다. "내가 보니까 당신이 나한테 말하는 것만큼만 내가 당신한테 말했네요. 심지어 그 편지에 대한 설명도 제대로 하지 않았어요." 그래도 그는 아무런 대답이 없자, 그녀가 어떤 생각이 갑자기 들었다. "그 편지 안 읽은 거예요?"

"안 읽었어요."

그녀는 빤히 쳐다봤다. "그럼 내가 어떻게 도와줄까요?"

그녀가 꿈쩍도 하지 않는 동안 그는 다시 그녀를 떠났고, 성큼성큼 다섯 걸음 걷더니 다시 그녀 앞에 섰다. "이걸 말해줘요. 예전에 당신이 나한테 하지 않았던 말이요."

그녀는 멍했다. "예전에요?"

"내가 돌아온 후 처음으로 당신을 보러 갔던 일요일이요. 그 사람이 아침 그 시간에 이모님과 뭘 하고 있었죠? 이모님과 함께 있었는데 무슨 의미죠?"

"누굴 말하는 거예요?"

"당연히 그 사람이죠. 마크 경. 무슨 의미죠?"

"모드 이모랑요?"

"맞아요. 그리고 당신과도 있었죠. 거의 같은 일이고, 지난번에 내가 물어봤을 때 나한테 말하지 않았어요."

케이트는 예전을 기억하려고 노렸다. "언제인지 말 안 했어요"

"당신이 그 사람을 마지막으로 봤을 때, 그러니까 그 사람이 베니스에 두 번째로 왔을 때를 물어보는 거예요. 당신은 말하지 않으려고 했고 우리가 비교적 중요한 문제를 이야기하고 있어서 나는 그걸 간과했어요. 하지만 나한테 말하지 않았던 사실이 있었던 거예요."

이 대화에서 두 가지 말이 케이트에게 다른 말보다 더 분명하게 와닿은 거 같았다. "내가 말하지 않으려고 했다고요? 그리고 당신은 그걸 간과했다고요?" 그녀는 쌀쌀맞고 무표정하게 바라봤다. "정말 내가 뭔가를 숨기는 것처럼 말하네요."

덴셔는 끈질기게 굴었다. "이것 봐요. 당신은 지금도 말 안 하잖아요." 그런데도 그는 설명했다. "내가 알고 싶은 건 의심할 것도 없이 사실상 그녀에게 충격을 줘서 현재와 같은 사태가 일어나게 한 그의 행동과 이전에 당신에게 일어난 일 사이에 연관성이 있는지 여부예요. 도대체 어떻게 그 사람이 우리 약혼을 알았죠?"

케이트는 천천히 일어났다. 촛불을 켜고 자리에 앉은 후로 처음으로 움직였다. "당신한테 말했어야 했다고 나한테 뭐라고 하는 건가요?"

그녀는 분개하기보다는 창백해지고 당혹해하면서 말했고 그는 바로 그 모습을 이해했다. "자기, 난 뭘 '바로 잡으려고' 하는 게 아니에요. 하지만 너무 괴롭고 이해가 안 되는 거예요. 그 짐승 같은 놈이 우리와 무슨 상관이죠?"

"그 사람이 정말로 뭘 했는데요?"

그녀는 그의 불합리함을 조금은 받아들이는 듯이 고개를 저었다. 그 모습에는 예전에 일부 다른 의견에서 그녀 자신만의 기준으로 세웠던 어느 정도 비논리적인 상냥함이 있었다. 사실상 그녀는 지금 그 말을 이해했고, 근본적으로 그는 그걸 알고 있었지만 불가피하게 받아들이고 있었다. 그녀는 그가 더 애원하듯 말했을 때 그녀에게 키스할 것이라는 짐작에 인내심을 가지고 그에게 가까이 섰다. 그는 키스하려고 하지 않았지만 그런데도 더욱 침착하게 계속 애원했다. "크리스마스 아침 10시부터 그 사람은 로더 부인과 뭘 하고 있었죠?"

케이트는 놀란 듯했다. "그가 거기서 지낸다고 이모가 말 안 했어요?"

덴서는 깜짝 놀랐다. "랭커스터 게이트에서 지냈다고요? 언제부터요?"

"그저께부터요. 내가 떠나기 전부터 그곳에 있었어요." 그러고 나서 그녀는 사실 이례적으로 인정하며 설명했다. "우연히 그렇게 됐어요. 모드 이모가 크리스마스에 시내에 남아있는 것처럼요. 하지만 결국 전부 말이 안 되는 건 아니었어요. 우리는 계속 머물렀고, 내가 여기서 지내면서 이모는 이제 아쉬워하세요. 왜냐면 당신이 가져온 소식을 매일 기다리던 우리 둘 다 많은 사람과 함께 있고 싶지 않았거든요."

"베니스를 생각하면서 지냈어요?"

"당연하죠. 달리 뭐 하겠어요?" 케이트는 훌륭하게 말을 덧붙였다. "그리고 적어도 모드 이모가 당신을 생각한 건 사실이에요."

그는 고마워했다. "그렇군요. 모든 면에서 당신은 친절하군요. 하지만 마크 경은 누구를 생각하며 머물렀을까요?"

"그 사람이 런던에 있는 건 매우 흔한 일이라고 생각해요. 갑작스럽게 좋은 기회로 빌릴 수 있는 집이 있었고, 그가 돈이 부족하다고 분명히 밝힌 것처럼 모든 일에도 불구하고 덥석 붙잡지는 않았어요."

덴셔는 온 관심을 쏟았다. "모든 일에도? 뭔데요?"

"글쎄요, 모르겠어요. 그가 절대로 말하지 않으려는 일에도 불구하고겠죠."

"돈을 마련하는 거요?"

"조금이라도 검소하게 지내려는 거겠죠. 하지만 분명히 그렇게 하는 데는 이유가 있을 거예요. 그는 며칠 전 받은 통지에 따라 자신의 집을 세입자에게 넘겼고 그 사람을 깊이 신뢰하는 모드 이모가 말했어요. '그럼 시골에 갈 때까지만이라도 다른 사람들처럼 랭커스터 케이트로 와서 잠이라도 자요.' 그는 어제 오후에 매첨이라는 시골에 갈 예정이었어요. 모드 이모가 그럴 거라고 말했어요."

상대방이 보기에 이런 설명으로 케이트가 왠지 멋있게 잘 달래는 듯 보였다. "그러니 당신은 그 집을 떠날 필요가 없다고 말씀하셨나요?"

"맞아요. 그 사람이 거기에 있는 이유가 일부는 나 때문이라고 이모가 생각하시는 한에서는요."

"일부는 당신 때문이었나요?"

그녀는 솔직히 말했다. "조금은요. 하지만 그게 아니더라고 이곳에는 많은 이유가 있어요. 그러니까 그건 중요치 않아요. 난 여기 있어서 기뻐요. 비록 내가 아무리 잘해도…!" 하지만 그녀는 그것 또한 중요치 않다고 암시했다. "당신 말대로 그는 매첨에 내려가지 않았어요. 가능하다면 오늘 오후에 갈지도 몰라요. 하지만 가장 그럴듯한 생각은 그 사람은 정말 상냥해서 내가 그러려고 했던 것처럼 그 사람은 크리스마스를 홀로 보내려는 모드 이모를 떠나기를 거부했다는 거예요. 게다가 이모를 위해서 매첨을 포기했다면 이모가 기뻐할 행동이죠. 그러니까 따분한 날에 이모가 그 사람을 태워다 주겠다고 고집부린 거지 별일 아니에요. 난 그 사람들 사이에 무슨 일이 일어날지 모르는 척하지 않을 거지만 내가 아는 건 그게 다예요."

"당신이 모든 걸 알고, 적어도 내가 당신과 함께 있는 동안, 내가 항상 진실을 알 수 있게 해줘요."

그녀는 의식적으로 그리고 심지어 조심스럽게 그가 의구심 때문에 기분이 상한 것을 살폈다. "고마워요." 그 말은 다른 것과 마찬가지로 그에게 효과가 있었다. 그들은 여전히 얼굴을 가까이 마주했고, 그는 조금 전에는 굴하지 않았던 충동에 굴복해, 그녀의 어깨에 손을 올려 그녀를 잠시 강하게 잡고는, 마치 그가 말로 내뱉는 것보다 더 복잡한 것들을 표현하기 위해 그녀를 조금 살짝 흔들었다. 그리고 고개를 숙이고 그녀의 뺨에 입술을 가져다 댔다. 그 후 그는 잠시 떨어졌고, 다시 불안해했지만, 그녀는 여전히 수동적이었고 동상처럼 가만히 그의 행동을 받아들였다. 하지만 그 순간에는 그녀가 가진 것으로 충분하다는 듯이 그에게 더 많은 관용을 베푸는 건 막지 못했다. 그녀는 조용하고 명쾌하게 관계를 맺고는 다시 자리에 앉았다. "당신이 베니스에 있는 동안 나에게 있었던 일을 정확히 말하려고 노력했어요. 그 사람과의 대화 말이에요. 그 사람이 나에게 말을 걸었어요."

"아, 그랬군요!" 휙 돌아섰던 덴서가 말했다.

"그 사람이 바라는 대로 만나는 걸 거부했는데도 당신이 그렇게 말하겠다면, 그렇게 행동한 죄를 인정할게요. 그 사람이 못 가도록 내가 그 사람에게 대답해주기를 원했어요?"

그 말에 그는 약간 어색해졌다. "그가 간다는 걸 알았어요?"

"조금도 몰랐어요. 하지만 당신의 이상한 추측에 맞지 않겠지만, 내가 알았더라면 그 사람에게 똑같이 대답했을 거예요. 당신이 돌아온 후에 내가 당신에게 떠맡기지 않은 게 문제라면, 단순히 내가 특별한 기쁨을 느꼈던 기억에 대한 문제가 아니었기 때문이에요. 내 대답에 만족스러웠다면 이제 안심해요."

덴서는 친절히 말했다. "당연히 그럴 거예요." 하지만 바로 그는 말을 이었다. "그 사람을 뭔가 알았어요. 알아냈다고요."

"유감스럽게도 우리가 속이지 못한 사람이 그 사람이라고 말하는 거라면, 반박할 수 없네요."

덴서는 여전히 위험을 무릅썼다. "그렇죠. 당연히 반박 못 하죠. 하지만 어째서 그 사람이 유일하게 속지 않았을까요? 그는 전혀 똑똑하지 않잖아요."

"모든 점을 생각했을 때 부자연스러운 내 태도에서 미스터리, 수수께끼를 알아챌 만큼은 똑똑한 거죠. 그래서 확신하게 됐고, 그 확신에 따라 행동한 거예요."

덴서는 마크 경의 신념을 자연의 오점으로 생각하는 듯했다. "당신이 그 사람을 고무시키는 것처럼 보였기 때문인가요?"

"물론 난 그 사람에게 예의 바르게 굴었죠. 그런데 우리 뭐 하는 거죠"

"뭐하다니…?"

"당신과 나요. 내가 그 사람에게 어떻게 보이는 건 문제가 아니에요. 중요한 건 내가 모드 이모한테 어떻게 보였냐는 거예요. 게다가 그 사람은 줄곧 당신에 대해 생각했어요. 어쩔 수 없지만 결국 당신 자신이에요."

"당신도 그렇죠. 하지만 난 베니스에 계속 있었을 때, 그 사람은 어떻게 그걸 알았죠?"

"당신이 베니스에 있었고 그러고 싶어 했던 건 그 사람에게 다른 방법으로 설명할 수 있었고, 말이 안 되는 것도 아니에요. 게다가 그 사람은 시치미 떼는 거라고 알 만큼은 머리가 있어요."

"로더 부인이 있는데도요?"

"아니에요. 이제 로더 부인은 상관없어요. 당신이 말하는 그 사람의 두 번째 방문 전에 모드 이모는 그 사람을 확신시키지 못했고, 내가 그 사람을 거절해서 더 도움이 안 됐어요. 하지만 그는 확신하고 돌아왔어요." 그리고 그녀의 동반자는 여전히 당황하는 표정을 지었다. "그 사람이 밀리를 보고 나서, 그 애에게 말을 하고 떠났어요. 밀리가 그를 확신시켰어요."

"밀리가?" 덴셔는 다시 희미하게 따라 말하기만 했다.

"당신이 진심이었다는 것을요. 그 애를 사랑했다는 걸 확신시켰어요." 그녀에게서 그런 식의 말을 듣게 되자 그는 바로 돌아서 다시 창가로 향했다. 반면 그녀는 말을 이었다. "모드 이모는 이곳에 돌아온 그 사람한테서 그 말을 들었고, 그래서 현재 당신이 모드 이모랑 잘 지내는 거예요."

그는 겨우 1분간 조용히 밖을 내다보다가 말을 내뱉었다. "그래서 당신이 여기 있군요." 서로가 단언하는 거의 상호 비난에 가까운 말이었다. 아니면 차라리 진실이 아니었으면 나왔을지도 모른다. 사실이었기에 신랄했지만, 그 진실은 어느 쪽도 다음 일을 허용하지 않을 정도로 결정적인 주장을 강요하는 것처럼 보였다. 그들이 말없이 마주 보는 동안 모든 것이 심각해졌다. 거의 위험한 상태라서 엉뚱한 말을 할 수도 있었다. 그래서 덴셔는 마침내 더 효과적으로 행동했다. 그녀 옆에 서서 조끼 가슴팍에서 수첩을 꺼내, 수첩에서 접힌 편지를 꺼냈고 그녀의 시선은 거기에 고정됐다. 그리고 눈에 띄게 본능적으로 무의식적이라서 이상하지 않은 동작으로 자세를 바로잡고 편지를 들고 있는 손을 등 뒤로 했다. 마침내 그가 꺼낸 말은 다른 문제였다. "당신의 아버지가 와 계시다고 로더 부인에게 들었어요."

그런 샛길로 빠지는 이야기에서 그녀가 그를 대하는데 절대 오래 걸리지 않았다면, 그녀는 지금 그를 그렇게 받아들이지 않았을 것이다. "맞아요. 집에 계세요. 하지만 아버지의 방해를 걱정할 필요 없어요." 그녀는 마치 그가 그런 생각을 한 것처럼 말했다. "아버지는 침대에 누워 계세요."

"아프시다는 건가요?"

그녀는 슬프게 고개를 저었다. "아버지는 절대 아프지 않아요. 놀라운 분이죠. 다만…. 끝이 없어요."

덴서는 생각했다. "내가 도울 일이 있을까요?"

"네." 그녀는 너무나도 지쳐서, 거의 차분하게 그 말을 모두 받았다. "가능한 아버지와 매리언 언니에게 당신의 방문이 별일 아닌 것으로 하는 게 우리가 할 일이에요."

"알아요. 그분들은 당신이 날 만나는 걸 탐탁지 않아 하죠. 하지만 올 수밖에 없었어요."

"아뇨, 오지 않을 수도 있었어요."

"그렇다면 되도록 빨리 가는 수밖에 없겠군요."

그 말에 그녀는 곧바로 화가 날 뻔했다. "아, 오늘은 험한 말 하고 싶지 않아요. 이미 매우 힘들어요."

"알아요, 안다고요!" 그는 바로 애원하듯 말했다. "당신이 걱정돼서 그런 거예요. 아버지는 언제 오셨어요?"

"3일 전에요. 1년 넘게 언니를 찾아오지도 않았고, 유감스럽게도 언니의 존재를 기억하지 못했을 거예요. 그러다가 아버지를 데려올 수밖에 없는 상황이 됐어요."

덴서는 망설였다. "뭔가 부족했다는 뜻인…?"

"아뇨. 음식도, 필수품도, 심지어 돈도 부족하지 않았어요. 여느 때처럼 멋져 보였어요. 하지만 겁에 질려 하셨어요."

"뭐가 두려우신 거죠?"

"모르겠어요. 사람이 두려운 건지, 뭔가가 두려운 건지. 조용히 있고 싶다고 하셨어요. 하지만 아버지가 조용히 있는 건 무서워요."

그녀는 괴로워했지만, 그는 물어볼 수밖에 없었다. "아버지가 뭘 하고 계시죠?"

그 말에 케이트는 주저했다. "우세요."

그는 다시 주저했지만, 위험을 감수했다. "뭘 하셨는데요?"

그 질문에 그녀는 천천히 일어났고, 그들은 다시 한번 완전히 마주 보았다. 그녀의 눈은 그의 눈을 응시했고, 그녀는 전보다 더 창백했다. "날 사랑한다면, 지금은 아버지에 관해서 물어보지 말아줘요."

그는 다시 잠시 기다렸다. "사랑하죠. 사랑하니까 내가 여기 있는 거예요. 당신을 사랑하니까 이걸 가져왔잖아요." 그리고 등 뒤로 계속 들고 있었던 편지를 앞으로 내밀었다.

그가 편지를 내밀었지만, 그녀는 눈만 움직였다. "왜 열어보지 않았어요!"

"내가 뜯어본다면, 내용을 정확히 알게 되잖아요. 당신이 뜯어보라고 가져온 거예요."

그녀는 여전히 편지에는 손도 대지 않고 너무나 심각하게 바라봤다. "그 애가 당신에게 보낸 걸 뜯으라고요?"

"그녀가 보낸 것이니까요. 당신 생각이 어떻든 거기에 따를게요."

"이해가 안 되네요. 당신은 무슨 생각인데요?" 그러자 그는 대답하지 않았다. "내가 보기에 당신은 알아요. 직감적으로 알았고, 읽을 필요가 없었던 거예요. 그게 증거예요."

538

덴셔는 그녀의 말을 마치 비난인 것처럼 받아들였고, 그가 각오했던 비난으로 받아들일 수밖에 없었다. "사실 직감했어요. 지난밤에 내가 걱정할 때 그 편지가 왔어요. 시기의 영향을 받았어요." 그는 편지를 들고 이제 고백을 하기보다는 고집을 부리는 거 같았다. "이건 때를 맞춰서 왔어요."

"크리스마스 이브에 맞춰서요?"

"크리스마스 이브에 맞춰서요."

케이트는 갑자기 낯선 미소를 지었다. "선물의 계절이잖아요!" 그는 아무 말이 없었기에 그녀가 계속 말했다. "그 애가 편지를 쓸 수 있을 때 썼고 시기를 맞출 때까지 가지고 있었다는 말이에요?"

그는 생각하는 동안 그녀와 눈을 마주쳤을 뿐, 또다시 대답은 안 했다.

"증거라는 게 뭘 말하는 거죠?"

"그 아름다운 아이가 당신을 사랑했다는 증거요. 하지만 난 그걸 뜯지 않을 거예요."

"확실히 거절하는 건가요?"

"확실히요. 절대로요." 그리고 그녀는 이상하게 말을 덧붙였다. "열어보지 않아도 알아요."

그는 다시 말을 멈췄다. "뭘 안다는 거죠?"

"그 애가 당신을 부자로 만들었다고 밝히는 거요."

이번에는 오래 말을 멈췄다. "나에게 그녀 재산을 남겼다고요?"

"당연히 전부는 아니에요. 재산이 엄청나거든요. 하지만 상당한 돈일 거예요. 얼마인지 알고 싶지 않아요." 그녀는 다시 낯선 미소를 지었다. "난 그 애를 믿어요."

"그녀가 당신한테 말했었나요?"

"전혀요!" 케이트는 그 생각에 눈에 띄게 얼굴을 붉혔다. "내 입장에서 그건 공정하지 않았을 거예요. 난 정정당당하게 행동했어요."

그녀를 믿는 덴서는 편지를 계속 쥔 채 그녀를 마주 볼 수밖에 없었다. 왠지 고통이 지나간 듯 지금은 훨씬 차분해졌다. "당신은 나를 잘 대해줬어요, 케이트. 우리가 증거 이야기를 했으니까, 당신한테 그 증거를 보여주고 싶은 거예요. 나 자신보다 더 신성시하고 우선시하는 걸 당신에게 보여주고 싶었어요."

그녀는 약간 얼굴을 찌푸렸다. "이해가 안 가네요."

"내가 특별히 인정할 수 있는 헌사, 희생에 대해서 자문해 봤어요…."

"특별히 뭘 인정해요?"

"당신 자신의 희생에 대한 존경스러움이요. 베니스에서 당신은 매우 인상적인 관대함을 보여줬어요."

"그리고 그 편지를 나에게 주는 특권이 내 보상인가요?"

그는 몸짓으로 말했다. "내 태도의 상징으로 내가 할 수 있는 전부예요."

그녀는 그를 오랫동안 바라보았다. "자기, 당신의 태도는 당신 자신을 두려워한다는 거예요. 스스로를 통제해야만 했어요. 스스로를 괴롭혀야만 했어요."

"그렇다면 내 말을 따를 건가요?"

그녀는 잠시 힘겹게 시선을 내려 여전히 그의 손에 있는 편지를 봤다. "정말 내가 그걸 받았으면 좋겠어요?"

"정말 당신이 받아주면 좋겠어요."

"내가 하고 싶은 대로 하고요?"

"간단한 조건만 걸어서 당연히요. 이건 당신과 나만의 일로만 남아야 해요."

그녀는 마지막으로 망설였지만, 곧 마음을 먹었다. "날 믿어줘요." 그에게서 신성한 편지를 받아서는 조금 전에 그들이 이야기 나눴던 밀리의 고운 필체를 잠시 바라봤다.

그녀는 분명히 했다. "그걸 열어보면 알게 될 거예요."

"알아요!"

"그럼, 우리 둘 다 안다면…!" 그녀는 이미 더 가까이 간 벽난로 쪽으로 몸을 돌렸고, 재빨리 불 속에 편지를 던져버렸다. 그는 어느 정도 놀라면서 그녀의 행동을 막으려고 했다. 바로 저지하려고 했지만, 그녀는 단호했다. 그는 그녀와 함께 불타는 종이를 보기만 했다. 그 후 그들의 눈이 다시 마주쳤다. 케이트가 말했다. "당신은 뉴욕에서 모든 걸 가지게 될 거예요."

뉴욕에서 그녀가 어느 날 아침 그의 숙소를 방문했다는 소식을 들은 지 사실 두 달이 되었는데, 베니스에서처럼 그의 간곡한 부탁으로 온 것이 아니라 그녀에게 배달된 우편물을 한 통 받자마자 필요하다고 생각해서 그녀 혼자 왔다. 이 우편물에는 덴셔의 쪽지와 함께 유명한 미국 법률 회사가 그에게 직접 보낸 편지가 동봉되어 있었는데, 그가 뉴욕에 있을 때 알았던 그 법률 회사는 밀리 실의 방대한 유언장의 주요 집행자로, 유언장은 그 아가씨가 죽기 전에 랭커스터 게이트로 곧장 급히 사람을 보내서 스트링햄 부인의 도움을 받아 적법 절차에 따라 확인된 것이었다. 문제의 서류를 받고 결심하기까지 시간이 걸렸던 덴셔의 행동은 밀리에게 첫 언급했던 거나 첼시의 작고 허름한 벽난로에 함께 써서 열어보지도 않은 편지가 불타는 본 후 우리의 커플 사이에 일어났던 일처럼 매우 단호했다. 그의 입장에서 그때도 그리고 지금도 그의 부탁에 따른 그녀의 책임에 케이트에 대한 발언을 존중해서 곧 헤어졌으며, 그들이 다시 만났을 때 어쨌든 새롭게 반짝일 때까지 현재 대화 주제가 없다는 걸 말없이 강렬하게 드러낼 뿐이었다. 게다가 1월과 2월 일부 동안 그들의 상황은 비교적 편안해졌지만 몇 주 동안 자주 만나지 않았다. 케이트는 이모의 허락으로 콘드립 부인 집에 더 오래 머물렀고, 그건 랭커스터 게이트에서 덴셔가 정말 자신도 모르게 그들에 대한 소수만 아는 견해를 받아들이지 않았다면 수수께끼가 되었을지도 모른다. "그 아이 생각이었어요." 로더 부인은 그러지 않았지만 정말로 그 생각을 경멸하는 것처럼 말했다. "그리고 그 애한테 충분히 생각할 만큼 생각하라고 그랬어요. 그녀는 충분히 생각하고 곧 결정을 내렸어요. 곧 돌아온다고 자랑스러워했던 건, 자기가 역겨워하는 건과 전혀 공통점이 없는 과시할만한 어떤 이유를 알게 됐을 때요. 자신만의 방법으로 보내는 자신의 휴가라고 칭했는데, 그 아이 말대로 주방 하녀들이 1년에 한 번씩 가는 그런 휴가 같은 거였어요. 그래서 우리는 그걸 근거로 삼고 있지만, 곧 같은 종류의 다른 걸 취하지는 않을 거예요. 게다가, 그 아이는 꽤 점잖아져서 내가 부르면 자주 와요. 최근 1, 2년 동안 전반적으로 나한테 예의 바르게 굴어서 불만 없어요. 그 애는 정말 사람들이 바라던 대로 하고 있어요. 당신은 똑똑하니까 내가 그게 먼지 말 안 해도 결국 알 거예요."

크리스마스 이후 부인 집에 온 덴서가 눈에 띄게 그들 사이에 거리를 둔 건은 이런 기회를 억제하기 위해서라는 게 어느 정도 사실이었다. 베니스에서 돌아와서 짧은 시간 동안 그들이 거의 자주 만날 수 있게 한 그의 상황은 현재 상당히 모호해졌고, 그로 인해 충동이 일어났다. 또 다른 국면이 도래했는데, 아직 뭐라고 해야 할지 아니면 자리를 잡아야 할지 그는 극도로 어찌할 바를 몰랐지만, 그가 바란 대로 계속되는 밀물에 로더 부인은 고립이 되었다. 호위를 받으며 미국으로 돌아가는 길에 스트링햄 부인이 런던에 잠시 들러 오랜 친구와 함께 지냈을 것 같은 시기가 있었는데, 그때 그는 그 자리에 참석하려는 열의가 분명했다. 하지만 그가 위험하다고 느꼈던 이 시기는 지나갔고, 현재 세상에서 그가 가장 소중하게 보고 있는 사람은 제노바에서 서쪽으로 나아갔다. 그래서 밀리의 사망 후 그 일이 있기 전 그들이 동의했던 침묵을 깨고 그녀에게 편지를 썼을 뿐이었다. 그녀는 베니스에서 2번, 그리고 다시 뉴욕에서 2번 답장을 했다. 4통 중 마지막 편지는 그가 케이트에게 서류를 보냈던 같은 우체국을 통해서 왔지만, 그는 그 편지도 동봉하는 걸 고려하지 않았다. 밀리의 벗과 서신 교환은 시기가 길든 짧든 신문로 치자면 일종의 특집으로 어쩌면 이미 대비한 것이었지만, 현재 그가 가장 심각하게 생각하는 것 중 하나는 케이트에게 그걸 아직 언급하지 않았다는 것이었다. 그녀는 그에게 아무런 질문도, "소식 들었어요?"라고 말하지도 않아서, 그도 그 점에 대해서 말하지 않았다. 그는 비밀을 좋아했기 때문에, 스스로 이를 자비라고 여겼다. 같은 사생활에서 정직하지 못한 유일한 연결고리라는 것을 알면서도 거의 움찔하지 않으면서 대서양 횡단 교류에 대해 말하는 것이 하나의 비밀이었다. 사실 그는 이런 연결에 대해 마음속에 정신적 이미지가 있었는데, 물의 황무지에 새로 생겨난 작은 돌로, 바닥이 보이지 않고 곧게 뻗은 광활한 회색 공간으로 보았다. 사실 최근에 몇 번에 케이트와 함께 외딴곳에서 산책했는데, 그때마다 별 말을 하지 않는다는 점에 더 주목하게 됐고, 이 사실은 왠지 그에게 폭로에 대한 이상한 의식을 누그러트려 주지 못했다. 마음속 깊은 곳에는 그가 누구에게도 특히 산책의 동반자에게 절대 보여주지 않았던 뭔가가 있었다. 그러나 그런데도 그는 그 그림자 밑에서 알려지는 것에 대한 극심한 두려움으로 겁에 질려 했다. 마치 그가 어떤 어리석은 선의로 그런 볼품 없는 모습을 불러일으키는 거 같았고, 이상했지만 새로 생겨난 돌과 수잔 셰퍼드에 매달리면서, 자신이 보이지 않는 곳에 숨어있다고 생각했다. 그것은 당연히 그녀의 힘이나 그를 보호하려는 그녀의 섬세한 성향에 대한 믿음을 나타냈다. 어쨌든 케이트만이 케이트가 알고 있는 걸 알았고 또한 그걸 말하는 데 관심이 있는 마지막 사람이었다. 그런데도 마치 그녀와 깊은 관련이 있고 결코 기억해 내거나 회복되지 않는 그의 행동이 세상의 바람을 타고 멀리 퍼져 있는 것 같았다. 케이트와 함께 생각해봤을 때, 그의 정직함이 바로 그 위협 요소였고, 그때 그는 마지막 충동이나 치료법에 있어 그들이 되돌릴 수 없는 서로에 대해 아는 것을 서로 껴안으며 맹목적으로 묻어둘 필요가 있었다는 걸 알았다.

최근에 껴안는 것의 의미가 제한적이지만, 이건 그들이 실제로 의

존했던 친밀한 방법이었다. 모든 것이 중요한 상황에서, 외딴 골목에서 자신 옆에 그녀를 가까이할 수 있어서 그는 현재 로더 부인이 절대 가지 않는 배터시Battersea 공원을 보통 골랐고 3배의 가치가 있었다. 그녀는 현재 위치에서 집에서 그들에 대해 과도하게 설명하지 않아도 자리를 비울 수 있었고, 바로 그래서 그들에게 처음으로 상당한 여유가 생겼다. 비록 그가 강요하지 않아도 첼시에서 그녀는 예의 바르게 시내에 이모를 보러 갔었다고 항상 말을 할 수 있었다. 반면 랭커스터 게이트에서는 다른 친척들 생각에 변명할 수 없는 이유가 항상 있었다. 그들은 실제로 큰일을 제외하고 모든 면에서 보여주기식으로 굴었고, 그래서 그들은 거의 똑같은 시간을 내어 서로가 자연스럽다고 보일 수 있게 도왔다. 그는 지금 랭커스터 게이트에서 누리고 있는 호의, 그곳에서 받은 환대가 어느 정도 그들의 허를 찌른다는 걸 동행에게 전했다. 그들이 너무 잘했기 때문에 그는 너무나 신뢰를 받았다. 즉 모드 이모를 속이지 않고는 그녀와 약속을 잡을 수 없었고, 한편으로는 자기의 손을 묶지 않고서는 그 부인을 괴롭힐 수 없었다. 케이트는 당혹스럽게 하지 않고도 모드 이모의 신뢰를 즐기고 있다고 인정했을 때 그가 그녀가 한 일을 알았던 것처럼 자신이 의미하는 바를 깨달았다. 그것은 현재로선 특별했고 부인은 멋지게 이용당했다. 따라서 그녀는 방종을 악용한다는 것에 대해 양심의 가책을 느꼈다고 고백했다. 그러나 그들이 남쪽 집에서 패배의 교훈에 따른 공공의 이익을 위해 적게 만나는 건 아니었다. 그들은 강을 건넜고, 지저분하고 더럽고 안전한 동네를 배회했다. 겨울 날씨가 온화해서 전차를 타고 클래펌Clapham, 런던 교외나 그리니치Greenwich로 갈 수 있었다. 만약 동시에 그들의 시간에 대해 그렇게 생각해 본 적이 없다면 텐셔는 단 하나의 법칙에 따라 뭐라고 말해야 할지 몰랐지만 그들의 분위기는 그렇게 단조로워 적이 없었다. 그들이 이야기했을지도 모르는 걸 이야기하지 않으면서 그들을 다른 곳으로 내몰았고, 마치 그들이 무시한 걸 만회하기 위해 비뚤어진 고집을 부리는 거 같았다. 그들은 예의상 무관한 것의 추구를 숨겼고, 예의상 조심스러워 했고, 종종 그녀와 헤어질 때, 곧 발걸음을 멈추고 그들이 변했다는 걸 인식했다. 그들이 너무 정중하게 굴었기 때문에 그들이 변했다는 걸 말했을 것이고, 심지어 친밀하면서 익숙하다고 여겼던 것이 거의 우스꽝스러웠다. 각자가 상대방에게 상냥하게 군 것이 오래된 후 그들이 무례해지면서 어떤 위험이 있었겠는가? 특히 그가 가장 두려워하는 것이 무엇인지 궁금할 때 자문했다.

하지만 그동안에 긴장 상태는 나름대로 매력이 있었고, 다른 길로 그녀에게 돌아갈 수 있는 생명체의 관심 같은 것이다. 그것이 다시 그녀의 삶의 능력이었고, 그녀에게서 다른 시대의 차이를 발견했다. 그녀는 그들의 전통을 포기한 것이 아니라 새로운 것으로 만들었다. 게다가 솔직히 말해서 그녀는 그 어느 때보다 더 호의적이었고, 평범하게 말하자면 이보다 더 좋은 친구가 없었다. 그는 마치 정해진 기준에 따라 그녀를 알고 있는 것처럼 느꼈고, 심지어 그 기준을 줄일지 늘릴지를 망설였고, 아무튼 '밖에서' 만나는 사람들이 그녀에게 감탄하는 것처럼 그도 그녀를 존경하는 거 같았다. 결국, 그는 그녀가 여전히 그에게 새로운 면을 보여줄 것이라고는 전혀 생각하지 못했지만, 이건 전차 위 칸에 탔을 때, 마치 저녁 식사 때 그녀 바로 옆에 있는 것처럼 느꼈던 것과 같았다. 그들이 부자였다면 그녀는 얼마나 뛰어난 사람이었겠는가! 이른바 위대한 삶을 사는 천재였고, 소위 훌륭한 집안에 대단한 존재감이었을 것이고 위대한 지위에서 얼마나 우아했겠는가! 동시에 그는 왕자나 억만장자 아니었다고 후회했을 것이다. 그녀는 크리스마스 때 그를 아주 다정하게 대했는데, 마치 두껍게 접혀야 하지만 약간 얇게 늘어난 고급 벨벳과도 같았다. 하지만 현재는 그녀는 여러 번 만나도 피상적으로 대할 뿐이었다. 그녀는 집에서 일어나는 일에 대해 내내 한마디도 하지 않았다. 그녀는 그 집에서 나와 다시 그곳으로 돌아갔지만, 매번 비슷했던 건 그에게 작별인사할 때의 표정이었다. 그 표정은 그녀의 거듭된 금지였다. "그건 내가 보고 알아야 하는 거예요. 그러니까 건들지 말아요. 하지만 내가 가는 길에 계속 옆에 앉아있는 오래된 악마를 깨우고 있어요. 그냥 날 내버려 둬요. 난 지금 가서 다시 바로 그 옆에 앉을 거예요. 당신이 원한다면 날 동정하는 방법은 날 믿어 주는 거예요. 우리가 정말 뭔가를 할 수 있다면, 그건 다른 문제예요."

그는 그녀가 갈 때, 조금 완고하게 구는 모습을 지켜봤다. 혼란스럽고 이해하기 힘들었지만, 그녀는 얼마나 고개를 뻣뻣이 들고 잘 버티고 있는가! 그는 자신의 사람이 정말로 이 순간에 그녀의 균형 잡힌 바구니에 담긴 물건 중 하나처럼 조금 위에 있어 흔들린다고 여겼을 것이다. 그가 케이트가 자신의 집 계단을 올라오던 날 전에 몇 주가 흘렀다고 느꼈던 건 분명 이런 생각 덕분이었다. 기다림의 기간은 보통 시간이 느리게 간다고 생각되지만, 실제로 그를 괴롭히는 것은 기다림의 속도라는 모순이 포함됐다. 분명히 하자면 그 변칙의 비밀은 날이 풀리는 동안 그들이 얼마나 드문 일을 겪었는지를 그는 알고 있었다는 것이다. 이건 단지 하나의 생각에 불과했지만, 어떤 종류의 것이든 가장 소중한 것이 시간에 대한 갈망을 겪는 새롭고 사려 깊은 생각이었다. 그 생각은 전부 그만의 생각이었고 친밀한 동행에게는 결코 알려주고 싶지 않았다. 그는 괴로움을 즐기는 것처럼 그 생각을 간직했고, 외출할 때는 그 생각을 접었지만, 집에 돌아오자마자 확실히 하려고 다시 떠올렸다. 그런 후 그는 그것을 신성한 구석과 부드러운 포장에서 꺼냈다. 그것들을 하나씩 풀고, 그것들을 다루었는데, 마치 당황하면서 부드럽고 다정한 아버지가 불구가 된 아이를 다루는 듯했다. 그러나 다른 사람이 볼까 두려워하면서 그렇게 자신 앞에 놓였다. 다시 말해서 그는 그런 시간에 밀리의 편지 내용을 절대 알 수가 없다는 것을 깨달았다. 그 안에 적힌 목적은 그도 알고 있을 것이다. 하지만 그의 마음속 깊은 속에서는 가장 작은 부분이었을 것이다. 영원히 놓친 부분은 그녀가 행동으로 옮겼을 변화였다. 이런 변화는 어떻게든 그것에 대해 궁금해하면서 그의 상상력이 유난히 풍부하고 다듬어질 가능성이 있었다. 그 상실이 마치 그의 눈앞에서 그가 구하지 않겠다고 서약한 값비싼 진주가 한없이 깊은 바다에 던져지는 모습이나 오히려 영적인 귀에 지각력 있고, 둥둥 울리면서 멀리서 희미하게 울부짖는 뭔가의 희생을 드러내는 것이었다. 이건 고요한 방에 홀로 있을 때 그가 아끼는 소리였다. 그는 고요함을 찾아서 지켰고, 그래서 그것은 인생에서 비교적 거칠고 가혹하며 필연적인 소리가 다시 한번 억눌리고 없어질 때까지 만연했고, 그것은 틀림없이 어떻게든 그것과 하나가 된 그의 영혼의 아픔을 주제넘게 치유해 줄 것이다. 게다가 그건 그가 불평할 수 없는 신성한 침묵이 더욱 깊어지게 했다. 그는 불쌍한 케이트에게 자유를 주었다.

엄청나고 분명한 건, 우리가 이미 말했던 위치에 그녀가 서자, 그녀가 매우 많이 가지고 있었다는 것이다. 이것은 다른 일이 없었다면 실제 사항과 다른 사항, 즉 베니스에서의 마지막 만남의 특성의 차이를 바로 보여줬을 것이다. 그것은 그의 생각이었지만 현 단계에서는 그녀의 생각이기도 했다. 그들의 공통점 중 몇 가지는 그의 의식적인 시각에서 첫 순간부터 거의 한심할 정도로 평범했다. 그녀는 예전처럼 진지했고, 그걸 숨기려고, 예전처럼 주위를 둘러보았다. 전처럼 그 순간 낮은 목소리로 장소에 대한 흥미와 그의 '물건'에 대한 호기심에 사로잡힌 척했다. 그녀가 베일을 대칭적으로 밀어 올리는 데 실패하자 그가 베일을 벗는 게 낫다고 말했고, 유리잔 앞에 앉아 그의 제안에 동의한 기억이 있었다. 이런 것이 바로 헛된 것이었고 진짜는 몇 분 후에 말 그대로 이전에 그가 신경 썼던 안도감을 주고 나서 그의 환상이 그녀를 생각하는 것이었다. 그녀는 무엇보다도 침착했다. 그녀는 사실 그 문제를 매우 바로 이용했다. "이번에는 당신의 편지 봉투를 뜯는 거 주저하지 않았어요."

그녀는 들어 온 순간부터 상당히 두툼한 기다란 봉투를 탁자 위에 놨는데, 그가 다른 큰 봉투에 동봉해서 보냈던 것이었다. 그러나 그는 그걸 보지 않았었다. 다시는 그렇게 하고 싶지 않다는 것이 그의 신념이었다. 게다가 그건 주소가 적힌 부분이 위를 보고 있었다. 그래서 그는 아무것도 '몰랐고', 그녀의 말에 그것을 봤지만 가리키는 물건에 대한 어떠한 접근도 거부했다. "그건 '내' 봉투가 아니에요, 자기. 쪽지로 알려주려고 했지만 내 의도는 전부 내 것이 아닌 것처럼 당신한테 전하는 것이에요."

"그럼 내 것이라는 말인가요?"

"뭐, 원한다면 우리에게 연락을 취한 뉴욕의 선한 사람들 것이라고 하죠. 봉인을 잘 뜯었다면 좋겠네요. 하지만 우리는 그걸 온전한 채로 돌려보냈었을지도 몰라요. 아주 친절한 편지만을 첨부해서 말이죠." 그는 속으로 웃으며 말했다.

케이트는 그 말을 용기 있는 환자가 진찰하는 의료진에게 약한 부분을 만졌을 때 보여주는 용감한 눈짓으로만 받아들였다. 그는 그 자리에서 그녀가 각오가 됐다는 걸 알았고, 각오를 안 하기에는 그녀가 너무 똑똑하다는 신호와 함께 희박한 가능성도 보였다. 단순히 말해서 그녀는 뭐든 할 수 있을 만큼 충분히 똑똑했다. "그게 우리가 해야 할 일이라고 제안하는 거예요?"

"아, 그러기엔 너무 늦었어요. 이상적으로는요. 이제 우리가 아는 그 신호로…!"

"하지만 당신은 모르잖아요." 그녀는 아주 부드럽게 말했다.

그는 그 말을 신경도 안 쓰고 말을 이어갔다. "뭔가 훌륭한 방법이 있을 거라고 말하는 거예요. 매우 배려해 준 부분과 봉투 상태만을 확인하고 다시 보낸다면 정말 만족스러울 거예요."

그녀는 순간 생각했다. "액수가 충분치 않아서 거절하는 게 아니라는 봉투의 상태인가요?"

덴서는 엉뚱하지만, 그녀의 유머에 다시 미소 지었다. "뭐, 맞아요. 그렇다고 할 수 있어요."

"그러면 내가 관심이 있는 한, 그걸 받아들이면 아름다운 상황을 망치는 건가요?"

"솔직히 말해 당신이 받은 물건을 내게 돌려주길 바랐는데 실망을 하면서 차이가 생기겠죠."

"편지에서 그런 바람 안 적었잖아요."

"그러고 싶지 않았어요. 당신한테 맡기고 싶었어요. 맞아요, 그게 당신이 나한테 물어보려고 했던 거라면, 난 당신이 어떻게 했을지 알고 싶었어요."

"내가 사려 깊게 굴지 못할 거라고 생각했어요?"

그는 현재 한결같았다. 뭐라고 지칭할 수 없는 분위기 속에 그는 편안했다. "뭐, 괜찮은 상황에서 당신을 시험해 보고 싶었어요."

그녀는 그의 말에 충격받은 표정을 지었고, 그의 눈을 바라보며 말했다. "좋은 상황이죠. 이보다 더 좋은 상황이 있었는지 의문이네요."

"상황이 좋을수록 시험도 더 잘할 수 있죠."

"내가 뭘 할 수 있는지 어떻게 알아요?"

"모르죠, 내 사랑. 봉투를 뜯어보지 않고도 내가 더 빨리 알았어야 했어요."

"그렇군요. 하지만 나 자신은 전혀 몰랐어야 했어요. 그러면 당신도 내가 아는 것을 몰랐을 거예요."

"나의 무지를 바로잡아서 감격했다면, 특히 그러지 말라고 부탁하고 싶네요."

그녀는 망설였다. "바로 잡아서 그 결과가 두려워요? 맹목적으로 그렇게 할 거예요?"

그는 잠시 기다렸다. "무슨 행동을 말하는 거죠?"

"이 세상에서 유일하게 당신이 생각하는 거요. 그 애가 한 일을 받아들이지 않네요. 그런 경우에는 정식 명칭이 있나요? 유산을 받지 않는 거 말이에요."

"잊어버린 게 있네요. 난 함께 그렇게 하자고 당신에게 부탁하고 있잖아요."

그녀는 의아해하면서도 관대하게 굴었지만, 동시에 단호했다. "나는 아무 상관도 없는 일에 어떻게 '함께할' 수 있죠?"

"어떻게요? 단 한마디면 돼요."

"무슨 말이네요."

"내가 포기하는 것에 동의하는 거예요."

"당신을 막을 수 없을 때 내 동의는 의미가 없잖아요."

"날 완전히 막을 수 있어요. 그걸 잘 알아둬요."

그녀는 그 말에 위협에 직면한 것 같았다. "내가 동의하지 않으면 포기하지 않겠다는 거야?"

"네, 아무것도 안 해요."

"내가 이해하기에는 그건 받아들이는 거예요"

덴서는 잠시 말을 멈췄다. "난 공식적으로 아무것도 안 해요."

"돈에 손대지 않을 거군요."

"건드리지 않을 거예요."

그의 말은 진지하게 들렸다. "결국 누군가는 그걸 맡을 거잖아요."

"원하는 사람이나 할 수 사람이 맡겠죠."

다시 그녀는 아무 말도 하지 않았다. 너무 많은 말을 할지도 모른다. 하지만 그녀가 말을 할 때쯤이면 그는 어느 정도 정리했다. "당신 없이 내가 어떻게 그 돈에 손을 댈 수 있죠?"

"손 댈 수 없어요! 당신이 없어서 내가 포기하지 않은 이상은요."

"아, 그럼 더 없는 거잖아요! 나한테는 아무것도 없어요."

"내가 있잖아요."

"어떤 방식으로요?"

"내가 늘 보여줬던 방식으로요." 그는 갑자기 차갑고 조바심을 내며 물었다. "내가 언제 다른 걸 보여준 적 있나요? 당신이 날 아낀다는 걸 보여 줄 필요가 없도록, 당신 옆에 내가 '있다'는 걸 분명히 알아야 해요."

그녀는 신경질적으로 웃었다. "정말 고맙네요. 난 그렇게 끔찍하게 생각해 줘서!"

"난 당신한테 아무것도 안 했어요. 조금 전에도 말했듯이, 난 그 일을 전할 때 봤던 기회도 당신에게 주지 않았어요. 그러니까 모든 면에서 당신은 완전히 자유에요."

두 사람은 서로에게 창백한 얼굴을 보였고, 앞으로 갈등에 대한 희미한 두려움으로 둘 다 말없이 눈을 처다봤다. 짧은 침묵 속에서 두 사람 사이에서도 뭔가가 일어났고, 그 무언가는 서로에게 너무 솔직하지 말자는 호소와 같았다. 왠지 그들 앞에 그럴 필요성이 제기됐지만, 누가 먼저 나서겠는가? "감사하네요!" 케이트는 그녀의 자유에 대한 그의 말에 말했지만, 한동안 더 이상의 행동은 보이지 않았다. 적어도 모든 아이러니가 그들에게 미치지 못해서 다행이었고, 다시 시간이 더디게 흐르는 동안 바로 그 점에 대해 생각하면서 상황이 나아졌다.

이 영향으로 그는 곧 말을 이었다. "우리가 함께했던 게 그 일 때문이라고 몹시도 생각하겠죠."

그러나 그녀는 그 말을 당연하다는 듯이 받아들였다. 그녀는 이미 다시 자신의 관점에 사로잡혔다. "그 일이 너무나 흥미로웠다면, 그 애가 당신을 위해 한 일에 너무나도 관심이 없다는 건 정말 맞잖아요?"

"내가 정식으로 선언해 주면 좋겠어요?"

"아뇨, 하지만 이해가 안 돼요. 당신 입장에서 보면⋯!"

"아." 그는 끼어들 수밖에 없었다. "내 입장에 대해 뭘 아는데요? 미안하지만, 내가 바라는 건 이미 말했어요."

그러나 그녀는 순간 묘한 생각이 들었다. "그런데 그 사실들은 공표되지 않았나요?"

"공표가 돼요?" 그는 움찔했다.

"신문에서 안 봤어요?"

"아, 전혀요! 그건 피하는 방법을 알아요."

그 말로 문제를 해결한 듯했지만, 다음 순간 그녀는 또 다른 주장을 했다. "모든 걸 회피하고 싶은 거예요?"

"전부 다요."

"나한테 당신이 포기하도록 도와달라는 것에 대해 더 명확히 생각해야 하지 않아요?"

"내 생각은 확실치 않아도 충분해요. 그 금액이 적지는 않을 거라고 생각해요."

"그렇죠!"

그는 조용히 말을 이었다. "나에게 유산을 남긴 거라면, 필시 적지는 않았을 거예요."

그녀는 어떻게 말해야 할지 기다렸다. "그 애는 그럴 만해요. 전에 우리가 했던 말을 기억했다면 바로 그게 그 아이의 본 모습이에요."

그는 주저했다. 마치 할 말이 많은 것처럼. 하지만 그는 한 가지만 떠올렸다. "너무 놀랐어요?"

"너무 놀랐죠." 그녀 얼굴에 희미한 미소를 지어졌지만, 그의 얼굴에 눈물이 보이자 그 미소는 곧 사라졌다. 그의 눈에 눈물이 가득했지만, 그녀는 부드럽게 말을 계속했다. "당신이 두려워하는 것이 진짜라고 생각해요. 당신이 모든 진실을 두려워한다는 뜻이에요. 돈이 없는데도 그 애를 사랑했다면, 당신은 실제로 뭘 더 할 수 있겠어요? 그리고 당신은 놀랍게도 그녀와 사랑에 빠졌을까 봐 두려운 거예요."

"난 결코 그녀를 사랑하지 않았어요."

그녀는 그 말을 이해했지만, 곧 받아쳤다. "난 지금은 그렇다고 믿어요. 그 애가 살아있었던 동안에요. 적어도 당신이 그곳에 있었던 동안에요. 그러나 아마도 그 애를 마지막으로 만난 날에 당신은 변했어요. 그 애는 당신 때문에 죽었고 그런 후에 당신이 그 애를 이해했을지도 몰라요. 그때부터 당신은 사랑했어요." 케이트는 천천히 일어났다. "그리고 이제는 나도 사랑해요. 그 애는 우리를 위해서 남겼어요."

덴셔는 일어나서 그녀를 마주했고, 그녀는 자기 생각을 계속 말했다. "난 어리석게도 그 애를 비둘기라고 부르곤 했어요. 더 좋은 말이 없었거든요. 그 애는 날개를 펼쳤고, 우리를 감쌌어요."

"우리를 감쌌죠."

케이트는 진지하게 말을 마무리했다. "내 말이 그거예요. 그동안 당신을 위해서 내가 했던 거예요."

그녀를 바라보는 그 순간 그의 눈물은 이상하게 천천히 말라버렸다. "그때 내가 이해하기로는…?"

"내가 동의한다고요?" 그녀는 진지하게 고개를 저었다. "생각해보니 아니에요. 당신은 돈 없이 나랑 결혼하려고 하고, 돈이 있으면 결혼을 안 하려고 해요. 돈이 있으면 결혼 안 하려는 당신 생각에 동의 안 해요.'"

"내 말 이해 못 해요?" 그는 노골적으로 말했지만, 그녀의 높은 이해력에 일종의 경외심을 보였다. "다른 건 잃을 게 없어요. 한 푼도 빠짐없이 당신에게 넘겨줄 거예요."

그는 바로 분명히 말했지만, 이번에는 그녀가 웃을 수 없었다. "정확하게는 내가 선택을 해야 하죠."

"선택해야죠."

그때 그는 자신의 집에 서 있는 그녀가 낯선 반면에 지금까지의 그 어느 때보다도 격렬하게 숨을 몰아쉬며 그녀의 행동을 기다렸다. "내 선택으로 당신을 구할 수 있는 건 단 한 가지뿐이에요."

"내가 당신 말을 따르도록 하는 선택인가요?"

"맞아요." 그리고 그녀는 탁자 위에 있는 긴 봉투를 보면 고개를 끄덕였다. "저 내용에 따르는 거예요."

"그게 뭔데요?"

"그녀의 추억을 사랑하지 않는다는 당신의 맹세예요."

"그녀의 추억이라니!"

그녀는 큰 몸짓을 취했다. "그럴 수 없었던 것처럼 말하지 말아요. 당신 입장에서 생각해보면, 당신은 그럴 수 있는 사람이에요. 당신은 그 애의 추억을 사랑해요. 당신은 다른 사람을 원치 않아요."

그는 그녀의 얼굴 보면서 가만히 듣고 있었을 뿐 움직이지 않았다. 그 후 이렇게만 말했다. "당신과 한 시간 내로 결혼할게요."

"예전의 우리 모습으로요?"

"예전의 우리 모습으로요."

하지만 그녀는 문 쪽으로 돌아섰고, 이제 마지막으로 고개를 저었다. "우리는 결코 다시 예전의 우리가 될 수 없어요!"

비둘기의
날개

1판 1쇄 인쇄 2022년 6월 3일
1판 1쇄 발행 2022년 6월 10일

지은이   헨리 제임스
옮긴이   남유정·조기준
발행인   조은희
발행처   아토북

등 록   2015년 7월 31일(제2015-000158호.)
주 소   (10261) 경기도 고양시 일산동구 성현로659번길 143 103-101
전 화   070-7537-6433
팩 스   0504-190-4837
이메일   attobook@naver.com

ISBN 979-11-90194-08-2 03840

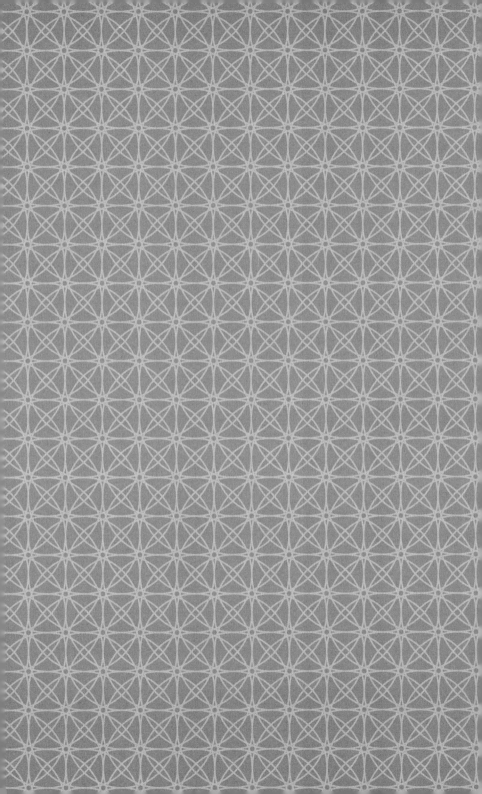

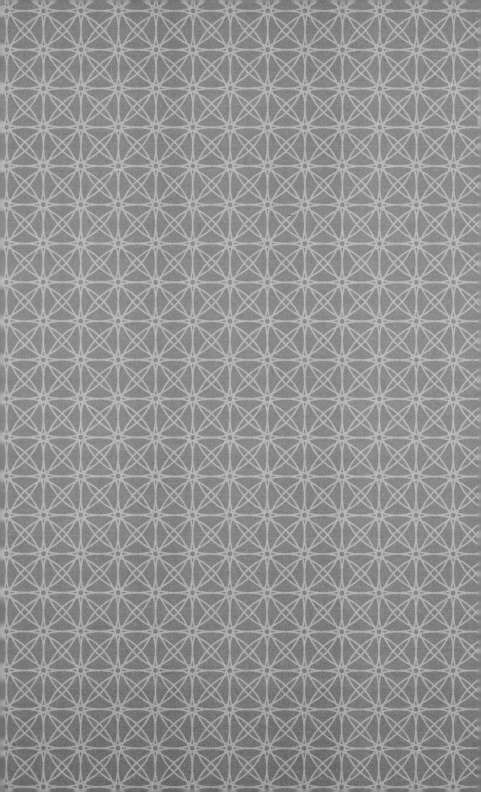

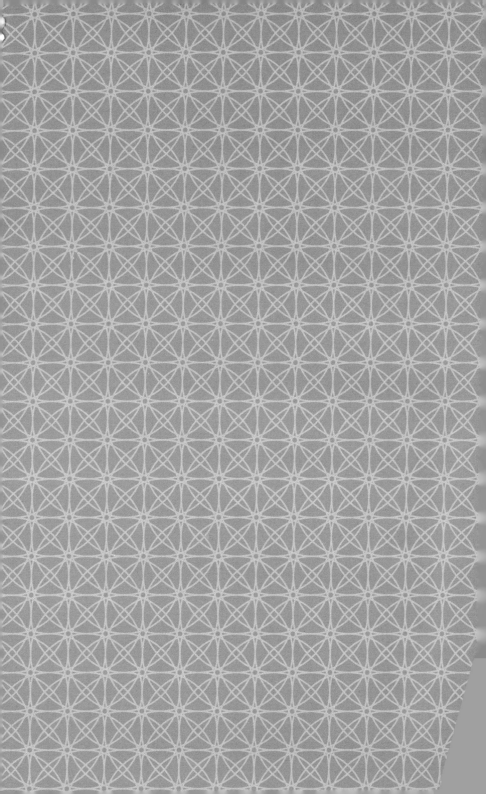